Karin Slaughter

GOTTLOS

Thriller

Deutsch von Sophie Zeitz

Lizenzausgabe der Axel Springer AG, Berlin
1. Auflage April 2013

Originaltitel: Faithless
Copyright © 2005 by Karin Slaughter;
Copyright © 2007 by Rowohlt Verlag GmbH, Reinbek bei Hamburg

Konzeption und Gestaltung: Klaus Fuereder, Berlin
Projektkoordination: Stephan Pallmann, Alexandra Wesner,
Tim Steinmetzger
Satz: CPI – Ebner & Spiegel, Ulm
Druck und Verarbeitung: CPI – Ebner & Spiegel, Ulm

ISBN: 978-3-942656-55-9

*Für all meine neuen Freunde
bei Bantam*

Am Anfang

DER REGEN HATTE DEN WALDBODEN AUFGEWEICHT, sodass die Blätter und Zweige unter ihren Füßen nachgaben, ohne zu knacken. Das Laub war wie ein dicker, feuchter Teppich, und ihre Schritte schmatzten, als sie tiefer in den Wald drangen. Genie sagte nichts, stellte ihm keine Fragen. Seine Enttäuschung bedrückte sie, und sie war erfüllt vom tiefen Kummer eines Kindes, das plötzlich das Wohlwollen eines geliebten Erwachsenen verloren hatte.

Sie strauchelte, doch er fing sie auf, sein Griff um ihren Arm war fest, beruhigend in der Finsternis. Sie kannte diese Hände schon ihr ganzes Leben, war vom Kind zum Teenager in dem Bewusstsein herangewachsen, dass sie immer da waren, um sie zu trösten und zu beschützen.

»Wir sind gleich da«, sagte er, und seine sonst so sanfte Stimme klang seltsam tief im Dunkel der Nacht.

Langsam gewöhnten sich ihre Augen an die Dunkelheit. Sie wusste, wo sie waren, vor ihnen lag die Lichtung. Als sie stehenblieb, stieß er sie weiter, und diesmal waren seine Hände nicht mehr behutsam, nicht mehr beruhigend.

»Geh«, befahl er.

Wie immer tat Genie, was man ihr sagte. Sie trottete weiter, bis sie mit den Schuhspitzen gegen etwas stieß, das ihr den Weg versperrte, ein Erdhaufen. Von Bäumen ungehindert, beleuchtete der Mond die Lichtung und ließ eine große, rechteckige Grube im Boden erkennen, die erst kürzlich ausgehoben worden war. Darin befand sich, genau eingepasst, eine längliche Holzkiste mit glattem Boden und hohen Wänden. Neben der Grube lag ein Deckel aus mehreren schmalen Planken, mit einem Querholz sauber zusammengefügt. In der Mitte des Deckels klaffte ein Metallrohr wie ein überraschter kleiner Mund. Ein Spaten stak in dem Hügel frischer Erde, wartend.

Er legte ihr die starke Hand auf den Rücken und drückte sanft, als er sagte: »Hinein.«

SONNTAG

Eins

SARA LINTON STAND VOR DER HAUSTÜR ihrer Eltern. In den Händen hielt sie so viele Einkaufstüten, dass ihre Finger taub wurden. Sie wollte die Tür mit dem Ellbogen aufdrücken, aber alles, was sie damit erreichte, war, dass sie sich an der Scheibe stieß. Sie machte einen Schritt zurück und versuchte, die Tür mit einem Fußtritt zu öffnen, wieder umsonst. Schließlich gab sie auf und klopfte mit der Stirn gegen die Scheibe.

Durch das geriffelte Glas beobachtete sie, wie ihr Vater durch den Flur kam. Er öffnete ihr, ganz untypisch für ihn, mit einem ausgesprochen mürrischen Gesicht.

»Kannst du nicht zweimal gehen?«, fragte Eddie und nahm ihr ein paar Tüten ab.

»Warum ist die Tür nicht offen?«

»Vom Auto sind es gerade mal fünf Meter.«

»Dad«, entgegnete Sara, »warum habt ihr die Tür abgeschlossen?«

Er sah über ihre Schulter hinweg. »Dein Wagen ist dreckig«, sagte er und stellte die Tüten wieder ab. »Meinst du, du schaffst es, zweimal in die Küche zu gehen?«

Er war schon wieder an ihr vorbei, bevor Sara etwas erwidern konnte. »Wo willst du hin?«

»Dein Auto waschen.«

»Draußen ist es eiskalt.«

Eddie drehte sich um und blickte sie vielsagend an. »Dreck klebt, egal wie der Wind steht.« Er klang dabei wie ein Schauspieler in einem Shakespeare-Stück, nicht wie ein Klempner aus einer Kleinstadt in Georgia.

Bevor Sara etwas sagen konnte, war er in der Garage verschwunden, um das Putzzeug zu holen.

Als er sich bückte, um den Eimer mit Wasser zu füllen, sah Sara, dass er eine ihrer alten Jogginghosen aus Highschool-Zeiten, als sie in der Leichtathletikmannschaft gewesen war, anhatte.

»Willst du den ganzen Tag da rumstehen und die Kälte reinlassen?« Cathy zog Sara ins Haus und schloss die Tür.

Sara beugte sich zu ihr hinunter und ließ sich auf die Wangen küssen. Zu ihrem großen Kummer hatte sie ihre Mutter schon in der fünften Klasse um einen Kopf überragt. Saras kleine Schwester Tessa hingegen hatte die zierliche Figur, das blonde Haar und die natürliche Anmut ihrer Mutter geerbt. Neben den beiden sah Sara aus, als sei sie ein Nachbarskind, das eines Tages zum Mittagessen gekommen und einfach geblieben war.

Cathy griff nach den Supermarkttüten, überlegte es sich dann aber anders. »Trägst du die bitte?«

Folgsam lud Sara sich erneut alle acht Tüten auf, ohne Rücksicht auf ihre Finger zu nehmen. »Was ist hier eigentlich los?«, fragte sie. Ihre Mutter wirkte irgendwie angeschlagen.

»Isabella«, seufzte Cathy, und Sara verkniff sich ein Grinsen. Ihre Tante Bella war die einzige Sara bekannte Person, die mit einem eigenen Alkoholvorrat anreiste.

»Rum?«

»Tequila«, flüsterte Cathy in einem Ton, in dem andere Leute »Krebs« sagen würden.

Eine Welle von Sympathie stieg in Sara auf. »Hat sie gesagt, wie lange sie bleibt?«

»Noch nicht.« Bella hasste Grant County und war seit Tessas Geburt nicht mehr hier gewesen. Vor zwei Tagen war sie unangekündigt aufgetaucht, mit drei großen Taschen im Kofferraum ihres Mercedes Cabrio und ohne ein Wort der Erklärung.

Früher wäre Bella mit so viel Geheimniskrämerei nicht durchgekommen, doch seitdem das neue Motto der Lintons »Nichts hören, nichts sehen, nichts sagen« lautete, hatte sie niemand weiter mit Fragen bedrängt. Seit dem Überfall auf Tessa im letzten Jahr war alles anders geworden. Es war, als stünden sie alle noch immer unter Schock, auch wenn offenbar keiner von ihnen darüber reden wollte. Im Bruchteil einer Sekunde hatte der Täter nicht nur Tessas Leben, sondern das der ganzen Familie verändert. Sara fragte sich oft, ob sie sich jemals davon erholen würden.

»Warum war die Tür abgeschlossen?«, fragte Sara.

»Das muss Tessa gewesen sein.« Einen Moment lang standen Tränen in Cathys Augen.

»Mama ...«

»Geh schon mal rein«, wehrte Cathy ab und zeigte zur Küche. »Ich komme gleich nach.«

Sara nahm die Tüten und ging durch den Flur nach hinten. Dabei glitt ihr Blick über die Fotos an den Wänden, die sie und Tessa in ihren Mädchenjahren zeigten. Natürlich sah Tessa auf den meisten Bildern schlank und hübsch aus. Sara war dieses Glück nicht beschieden. Das schlimmste Foto zeigte sie im Sommerlager in der achten Klasse. Sie hätte es sofort von der Wand gerissen, wenn sie damit irgendwie durchgekommen wäre. Sara war stehend in einem Ruderboot aufgenommen worden. Der Badeanzug hing ihr wie Teerpappe von den knochigen Schultern, und auf ihrer Nase leuchteten unförmige Sommersprossen, die ihrem Teint einen unglücklichen Gelbstich verliehen. Ihre roten Locken, die in der Sonne getrocknet waren, standen kraus in alle Richtungen ab und sahen aus wie eine Clownsperücke.

»Schätzchen!« Bella breitete begeistert die Arme aus, als Sara in die Küche kam. »Schau dich an!«, zwitscherte sie, als wäre das ein Kompliment. Sara wusste, dass sie nicht gerade vorteilhaft aussah. Sie war vor einer Stunde aus dem Bett gekrochen und hatte sich nicht einmal die Mühe gemacht, sich die Haare zu kämmen. Sie war eindeutig ihres Vaters Tochter und hatte noch immer das T-Shirt an, das sie zum Schlafen getragen hatte, dazu eine Jogginghose aus ihrer Leichtathletikzeit am College, die nicht viel neuer war als die aus der Highschool. Bella dagegen trug ein blaues Seidenkleid, das vermutlich ein Vermögen gekostet hatte. An ihren Ohren funkelten Diamanten, und die vielen Ringe an ihren Händen glitzerten in der Sonne. Ihre Frisur und ihr Make-up waren wie immer makellos, und selbst um elf Uhr früh an einem ganz normalen Sonntagmorgen sah sie hinreißend aus.

»Tut mir leid, dass ich erst jetzt vorbeikomme«, sagte Sara.

»Ach was.« Ihre Tante winkte ab und setzte sich wieder. »Seit wann erledigst du die Einkäufe für deine Mutter?«

»Seit du da bist und Mama sich um deine Unterhaltung kümmern muss.« Sara stellte die Tüten neben die Spüle und massierte ihre Finger, damit sie wieder durchblutet wurden.

»Ich amüsiere mich auch alleine prächtig«, sagte Bella. »Deine Mutter ist diejenige, die mal mehr rauskommen müsste.«

»Mit Tequila?«

Bella lächelte verschmitzt. »Cathy hat Alkohol noch nie vertragen. Ich bin überzeugt, das ist der wahre Grund, warum sie deinem Vater das Jawort gegeben hat.«

Sara lachte und stellte die Milch in den Kühlschrank. Ihr lief das Wasser im Mund zusammen, als sie darin einen Teller mit filetierten Hähnchen entdeckte, die nur noch in die Kasserolle mussten.

Bella erklärte: »Die Bohnen haben wir gestern Abend geputzt.«

»Köstlich«, murmelte Sara. Das war das Erfreulichste, was sie die ganze Woche gehört hatte. Cathys Kasserolle war unschlagbar. »Wie war es in der Kirche?«

»Ein bisschen viel Weihrauch für meinen Geschmack«, gestand Bella und nahm sich eine Orange aus der Obstschale. »Aber erzähl mir lieber, was dein Leben so macht. Hast du was Aufregendes erlebt?«

»Immer der gleiche Trott«, seufzte Sara, während sie die Konservendosen einräumte.

Bella schälte ihre Orange und klang ein wenig missmutig, als sie sagte: »Routine kann auch tröstlich sein.«

»Hm«, machte Sara und stellte eine Suppendose ins Regal über dem Herd.

»Sehr tröstlich.«

»Hm«, wiederholte Sara, die genau wusste, worauf das Gespräch hinauslaufen würde.

Während ihres Medizinstudiums an der Emory University in Atlanta hatte sie eine Weile bei ihrer Tante gewohnt. Doch Bellas Partys bis tief in die Nacht, die vielen Cocktails und wechselnden Männerbesuche hatten irgendwann dazu geführt, dass Sara auszog. Für manche ihrer Kurse musste sie um fünf Uhr aufstehen, ganz zu schweigen von der Tatsache, dass sie zum Lernen ruhige Nächte brauchte. Sara zuliebe hatte Bella versucht, ihr gesellschaftliches Leben einzuschränken, aber schließlich waren sie beide der Meinung, dass es das Beste wäre, wenn Sara sich etwas Eigenes suchte.

Das alles geschah in herzlichem Einverständnis, bis Bella ihr vorschlug, sie könne sich doch eins der Apartments unten in der Clairmont Road ansehen – im Altersheim.

Cathy kam in die Küche und wischte sich die Hände an der Schürze ab. Sie nahm die Suppendose, die Sara gerade verstaut hatte, aus dem Regal und schob ihre Tochter zur Seite. »Hast du alles bekommen, was auf der Liste stand?«

»Bis auf den Sherry«, sagte Sara und setzte sich zu Bella an den Tisch. »Wusstest du, dass man sonntags keinen Alkohol kaufen kann?«

»Ja«, gab Cathy vorwurfsvoll zurück. »Deswegen hatte ich dich gebeten, gestern Abend einzukaufen.«

»Tut mir leid.« Sara nahm sich ein Stück Orange. »Ich musste bis abends um acht mit einer Versicherung im Westen verhandeln. Das war der einzige Telefontermin, den wir gefunden haben.«

»Du bist Ärztin«, sagte Bella erstaunt. »Warum zum Teufel musst du mit Versicherungen telefonieren?«

»Sie weigern sich, für die Tests zu zahlen, die ich veranlasse.«

»Ist das nicht deren Job?«

Sara zuckte die Achseln. Irgendwann hatte sie klein beigegeben und eine Vollzeitkraft engagiert, die sich mit den Versicherungen herumschlagen sollte. Trotzdem verbrachte sie noch immer täglich zwei bis drei Stunden damit, nervtötende Formulare auszufüllen oder am Telefon auf Versicherungsangestellte einzureden, wenn sie sie nicht sogar anschrie. Inzwischen ging sie eine volle Stunde früher in die Kinderklinik, um des Papierkriegs Herr zu werden, aber nichts davon half.

»Lächerlich«, murmelte Bella mit vollem Mund. Sie war Mitte sechzig und, soweit Sara wusste, in ihrem Leben keinen einzigen Tag krank gewesen. Vielleicht sollte man die gesundheitlichen Folgen des Kettenrauchens und Tequilatrinkens bis in die frühen Morgenstunden noch einmal überdenken.

Cathy stöberte in den Supermarkttüten. »Hast du Salbei bekommen?«

»Ich glaube schon.« Sara stand auf, um ihr suchen zu helfen, doch Cathy scheuchte sie weg. »Wo ist Tess?«, fragte Sara.

»In der Kirche«, antwortete Cathy. Sara wunderte sich über den missbilligenden Ton ihrer Mutter, doch sie fragte nicht weiter. Bella ging es offenbar ähnlich, denn sie sah Sara mit hochgezogenen Brauen an, als sie ihr ein weiteres Stück Orange reichte. Tessa war aus der Gemeinde der Primitive Baptist Church ausgetreten, der Cathy, seit sie Kinder waren, angehörte, und besuchte neuerdings eine kleine Freikirche im Nachbarbezirk. Eigentlich hätte Cathy sich freuen können, dass wenigstens eine ihrer Töchter keine gottlose Heidin war, doch offensichtlich gefiel ihr Tessas Wahl nicht. Wie bei den meisten Dingen in letzter Zeit fragte niemand nach den Gründen.

Cathy öffnete den Kühlschrank, räumte die Milch um und fragte beiläufig: »Wann bist du gestern Abend heimgekommen?«

»So um neun«, sagte Sara und schälte noch eine Orange.

»Verdirb dir nicht den Hunger«, mahnte Cathy. »Hat Jeffrey seine Möbel schon zu dir gebracht?«

»Fast al…« Im letzten Moment bremste Sara sich und wurde dunkelrot. Sie schluckte ein paarmal, bevor sie wieder sprechen konnte. »Woher weißt du das?«

»Ach, Schätzchen«, Bella schmunzelte. »Wenn du willst, dass die Leute sich um ihre eigenen Angelegenheiten kümmern, wohnst du in der falschen Stadt. Genau deshalb habe ich das Land verlassen, sobald ich mir die Fahrkarte leisten konnte.«

»Besser gesagt, sobald du einen Kerl gefunden hattest, der dir die Fahrkarte kaufen konnte«, versetzte Cathy trocken.

Sara räusperte sich wieder. Sie hatte das Gefühl, dass ihre Zunge auf die doppelte Größe angeschwollen war. »Weiß Daddy Bescheid?«

Cathy zog die Brauen hoch. »Was glaubst du?«

Sara holte Luft und atmete durch die Zähne aus. Jetzt verstand sie, was ihr Vater mit dem Dreck, der kleben bleibt, gemeint hatte. »Ist er wütend?«

»Ein bisschen«, sagte Cathy. »Aber vor allem ist er enttäuscht.«

Bella schnalzte mit der Zunge. »Kleine Städte, kleinkarierte Köpfe.«

»Es liegt nicht an der Stadt«, widersprach Cathy. »Es liegt an Eddie.«

Bella lehnte sich zurück, als wollte sie sehr weit ausholen. »Einmal habe ich mit einem Jungen zusammen in wilder Ehe gelebt. Ich war gerade nach London gezogen. Er war Schweißer von Beruf, aber seine Hände … er hatte die Hände eines Künstlers. Habe ich euch je erzählt …«

»Ja, Bella«, unterbrach Cathy betont gelangweilt. Bella war ihrer Zeit schon immer voraus gewesen, als Beatnik, als Hippie und als Veganerin. Zu ihrer großen Enttäuschung war es ihr nie gelungen, ihre Familie zu schockieren. Sara hatte den Verdacht, dass ihre Tante vor allem deswegen das Land verlassen hatte, um den Leuten erzählen zu können, sie sei das schwarze Schaf in der Familie. In Grant County kaufte ihr das keiner ab. Großmutter Earnshow, die für das Frauenwahlrecht gekämpft hatte, war stolz auf ihre verwegene Tochter, und Big Daddy gab vor allen mit seinem »kleinen Wirbelwind« an. Nur ein einziges Mal war es Bella gelungen, in ihrer Familie so etwas wie Aufsehen zu erregen, und zwar, als sie verkündete, sie würde einen Börsenmakler namens Colt heiraten und in einen Vorort ziehen. Glücklicherweise hatte die Beziehung nur ein Jahr gehalten.

Sara spürte, wie ihre Mutter sie mit Blicken durchbohrte. Als sie es nicht mehr aushielt, fragte sie: »Was ist denn?«

»Ich verstehe nicht, warum du ihn nicht einfach heiratest.«

Sara drehte an dem Ring, den sie am Finger trug. Jeffrey hatte seinerzeit an der Auburn University Football gespielt, und sie trug seinen Mannschaftsring am Mittelfinger wie ein verliebter Teenager.

»Dein Vater kann ihn nicht ausstehen«, bemerkte Bella, als wäre das eine Ermutigung.

Cathy verschränkte die Arme vor der Brust. »Warum?«, wiederholte sie und machte eine kurze Pause. »Warum heiratet ihr nicht einfach? Hat er dich nicht gefragt?«

»Doch.«

»Warum sagst du nicht einfach ja und bringst es hinter dich?«

»Es ist kompliziert«, gab Sara zurück und hoffte, das Thema wäre damit beendet. Alle wussten, wie ihre Beziehung mit Jeffrey verlaufen war, von dem Augenblick an, als sie sich in ihn verliebt hatte, über ihre Ehe bis zu dem Abend, als Sara früher von der Arbeit gekommen war und ihn mit einer anderen Frau im Bett erwischt hatte. Am nächsten Tag hatte sie die Scheidung eingereicht, doch aus irgendeinem Grund kam Sara nicht von ihm los.

Zu ihrer Verteidigung musste gesagt werden, dass Jeffrey sich in den letzten Jahren geändert hatte. Heute war er zu genau dem Mann geworden, den sie schon vor fünfzehn Jahren in ihm erkannt hatte. Und ihre Liebe zu ihm war neu, irgendwie sogar noch aufregender als beim ersten Mal. Sie hatte nicht mehr dieses alberne Gefühl, mit dem sie sich anfangs gequält und das Telefon beschworen hatte, es möge endlich klingeln, sonst müsse sie auf der Stelle sterben. Heute fühlte sie sich in seiner Gegenwart einfach wohl. Sie wusste, dass er immer für sie da sein würde. Und nach den fünf Jahren, in denen sie allein gelebt hatte, wusste sie auch, dass sie ohne ihn unglücklich war.

»Du bist zu stolz«, sagte Cathy. »Wenn es hier nur um dein Ego geht …«

»Es hat nichts mit meinem Ego zu tun«, erwiderte Sara. Sie wusste nicht, wie sie es erklären sollte, und sie ärgerte sich, dass sie überhaupt das Gefühl hatte, sich rechtfertigen zu müssen. Aber ihre Beziehung mit Jeffrey war das Einzige, worüber ihre Mutter noch gerne mit ihr sprach.

Sara ging ans Waschbecken und wusch sich die Hände. Um das Thema zu wechseln, fragte sie Bella: »Wie war es in Frankreich?«

»Französisch«, antwortete Bella, die sich nicht so leicht ablenken ließ. »Vertraust du ihm?«

»Ja«, sagte Sara. »Mehr als je zuvor. Und genau deshalb brauche ich auch kein Stück Papier, das mir sagt, wie wir zueinander stehen.«

Selbstgefällig stellte Bella fest: »Ich habe gleich gewusst, dass ihr wieder zusammenkommt.« Sie zeigte mit dem Finger auf Sara. »Wenn du ihn wirklich hättest loswerden wollen, dann hättest du deinen Job als Coroner aufgegeben.«

»Es ist nur ein Nebenjob«, verteidigte sich Sara, doch insgeheim wusste sie, dass Bella recht hatte. Jeffrey war der Polizeichef von Grant County. Sara war die Gerichtsmedizinerin. Bei jedem verdächtigen Tod in einer der drei Städte, die zu Grant County gehörten, hatte sie ihm wieder gegenübergestanden.

Cathy beugte sich über die letzte Einkaufstüte und zog einen Liter Cola heraus. »Und wann hattest du vor, uns einzuweihen?«

»Heute«, log Sara. Der Blick, den Cathy ihr über die Schulter zuwarf, zeigte, dass sie keine besonders talentierte Lügnerin war. »Irgendwann«, gab Sara zu und trocknete sich die Hände an ihrer Hose ab, bevor sie sich wieder hinsetzte. »Machst du für morgen einen Braten?«

»Ja«, antwortete Cathy, doch sie war noch nicht fertig. »Du wohnst nicht einmal zwei Kilometer von uns die Straße runter, Sara. Dachtest du, dein Vater kriegt nicht mit, wenn Jeffreys Wagen jeden Morgen vor deinem Haus steht?«

»Was ich da so höre«, warf Bella ein, »würde er da auch stehen, wenn er nicht umgezogen wäre.«

Sara sah ihrer Mutter zu, wie sie die Cola in eine große Plastikschüssel kippte. Cathy würde ein paar Gewürze dazugeben und den Braten dann über Nacht einlegen, um ihn morgen den ganzen Tag schmoren zu lassen. Heraus kommen würde das zarteste Fleisch, das jemals auf einem Teller gelandet war, und obwohl es ganz leicht aussah, war es Sara nie gelungen, das Rezept nachzukochen. Es lag eine gewisse Ironie darin, dass Sara die Chemiekurse an der anspruchsvollsten Universität des Landes mit summa cum laude absolviert hatte, der Cola-Braten ihrer Mutter jedoch ein unüberwindliches Hindernis für sie darstellte.

Abwesend würzte Cathy die Marinade und wiederholte ihre Frage: »Wann hattest du vor, uns einzuweihen?«

»Ich weiß es nicht«, antwortete Sara. »Wir wollten uns erst mal selbst an die Vorstellung gewöhnen.«

»Glaub nicht, dass dein Dad sich so bald daran gewöhnt«, sagte Cathy. »Du weißt, dass er strikte Auffassungen hat, was solche Dinge angeht.«

Bella brach in schallendes Gelächter aus. »Der Mann hat seit vierzig Jahren keine Kirche von innen gesehen.«

»Es geht hier nicht um Religion«, entgegnete Cathy. Zu Sara sagte sie: »Wir erinnern uns beide sehr gut, wie sehr du gelitten hast, als du von Jeffreys Seitensprung erfahren hast. Es ist nicht leicht für deinen Vater, dich erst so verzweifelt zu sehen, und plötzlich schneit Jeffrey einfach so wieder herein.«

»Ich würde das nicht gerade plötzlich nennen«, widersprach Sara. Ihre Wiederannäherung war alles andere als einfach gewesen.

»Ich weiß nicht, ob dein Vater ihm das je verzeiht.«

»Immerhin hat Eddie dir verziehen«, warf Bella ein.

Sara sah, wie ihre Mutter blass wurde. Cathy wischte sich die Hände an der Schürze ab, ihre Bewegungen waren steif und kontrolliert. Mit belegter Stimme sagte sie: »In zwei Stunden gibt es Mittagessen.« Dann verließ sie die Küche.

Bella zuckte die Achseln und seufzte laut. »Ich hab's versucht, Herzblatt.«

Sara biss sich auf die Zunge. Vor ein paar Jahren hatte Cathy Sara gebeichtet, dass sie während ihrer Ehe eine Affäre gehabt hatte, vor Saras Geburt. Auch wenn ihre Mutter darauf beharrte, dass nie wirklich etwas passiert sei, hatten Eddie und Cathy sich wegen des anderen Mannes beinahe scheiden lassen. Sara konnte sich denken, dass ihre Mutter nicht gerne an diese dunkle Episode erinnert wurde, besonders nicht vor ihrer ältesten Tochter. Sara wurde ja selbst nicht gern daran erinnert.

»Hallo?«, rief Jeffrey aus dem Flur.

Sara versuchte, ihre Erleichterung zu verbergen. »In der Küche«, rief sie.

Als er hereinkam, sah Sara seinem Lächeln an, dass ihr Vater draußen zu beschäftigt gewesen war, um sich Jeffrey vorzunehmen.

»Hallo«, sagte er und sah grinsend von Bella zu Sara. »Wenn ich hiervon träume, sind wir gewöhnlich alle nackt.«

»Du alter Schwerenöter«, schimpfte Bella, aber Sara sah das Leuchten in ihren Augen. Nach all den Jahren in Europa war sie immer noch durch und durch Südstaatenprinzessin.

Jeffrey nahm ihre Hand und küsste sie. »Du wirst immer schöner, Isabella.«

»Wie alter Wein, mein Freund.« Bella zwinkerte ihm zu. »Solange man ihn trinken kann.«

Jeffrey lachte, und Sara wartete einen Moment, bevor sie fragte: »Hast du Dad gesehen?«

Jeffrey schüttelte den Kopf. Im gleichen Moment knallte die Haustür zu, und Eddies wütende Schritte waren im Flur zu hören.

18

Sie griff nach Jeffreys Hand. »Lass uns ein bisschen spazieren gehen«, sagte sie und zerrte ihn förmlich zur Hintertür hinaus. Bella rief sie zu: »Richte Mama aus, dass wir pünktlich zum Mittagessen zurück sind.«

Jeffrey stolperte über die Terrassenstufen, als sie ihn vom Haus wegzog, außer Sichtweite der Küchenfenster.

»Was ist denn los?« Er rieb sich die Schulter.

»Tut es noch weh?« Vor geraumer Zeit war Jeffrey angeschossen worden, und trotz der Physiotherapie hatte er manchmal immer noch Schmerzen.

Er zuckte halbherzig die Achseln. »Es geht schon.«

»Tut mir leid.« Sara legte ihm die Hand auf die heile Schulter. Im nächsten Moment hatte sie die Arme um ihn geschlungen und vergrub den Kopf an seinem Hals. Tief atmete sie seinen Geruch ein. »Gott, du fühlst dich so gut an.«

Er strich ihr übers Haar. »Was ist denn los?«

»Ich habe dich vermisst.«

»Jetzt bin ich ja da.«

»Nein«, sie hob den Kopf, um ihm in die Augen zu sehen. »Die ganze Woche.« Sein Haar war an den Seiten lang geworden, und sie strich ihm eine Strähne hinters Ohr. »Du kommst, räumst ein paar Kisten rein, und schon bist du wieder weg.«

»Am Dienstag ziehen die neuen Mieter ein. Ich hab ihnen versprochen, dass die Küche bis dahin fertig ist.«

Sie küsste sein Ohr und flüsterte: »Ich wusste schon gar nicht mehr, wie du aussiehst.«

»Viel zu tun in letzter Zeit.« Er wich ein Stück zurück. »Papierkram und so. Die Arbeit und das Haus – ich habe kaum noch Zeit für mich selbst, geschweige denn für uns.«

»Das ist es nicht.« Sein defensiver Ton irritierte sie. Sie arbeiteten beide zu viel, und Sara konnte ihm deswegen kaum Vorwürfe machen.

Er trat einen Schritt zurück. »Ich weiß, dass ich ein paarmal nicht zurückgerufen habe.«

»Jeff«, unterbrach sie ihn. »Ich bin davon ausgegangen, dass du zu tun hast. Damit habe ich kein Problem.«

»Womit dann?«

Sie verschränkte die Arme, plötzlich fröstelte sie. »Dad weiß Bescheid.«

Er schien irgendwie erleichtert, und Sara fragte sich, womit er gerechnet hatte.

»Hast du gedacht, wir könnten es geheim halten?«

»Ich weiß auch nicht.« Sie spürte, dass er irgendwas auf dem Herzen hatte, aber sie wusste nicht, wie sie es am besten aus ihm herausbrachte. »Machen wir einen Spaziergang um den See, ja?«

Er warf einen Blick zum Haus, bevor er sie ansah. »Na schön.«

Durch den Garten führte ein gepflasterter Pfad zum Ufer, den ihr Vater noch vor Saras Geburt angelegt hatte. Sara und Jeffrey fielen in vertrautes Schweigen, als sie sich Hand in Hand den Weg am sandigen Seeufer entlang zum Wald bahnten. Beinahe glitt Sara auf einem nassen Stein aus, doch Jeffrey hielt sie fest, über ihre Tollpatschigkeit grinsend. Durch die Baumkronen über ihnen turnten Eichhörnchen, und am Himmel zog ein großer Bussard seine Kreise, die Flügel steif in der Brise, die vom Wasser her wehte.

Lake Grant war ein Stausee, zwölfhundert Hektar groß und stellenweise bis zu einhundert Meter tief. Die Wipfel der Bäume, die einst im Tal gewachsen waren, bevor es geflutet wurde, ragten teilweise noch aus dem Wasser, und Sara musste oft an die verlassenen Häuser da unten denken. Ob sie inzwischen von Fischen bewohnt wurden? Eddie besaß ein Foto aus der Zeit, bevor der See angelegt wurde. Es zeigte eine Ortschaft, die genauso aussah wie alle anderen in der Gegend: hübsche kleine Häuser, manche mit einem Schuppen dahinter. Es gab Geschäfte, Kirchen und eine Baumwollspinnerei, die den Bürgerkrieg und den Wiederaufbau überstanden hatte, nur um während der großen Depression geschlossen zu werden. All das war unter den Wassern des Ochawahee River versunken, damit Grant County mit Strom versorgt wurde. Im Sommer stieg und fiel der Wasserspiegel, abhängig vom Bedarf, den das Kraftwerk zu decken hatte, und als Kind hatte Sara geglaubt, wenn sie im Haus immer fleißig die Lichter löschte und Strom sparte, würde ihr Beitrag helfen, den Pegel zu halten, damit sie Wasserski fahren konnte.

Ein großer Teil des Uferlands war im Besitz der staatlichen Forstwirtschaftsbehörde, über vierhundert Hektar, die sich wie ein Schal um das Wasser schmiegten. Eine Seite des Sees grenzte an das Wohngebiet, in dem Sara und ihre Eltern lebten, auf der anderen schloss sich das Gelände des Grant Institute of Technology an. Sechzig Prozent der 130 Kilometer langen Uferlinie standen unter Naturschutz, und Saras Lieblingsstelle lag mitten in diesem Gebiet. Es war zwar nicht verboten, im Wald zu zelten, aber das steinige Terrain am Wasser war so uneben und steil, dass es sich nicht als gemütlicher Lagerplatz eignete. Hauptsächlich kamen Teenager hierher, um zu knutschen oder um ihren Eltern zu entfliehen. Von Saras Haus blickte man auf eine spektakuläre Felsformation genau gegenüber, die wahrscheinlich einst den Indianern als Weihestätte gedient hatte, bevor sie vertrieben worden waren. Manchmal sah sie in der Dämmerung ein Licht dort aufblitzen, wenn sich jemand eine Zigarette oder auch etwas anderes anzündete.

Vom Wasser her blies ein kalter Wind, der Sara erschauern ließ. Jeff legte den Arm um sie. »Dachtest du wirklich, sie würden es nicht merken?«

Sara blieb stehen und sah ihn an. »Vielleicht habe ich es einfach gehofft.«

Er grinste sie mit seinem schiefen Lächeln an, und aus Erfahrung wusste sie, dass jetzt eine Entschuldigung folgen würde. »Es tut mir leid, dass ich so wenig Zeit hatte.«

»Ich bin doch selbst die ganze Woche nicht vor sieben nach Hause gekommen.«

»Hast du das mit der Versicherung klären können?«

Sie stöhnte. »Ich habe keine Lust, darüber zu reden.«

»Na gut«, sagte er. Offensichtlich suchte er nach einem Gesprächsthema. »Wie geht's Tess?«

»Darüber auch nicht.«

»Okay …« Wieder grinste er, und als sich die Sonne im Blau seiner Augen fing, bekam Sara eine Gänsehaut.

Doch Jeffrey verstand ihr Frösteln falsch. »Willst du, dass wir zurückgehen?«

»Nein.« Sie verschränkte die Hände in seinem Nacken. »Ich will, dass du mich in die Büsche zerrst und über mich herfällst.«

21

Er lachte, bis er merkte, dass sie es ernst meinte. »Hier draußen?«

»Wir sind ganz allein.«

»Das meinst du nicht ernst.«

»Es ist zwei Wochen her«, stellte sie fest, auch wenn es ihr bis eben gar nicht aufgefallen war. Es sah ihm nicht ähnlich, sich so lange zurückzuhalten.

»Mir ist kalt.«

Sie legte die Lippen an sein Ohr und flüsterte: »In meinem Mund ist es warm.«

Sein Körper reagierte, doch Jeffrey wehrte ab: »Ich bin ein bisschen müde.«

Sara drückte sich fester an ihn. »Den Eindruck machst du aber gar nicht.«

»Sicher fängt es gleich an zu regnen.«

Der Himmel war bedeckt, aber Sara hatte in den Nachrichten gehört, dass es frühestens am Nachmittag regnen würde. »Komm schon«, sagte sie und schmiegte sich an ihn, um ihn zu küssen. Als sie merkte, dass er immer noch zögerte, wich sie zurück. »Was hast du denn?«

Er trat einen Schritt weg von ihr und blickte hinaus auf den See. »Ich habe dir doch gesagt, dass ich müde bin.«

»Du bist nie müde«, erwiderte sie. »Jedenfalls nicht, wenn es darum geht.«

Er machte eine vage Handbewegung zum See. »Es ist eiskalt hier draußen.«

»So kalt ist es auch wieder nicht«, sagte sie, und plötzlich war das alte Misstrauen wieder da und kroch ihr den Rücken herauf. Nach fünfzehn Jahren kannte sie Jeffrey in- und auswendig. Wenn er ein schlechtes Gewissen hatte, zupfte er sich am Daumennagel, und wenn ihn ein Fall beschäftigte, kratzte er sich an der rechten Augenbraue. Nach einem besonders harten Tag war er einsilbig und ließ die Schultern hängen, bis sie ihn dazu brachte, darüber zu sprechen. Der Zug, den sie jetzt um seinen Mund sah, bedeutete, dass er ihr etwas zu beichten hatte, aber sich entweder nicht traute oder nicht wusste, wie er es sagen sollte.

Sie verschränkte die Arme vor der Brust. »Was ist los?«

»Nichts.«

»Nichts?«, wiederholte sie und starrte Jeffrey an, als könnte sie die Antwort aus ihm herauspressen. Er biss sich auf die Lippen und begann, am linken Daumennagel zu zupfen. Plötzlich hatte sie ganz eindeutig das Gefühl, dass sie das hier schon einmal erlebt hatte, und die Erkenntnis traf sie wie ein Presslufthammer. »Ach, verdammt.« Sie schnappte nach Luft, als sie mit einem Mal begriff. »Verdammt nochmal.« Sie legte sich die Hand auf den Bauch, um die Übelkeit zurückzuhalten, die in ihr aufstieg.

»Was?«

Sie machte auf dem Weg kehrt, kam sich dumm vor und war zugleich wütend auf sich selbst. Davon wurde ihr so schwindelig, dass sie keinen klaren Gedanken mehr fassen konnte.

»Sara …« Jeffrey legte die Hand auf ihren Arm, aber sie stieß ihn weg. Er lief ein paar Schritte voraus und stellte sich ihr in den Weg, zwang sie, ihm ins Gesicht zu sehen. »Was ist denn los?«

»Wer ist es?«

»Wer ist wer?«

»Wer ist *sie*? Wer ist es diesmal, Jeffrey? Die vom letzten Mal?« Sie biss die Zähne so fest aufeinander, dass ihr die Kiefer schmerzten. Es passte alles zusammen: sein abwesender Blick, die abwehrende Haltung, die Distanz zwischen ihnen. Diese Woche hatte er jeden Abend eine anderen Vorwand gehabt, nicht bei ihr zu übernachten: Er musste Umzugskartons packen, er musste Überstunden machen, die verdammte Küche fertigbauen, die er seit fast zehn Jahren renovierte. Jedes Mal, wenn sie sich ihm öffnete, jedes Mal, wenn sie aus der Deckung kam und sich wohlzufühlen begann, fand er einen Weg, sie von sich zu stoßen.

Sara drückte sich klarer aus. »Welche Schlampe vögelst du dieses Mal?«

Er trat einen Schritt zurück, die Verwirrung stand ihm ins Gesicht geschrieben. »Du glaubst doch nicht …«

Sie spürte, wie Tränen in ihr aufstiegen, und begrub das Gesicht in den Händen, um sie zu verbergen. Sie war so wütend, dass sie ihn am liebsten mit bloßen Händen erwürgt hätte. »Gott«, flüsterte sie. »Ich bin so blöd.«

23

»Wie kannst du nur so was denken?«, fragte er voller Entrüstung.

Sara ließ die Hände sinken, es war ihr egal, ob er die Tränen sah. »Tu mir einen Gefallen, ja? Lüg mich dieses Mal nicht an. Wag es ja nicht, mich anzulügen.«

»Ich lüge dich nicht an«, beharrte er empört und klang dabei fast so aufgebracht, wie sie es war. Allerdings hätte sie seinen empörten Tonfall überzeugender gefunden, wenn er die gleiche Show nicht schon mal abgezogen hätte.

»Sara ...«

»Lass mich in Ruhe«, knurrte sie und marschierte zum See zurück. »Nicht zu fassen. Nicht zu fassen, wie blöd ich bin.«

»Ich betrüge dich nicht«, rief er und lief hinter ihr her. »Hör zu, okay?« Er versperrte ihr den Weg. »Ich betrüge dich nicht.«

Sara blieb stehen und funkelte ihn an. Sie wünschte, sie könnte ihm glauben.

Er sagte: »Sieh mich nicht so an.«

»Ich weiß nicht, wie ich dich sonst ansehen soll.«

Er seufzte laut, als laste ein riesiges Gewicht auf seinen Schultern. Für jemanden, der seine Unschuld beteuerte, hatte er ein ziemlich schlechtes Gewissen.

»Ich gehe jetzt zum Haus zurück«, sagte sie, doch als sie ihn ansah, entdeckte sie in seinem Ausdruck etwas, das sie innehalten ließ.

Er sprach so leise, dass sie genau hinhören musste, um ihn zu verstehen. »Es könnte sein, dass ich krank bin.«

»Krank?«, wiederholte sie, plötzlich von Panik ergriffen. »Wie, krank?«

Jeffrey ging zurück und setzte sich mit hängenden Schultern auf einen Stein. Jetzt war es Sara, die ihm hinterherlief.

»Jeff?«, fragte sie und kniete sich neben ihn. »Was ist los?« Wieder hatte sie Tränen in den Augen, doch diesmal klopfte ihr Herz vor Furcht, nicht vor Wut.

Von allen Dingen, die er hätte sagen können, war das, was er als Nächstes vorbrachte, das Schlimmste. »Jo hat angerufen.«

Sara lehnte sich auf die Hacken zurück. Sie faltete die Hände im Schoß und starrte mit leerem Blick zu Boden. In der Highschool hatte Jolene Carter all das verkörpert, was Sara nicht war: Sie war anmutig, kurvig und doch schlank, und als beliebtestes Mädchen der Schule hatte sie freie Auswahl bei den süßesten Jungs. Sie war Ballkönigin beim Abschlussball, Kopf des Cheerleader-Teams, Jahrgangsstufensprecherin. Natürlich war sie blond, hatte blaue Augen und einen kleinen Schönheitsfleck auf der rechten Wange, der ihren ansonsten makellosen Zügen einen Hauch von Sinnlichkeit und Exotik verlieh. Und selbst mit fast vierzig hatte Jolene noch einen perfekten Körper – was Sara deswegen so genau wusste, weil es Jo war, die sie vor fünf Jahren, als sie eines Abends nach Hause kam, splitternackt mit Jeffrey in ihrem Bett gefunden hatte.

Jeffrey sagte: »Sie hat Hepatitis.«

Sara hätte laut losgelacht, wenn sie gekonnt hätte. Alles, was sie herausbrachte, war: »Welche Sorte Hepatitis?«

»Die schlimme Sorte.«

»Es gibt mehrere schlimme Sorten.« Sara fragte sich, wie zum Teufel sie in diese Situation geraten war.

»Ich habe außer diesem einen Mal nie wieder mit ihr geschlafen. Das weißt du, Sara.«

Ein paar Sekunden starrte sie ihn an, hin und her gerissen zwischen dem Wunsch, aufzuspringen und davonzulaufen, und dem Drang zu bleiben, um mehr herauszufinden. »Wann hat sie angerufen?«

»Letzte Woche.«

»Letzte Woche«, wiederholte sie, dann holte sie tief Luft: »Wann genau?«

»Ich weiß nicht. Anfang der Woche.«

»Montag? Dienstag?«

»Was spielt das für eine Rolle?«

»Was das für eine Rolle spielt?«, wiederholte Sara ungläubig. »Ich bin Kinderärztin, Jeffrey. Zu mir kommen Kinder – kleine Kinder –, denen ich jeden Tag Spritzen gebe. Ich nehme ihnen Blut ab. Ich fasse ihre Wunden und Kratzer an. Es gibt Vorsichtsmaßnahmen. Es gibt alle möglichen …« Sie brach ab, als sie nachrechnete, wie viele Kinder sie der Gefahr ausgesetzt hatte, wie viele Spritzen sie gegeben hatte, wie viele Wunden sie genäht hatte. Hatte sie fahrlässig gehandelt? Sie verletzte sich dauernd an den Kanülen.

An ihre eigene Gesundheit mochte sie gar nicht denken. Das war einfach zu viel.

»Ich war gestern bei Hare«, erklärte Jeffrey, als würde ihn die Tatsache, dass er nach einer Woche schließlich einen Arzt aufgesucht hatte, rehabilitieren.

Sara presste die Lippen zusammen und versuchte, die richtigen Fragen zu stellen. Sie machte sich vor allem Sorgen um die Kinder, und erst jetzt dämmerte ihr, was das in letzter Konsequenz für sie selbst bedeuten könnte. Vielleicht hatte sie eine chronische, oft genug tödlich verlaufende Krankheit, mit der Jeffrey sie angesteckt hatte.

Sara schluckte. »Hat Hare einen Schnelltest machen lassen?«

»Ich weiß es nicht.«

»Du weißt es nicht«, wiederholte sie. Natürlich wusste er es nicht. Jeffrey litt unter dem typisch männlichen Verdrängungsmechanismus in Bezug auf alles, was mit seiner Gesundheit zusammenhing. Er wusste mehr über die Reparaturgeschichte seines Wagens als über seinen eigenen Körper, und sie sah ihn förmlich vor sich, wie er mit leerem Blick in Hares Sprechzimmer saß, mit nur einem einzigen Gedanken im Kopf, nämlich dem an den schnellsten Weg, da rauszukommen.

Sara stand auf. Sie musste sich bewegen. »Hat er dich untersucht?«

»Er hat gesagt, ich habe keine Symptome.«

»Ich will, dass du zu einem anderen Arzt gehst.«

»Was hast du gegen Hare?«

»Er …« Sara fand die richtigen Worte nicht. Ihr Gehirn verweigerte den Dienst.

»Nur weil er dein verrückter Cousin ist, heißt das noch lange nicht, dass er kein guter Arzt ist.«

»Er hat mir nichts davon erzählt«, sagte sie. Sie fühlte sich von beiden hintergangen.

Jeffrey sah sie an. »Weil ich ihn darum gebeten habe.«

»Natürlich«, stellte sie, weniger sauer als fassungslos, fest. »Aber warum hast du es mir nicht gesagt? Warum hast du mich nicht mitgenommen und mich die richtigen Fragen stellen lassen?«

»Genau deswegen«, sagte er mit Blick auf ihr unruhiges Auf-

und-ab-Gehen. »Du hast schon genug Sorgen. Ich wollte nicht, dass du dich aufregst.«

»Das ist Bockmist, und das weißt du.« Jeffrey hasste es, der Überbringer schlechter Nachrichten zu sein. So direkt er in seinem Beruf sein musste – zu Hause vermied er jede Konfrontation. »Wolltest du deshalb nicht mit mir schlafen?«

»Ich wollte vorsichtig sein.«

»Vorsichtig«, wiederholte sie.

»Hare meint, ich könnte den Virus übertragen.«

»Aber du hast dich nicht getraut, mit mir zu reden.«

»Ich wollte nicht, dass du dich aufregst.«

»Du wolltest nicht, dass ich mich über *dich* aufrege«, berichtigte sie ihn. »Das hat nichts damit zu tun, dass du mich schonen wolltest. Du wolltest bloß nicht, dass ich sauer auf dich bin.«

»Bitte, hör auf damit.« Er streckte die Hand nach ihr aus, doch sie wich zurück. »Es ist nicht meine Schuld, okay?« Er versuchte es noch einmal von vorne. »Sara, es ist Jahre her. Sie musste mich darüber informieren, ihr Arzt hat darauf bestanden.« Als würde das irgendwas besser machen, fügte er hinzu: »Sie geht auch zu Hare. Ruf ihn an. Er war es, der meinte, sie müsste es mir sagen. Es ist eine reine Vorsichtsmaßnahme. Du bist Ärztin. Du weißt das.«

»Halt«, unterbrach sie ihn und hob die Hände. Sie war kurz davor, Dinge zu sagen, die sie später bereuen würde. »Ich kann jetzt nicht mehr darüber sprechen.«

»Wo gehst du hin?«

»Ich weiß es nicht.« Sie lief in Richtung See. »Nach Hause«, sagte sie dann. »Du kannst heute bei dir übernachten.«

»Siehst du«, rief er. »Genau deswegen habe ich es dir nicht gesagt.«

»Gib ja nicht mir die Schuld daran«, schoss sie mit erstickter Stimme zurück. Sie wollte schreien, aber sie war so wütend, dass ihr die Stimme versagte. »Ich bin nicht sauer auf dich, weil du herumgevögelt hast, Jeffrey. Ich bin sauer, weil du mir nichts gesagt hast. Ich habe ein Recht, das zu wissen. Selbst wenn es weder mich noch meine Gesundheit, noch meine Patienten betrifft – dich betrifft es auf jeden Fall.«

Er lief hinter ihr her. »Aber es geht mir doch gut.«

Sie blieb stehen und drehte sich zu ihm um. »Weißt du überhaupt, was Hepatitis ist?«

Er zuckte die Achseln. »Ich dachte, damit beschäftige ich mich, wenn es nötig ist. Falls es nötig ist.«

»Mein Gott«, flüsterte Sara und wollte nur noch weg von ihm. Sie lief in Richtung Straße, sie wollte einen Umweg zu ihren Eltern nehmen, um sich ein wenig zu beruhigen. Das Ganze wäre ein gefundenes Fressen für ihre Mutter, und sie hätte auch noch recht damit.

Jeffrey folgte ihr. »Wo willst du hin?«

»Ich ruf dich in ein paar Tagen an.« Sie wartete nicht auf eine Antwort. »Ich brauche Zeit zum Nachdenken.«

Doch Jeffrey holte sie ein und berührte ihren Arm. »Wir müssen reden.«

Sie lachte bitter. »*Jetzt* willst du reden.«

»Sara …«

»Da gibt es nichts mehr zu sagen«, erklärte sie und ging schneller. Jeffrey hielt mit. Sie hörte seine schweren Schritte. Sie war beinahe in Laufschritt verfallen, als Jeffrey plötzlich von hinten auf sie fiel. Sie stürzte zu Boden, der unter ihr hohl klang. Der dumpfe Schlag hallte in ihren Ohren nach wie ein Echo.

Sie schob ihn von sich und keuchte: »Was machst du …«

»O Gott, Sara, es tut mir leid. Hast du dir wehgetan?« Er kniete vor ihr und zupfte ihr einen Zweig aus dem Haar. »Das war keine Absicht …«

»Du Vollidiot«, fauchte sie. Er hatte sie zu Tode erschreckt, und jetzt war sie noch wütender als vorher. »Was zum Teufel ist bloß mit dir los?«

»Ich bin gestolpert«, erklärte er und versuchte, ihr auf die Beine zu helfen.

»Fass mich nicht an.« Sie stieß ihn weg und stand allein auf.

Er klopfte ihr den Dreck von der Hose. »Hast du dir wehgetan?«, fragte er noch einmal.

Sara wich vor ihm zurück. »Alles bestens.«

»Sicher?«

»Ich bin ja kein Porzellan.« Als sie die Flecken auf ihrem Sweatshirt sah, knurrte sie. Der Ärmel hatte einen Riss. »Was ist bloß los mit dir?«

»Ich bin gestolpert. Oder denkst du etwa, ich hätte das absichtlich getan?«

»Nein«, gab sie zu, war aber keineswegs besänftigt. »Gott, Jeffrey.« Vorsichtig belastete sie ihr Knie. »Das hat wirklich wehgetan.«

»Tut mir leid«, wiederholte er und zupfte ihr einen Zweig aus dem Haar.

Sie sah sich den eingerissenen Ärmel an, inzwischen nur noch genervt. »Was ist passiert?«

Er drehte sich um und suchte den Waldboden ab. »Irgendwas war da …« Er unterbrach sich.

Als sie seinem Blick folgte, entdeckte sie das Ende eines Metallrohrs, das aus dem Boden ragte. Mit einem Gummiband war ein Drahtgitter daran befestigt.

Jeffrey sagte nur: »Sara«, doch das Unbehagen in seiner Stimme ließ sie frösteln.

Im Geist spielte sie die Szene noch einmal durch, und wieder hörte sie den seltsamen Schlag, als sie auf den Boden gefallen war. Auf festem Boden hätte der Sturz gedämpfter klingen müssen. Er hätte nicht nachhallen dürfen. Irgendwas war da unter ihnen. Irgendwas war dort vergraben.

»O Gott«, flüsterte Jeffrey und riss das Gitter von dem Rohr. Er versuchte hineinzusehen. Sara ahnte, dass er durch die enge Öffnung nichts erkennen würde. Dennoch fragte sie nach.

»Ist da was?«

»Nein.« Er versuchte, an dem Rohr zu rütteln, aber es gab nicht nach. Irgendwo weiter unten war es fest verankert.

Sara kniete sich hin und begann Blätter und Kiefernnadeln zur Seite zu schieben. Nach und nach legte sie ein Stück lockerer Erde frei. Zwischen der Stelle, an der sie gefallen war, und dem Rohr lag etwas über ein Meter, und Sara und Jeffrey ahnten gleichzeitig, was da unter ihnen war.

Alarmiert begannen sie beide zu graben. Die Erde war locker, als wäre der Waldboden erst kürzlich umgegraben worden. Sara kniete neben Jeffrey und schaufelte mit den Fingern Erde und Steine beiseite, während sie versuchte, nicht darüber nachzudenken, was sie finden würden.

»Scheiße!« Jeffrey zuckte jäh zurück, und Sara sah einen tiefen Schnitt an seiner Handinnenfläche, in der ein scharfkantiger Holzspan steckte. Die Wunde blutete stark, doch er achtete nicht darauf, sondern grub weiter, tiefer und tiefer, und schüttete die Erde neben sich auf.

Schließlich stieß Sara auf etwas Hartes, und als sie die Hand zurückzog, sah sie ein Brett. »Jeffrey«, rief sie, doch er grub weiter. »Jeffrey.«

»Ich weiß«, murmelte er. Um das Rohr herum hatte er ein Stück Holz freigelegt. Es war mit einer Metallmanschette an einem Brett festgeschraubt. Jeffrey holte sein Taschenmesser aus der Tasche, und Sara sah zu, wie er versuchte, die Schrauben herauszudrehen. Das Blut aus seiner Wunde machte das Messer glitschig, und schließlich gab er es auf, warf das Messer weg und packte das Rohr mit beiden Händen. Er stöhnte vor Schmerz, als er sich mit der Schulter dagegenstemmte, doch er drückte mit aller Kraft, bis das Holz ein bedrohliches Knirschen von sich gab. Das Brett um die Metallmanschette zersplitterte.

Sara hielt sich die Nase zu, als aus der Öffnung ein beißender Gestank entwich.

Das Loch hatte einen Durchmesser von etwa zwanzig Zentimetern, scharfe Splitter ragten wie Zähne aus dem Holz.

Jeffrey beugte sich hinunter. Er schüttelte den Kopf. »Ich kann nichts erkennen.«

Sara grub weiter. Sie arbeitete sich entlang den Brettern voran, und mit jedem freigelegten Stück Holz wurde ihre Panik größer. Mehrere zwanzig mal sechzig Zentimeter große Planken bildeten den Deckel einer rechteckigen Kiste. Sie war schweißgebadet, trotz des kalten Winds. Ihr Sweatshirt fühlte sich an wie ein Korsett. Sie riss es sich vom Leib, um sich besser bewegen zu können. Vor Angst, was sie entdecken würden, schwirrte ihr der Kopf. Sie betete selten, doch jetzt schickte sie ein Stoßgebet zum Himmel, egal wer da oben sie erhören mochte.

»Vorsicht«, warnte Jeffrey und setzte das Rohr als Hebel ein, um die Bretter aufzustemmen. Sara lehnte sich zurück und hielt sich schützend die Hände vor die Augen, als Erde und Schmutz durch die Luft flogen. Das Holz splitterte. Jeffrey begann, mit bloßen Händen an den schmalen Leisten zu reißen. Mit einem dumpfen Knarren gaben die Nägel nach. Säuerlicher Verwesungsgeruch stieg Sara entgegen, doch sie wandte den Blick nicht ab, als Jeffrey sich flach auf den Boden legte und den Arm in die schmale Öffnung streckte.

Er sah ihr in die Augen, während er mit zusammengebissenen Zähnen in der Kiste herumtastete. »Ich fühle etwas«, sagte er. »Hier liegt jemand.«

»Atmet er noch?«, fragte Sara, doch Jeffrey schüttelte den Kopf, bevor sie zu Ende gesprochen hatte.

Jeffrey arbeitete jetzt langsamer. Bedächtig löste er das nächste Brett. Er besah sich die Unterseite, bevor er es an Sara weitergab. Sie konnte Kratzer im Holz erkennen, wie von einem gefangenen Tier. Im nächsten Brett, das Jeffrey ihr reichte, steckte ein Fingernagel etwa in der Länge ihrer eigenen. Sara legte das Brett zur Seite. Das nächste wies noch tiefere Kratzer auf. Sara ordnete die Bretter nach ihrer ursprünglichen Lage. All das war Beweismaterial. Vielleicht war es doch ein Tier. Ein Lausbubenstreich. Ein alter indianischer Friedhof. Verschiedenste Erklärungen gingen ihr durch den Kopf, während sie zusah, wie Jeffrey eine Planke nach der anderen löste. Jedes Brett bohrte sich wie ein Splitter in Saras Herz. Insgesamt waren es fast zwanzig, doch bereits nach dem zwölften konnten sie erkennen, was sich darunter verbarg.

Jeffrey starrte in den Sarg, sein Kehlkopf bewegte sich, als er schluckte. Wie Sara hatte es ihm die Sprache verschlagen.

Das Opfer war eine junge Frau, wahrscheinlich keine zwanzig Jahre alt. Ihr dunkles Haar reichte bis zur Taille und bedeckte einen Teil ihres Körpers. Sie trug ein einfaches blaues Kleid, das ihr bis zu den Waden ging, und weiße Strümpfe ohne Schuhe. Mund und Augen waren weit aufgerissen. Sara konnte ihre Todesangst förmlich schmecken. Das Mädchen hatte eine Hand nach oben gestreckt, die Finger gekrümmt, als würde sie noch immer versuchen, sich den Weg freizukratzen. Im Weiß ihrer Augen waren winzige punktförmige Blutungen, und dünne rote Linien auf ihren Wangen zeugten von längst getrockneten Tränen. Neben ihr lagen mehrere

31

leere Wasserflaschen und eine Art Nachttopf. Außerdem waren da eine Taschenlampe und ein angebissenes Stück Brot. Das Brot war verschimmelt, und auch auf der Oberlippe des Mädchens hatte sich Schimmel gebildet, wie ein flaumiger Schnurrbart. Die junge Frau war keine auffallende Schönheit, doch wahrscheinlich war sie auf ihre ganz eigene, unscheinbare Art hübsch gewesen.

Jeffrey atmete langsam aus und setzte sich auf. Wie Sara war er voller Erde. Wie Sara war es ihm egal.

Sie starrten das Mädchen an, sahen zu, wie der Wind in ihrem dichten Haar und an den langen Ärmeln ihres Kleides spielte. Sara bemerkte, dass sie eine Schleife im Haar trug, die zum Stoff des Kleides passte, und fragte sich, wer sie ihr wohl angesteckt hatte. War es ihre Mutter oder ihre Schwester gewesen? Oder hatte sie in ihrem Zimmer vor dem Spiegel gesessen und sich die Schleife selbst gebunden? Und was war dann passiert? Wie war sie hierhergeraten?

Jeffrey wischte sich die Hände an der Jeans ab und hinterließ dabei blutige Abdrücke. »Die hatten nicht vor, sie umzubringen«, sagte er.

»Nein«, stimmte Sara zu und wurde von unsäglicher Traurigkeit überwältigt. »Sie wollten sie nur zu Tode erschrecken.«

Zwei

IN DER KLINIK hatte man Lena auf die blauen Flecken angesprochen.

»Alles in Ordnung bei Ihnen, Schätzchen?«, hatte die ältere schwarze Schwester gefragt und besorgt die Stirn in Falten gelegt.

Lena hatte automatisch mit Ja geantwortet und gewartet, bis die Schwester den Raum verließ, bevor sie sich weiter anzog.

Als Polizistin hatte sie ständig blaue Flecke: an der Hüfte, wo die Dienstwaffe so massiv auf den Knochen drückte, dass es sich an manchen Tagen anfühlte, als würde die Pistole eine bleibende Delle hinterlassen. Am Unterarm, an dem wie mit blauer Kreide gezeichnet eine dünne Linie verlief, wo sie den Arm gegen das Holster presste, damit nicht gleich jeder Zivilist bemerkte, dass sie eine Waffe trug.

Anfangs war es noch härter gewesen: Rückenschmerzen, Blasen vom Holster, Striemen vom Gummiknüppel, der ihr beim Rennen gegen das Bein schlug, wenn sie einen Täter verfolgte. Manchmal tat es richtig gut, den Knüppel zum Einsatz zu bringen, wenn sie den Kerl schließlich erwischte. Dann zahlte sie dem Arschloch heim, dass sie bei dreißig Grad im Schatten und mit vierzig Kilo schwerer Ausrüstung am Körper hinter ihm herrennen musste. Und das mit kugelsicherer Weste. Lena kannte Cops – große, kräftige Männer –, die wegen der Hitze vor Erschöpfung ohnmächtig geworden waren. Im August war es so heiß, dass sie alle ernsthaft überlegten, welches das kleinere Übel war: erschossen zu werden oder an einem Hitzschlag zu sterben.

Und trotzdem – als sie zum Detective befördert wurde und Uniform und Mütze ablegen musste, zum letzten Mal das Funkgerät abgab, da vermisste sie das ganze Gewicht. Ihr fehlte die drückende Erinnerung daran, dass sie ein Cop war. Als Detective musste sie ohne Requisiten auskommen. Auf der Straße konnte sie nicht mehr die Uniform sprechen lassen oder den Streifenwagen, bei dessen Anblick der Verkehr langsamer wurde, obwohl sich bereits alle an die Geschwindigkeitsbegrenzung hielten. Sie musste nun andere Wege finden, die bösen Jungs einzuschüchtern. Dass sie noch immer ein Cop war, daran musste sie sich selbst erinnern.

Als die Schwester in Atlanta sie im sogenannten Erholungsraum allein gelassen hatte, hatte Lena ihre vertrauten blauen Flecken betrachtet und sie mit den neuen verglichen. Fingerabdrücke, die sich wie ein Reif um ihren Arm legten. Ihr Handgelenk war dort, wo es verdreht worden war, angeschwollen. Die Prellung über der linken Niere konnte sie nicht sehen, doch sie spürte sie bei jeder Bewegung.

In ihrem ersten Jahr als Streifenpolizistin hatte Lena alles gesehen. Häusliche Auseinandersetzungen, bei denen Frauen den Polizeiwagen mit Steinen bewarfen, um die Cops daran zu hindern, ihren gewalttätigen Ehemann ins Gefängnis zu bringen. Nachbarn, die mit dem Messer aufeinander losgingen, weil ein Ast über den Zaun hing oder ein Rasenmäher verschwunden war, der meis-

33

tens in der Garage wieder auftauchte, oftmals neben einem hübschen Vorrat an Marihuana, manchmal härterem Stoff. Kleine Kinder, die sich an ihre Väter klammerten, darum bettelten, zu Hause bleiben zu dürfen, und wenn man sie dann ins Krankenhaus brachte, entdeckten die Ärzte Hinweise auf vaginalen oder analen Missbrauch. Manchmal fanden sie auch Verletzungen tief im Mundraum, Würgemale an der Kehle.

Die Ausbilder an der Polizeischule versuchten, einen auf diese Dinge vorzubereiten, aber gegen manche davon konnte man sich einfach nicht wappnen, man musste sie mit eigenen Augen sehen, man musste sie schmecken, fühlen. Niemand erklärte einem, wie groß die Angst sein konnte, wenn man einen verdächtigen Wagen aus einem anderen Staat zwecks Fahrzeugkontrolle anhielt und einem das Herz bis zum Hals klopfte, während man mit der Hand an der Waffe vom Streifenwagen zur Fahrertür ging und sich fragte, ob der Typ im Wagen seine Hand auch an einer Waffe hatte. In den Büchern waren Abbildungen von Toten, und Lena erinnerte sich daran, wie die Typen in ihrer Klasse sich darüber lustig machten. Über die Frau, die besoffen mit der Nylonstrumpfhose um die Knöchel in der Badewanne ertrunken war. Über den Kerl, der sich mit geöffneter Hose erhängt hatte und bei dessen Anblick man erst nach einer Weile begriff, dass das Ding in seiner Hand keine reife Zwetschge war. Vermutlich war auch er ein Vater, ein Ehemann gewesen, auf jeden Fall der Sohn von jemandem, aber für Generationen von Kadetten war er nur noch der »Zwetschgensack«.

Und nichts von alldem bereitete dich auf die Wirklichkeit vor, ihren Anblick, ihren Geruch. Kein Ausbilder kann dir vermitteln, wie sich der Tod anfühlt, wenn du einen Raum betrittst, sich dir die Nackenhaare aufstellen und du weißt, hier ist etwas Grauenhaftes passiert, oder – schlimmer noch – es wird gleich etwas Grauenhaftes geschehen. Kein Chief kann dich vor der schlechten Angewohnheit bewahren, mit der Zunge zu schnalzen, um diesen Geschmack loszuwerden. Keiner hat dir gesagt, dass du noch so oft duschen kannst, aber den Geruch des Todes wirst du nicht los. Und schließlich gehst du täglich fünf Kilometer in der heißen Sonne laufen und ins Fitnesscenter, um den Geruch endlich auszuschwitzen, bis dich der nächste Notruf erreicht – eine Tankstelle, ein liegengebliebener Wagen, ein Nachbarhaus, vor dem sich Post und Zeitungen stapeln –, und du findest die nächste Leiche, eine Großmutter, eine Schwester, einen Bruder oder Onkel, und alles geht wieder von vorne los.

Keiner hilft dir, wenn der Tod in dein eigenes Leben tritt. Niemand steht dir in dieser Trauer bei, wenn bei deinem Einsatz jemand ums Leben kommt – egal, wie erbärmlich dieses Leben gewesen ist. Und genau darum geht es. Als Cop lernst du schnell, zwischen »denen« und »uns« zu unterscheiden. Lena hätte nicht gedacht, dass sie eines Tages einen Verlust auf der Gegenseite betrauern würde, doch in letzter Zeit dachte sie an nichts anderes mehr. Und jetzt hatte sie ein weiteres Leben beendet, war verantwortlich für einen weiteren Tod.

Mit jeder Faser spürte sie seit Tagen den Tod in sich. Sie hatte seinen sauren Geschmack im Mund, jeder Atemzug roch nach Verwesung. Er summte schrill in ihren Ohren, und ihre Haut fühlte sich kalt und feucht an, als hätte sie sie sich vom Friedhof geborgt. Ihr Körper gehörte nicht mehr ihr, ihren Geist hatte sie nicht mehr unter Kontrolle. Von dem Moment an, als sie die Klinik in Atlanta verlassen hatte, über die Nacht im Hotel bis zu ihrer Rückkehr ins Haus ihres Onkels hatte sie an nichts anderes denken können als an das, was sie getan hatte, und an all die Fehler, die sie gemacht hatte, um an diesen Punkt zu gelangen.

Jetzt lag sie im Bett und starrte aus dem Fenster in den trostlosen kleinen Garten hinter dem Haus. Seit Lenas Kindheit hatte Hank nichts mehr am Haus gemacht. An der Decke in ihrem Zimmer war immer noch der braune Wasserfleck, wo einmal im Sturm ein Ast das Dach beschädigt hatte. Die Farbe blätterte von den Wänden, wo Hank die falsche Grundierung benutzt hatte, und die Tapeten waren so nikotingetränkt, dass alle Wände die gleiche gelbbraune Tönung angenommen hatten.

Hier waren Lena und ihre Zwillingsschwester Sibyl aufgewachsen. Ihre Mutter war bei der Geburt gestorben, ihr Vater Calvin Adams war ein paar Monate zuvor bei einer Fahrzeugkontrolle erschossen worden. Und vor drei Jahren war Sibyl ermordet worden. Wieder ein Verlust, wieder war Lena im Stich gelassen worden. Vielleicht war ihre Schwester der letzte Anker in ihrem Leben gewesen. Jetzt fühlte sie sich völlig verloren. Sie traf eine falsche Entscheidung nach der anderen und machte sich nicht einmal mehr die Mühe, die Dinge wieder zurechtzubiegen. Sie versuchte, mit den Folgen ihrer Taten zu leben. Vermutlich traf »überleben« es besser.

Lena betastete ihren Bauch, in dem bis vor knapp einer Woche noch ein Baby gewachsen war. Sie allein musste mit den Folgen leben. Sie allein hatte überlebt. Hätte das Kind wie sie den dunklen Teint ihrer mexikanischen Großmutter geerbt oder die stahlgrauen Augen und die helle Haut seines Vaters?

Lena stützte sich auf, schob die Finger in die Gesäßtasche ihrer Jeans und nahm das lange Taschenmesser heraus. Vorsichtig klappte sie die Klinge auf. Die Spitze war abgebrochen, und in einem Halbkreis getrockneten Bluts war Ethans Fingerabdruck.

Sie betrachtete ihren Arm, den dunklen Fleck, wo Ethan sie gepackt hatte, und fragte sich, wie die gleiche Hand, die das Messer gehalten hatte, die ihr so viel Schmerzen bereitet hatte, so zärtlich sein konnte, wenn sie ihren Körper liebkoste.

Die Polizistin in ihr wusste, dass sie ihn verhaften sollte. Die Frau in ihr wusste, dass er böse war. Die Realistin in ihr wusste, dass er sie eines Tages zu Tode prügeln würde. Doch eine andere, unbekannte Seite in Lena widersetzte sich ihrem Verstand, und sie hielt sich selbst für den schlimmsten aller Feiglinge. Sie war nicht anders als die Frau, die mit Steinen nach dem Streifenwagen warf. Sie war wie der Nachbar mit dem Messer. Sie verhielt sich wie das verstörte Kind, das sich an seinen Vergewaltiger klammerte. Sie war es, die fast erstickte an dem, was sie täglich über sich ergehen ließ und herunterschluckte.

Es klopfte an der Tür. »Lee?«

Hastig klappte sie das Messer zu und setzte sich auf. Als ihr Onkel die Tür aufmachte, hielt sie sich den Bauch. Sie hatte das Gefühl, etwas in ihr war zerbrochen.

Hank trat zu ihr ans Bett und streckte die Hand nach ihrer Schulter aus, ohne sie wirklich zu berühren. »Alles in Ordnung?«

»Hab mich nur zu schnell aufgesetzt.«

Er ließ die Hand sinken und steckte sie in die Hosentasche. »Hast du Hunger?«

Sie nickte, die Lippen leicht geöffnet, damit sie Luft bekam.

»Brauchst du Hilfe beim Aufstehen?«

»Es ist jetzt eine Woche her«, wehrte sie ab, als würde das seine Frage beantworten. Man hatte ihr gesagt, sie würde schon zwei Tage nach dem Eingriff wieder arbeiten können, doch Lena war unbegreiflich, wie andere Frauen das schafften. Sie war seit zwölf Jahren bei der Polizei von Grant County, und es war das erste Mal, dass sie Urlaub nahm. Die Ironie darin war zu bitter, als dass sie darüber hätte lachen können.

»Ich habe uns Mittagessen mitgebracht«, sagte Hank. Lena erkannte an seinem frischgebügelten Hawaiihemd und den weißen Jeans, dass er den Vormittag in der Kirche verbracht hatte. Sie warf einen Blick auf die Uhr. Es war nach zwölf. Sie hatte fünfzehn Stunden geschlafen.

Hank stand da, die Hände in den Hosentaschen, als wartete er auf etwas.

»Ich komme gleich«, sagte sie.

»Brauchst du irgendwas?«

»Was denn, Hank?«

Er presste die Lippen zusammen und kratzte sich an den Armen, als würden sie jucken. Die Narben der Einstiche, die seine Arme verunstalteten, waren selbst nach so vielen Jahren noch deutlich zu sehen, und sie hasste ihren Anblick. Vor allem hasste sie es, weil es Hank egal zu sein schien, dass seine Narben Lena an all die Dinge erinnerten, die zwischen ihnen standen.

»Ich mache dir einen Teller fertig.«

»Danke«, brachte sie heraus und schob die Beine über die Bettkante. Sie stellte die Füße auf den Boden und versuchte, sich darauf zu konzentrieren, wo sie war, hier in diesem Zimmer. Die letzte Woche war sie in Gedanken woanders gewesen, an besseren, sichereren Orten. Sibyl war noch nicht tot. Ethan Green war noch nicht in ihr Leben getreten. Alles war leichter.

Sie hätte gerne ein langes heißes Bad genommen, aber damit musste Lena noch eine Woche warten. Doppelt so lange durfte sie keinen Sex haben, und jedes Mal, wenn sie versuchte, sich eine Ausrede für Ethan auszudenken, kam sie zu dem Ergebnis, dass es leichter wäre, ihn einfach machen zu lassen. Was auch passierte, sie allein war dafür verantwortlich. Irgendwie würde sie bestraft werden für die Lüge, die ihr Leben war.

Lena duschte kurz, um wach zu werden. Sie achtete darauf, dass ihr Haar nicht nass wurde, allein der Gedanke, einen Föhn halten zu müssen, strengte sie an. Sie war träge geworden, während sie hier herumsaß und aus dem Fenster starrte, als bestünde die Welt aus nichts anderem als dem zugemüllten Garten mit der verlassenen Schaukel und dem 1959er Cadillac, der schon vor ihrer und Sybils Geburt aufgebockt worden war. Und vielleicht stimmte das sogar. Hank hatte mehr als einmal angeboten, dass sie wieder bei ihm einziehen könnte, und es klang so verlockend einfach, dass sie sich von seinem Angebot hatte hin und her wiegen lassen wie von einer Meeresströmung. Wenn sie nicht bald in ihr eigenes Leben zurückkehrte, würde sie für immer davontreiben. Sie würde nie wieder festen Boden unter den Füßen spüren.

Hank war gegen die Abtreibung gewesen, doch, und das war ihm hoch anzurechnen, er hatte ihre Entscheidung respektiert. Über die Jahre hatte er so einiges für Lena getan, von dem er selbst nicht viel hielt – sei es aus religiösen Gründen oder weil er so verdammt dickköpfig war –, und erst jetzt wurde ihr langsam klar, wie selbstlos er handelte. Nicht dass sie ihm jemals sagen könnte, wie dankbar sie ihm dafür war. Auch wenn Hank Norton eine der wenigen Konstanten in ihrem Leben war, wusste Lena, dass sie umgekehrt das Einzige war, an dem er noch festhielt. Wäre sie weniger egoistisch veranlagt, hätte ihr der alte Mann leidgetan.

Die Küche war gleich neben dem Bad, und Lena zog sich den Bademantel über, bevor sie die Tür öffnete. Hank stand an der Spüle und entfernte die Haut von einem Brathähnchen. Tüten von Kentucky Fried Chicken waren über die Arbeitsplatte verstreut, und ein Pappteller mit Kartoffelbrei, Krautsalat und Brötchen stand schon bereit.

»Ich wusste nicht, welches Stück du willst.«

Als Lena die glibberige Soße auf dem Kartoffelbrei sah und die Mayonnaise am Krautsalat roch, zog sich ihr Magen zusammen. Allein bei dem Gedanken an Essen wurde ihr übel. Der Anblick und der Geruch gaben ihr den Rest.

Hank legte den Hähnchenschenkel beiseite und streckte die Arme aus, als müsse er sie auffangen. »Setz dich erst mal hin.«

Ausnahmsweise tat sie, was ihr gesagt wurde, und sank auf einen der wackeligen Küchenstühle. Der Tisch verschwand unter einem Haufen Broschüren – Hank war süchtig nach AA- und NA-Meetings –, aber er hatte ihr zum Essen eine Ecke freigeräumt. Sie stützte die Ellbogen auf den Tisch und ließ den Kopf in die Hände sinken. Ihr war schwindelig, vor allem aber fühlte sie sich fehl am Platz.

Als Hank ihr über den Rücken strich, blieben seine schwieligen Hände am Stoff ihres Bademantels hängen. Lena knirschte mit den Zähnen. Sie wünschte, er würde sie nicht anfassen, doch sie hatte keine Lust auf sein beleidigtes Gesicht, wenn sie zurückwich.

Er räusperte sich. »Soll ich den Arzt rufen?«

»Es geht schon.«

»Du hattest schon immer einen empfindlichen Magen.«

»Es geht schon«, wiederholte sie abwesend. Sie wollte nicht daran erinnert werden, dass er ihr während ihrer Kindheit praktisch in jeder Lebenslage beigestanden hatte.

Er nahm einen zweiten Stuhl und setzte sich ihr gegenüber. Lena spürte, dass er wartete, bis sie ihn ansah, aber sie ließ sich Zeit, bis sie ihm den Gefallen tat. Als Kind war Hank ihr alt vorgekommen. Heute, da sie selbst vierunddreißig war – so alt wie Hank damals, als er die Zwillingstöchter seiner Schwester bei sich aufnahm –, sah er uralt aus. Das Leben, das er geführt hatte, hatte genauso tiefe Spuren in seinem Gesicht hinterlassen wie die Nadeln in seinen Armen. In seinen eisblauen Augen sah sie den Zorn hinter seiner Fürsorge. Hank war immer voller Zorn gewesen, und manchmal, wenn sie ihn ansah, erkannte Lena ihre eigene Zukunft in seinem gezeichneten Gesicht.

Die Fahrt nach Atlanta war schweigsam verlaufen. Sie hatten einander nie viel zu sagen, doch diesmal hatte die Stille schwer auf Lena gelastet. Sie hatte darauf bestanden, allein in die Klinik zu gehen, aber als sie schließlich das Gebäude betrat, in dem grelle Neonröhren vorwurfsvoll auf sie herunterbrannten, hatte sie sich gewünscht, er wäre an ihrer Seite.

Außer ihr saß noch eine andere Frau im Wartezimmer. Sie war

furchtbar dünn, hatte blondes, fast mausgraues Haar und konnte die Hände nicht still halten. Sie wich Lenas Blick fast ebenso konsequent aus wie Lena ihrem. Obwohl sie ein paar Jahre jünger als Lena sein musste, trug sie das Haar in einem strengen Knoten, wie eine alte Frau. Lena fragte sich unwillkürlich, wie sie hier gelandet sein mochte – war sie eine College-Studentin, in deren sorgfältig geplantem Leben eine Schwierigkeit aufgetaucht war? Ein harmloser Flirt, mit dem sie auf einer Party zu weit gegangen war? Ein betrunkener Onkel, dessen Zuneigung sie zum Opfer gefallen war?

Lena fragte sie nicht danach – weder brachte sie den Mut dazu auf, noch wollte sie selbst diese Frage beantworten. Und so saßen sich die beiden Frauen fast eine Stunde lang schweigend gegenüber, als wären sie zwei Gefangene, die auf ihr Todesurteil warteten, überwältigt von der Schwere ihrer Schuld. Lena war beinahe erleichtert, als man sie in den OP führte, und noch viel erleichterter, als sie Hank sah, der auf dem Parkplatz draußen darauf wartete, dass man sie in einem Rollstuhl zu ihm brachte. Er musste die ganze Zeit unruhig vor dem Auto auf und ab gegangen sein und eine Zigarette an der anderen angezündet haben. Der Asphalt lag voller brauner Kippen, die er bis zum Filter geraucht hatte.

Er hatte sie in das Hotel in der Tenth Street gebracht, denn sie mussten eine Nacht in Atlanta bleiben, falls es Probleme geben sollte. Reese, wo Lena aufgewachsen war und Hank immer noch lebte, war eine Kleinstadt, in der die Leute nichts Besseres zu tun hatten, als sich über die Nachbarn das Maul zu zerreißen. Ohnehin trauten beide dem Landarzt von Reese nicht zu, dass er Lena im Notfall helfen würde. Er stellte noch nicht mal Rezepte für die Pille aus, und die Lokalzeitung zitierte des Öfteren seine Äußerungen über die halbstarken Jugendlichen der Stadt. Er war der Ansicht, dass das ganze Problem darin bestand, dass die Frauen arbeiten gingen, anstatt zu Hause zu bleiben und ihre Kinder gottesfürchtig zu erziehen.

Das Hotelzimmer, eine Art Minisuite mit Sofaecke, war schöner als alle, die Lena bisher von innen gesehen hatte. Hank machte es sich auf der Couch gemütlich, sah bei gedämpfter Lautstärke fern, rief den Zimmerservice, wenn Lena etwas brauchte, und verließ seinen Posten nicht einmal, um eine rauchen zu gehen. Sein leises Schnarchen während der Nacht störte und tröstete sie zugleich.

Lena hatte Ethan erzählt, sie wäre in einem Trainingscamp des Georgia Bureau of Investigation, weil Jeffrey sie zu einem Kurs über Spurensicherung am Tatort angemeldet hätte. Nan, ihrer Mitbewohnerin, hatte sie gesagt, sie wäre bei Hank, um mit ihm ein paar von Sibyls Sachen durchzugehen. Im Nachhinein bereute sie, dass sie nicht beiden die gleiche Lüge erzählt hatte, sie wusste, dass es einfacher gewesen wäre. Aber Nan anzulügen hatte sie ganz nervös gemacht. Nan und ihre Schwester waren ein Liebespaar gewesen und hatten zusammengelebt. Seit Sibyls Tod versuchte Nan, Lena unter ihre Fittiche zu nehmen, ein magerer Ersatz für ihre Schwester, aber Nan bemühte sich sehr um sie. Lena wusste selbst nicht, warum sie es nicht übers Herz brachte, ihr den wahren Grund für die Reise zu gestehen.

Nan war lesbisch, und nach der Post zu urteilen, die sie erhielt, vermutlich auch so etwas wie eine Feministin. Es wäre viel leichter gewesen, in Nans Begleitung in die Klinik zu fahren, als Hanks stille Vorwürfe zu ertragen; sie hätte Lena moralisch unterstützt. Wahrscheinlich hätte Nan den Demonstranten vor der Klinik die Faust gezeigt. Sie standen am Zaun und schrien »Kindsmörderin« und »Sünderin«, als die Krankenschwester Lena in dem alten, quietschenden Rollstuhl über den Parkplatz schob. Nan hätte Lena getröstet, ihr vielleicht sogar Tee gebracht und sie zum Essen gezwungen, statt zuzulassen, dass Lena hungerte und sich selbst bestrafte, die Schuldgefühle und die brennende Leere in ihrem Magen genoss. Vor allem hätte sie Lena nicht den ganzen Tag im Bett liegen und aus dem Fenster starren lassen.

Wahrscheinlich war das genau der Grund, warum Lena sie nicht eingeweiht hatte. Nan wusste so schon viel zu viel von Lena. Es war nicht nötig, der langen Liste einen weiteren Fehltritt hinzuzufügen.

»Du musst mit jemandem reden«, sagte Hank.

Lena stützte das Gesicht in die Hände und starrte an die Wand hinter ihm. Sie war so müde, dass ihre Augenlider flatterten. Fünf Minuten. Sie würde ihm fünf Minuten geben und dann zurück ins Bett gehen.

»Was du getan hast ...« Er zögerte. »Ich verstehe, warum du es getan hast. Wirklich.«

»Danke«, war alles, was sie dazu sagte.

»Ich wünschte, ich könnte es tun«, setzte er an und knetete seine Hände. »Ich würde den Kerl zu Brei schlagen und ihn irgendwo verscharren, wo ihn keiner findet.«

Diese Unterhaltung führten sie nicht zum ersten Mal. Meistens redete Hank, und Lena starrte vor sich hin, bis er endlich merkte, wie einsilbig sie war. Er war einfach bei zu vielen AA-Treffen gewesen, hatte zu viele Säufer und Junkies gesehen, die einem Haufen Fremder ihr Herz ausschütteten, nur um dafür einen kleinen bunten Plastikchip zu bekommen, den sie dann mit sich herumtrugen, um sich an ihren guten Willen zu erinnern.

»Ich hätte das Kleine großziehen können«, sagte er, und auch dieses Angebot war nicht neu. »So wie ich dich und deine Schwester großgezogen habe.«

»Ja«, seufzte sie und zog den Bademantel enger um sich. »Das hast du ja großartig hingekriegt.«

»Du hast mich nie gelassen.«

»Was habe ich dich nicht gelassen?«, fragte sie. Sibyl war immer sein kleiner Liebling gewesen. Sibyl war die Brave, die Zugängliche der beiden. Lena war bockig und unfolgsam.

Sie ertappte sich dabei, dass sie ihren Bauch streichelte, und zwang sich, damit aufzuhören. Ethan hatte ihr mit aller Kraft in den Magen geschlagen, als sie ihm sagte, sie sei nicht schwanger, es sei nur falscher Alarm gewesen. Er hatte sie gewarnt, er würde sie umbringen, sollte sie jemals ein Kind von ihm abtreiben lassen. Er warnte sie oft, vor allem Möglichen, aber sie hörte nie auf ihn.

»Du bist eine starke Frau«, sagte Hank jetzt. »Ich verstehe nicht, warum du zulässt, dass dieser Kerl so viel Macht über dich hat.«

Sie hätte es ihm erklärt, wenn sie gewusst hätte wie. Männer konnten das nicht verstehen. Männer konnten nicht begreifen, dass es keine Rolle spielte, wie stark man war, sei es physisch oder psychisch. Da war dieser Mangel tief in ihr drin, und die Art, wie ein Kerl es schaffte, den Schmerz verschwinden zu lassen. Früher hatte Lena Frauen verachtet, die sich von Männern verprügeln ließen. Was war los mit ihnen? Warum konnten sie nicht auf sich aufpassen? Sie waren erbärmlich, bekamen genau das, worum sie gebeten hatten. Manchmal hätte Lena am liebsten selber zugeschlagen, sie angeschrien, dass sie sich endlich zusammenreißen sollten, statt freiwillig den Fußabtreter zu spielen.

Wenn man selbst drinsteckte, sah die Sache allerdings ganz anders aus. So leicht es ihr fiel, Ethan zu hassen, wenn er nicht da war – wenn er bei ihr war und sie gut behandelte, wünschte sie sich, er würde nie wieder gehen. Er war in der Lage, ihr armseliges Leben schlimmer oder besser zu machen, abhängig von seiner Laune. Und irgendwie war es eine Erleichterung, ihm diese Macht über ihr Leben zu geben, denn damit hatte sie eine Verantwortung weniger am Hals. Außerdem schlug sie manchmal zurück. Manchmal war sie es, die damit anfing.

Fast alle Frauen, die sich schlagen ließen, behaupteten, sie seien selbst schuld, hätten ihren Freund oder Ehemann provoziert, das Essen anbrennen lassen oder nannten sonst einen Grund, der es rechtfertigte, dass ihnen die Seele aus dem Leib geprügelt worden war. Lena dagegen wusste ganz genau, dass sie Ethans dunkle Seite mit Absicht heraufbeschwor. Er hatte sich ändern wollen. Als sie ihn kennenlernte, hatte er sich mit aller Kraft bemüht, ein anderer Mensch zu werden, ein guter Mensch. Es war nicht Ethan, der schuld an den blauen Flecken war. Es war Lena. Sie stachelte ihn immer wieder an. Sie hetzte ihn auf und schlug auf ihn ein, bis er schließlich explodierte, und erst wenn er sich auf sie stürzte, wenn er ihr wehtat und sie vögelte, fühlte sie sich lebendig. Er gab ihr das Gefühl, wieder am Leben zu sein.

Lena hätte das Baby auf gar keinen Fall zur Welt bringen können. Ihr beschissenes Leben war niemandem zuzumuten.

Hank stützte die Ellbogen auf die Knie. »Ich würde es so gern begreifen.«

Eigentlich hätte Hank mit seiner eigenen Geschichte der Erste sein müssen, der sie verstand. Ethan tat Lena nicht gut. Er machte einen Menschen aus ihr, den sie verachtete, und doch kehrte sie immer zu ihm zurück und wollte mehr. Es war wie eine Sucht.

Aus dem Schlafzimmer war eine digitale Melodie zu hören, und Lena brauchte eine Sekunde, bis sie begriff, dass ihr Telefon klingelte.

Als er sah, dass sie versuchte aufzustehen, sagte Hank: »Ich hole es dir«, und war in ihrem Zimmer, bevor sie ihn aufhalten konnte. Sie hörte, wie er ans Telefon ging. »Einen Moment.«

Mit grimmigem Blick kam er zurück und hielt ihr das Telefon hin. »Es ist dein Chef.«

Jeffreys Stimme war genauso düster wie Hanks Miene. »Lena«, fing er an. »Ich weiß, dass du noch einen Tag Urlaub hast, aber ich brauche dich.«

Sie sah auf die Uhr an der Wand und überlegte, wie lange es dauern würde, zu packen und zurück nach Grant County zu fahren. Zum ersten Mal seit einer Woche spürte sie ihr Herz schlagen. Adrenalin schoss durch ihre Adern, und sie hatte das Gefühl, aus einem langen Schlaf zu erwachen.

Sie mied Hanks Blick, als sie sagte: »Ich kann in drei Stunden da sein.«

»Gut«, antwortete Jeffrey. »Wir sehen uns in der Leichenhalle.«

Drei

SARA HIELT DIE LUFT AN, als sie sich das Pflaster über den abgebrochenen Fingernagel klebte. Vom Graben waren ihre Hände zerkratzt, und ihre Fingerspitzen waren mit winzigen Schnitten übersät, die sich anfühlten wie tausend Nadelstiche. Diese Woche würde sie in der Klinik besonders vorsichtig sein müssen und darauf achten, dass ihre Wunden stets versorgt waren. Beim Anblick ihres Daumens musste sie unwillkürlich an den Fingernagel denken, der im Holz stecken geblieben war, und bekam ein schlechtes Gewissen, dass sie sich um solche Nichtigkeiten Gedanken machte. Sie konnte sich nicht vorstellen, wie grauenhaft die letzten Augenblicke im Leben der jungen Frau gewesen sein mussten, aber genau das herauszufinden würde in den nächsten Stunden ihre Aufgabe sein.

Im Laufe ihrer Arbeit im Leichenschauhaus hatte Sara die scheußlichsten Arten gesehen, auf die Menschen zu Tode kamen –

Messerstiche, Einschusslöcher, Schläge, Würgemale. Sie bemühte sich zwar, die Fälle ausschließlich von der medizinischen Warte zu betrachten. Doch manchmal kam es vor, dass das Opfer für sie wieder zu einem lebendigen, atmenden Wesen wurde, das sie um Hilfe anflehte. Das tote Mädchen aus der Kiste im Wald hatte Sara angefleht. Die Panik in ihrem starren Blick, die Hand, die nach Sara zu greifen schien – der stumme Hilfeschrei. Die letzten Augenblicke der jungen Frau mussten unvorstellbar grausam gewesen sein. Es gab keinen schlimmeren Tod, als bei lebendigem Leib begraben zu werden.

Das Telefon in ihrem Büro klingelte, und Sara lief eilig durch die Halle, um abzunehmen, bevor der Anrufbeantworter ansprang. Sie war einen Moment zu spät, und als sie den Hörer abnahm, piepte die Rückkoppelung im Lautsprecher.

»Sara?«, fragte Jeffrey.

»Ja«, bestätigte sie und schaltete den Anrufbeantworter aus. »Tut mir leid.«

»Wir haben nichts gefunden«, sagte er, und sie hörte seiner Stimme an, wie frustriert er war.

»Keine Vermisstenmeldungen?«

»Vor ein paar Wochen wurde ein Mädchen gemeldet«, erklärte er, »aber sie ist gestern bei ihrer Großmutter aufgetaucht. Warte mal.« Sie hörte ihn im Hintergrund murmeln, dann war er wieder am Apparat. »Ich ruf dich gleich zurück.«

Bevor Sara etwas erwidern konnte, klickte es in der Leitung. Sie lehnte sich zurück und betrachtete ihren Schreibtisch, auf dem die Papiere und Notizzettel in ordentlichen Stapeln lagen. Alle Stifte steckten in einer Tasse, und das Telefon bildete einen exakten Winkel zur Tischkante. Carlos, ihr Assistent, hatte eine Vollzeitstelle im Leichenschauhaus, und manchmal hatte er tagelang nichts zu tun, außer Däumchen zu drehen und darauf zu warten, dass jemand zu Tode kam. Offensichtlich hatte er sich die Zeit damit vertrieben, ihr Büro aufzuräumen. Sara fuhr mit dem Finger über einen Kratzer in der Resopalplatte. In all den Jahren, die sie schon hier arbeitete, war ihr die künstliche Maserung nie aufgefallen.

Sie musste an das Holz denken, aus dem die Kiste gezimmert worden war. Die Bretter hatten relativ neu ausgesehen, und das

Gitter über dem Rohr sollte offensichtlich verhindern, dass Blätter und Äste das Luftrohr verstopften. Jemand hatte sie dort gefangen gehalten, am Leben gehalten, aus makabren Gründen. Lief ihr Entführer gerade da draußen herum und dachte an seine Gefangene in der Holzkiste? War es für ihn eine Art sexueller Kitzel, dass er Macht über ihr Leben besaß? Bestand die Befriedigung einfach darin, dass er sie diesem qualvollen Tod überlassen hatte?

Sara erschrak, als das Telefon wieder klingelte. Sie nahm den Hörer ab. »Jeffrey?«

»Warte kurz.« Er legte die Hand auf den Hörer und sprach erneut mit jemandem im Hintergrund. Sara wartete ab, bis er wieder dran war. »Wie alt schätzt du sie?«

Sara spekulierte nicht gerne: »Zwischen sechzehn und neunzehn vielleicht. Im Moment ist das noch schwer zu sagen.«

Er gab die Information an die Kollegen am Tatort weiter, dann fragte er: »Glaubst du, jemand hat sie gezwungen, diese Kleider anzuziehen?«

»Ich weiß es nicht.« Sie hatte keine Ahnung, worauf er hinauswollte.

»Ihre Strümpfe sind sauber.«

»Vielleicht hat er ihr die Schuhe erst weggenommen, als sie in der Kiste war«, überlegte sie. Langsam dämmerte es ihr. »Ich muss sie untersuchen, bevor ich sagen kann, ob sie vergewaltigt worden ist.«

»Vielleicht hat er damit noch gewartet«, bemerkte Jeffrey, und beide dachten schweigend über diese Möglichkeit nach. »Hier draußen regnet es in Strömen«, sagte er dann. »Wir versuchen, die Kiste auszugraben. Vielleicht liefert sie uns Hinweise.«

»Das Holz sah neu aus.«

»An der Innenseite ist es verschimmelt«, gab er zurück. »Vielleicht verrottet es unter der Erde langsamer.«

»Ist das Holz behandelt?«

»Ja«, sagte er. »Und die Kanten sind auf Gehrung gezimmert. Wer auch immer die Kiste gebaut hat, hat sie nicht einfach zusammengenagelt. Das war ein Handwerker.« Er schwieg einen Moment. Schließlich sagte er: »Sie sieht aus wie ein kleines Mädchen, Sara.«

»Ich weiß.«

»Jemand muss sie vermissen«, seufzte er. »Sie ist nicht einfach von zu Hause ausgerissen.«

Sara schwieg. Sie hatte zu oft erlebt, dass die Autopsie unerwartete Geheimnisse zutage förderte, und wollte keine voreiligen Schlüsse ziehen. Es gab so viele Umstände, die dazu geführt haben könnten, dass das Mädchen an jenem dunklen Ort im Wald gelandet war.

»Wir geben eine Suchmeldung raus«, sagte Jeffrey. »Landesweit.«

»Glaubst du, jemand hat sie von woanders hergebracht?«, fragte Sara überrascht. Aus irgendeinem Grund war sie davon ausgegangen, dass das Mädchen aus der Gegend kam.

»Dieser Wald ist kein Privatgelände«, erklärte er. »Hier kommen alle möglichen Leute vorbei.«

»Aber an der Stelle ...« Sara unterbrach sich. Sie fragte sich, ob sie vielleicht in der letzten Woche nachts aus ihrem Fenster gesehen hatte, während der Entführer sein Opfer im Schutz der Dunkelheit auf der anderen Seite des Sees bei lebendigem Leib begraben hatte.

»Er wollte bestimmt nach ihr sehen«, knüpfte Jeffrey an Saras vorigen Gedanken an. »Wir hören uns in der Nachbarschaft um, ob sich in letzter Zeit jemand hier herumgetrieben hat, der nicht hergehört.«

»Das ist meine Laufstrecke da draußen«, warf Sara ein. »Und ich bin noch nie jemandem begegnet. Wir hätten sie überhaupt nicht entdeckt, wenn du nicht über das Rohr gestolpert wärst.«

»Brad untersucht das Rohr auf Fingerabdrücke.«

»Vielleicht wäre es besser, wenn du das machst«, erwiderte sie. »Oder ich.«

»Brad weiß, was er tut.«

»Das meine ich nicht«, sagte sie. »Du hast dich verletzt. An dem Rohr ist Blut von dir.«

Jeffrey zögerte einen Moment. »Er trägt Handschuhe.«

»Auch eine Schutzbrille?«, fragte Sara. Sie kam sich kleinkariert vor, doch sie musste das Thema ansprechen. Jeffrey antwortete nicht, und so wurde sie deutlicher: »Ich will dir nicht auf die Nerven gehen, aber wir sollten vorsichtig sein, solange das Ergebnis noch nicht da ist. Du würdest es dir nie verzeihen, wenn ...« Sie bremste sich. Den Rest konnte er sich denken. Als er weiter schwieg, fragte sie: »Jeffrey?«

»Ich gebe Carlos das Rohr mit«, erklärte er, und sie hörte ihm an, dass er verärgert war.

»Tut mir leid«, sagte sie, auch wenn sie nicht genau wusste, weshalb sie sich entschuldigte.

Er sagte nichts, doch am Knistern in der Leitung hörte sie, dass er sich bewegte. Wahrscheinlich entfernte er sich vom Tatort.

»Woran, glaubst du, ist sie gestorben?«

Sara seufzte, bevor sie antwortete. Sie hasste es zu raten. »So wie wir sie gefunden haben, würde ich schätzen, dass sie keine Luft mehr bekommen hat.«

»Aber was ist mit dem Belüftungsrohr?«

»Vielleicht war es zu eng. Vielleicht ist sie in Panik geraten.« Sara überlegte. »Genau deswegen äußere ich nicht gern eine Meinung, ohne die Fakten zu kennen. Es könnte auch eine ganz andere Todesursache geben, vielleicht hatte sie einen Herzfehler oder war zuckerkrank. Es kann alles Mögliche sein. Ich kann dazu nichts sagen, bis ich sie hier auf dem Tisch habe – und selbst dann haben wir vielleicht erst Gewissheit, wenn die Tests aus dem Labor zurückkommen. Und vielleicht kann ich es noch nicht einmal dann mit Sicherheit sagen.«

Jeffrey dachte über die verschiedenen Möglichkeiten nach. »Du meinst, sie ist panisch geworden?«

»Mir wäre es jedenfalls mit Sicherheit so gegangen.«

»Sie hatte eine Taschenlampe«, erinnerte er sie. »Die Batterien waren noch voll.«

»Ein schwacher Trost.«

»Ich brauche ein Foto zum Rausschicken, sobald ihr sie sauber gemacht habt. Irgendwer muss sie doch vermissen.«

»Sie ist versorgt worden. Ich kann mir nicht vorstellen, dass derjenige, der sie da reingesteckt hat, vorhatte, sie für immer dort zu lassen.«

»Ich habe Nick angerufen.« Nick war der zuständige Field Agent des Georgia Bureau of Investigation. »Er ist auf dem Weg in sein Büro und sieht im Computer nach, ob sie dort was haben. Könnte sich um eine Lösegeldforderung handeln.«

Aus irgendeinem Grund war Sara diese Vorstellung lieber als eine Entführung aus rein sadistischen Motiven.

»Ich habe Lena in einer Stunde in die Leichenhalle bestellt«, bemerkte Jeffrey.

»Soll ich dich anrufen, wenn sie da ist?«

»Nein«, sagte er. »Es wird bald dunkel. Ich komme rüber, sobald wir mit der Spurensicherung fertig sind.« Er zögerte, als hätte er noch etwas auf dem Herzen.

»Was ist?«, fragte Sara.

»Sie ist noch ein Kind.«

»Ich weiß.«

Er räusperte sich. »Jemand sucht nach ihr, Sara. Wir müssen rausfinden, wer sie ist.«

»Das werden wir.«

Wieder schwieg er einen Moment. »Ich bin so schnell wie möglich bei euch.«

Sachte legte sie den Hörer auf die Gabel. Jeffreys Worte kreisten in ihrem Kopf. Vor gut einem Jahr war Jeffrey bei einem Einsatz gezwungen gewesen, ein Mädchen zu erschießen. Sara hatte gesehen, wie sich die Szene abspielte. Ein wahr gewordener Albtraum. Sie wusste, dass Jeffrey keine Wahl hatte, genauso wie sie wusste, dass Jeffrey sich niemals verzeihen würde, welche Rolle er in dem tödlichen Drama gespielt hatte.

Sara ging an den Aktenschrank und suchte die Formulare für die bevorstehende Obduktion heraus. Auch wenn der Tod wahrscheinlich auf Ersticken zurückging, würde Sara Blut- und Urinproben nehmen müssen und sie ans Labor der Landesbehörde schicken, wo sie herumliegen würden, bis einer der überarbeiteten Mitarbeiter des GBI die Zeit fände, sich darum zu kümmern. Sara würde Gewebeproben nehmen, die für drei Jahre ins Archiv der Anatomie wanderten. Sie würde forensische Spuren sammeln, eintüten und beschriften. Abhängig davon, was sie entdeckte, mussten auch die nach einer Vergewaltigung vorgeschriebenen Tests durchgeführt werden: Sie würde die Fingernägel abkratzen und schneiden, Abstriche in Vagina, Anus und Mund machen und auf DNA untersuchen. Später würde Sara die Organe wiegen und die Maße der Arme und Beine nehmen. Haarfarbe, Augenfarbe, Muttermale, Alter, ethnische Zugehörigkeit, Geschlecht, Zahl der Zähne, Narben, Hämatome, anatomische Besonderheiten – all das würde in die entsprechenden Formulare eingetragen werden. In ein paar Stunden würde Sara Jeffrey alles sagen können, was es über das Mädchen zu wissen gab, außer der einen Sache, die wichtig war: ihren Namen.

Sara schlug ihr Register auf, um den Fall einzutragen. Das Mädchen würde als »Nr. 8472« in die Akten eingehen. Im Moment gab es in Grant County nur zwei Fälle nicht identifizierter Leichen, und so würde die Polizei vorerst von »Jane Doe Nr. 3« reden. Sara wurde von Traurigkeit überwältigt, als sie die Zahlen in ihr Buch schrieb. Bis ein Familienmitglied ausfindig gemacht wurde, war das Opfer nicht mehr als eine Nummer.

Sara nahm einen weiteren Stapel Formulare aus dem Schrank und blätterte ihn durch, bis sie die standardisierte Sterbeurkunde der Vereinigten Staaten fand. Sie war gesetzlich verpflichtet, innerhalb von achtundvierzig Stunden einen Totenschein für das Mädchen auszustellen. Jeder ihrer Schritte trieb die Verwandlung des Menschen in eine Nummer voran. Nach der Obduktion würde Sara den entsprechenden Zahlencode für die Todesart heraussuchen und in das dafür vorgesehene Kästchen eintragen. Das Formular wurde an die nationale Gesundheitsbehörde geschickt, die die Daten an die Weltgesundheitsorganisation weitergab. Dort wurde der Fall katalogisiert und analysiert, das Mädchen erhielt noch mehr Codes und Ziffern, die mit Daten aus dem ganzen Land und anschließend der ganzen Welt verglichen wurden. Die Tatsache, dass die junge Frau Familie, Freunde, vielleicht einen Geliebten hatte, spielte bei alldem nicht die geringste Rolle.

Wieder dachte Sara an das Mädchen in dem selbstgezimmerten Sarg, an die Todesangst in ihren Augen. Sie war jemandes Tochter. Als sie zur Welt kam, hatte jemand sie im Arm gehalten, ihr ins Gesicht geblickt und ihr einen Namen gegeben. Jemand hatte sie geliebt.

Das altersschwache Getriebe des Fahrstuhls sprang an. Sara legte die Papiere zur Seite und stand auf. Sie wartete vor der Fahrstuhltür und lauschte der ächzenden Maschinerie, als die Kabine den Schacht herunterkroch. Carlos war ein unglaublich ernster

Mensch, und sie hatte ihn sehr selten Witze machen hören. Aber über den uralten Fahrstuhl scherzte selbst er.

Auf dem altmodischen Zifferblatt, das die Etage anzeigte, hing der Zeiger zwischen null und minus eins, fast ohne sich zu bewegen. Sara lehnte sich gegen die Wand und begann die Sekunden zu zählen. Bei achtunddreißig war sie kurz davor, den Hausmeister zu rufen, aber plötzlich schrillte die Glocke durch den gefliesten Raum, und die Fahrstuhltür öffnete sich.

Carlos stand hinter der Bahre und wirkte beunruhigt. »Ich habe schon gedacht, wir sind steckengeblieben«, murmelte er mit seinem starken spanischen Akzent.

»Ich helfe dir.« Sara griff nach einem Ende der Bahre. Der Arm des Mädchens stand noch immer in dem gleichen flachen Winkel ab, in dem es versucht hatte, sich aus der Kiste zu befreien. Sara musste die Bahre leicht anheben, damit sie nicht an der Tür hängen blieb.

Sie fragte Carlos: »Hast du sie schon geröntgt?«

»Ja, Ma'am.«

»Gewogen?«

»51,3 Kilo«, erklärte er. »Ein Meter sechzig.«

Sara notierte die Werte auf der Weißwandtafel an der Wand. Dann steckte sie die Kappe auf den Marker und sagte: »Legen wir sie auf den Tisch.«

Am Fundort hatte Carlos das Mädchen in einen schwarzen Leichensack gelegt, den sie jetzt zu zweit an den Ecken nahmen und auf den Tisch hoben. Sara half Carlos, den Reißverschluss zu öffnen, und schweigend bereiteten sie die Leiche auf die Untersuchung vor. Carlos zog sich Latexhandschuhe an und schnitt die braunen Papiertüten auf, die er über die Hände des Mädchens gestülpt hatte, um mögliche Spuren zu konservieren. Obwohl das lange Haar stellenweise verklettet war, ergoss es sich seidig über die Tischkante. Sara zog ebenfalls Handschuhe an und schob das Haar zurück auf den Tisch. Sie ertappte sich, dass sie dem angstverzerrten Gesicht des Mädchens sorgsam auswich. Ein kurzer Blick auf Carlos verriet ihr, dass es ihm genauso ging.

Während Carlos begann, das Mädchen auszuziehen, nahm Sara aus dem Metallschrank neben den Spülbecken einen OP-Kittel und eine Schutzbrille. Sie legte beides auf die Ablage neben dem Untersuchungstisch. Als Carlos den milchweißen Körper des Mädchens unter dem grellen Neonlicht freigelegt hatte, überkam Sara erneut tiefe Traurigkeit. Die kleinen Brüste steckten in einer Art weißem Sport-BH, dazu trug sie eine dieser großen Baumwollunterhosen, die Art, die Sara immer mit alten Leuten assoziierte. Großmutter Earnshaw hatte ihr und Tessa jedes Jahr einen Zehnerpack davon zu Weihnachten geschenkt, und Tessa nannte sie Oma-Schlüpfer.

»Kein Etikett«, stellte Carlos fest, und Sara stellte sich neben ihn. Er hatte das Kleid auf Packpapier ausgebreitet, damit keine Spur verlorenging. Sara wechselte die Handschuhe, bevor sie den Stoff berührte. Das Kleid war schlicht geschnitten, hatte lange Ärmel und einen steifen Kragen. Es war aus einer Art grober Baumwolle gemacht.

Sara betrachtete die Nähte. »Sieht nicht so aus, als ob es von der Stange ist«, sagte sie und dachte, dass dies ein Hinweis sein könnte. Sie selbst war nach einem missglückten Nähkurs in der Highschool gerade einmal dazu fähig, hin und wieder einen Knopf anzunähen. Wer auch immer dieses Kleid geschneidert hatte, wusste offensichtlich, was er tat.

»Sieht alles sehr ordentlich aus«, sagte Carlos und legte die Unterwäsche auf das Packpapier. Die Wäsche war zwar abgetragen, aber sehr sauber, die Etiketten vom vielen Waschen verblichen.

»Leuchtest du sie mit Schwarzlicht aus?«, bat Sara, aber er war schon dabei, die Lampe aus dem Schrank zu holen.

Sara wandte sich wieder dem Obduktionstisch zu. Erleichtert stellte sie fest, dass keine Hämatome oder andere Verletzungen an den Schenkeln und im Schambereich des Mädchens zu erkennen waren. Dennoch wartete sie ab, bis Carlos die Lampe eingeschaltet hatte und das ultraviolette Licht über die Kleider wandern ließ. Nichts leuchtete auf, was bedeutete, dass es keine Rückstände von Sperma oder Blut auf der Kleidung gab. Carlos nahm die Verlängerungsschnur, kam zu Sara an den Tisch und wollte ihr die Lampe geben.

Doch Sara sagte: »Mach du das ruhig.« Langsam ließ er das Licht über den Körper des Mädchens gleiten. Seine Hände waren vollkommen ruhig, sein Blick konzentriert. Sara übertrug ihm gerne kleinere Aufgaben dieser Art, denn sie wusste, dass er sich bei der ewigen Warterei in der Leichenhalle zu Tode langweilte. Aber als Sara einmal angeregt hatte, dass er einen Kurs an der Uni belegen könnte, hatte Carlos entsetzt den Kopf geschüttelt, als hätte sie ihm vorgeschlagen, auf den Mond zu fliegen.

»Sauber«, stellte er fest, und seine Zähne blitzten im Schwarzlicht auf, als er lächelte, was selten vorkam. Er knipste die Lampe aus und begann, das Kabel aufzuwickeln, um sie wieder im Schrank zu verstauen.

Sara schob den Instrumentenwagen mit den Instrumententabletts an den Tisch. Carlos hatte das Besteck auf den Tabletts vorbereitet, und auch wenn er selten einen Fehler machte, sah Sara noch einmal nach, ob alles bereitlag, was sie brauchen würde.

Auf einem Tablett waren verschiedene Skalpelle der Größe nach aufgereiht, daneben verschiedene chirurgische Scheren. Unterschiedlich große Zangen, Wundhaken, Drahtscheren, ein Sägemesser und verschiedene Sonden lagen auf einem zweiten Tablett. Die Stryker-Säge und der Resektionshammer lagen auf dem untersten Fach des Tischs, die Organwaage hing darüber. Bruchfeste Gefäße und Reagenzgläser für die Gewebeproben standen an der Spüle bereit. Ein Metermaß und ein kleines Lineal lagen neben der Kamera, mit der alle Besonderheiten dokumentiert wurden.

Sara drehte sich wieder zum Obduktionstisch um. Carlos war gerade dabei, einen Gummiblock unter die Schultern des Mädchens zu schieben, um den Hals zu strecken. Mit Saras Hilfe faltete er ein weißes Laken auseinander und deckte den Körper damit zu, bis nur noch der angewinkelte Arm hervorsah. Carlos ging sanft mit der Leiche um, als wäre das Mädchen noch am Leben und spürte alles, was er tat. Nicht zum ersten Mal wurde Sara bewusst, wie wenig sie über ihn wusste, obwohl sie seit über zehn Jahren zusammenarbeiteten.

Seine Uhr piepte dreimal, und er drückte auf einen der vielen Knöpfe, um den Alarm abzustellen. »Die Röntgenbilder sind fertig«, erklärte er.

»Ich kümmere mich um den Rest«, sagte sie. Die Vorbereitungen waren so gut wie abgeschlossen.

Sie wartete, bis seine schweren Schritte auf der Treppe zu hören waren, dann zwang sie sich, dem Mädchen ins Gesicht zu sehen. Im Scheinwerferlicht sah sie älter aus, als Sara zunächst angenommen hatte. Sie konnte auch Anfang zwanzig sein. Vielleicht war sie verheiratet. Vielleicht hatte sie sogar schon ein Kind.

Wieder hörte Sara Schritte auf der Treppe, doch diesmal war es nicht Carlos, sondern Lena Adams, die die Schwingtür aufdrückte und hereinkam.

»Hallo«, sagte Lena und sah sich in der Leichenhalle um. Sie hatte die Hände in die Hüften gestemmt, sodass ihre Dienstwaffe unter ihrem Arm hervorstak. Lena stand in der typischen Polizistenhaltung da: breitbeinig, die Schultern durchgedrückt, und nahm trotz ihrer zerbrechlichen Statur viel Raum ein. Sara fühlte sich in Gegenwart der Kriminalbeamtin immer unbehaglich. Die beiden Frauen begegneten sich selten unter vier Augen.

»Jeffrey ist noch nicht da«, erklärte Sara, während sie eine Kassette für das Diktiergerät aus dem Schrank nahm. »Sie können in meinem Büro warten, wenn Sie möchten.«

»Nicht nötig«, antwortete Lena und trat an die Leiche heran. Sie betrachtete das Mädchen einen Moment, dann pfiff sie leise durch die Zähne. Sara beobachtete sie und stellte fest, dass Lena irgendwie verändert wirkte. Sonst strahlte sie immer eine Art unterschwelligen Zorn aus, doch heute wirkte sie irgendwie verletzlich. Ihre Augen waren gerötet, und offensichtlich hatte sie abgenommen, was ihrer ohnehin schmächtigen Figur nicht zugutekam.

Sara fragte: »Geht es Ihnen gut?«

Statt zu antworten, zeigte Lena auf die Leiche. »Was ist passiert?«

Sara legte die Kassette ein. »Jemand hat sie in einer Holzkiste draußen am See lebendig begraben.«

»O Gott.« Lena schauderte.

Sara trat auf das Pedal unter dem Tisch, mit dem das Aufnahmegerät betätigt wurde. In das Mikro sagte sie: »Test, Test, Test.«

»Woher wissen Sie, dass sie noch gelebt hat?«, fragte Lena.

»Sie hat von innen an den Brettern gekratzt«, erklärte Sara, während sie das Band zurückspulte. »Jemand hat sie da unten eingesperrt und … Ich weiß es nicht. Jedenfalls hat er sie aus irgendeinem Grund gefangen gehalten.«

Lena atmete tief ein. »Hat sie deswegen den Arm angewinkelt? Weil sie sich den Weg ins Freie graben wollte?«

»Ich glaube schon.«

»O Gott.«

Die Rückspultaste des Recorders sprang heraus. Schweigend lauschten sie Saras Stimme. »*Test, Test, Test.*«

Nach einem Moment fragte Lena: »Habt ihr schon eine Ahnung, wer sie ist?«

»Nein.«

»Ist sie erstickt?«

Sara hielt inne und erzählte Lena, was passiert war. Ausdruckslos hörte Lena zu. Sara wusste, dass die Polizistin in ihrer Ausbildung gelernt hatte, keine Reaktionen zu zeigen, dennoch war es irritierend, dass ein so grausames Verbrechen Lena scheinbar unbeteiligt ließ.

Als Sara fertig war, flüsterte Lena nur: »Scheiße.«

»Ja«, stimmte Sara zu. Sie warf einen Blick auf die Uhr und fragte sich, wo Carlos so lange blieb. Im gleichen Moment kam er zusammen mit Jeffrey herein.

»Lena«, sagte Jeffrey. »Danke, dass du gekommen bist.«

»Kein Problem«, antwortete sie achselzuckend.

Jeffrey sah Lena genauer an. »Geht es dir gut?«

Unwillkürlich warf Lena Sara einen merkwürdig schuldbewussten Blick zu. Sie sagte: »Mir geht's gut.« Dann zeigte sie auf die Tote. »Habt ihr schon einen Namen?«

Jeffrey biss die Zähne zusammen. Sie hätte ihm keine schlimmere Frage stellen können. »Nein«, sagte er knapp.

Sara zeigte zur Spüle. »Du musst deine Hand säubern.«

»Habe ich schon.«

»Wasch sie nochmal«, beharrte sie und schob ihn zur Spüle, wo sie das Wasser aufdrehte. »Da ist noch jede Menge Dreck in der Wunde.«

Er zischte durch die Zähne, als sie seine Hand unter das heiße Wasser hielt. Die Wunde hätte genäht werden müssen, aber inzwischen war zu viel Zeit vergangen, das Infektionsrisiko war zu hoch.

Sara würde den Schnitt klammern und das Beste hoffen. »Ich werde dir ein Antibiotikum verschreiben.«

»Danke.« Er sah sie verärgert an, während sie sich ein Paar Gummihandschuhe überzog, und sie erwiderte seinen Blick ebenso verstimmt, als sie seine Hand verband. Doch sie würden ihren Streit bestimmt nicht vor Publikum ausfechten.

»Dr. Linton?« Carlos stand am Lichtkasten und sah sich die Röntgenbilder des Opfers an. Sara machte Jeffreys Verband fertig und ging zu ihm. Eine Reihe verschiedener Aufnahmen waren vor den Leuchtmitteln aufgehängt, doch ihr Blick fiel sofort auf die Bilder des Unterleibs.

Carlos sagte: »Ich glaube, die muss ich nochmal machen. Irgendwie sind sie verschwommen.«

Der Röntgenapparat war älter als Sara, dennoch erkannte sie sofort, dass mit den Abzügen alles in Ordnung war. »Nein«, flüsterte sie, während ihr ein kalter Schauer über den Rücken lief.

Jeffrey, der schon wieder an dem neuen Verband zupfte, stellte sich neben sie. »Was ist?«

»Sie war schwanger.«

»Schwanger?«, wiederholte Lena.

Sara betrachtete sorgsam das Röntgenbild. Die Aufgabe, die vor ihr lag, wurde immer schwerer. Sie hasste es, Kinder zu obduzieren. Und das hier war das jüngste Opfer, das sie je in der Leichenhalle gehabt hatte.

Jeffrey fragte: »Bist du dir sicher?«

»Hier ist der Kopf zu erkennen«, sagte sie und fuhr mit dem Finger über die Aufnahme. »Beine, Arme, Rumpf …«

Lena kam dazu, um ebenfalls einen genaueren Blick darauf zu werfen. Leise fragte sie: »Wie weit war sie?«

»Ich weiß es nicht«, antwortete Sara. Ihr Herz krampfte sich zusammen. Sie würde diesen Embryo in der Hand halten, ihn aufschneiden müssen wie ein Stück Obst. Der Schädel wäre noch weich, die Augen und der Mund dunkle Flecken unter hauchdünner Haut. Fälle wie dieser ließen sie ihre Arbeit hassen.

»Monate? Wochen?«, hakte Lena nach.

Sara wusste es nicht. »Ich muss sie erst untersuchen.«

»Doppelmord«, bemerkte Jeffrey.

»Nicht unbedingt«, erinnerte ihn Sara. Je nachdem, welche Partei am lautesten schrie, änderten die Politiker quasi täglich die Gesetze zum Schutz ungeborenen Lebens. Glücklicherweise hatte Sara noch nie damit zu tun gehabt. »Ich muss mich bei der Staatsanwaltschaft erkundigen.«

»Warum?«, fragte Lena, und ihre Stimme klang dabei so seltsam, dass Sara sich zu ihr umdrehte. Lena starrte das Röntgenbild an, als hätte alles andere keine Bedeutung mehr.

»Es wird nicht mehr an der Lebensfähigkeit festgemacht«, erklärte Sara und wunderte sich, dass Lena es so genau wissen wollte. Sie hatte nicht den Eindruck, dass Lena viel mit Kindern am Hut hatte. Andererseits wurde Lena älter, und vielleicht tickte nun auch ihre biologische Uhr.

Lena wies mit dem Kopf auf das Bild, die Arme eng vor der Brust verschränkt. »War es lebensfähig?«

»Noch lange nicht«, sagte Sara, dann berichtigte sie sich: »Ich habe von Föten gehört, die nach dreiundzwanzig Wochen zur Welt kamen und am Leben erhalten wurden, aber das ist äußerst ungewöhnlich –«

»Im zweiten Drittel der Schwangerschaft«, unterbrach Lena.

»Ja, richtig.«

»Nach dreiundzwanzig Wochen?«, wiederholte Lena. Sie schluckte sichtbar, und Sara und Jeffrey tauschten einen Blick.

Er zuckte die Schultern, dann fragte er Lena: »Alles in Ordnung mit dir?«

»Ja«, sagte sie, aber offensichtlich musste sie sich zwingen, den Blick von dem Röntgenbild loszureißen. »Ja«, wiederholte sie. »Dann … äh … können wir ja loslegen.«

Carlos half Sara in den grünen Chirurgenkittel, und dann nahmen sie sich gemeinsam jeden Zentimeter der Leiche vor. Das wenige, was sie fanden, wurde vermessen und fotografiert. Am Hals waren Spuren von Fingernägeln, wahrscheinlich hatte sie sich selbst dort gekratzt, eine ganz normale Reaktion, wenn man keine Luft bekam. An den Spitzen von Zeige- und Mittelfinger der rechten Hand fehlte die Haut, und Sara vermutete, sie würden die Hautfetzen an der Innenseite der Bretter finden. Unter den verbliebenen Fingernägeln fanden sich Holzsplitter, die von ihren Befreiungsversuchen herrührten, aber Sara fand weder Haut noch Gewebereste darunter.

Auch im Mund der Toten fanden sie nichts Auffälliges, die Schleimhäute waren weder verletzt noch geschwollen. Es gab keine Zahnfüllungen oder sonstigen Hinweise auf zahnärztliche Behandlung, dafür den Ansatz von Karies am rechten hinteren Backenzahn. Ihre Weisheitszähne waren intakt, zwei davon bohrten sich bereits durchs Zahnfleisch. Über der rechten Gesäßhälfte befand sich ein sternförmiges Muttermal, und am rechten Unterarm war ihre Haut an einer Stelle trocken. Da sie ein langärmeliges Kleid getragen hatte, vermutete Sara, dass es sich um ein häufiger auftretendes Ekzem handelte. Der Winter machte dünnhäutigen Menschen zu schaffen.

Bevor Jeffrey die Polaroidfotos für die Identifizierung machte, versuchte Sara, den Mund und die Augen der jungen Frau zu schließen, um sie friedlicher aussehen zu lassen. Dann kratzte sie ihr mit einem Messer den Schimmel von der Oberlippe. Viel war es nicht, doch sie versiegelte die Probe in einem Reagenzglas, um sie ins Labor zu schicken.

Jeffrey beugte sich über die Leiche und hielt die Kamera dicht über das Gesicht. Der Blitz explodierte mit einem lauten Knall. Sara blinzelte, und der Gestank von verbranntem Plastik überdeckte kurzzeitig die anderen chemischen Gerüche in der Leichenhalle.

»Eins noch«, sagte Jeffrey und beugte sich erneut über das Mädchen. Wieder knallte es, und die Kamera spuckte sirrend das zweite Foto aus.

Lena bemerkte: »Wie eine Obdachlose sieht sie nicht aus.«

»Nein«, stimmte Jeffrey zu, und seiner Stimme war anzuhören, wie dringend er Antworten wollte. Er wedelte das Polaroid durch die Luft, als könnte er damit die Entwicklung beschleunigen.

»Nehmen wir ihre Fingerabdrücke«, sagte Sara und prüfte die Starre am angewinkelten Arm des Mädchens.

Der Arm gab leichter nach, als Sara erwartet hatte, und offenbar war ihr die Überraschung anzusehen, denn Jeffrey fragte sie: »Wie lange, glaubst du, war sie tot?«

Sie presste den Arm herunter, an den Körper des Mädchens, damit Carlos die Tinte für die Fingerabdrücke auftragen konnte.

»Sechs bis zwölf Stunden nach Eintritt des Todes ist die Totenstarre vollständig. Nach dem jetzigen Stadium zu urteilen, ist sie vielleicht ein, zwei Tage tot, länger nicht.« Sie zeigte auf die violetten Verfärbungen an ihrem Rücken und drückte mit dem Finger darauf. »Es sind bereits Leichenflecken entstanden. Die Verwesung hat eingesetzt. Aber es muss kalt gewesen sein da unten. Der Körper wurde konserviert.«

»Was ist mit dem Schimmel an ihrem Mund?«

Sara sah auf die Karteikarte, die Carlos ihr reichte, um zu prüfen, ob die Abdrücke dessen, was von den Fingerspitzen des Mädchens übrig geblieben war, sie zufriedenstellten. Nickend gab sie Carlos die Karte zurück und sagte zu Jeffrey: »Es gibt Schimmelarten, die sehr schnell wuchern, vor allem in einer solchen Umgebung. Vielleicht hat sie sich übergeben, und darauf hat sich der Schimmel gebildet.« Dann fiel ihr noch etwas ein. »Manche Schimmelarten verringern in geschlossenen Räumen den Sauerstoffgehalt der Luft.«

»Das Zeug war auch an der Innenseite der Kiste«, erinnerte sich Jeffrey, während er sich das Polaroidfoto ansah. Er zeigte es Sara. »Nicht so schlimm, wie ich befürchtet hatte.«

Sara nickte, auch wenn sie sich nicht vorstellen mochte, wie das Foto auf jemanden wirkte, der das Mädchen gekannt hatte. Trotz all ihrer Bemühungen, den Gesichtsausdruck zu verändern, ließ er keinen Zweifel daran, dass sie einen grausamen Tod gestorben war.

Jeffrey hielt das Foto auch Lena hin, aber die schüttelte nur den Kopf. Dann fragte er Sara: »Glaubst du, sie wurde missbraucht?«

»Das überprüfen wir gleich.« Sara merkte, dass sie die Untersuchung hinausgezögert hatte.

Carlos gab ihr das Spekulum und rollte eine Lampe herüber. Während sie die Beckenuntersuchung durchführte, spürte Sara, wie die anderen die Luft anhielten. »Keine Anzeichen von sexuellem Missbrauch«, verkündete sie schließlich, und alle atmeten auf. Sara konnte nicht genau sagen, warum eine Vergewaltigung Fälle wie diesen so viel grauenhafter machte, aber ihre Erleichterung, dass der jungen Frau vor ihrem Tod eine weitere Erniedrigung erspart geblieben war, war groß.

Als Nächstes untersuchte Sara die Augen und das feine Netz der geplatzten Äderchen. Die Lippen der Toten waren blau und die Zunge leicht geschwollen und dunkelviolett. »Normalerweise treten bei dieser Art des Erstickungstods keine Blutungen in der Bindehaut auf«, stellte Sara fest.

Jeffrey fragte: »Du meinst, es könnte eine andere Todesursache dahinterstecken?«

Wahrheitsgemäß sagte Sara: »Ich weiß es nicht.«

Sie stach mit einer 18-G-Nadel ins Innere des Auges, um dem Augapfel Kammerflüssigkeit zu entnehmen. Carlos zog eine Spritze mit Salzlösung auf, mit der sie den Augapfel wieder auffüllte, damit das Auge nicht kollabierte.

Als Sara mit der äußeren Besichtigung so weit durch war, fragte sie: »Fertig?«

Jeffrey und Lena nickten. Sara betätigte mit dem Pedal unter dem Tisch das Diktiergerät. »Gerichtsmedizin, Fall Nummer achtvier-zweiundsiebzig. Jane Doe, weiblich, weiß, braunes Haar, braune Augen. Alter unbekannt, schätzungsweise achtzehn bis zwanzig Jahre. Gewicht 51,3 Kilogramm, Körpergröße einhundertsechzig Zentimeter. Die Oberfläche der Haut ist kühl, kompatibel mit dem Fundort in einer Kiste unter der Erde, in der sie unbestimmte Zeit gelegen hat.« Sie stellte das Aufnahmegerät ab und sagte zu Carlos: »Wir brauchen die Außentemperaturen der letzten zwei Wochen.«

Carlos machte sich eine Notiz an der Tafel.

Jeffrey fragte: »Glaubst du, sie lag länger als eine Woche da unten?«

»Am Montag hat es zu frieren begonnen«, erinnerte sie ihn. »Der Nachttopf war relativ leer, aber vielleicht hat sie das Wasser vorsichtshalber rationiert. Außerdem war sie wahrscheinlich durch den Schock dehydriert.« Sie stellte das Diktiergerät wieder ein und griff nach einem Skalpell. »Die innere Besichtigung wird mit dem hierfür üblichen Y-Schnitt eingeleitet.«

Bei ihrer ersten Obduktion hatten Sara die Hände gezittert. Als Ärztin hatte man ihr beigebracht, behutsam zu sein. Als Chirurgin hatte sie gelernt, dass jeder Schnitt an einem Körper wohlüberlegt sein und kontrolliert ausgeführt werden musste; alles, was sie mit ihren Händen tat, sollte heilen, keinen Schaden anrichten. Doch die ersten Schnitte einer Obduktion – bei der die Leiche wie ein

Stück rohes Fleisch behandelt wird – widersprachen allem, was sie je gelernt hatte.

Sie setzte das Skalpell auf der rechten Seite an, schräg unterhalb des Schlüsselbeins. Von dort schnitt sie bis zur Mitte der Brüste, folgte mit der Spitze der Schneide den Rippen bis zum unteren Ende des Brustbeins. Das Gleiche wiederholte sie links. Die Haut faltete sich unter dem Skalpell auseinander, während sie der Mittellinie um den Bauchnabel herum bis zum Schambein folgte. Gelbes Fettgewebe rollte sich hinter der scharfen Klinge zu beiden Seiten weg.

Carlos reichte Sara eine Schere, mit der sie das Bauchfell aufschnitt, als Lena plötzlich nach Luft schnappte und sich die Hand vor den Mund hielt.

»Geht es dir …«, setzte Sara an, aber Lena rannte bereits würgend aus dem Raum.

Im Keller der Anatomie gab es keine Toiletten, und Lena versuchte offensichtlich, es rechtzeitig nach oben in die Klinik zu schaffen. Nach den Würgegeräuschen im Treppenhaus zu schließen, war ihr das nicht gelungen. Lena keuchte, und dann hörte man wieder, wie sie sich erbrach.

Carlos murmelte etwas in sich hinein und ging los, um Eimer und Wischmopp zu holen.

Jeffrey machte ein mürrisches Gesicht. Er hatte es noch nie ertragen können, wenn sich jemand in seiner Nähe übergab. »Meinst du, es geht ihr wieder gut?«

Sara sah auf die Leiche und fragte sich, warum Lena so empfindlich reagiert hatte. Als Detective hatte sie häufig Obduktionen beigewohnt, und bei keiner hatte sie eine solche Reaktion gezeigt. Die Leiche war noch nicht einmal richtig seziert, bisher lag nur ein Teil des Bauchgewebes offen.

Carlos, der inzwischen zurückgekehrt war, bemerkte: »Es ist der Geruch.«

»Welcher Geruch?«, entgegnete Sara und überlegte, ob sie den Darm punktiert haben könnte.

Er runzelte die Stirn. »Es riecht irgendwie nach Jahrmarkt.«

Die Tür ging auf, und Lena kam verlegen wieder herein.

»Tut mir leid«, sagte sie. »Ich weiß auch nicht, was …« Zwei Me-

61

ter vor dem Tisch blieb sie stehen und hielt sich erneut die Hand vor den Mund. »Gott, was ist denn das?«

Jeffrey zuckte die Schultern. »Ich rieche nichts.«

»Carlos?«, fragte Sara.

Er sagte: »Es riecht irgendwie ... verbrannt.«

»Nein«, widersprach Lena und wich einen Schritt zurück. »Eher geronnen. Mir zieht sich der Mund zusammen, wenn ich das rieche.«

Bei Sara schrillten die Alarmglocken. »Riecht es bitter?«, fragte sie. »So ähnlich wie Bittermandel?«

»Ja«, sagte Lena unsicher, ohne näher zu kommen. »Ich glaube schon.«

Auch Carlos nickte, und Sara spürte, wie ihr kalter Schweiß ausbrach.

»Gott«, stöhnte Jeffrey und wich einen Schritt von der Leiche zurück.

»Wir müssen sie ins staatliche Labor bringen«, sagte Sara und warf das Laken über die Leiche. »Ich glaube, wir haben nicht mal eine Schutzabdeckung hier.«

Jeffrey erinnerte sie: »In Macon gibt es eine Quarantänekammer. Soll ich Nick anrufen und fragen, ob wir da reinkönnen?«

Sie zog die Handschuhe aus. »Es wäre näher, aber die würden mich nur zusehen lassen.«

»Hast du damit ein Problem?«

»Nein«, lenkte sie ein und zog einen Mundschutz über. Sie unterdrückte ein Schaudern, als sie daran dachte, was hätte passieren können. Unaufgefordert kam Carlos mit dem Leichensack.

»Vorsichtig«, warnte Sara und reichte ihm einen Mundschutz. »Wir haben großes Glück gehabt«, erklärte sie, während sie Carlos half, den Sack zu versiegeln. »Nur etwa vierzig Prozent der Bevölkerung können den Geruch wahrnehmen.«

Jeffrey sagte zu Lena: »Gut, dass du heute gekommen bist.«

Verwirrt sah Lena von Sara zu Jeffrey und wieder zurück. »Wovon redet ihr eigentlich?«

»Zyankali.« Sara schloss den Reißverschluss des Leichensacks. »Du hast Zyankali gerochen.« Lena schien immer noch nicht zu begreifen, und so fügte Sara hinzu: »Sie wurde vergiftet.«

MONTAG

Vier

JEFFREY MUSSTE SO SEHR GÄHNEN, dass sein Kiefergelenk knackte. Er lehnte sich auf seinem Stuhl zurück und starrte durch die Scheibe seines Büros in den Mannschaftsraum, wobei er versuchte, konzentriert zu wirken. Brad Stephens, der jüngste Streifenpolizist der Truppe von Grant County, grinste unbeholfen zu ihm herein. Jeffrey nickte ihm zu, was ihm einen stechenden Schmerz im Nacken bescherte. Er fühlte sich, als hätte er auf Beton geschlafen, was beinahe stimmte, denn das Einzige, was ihn in der letzten Nacht von den Dielen getrennt hatte, war ein Schlafsack gewesen, der so alt und verschlissen war, dass selbst die Heilsarmee dankend abgelehnt hatte. Seine Matratze hatten sie gerne genommen, auch das alte Sofa und die drei Kisten mit Küchenutensilien, um die sich Jeffrey und Sara während der Scheidung gestritten hatten. Das war fünf Jahre her, und er hatte die Kisten noch nicht einmal ausgepackt. Es wäre Selbstmord, jetzt damit bei Sara anzukommen.

Als er in den letzten Wochen seinen kleinen Haushalt auflöste, hatte er beunruhigt festgestellt, wie wenig sich in der Zeit seines Junggesellendaseins angesammelt hatte. Statt Schäfchen zu zählen, war er gestern Nacht die Liste seiner Neuanschaffungen durchgegangen. Außer zehn Bücherkisten, einem Set schöner Bettwäsche – dem Geschenk einer Frau, die Sara hoffentlich nie kennenlernen würde – und ein paar Anzügen, die er für die Arbeit brauchte, hatte Jeffrey nichts Neues vorzuweisen. Das Fahrrad, der Rasenmäher und sein Werkzeug – bis auf den Akkuschrauber, den er ersetzen musste, nachdem sein alter in einen Eimer Farbe gefallen war – war alles bereits da gewesen, als er bei Sara ausgezogen war. Und jetzt hatte er alles von Wert, das er je besessen hatte, schon wieder bei ihr eingeräumt.

Und schlief auf dem Boden.

Er trank einen Schluck lauwarmen Kaffee, bevor er sich wieder

der Aufgabe widmete, die ihn schon seit einer halben Stunde beschäftigte. Jeffrey gehörte zwar nicht zu den Männern, die die Lektüre von Gebrauchsanweisungen für unmännlich hielten, aber die Tatsache, dass er jetzt zum vierten Mal mit aller Sorgfalt jeden einzelnen Schritt in der Anleitung seines Mobiltelefons befolgte, ohne dass es ihm gelang, seine eigene Nummer in den Schnellspeicher einzugeben, kratzte doch erheblich an seinem Ego. Dabei war er sich nicht einmal sicher, ob Sara das Telefon überhaupt benutzen würde. Sie hasste die Dinger. Doch Jeffrey wollte nicht, dass sie nach Macon fuhr, ohne ihn erreichen zu können, falls etwas passierte.

»Schritt eins«, murmelte er leise, als könnte er das Telefon von der Logik seiner Anweisungen überzeugen. Zum fünften Mal tippte er die sechzehn folgenden Schritte ein, doch als er danach die Rückruftaste drückte, passierte wieder nichts.

»Mist«, knurrte er schließlich und schlug mit der Faust auf den Tisch. »Scheiße«, stöhnte er dann, weil er die verletzte Hand benutzt hatte. Er drehte das Handgelenk und sah, wie Blut durch den weißen Verband sickerte, den Sara ihm gestern Abend im Leichenschauhaus angelegt hatte. Er schickte noch ein »Verdammt!« hinterher. Die letzten zehn Minuten hatten hinreichend bewiesen, dass dies ein extrem beschissener Tag werden würde.

Wie auf das Stichwort stand Brad Stephens in seiner Bürotür. »Kann ich helfen?«

Jeffrey warf ihm das Telefon zu. »Kannst du meine Nummer als Schnellwahl eingeben?«

Brad drückte ein paar Tasten. »Die Handynummer?«

»Ja«, sagte Jeffrey. Dann schrieb er Cathy und Eddie Lintons Festnetznummer auf ein gelbes Post-it. »Und die hier auch.«

»Alles klar«, sagte Brad, während er die auf dem Kopf stehenden Ziffern las und weitere Tasten drückte.

»Brauchst du die Anleitung?«

Brad warf ihm einen Blick zu, als wollte Jeffrey ihn auf den Arm nehmen, und programmierte weiter. Jeffrey fühlte sich sehr, sehr alt.

»So«, sagte Brad, den Blick auf das Telefon, und tippte noch ein paar Zahlen. »Hier. Jetzt müsste es funktionieren.«

Jeffrey drückte das Icon mit dem Telefonbuch, und die Nummern erschienen im Display. »Danke.«

»Wenn Sie sonst noch was brauchen, Sir …«

»Das war's schon.« Jeffrey stand auf. Er zog sein Jackett über und steckte das Telefon ein. »Ich schätze, wir haben noch keine Hinweise auf unsere Vermisstenmeldung bekommen, oder?«

»Nein, Sir«, antwortete Brad. »Ich gebe Ihnen Bescheid, sobald was reinkommt.«

»Ich fahre kurz in die Klinik, dann bin ich wieder da.« Jeffrey folgte Brad aus dem Büro. Er ließ die Schultern kreisen, als er den Mannschaftsraum durchquerte, versuchte die Muskeln zu lockern, die so verspannt waren, dass sich sein Arm taub anfühlte. Der Eingangsbereich des Polizeireviers war einst eine offene Eingangshalle gewesen, doch jetzt war die Anmeldung mit Panzerglas geschützt wie ein Bankschalter. Marla Simmons, seit Anbeginn aller Zeiten die Sekretärin des Reviers, drückte einen Knopf unter dem Tresen, um Jeffrey rauszulassen.

»Ich bin bei Sara in der Klinik, wenn mich jemand sucht«, erklärte er.

Marla lächelte verschmitzt. »Sei brav«, sagte sie.

Er zwinkerte ihr zu, dann ging er hinaus.

Jeffrey war schon seit halb sechs auf dem Revier, nachdem er um vier Uhr morgens die Hoffnung auf erholsamen Schlaf aufgegeben hatte. Normalerweise ging er vor der Arbeit eine halbe Stunde joggen, aber heute hatte er beschlossen, stattdessen früher ins Büro zu gehen. Er hatte einen Berg von Papierkram zu erledigen. Unter anderem die Aufstellung des Etats, gegen den der Bürgermeister später sein Veto einlegen würde, bevor er sich zur jährlichen Bürgermeisterkonferenz in Miami davonmachte. Jeffrey vermutete, dass allein die Rechnung für die Minibar die Kosten für zwei kugelsichere Westen überstieg, aber Politiker hielten nicht viel von solchen Vergleichen.

Heartsdale war ein College-Städtchen, und auf der Straße begegnete Jeffrey mehreren Studenten auf dem Weg zu ihren Kursen. Die Erstsemester wurden in den Mehrbettzimmern der Wohnheime auf dem Campus untergebracht, und sobald sie sich im zweiten Studienjahr selbst eine Bleibe suchen durften, war die erste Amtshandlung jedes einigermaßen vernünftigen Studenten, schleunigst das Weite zu suchen. Jeffrey hatte sein Häuschen gerade an ein paar solcher Studentinnen vermietet, die hoffentlich so vertrauenswürdig waren, wie sie aussahen. Grant Tech war an und für sich ein College für Streber, wo es weder Studentenverbindungen noch Football-Spiele gab, doch auch hier gab es Youngsters, die wussten, wie man es krachen ließ. Seine zukünftigen Mieter hatte sich Jeffrey genau angesehen. Er war lange genug bei der Polizei, um zu wissen, dass er sein Haus niemals in einem Stück zurückbekommen würde, wenn er an eine Männer-WG vermietete. In diesem Alter stimmte irgendwas mit den Synapsen nicht, und wenn Sex oder Bier im Spiel waren – oder beides, wenn man Glück hatte –, stellte das Gehirn alle höheren Funktionen ein. Die Mädchen, die einzogen, hatten beide Lesen als ihr einziges Hobby angegeben. Doch bei dem Glück, das er in letzter Zeit hatte, würden sie das Haus wahrscheinlich in eine Drogenhölle verwandeln.

Das College befand sich am Ende der Main Street, und Jeffrey ging hinter einer Gruppe von Studentinnen her, die auf dem Weg zum Institut waren. Sie waren ausnahmslos jung und hübsch, und keine nahm in irgendeiner Weise Notiz von ihm. Es hatte eine Zeit gegeben, als Jeffreys Ego darunter gelitten hätte, doch jetzt beunruhigte es ihn aus einem ganz anderen Grund. Er könnte ein Stalker sein, ihre Gespräche ausspionieren, um rauszukriegen, wo er sie später finden könnte. Er hätte sonst wer sein können.

Hinter ihm hupte ein Wagen, und Jeffrey stellte fest, dass er auf die Fahrbahn gelaufen war. Er winkte dem Mann am Steuer zu, als er die Straße überquerte. Es war Bill Burgess von der chemischen Reinigung. Im Stillen dankte er Gott, dass der alte Mann mit den trüben Augen ihn überhaupt gesehen und gebremst hatte.

Jeffrey erinnerte sich selten an seine Träume, was wahrscheinlich eine Gnade war, doch letzte Nacht war ihm immer wieder die junge Frau in der Kiste erschienen. Manchmal veränderte sich ihr Gesicht, und er sah wieder das Mädchen vor sich, das er vor über einem Jahr hatte erschießen müssen. Sie war noch ein Kind gewesen, aber in dreizehn Jahren hatte sie bereits Schlimmeres erlebt als die meisten Erwachsenen in ihrem ganzen Leben. Sie hatte so verzweifelt Hilfe gebraucht, dass sie eine Waffe auf einen gleichaltrigen Jungen gerichtet hatte, weil sie hoffte, dass er ihrem eigenen Leiden ein Ende setzen würde. Jeffrey hatte auf sie schießen müssen, um den Jungen zu retten. Oder nicht? Vielleicht wäre alles anders gekommen. Vielleicht hätte sie den Jungen nicht getötet. Dann wären die beiden jetzt noch am Leben, und das Mädchen in der Kiste wäre nur ein weiterer Fall und kein Albtraum.

Seufzend ging Jeffrey die Straße hinunter. In seinem Leben gab es eindeutig zu viele Vielleicht.

Die Kinderklinik befand sich auf der anderen Straßenseite, direkt vor den Toren des Colleges. Er warf einen Blick auf die Uhr, als er die Eingangstür öffnete. Um kurz nach sieben war Sara wahrscheinlich schon da. Obwohl sie montags erst ab acht Uhr Sprechstunde hatte, ging im Wartezimmer bereits eine junge Frau mit einem weinenden Baby auf dem Arm auf und ab.

»Guten Morgen«, sagte Jeffrey.

»Guten Morgen, Chief«, antwortete die Mutter, und er bemerkte die dunklen Ringe unter ihren Augen. Das Baby war mindestens zwei und hatte ein Organ, das die Fensterscheiben zum Klirren brachte.

Die Frau verlagerte das Kind auf den anderen Arm, wobei sie ihr Bein zu Hilfe nahm. Sie wog vermutlich keine vierzig Kilo, und Jeffrey fragte sich, wie sie das Kind überhaupt tragen konnte.

Als sie seinen Blick bemerkte, erklärte sie: »Dr. Linton müsste gleich da sein.«

»Danke«, sagte Jeffrey und zog sein Jackett aus. Die Ostwand des Wartezimmers bestand aus Glasbausteinen, und selbst an kalten Wintertagen machte die Morgensonne aus dem Raum eine Sauna.

»Heiß hier«, sagte die Frau und ging weiter auf und ab.

»Allerdings.«

Jeffrey wartete, dass sie noch etwas sagte, aber sie hatte sich wieder ihrem weinenden Baby zugewandt und versuchte, es zu beruhigen. Es war Jeffrey ein Rätsel, wie Mütter mit kleinen Kindern es schafften, nicht direkt ins Koma zu fallen. In Momenten wie diesen konnte er beinahe verstehen, dass seine eigene Mutter immer einen Flachmann in der Handtasche hatte.

Er lehnte sich an die Wand und betrachtete das Spielzeug, das ordentlich gestapelt in einer Ecke lag. An den Wänden hingen mindestens drei Schilder mit den Worten »MOBILTELEFONE VERBOTEN«. Sara war der Meinung, wenn ein Kind so krank war, dass es zum Arzt musste, sollten die Eltern ihm ihre ungeteilte Aufmerksamkeit widmen, anstatt in ein Telefon zu plärren. Jeffrey musste grinsen, als er an das erste und einzige Mal dachte, dass Sara ein Handy im Auto dabeigehabt hatte. Anscheinend hatte sie aus Versehen die Kurzwahltaste gedrückt und Jeffrey angerufen, der abnahm und sie minutenlang lauthals singen hörte. Er hatte allerdings erst beim dritten Anruf kapiert, dass sie es war, die sich an einem Duett mit Boy George versuchte, und nicht irgendein Wahnsinniger, der seine Katze quälte.

Sara öffnete die Sprechzimmertür und ging zu der jungen Mutter. Sie hatte Jeffrey nicht bemerkt, und er beobachtete sie schweigend. Normalerweise trug sie ihr rotbraunes Haar bei der Arbeit in einem Pferdeschwanz, doch heute Morgen fiel es offen auf ihre Schultern. Sie trug ein weißes Hemd und einen schwarzen ausgestellten Rock, der ihr bis kurz unter die Knie reichte. Ihre Absätze waren nicht allzu hoch, brachten aber ihre Waden so reizend zur Geltung, dass er unwillkürlich lächeln musste. Jede andere Frau hätte in diesem Outfit wie die Kellnerin in einem Steakhouse ausgesehen, aber an Saras großer, schlanker Figur sah es einfach toll aus.

Die Mutter schob das Baby auf den anderen Arm. »Er ist immer noch quengelig.«

Sara legte dem Kleinen die Hand an die Wange und flüsterte ihm etwas zu. Wie durch Zauberhand beruhigte sich das Kind, und Jeffrey hatte auf einmal einen Kloß im Hals. Sara konnte so gut mit Kindern umgehen. Über die Tatsache, dass sie keine eigenen bekommen konnte, sprachen sie nicht oft. Manche Dinge waren einfach zu schmerzhaft.

Jeffrey sah zu, wie Sara sich Zeit für den Kleinen nahm, ihm das flaumige Haar hinters Ohr strich, ein glückliches Lächeln auf ihren Lippen. Der Augenblick hatte etwas sehr Inniges, und Jeffrey räusperte sich verlegen. Er hatte das unbehagliche Gefühl, ein Eindringling zu sein.

Überrascht, beinahe erschrocken drehte sich Sara zu ihm um.

»Einen Moment noch«, sagte sie und wandte sich wieder der Mutter zu, der sie – jetzt ganz Ärztin – eine weiße Papiertüte reichte. »Diese Probepackungen sollten eine Woche reichen. Wenn es ihm bis Donnerstag nicht deutlich bessergeht, rufen Sie mich an.«

Die Frau nahm die Tüte entgegen, das Baby drückte sie fest an sich. Sie sah selbst noch fast wie ein Kind aus. Jeffrey hatte erst vor kurzem erfahren, dass er selbst ein Kind gezeugt hatte, bevor er aufs College gegangen war. Als Kind konnte man den Jungen allerdings kaum noch bezeichnen – Jared war inzwischen fast erwachsen.

»Danke, Dr. Linton«, sagte die junge Mutter. »Ich weiß nicht, wie ich Ihnen …«

»Hauptsache, er wird wieder gesund«, wehrte Sara ab. »Und gönnen Sie sich selbst ein bisschen Schlaf. Es ist nicht gut für ihn, wenn Sie ständig übermüdet sind.«

Die Mutter nahm die Ermahnung mit einem kaum merklichen Nicken auf, und obwohl er sie kaum kannte, wusste Jeffrey, dass Saras Rat auf taube Ohren traf.

Auch Sara schien sich dessen bewusst zu sein. »Versuchen Sie es wenigstens, okay? Sie werden sonst auch noch krank.«

Zögernd antwortete die Frau: »Ich werde es versuchen.«

Sara sah auf ihre Hand, und Jeffrey hatte den Eindruck, sie bemerkte erst jetzt, dass sie das Füßchen des Babys festhielt. Sie streichelte ihm noch einmal mit dem Daumen über das Bein, dann schenkte sie ihm wieder dieses besondere Lächeln.

»Danke«, sagte die Mutter. »Danke, dass Sie so früh Zeit hatten.«

»Schon gut.« Sara war nie gut darin gewesen, Lob oder Dank anzunehmen. Sie begleitete die beiden zur Tür. »Rufen Sie mich an, wenn es nicht besser wird.«

»Ja, Ma'am.«

Sara schloss die Tür hinter ihnen und ging langsam durch den Empfangsbereich zurück, ohne Jeffrey anzusehen. Er wollte etwas sagen, doch sie kam ihm zuvor. »Gibt es was Neues von Jane Doe?«

»Nein«, sagte er. »Aber vielleicht kommt später was rein, wenn sie an der Westküste den Arbeitstag beginnen.«

»Ich halte sie nicht für eine Ausreißerin.«

71

»Ich auch nicht.«

Beide schwiegen einen Augenblick lang. Jeffrey wusste nicht, was er sagen sollte.

Wie gewöhnlich war es Sara, die das Schweigen brach. »Ich bin froh, dass du da bist«, sagte sie und ging nach hinten zu den Untersuchungsräumen. Er folgte ihr erfreut, bis sie sagte: »Ich möchte dir Blut abnehmen für einen Hepatitistest und die Leberwerte.«

»Das hat Hare doch schon gemacht.«

»Ja, na ja«, war alles, was sie dazu sagte. Sie hielt ihm nicht die Tür auf, und er musste sie auffangen, damit sie ihm nicht ins Gesicht knallte. Unglücklicherweise benutzte er wieder die linke Hand, und sie schlug mit aller Härte auf die Wunde. Es fühlte sich an, als hätte ihm jemand ein Messer hineingestoßen.

Er ächzte. »Gott, Sara.«

»Tut mir leid.« Ihre Entschuldigung schien ernst gemeint, aber er sah ein Flackern in ihren Augen, vielleicht war es Rache. Als sie nach seiner Hand griff, zuckte er instinktiv zurück. Erst ihr gereizter Blick überzeugte ihn, sie die Wunde ansehen zu lassen.

»Wie lange blutet es schon?«

»Es blutet nicht«, widersprach er voller Angst, dass sie etwas Schmerzhaftes unternehmen würde, falls er die Wahrheit sagte. Er folgte ihr ins Schwesternzimmer wie ein Lamm auf dem Weg zur Schlachtbank.

»Du hast dir das Antibiotikum nicht geholt, das ich dir verschrieben habe, oder?« Sara lehnte sich über den Tresen und wühlte in einer Schublade. Sie brachte eine Handvoll bunter Schachteln zum Vorschein. »Nimm die.«

Er starrte die grünen und pinken Packungen an. Auf der Folie waren Bauernhoftiere abgebildet. »Was ist das?«

»Antibiotika.«

»Sind die nicht für Kinder?«

Ihr Blick machte ihm deutlich, dass sie nicht zu Scherzen aufgelegt war. »Es ist die halbe Dosis, mit einer Comicfigurlizenz und zu einem höheren Preis«, erklärte sie. »Du nimmst morgens zwei und abends zwei.«

»Für wie lange?«

»Bis ich es dir sage«, erklärte sie. »Komm hier rein.«

Jeffrey folgte ihr in ein Untersuchungszimmer. Er kam sich vor wie ein kleiner Junge. Seine Mutter hatte in der Krankenhauskantine gearbeitet, als er klein war, und so war er mit seinen Schürfwunden und Beulen nie bei einem Kinderarzt gewesen. Stattdessen hatte sich Cal Rodgers aus der Notaufnahme um ihn gekümmert, und Jeffrey hatte den Verdacht, auch um seine Mutter. Das erste Mal, dass er seine Mutter je kichern hörte, war, als Rodgers einen platten Witz über einen Querschnittsgelähmten und eine Nonne erzählt hatte.

»Setz dich«, befahl Sara und nahm ihn am Ellbogen, als bräuchte er Hilfe, um auf den Behandlungstisch zu kommen.

»Ich mach das schon«, sagte Jeffrey, aber Sara löste bereits den Verband. Die Wunde klaffte wie ein nasser Mund, und ein pochender Schmerz schoss ihm den Arm hinauf.

»Du hast sie wieder aufplatzen lassen«, rügte sie ihn, dann hielt sie ihm eine Metallschüssel unter die Hand und wusch die Wunde aus.

Jeffrey versuchte tapfer zu sein, aber es tat höllisch weh. Er hatte nie verstanden, weshalb die Versorgung einer Wunde schlimmer war als die Verletzung selbst. Er konnte sich kaum daran erinnern, wie es passiert war, aber jetzt fühlte es sich jedes Mal wenn er die Hand bewegte, an, als steckten tausend glühende Nadeln in seiner Haut.

»Was hast du bloß angestellt?«, fragte sie missbilligend.

Er antwortete nicht. Stattdessen versuchte er, sich daran zu erinnern, wie Sara das Baby auf eine besondere Weise angelächelt hatte. Er kannte Saras Mimik in den verschiedensten Situationen, aber dieses Lächeln war ihm neu.

»Jeff?«

Er schüttelte den Kopf. Am liebsten hätte er ihr Gesicht berührt, aber er befürchtete, dann würde sie von seiner Hand nichts als einen blutigen Stumpf übrig lassen.

»Ich mache dir einen neuen Verband«, sagte sie, »aber du musst vorsichtiger sein. Es soll sich nicht entzünden.«

»Ja, Ma'am«, antwortete er in der Hoffnung, sie würde aufblicken und ihn anlächeln.

Stattdessen fragte sie: »Wo hast du letzte Nacht geschlafen?«

73

»Nicht da, wo ich wollte.«

Sara ging nicht darauf ein. Stattdessen konzentrierte sie sich mit zusammengepressten Lippen darauf, seine Hand zu verbinden. Mit den Zähnen riss sie einen Streifen Pflaster von der Rolle. »Du musst darauf achten, dass die Wunde sauber bleibt.«

»Kann ich nicht später vorbeikommen und du machst das?«

»Das hättest du wohl gern.« Sie öffnete und schloss ein paar Schubladen. Dann fand sie den Gummischlauch und eine Spritze. Einen Moment lang befiel ihn Panik bei der Vorstellung, sie würde ihm die Nadel in die Wunde jagen, doch dann fiel ihm ein, dass sie ihm Blut abnehmen wollte.

Sie knöpfte seinen Ärmel auf und rollte ihn hoch. Er blickte zur Decke, um nicht hinsehen zu müssen, und wartete auf den Einstich. Nichts passierte – stattdessen hörte er, dass sie seufzte.

»Was ist?«, fragte er.

Sie klopfte seinen Unterarm ab, um die Vene zu finden. »Es ist meine Schuld.«

»Woran bist du schuld?«

Sie zögerte, als müsste sie ihre Worte abwägen. »Als ich von Atlanta zurückkam, hatte ich gerade die Hälfte der Impfungen gegen Hepatitis A und B gemacht.« Sie band ihm den Schlauch um den Bizeps und zog ihn straff. »Es sind zwei Spritzen im Abstand von zwei Wochen, und fünf Monate später die Wiederholungsimpfung.« Sie hielt inne, während sie seine Haut mit Alkohol abtupfte. »Die erste und die zweite Spritze habe ich bekommen, aber als ich wieder nach Grant County gezogen bin, habe ich die dritte vergessen. Ich wusste ohnehin nicht, was aus meinem Leben werden sollte, geschweige denn, ob ich weiter als Ärztin arbeiten würde.« Sie schwieg. »Ich habe mich erst viel später wieder impfen lassen …«

»Wann?«

Mit den Zähnen zog sie die Kappe von der Kanüle. »Bei der Scheidung.«

»Aber das ist doch gut«, sagte Jeffrey und versuchte nicht von der Liege zu springen, als sie ihm die Nadel in die Vene stach. Auch wenn Sara behutsam war, Jeffrey hasste Spritzen. Allein bei dem Gedanken wurde ihm schlecht.

74

»Das hier sind Kindernadeln«, bemerkte sie weniger besorgt als sarkastisch. Dann fragte sie: »Was ist gut daran?«

»Weil ich nur einmal mit ihr geschlafen habe«, antwortete er.

»Und am nächsten Tag hast du mich rausgeworfen.«

»Genau.« Sara löste den Schlauch und zog den Kolben auf.

»Also warst du immun, als wir wieder zusammengekommen sind.«

»Du hast das eine Mal vergessen.«

»Welches –« Dann fiel es ihm ein. In der Nacht bevor die Scheidung rechtskräftig wurde, war Sara vor seiner Haustür aufgetaucht, sturzbetrunken und ziemlich zugänglich. Jeffrey hatte sich so nach ihr gesehnt, dass er die Situation ausnutzte, mit dem Erfolg, dass sie sich am nächsten Morgen vor Sonnenaufgang aus dem Haus schlich. Seine Anrufe am nächsten Tag hatte sie nicht beantwortet, und als er abends bei ihr klingelte, hatte sie ihm die Tür vor der Nase zugeschlagen.

»Ich steckte mittendrin«, sagte sie. »Die Wiederholungsimpfung hatte ich noch nicht bekommen.«

»Aber die ersten beiden Spritzen schon?«

»Es bleibt ein Risiko.« Sie zog die Kanüle aus seinem Arm und schloss die Kappe. »Und gegen Hepatitis C gibt es keine Schutzimpfung.« Sie drückte ihm einen Wattebausch in die Armbeuge und ließ ihn den Arm anwinkeln. Als sie ihm wieder in die Augen sah, wusste er, dass ihm ein Vortrag bevorstand.

»Hepatitis kommt hauptsächlich in fünf Varianten vor. Einige davon haben verschiedene Unterarten«, begann sie und warf die Kanüle in die rote Kiste für Risikoabfälle. »Hepatitis A ähnelt vom Verlauf her mehr oder weniger einer schweren Grippe. Es dauert ein paar Wochen, aber wenn man es einmal gehabt hat, entwickelt man Antikörper. Dann bekommt man es nicht wieder.«

»Verstehe.« Das war das einzige Detail, an das er sich nach dem Besuch in Hares Praxis erinnerte. Der Rest war verschwommen. Als Saras Cousin ihm die Unterschiede und die Gefahren erläuterte, hatte er versucht zuzuhören – ehrlich –, doch das Einzige, woran er denken konnte, war, wie er so schnell wie möglich da rauskam. Nach einer schlaflosen Nacht hatte er sich mehrere Fragen zurechtgelegt, aber er brachte es nicht über sich, Hare anzurufen.

Seitdem schwankte er zwischen Verdrängung und kalter Panik. Jeffrey konnte sich an jedes Detail von Fällen erinnern, die er vor fünfzehn Jahren bearbeitet hatte, aber an nichts von dem, was Hare ihm vor ein paar Tagen erzählt hatte.

Sara fuhr fort: »Bei Hepatitis B ist es anders. Die Krankheit kommt und geht, sie kann auch chronisch werden. Etwa zehn Prozent der Infizierten werden zu Überträgern. Das Ansteckungsrisiko liegt bei eins zu drei. Bei Aids liegt es bei eins zu dreihundert.«

Jeffrey brauchte nicht Saras mathematische Begabung, um zu begreifen, wie hoch die Wahrscheinlichkeit war. »Du und ich haben mehr als dreimal miteinander geschlafen, seit das mit Jo passiert ist.«

Auch wenn sie sich bemühte, es zu verbergen, sah er, wie sie bei dem Namen zusammenzuckte. »Es ist reine Glückssache, Jeffrey.«

»Ich wollte nicht sagen …«

»Hepatitis C wird über das Blut übertragen. Du könntest infiziert sein, ohne davon zu wissen. Normalerweise merkt man es erst, wenn Symptome auftreten, und von da an geht es bergab. Leberfibrose, Zirrhose, Krebs.«

Schweigend sah er sie an. Er wusste, was jetzt kommen würde. Es war wie ein Eisenbahnzusammenstoß, den er beobachtete, ohne etwas dagegen tun zu können.

»Ich bin so wütend auf dich«, sagte Sara jetzt, die klarste Äußerung, die ihr je über die Lippen gekommen war. »Ich bin wütend, weil es alles wieder aufwühlt.« Sie zögerte, als versuchte sie, sich zu beruhigen. »Ich wollte vergessen, was passiert ist, neu anfangen, und jetzt wird mir das alles wieder ins Gesicht geschleudert.« Sie blinzelte, ihre Augen waren feucht. »Und falls du wirklich krank bist …«

Jeffrey versuchte, sich auf das zu konzentrieren, was in seiner Macht lag. »Es ist meine Schuld, Sara. Ich habe Mist gebaut. Ich bin es, der alles kaputt gemacht hat. Das weiß ich.« Vor langer Zeit hatte er gelernt, kein »Aber« hinterherzuschieben, auch wenn es ihm durch den Kopf ging. Sara war damals so distanziert gewesen, sie hatte mehr Zeit mit ihrer Arbeit und ihrer Familie verbracht als mit ihm. Dabei erwartete er gar nicht, dass abends das Essen auf dem Tisch stand. Er hatte nur gehofft,

76

dass sie irgendwo in ihrem engen Dienstplan auch ihn unterbringen könnte.

Ihre Stimme war kaum mehr als ein Flüstern. »Hast du Dinge mit ihr getan, die du mit mir machst?«

»Sara …«

»Hattet ihr ungeschützten Verkehr?«

»Ich weiß nicht mal, was das bedeutet.«

»Das weißt du wohl«, gab sie zurück. Diesmal sah sie ihn an, und ausnahmsweise konnte er ihre Gedanken lesen.

»Meine Güte«, murmelte er und wünschte sich weit weg. Sara und er hatten zwar keine absonderlichen Neigungen, aber es war eine Sache, bestimmte Dinge im Bett zu erforschen, eine ganze andere, bei kaltem Neonlicht darüber zu sprechen.

»Wenn du Zahnfleischbluten hattest und sie …« Sara beendete den Satz nicht. »Selbst bei normalem Geschlechtsverkehr können mikroskopische Wunden entstehen.«

»Ich verstehe schon«, erklärte er scharf, um sie zu unterbrechen.

Sara griff nach der Blutprobe und beschriftete das Etikett. »Ich frage dich das alles nicht, weil ich es so genau wissen will.«

Jeffrey ließ ihr die Lüge durchgehen. Sie hatte ihn schon damals gelöchert, hatte ihm detaillierte Fragen gestellt, über jede Geste, jeden Kuss, jede Berührung, als wäre sie auf voyeuristische Art davon besessen.

Sara stand auf, öffnete eine Schublade und nahm ein hellrosa Barbie-Pflaster heraus. Sein Arm fühlte sich taub an, als er ihn ausstreckte. Sie entfernte die Schutzfolie und klebte das Pflaster über den Wattebausch. Sie sprach erst wieder, als sie das Papier im Mülleimer entsorgt hatte.

»Willst du mir gar nicht sagen, dass ich es endlich vergessen soll?« Gespielt lässig zuckte sie die Achseln. »Einmal ist keinmal, oder? Es hatte ja nichts zu bedeuten.«

Jeffrey biss sich auf die Zunge. In diese Falle würde er nicht gehen. Das einzig Gute daran, dass sie seit fünf Jahren auf der Sache herumritt, war, dass er inzwischen wusste, wann er besser den Mund hielt. Allerdings kostete es ihn große Überwindung, nicht zu widersprechen. Sie weigerte sich, seine Seite zu sehen. Selbst wenn sie im Recht war, hieß das nicht, dass er keine Gründe für sein Handeln gehabt hätte – und nicht alle Gründe hatten damit zu tun, dass er ein Riesenarschloch war. Doch Jeffrey wusste, dass er den reumütigen Sünder zu spielen hatte. Sich beschimpfen zu lassen war ein geringer Preis für den Frieden.

Sara hakte nach. »Sonst sagst du doch immer, ich muss es vergessen. Es sei so lange her, und du wärst seitdem ein neuer Mensch geworden. Außerdem hat sie dir ja nichts bedeutet.«

»Ändert es was, wenn ich es sage?«

»Nein«, gab Sara zu.

Jeffrey lehnte sich an die Wand und versuchte, ihre Gedanken zu lesen. »Was machen wir jetzt?«

»Ich wünschte, ich würde dich hassen.«

»Das ist nichts Neues«, sagte er, aber offenbar hörte sie die Ironie in seiner Stimme nicht und nahm den Satz ernster, als er gemeint war, denn sie nickte zustimmend.

Jeffrey rutschte auf dem Behandlungstisch herum, seine Beine baumelten in der Luft, und er kam sich vor wie ein kleiner Junge. Plötzlich hörte er, wie Sara flüsterte: »Scheiße.« Erschrocken sah er auf. Sara fluchte selten, und er wusste nicht, ob dieser Ausbruch ein gutes oder ein schlechtes Zeichen war.

»Du machst mich wahnsinnig, Jeffrey.«

»Ich dachte, das gefällt dir so an mir.«

Sie sah ihn scharf an. »Wenn du je …« Sie unterbrach sich. »Was bringt das noch?«, fragte sie stattdessen, und er wusste, dass es nicht rhetorisch gemeint war.

»Es tut mir leid.« Und diesmal meinte er es ernst. »Es tut mir leid, dass ich uns das eingebrockt habe. Ich habe Mist gebaut. Es tut mir leid, dass wir durch die Hölle gehen müssen – dass *du* durch diese Hölle gehen musst – und wir jetzt hier gelandet sind.«

»Was heißt hier?«

»Ich schätze, das hängt von dir ab.«

Sie schniefte, dann bedeckte sie das Gesicht mit beiden Händen und seufzte tief. Als sie wieder aufblickte, sah er, dass sie den Tränen nah war, sich aber zusammenriss.

Jeffrey starrte auf seine Hand und zupfte an dem Pflasterstreifen über dem Verband.

»Finger weg«, mahnte sie und nahm seine Hand. Sie hielt sie

fest, und er konnte ihre Wärme durch den Verband spüren. Er betrachtete ihre langen, schönen Finger, die blauen Adern auf ihrem Handrücken, die ein filigranes Muster unter der blassen Haut malten. Als er ihre Finger streichelte, fragte er sich, wie er nur so dumm gewesen sein konnte, ihre Liebe als selbstverständlich hinzunehmen.

»Ich muss die ganze Zeit an das Mädchen denken«, sagte er plötzlich. »Sie erinnert mich an –«

»Wendy«, beendete Sara seinen Satz. Wendy war das Mädchen, das er erschossen hatte.

Er legte seine andere Hand auf ihre. Er war bereit, über alles zu reden, nur nicht über die Schießerei damals. »Wann fährst du nach Macon?«

Sie sah auf die Uhr. »Carlos und ich treffen uns in einer halben Stunde in der Leichenhalle.«

»Seltsam, dass sie beide das Zyankali riechen konnten«, bemerkte Jeffrey. »Lenas Großmutter war Mexikanerin. Carlos ist Mexikaner. Ob das was miteinander zu tun hat?«

»Nicht dass ich wüsste.« Sie sah ihn aufmerksam an, als würde sie direkt in ihn hineinsehen.

Er rutschte vom Behandlungstisch. »Meiner Hand geht es gut.«

»Ich weiß.« Sie fragte: »Was ist mit dem Baby?«

»Irgendwo da draußen muss es einen Vater dazu geben.« Falls sie den Mann fanden, hätten sie einen Hauptverdächtigen.

»Bei einer schwangeren Frau ist die Wahrscheinlichkeit eines Tötungsversuchs höher als ein natürlicher Tod«, stellte Sara besorgt fest. Sie ging an die Spüle und wusch sich die Hände.

»Zyankali gibt es nicht im Supermarkt. Wo würde man es herbekommen, wenn man jemand umbringen wollte?«

»Zyanid ist Bestandteil mancher Produkte, die frei erhältlich sind.« Sie stellte das Wasser ab und trocknete sich die Hände mit einem Papiertuch. »Es hat schon Kindstode gegeben, die auf Nagellackentferner zurückzuführen waren.«

»Da ist Zyankali drin?«

»Zyanid«, antwortete Sara und warf das Papiertuch in den Mülleimer. »Ich konnte letzte Nacht nicht schlafen und habe mir ein paar Bücher vorgenommen.«

»Und?«

Sie legte eine Hand auf den Untersuchungstisch. »Natürliches Zyanid kommt in vielen Steinobstsorten vor – in Pfirsichen, Aprikosen, Kirschen. Man bräuchte allerdings eine ganze Menge davon, weshalb es nicht sehr gebräuchlich ist. Außerdem wird Zyanid in verschiedenen Produktionsverfahren verwendet und in manchen medizinischen Labors.«

»Was für Produktionsverfahren sind das?«, fragte er. »Glaubst du, im College haben sie Zyanid?«

»Wahrscheinlich schon«, antwortete sie, und er notierte es sich, um es später zu überprüfen. Grant Tech war auf Agrarwissenschaften spezialisiert, es wurden dort alle möglichen Experimente für große Chemiekonzerne durchgeführt, die noch größere Tomaten und noch grünere Erbsen züchten wollten.

Sara fuhr fort: »In der Metallindustrie wird es beim Galvanisieren verwendet. In vielen Labors werden Tests damit durchgeführt. Auch in der Schädlingsbekämpfung setzt man es ein. Zyanid ist in Zigarettenrauch enthalten. Beim Verbrennen von Wolle und verschiedenen Kunststoffen wird Blausäure freigesetzt.«

»Es dürfte ziemlich schwierig sein, Rauch durch ein Rohr nach unten zu leiten.«

»Außerdem müsste der Täter eine Maske tragen. Du hast recht. Es gibt einfachere Methoden.«

»Zum Beispiel?«

»Es ist ein Salz, das erst in Verbindung mit Säure wirkt. Wenn man Zyanid mit Küchenessig verrührt, kann man damit einen Elefanten töten.«

»So wie Hitler in den Vernichtungslagern. Waren das nicht auch Salze?«

»Ich glaube schon.« Sara fröstelte.

»Wenn sie vergast worden ist«, Jeffrey dachte laut, »wären auch wir in Gefahr gewesen, als wir die Kiste aufgemacht haben.«

»Vielleicht hat es sich verflüchtigt. Oder das Holz und die Erde haben es absorbiert.«

»Was ist mit Giftmüll in der Gegend? Könnte das Zyanid im Boden sein?«

»Das ist ein Naturschutzgebiet, und außerdem sind ziemlich viele Leute dort unterwegs. Jogger zum Beispiel. Ich glaube kaum, dass jemand Giftmüll dort abkippen könnte, ohne Aufsehen zu erregen.«

»Aber theoretisch wäre es möglich?«

»Theoretisch schon«, gab sie zu. »Schließlich hat es ja auch jemand geschafft, das Mädchen unbemerkt dort zu vergraben. Alles ist möglich.«

»Wie hättest du es getan?«

Sara dachte nach. »Ich würde Zyanid mit Wasser mischen und durch das Luftrohr kippen«, sagte sie dann. »Sie muss den Mund nah an der Öffnung gehabt haben, um zu atmen. Sobald das Gift ihren Magen erreicht, fängt es zu wirken an. Nach ein paar Minuten ist sie tot.«

»Am Stadtrand gibt es einen Galvaniseur. Er macht Vergoldungen und so was.«

»Dale Stanley«, ergänzte Sara.

»Pat Stanleys Bruder?«, fragte Jeffrey. Pat Stanley war einer seiner besten Streifenpolizisten.

»Das war seine Frau, die eben hier war.«

»Was fehlt ihrem Baby?«

»Bakterielle Infektion. Vor drei Monaten war sie mit ihrem Ältesten da. Tim hat das schlimmste Asthma, das ich seit langer Zeit gesehen habe. Er muss immer wieder ins Krankenhaus.«

»Sie sah selbst nicht sehr gesund aus.«

»Ich habe keine Ahnung, wie sie sich noch auf den Beinen hält«, stimmte Sara zu. »Aber sie will sich nicht von mir behandeln lassen.«

»Glaubst du, sie ist krank?«

»Ich glaube, dass sie kurz vor einem Nervenzusammenbruch steht.«

Jeffrey dachte nach. »Ich schätze, ich sollte mal dort vorbeischauen.«

»Jeffrey, es ist ein grauenhafter Tod. Zyankali führt zur Atemlähmung. Es blockiert das Hämoglobin im Blut und verhindert damit die Sauerstoffübertragung, bis man innerlich erstickt. Sie hat gespürt, was passiert ist. Ihr Herz hat gerast.« Sara schüttelte den Kopf, wie um das Bild loszuwerden.

»Was meinst du, wie lange es gedauert hat?«

»Hängt davon ab, wie das Gift verabreicht wurde. Zwischen zwei und fünf Minuten. Ich schätze, es ging relativ schnell. Jedenfalls zeigt sie keine der klassischen Anzeichen einer länger anhaltenden Zyanidvergiftung.«

»Die da wären?«

»Durchfall, Erbrechen, Krämpfe, Bewusstlosigkeit. Im Grunde versucht der Körper das Gift so schnell wie möglich auszuscheiden, auf jede erdenkliche Art.«

»Das geht? Ich meine, der Körper kann so was?«

»Normalerweise nicht. Das Zeug ist hochgiftig. In der Notaufnahme hat man zehn Möglichkeiten, mit denen man es versuchen kann, von Aktivkohle bis Amylnitrit – Gegengifte. Tatsache ist allerdings, dass man eigentlich nur versuchen kann, die auftretenden Symptome zu behandeln, und das Beste hoffen. Es wirkt unheimlich schnell und fast immer tödlich.«

Jeffrey hakte noch einmal nach: »Du glaubst also, dass es schnell gegangen ist?«

»Ich hoffe es.«

»Ich möchte, dass du das hier mitnimmst.« Er griff in seine Jackentasche und nahm das Handy heraus.

Sie rümpfte die Nase. »Ich will das Ding nicht.«

»Ich möchte wissen, wo du bist.«

»Du weißt doch, wo ich bin«, gab sie zurück. »Bei Carlos, dann in Macon und danach wieder hier.«

»Und was ist, wenn ihr bei der Obduktion was findet?«

»Dann benutze ich eins der zehn Telefone im Labor und rufe dich an.«

»Und was ist, wenn ich den Text von ›Karma Chameleon‹ vergesse?«

Sie sah ihn finster an, und er lachte. »Ich liebe es, wenn du mir etwas vorsingst.«

»Das ist nicht der Grund, warum ich es nicht haben will.«

Er legte das Telefon vor ihr auf den Untersuchungstisch. »Wahrscheinlich ändert es deine Meinung nicht, wenn ich dich darum bitte, es für mich zu tun?«

Sie sah ihn durchdringend an, dann verließ sie plötzlich das Untersuchungszimmer. Er fragte sich, ob das eine Aufforderung war, ihr zu folgen, als sie mit einem Buch in der Hand zurückkam.

»Ich weiß nicht, ob ich es dir schenken oder an den Kopf werfen soll.«

»Was ist das?«

»Ich habe es vor ein paar Monaten bestellt«, erklärte sie. »Letzte Woche ist es gekommen. Es sollte mein Einzugsgeschenk an dich werden.« Sie hielt das Buch hoch, damit er den Titel auf dem braunen Schuber lesen konnte. »›Andersonville‹ von MacKinlay Kantor«, sagte sie und fügte hinzu: »Die Erstausgabe.«

Jeffrey starrte das Buch an. Er klappte ein paarmal den Mund auf und zu, bevor er etwas sagen konnte. »Das muss ein Vermögen gekostet haben.«

Mit einem spöttischen Blick überreichte sie es ihm. »Damals dachte ich noch, du bist es wert.«

Vorsichtig nahm er das Buch aus dem Schuber und wog es ehrfürchtig in den Händen. Das Leinen war blau und weiß, der Goldschnitt leicht verblasst. Behutsam schlug er die erste Seite auf. »Es ist signiert! MacKinlay Kantor hat es signiert.«

Sie zuckte die Achseln, als wäre das nichts Besonderes. »Ich wusste, dass es dein Lieblingsbuch ist …«

»Dass du daran gedacht hast«, brachte Jeffrey schließlich heraus. Er hatte einen Kloß im Hals. »Wahnsinn.«

Als er ein Teenager war, hatte ihm Miss Fleming, seine Englischlehrerin, beim Nachsitzen das Buch in die Hand gedrückt. Damals war Jeffrey ein hoffnungsloser Rowdy und hatte sich mehr oder weniger damit abgefunden, als Schrauber oder Fabrikarbeiter zu enden – oder, noch schlimmer, als Kleinganove wie sein Vater. Aber die Geschichte, die er da las, hatte etwas tief in ihm berührt und hatte seinen Wissensdurst geweckt. Dieses Buch hatte sein Leben geändert.

Ein Psychologe hätte wahrscheinlich eine Verbindung zwischen Jeffreys Faszination für das berüchtigtste Gefangenenlager des Bürgerkriegs und dem Polizistenberuf gesehen, aber in Jeffreys Augen hatte »Andersonville« ihm die Fähigkeit zum Mitgefühl vermittelt, die ihm bis dahin fehlte. In dem Sommer bevor er nach Grant County kam, um den Posten des Polizeichefs zu übernehmen, war er nach Fort Sumter in Georgia gefahren, um sich den Ort mit eigenen Augen anzusehen. Er erinnerte sich daran, dass ihm eine Gänsehaut über den Rücken lief, als er innerhalb der Palisaden im Lager stand. Über dreizehntausend Gefangene waren in den vier Jahren gestorben, in denen das Gefängnis existierte. Jeffrey hatte dort gestanden, bis die Sonne untergegangen und nichts mehr zu sehen war.

Sara fragte: »Gefällt es dir?«

»Es ist wunderschön«, stammelte er. Er fuhr mit dem Daumen über den Goldschnitt. Kantor hatte den Pulitzer-Preis für das Buch bekommen. Jeffrey hatte ihm sein Leben zu verdanken.

»Ich habe gehofft, dass es dir gefällt.«

»Das tut es.« Er hätte gern etwas Tiefsinniges gesagt, um das Ausmaß seiner Dankbarkeit auszudrücken, aber alles, was ihm einfiel, war: »Warum gibst du es mir jetzt?«

»Weil du es haben sollst.«

Nur halb im Spaß fragte er: »Als Abschiedsgeschenk?«

Sie fuhr sich mit der Zunge über die Lippen und ließ sich Zeit mit der Antwort. »Einfach, weil du es haben sollst.«

Aus dem Empfangsbereich meldete sich eine Männerstimme: »Chief?«

»Brad«, stellte Sara fest. Sie trat auf den Flur. »Hier hinten«, rief sie, bevor Jeffrey noch etwas sagen konnte.

Brad kam herein, den Hut in einer Hand, ein Mobiltelefon in der anderen. »Sie haben Ihr Telefon auf dem Revier liegenlassen.«

Jeffrey sah ihn mit einem Anflug von Ärger an. »Deswegen bist du den ganzen Weg hierhergekommen?«

»N-n-nein, Sir«, stotterte der junge Polizist. »Ich meine, ja, Sir, aber wir haben eben einen Anruf reinbekommen.« Er holte Luft. »Vermisste Person. Weiblich, einundzwanzig Jahre alt, braune Haare, braune Augen. Zuletzt gesehen vor zehn Tagen.«

»Bingo«, hörte er Sara flüstern.

Jeffrey griff nach seiner Jacke und dem Buch. Er drückte Sara das neue Mobiltelefon in die Hand und sagte: »Ruf mich an, sobald bei der Obduktion was rauskommt.« Bevor sie etwas entgegnen konnte, wandte er sich an Brad: »Wo ist Lena?«

Fünf

LENA WÄRE GERNE JOGGEN GEGANGEN, aber in Atlanta hatte man ihr gesagt, sie solle ein paar Wochen keinen Sport treiben. Heute Morgen war sie so lange wie möglich im Bett geblieben und hatte sich schlafend gestellt, bis Nan das Haus verließ. Dann hatte sie einen kleinen Spaziergang gemacht. Sie musste darüber nachdenken, was sie auf dem Röntgenbild des toten Mädchens gesehen hatte. Der Embryo war etwa so groß wie eine Faust – genau so groß wie der, den man bei ihr entfernt hatte.

Während sie die Straße entlangging, musste Lena an die andere Frau in der Klinik denken, an die verstohlenen Blicke, mit denen sie einander betrachtet hatten, ihre hängenden Schultern, voller Schuldbewusstsein, als wollte sie im Boden versinken. Sie fragte sich, wie weit die andere Frau wohl gewesen sein mochte und warum sie es hatte wegmachen lassen. Lena hatte von Frauen gehört, die die Abtreibung als eine Art Verhütungsmittel ansahen, aber sie konnte sich nicht vorstellen, dass irgendjemand die Qualen wiederholt freiwillig auf sich nahm. Selbst nach einer Woche konnte sie die Augen nicht schließen, ohne das verzerrte Bild des Embryos vor sich zu sehen. Vermutlich waren die Bilder in ihrem Kopf schlimmer als die Wirklichkeit.

Lena war froh, dass sie nicht bei der Obduktion dabei sein musste. Sie wollte keine allzu konkrete Vorstellung davon bekommen, wie ihr eigenes Baby ausgesehen hatte. Alles, was sie wollte, war, ihr Leben wieder in die Hand zu nehmen, und das bedeutete vor allem, sich mit Ethan auseinanderzusetzen.

Gestern Abend hatte er Hank gelöchert und herausbekommen, dass sie zu Hause war. Am Telefon nannte Lena ihm den wahren Grund für ihre Rückkehr, nämlich dass Jeffrey sie brauchte. So hatte sie auch gleich eine Rechtfertigung, warum sie in den nächsten Wochen nicht viel Zeit für Ethan haben würde. Es gab einen Fall, auf den sie sich konzentrieren musste. Ethan war clever, in vieler Hinsicht wahrscheinlich weitaus mehr als Lena, und immer wenn er spürte, dass sie sich zurückzog, sagte er genau das Richtige und gab ihr das Gefühl, nicht bedrängt zu werden. Am Tele-

85

fon war seine Stimme sanft wie Seide. Er sagte, sie müsse eben tun, was sie tun müsse, und bat sie, ihn anzurufen, wenn sie Zeit fand. Lena fragte sich, wie viel Spielraum er ihr diesmal ließ, wie lose die Schlinge um ihren Hals lag. Warum war sie bloß so schwach, wenn es um Ethan ging? Wie war es dazu gekommen, dass er so viel Macht über sie hatte? Sie musste etwas unternehmen, um ihn loszuwerden. Es musste ein besseres Leben geben als dieses hier.

Lena bog in die Sanders Street ab und vergrub die Hände in den Jackentaschen. Ein kalter Wind wirbelte das Laub auf. Vor fünfzehn Jahren hatte sie die Stelle bei der Polizei von Grant County angenommen, um in der Nähe ihrer Schwester zu sein. Sibyl forschte am naturwissenschaftlichen Institut des Colleges und hatte, bis ihr Leben ein so brutales Ende fand, eine vielversprechende Karriere vor sich. Das konnte man von Lena nicht behaupten. Vor einigen Monaten hatte sie – vornehm ausgedrückt – »eine Auszeit nehmen müssen« und eine Zeitlang beim Sicherheitsdienst im College gejobbt, bis sie beschlossen hatte, ihr Leben wieder in den Griff zu kriegen. Es war überaus großzügig von Jeffrey gewesen, Lena wieder einzustellen, und sie wusste, dass einige ihrer Kollegen nicht besonders gut auf sie zu sprechen waren.

Lena nahm es ihnen nicht übel. Von außen musste es so aussehen, als hätte sie es sich ziemlich leicht gemacht. Aber von innen war es ganz anders. Vor knapp drei Jahren war sie vergewaltigt worden. Die Narben an ihren Händen und Füßen, wo ihr Entführer sie am Boden festgenagelt hatte, schmerzten noch heute. Richtig angefangen wehzutun hatte es auch erst mit ihrer Befreiung.

Dennoch wurde es langsam leichter. Mittlerweile konnte sie wieder einen leeren Raum betreten, ohne dass sich ihr unweigerlich die Nackenhaare sträubten. Allein zu Hause zu sein löste nicht mehr sofort Panik in ihr aus. Und manchmal verging sogar ein halber Vormittag, ohne dass sie daran dachte.

Lena musste sich eingestehen, dass Nan Thomas ihr dabei eine große Stütze war. Als Sibyl die beiden einander vorgestellt hatte, hatte Lena Nan auf Anhieb nicht ausstehen können. Nan war zwar nicht Sibyls erste Geliebte gewesen, aber sie war da, um zu bleiben.

Als die beiden Frauen zusammenzogen, hatte Lena sogar eine Weile nicht mehr mit ihrer Schwester gesprochen. Heute bereute Lena das, wie so vieles andere auch, doch Sibyl war nicht mehr da, um ihre Entschuldigung anzunehmen. Wahrscheinlich sollte Lena sich stattdessen bei Nan entschuldigen, doch immer wenn sie einen Ansatz dazu machte, fehlten ihr die Worte.

Bei Nan zu wohnen war wie der Versuch, den Text eines Liedes zu lernen, dessen Melodie man gut kennt. Man nimmt sich vor, sich die Worte zu merken, diesmal wirklich aufzupassen, aber nach der dritten Zeile vergisst man sein Vorhaben wieder und überlässt sich gedankenlos der vertrauten Melodie. Selbst nach sechs Monaten des Zusammenlebens wusste Lena kaum mehr als oberflächliche Dinge über die Bibliothekarin. Nan war tierlieb, obwohl sie hochgradig allergisch war, sie häkelte gern und verbrachte die Freitag- und Samstagabende mit Lesen. Sie sang unter der Dusche, und morgens trank sie grünen Tee aus einer blauen Tasse, die Sibyl gehört hatte. Ihre dicken Brillengläser waren ständig verschmiert, obwohl sie bei allem anderen unglaublich penibel war. Sie trug am liebsten bunte Kleider, deren Farben im Allgemeinen besser zu Ostereiern passten als zu einer erwachsenen Frau von sechsunddreißig Jahren. Wie Lena und Sibyl war Nan die Tochter eines Polizisten. Ihr Vater lebte zwar noch, aber Lena hatte ihn nie kennengelernt oder mitgekriegt, dass er anrief. Wenn das Telefon überhaupt mal klingelte, war es meistens Ethan, der Lena sprechen wollte.

Als Lena zurück zum Haus kam, stand Nans brauner Corolla hinter Lenas Celica in der Einfahrt. Lena fragte sich, wie lange sie unterwegs gewesen war, und sah auf die Uhr. Als Ausgleich für gestern hatte Jeffrey ihr den Vormittag freigegeben, und sie hatte sich darauf gefreut, ein wenig Zeit für sich allein zu haben. Normalerweise kam Nan erst mittags zurück. Jetzt war es kurz nach neun.

Auf dem Weg zur Haustür hob Lena den »Grant Observer« vom Rasen auf und überflog die Schlagzeilen. Am Samstag hatte ein Toaster Feuer gefangen, und die Feuerwehr musste ausrücken. Zwei Schüler der Robert-E.-Lee-Highschool hatten den zweiten und den fünften Platz im landesweiten Mathematikwettbewerb gemacht. Kein Wort über das Mädchen, das im Wald gefunden worden war. Wahrscheinlich war die Zeitung bereits im Druck, als Jeffrey und Sara über das Grab gestolpert waren. Morgen würde die Geschichte bestimmt groß auf der Titelseite stehen. Vielleicht würde es ihnen helfen, die Familie des Mädchens zu finden.

Während sie die Tür öffnete, las sie die Toaster-Geschichte und fragte sich, wieso ganze sechzehn Mann der freiwilligen Feuerwehr nötig gewesen waren, um den Brand zu löschen. Unbewusst spürte sie eine Veränderung im Raum und fuhr erschrocken zusammen, als sie sah, dass Nan Besuch hatte. Neben ihr saß Greg Mitchell, Lenas Exfreund. Sie hatten drei Jahre zusammengelebt, bevor er endgültig genug von Lenas Launen hatte. Er hatte seine Sachen gepackt, während sie bei der Arbeit war – ein feiger, aber nachvollziehbarer Akt –, und hatte nichts als einen Zettel am Kühlschrank hinterlassen. Die Nachricht war so kurz, dass sie sich heute noch an jedes Wort erinnerte. »Ich liebe dich, aber ich kann nicht mehr. Greg.«

In den letzten sieben Jahren hatten sie genau zweimal miteinander gesprochen, beide Male hatten sie telefoniert, und beide Male hatte Lena den Hörer auf die Gabel geknallt, bevor Greg auch nur »Ich bin's« hatte sagen können.

»Lee!« Nan schrie beinahe und stand hastig auf, als fühlte sie sich ertappt.

»Hallo«, brachte Lena mühsam heraus. Unwillkürlich hielt sie sich die Zeitung vor die Brust, als wolle sie sich damit schützen. Vielleicht brauchte sie tatsächlich einen Schutzschild.

Neben Greg saß eine Frau auf der Couch, die etwa in Lenas Alter war. Sie hatte einen olivenfarbenen Teint und trug ihr braunes Haar in einem lockeren Pferdeschwanz. An einem guten Tag hätte man sie vielleicht für eine von Lenas entfernten Cousinen halten können – eine von den hässlichen auf Hanks Seite. Heute, neben Greg, wirkte sie eher wie ein billiges Flittchen. Auch wenn Lena mit Genugtuung feststellte, dass Greg sie durch eine schlechte Kopie ersetzt hatte, musste sie einen Anflug von Eifersucht unterdrücken, als sie fragte: »Was willst du denn hier?« Als sie sein bestürztes Gesicht sah, versuchte sie, weniger schroff zu klingen. »Ich meine, hier in der Stadt. Was machst du zu Hause?«

»Ich, äh …« Greg grinste verlegen. Vielleicht hatte er befürchtet, dass sie mit der Zeitung auf ihn losging. Es wäre nicht das erste Mal gewesen.

»Ich habe mir das Schienbein gebrochen.« Er zeigte auf sein Bein. Dann sah sie die Krücke, die zwischen ihm und der Frau auf der Couch lag. »Ich bin für eine Weile zu Hause. Meine Mutter kümmert sich um mich.«

Lena fiel ein, dass seine Mutter nur zwei Straßen weiter wohnte. Sie spürte einen seltsamen Stich im Herzen, als sie sich fragte, wie lange er wohl schon in der Stadt war. Fieberhaft überlegte sie, was sie sagen könnte. Schließlich fragte sie: »Wie geht es ihr? Deiner Mom.«

»Streitlustig wie eh und je.« Er hatte hellblaue Augen, ungewöhnlich in der Kombination mit seinem rabenschwarzen Haar. Er trug es jetzt länger als früher. Vielleicht hatte er auch nur vergessen, zum Friseur zu gehen. Er vergaß solche Dinge dauernd. Greg konnte stundenlang vor dem Computer sitzen und programmieren, während um ihn herum die ganze Welt auseinanderfiel. Es war ein ständiges Streitthema zwischen ihnen gewesen. Sie hatten sich über alles Mögliche gestritten. Lena hatte nie lockergelassen, nie auch nur einen Zentimeter nachgegeben. Greg nervte sie über die Maßen, manchmal hätte sie ihn umbringen können, und dabei war er wahrscheinlich der einzige Mann in ihrem Leben, den sie wirklich geliebt hatte.

Er fragte: »Und du?«

»Was?«, sagte sie gedankenverloren. Er trommelte mit den Fingern auf seine Krücke, und sie sah, dass er immer noch an den Nägeln kaute.

Greg warf der anderen Frau einen Blick zu, sein Lächeln jetzt etwas zögerlicher. »Ich habe gefragt, wie es dir geht.«

Lena zuckte die Achseln, und es entstand langes Schweigen. Sie starrte ihn an, dann zwang sie sich wegzusehen. Sie bemerkte, dass sie wie eine nervöse Hausfrau eine Ecke der Zeitung zerrupft hatte. Gott, sie hatte sich noch nie so unwohl in ihrer Haut gefühlt. Wahrscheinlich hatten selbst die Patienten im Irrenhaus höhere Sozialkompetenzen.

»Lena«, sagte Nan mit einer nervösen Schärfe in der Stimme. »Das ist Mindy Bryant.«

89

Mindy streckte ihr die Hand entgegen, und Lena schüttelte sie. Als sie merkte, dass Greg ihre Narben ansah, zog sie die Hand eilig zurück.

Er klang traurig, als er sagte: »Ich habe gehört, was passiert ist.«

»Ja«, sagte sie nur und schob die Hände in die Gesäßtaschen ihrer Hose. »Na ja, ich muss dann mal zur Arbeit.«

»Ja, klar«, sagte Greg. Er versuchte aufzustehen. Mindy und Nan kamen ihm zu Hilfe, nur Lena rührte sich nicht. Sie wollte ihm helfen, sie spürte den Impuls, doch aus irgendeinem Grund blieb sie wie angewurzelt stehen.

Greg stützte sich auf seine Krücke. »Ich wollte nur vorbeikommen und Bescheid sagen, dass ich in der Stadt bin.« Er küsste Nan auf die Wange. Lena erinnerte sich, wie oft Greg und sie sich über Sibyls Homosexualität gestritten hatten. Er war immer auf der Seite ihrer Schwester gewesen, und wahrscheinlich fand er es höchst amüsant, dass Lena und Nan jetzt zusammenlebten. Vielleicht auch nicht. Greg war weder schadenfroh noch nachtragend; zwei seiner vielen Qualitäten, die sie damals nicht hatte würdigen können.

Er wandte sich an Lena: »Es tut mir so leid wegen Sibyl. Mama hat mir erst jetzt davon erzählt.«

»Überrascht mich nicht«, gab Lena zurück. Lu Mitchell hatte Lena nie leiden können. Sie war die Sorte Mutter, die meinte, ihr Sohn wäre zu gut für diese Welt.

»Ich gehe dann mal«, sagte Greg.

»Okay.« Lena trat zurück, um ihn vorbeizulassen.

»Lass dich mal wieder blicken.« Nan tätschelte seinen Arm. Sie war immer noch nervös, und Lena fiel auf, dass sie ständig blinzelte. Irgendwas war anders an ihr, aber Lena kam nicht darauf, was es war.

Greg sagte: »Du siehst toll aus, Nan. Echt toll.«

Nan errötete, und erst jetzt begriff Lena, dass sie ihre Brille nicht aufhatte. Seit wann trug Nan Kontaktlinsen? Und warum? Sie legte sonst nicht viel Wert auf ihr Aussehen, aber heute hatte sie sogar ihre Ostereierkollektion im Schrank gelassen und trug stattdessen Jeans und ein schwarzes T-Shirt. Lindgrün war die dunkelste Farbe, die Lena bisher an ihr gesehen hatte.

Mindy hatte etwas gesagt, doch Lena hatte es nicht mitbekommen. »Entschuldigung?«

»Es hat mich gefreut, Sie kennenzulernen.« Sie sprach mit einem quäkenden Südstaatenakzent. Lena hoffte, dass ihr aufgesetztes Lächeln nicht das ganze Ausmaß ihrer Abneigung verriet.

Greg sagte: »Mich hat es auch gefreut«, und schüttelte Mindy die Hand.

Lena war sprachlos. Bevor sie etwas sagen konnte, stand Greg an der Tür, die Klinke in der Hand.

Er warf Lena über die Schulter einen letzten Blick zu. »Wir sehen uns.«

»Ja«, sagte Lena. Viel mehr hatte sie in den letzten zehn Minuten nicht herausgebracht.

Die Tür fiel ins Schloss, und die drei Frauen standen sich verlegen gegenüber.

Mindy lachte nervös, und Nan stimmte ein wenig zu laut ein. Verlegen hielt sie sich die Hand vor den Mund.

Mindy sagte: »Ich geh dann auch mal.« Sie wollte Nan auf die Wange küssen, doch Nan wich zurück. Als sie sich dessen bewusst wurde, beugte sie sich schnell wieder vor, wobei sie Mindy an die Nase stieß.

Mindy lachte wieder und rieb sich die Nase. »Ich rufe dich an.«

»Ja, gut«, antwortete Nan, die mittlerweile dunkelrot angelaufen war. »Ich bin da. Heute, meine ich. Oder morgen, bei der Arbeit.« Sie ließ nervös den Blick durchs Zimmer schweifen, ohne Lena anzusehen. »Ich meine, ich bin da.«

»Okay«, sagte Mindy, das Lächeln etwas gezwungener. Zu Lena sagte sie: »Freut mich, dass wir uns kennengelernt haben.«

»Ja, mich auch.«

Mindy sah Nan verstohlen an. »Bis später.«

Nan winkte ihr nach, und Lena sagte: »Wiedersehen.«

Als die Tür zufiel, hatte Lena das Gefühl, dass im Zimmer kaum noch Luft zum Atmen war. Nan war immer noch rot, und sie presste die Lippen so fest aufeinander, dass sie weiß waren. Lena versuchte, das Eis zu brechen. »Sie sieht nett aus.«

»Ja«, antwortete Nan. »Ich meine, nein. Nicht dass sie nicht nett wäre. Es ist nur … Oje. Ich Arme.« Verzweifelt hielt sie sich die Hand vor den Mund.

Lena strengte sich an, noch etwas Positives zu sagen. »Sie ist hübsch.«

»Findest du?« Wieder wurde Nan rot. »Ich meine, nicht dass es eine Rolle spielt. Es ist nur …«

»Es ist in Ordnung, Nan.«

»Es ist zu früh.«

Lena wusste nicht, was sie sagen sollte. Sie war nicht gut darin, andere zu trösten. Sie war ganz im Allgemeinen nicht gut in Dingen, die mit Gefühlen zu tun hatten, eine Tatsache, die ihr Greg des Öfteren vorgeworfen hatte, bis er schließlich die Nase voll gehabt hatte.

»Greg«, sagte Nan dann, und als Lena überrascht zum Fenster sah, erklärte sie: »Nein, ich meine vorhin. Er ist einfach vorbeigekommen. Wir saßen da. Mindy und ich. Wir haben uns unterhalten, da klopft es an und –« Sie holte Luft. »Greg sieht gut aus.«

»Ja.«

»Er sagt, er geht viel hier in der Gegend spazieren. Wegen seines Beins. Er macht Physiotherapie. Er wollte nicht unhöflich sein. Du weißt schon, falls wir ihn auf der Straße gesehen und uns gefragt hätten, was er hier macht.«

Lena nickte.

»Er wusste nicht, dass du hier wohnst.«

»Oh.«

Wieder entstand eine Pause.

Dann sagte Nan: »Also –«, und Lena sagte im gleichen Moment: »Ich dachte, du bist bei der Arbeit.«

»Ich habe mir den Vormittag freigenommen.«

Lena lehnte sich an die Haustür. Offensichtlich hatte Nan ihr Rendezvous vor Lena verbergen wollen. Vielleicht war es ihr peinlich, vielleicht hatte sie aber auch Angst vor Lenas Reaktion.

Lena fragte: »Habt ihr Kaffee getrunken?«

»Es ist einfach noch zu früh für mich«, erklärte Nan. »Erst als du reingekommen bist, habe ich gemerkt …«

»Was?«

»Wie ähnlich sie dir sieht. Und Sibyl.« Sie lenkte ein: »Natürlich sieht sie nicht genau so aus wie Sibyl, sie ist nicht so hübsch. Nicht so …« Nan rieb sich die Augen, dann flüsterte sie: »Scheiße.«

Wieder fehlten Lena die Worte.

»Blöde Kontaktlinsen«, seufzte Nan. Sie ließ die Hand sinken, ihre Augen tränten.

»Es ist in Ordnung, Nan«, sagte Lena. Plötzlich fühlte sie sich auf merkwürdige Art verantwortlich. »Es ist jetzt drei Jahre her.« Auch wenn es sich anfühlte, als wären kaum drei Tage vergangen. »Du verdienst es, dein Leben zu leben. Sybil hätte das auch gewollt …«

Nan unterbrach sie mit einem Nicken und schniefte laut. Sie zeigte auf ihre Augen. »Ich nehme die blöden Dinger besser raus. Es fühlt sich an, als hätte ich Tabasco in den Augen.«

Sie rannte ins Bad und schlug die Tür hinter sich zu. Lena fragte sich, ob sie nach ihr sehen sollte, aber sie wollte Nan nicht zu nahe treten. Sie hatte nie daran gedacht, dass Nan eines Tages wieder mit jemandem ausgehen könnte. Nach einer Weile hatte sie begonnen, Nan als asexuelles Wesen zu betrachten, als würde sie nur innerhalb des gemeinsamen Haushalts existieren. Zum ersten Mal ging Lena auf, dass Nan die ganze Zeit über furchtbar einsam gewesen sein musste.

Lena war so in Gedanken versunken, dass sie das Telefon erst klingeln hörte, als Nan rief: »Gehst du bitte ran?«

Sie nahm den Hörer gerade noch rechtzeitig ab, bevor sich der Anrufbeantworter einschaltete. »Hallo?«

»Lena«, sagte Jeffrey. »Ich weiß, dass ich dir den Vormittag freigegeben hatte …«

Erleichterung machte sich in Lena breit. »Wann brauchst du mich?«

»Ich stehe in der Einfahrt.«

Sie ging ans Fenster und sah den weißen Streifenwagen vor dem Haus. »Ich muss mich nur schnell umziehen.«

Lena saß auf dem Beifahrersitz und ließ den Blick über die vorbeiziehende Landschaft schweifen, während Jeffrey einer Schotterstraße am Stadtrand folgte. Grant County setzte sich aus drei Städten zusammen: Heartsdale, Madison und Avondale. Heartsdale,

93

wo das College seinen Sitz hatte, war der reichste Ort des Countys, und den großen Südstaatenvillen und hübschen Lebkuchenhäuschen sah man den Wohlstand auch an. Im Vergleich dazu machte Madison den Eindruck der bescheidenen, wenn nicht schäbigen Kleinstadt, und Avondale schließlich war ein richtiges Drecksnest, seit die Army ihren Stützpunkt dort aufgegeben hatte. Lena und Jeffrey hatten nun das zweifelhafte Vergnügen, Avondale einen Besuch abzustatten. Jeder Polizist fürchtete, in diese Ecke des Countys gerufen zu werden, wo Armut und Hass die Atmosphäre vergifteten.

Jeffrey fragte: »Warst du schon mal so weit hier draußen?«

»Ich wusste nicht mal, dass es hier Häuser gibt.«

»Als ich das letzte Mal da war, standen die noch nicht.« Jeffrey reichte ihr eine Mappe, an der ein Zettel mit der Wegbeschreibung hing. »Welche Straße suchen wir?«

»Plymouth«, las sie. Oben auf dem Zettel stand ein Name. »Ephraim Bennett?«

»Anscheinend der Vater.« Jeffrey fuhr langsamer, um ein verblichenes Straßenschild zu entziffern. Bei näherem Hinsehen wirkte es selbstgemacht, als hätte es jemand nach einem Bausatz aus dem Eisenwarengeschäft gezimmert.

»Nina Street«, las Lena und fragte sich, wann all diese Straßen angelegt worden waren. Nachdem sie fast zehn Jahre Streife gefahren war, hatte sie angenommen, ihr County bestens zu kennen. Doch wenn sie sich hier umsah, hatte sie das Gefühl, sich auf unbekanntem Terrain zu bewegen.

»Gehört die Gegend überhaupt noch zu Grant County?«

»Wir bewegen uns genau auf der Grenze«, erklärte Jeffrey. »Links ist Catoogah County, rechts ist Grant.«

Wieder fuhr er langsamer, um ein Straßenschild zu lesen. »Pinta Street«, las Lena vor. »Wer hat die Anzeige angenommen?«

»Ed Pelham.« Jeffrey spuckte den Namen aus. Catoogah County war halb so groß wie Grant, und es gab nur einen Sheriff und vier Hilfssheriffs. Der alte Joe Smith, ein freundlicher, großväterlicher Kerl, der den Sheriffstern über dreißig Jahre getragen hatte, war vor einem Jahr mitten in einer Ansprache vor dem Rotary Club einem Herzanfall erlegen, womit er ein hässliches politisches Duell zwischen zweien seiner Stellvertreter ausgelöst hatte. Die Wahl ging so knapp aus, dass der Gewinner nach County-Gesetz durch das Werfen einer Münze bestimmt werden musste. Ed Pelham hatte den Posten schließlich mit dem Beinamen »Pfennigfuchser« angetreten, was nicht nur auf das Verfahren, das zu seiner Wahl geführt hatte, anspielte. Er war nicht nur ein Glückspilz, sondern auch ein Faulenzer, und hatte keinerlei Probleme damit, andere Leute seine Arbeit machen zu lassen, solange er die Lorbeeren und die Schecks dafür einsammelte.

Jeffrey sagte: »Einer der Deputys hat die Vermisstenanzeige gestern Abend entgegengenommen. Als sie in Catoogah gemerkt haben, dass sie nicht zuständig sind, haben sie die Sache einfach bis heute Morgen liegenlassen.«

»Hat Ed dich angerufen?«

»Ed hat die Familie angerufen und ihnen gesagt, sie sollen sich bei uns melden.«

»Wie reizend«, sagte Lena. »Wusste er von unserer Jane Doe?«

Jeffrey drückte sich diplomatischer aus, als Lena es fertiggebracht hätte: »Der Vollidiot würde nicht mal mitkriegen, wenn sein eigener Arsch brennt.«

Sie lachte schnaubend. »Wer ist Lev?«, fragte sie dann.

»Was?«

»Der Name hier.« Sie zeigte auf den Zettel. »Du hast Lev darunter geschrieben und unterstrichen.«

»Mhm.« Jeffrey war damit beschäftigt, das nächste Straßenschild zu entziffern, und hörte ihr gar nicht zu.

»Santa Maria«, las Lena und erinnerte sich dunkel, dass sie die Namen der Schiffe in der Schule gelernt hatte. »Was ist das hier, so eine Art Pilgersiedlung?«

»Die Pilger sind mit der *Mayflower* gekommen.«

»Ach ja«, sagte Lena. Nicht umsonst hatte ihre Vertrauenslehrerin sie darauf hingewiesen, dass nicht jeder an die Uni müsse.

»Mit der *Nina*, der *Pinta* und der *Santa Maria* ist Kolumbus unterwegs gewesen.«

»Ach ja, stimmt.« Sie spürte Jeffreys Blick, der sich wahrscheinlich fragte, ob sie überhaupt ein Hirn besaß. »Kolumbus.«

Glücklicherweise wechselte Jeffrey das Thema. »Lev war der, der heute Morgen angerufen hat.« Er fuhr schneller. Der Schotter unter den Reifen spritzte auf, und im Rückspiegel sah Lena eine Staubwolke hinter ihnen. »Ihr Onkel. Als ich zurückgerufen habe, war ihr Vater dran.«

»Der Onkel, was?«

»Ja«, sagte Jeffrey. »Den nehmen wir unter die Lupe.« Er bremste, als die Straße eine scharfe Linkskurve machte und in einer Sackgasse endete.

»Plymouth«, sagte Lena und zeigte auf einen schmalen Feldweg, der rechts abging.

Jeffrey legte den Rückwärtsgang ein, um zu wenden. »Ich habe die Namen durch den Computer laufenlassen.«

»Hast du was gefunden?«

»Der Vater hat vor zwei Tagen einen Strafzettel in Atlanta bekommen.«

»Schönes Alibi.«

»Nach Atlanta ist es nicht weit«, entgegnete Jeffrey. Dann fragte er: »Wer zum Teufel wohnt freiwillig hier draußen?«

»Ich bestimmt nicht«, versicherte Lena. Sie blickte hinaus auf die sanften Hügel. Kühe grasten auf der Weide, und ein paar Pferde preschten am Horizont entlang wie in einem Film. Für manche Menschen musste das hier das Paradies sein, doch Lena brauchte mehr zum Glücklichsein als tagaus, tagein Kühe.

»Seit wann wird das Land hier bebaut?«, fragte Jeffrey.

Lena betrachtete die Äcker auf seiner Seite des Feldwegs, endlose Reihen von Pflanzen, die zu einer riesigen Farm gehörten. »Sind das Erdnüsse?«, fragte sie.

»Dafür sind sie ein bisschen zu hoch.«

»Was wächst denn hier sonst noch?«

»Republikaner und Arbeitslosigkeit«, antwortete er trocken. »Das Land muss einer Genossenschaft gehören. Heutzutage kann sich kein Privatmann leisten, eine Farm in dieser Größe zu betreiben.«

»Du hast recht.« Lena zeigte auf ein Schild an einer gewundenen Einfahrt, die zu mehreren Wirtschaftsgebäuden führte. In eleganten goldenen Lettern stand dort: »Holy Grown Soy Cooperative«. Darunter stand in kleinerer Schrift: »Genossenschaft von 1981«.

96

»Eine Art Hippie-Kommune?«, fragte Lena.

»Wer weiß.« Jeffrey kurbelte das Wagenfenster hoch. Es stank nach Dung. »Ich würde eingehen, wenn ich hier in der Gegend wohnen müsste.«

Jeffrey bremste. »Ist die Farm überhaupt auf der Karte eingezeichnet?«

Lena holte den spiralgebundenen Atlas von Grant County aus dem Handschuhfach. Sie fing an, nach Avondale zu suchen, doch Jeffrey dauerte es zu lange. »Wir fragen hier«, entschied er und fuhr die Einfahrt hinauf. Eine der Seiten, die Lena an ihrem Boss gefielen, war, dass er sich traute, nach dem Weg zu fragen. Greg war genauso gewesen – meistens war es Lena, die unbedingt auf gut Glück noch ein paar Kilometer weiterfahren wollte.

Die Auffahrt zur Scheune war so breit wie eine zweispurige Straße, und auf beiden Seiten waren tiefe Fahrrillen. Wahrscheinlich fuhren schwere Lastwagen hier ein und aus, um die Sojabohnen oder was auch immer hier angepflanzt wurde, abzuholen. Lena hatte keine Ahnung, wie Soja aussah, aber sie nahm an, dass man eine Menge davon ernten musste, bis man einen ganzen Lastwagen damit füllen konnte.

Jeffrey stellte den Motor ab und riss die Handbremse hoch. Sie spürte, dass er genervt war, aber sie konnte nicht sagen, ob es daran lag, dass sie sich verfahren hatten, oder daran, dass er die Familie noch länger warten ließ. Aus jahrelanger Erfahrung wusste Lena, dass Jeffrey unangenehme Dinge gerne so schnell wie möglich hinter sich brachte, es sei denn, taktische Gründe sprachen dagegen.

Sie stiegen aus und gingen um die große rote Scheune herum. Dahinter hatte sich eine kleinere Gruppe von Arbeitern versammelt. Ein sehniger alter Mann schien ihnen die Leviten zu lesen, seine Stimme war selbst aus zwanzig Metern Entfernung laut und deutlich zu hören.

»Faulheit ist eine Sünde vor dem Herrn!«, brüllte er und hielt einem jüngeren Mann den Zeigefinger vors Gesicht. »Deine Schwachheit hat uns die Arbeit eines ganzen Vormittags gekostet!«

Der Angesprochene blickte zerknirscht zu Boden. Zwischen den Männern standen zwei junge Frauen, beide weinten.

»Schwäche und Gier!«, schrie der alte Mann. Seine Stimme war voller Zorn, und er klang, als ob er hier das Jüngste Gericht verkündete. Er hatte eine Bibel dabei, die er wie eine Fackel in die Höhe hielt, als wollte er den Sündern den Weg zum wahren Glauben leuchten. »Eure Schwäche wird euch zu Fall bringen!«, rief er. »Der Herr wird euch prüfen, und ihr müsst stark sein!«

»Großer Gott«, murmelte Jeffrey, dann sagte er laut: »Entschuldigen Sie bitte, Sir?«

Als der Mann sich umwandte, wich sein zorniger Ausdruck einem verwirrten Blick, bevor er schließlich mürrisch den Mund verzog. Sein langärmliges weißes Hemd war stockstelf gestärkt, die Jeans hatten messerscharfe Bügelfalten. Er trug eine Baseballkappe der West Georgia Braves, unter der seine Segelohren hervorstanden. Jetzt wischte er sich mit dem Ärmel den Speichel vom Mund. »Kann ich Ihnen weiterhelfen, Sir?« Lena fiel auf, dass er von der Schreierei heiser war.

Jeffrey sagte: »Wir suchen Ephraim Bennett.«

Wieder veränderte sich der Gesichtsausdruck des Mannes. Er lächelte freundlich, und seine Augen fingen an zu leuchten. »Sie finden ihn drüben auf der anderen Seite«, sagte er und zeigte in die Richtung, aus der Jeffrey und Lena gekommen waren. »Sie fahren zurück, biegen links ab, und dann sehen Sie es schon, ein paar hundert Meter weiter auf der rechten Seite.«

Trotz seiner freundlichen Miene war die Atmosphäre zum Zerreißen gespannt. Der hilfsbereite ältere Mann war nur schwer mit dem zeternden Griesgram von eben unter einen Hut zu bringen.

Lena musterte die Gruppe, insgesamt waren es vielleicht zehn. Einige von ihnen sahen aus wie lebende Leichen. Besonders eines der Mädchen schien sich kaum auf den Beinen halten zu können, doch Lena war sich nicht sicher, ob sie krank oder high war.

»Danke«, sagte Jeffrey, doch er machte nicht den Eindruck, als würde er schon gehen wollen.

»Einen gesegneten Tag noch«, gab der Alte zurück, dann drehte er Jeffrey und Lena mehr oder weniger rüde den Rücken zu. »Kinder«, verkündete er und hielt die Bibel empor, »lasst uns aufs Feld zurückkehren.«

Lena spürte Jeffreys Zögern und rührte sich nicht, bis er es tat.

Zwar konnten sie den Mann schlecht zur Rede stellen und fragen, was zum Teufel hier eigentlich vor sich ging. Aber Lena war sich sicher, dass Jeffrey das Gleiche dachte wie sie: Irgendwas stimmte hier nicht.

Sie schwiegen, bis sie wieder im Wagen saßen. Jeffrey ließ den Motor an und legte den Rückwärtsgang ein.

Lena sagte: »Seltsam.«

»Wie meinst du das?«

Sie fragte sich, ob er doch anderer Meinung war oder nur hören wollte, was sie von der Sache hielt.

»Dieser ganze Bibelmist«, erklärte sie.

»Er wirkte ziemlich übereifrig«, gab Jeffrey zu, »aber von der Sorte gibt es hier so einige.«

»Trotzdem«, erwiderte Lena. »Wer nimmt schon eine Bibel mit zur Arbeit?«

»Eine Menge Leute in dieser Gegend, schätze ich.«

Sie bogen wieder auf die Hauptstraße, und fast im gleichen Moment entdeckte Lena einen Briefkasten mit einer Hausnummer, der auf ihrer Seite der Straße einsam aus dem Boden ragte. »Dreihundertzehn«, sagte sie. »Hier ist es.«

Jeffrey bog ab. »Nur weil jemand religiös ist, heißt das nicht, dass er was auf dem Kerbholz hat.«

»Das habe ich nicht gesagt«, entgegnete Lena, auch wenn sie es vielleicht genau so gemeint hatte. Seit sie zehn Jahre alt war, hasste sie die Kirche und alles, was auch nur entfernt an einen Mann, der von der Kanzel predigte, erinnerte. Ihr Onkel Hank war inzwischen süchtiger nach seiner Religion, als er es jemals nach den Drogen gewesen war, die er sich dreißig Jahre lang gespritzt hatte.

Jeffrey mahnte: »Wir dürfen uns davon nicht beeinflussen lassen.«

»Ja, ja.« Lena fragte sich, ob ihm entfallen war, dass sie vor nicht allzu langer Zeit von einem Jesus-Freak vergewaltigt worden war, der seine Opfer kreuzigte. Wenn sie etwas gegen Religion hatte, dann gab es einen verdammt guten Grund dafür.

Die Einfahrt war so lang, dass Lena schon befürchtete, sie hätten noch eine falsche Abzweigung genommen. Als sie an einer windschiefen Scheune und einem Wirtschaftsgebäude vorbeifuhren, hatte Lena das Gefühl, ein Déjà-vu zu erleben. In Reese, wo sie aufgewachsen war, hatten alle Farmen so ausgesehen. Die Reagan-Wirtschaft und der Abbau der Subventionen hatten die kleinen Farmer in die Knie gezwungen. Ganze Familien sahen sich genötigt, das Land, das über Generationen von ihnen beackert worden war, den Banken zu überlassen. In den meisten Fällen wurde der Boden an irgendeinen internationalen Konzern verkauft, der saisonweise Schwarzarbeiter anheuerte, um die Löhne zu drücken und die Erträge zu maximieren.

Jeffrey fragte: »Wird Zyanid heutzutage noch in Pestiziden verwendet?«

»Keine Ahnung.« Lena nahm ihren Notizblock heraus. Sie würde es später recherchieren.

Als sie die Kuppe eines steilen Hügels erreichten, fuhr Jeffrey langsamer. Drei Ziegen standen in der Auffahrt, und er hupte, um sie zu verscheuchen. Mit bimmelnden Glocken verzogen sie sich in einen Verschlag. Vor einem Schweinestall standen ein Mädchen und ein kleiner Junge, die zusammen einen Eimer Wasser hielten. Das Mädchen trug ein Kittelkleid, der Junge eine Latzhose ohne Hemd und ohne Schuhe. Mit großen Augen starrten sie dem Wagen nach, und Lena spürte, wie sich die Haare auf ihrem Unterarm aufrichteten.

Jeffrey murmelte: »Wenn jetzt noch jemand das Banjo rausholt, mache ich die Fliege.«

»Ich bin dabei«, stimmte Lena zu und seufzte erleichtert, als endlich ein Stück Zivilisation vor ihnen auftauchte.

Das Wohnhaus war ein schlichter Holzbau mit zwei Mansardenfenstern im Spitzdach. Die Schindeln waren frisch gestrichen und gut erhalten. Ohne den heruntergekommenen Pritschenwagen vor der Haustür hätte es ebenso gut das Haus eines College-Professors drüben in Heartsdale sein können. Auf der Veranda standen Blumentöpfe, und der Plattenweg zur Haustür war von Rabatten gesäumt. Als sie aus dem Wagen stiegen, bemerkte Lena eine Frau hinter der Fliegengittertür. Sie rang die Hände vor der Brust, und Lena nahm an, dass es sich um die Mutter des vermissten Mädchens handelte.

Jeffrey murmelte: »Das wird nicht leicht«, und nicht zum ersten

Mal war Lena froh, dass das Überbringen schlechter Nachrichten sein Job war, nicht ihrer.

Sie schloss die Wagentür und legte die Hand auf die Motorhaube, als ein Mann aus dem Haus trat. Lena hätte erwartet, dass die Frau ihm folgte, doch stattdessen humpelte ein alter Mann hinter ihm her.

»Chief Tolliver?«, fragte der Jüngere der beiden. Er hatte rotes Haar, allerdings ohne die sonst damit einhergehenden Sommersprossen. Seine Haut war blass, und seine grünen Augen leuchteten in der Morgensonne so intensiv, dass Lena die Farbe selbst aus drei Meter Entfernung erkennen konnte. Eigentlich war er attraktiv, zumindest wenn man auf rothaarige Typen stand, aber mit dem kurzärmeligen Button-down-Hemd, das ordentlich in seiner Khakihose steckte, sah er aus wie ein Mathelehrer.

Aus irgendeinem Grund schien Jeffrey sein Anblick zu irritieren, doch er hatte sich schnell wieder im Griff. »Mr. Bennett?«

»Ich bin Lev Ward«, erklärte der Mann. »Das ist Ephraim Bennett, Abigails Vater.«

»Oh«, sagte Jeffrey überrascht. Trotz Baseballkappe und Latzhose sah Ephraim Bennett aus wie achtzig, etwas alt für den Vater einer zwanzigjährigen Tochter. Doch er war schlank, und seine Augen waren hellwach, und auch wenn seine Hände stark zitterten, machte er nicht den Eindruck, als ob ihm viel entging.

Jeffrey sagte: »Es tut mir sehr leid, dass wir uns unter diesen Umständen kennenlernen.«

Dem Muskelzittern zum Trotz schüttelte Ephraim Jeffrey energisch die Hand. »Danke, dass Sie das selber in die Hand nehmen, Sir.« Er hatte eine kräftige Stimme, und er sprach mit einem Südstaatenakzent, wie Lena ihn nur noch aus Hollywoodfilmen kannte. Er begrüßte Lena, indem er sich an den Mützenschirm tippte. »Ma'am.«

Lena nickte ihm zu, ohne Lev aus den Augen zu lassen, der hier offenbar das Sagen hatte, obwohl er wahrscheinlich dreißig Jahre jünger war.

Ephraim sagte zu Jeffrey: »Und danke, dass Sie so schnell gekommen sind.« Lena hätte die Reaktion der Polizei nicht gerade als schnell bezeichnet. Der Anruf war gestern Abend gekommen.

Wäre Jeffrey und nicht Ed Pelham am Apparat gewesen, wären sie sofort zu den Bennetts rausgefahren, anstatt damit bis zum nächsten Tag zu warten.

Jeffrey entschuldigte sich: »Leider musste erst die Zuständigkeit geklärt werden.«

»Das ist meine Schuld«, sagte Lev. »Die Farm drüben gehört zu Catoogah County. Ich habe wohl einfach nicht nachgedacht.«

»Das hat keiner von uns«, beschwichtigte Ephraim.

Lev senkte demütig den Kopf.

Jeffrey sagte: »Wir haben auf der Farm nach dem Weg gefragt. Da war ein Mann, ungefähr Mitte sechzig, eher klein −«

»Cole«, erklärte Lev. »Unser Vorarbeiter.«

Jeffrey wartete, wahrscheinlich hoffte er auf weitere Informationen. Als nichts kam, fügte er hinzu: »Er hat uns den Weg zu Ihnen beschrieben.«

»Es tut mir leid, dass ich mich nicht klarer ausgedrückt habe«, entschuldigte sich Lev. Dann schlug er vor: »Wollen wir reingehen und mit Esther sprechen?«

»Ihre Schwägerin?«, fragte Jeffrey.

»Meine kleine Schwester«, berichtigte Lev. »Ich hoffe, es stört Sie nicht, wenn mein Bruder und meine Schwestern auch dazukommen. Wir haben die ganze Nacht kein Auge zugetan, weil wir uns solche Sorgen um Abby machen.«

Lena fragte: »Ist sie schon mal weggelaufen?«

»Entschuldigen Sie«, Lev wandte sich an Lena. »Ich habe mich nicht vorgestellt.« Er hielt ihr die Hand hin. Lena rechnete mit dem schlaffen Händedruck, den die meisten Männer vom Land bei Frauen anwandten, vor lauter Angst, deren zarte Finger zu zerquetschen. Doch Lev drückte genauso herzhaft zu, wie er es bei Jeffrey getan hatte, und sah ihr dabei in die Augen. »Leviticus Ward.«

»Lena Adams«, erwiderte sie.

»Detective?«, fragte er. Sie nickte. »Wir sind außer uns vor Sorge um Abby, bitte verzeihen Sie mir meine schlechten Manieren.«

»Das ist doch verständlich«, beruhigte ihn Lena. Doch sie registrierte, dass er ihrer Frage nach Abby ausgewichen war.

Lev trat galant einen Schritt zurück und ließ Lena den Vortritt. »Nach Ihnen.«

Auf dem Weg zum Haus sah Lena die Schatten der Männer hinter sich und wunderte sich über die altmodischen Umgangsformen. Als sie den Eingang erreichten, trat Lev vor, um ihr die Tür aufzuhalten, und sie trat als Erste ein.

Esther Bennett saß auf der Couch, die Füße gekreuzt, die Hände im Schoß gefaltet. Sie saß kerzengerade da, und Lena, die meistens eine schlechte Haltung hatte, drückte instinktiv den Rücken durch.

»Chief Tolliver?«, fragte Esther Bennett. Sie war um einiges jünger als ihr Mann, wahrscheinlich Mitte vierzig. Ihr dunkles Haar wurde an den Schläfen grau, und in ihrem weißen Baumwollkleid und der rotkarierten Schürze sah sie aus, als wäre sie einem altmodischen Kochbuch entsprungen. Sie hatte das Haar zu einem straffen Dutt gesteckt, und nach einer Strähne zu urteilen, die sich gelöst hatte, war es fast so lang wie das ihrer Tochter. Lena hatte keinerlei Zweifel, dass sie die Mutter der Toten war. Die Ähnlichkeit war frappierend.

»Nennen Sie mich Jeffrey«, bat Jeffrey, dann sagte er: »Sie haben ein wunderschönes Heim, Mrs. Bennett.« Das Kompliment machte er immer, selbst wenn er ein Rattenloch betrat. Das Zuhause der Bennetts war am ehesten als schlicht zu beschreiben. Nichts stand herum, weder auf dem Couchtisch noch auf dem Kaminsims. Nur ein einfaches Holzkreuz schmückte die unverputzte Backsteinwand über dem Kamin. Zwei leicht verschlissene Ohrensessel flankierten das Fenster, das auf den Vorgarten hinausging. Die orangefarbene Couch stammte vermutlich noch aus den Sechzigern, war aber gut erhalten. An den Fenstern gab es keine Vorhänge oder Jalousien, und auf den Dielenbohlen lagen keine Teppiche. Die Deckenlampe gehörte wahrscheinlich noch zur Originaleinrichtung, was bedeutete, dass sie so alt wie Ephraim war. Lena nahm an, dass sie sich hier im Besuchszimmer befanden, aber ein Blick in den Flur verriet ihr, dass der Rest des Hauses genauso aussah.

Jeffrey schienen ähnliche Gedanken durch den Kopf zu gehen. »Wohnen Sie schon lange hier?«, fragte er.

Lev antwortete: »Wir sind schon vor Abbys Geburt eingezogen.«

»Bitte«, sagte Esther und breitete die Hände aus. »Nehmen Sie doch Platz.« Als Jeffrey sich setzte, stand sie auf, und als auch er wieder aufstand, wiederholte sie nur: »Bitte«, und bedeutete ihm, sitzen zu bleiben.

»Der Rest der Familie wird gleich da sein«, erklärte Lev.

Esther fragte: »Möchten Sie etwas trinken, Chief Tolliver? Eine Limonade?«

»Das wäre schön«, antwortete Jeffrey, weil er wusste, dass sich die Frau wohler fühlte, wenn er annahm.

»Und Sie, Miss –«

»Adams«, antwortete Lena. »Nein danke.«

Lev bemerkte: »Esther, die Frau ist Detective.«

»Oh«, sagte die Frau verlegen. »Tut mir leid, Detective Adams.«

»Macht nichts«, versicherte Lena, und plötzlich hatte sie das merkwürdige Gefühl, sie hätte etwas falsch gemacht. Irgendetwas war seltsam an dieser Familie, und Lena fragte sich, welche Geheimnisse sie verbarg. Seit dem Choleriker auf der Farm war sie auf alles gefasst: Wie der Herr, so's Gescherr.

Lev sagte: »Limonade wäre schön, Esther«, und Lena entging nicht, wie geschickt er die Fäden in der Hand hielt. Er schien gut darin, die Führung zu übernehmen, und solche Leute waren ihr bei Ermittlungen immer verdächtig.

Esther besann sich auf die Pflichten der Gastfreundschaft. »Bitte, fühlen Sie sich wie zu Hause. Ich bin gleich wieder da.«

Bevor sie das Zimmer verließ, berührte sie im Vorbeigehen flüchtig die Schulter ihres Mannes.

Die Männer standen herum, als warteten sie auf etwas. Erst als sie Jeffreys Blick auffing, verstand Lena. »Ich gehe ihr zur Hand«, sagte sie.

Als sie Esther in den Flur folgte, wirkten die Männer erleichtert, und sie hörte, wie Lev über etwas lachte, das sie nicht mitbekam. Wahrscheinlich ging es darum, dass Frauen an den Herd gehörten. In dieser Familie schienen noch die alten Gesetze zu gelten: Die Männer trafen die Entscheidungen, die Frauen kümmerten sich ums Haus.

Auf dem Weg zur Küche ließ Lena sich Zeit und sah sich suchend nach einer Erklärung um, was an den Bewohnern des Hauses so merkwürdig war. Drei geschlossene Türen auf der rechten

Seite des Flurs führten wahrscheinlich zu den Schlafzimmern. Links befanden sich das Wohnzimmer und eine Bibliothek mit Bücherregalen, die vom Boden bis zur Decke reichten, was Lena überraschte. Aus irgendeinem Grund hatte Lena angenommen, christliche Fanatiker lasen keine Bücher.

Falls Esther so alt war, wie sie aussah, musste ihr Bruder Lev um die fünfzig sein. Er war ein einnehmender Redner mit der Stimme eines Baptistenpredigers. Lena hatte sich nie für rothaarige Männer interessiert, doch irgendwie hatte er etwas Anziehendes an sich. Er erinnerte sie ein bisschen an Sara Linton. Beide strahlten die gleiche Art von Urvertrauen aus, was Lena bei Sara eigentlich eher abschreckend fand. Bei Lev dagegen hatte es eine beruhigende Wirkung. Als Gebrauchtwagenhändler hätte er viel Geld verdienen können.

»Oh –« Esther erschrak, als Lena in die Küche kam. Sie hielt ein Foto in der Hand, und sie schien zu zögern, bevor sie es Lena zeigte. Schließlich nahm sie sich zusammen und reichte Lena das Bild. Es zeigte ein Mädchen mit Zöpfen, ungefähr zwölf Jahre alt.

»Abby?«, fragte Lena, obwohl sie sofort erkannte, dass es das Mädchen war, das Jeffrey und Sara im Wald gefunden hatten.

Esther sah Lena eindringlich an, als versuchte sie, ihre Gedanken zu lesen. Doch dann schien sie zu beschließen, dass sie es gar nicht wissen wollte, denn sie wandte sich wieder der Küchenarbeit zu und kehrte Lena den Rücken.

»Abby trinkt schrecklich gerne Limonade«, seufzte sie. »Am liebsten süß, was nicht unbedingt mein Geschmack ist.«

»Meiner auch nicht«, sagte Lena, nicht weil es stimmte, sondern weil sie sich mit Esther solidarisieren wollte. Seit sie das Haus betreten hatte, fühlte sie sich unbehaglich. Und als Polizistin hatte sie gelernt, ersten Eindrücken zu vertrauen.

Esther schnitt eine Zitrone durch und drückte sie mit der Hand über einem Sieb aus. Nach und nach presste sie sechs Zitronen, und die Schale unter dem Sieb füllte sich langsam.

»Kann ich helfen?«, fragte Lena. Die einzigen Getränke, die sie selber machte, kamen aus der Tüte und gingen erst mal in den Mixer.

»Es geht schon«, wehrte Esther ab, doch dann, als wollte sie Lena nicht vor den Kopf stoßen, erklärte sie: »Der Krug steht über dem Herd.«

Lena ging an den Schrank und nahm den großen Kristallkrug herunter. Er war schwer und wahrscheinlich antik. Mit beiden Händen stellte sie ihn auf die Küchentheke.

Sie überlegte, was sie sagen sollte. »Das Licht ist schön hier drin«, bemerkte sie dann. An der Decke hing eine Neonleuchte, doch sie brannte nicht. Stattdessen fiel Tageslicht durch drei große Fenster über der Spüle und zwei Oberlichter über dem Küchentisch. Wie der Rest des Hauses war die Küche ein schmuckloser Raum, und Lena fragte sich, warum Menschen sich dafür entschieden, in solcher Kargheit zu leben.

Esther blickte hinauf in das Licht. »Ja, es ist schön, nicht wahr? Ephraims Vater hat das Haus mit seinen eigenen Händen gebaut.«

»Sind Sie schon lange verheiratet?«

»Zweiundzwanzig Jahre.«

»Und Abby ist Ihr ältestes Kind?«

Lächelnd nahm sie noch eine Zitrone aus dem Korb. »Ja, das ist sie.«

»Und die beiden Kinder draußen?«

»Rebecca und Zeke«, erklärte Esther mit dem gleichen stolzen Lächeln. »Becca ist meine Tochter. Zeke ist der Sohn von Lev und seiner seligen Frau.«

»Zwei Töchter, das muss schön sein«, stellte Lena fest und kam sich idiotisch dabei vor.

Esther rollte eine Zitrone über das Brett, um sie weich zu machen. »Ja«, sagte sie, doch Lena hatte ihr Zögern bemerkt.

Durchs Küchenfenster blickte Lena auf die Viehweide hinaus. Eine Gruppe von Kühen ruhte im Schatten unter einem Baum. »Die Farm auf der anderen Seite«, begann sie.

»Die Genossenschaft«, sagte Esther. »Dort habe ich Ephraim kennengelernt. Er fing an, ach, das muss gewesen sein gleich nachdem Papa den zweiten Abschnitt kaufte, Anfang der Achtziger. Bald darauf haben wir geheiratet und sind hier eingezogen.«

»Damals müssen Sie in Abbys Alter gewesen sein«, schätzte Lena.

Esther blickte auf, als hätte sie nie darüber nachgedacht. »Ja«, sagte sie. »Sie haben recht. Ich war verliebt und bin zu Hause ausgezogen. Die ganze Welt lag mir zu Füßen.« Sie presste eine weitere Zitrone in das Sieb.

»Der ältere Mann, den wir gesehen haben«, setzte Lena an, »Cole?«

Esther lächelte. »Er ist von Anfang an dabei gewesen. Papa hat ihn vor vielen Jahren aufgelesen.«

Lena wartete, doch mehr kam nicht. Wie Lev schien Esther nicht viel von Cole preisgeben zu wollen, und das machte Lena erst recht neugierig.

Sie dachte an die Frage, die sie Lev gestellt hatte, und beschloss, es noch einmal zu versuchen. »Ist Abby früher schon mal ausgerissen?«

»O nein, dafür ist sie nicht der Typ.«

»Was für ein Typ ist sie denn?« Lena fragte sich, ob die Mutter wusste, dass ihre Tochter schwanger war.

»Abby hängt sehr an ihrer Familie. Sie würde niemals etwas so Egoistisches tun.«

»Mädchen in diesem Alter tun manchmal Dinge, ohne darüber nachzudenken.«

»Das ist eher Beccas Sache«, sagte Esther.

»Rebecca ist eine Ausreißerin?«

Esther überging die Frage und erklärte stattdessen: »Abby hat diese rebellische Phase nie gehabt. In dieser Hinsicht ähnelt sie mir sehr.«

»Wie meinen Sie das?«

Esther wollte etwas sagen, aber dann überlegte sie es sich anders. Sie nahm den Krug und gab den Zitronensaft hinein. Dann ging sie an die Spüle, drehte den Wasserhahn auf und ließ das Wasser laufen, bis es kalt wurde.

Lena konnte nicht sagen, ob die Frau von Natur aus so wortkarg war oder ob sie ihre Antworten zensierte, weil sie Angst hatte, ihrem Bruder könnte zu Ohren kommen, dass sie hinter seinem Rücken zu viel verriet. Irgendwie musste Lena die Frau aus der Reserve locken. »Bei uns bin ich die Jüngste gewesen«, sagte sie wahrheitsgemäß, auch wenn es sich nur um ein paar Minuten handelte. »Ich habe mir dauernd Ärger eingehandelt.«

Esther brummte zustimmend, sagte aber nichts dazu.

»Es ist schwer zu verstehen, dass die eigenen Eltern auch nur Menschen sind«, fuhr Lena fort. »Den ganzen Tag kämpft man darum, dass sie einen wie einen Erwachsenen behandeln, aber umgekehrt hat man weniger Verständnis.«

Esther warf über die Schulter einen Blick in den Flur, dann sagte sie: »Rebecca ist letztes Jahr ausgerissen. Am nächsten Tag war sie wieder da, aber sie hat uns einen furchtbaren Schrecken eingejagt.«

»Und Abby ist nie verschwunden?«, fragte Lena noch einmal.

Esthers Stimme war kaum mehr als ein Flüstern. »Manchmal ging sie rüber auf die Farm, ohne uns Bescheid zu sagen.«

»Auf die andere Seite der Straße?«

»Ja, auf die andere Seite der Straße. Es klingt vielleicht albern, dass wir uns deswegen Sorgen gemacht haben. Die Farm gehört schließlich zu unserem Anwesen. Abby war die ganze Zeit in Sicherheit. Aber wir sind unruhig geworden, als sie nicht zum Abendessen kam und wir noch nichts von ihr gehört hatten.«

Lena begriff, dass sie von einem einzelnen Ereignis sprach, nicht von etwas, das öfter vorkam. »Abby hat drüben übernachtet?«

»Bei Lev und Papa. Sie und Mary wohnen zusammen. Meine Mutter starb, als ich drei Jahre alt war.«

»Wer ist Mary?«

»Meine ältere Schwester.«

»Ist sie älter als Lev?«

»O nein, Lev ist der Älteste. Dann kommt Mary, dann Rachel, dann Paul und dann ich.«

»Eine große Familie«, sagte Lena und hatte im Stillen den Verdacht, dass Esthers Mutter an Erschöpfung gestorben sein musste.

»Papa war ein Einzelkind. Er wollte viele Kinder um sich haben.«

»Ihrem Vater gehört die Farm?«

»Die Farm gehört der Familie und ein paar Investoren«, erklärte Esther. Sie öffnete einen Schrank und nahm ein Paket Zucker heraus. »Papa hat sie vor über zwanzig Jahren gegründet.«

Lena versuchte, ihre Frage diplomatisch zu formulieren. »Ich dachte, Genossenschaften gehören den Arbeitern.«

»Alle Arbeiter haben die Möglichkeit, in die Farm zu investieren, wenn sie zwei Jahre lang dabei sind«, erklärte Esther und maß eine Tasse Zucker ab.

»Woher kommen die Arbeiter?«

»Die meisten sind aus Atlanta.« Sie rührte die Limonade mit einem Holzlöffel um. »Manche von ihnen sind nur auf der Durchreise, suchen für ein paar Monate Ruhe bei uns. Manche finden hier ein neues Leben und beschließen zu bleiben. Wir nennen sie ›Seelen‹, denn die meisten von ihnen sind tatsächlich verlorene Seelen.« Ein kleines Lächeln huschte über ihre Lippen. »Ich bin nicht naiv. Es gibt den einen oder anderen, der die Farm nur benutzt, um unterzutauchen. Aber wir rufen nicht bei jeder Kleinigkeit die Polizei, auch wenn wir sie nicht verstecken, sondern ihnen helfen wollen. Manche von ihnen sind auf der Flucht vor gewalttätigen Ehepartnern oder bösen Eltern. Wir können schließlich nicht nur die beschützen, deren Nase uns gefällt. Entweder alle oder keinen.«

»Weshalb sollten Sie denn die Polizei einschalten?«

»Es hat Diebstähle gegeben«, antwortete Esther, dann sagte sie: »Ich glaube, das hätte ich gar nicht erwähnen sollen. Lev möchte es nicht an die große Glocke hängen. Wie Sie vielleicht bemerkt haben, leben wir hier draußen ziemlich isoliert, und der Sheriff lässt nicht alles stehen und liegen, nur weil uns mal eine Heugabel abhanden kommt.«

Das Einzige, wofür Ed Pelham etwas stehen- und liegenließe, war sein Abendessen. »War das alles? Eine verschwundene Heugabel?«

»Ein paar Schaufeln, ein paar Schubkarren.«

»Ist auch Holz verschwunden?«

Sie sah Lena verwirrt an. »Nicht dass ich wüsste. Wir verwenden nicht viel Holz auf der Farm. Meinen Sie Stangen? Soja rankt nicht.«

»Was ist sonst noch weggekommen?«

»Letzten Monat wurde die Portokasse aus der Scheune gestohlen. Ich glaube, es waren an die dreihundert Dollar darin.«

»Wofür hatten Sie eine Portokasse in der Scheune?«

»Für Besorgungen im Baumarkt zum Beispiel, oder für den Pizza-Service, wenn es abends mal später wird. Wir verarbeiten die

Pflanzen selbst, das bedeutet viele monotone Arbeitsgänge. Manche der Seelen, die zu uns kommen, können nichts anderes, andere langweilen sich schnell. Dann geben wir ihnen neue Aufgaben, in der Auslieferung zum Beispiel oder in der Verwaltung. Nicht gleich Buchführung, aber sie lernen, Rechnungen durchzugehen und abzuheften, solche Dinge. Wir haben das Ziel, ihnen nützliche Fertigkeiten beizubringen, von denen sie später draußen profitieren können.«

Für Lena klang das alles nach einer Sekte, und sie konnte ihre Vorurteile nicht ganz verbergen, als sie fragte: »Sie holen sie aus Atlanta und verlangen dafür nur, dass sie ihr Nachtgebet aufsagen?«

Esther lächelte nachsichtig. »Wir bitten sie, am Sonntag zur Messe zu kommen, aber es besteht keine Pflicht dazu. Jeden Abend um acht versammeln wir uns, wozu ebenfalls alle eingeladen sind. Die meisten kommen nicht, und das ist völlig in Ordnung so. Wir verlangen nichts, außer dass sie sich an unsere Regeln halten und sich uns und den anderen gegenüber anständig benehmen.«

Sie waren weit vom Thema abgekommen, und Lena versuchte, langsam zurückzusteuern. »Arbeiten Sie auch auf der Farm?«

»Normalerweise unterrichte ich die Kinder. Viele der Frauen, die herkommen, haben Kinder. Ich versuche, so gut es geht zu helfen, aber die meisten bleiben nicht ewig hier. Das Einzige, was ich den Kindern geben kann, ist ein bisschen Struktur.«

»Wie viele Leute arbeiten auf der Farm?«

»Ich schätze zweihundert. Da fragen Sie besser Lev. Über die Personalakten bin ich nicht auf dem Laufenden.«

Lena nahm sich vor, sich die Personalakten genauer anzusehen. Sie wurde die Vorstellung nicht los, dass hier einem Haufen Jugendlicher das Gehirn gewaschen wurde, damit sie ihre weltlichen Besitztümer aufgaben und sich dieser seltsamen Familie anschlossen. Sie fragte sich, ob Jeffrey drüben ähnliche Eindrücke sammelte. »Unterrichten Sie Abby noch?«

»Ich spreche mit ihr über Literatur. Leider kann ich ihr nicht viel bieten, das über den gewöhnlichen Highschool-Stoff hinausginge. Ephraim und ich haben daran gedacht, sie auf ein kleines College zu schicken, vielleicht in Tifton oder West Georgia, aber Abby wollte das nicht. Sie liebt die Farm, verstehen Sie? Hier kann sie anderen mit ihren Gaben helfen.«

»Haben Sie das immer so gemacht? Hausunterricht, meine ich?«

»Ja, wir wurden alle zu Hause unterrichtet. Alle außer Lev.« Sie lächelte stolz. »Paul hatte beim Eignungstest für die University of Georgia die besten Ergebnisse des Landes.«

Pauls akademische Laufbahn war Lena ziemlich egal. »Das ist Ihre einzige Aufgabe auf der Farm? Unterrichten?«

»O nein«, Esther lachte. »Jeder hier muss alles mal gemacht haben. Ich habe auf dem Feld angefangen, genau wie Becca jetzt. Zeke ist noch zu klein, aber auch für ihn geht es in den nächsten Jahren los. Papa findet, man muss von der Pike auf lernen, wenn man die Farm eines Tages leiten will. Ich war eine Weile in der Buchhaltung. Leider bin ich nicht sehr gut mit Zahlen. Wenn ich tun und lassen könnte, was ich wollte, würde ich den ganzen Tag auf dem Sofa liegen und lesen. Aber Papa wollte, dass wir vorbereitet sind, falls ihm etwas zustößt.«

»Dann würden Sie die Farm leiten?«

Esther lachte über die Vorstellung, ein Unternehmen könnte von einer Frau geleitet werden. »Vielleicht Zeke oder einer der Jungs. Aber wir müssen alle vorbereitet sein. Auch weil unsere Arbeiter oft nicht lange bei uns sind. Die meisten der Seelen sind Städter, sie sind ein schnelleres Leben gewohnt. Am Anfang finden sie es wunderbar hier – die Ruhe, die Einsamkeit, die Übersichtlichkeit im Gegensatz zu ihrem harten Leben auf der Straße. Aber bald wird es ihnen langweilig und immer langweiliger, und eh sie sichs versehen, würden sie am liebsten schreiend davonlaufen. Bei den Auszubildenden versuchen wir schon, wählerisch zu sein. Es wäre schade, jemanden für eine anspruchsvolle Aufgabe auszubilden, und dann lässt er mittendrin alles fallen und geht in die Stadt zurück.«

»Was ist mit Drogen?«, fragte Lena.

»Die gibt es natürlich«, sagte sie. »Aber wir passen auf. Sie müssen sich unser Vertrauen verdienen. Alkohol und Zigaretten sind auf der Farm verboten. Es ist gestattet, in die Stadt zu gehen, aber keiner von der Familie nimmt jemanden im Auto mit. Die Seelen

111

verpflichten sich, die Hausregeln einzuhalten, sobald sie einen Fuß auf das Gelände setzen. Wer eine Regel bricht, muss gehen. Den meisten ist es recht so, und die Neuankömmlinge erfahren von denen, die schon länger hier sind, dass wir es ernst meinen, wenn wir sagen, dass wir die Leute bei der ersten Übertretung zurück nach Atlanta schicken.« Ihr Ton wurde milder. »Ich weiß, es klingt hart, aber wir müssen die Übeltäter aussortieren, damit die anderen, die wirklich wollen, eine Chance haben. Sie als Gesetzeshüter verstehen das sicher.«

»Wie viele kommen und gehen?«, fragte Lena. »Pi mal Daumen.«

»Also, ich schätze, siebzig Prozent gehen wieder.« Erneut berief sie sich auf die Männer der Familie. »Das müssen Sie Lev oder Paul fragen, die können es Ihnen genau sagen. Sie kümmern sich um alles.«

»Aber Sie bekommen schon mit, dass Leute kommen und gehen.«

»Natürlich.«

»Was ist mit Abby?«, fragte Lena. »Ist sie glücklich hier?«

Esther lächelte. »Ich hoffe es, aber wir zwingen niemanden, gegen seinen Willen zu bleiben.« Trotz Lenas verständnisvollem Nicken fühlte sie sich zu einer Erklärung bemüßigt. »Ich weiß, das alles mag für Sie seltsam klingen. Wir sind religiöse Menschen, aber wir glauben nicht daran, dass wir anderen unseren Glauben aufzwingen können. Zum Herrn findet nur, wer ihn aus freien Stücken sucht, denn sonst bedeutet es Ihm nichts. Ich merke an Ihren Fragen, dass Sie skeptisch sind, was unsere Arbeit angeht, aber ich versichere Ihnen, dass wir alle nur für das höchste Ziel eintreten. Wie Sie sehen, liegt uns nicht viel an materiellem Reichtum.« Sie zeigte auf das Haus. »Wir wollen Seelen retten, dahinein investieren wir.«

Esthers friedliches Lächeln verstörte Lena mehr als alles andere, was sie heute gesehen hatte. Sie fragte: »Was sind Abbys Aufgaben auf der Farm?«

»Sie kann besser mit Zahlen umgehen als ich«, antwortete Esther stolz. »Eine Weile hat sie in der Verwaltung gearbeitet, doch als es ihr dort langweilig wurde, sind wir übereingekommen, dass sie die Post macht. Es ist keine schwierige Aufgabe, aber sie kommt mit den Menschen in Kontakt. Sie ist gern mit Leuten zusammen. Ich schätze, das geht allen jungen Mädchen so.«

Lena wartete einen Augenblick, während sie sich fragte, warum Esther nicht nach ihrer Tochter fragte. Entweder verdrängte sie die Situation, oder aber sie wusste bereits, was geschehen war. »Hat Abby von den Diebstählen gewusst?«

»Kaum jemand wusste davon«, antwortete Esther. »Gemeindeangelegenheiten regelt Lev gern in der Gemeinde.«

»In der Gemeinde?«, fragte Lena scheinheilig, als hätte sie sich nicht längst alles zusammengereimt.

»Oh, entschuldigen Sie«, sagte Esther, und Lena fiel auf, dass Esther jeden zweiten Satz mit einer Entschuldigung begann. »Die Gemeinde der Kirche des Höchsten Ziels. Ich denke immer, alle wissen, wofür wir stehen.«

»Und wofür stehen Sie?«

Lena war offensichtlich nicht gut darin, ihren Zynismus zu verbergen, doch Esther erklärte geduldig: »Mit der Holy Grown Farm finanzieren wir unser soziales Engagement in Atlanta.«

»Worin besteht dieses Engagement?«

»Wir versuchen, Jesu Werk bei den Armen fortzusetzen. Wir arbeiten mit verschiedenen Obdachlosenheimen und Frauenhäusern zusammen. Aber es gibt auch Resozialisierungseinrichtungen, die uns anrufen. Manchmal kommen Männer und Frauen direkt aus dem Gefängnis zu uns, wenn sie sonst nirgends hingehen können. Es ist empörend, wie die Menschen vom Strafvollzug in unserem Land zermalmt und ausgespuckt werden.«

»Führen Sie Akten über diese Leute?«

»Wir versuchen es.« Esther widmete sich wieder der Limonade. »Wir haben Ausbildungsplätze, vor allem in der Produktion. Das Sojageschäft hat sich in den letzten zehn Jahren verändert.«

»Soja findet in immer mehr Produkten Verwendung«, bemerkte Lena, doch sie verriet Esther nicht, dass sie das nur deshalb wusste, weil sie mit einer durchgeknallten Lesbe zusammenwohnte, die sich ausschließlich von Tofu und Vollwertkost ernährte.

»Ja«, stimmte Esther zu. Sie nahm drei Gläser aus dem Schrank.

»Ich hole das Eis«, erbot sich Lena. Doch als sie den Gefrier-

113

schrank öffnete, fand sie statt der Eiswürfel, die sie erwartet hatte, einen massiven Eisblock.

»Schaffen Sie das?«, sagte Esther. »Oder soll ich …«

»Geht schon«, entgegnete Lena und griff mit bloßen Händen nach dem Eisblock. Ihr Hemd wurde nass, als sie ihn zur Spüle hievte.

»Drüben auf der Farm gibt es ein Eishaus. Alles andere wäre doch Energieverschwendung, wo so viel Eis vorhanden ist.« Sie bedeutete Lena, den Block ins Spülbecken zu stellen. »Wir versuchen, unsere Umwelt zu schonen, so gut es geht.« Sie bearbeitete den Block mit einem Eispickel. »Papa war der erste Farmer hier, der die Felder mit Regenwasser gewässert hat. Inzwischen haben wir dafür natürlich viel zu viel Land, aber trotzdem sparen wir Wasser, wo es geht.«

Lena fiel Jeffreys frühere Frage ein. »Benutzen Sie keine Pestizide?«

»O nein«, entgegnete Esther und füllte Eis in die Gläser. »So etwas gibt es hier nicht – gab es noch nie. Wir benutzen natürlichen Dünger. Sie können sich nicht vorstellen, was die Phosphate mit dem Grundwasser machen. O nein.« Sie lachte. »Papa hat von Anfang an klargestellt, dass wir ausschließlich mit der Natur arbeiten. Wir tragen eine Verantwortung unseren Nachbarn gegenüber und den Menschen, die das Land nach uns bekommen.«

»Das klingt sehr …«, Lena suchte nach einem positiven Wort, »verantwortungsvoll.«

»Die meisten Leute halten es für vergeudete Liebesmüh«, sagte Esther. »Es ist eine Zwickmühle: Sollen wir die Natur vergiften, damit wir mehr Geld für die Bedürftigen haben, oder bleiben wir unseren Prinzipien treu und helfen dafür weniger Menschen? Jesus hat sich die gleiche Frage gestellt: Den vielen helfen oder den wenigen?« Sie reichte Lena eins der Gläser. »Ist das süß genug für Sie? Wir nehmen hier normalerweise nicht viel Zucker.«

Nach einem Schluck zog sich Lenas Mund krampfartig zusammen. »Es ist ein bisschen sauer«, brachte sie heraus und versuchte, ein Würgen zu unterdrücken.

»Oh.« Esther nahm den Zucker noch einmal heraus und gab einen Löffel in Lenas Glas. »Besser?«

114

Lena probierte wieder, diesmal einen kleineren Schluck. »Gut«, sagte sie.

»Gut«, wiederholte Esther und zuckerte ein weiteres Glas nach. Das dritte ließ sie, wie es war. Lena hoffte inständig, dass es nicht für Jeffrey gedacht war.

»Die Geschmäcker sind verschieden, nicht wahr?«, bemerkte Esther auf dem Weg in den Flur.

Lena folgte ihr. »Wie bitte?«

»Jeder hat seinen eigenen Geschmack«, wiederholte Esther. »Abby liebt Süßes. Als sie klein war, hat sie einmal fast eine ganze Tasse Zucker genascht, bevor ich merkte, dass sie am Schrank war.«

Als sie an der Bibliothek vorbeikamen, sagte Lena: »Sie haben eine Menge Bücher.«

»Fast nur Klassiker. Natürlich haben wir auch ein paar Western und Schmonzetten. Ephraim liest gerne Krimis. Ich glaube, ihm gefällt, dass sie so schwarz-weiß sind. Da sind die Guten auf der einen Seite, die Bösen auf der anderen.«

»Ja, wenn das nur so einfach wäre«, seufzte Lena.

»Becca verschlingt Liebesromane. Drücken Sie ihr ein Buch mit einem langhaarigen Adonis auf dem Einband in die Hand, und zwei Stunden später hat sie es durchgelesen.«

»Sie erlauben ihr, Liebesromane zu lesen?«, fragte Lena überrascht. Irgendwie hätte sie vermutet, dass die Leute hier ähnlich extrem wären wie die Fanatiker, die Harry Potter verbieten wollten.

»Die Kinder dürfen lesen, was sie wollen. Das ist ihre Entschädigung dafür, dass wir keinen Fernseher haben. Selbst wenn sie Schund lesen, ist es immer noch besser, als vor der Röhre zu sitzen.«

Lena nickte, obwohl sie sich ein Leben ohne Fernseher gar nicht vorstellen konnte. Hirnloses Glotzen war das Einzige, was sie in den letzten drei Jahren davor bewahrt hatte, durchzudrehen.

»Da seid ihr ja«, sagte Lev, als sie ins Zimmer kamen. Er nahm Esther ein Glas ab und reichte es Jeffrey.

»Oh, nicht das«, Esther nahm ihm das Glas wieder ab. »Das hier ist für Sie.« Sie gab Jeffrey die nachgesüßte Limonade. Wie Ephraim war er aufgestanden, als die Frauen ins Zimmer kamen. »Ich schätze, Sie mögen sie nicht so sauer wie Lev.«

115

»Wahrscheinlich nicht«, stimmte Jeffrey ihr zu. »Danke, Ma'am.«
Die Haustür öffnete sich, und ein Mann, der aussah wie Esthers
Zwillingsbruder, kam in Begleitung einer älteren Frau herein. Er
führte sie am Arm, offenbar fiel ihr das Gehen schwer.

»Entschuldigen Sie die Verspätung«, sagte er.

Jeffrey trat mit der Limonade in der Hand zurück, um der Frau
seinen Sessel zu überlassen. Eine zweite Frau betrat hinter ihnen
das Haus. Mit ihrem rotblonden Haar ähnelte sie Lev. Sie trug es
zu einem Knoten gebunden, der mitten auf ihrem Kopf saß. Auf
Lena wirkte sie wie der Inbegriff der prallen Bauersfrau, die auf
dem Feld ein Kind zur Welt brachte und anschließend weiter
Baumwolle pflückte. Die ganze Familie war so verdammt kernig.
Esther war die Zierlichste von ihnen, und selbst sie überragte Lena
um einen halben Kopf.

»Das hier ist mein Bruder Paul«, stellte Lev vor. »Und das hier
sind Rachel«, die Bäuerin nickte grüßend, »und Mary.«

Esthers Auskünften zufolge war Mary jünger als Lev, etwa Mitte vierzig, aber ihr Aussehen und ihr Verhalten ließen sie zwanzig
Jahre älter wirken. Vorsichtig setzte sie sich in den Sessel, als fürchtete sie, sie könnte stürzen und sich die Hüfte brechen. Selbst ihre
Stimme klang wie die einer alten Frau. »Sie müssen entschuldigen,
aber meine Gesundheit macht mir zu schaffen«, sagte sie selbstmit-
leidig.

»Mein Vater konnte leider nicht kommen«, erklärte Lev, der seine Schwester geflissentlich überging. »Er hatte einen Schlaganfall
und verlässt das Haus nur noch selten.«

»Gar kein Problem.« Jeffrey wandte sich an die Neuankömmlinge. »Ich bin Chief Tolliver. Das ist meine Kollegin Detective
Adams. Vielen Dank, dass Sie alle gekommen sind.«

»Setzen wir uns doch«, schlug Rachel vor und ging zur Couch.
Sie winkte Esther zu sich. Erneut beobachtete Lena, wie die Aufgaben in der Familie verteilt waren: Sitzverteilung und Küchenarbeit waren Frauensache, alles andere machten die Männer.

Mit einem unauffälligen Nicken bedeutete Jeffrey Lena, sich auf
Esthers andere Seite zu setzen. Er lehnte sich an den Kamin. Lev
wartete, bis Lena Platz genommen hatte, dann half er Ephraim in
den Sessel, der neben Jeffrey stand. Jeffreys hochgezogene Brauen

116

ließen Lena vermuten, dass auch er in ihrer Abwesenheit interessante Dinge zu hören bekommen hatte. Sie konnte es kaum abwarten, ihre Eindrücke zu vergleichen.

»Also«, begann Jeffrey, nachdem das Begrüßungszeremoniell endlich beendet war und sie zur Sache kommen konnten. »Sie haben angegeben, dass Abby seit zehn Tagen vermisst wird?«

»Es ist meine Schuld«, sagte Lev, und Lena fragte sich kurz, ob er zu einem Geständnis ansetzen wollte. »Ich dachte, dass Abby ihre Eltern nach Atlanta auf die Mission begleitet hätte. Und Ephraim nahm an, sie wäre bei uns auf der Farm geblieben.«

Paul warf ein: »Wir alle dachten, sie wäre in sicherer Obhut. Ich denke nicht, dass einen von uns die Schuld trifft.« Lena musterte den Mann zum ersten Mal. Er hörte sich sehr nach einem Rechtsanwalt an. Außerdem schien er der Einzige zu sein, dessen Kleidung nicht selbstgenäht war. Er trug einen Nadelstreifenanzug, ein weißes Hemd mit dunkelroter Krawatte und hatte einen sorgfältig frisierten Haarschnitt. Zwischen seinen urwüchsigen Brüdern und Schwestern war er deutlich als Großstädter zu erkennen.

»Auf jeden Fall hat keiner von uns etwas Böses geahnt«, sagte Rachel.

Offensichtlich hatte Jeffrey bereits alles über die Holy Grown Farm erfahren, er fragte weder nach den Familienzusammenhängen noch nach der Farm. »Gibt es jemanden auf der Farm, mit dem Abby besonders viel Zeit verbracht hat? Vielleicht einer der Feldarbeiter?«

Wieder antwortete Rachel: »Wir haben ihr nur wenig Kontakt zu den Arbeitern erlaubt.«

»Aber sicher kennt Abby einige von ihnen«, meinte Jeffrey und nippte an seiner Limonade. Den Impuls, sich zu schütteln, schien er mit aller Macht unterdrücken zu müssen, während er das Glas auf dem Kaminsims abstellte.

Lev sagte: »Natürlich ist sie bei den Versammlungen dabei, aber ansonsten bleiben die Arbeiter meistens unter sich.«

Esther erklärte: »Wir wollen niemanden diskriminieren, aber die Feldarbeiter gehören zu einer raueren Sorte Mensch. Abby hat nichts mit ihnen zu tun, weil wir das so wollen. Sie weiß, dass sie sich von ihnen fernzuhalten hat.«

117

»Aber sie hat auch mal auf dem Feld gearbeitet?«, fragte Lena, die sich an die Unterhaltung mit Esther erinnerte.

»Ja, aber nur im Kreis der Familie. Meistens zusammen mit ihren Vettern und Basen. Wir sind eine große Familie«, sagte Lev.

Esther zählte auf: »Rachel hat vier Kinder, Paul sechs. Marys Söhne leben in Wyoming und …«

Sie beendete den Satz nicht. »Und?«, wiederholte Jeffrey.

Rachel räusperte sich, aber es war Paul, der schließlich erklärte: »Sie kommen nicht oft her«, sagte er. Lena spürte, wie sich die Anspannung in seiner Stimme im ganzen Raum breitmachte. »Sie sind schon seit längerem nicht mehr hier gewesen.«

»Seit zehn Jahren«, seufzte Mary und sah zur Decke, als versuchte sie, Tränen zurückzuhalten. Lena fragte sich, ob Marys Söhne zu denen gehörten, die schreiend davongelaufen waren. Lena hätte es mit Sicherheit getan.

Mary fuhr fort: »Sie haben einen anderen Weg gewählt. Ich bete jeden Tag für sie, wenn ich morgens aufstehe und wenn ich abends zu Bett gehe.«

Bevor Mary das Gespräch auf unabsehbare Zeit an sich reißen konnte, wandte sich Lena an Lev: »Sind Sie verheiratet?«

»Ich bin Witwer.« Zum ersten Mal zeichneten sich in seinem Gesichtsausdruck Gefühle ab. »Meine Frau ist vor einigen Jahren im Kindbett verstorben.« Er lächelte traurig. »Bei der Geburt unseres ersten Kindes, leider. Ezekiel ist mein ganzer Trost.«

Jeffrey ließ eine taktvolle Pause verstreichen, bevor er weiter nachhakte. »Sie haben also angenommen, Abby wäre bei ihren Eltern, und ihre Eltern haben gedacht, sie wäre bei Ihnen. Wann sind Sie zur Mission aufgebrochen? Vor zehn Tagen?«

Esther antwortete: »Genau.«

»Und diese Missionen unternehmen Sie etwa viermal im Jahr?«

»Ja.«

»Sie sind ausgebildete Krankenschwester?«

Lena war überrascht, als Esther nickte. Die Frau hatte sie mit lauter nutzlosen Informationen über sich versorgt. Dass sie diesen einen Punkt nicht erwähnt hatte, fand Lena verdächtig.

Esther erklärte: »Ich habe am Georgia Medical College gelernt, als Ephraim und ich heirateten. Papa war der Ansicht, es wäre gut, wenn jemand auf der Farm Erste Hilfe leisten könnte, und keine von meinen Schwestern kann Blut sehen.«

»Das stimmt«, bestätigte Rachel.

Jeffrey fragte: »Kommt es hier häufig zu Unfällen?«

»Gott sei Dank nicht. Vor drei Jahren hat sich ein Mann die Achillessehne durchtrennt. Es war fürchterlich. Während meiner Ausbildung habe ich zwar gelernt, wie man Blut stillt, aber viel mehr konnte ich nicht für ihn tun. Wir bräuchten wirklich einen Arzt in der Nähe.«

»Wer ist denn Ihr Arzt?«, fragte Jeffrey. »Sie haben doch auch Kinder hier.« Wie zur Erklärung setzte er nach: »Meine Frau ist Kinderärztin in Heartsdale.«

»Sara Linton. Natürlich«, warf Lev ein. Er lächelte erfreut.

»Sie kennen Sara?«

»Vor sehr langer Zeit sind wir zusammen zur Sonntagsschule gegangen.« Lev sagte es in einem Tonfall, als hätten sie damals viele Geheimnisse miteinander geteilt.

Lena merkte Jeffrey an, dass ihn diese Vertrautheit störte; sie wusste nur nicht, ob es Eifersucht war oder reiner Beschützerinstinkt.

Wie gewöhnlich ließ sich Jeffrey von seinen Gefühlen nicht ablenken und setzte die Befragung fort, indem er sich an Esther wandte: »Telefonieren Sie denn nicht miteinander?« Esther sah ihn verwirrt an, und er erklärte: »Wenn Sie in Atlanta sind, rufen Sie nicht zu Hause an, um zu fragen, ob es den Kindern gutgeht?«

»Sie sind doch bei der Familie«, erwiderte sie mit unveränderter Stimme, aber das Blitzen in ihren Augen verriet Lena, dass sie sich beleidigt fühlte.

Rachel kam ihrer Schwester zu Hilfe. »Wir stehen uns sehr nahe, Chief Tolliver, falls Ihnen das noch nicht aufgefallen ist.«

Jeffrey steckte die Rüge besser weg, als Lena es gekonnt hätte. Er fragte Esther: »Können Sie mir sagen, wann genau Sie Abbys Verschwinden bemerkt haben?«

»Wir sind erst gestern am späten Abend zurückgekommen«, antwortete Esther. »Als Erstes waren wir drüben auf der Farm, um uns bei Papa zu melden und Abby und Becca abzuholen …«

»Becca hatten Sie auch nicht mitgenommen?«, fragte Lena.

119

»Natürlich nicht«, entgegnete Esther entrüstet. »Sie ist erst vierzehn.«

»Richtig«, sagte Lena, die keine Ahnung hatte, wie alt man für eine Reise durch die Obdachlosenheime von Atlanta sein musste.

»Becca war bei uns«, erklärte Lev. »Sie und mein Sohn Zeke sind unzertrennlich.« Er fuhr fort: »Als Abby am ersten Abend nicht zum Essen kam, ist Becca davon ausgegangen, dass Abby es sich im letzten Moment anders überlegt hätte und doch mit nach Atlanta gefahren wäre. Das schien ihr so naheliegend, dass sie es am Tisch nicht mal erwähnte.«

»Ich würde gerne mit ihr sprechen«, sagte Jeffrey.

Offenbar behagte Lev der Gedanke ganz und gar nicht, dennoch nickte er widerwillig. »Gut.«

Jeffrey hakte erneut nach. »Gab es keinen Mann in Abbys Leben? Keinen Jungen, der ihr den Hof machte?«

»Ich weiß, dass das bei einem Mädchen in ihrem Alter schwer zu glauben ist«, entgegnete Lev, »aber Abby hat ein sehr behütetes Leben geführt. Sie wurde zu Hause unterrichtet. Sie weiß nicht viel von der Welt da draußen. Wir wollten sie in Atlanta darauf vorbereiten, aber sie sträubte sich dagegen. Sie zog das klösterliche Leben hier auf dem Land vor.«

»Sie hat Sie bei anderen Missionsfahrten begleitet?«

Esther sagte: »Ja. Zweimal. Es hat ihr nicht gefallen. Sie war nicht gerne weg von zu Hause.«

»›Klösterlich‹ ist ein interessanter Ausdruck«, stellte Jeffrey fest.

»Ich weiß, es klingt, als würde sie wie eine Nonne leben«, sagte Lev, »und vielleicht ist das gar nicht so falsch. Sie ist sehr fromm. Ihr größtes Anliegen ist, unserem Herrn zu dienen.«

Ephraim murmelte: »Amen.« In Lenas Ohren klang es genauso automatisch, als hätte er »Gesundheit« gesagt, weil jemand nieste.

Esther erklärte: »Sie hatte einen sehr starken Glauben.« Als ihr klar wurde, was sie gesagt hatte, hielt sie sich die Hand vor den Mund. Zum ersten Mal hatte sie von ihrer Tochter in der Vergangenheit gesprochen. Rachel griff nach ihrer Hand.

Jeffrey setzte seine Befragung fort: »Gab es jemanden, der ihr besonders viel Aufmerksamkeit geschenkt hat? Vielleicht ein bisschen zu viel? Ein Fremder vielleicht?«

»Wir haben viele Fremde hier, Chief Tolliver«, entgegnete Lev. »Es liegt in der Natur der Sache, dass wir Fremde zu uns nach Hause einladen. ›Die im Elend ohne Obdach sind, führe ins Haus‹, bittet uns Jesaja. Es ist unsere Pflicht, sie aufzunehmen.«

»Amen«, sagte der Rest der Familie im Chor.

Jeffrey fragte Esther: »Erinnern Sie sich, was sie anhatte, als Sie sie zum letzten Mal gesehen haben?«

»Ja, natürlich.« Esther zögerte einen Moment, als fürchtete sie, die Erinnerung könnte einen Damm von Gefühlen aufbrechen, die sie bisher zurückgehalten hatte. »Wir hatten ihr gemeinsam ein blaues Kleid genäht. Abby hat gern genäht. Das Schnittmuster hatten wir in einem alten Koffer auf dem Boden gefunden, der noch Ephraims Mutter gehört hat. Wir haben ein paar Veränderungen vorgenommen, um es ein bisschen moderner zu machen. Sie hatte es an, als wir uns verabschiedeten.«

»Das war hier im Haus?«

»Ja, am frühen Morgen. Becca war schon rüber zur Farm gelaufen.«

Mary bemerkte: »Becca war bei mir.«

»An was erinnern Sie sich noch?«, fragte Jeffrey.

Esther sagte: »Abby ist ein sehr ruhiges Mädchen. Als Kind ist sie nie zornig gewesen. Sie ist etwas ganz Besonderes.«

Als Lev sprach, war seine Stimme sehr ernst, sodass seine Worte nicht wie ein Kompliment an seine Schwester klangen, sondern wie eine objektive Feststellung. »Abby sieht ihrer Mutter sehr ähnlich, Chief Tolliver. Sie haben das gleiche Haar, die gleichen mandelförmigen Augen. Sie ist ein sehr attraktives Mädchen.«

Lena sprach seine Worte im Stillen nach und fragte sich, ob er zu verstehen geben wollte, dass er seine Nichte für begehrenswert für andere Männer hielt oder ob er etwas über sich selbst verriet. Sie wurde aus dem Kerl nicht schlau. In einem Moment wirkte er offen und ehrlich, und im nächsten hätte Lena ihm nicht einmal geglaubt, wenn er behauptet hätte, der Himmel sei blau. Der Prediger war offensichtlich nicht nur das Oberhaupt der Freikirche, sondern auch das der Familie, und sie hatte ganz eindeutig das Gefühl, dass er weitaus gewiefter war, als er durchblicken ließ.

Esther berührte gedankenverloren ihre eigenen Haare: »Ich erinnere mich, dass ich ihr eine Schleife ins Haar gebunden habe. Eine blaue Schleife. Ephraim hatte das Auto schon gepackt, und wir wollten gerade losfahren, da habe ich die Schleife in meiner Handtasche gefunden. Ich hatte sie aufgehoben, und sie passte so gut zu ihrem Kleid. Also rief ich sie zu mir, und Abby beugte sich vor, während ich ihr die Schleife ins Haar band ...« Ihre Stimme verlor sich, und Lena sah, wie sie schluckte. »Sie hat so weiches Haar ...«

Rachel drückte ihrer Schwester die Hand. Esther starrte aus dem Fenster, als wäre sie lieber dort draußen, weit, weit weg von hier. Lena kannte diesen Verdrängungsmechanismus nur zu gut. Es war leichter, sich von den Dingen zu distanzieren, als die Gefühle zuzulassen.

Paul sagte: »Rachel und ich leben mit unseren Familien auch drüben auf der Farm. Natürlich hat jeder sein eigenes Haus, aber wir wohnen nahe beieinander. Als wir Abby gestern Abend nicht finden konnten, haben wir alles durchsucht. Wir haben die Arbeiter rausgeschickt. Wir haben die Häuser und die Wirtschaftsgebäude durchsucht, vom Keller bis zum Boden. Als wir sie nicht gefunden haben, haben wir den Sheriff gerufen.«

»Es tut mir leid, dass er erst so spät reagiert hat«, sagte Jeffrey. »Die Jungs drüben haben viel zu tun.«

»Ich kann mir nicht vorstellen«, entgegnete Paul, »dass man in Ihrem Geschäft viel Aufhebens macht, wenn ein einundzwanzigjähriges Mädchen verschwindet.«

»Wie meinen Sie das?«

»Die jungen Dinger reißen doch ständig aus, nicht wahr?«, sagte er. »Wir sind hier nicht vollkommen blind für das, was in der Außenwelt vorgeht.«

»Ich kann Ihnen nicht ganz folgen.«

»Ich bin das schwarze Schaf in der Familie«, erklärte Paul, und an der Reaktion seiner Geschwister sah Lena, dass es sich um einen alten Familienwitz handelte. »Ich bin Rechtsanwalt. Ich regele alles Juristische, was mit der Farm zu tun hat. Meine Kanzlei ist in Savannah. Jede zweite Woche bin ich in der Stadt.«

»Waren Sie letzte Woche hier?«, fragte Jeffrey.

»Nein, ich bin erst gestern Nacht gekommen, als ich von der

Sache mit Abby hörte«, antwortete er, und es wurde still im Zimmer.

»Wir haben Gerüchte gehört«, sagte Rachel und kam endlich zur Sache. »Schreckliche Gerüchte.«

Ephraim legte sich die Hand auf die Brust. Seine Finger zitterten. »Sie haben sie gefunden, nicht wahr?«

»Ich fürchte, ja, Sir.« Jeffrey griff sich in die Brusttasche und nahm ein Polaroidfoto heraus. Ephraims Hände zitterten so sehr, dass Lev das Foto für ihn entgegennahm. Lena beobachtete, wie die Männer das Bild ansahen. Während Ephraim gefasst und ruhig blieb, stöhnte Lev und schloss die Augen. Lena sah, wie seine Lippen ein stilles Gebet sprachen. Ephraim konnte den Blick nicht von dem Foto abwenden. Das Zittern war jetzt so stark geworden, dass der ganze Sessel zu wackeln schien.

Hinter ihm stand Paul mit unbewegtem Gesicht und betrachtete das Foto. Lena sah ihn prüfend an, doch sein Gesicht gab nichts preis. Bis auf den zuckenden Adamsapfel bewegte er sich nicht.

Esther räusperte sich. »Darf ich?«, fragte sie. Sie schien gefasst, doch die Angst und der schwelende Schmerz dahinter waren nicht zu übersehen.

»Ach, Mutter«, seufzte Ephraim mit rauer Stimme. »Du kannst es dir ansehen, wenn du möchtest, aber bitte, vertrau mir, du willst sie so nicht sehen. Du möchtest sie nicht so in Erinnerung behalten.«

Esther fügte sich dem Wunsch ihres Mannes, doch Rachel griff nach dem Foto. Lena sah, wie sie die Lippen zusammenpresste. »Lieber Gott«, flüsterte sie. »Warum?«

Ob mit Absicht oder nicht, Esther blickte ihrer Schwester über die Schulter und sah das Foto ihres toten Kindes. Ihre Schultern zuckten, dann ging das Beben in krampfartiges Schütteln über, und sie begrub das Gesicht in den Händen. »Nein!«, schluchzte sie.

Mary hatte die ganze Zeit still in ihrem Sessel gesessen, doch plötzlich stand sie auf, legte sich die Hand auf die Brust und lief aus dem Zimmer. Sekunden später hörten sie, wie die Küchentür zuschlug.

Lev blickte seiner Schwester schweigend nach, und obwohl Lena seinen Gesichtsausdruck nicht deuten konnte, hatte sie das Gefühl, dass er den melodramatischen Abgang seiner Schwester missbilligte.

Er räusperte sich, dann fragte er: »Chief Tolliver, können Sie uns sagen, was passiert ist?«

Jeffrey zögerte, und Lena fragte sich, wie viel er preisgeben würde. »Wir haben sie im Wald gefunden«, sagte er. »In einer Kiste unter der Erde.«

»O Herr«, hauchte Esther und beugte sich vor, als hätte sie Schmerzen. Rachel strich ihr über den Rücken, auch ihre Lippen zitterten, und Tränen strömten ihr über das Gesicht.

»Sie ist erstickt«, erklärte Jeffrey, ohne ins Detail zu gehen.

»Meine Kleine«, stöhnte Esther. »Meine arme Abigail.«

Die Kinder vom Schweinestall stolperten durch die Tür, und krachend fiel das Fliegengitter hinter ihnen ins Schloss. Die Erwachsenen zuckten zusammen.

Ephraim war der Erste, der sprach. Offensichtlich rang er um Fassung. »Zeke, was haben wir dir über die Tür gesagt?«

Zeke versteckte sich hinter Levs Bein. Er war ein schmächtiges Kind, und noch wies nichts darauf hin, dass er einmal so groß wie sein Vater würde. Seine Arme waren dünn wie Streichhölzer. »Tut mir leid, Onkel Eph.«

»Tut mir leid, Papa«, sagte Becca, auch wenn sie es gar nicht gewesen war. Sie war ebenfalls spindeldürr, und Lena hätte das Mädchen nie auf vierzehn geschätzt. Die Kleine war jedenfalls noch nicht in der Pubertät.

Mit zitternden Lippen starrte Zeke seine Tante an. Er spürte, dass etwas nicht stimmte. Tränen schossen ihm in die Augen.

»Komm her, mein Kind«, sagte Rachel und zerrte Zeke auf ihren Schoß. Sie nahm ihn in den Arm und streichelte ihn tröstend. Sie versuchte, ihre eigene Trauer zu bezwingen, doch sie verlor den Kampf.

Rebecca war an der Tür stehengeblieben. »Was ist passiert?«

Lev legte ihr die Hand auf die Schulter. »Der Herr hat deine Schwester zu sich genommen.«

Die Augen des Mädchens weiteten sich. Sie öffnete den Mund und legte sich die Hand auf den Bauch. Als sie versuchte, eine Frage zu formulieren, kamen keine Worte heraus.

Lev sagte: »Lasst uns zusammen beten.«

»Was?«, hauchte Rebecca, als wäre alle Luft aus ihrem Leib entwichen.

Niemand antwortete ihr. Alle außer Rebecca senkten den Kopf. Lena hätte eine mitreißende Predigt von Lev erwartet, aber stattdessen breitete sich Schweigen aus.

Rebecca blieb stehen, mit der Hand auf dem Bauch und weit aufgerissenen Augen, während der Rest der Familie betete.

Lena warf Jeffrey einen fragenden Blick zu. Sie wusste nicht, was sie tun sollte. Sie war nervös und fühlte sich fehl am Platz. Hank hatte es aufgegeben, Lena und Sibyl in die Kirche zu schleppen, nachdem Lena die Bibel eines anderen Mädchens zerrissen hatte. Sie war den Umgang mit religiösen Menschen nicht gewohnt, es sei denn, sie kamen zu ihr aufs Revier.

Jeffrey zuckte nur die Achseln und nippte an seiner Limonade. Unwillkürlich zog er den Kopf ein, und sie sah, wie er das Gesicht verzog.

»Es tut mir leid«, sagte Lev. »Was können wir tun?«

Jeffrey klang, als würde er eine Liste vorlesen. »Wir brauchen die Personalakte jedes Mitarbeiters der Farm. Ich möchte mit allen sprechen, die im letzten Jahr irgendwie in Kontakt mit Abigail waren. Wir werden ihr Zimmer durchsuchen. Ich würde auch gern den Computer mitnehmen, den Sie erwähnt haben, um zu prüfen, ob jemand über das Internet Kontakt zu ihr aufgenommen hat.«

Ephraim wandte ein: »Aber sie war nie allein mit dem Computer.«

»Trotzdem, Mr. Bennett. Wir müssen jeder Spur nachgehen.«

»Sie machen nur ihre Arbeit, Ephraim«, sagte Lev. »Es ist deine Entscheidung, aber ich finde, wir sollten helfen, wo wir können, und sei es auch nur, um Möglichkeiten auszuschließen.«

Jeffrey nahm ihn beim Wort. »Hätten Sie etwas gegen einen Test mit dem Lügendetektor?«

Paul unterdrückte ein Lachen. »Kommt nicht in Frage.«

»Sprich hier bitte nicht für mich, Paul«, erwiderte Lev. Zu Jeffrey sagte er: »Wir tun alles, was wir können, um Sie zu unterstützen.«

125

Paul entgegnete: »Ich glaube nicht, dass –«

Esther richtete sich auf, ihr Gesicht von Kummer erfüllt, ihre Augen rot unterlaufen. »Bitte, streitet euch nicht«, bat sie ihre Brüder.

»Wir streiten nicht«, sagte Paul, doch er klang, als hätte er es auf Streit abgesehen. Über die Jahre hatte Lena gelernt, dass Trauer die wahre Persönlichkeit der Menschen hervorkehrte. Sie spürte die Spannung zwischen Paul und seinem älteren Bruder und fragte sich, ob es die übliche Rivalität unter Geschwistern war oder ob mehr dahintersteckte. Esthers Ton ließ darauf schließen, dass dies nicht ihre erste Auseinandersetzung war.

Lev hob die Stimme, sprach jetzt aber zu den Kindern. »Rebecca, bitte geh mit Zeke in den Garten, ja? Deine Tante Mary ist draußen, und ich glaube, sie braucht euch jetzt.«

»Warten Sie«, warf Jeffrey ein. »Ich habe ein paar Fragen an Rebecca.«

Paul legte seiner Nichte die Hand auf die Schulter. »Fragen Sie«, sagte er gebieterisch, als wollte er Jeffrey wissen lassen, wer hier das Sagen hatte.

Jeffrey fragte: »Rebecca, weißt du, ob deine Schwester einen Freund hatte?«

Das Mädchen sah zu ihrem Onkel hoch, als müsste sie erst um Erlaubnis bitten. Schließlich blickte sie wieder zu Jeffrey. »Sie meinen einen Jungen?«

»Ja«, sagte er, und Lena hörte ihm an, dass er sein Unterfangen für sinnlos hielt. Vor der ganzen Familie würde das Mädchen nie und nimmer etwas sagen, erst recht nicht, da sie die Rebellischere der Töchter zu sein schien. Nur wenn man sie allein vernahm, hatte man eine Chance, die Wahrheit von ihr zu erfahren, und Lena hatte berechtigte Zweifel, dass Paul – oder sonst einer der Männer – sein Einverständnis dazu gab.

Wieder sah Rebecca ihren Onkel an, bevor sie redete. »Abby durfte sich nicht mit Jungs verabreden.«

Falls Jeffrey auffiel, dass sie der Frage auswich, ließ er es sich nicht anmerken. »Hast du dich gewundert, dass sie nicht auf die Farm kam, nachdem deine Eltern weg waren?«

Lena beobachtete Pauls Hand auf der Schulter des Mädchens

und versuchte zu erkennen, ob er Druck ausübte. Es war nichts zu sehen.

»Rebecca?«, fragte Jeffrey.

Das Kinn des Mädchens zuckte. »Ich dachte, sie hat es sich anders überlegt.« Dann fragte sie: »Ist sie wirklich …«

Jeffrey nickte. »Leider, ja«, sagte er. »Deswegen brauchen wir deine Hilfe, um herauszufinden, wer das getan hat.«

Tränen schossen ihr in die Augen, und beim Anblick seiner Nichte schien auch Levs Fassung zu bröckeln. »Wenn Sie nichts dagegen haben …« Als Jeffrey nickte, sagte er zu Rebecca: »Geh raus und nimm Zeke mit zu Tante Mary, Liebling. Alles wird wieder gut.«

Kaum waren die Kinder draußen, kam Paul wieder zurück zum Geschäft. »Ich muss Sie daran erinnern, dass unsere Personalakten eher bescheiden sind. Wir bieten Kost und Logis für ehrliche Arbeit.«

»Sie zahlen keinen Lohn?«, platzte Lena heraus.

»Natürlich zahlen wir Lohn«, schoss Paul zurück. Er schien solche Fragen öfter zu hören. »Manche nehmen das Geld, andere spenden es lieber unserer Kirche. Manche der Arbeiter sind seit zehn, zwanzig Jahren bei uns und hatten noch nie einen Geldschein in der Tasche. Dafür bekommen sie bei uns einen sicheren Ort zum Wohnen, eine Familie und das Bewusstsein, dass ihr Leben nicht vergeudet ist.« Er machte eine Geste, die das Zimmer, die Farm, das Leben hier einschloss, genau wie es seine Schwester zuvor in der Küche getan hatte. »Wir leben hier in aller Bescheidenheit, Detective. Unser Ziel ist es, anderen zu helfen, nicht uns selbst.«

Jeffrey räusperte sich. »Trotzdem möchten wir mit allen sprechen.«

Paul schlug vor: »Den Computer können Sie gleich mitnehmen. Wenn Sie wollen, schicke ich die Leute, mit denen Abby zu tun hatte, gleich morgen früh auf Ihr Revier.«

»Aber die Ernte«, erinnerte ihn Lev, dann erklärte er: »Wir haben uns auf Edamame spezialisiert, die jungen grünen Sojabohnen. Die Ernte muss zwischen Sonnenaufgang und neun Uhr morgens verrichtet werden, danach werden die Bohnen sofort weiterverarbeitet und gekühlt. Es ist ein äußerst arbeitsintensiver Vorgang, und wir setzen keine Maschinen ein.«

Jeffrey sah aus dem Fenster. »Können wir nicht jetzt gleich rübergehen?«

»Wir möchten dieser Sache genauso dringend auf den Grund gehen wie Sie«, begann Paul, »aber wir haben auch ein Geschäft, das weiterlaufen muss.«

Lev fügte hinzu: »Und wir müssen unsere Arbeiter respektieren. Sie verstehen sicher, dass manche von ihnen etwas nervös auf Polizisten reagieren. Manche von ihnen waren Opfer von Polizeigewalt, andere haben Haftstrafen abgesessen und sind sehr misstrauisch. Außerdem haben wir Frauen und Kinder hier, die zu Hause verprügelt wurden, ohne dass ihnen die Polizei zu Hilfe gekommen wäre ...«

»Schon verstanden«, sagte Jeffrey, als würde er diese Ansprache nicht zum ersten Mal hören.

»Sie befinden sich hier auf Privatbesitz«, erinnerte ihn Paul, in seinem Auftreten und seiner Sprache mit jeder Faser Anwalt.

Lev schlug vor: »Wir können die Schichten umorganisieren und die Leute, die mit Abby zu tun hatten, von anderen vertreten lassen. Wäre Mittwoch früh in Ordnung?«

»Wenn es nicht anders geht«, sagte Jeffrey widerwillig.

Esther rang die Hände in ihrem Schoß, und Lena spürte, dass sie ärgerlich war. Sie war eindeutig anderer Meinung als ihre Brüder, doch genauso eindeutig war, dass sie ihnen nicht widersprechen würde. Stattdessen sagte sie: »Ich zeige Ihnen Abbys Zimmer.«

»Danke«, sagte Lena, und alle standen gleichzeitig auf. Glücklicherweise kam nur Jeffrey mit in den Flur.

Vor der letzten Tür blieb Esther stehen und stützte sich an der Wand ab, als wäre ihr schwindelig.

Lena sagte: »Ich weiß, wie schwer das für Sie sein muss. Wir tun alles, was in unserer Macht steht, um rauszufinden, wer das getan hat.«

»Sie war sehr gern für sich.«

»Glauben Sie, sie hatte Geheimnisse vor Ihnen?«

»Alle Töchter haben Geheimnisse vor ihren Müttern.« Esther

öffnete die Tür und blickte in das Zimmer. Trauer machte sich auf ihrem Gesicht breit, als sie die Habseligkeiten ihrer Tochter betrachtete. Lena war es mit Sibyls Besitztümern genauso ergangen. Jeder Gegenstand war mit einer Erinnerung an die glücklichen Zeiten verknüpft, als Sibyl noch am Leben war.

Jeffrey fragte: »Mrs. Bennett?« Sie stand ihnen in der Zimmertür im Weg.

»Bitte«, flüsterte sie plötzlich und packte ihn am Jackenärmel, »bitte finden Sie heraus, warum das geschehen musste. Es muss einen Grund dafür geben.«

»Ich werde alles tun, was in meiner Macht steht –«

»Das reicht nicht«, beharrte sie. »Bitte. Ich muss wissen, warum sie von uns genommen wurde. Ich muss es wissen, um meiner selbst willen, sonst findet meine Seele keine Ruhe.«

Jeffreys Adamsapfel zuckte. »Ich will keine leeren Versprechungen machen, Mrs. Bennett. Aber ich kann Ihnen versichern, dass ich alles versuchen werde.« Er zog eine Visitenkarte heraus und vergewisserte sich, dass niemand sie beobachtete. »Meine Privatnummer steht auf der Rückseite. Rufen Sie mich jederzeit an.«

Esther zögerte, dann nahm sie die Karte und versteckte sie im Ärmel ihres Kleides. Sie nickte Jeffrey einmal zu, als hätten sie einen Pakt geschlossen. Dann trat sie zurück und ließ sie in das Zimmer ihrer Tochter. »Ich lasse Sie allein.«

Jeffrey und Lena tauschten einen Blick, als Esther zu ihrer Familie zurückging. Sie war sich sicher, dass er Esthers Bitte genauso viel Verständnis entgegenbrachte wie sie selbst. Allerdings erhöhte sie damit nur den Druck in einem Fall, der sowieso äußerst schwierig aufzuklären sein würde.

Lena betrat das Zimmer und begann mit der Durchsuchung, während Jeffrey auf dem Flur stehenblieb und einen Blick in Richtung Küche warf. Er vergewisserte sich, dass ihn keiner sah, dann ging er den Flur hinunter. Lena überlegte, ob sie ihm nachgehen sollte, als er mit Rebecca Bennett in der Tür wieder auftauchte.

Entschlossen führte er Rebecca ins Zimmer ihrer Schwester, die Hand an ihrem Ellbogen wie ein fürsorglicher Onkel. Leise erklärte er: »Es ist sehr wichtig, dass du uns von Abby erzählst.«

Rebecca sah nervös zur Tür.

»Möchtest du, dass ich die Tür zumache?«, fragte Lena und legte die Hand auf die Klinke.

Nach kurzem Zögern schüttelte Rebecca den Kopf. Lena sah sie aufmerksam an und stellte fest, dass sie ebenso hübsch war wie ihre Schwester unscheinbar. Sie hatte die Zöpfe gelöst, und ihr glänzendes dunkelbraunes Haar ergoss sich in Wellen über ihre Schultern. Esther hatte gesagt, das Mädchen sei vierzehn, aber man sah bereits eine gewisse Fraulichkeit, die bestimmt schon jetzt viel für Aufmerksamkeit sorgte. Lena ertappte sich bei dem Gedanken, warum Abby und nicht Rebecca entführt und in der Kiste begraben worden war.

Jeffrey fragte: »Hatte Abby einen Freund?«

Rebecca biss sich auf die Lippe. Normalerweise war Jeffrey gut darin, den Leuten Zeit zu lassen, aber jetzt war er ungeduldig, weil er fürchtete, die Familie des Mädchens könnte sie überraschen.

»Ich habe auch eine ältere Schwester«, sagte Lena, wobei sie verschwieg, dass Sibyl tot war. »Ich weiß, du hast Angst, sie zu verpetzen, aber Abby ist nicht mehr hier. Du hilfst ihr, wenn du uns die Wahrheit sagst.«

Das Mädchen kaute weiter auf ihrer Lippe. »Ich weiß nicht«, murmelte sie, und Tränen schossen ihr in die Augen. Sie sah Jeffrey an, und Lena ahnte, dass sie ihn eher als Respektsperson anerkannte als eine Frau.

Jeffrey versuchte, diese Tatsache auszuspielen. »Sprich mit mir, Rebecca.«

Mit großer Mühe brachte Rebecca heraus: »Manchmal war sie fort, tagsüber.«

»Allein?«

Sie nickte. »Sie hat gesagt, sie muss was in der Stadt besorgen, aber dafür hat es zu lange gedauert.«

»Wie lange?«

»Ich weiß nicht.«

»Von hier sind es fünfzehn Minuten bis in die Stadt«, rechnete Jeffrey ihr vor. »Wenn sie in einen Laden gegangen ist, hat das wahrscheinlich nochmal fünfzehn, zwanzig Minuten gedauert, oder?« Rebecca nickte. »Also wäre sie höchstens eine Stunde unterwegs, richtig?«

Wieder nickte sie. »Aber es waren dann eher zwei Stunden.«

»Hat irgendwer sie deswegen zur Rede gestellt?«

Sie schüttelte den Kopf. »Ist nur mir aufgefallen.«

»Ich wette, dir fällt eine Menge auf«, sagte Jeffrey. »Wahrscheinlich weißt du besser Bescheid, was hier vor sich geht, als die Erwachsenen.«

Rebecca zuckte die Achseln, aber das Kompliment wirkte. »Abby benahm sich irgendwie komisch.«

»Wie?«

»Morgens war ihr schlecht, aber sie wollte nicht, dass ich es Mama sage.«

Die Schwangerschaft, dachte Lena.

Jeffrey fragte: »Hat sie dir gesagt, warum ihr schlecht war?«

»Sie hat gesagt, sie hat was Falsches gegessen, dabei hat sie gar nicht viel gegessen.«

»Warum wollte sie nicht, dass eure Mutter davon wusste?«

»Mama hätte sich nur Sorgen gemacht«, sagte Rebecca. Wieder zuckte sie die Achseln. »Abby wollte nicht, dass sich jemand Sorgen um sie machte.«

»Hast du dir Sorgen gemacht?«

Lena sah, wie sie schluckte. »Nachts hat sie manchmal geweint.« Sie legte den Kopf zur Seite. »Unsere Zimmer sind nebeneinander. Ich habe sie weinen gehört.«

»Hatte sie einen Grund zum Weinen?«, fragte Jeffrey, und Lena hörte ihm an, dass er sich bemühte, sanft mit der Kleinen umzugehen. »Vielleicht hat ihr jemand wehgetan?«

»In der Bibel steht, dass wir vergeben sollen«, antwortete Rebecca. Bei allen anderen hätte Lena es für Theater gehalten, doch das Mädchen schien eine Weisheit aus der Bibel zu zitieren, die ihr einleuchtete. »Wenn wir den anderen vergeben, dann vergibt der liebe Gott auch uns.«

»Gab es da jemanden, dem sie vergeben musste?«

»Wenn«, begann Rebecca, »dann hätte sie gebetet.«

»Warum, glaubst du, hat sie geweint?«

Rebecca sah sich um, ließ den Blick über die Sachen ihrer Schwester gleiten. Ihre Trauer war spürbar. Wahrscheinlich dachte sie daran, wie sich das Zimmer angefühlt hatte, als Abby noch am

Leben war. Lena fragte sich, in welcher Beziehung die Schwestern zueinander gestanden hatten. Obwohl Lena und Sibyl Zwillinge waren, hatten sie sich als Kinder häufig in die Haare gekriegt, angefangen beim Streit um den besten Platz im Auto bis zum Kampf um das Telefon. Irgendwie konnte sie sich nicht vorstellen, dass Abbys und Rebeccas Beziehung so gewesen war.

Schließlich antwortete Rebecca: »Ich weiß nicht, warum sie traurig war. Sie wollte es mir nicht sagen.«

Jeffrey fragte: »Ganz ehrlich, Rebecca?« Er lächelte sie ermutigend an. »Uns kannst du es verraten. Wir sagen es nicht weiter. Wir werden nicht böse. Wir wollen nur die Wahrheit wissen, damit wir denjenigen, der Abby wehgetan hat, finden und ihn bestrafen können.«

Sie nickte. Wieder füllten sich ihre Augen mit Tränen. »Ich weiß, dass Sie helfen wollen.«

»Aber wir können Abby nur helfen, wenn du uns hilfst«, entgegnete Jeffrey. »Erzähl uns alles, Rebecca, egal wie unwichtig es dir erscheint. Wir sehen dann schon, was wichtig ist und was nicht.«

Rebecca sah von Lena zu Jeffrey und wieder zurück. Lena konnte nicht sagen, ob das Mädchen etwas verbarg oder ob sie nur Angst hatte, ohne die Erlaubnis ihrer Eltern mit Fremden zu sprechen. So oder so, sie brauchten ihre Antwort, bevor die Familie das Kind vermisste.

Lena versuchte möglichst unbekümmert zu klingen: »Möchtest du lieber mit mir allein sprechen? Wenn du willst, reden nur du und ich.«

Wieder schien Becca zu überlegen. Eine halbe Minute verging, bevor sie sagte: »Ich –« Doch im gleichen Moment schlug die Hintertür zu. Das Mädchen zuckte zusammen, als wäre ein Schuss gefallen.

Aus dem vorderen Zimmer rief eine Männerstimme: »Becca, bist du das?«

Zeke kam durch den Flur gestapft, und als Rebecca ihren Cousin sah, lief sie zu ihm, nahm ihn bei der Hand und rief: »Ich bin's, Papa.« Dann führte sie den Jungen zur Familie.

Lena fluchte.

Jeffrey fragte sie: »Meinst du, sie weiß etwas?«

132

»Keine Ahnung.«

Jeffrey nickte, und sie hörte ihm die Frustration an, als er seufzte: »Bringen wir es hinter uns.«

Lena trat an die Kommode neben der Tür. Jeffrey fing beim Schreibtisch gegenüber an. Das Zimmer war klein, vielleicht zehn Quadratmeter. Ein einzelnes Bett stand unter einem Fenster, das zur Scheune hinausging. An den weißen Wänden hingen weder Poster noch sonst irgendein Hinweis darauf, dass hier eine junge Frau gelebt hatte. Das Bett war ordentlich gemacht und mit einem bunten Quilt bedeckt, der wie mit dem Lineal eingeschlagen war. Ein Stoff-Snoopy, der wahrscheinlich älter als Abby war, saß mit hängendem Kopf in den Kissen.

In der obersten Kommodenschublade lagen ordentlich zusammengelegte Strümpfe. Lena zog die nächste Schublade auf, wo sich ähnlich penibel gefaltete Schlüpfer stapelten. Dass sich die junge Frau die Zeit nahm, ihre Unterhosen einzeln zu falten, kam Lena bemerkenswert vor. Offensichtlich war sie ein sorgfältiger, ordnungsliebender Mensch. Den Schubladen nach zu urteilen, grenzte ihre Ordnungsliebe an Besessenheit.

Genauso wie jeder Mensch seinen geheimen Lieblingsplatz hatte, wo er Dinge versteckte, hatte jeder Polizist seinen Lieblingsplatz, wo er zuerst danach suchte. Jeffrey warf einen Blick unter das Bett und tastete zwischen Matratze und Lattenrost herum. Lena kniete sich vor den Schrank, um sich die Schuhe anzusehen. Es waren drei Paar, alle getragen, aber gepflegt. Die Turnschuhe waren weiß geputzt, die Riemchenschuhe am Absatz ausgebessert. Das dritte Paar war noch makellos, wahrscheinlich Abigails Sonntagsschuhe.

Lena klopfte die Bretter am Boden des Schranks ab. Nichts klang verdächtig, und die Bretter saßen ausnahmslos fest. Dann ging sie die Kleider durch, die an der Stange hingen. Auch ohne Maßband hätte Lena schwören können, dass die Abstände zwischen den Kleidern auf den Zentimeter genau gleich waren. Die einzelnen Kleidungsstücke berührten einander nicht. Ein langer Wintermantel hing auf einem Bügel, offensichtlich gekauft. Die Taschen waren leer, die Nähte intakt. Kein aufgetrennter Saum, keine Geheimtasche.

133

Lev erschien mit dem Laptop in der Tür. »Haben Sie was gefunden?«, fragte er.

Lena schrak zusammen, versuchte aber, sich nichts anmerken zu lassen. Jeffrey richtete sich auf, die Hände in den Hosentaschen. »Nichts, was uns weiterbringt«, antwortete er.

Lev überreichte Jeffrey den Computer, das Kabel schleifte über den Boden. Lena fragte sich, ob Lev sich die Festplatte selbst angesehen hatte, während sie das Zimmer durchsuchten. Paul hätte es mit Sicherheit getan.

»Behalten Sie ihn, solange Sie wollen«, erklärte Lev. »Es würde mich wundern, wenn Sie etwas finden.«

»Wie Sie ganz richtig sagten«, gab Jeffrey zurück, »müssen wir jede Möglichkeit ausschließen.« Er nickte Lena zu, und sie folgte ihm hinaus. Im Flur hörten sie die Familie murmeln, doch als sie das Wohnzimmer betraten, wurde es still.

An Esther gewandt sagte Jeffrey: »Es tut mir sehr leid.«

Sie blickte Jeffrey mit blassgrünen Augen an, die ihn zu durchbohren schienen. Sie sprach kein Wort, doch ihre flehentliche Bitte stand im Raum.

Lev öffnete die Haustür. »Ich danke Ihnen«, sagte er. »Mittwochmorgen bin ich um neun auf dem Revier.«

Offenbar wollte auch Paul noch etwas sagen, hielt sich aber im letzten Moment zurück. Lena konnte förmlich sehen, was ihm durch das kleine Anwaltshirn ging. Wahrscheinlich machte es ihn fuchsteufelswild, dass Lev sich freiwillig für den Lügendetektortest meldete. Sie ging davon aus, dass Paul seinem Bruder eine Standpauke halten würde, sobald die Polizei aus dem Haus war.

Jeffrey erklärte: »Wir müssen jemanden kommen lassen, der den polygraphischen Test durchführt.«

»Natürlich«, antwortete Lev. »Aber ich möchte noch einmal betonen, dass ich nur mich selbst freiwillig melden kann. Ebenso werden die Leute, die morgen zu Ihnen kommen, dies auf freiwilliger Basis tun. Ich will Ihnen keineswegs sagen, wie Sie Ihren Job zu machen haben, Chief Tolliver, aber es wird schwer genug sein, sie dazu zu bewegen, überhaupt aufs Revier zu kommen. Falls Sie jemanden zu einem Lügendetektortest zwingen wollen, kann es gut sein, dass er wieder verschwindet.«

»Danke für den Rat«, antwortete Jeffrey. »Könnten Sie auch Ihren Vorarbeiter zu uns schicken?«

Die Bitte schien Paul zu überraschen. »Cole?«

»Gute Idee«, sagte Lev, »wahrscheinlich kennt er jeden Einzelnen auf der Farm persönlich.«

»Wo wir gerade dabei sind«, schaltete sich Paul mit einem Blick auf Jeffrey ein. »Die Farm ist Privatgelände. Wir haben nicht gerne die Polizei hier, es sei denn, es geht um offizielle Angelegenheiten.«

»Sie würden das keine offizielle Angelegenheit nennen?«

»Das ist eine Familienangelegenheit«, entgegnete er und streckte ihm die Hand hin. »Vielen Dank für Ihre Hilfe.«

»Eins noch«, sagte Jeffrey. »Ist Abby Auto gefahren?«

Paul ließ die Hand sinken. »Natürlich. Sie war schließlich alt genug.«

»Hatte sie ein Auto?«

»Sie ist mit Marys Wagen gefahren«, erklärte er. »Meine Schwester fährt schon seit einer Weile nicht mehr selbst. Abby lieh sich ihren Wagen, um Essen auszuliefern und in der Stadt Besorgungen zu machen.«

»Hat sie diese Dinge allein erledigt?«

»Im Allgemeinen schon«, sagte Paul mit dem typischen Zögern eines Anwalts, der Informationen preisgeben muss, ohne dafür eine Gegenleistung zu erhalten.

Lev erklärte: »Abby war ein sehr hilfsbereiter Mensch.«

Paul legte seinem Bruder die Hand auf die Schulter.

»Ich danke Ihnen«, sagte Lev.

Lena und Jeffrey standen am Fuß der Treppe und beobachteten, wie Lev ins Haus zurückkehrte und sorgfältig die Tür hinter sich schloss.

Lena atmete hörbar aus und ging zum Wagen zurück. Jeffrey folgte ihr schweigend.

Er behielt seine Gedanken für sich, bis sie wieder auf der Hauptstraße waren und die Holy Grown Farm passierten. Jetzt sah Lena den Ort in einem neuen Licht. Sie fragte sich, was wirklich hinter alldem steckte.

Jeffrey sagte: »Seltsame Familie.«

»Du sagst es«, stimmte Lena zu.

»Aber wir dürfen uns nicht von Vorurteilen leiten lassen.« Er sah sie scharf an.

»Ich werde ja wohl eine eigene Meinung haben dürfen.«

»Das darfst du«, sagte er, und sie spürte seinen Blick auf ihren Narben. »Aber wie fühlst du dich in einem Jahr, wenn wir den Fall immer noch nicht gelöst haben, nur weil wir davon ausgehen, dass das Ganze mit ihrer Frömmigkeit zu tun haben muss?«

»Und was, wenn die Tatsache, dass sie Bibelfanatiker sind, tatsächlich der Schlüssel dazu ist?«

»Menschen morden aus verschiedenen Gründen«, erinnerte er sie. »Geld, Liebe, Leidenschaft, Rache. Darauf sollten wir uns konzentrieren. Wer hat ein Motiv? Wer hatte die Mittel, es zu tun?«

Jeffrey hatte recht, doch Lena hatte am eigenen Leib erlebt, dass es Menschen gab, die einfach komplett durchgeknallt waren. Es konnte einfach kein Zufall sein, dass ein Mädchen in einer Kiste mitten im Wald lebendig begraben wurde und die dazugehörige Familie eine hinterwäldlerische Sekte betrieb.

Sie fragte: »Glaubst du nicht, dass es ein Ritualmord sein könnte?«

»Ich glaube, die Trauer der Mutter war echt.«

»Ja«, gab sie zu. »So viel habe ich auch gesehen.« Doch sie ließ noch nicht locker: »Das heißt nicht, dass das auch für den Rest der Familie gilt. Immerhin haben die hier draußen eine richtige Sekte.«

»Dann müsstest du jede kleinere Gemeinde eine Sekte nennen«, entgegnete er.

Trotz ihrer Abneigung gegen die Kirche im Allgemeinen widersprach sie ihm. »Die Baptisten würde ich nicht gerade als Sekte bezeichnen.«

»Glaubensgemeinschaften, die sich von größeren Religionsgemeinschaften abheben, weil sie andere Schwerpunkte setzen. Das nennt sich Sekte.«

»Na ja«, sagte sie. Er hatte sie nicht überzeugt, aber ihr fehlten Gegenargumente. Sie bezweifelte, dass der Papst in Rom die evangelische Kirche als Sekte bezeichnen würde. Es gab eben normale Religionen, und dann gab es radikale Fanatiker, die mit Schlangen tanzten und Elektrizität für Teufelswerk hielten.

»Wir müssen mit dem Zyankali anfangen«, sagte Jeffrey. »Wie ist der Täter da rangekommen?«

»Esther sagte, sie benutzen keine Pestizide.«

»Und wir bekommen garantiert keinen Gerichtsbeschluss, um das nachzuprüfen. Selbst wenn Ed Pelham in Catoogah mitspielen würde, hätten wir kein Verdachtsmoment.«

»Wir hätten uns umsehen sollen, als wir dort waren.«

»Diesen Cole müssen wir unter die Lupe nehmen.«

»Glaubst du, er kommt am Mittwoch?«

»Keine Ahnung.« Dann fragte Jeffrey: »Was machst du heute Abend?«

»Warum?«

»Willst du mit ins Pink Kitty gehen?«

»Die Tittenbar am Highway 16?«

»Das Striptease-Lokal«, berichtigte Jeffrey mit gespielter Entrüstung. Er kramte mit einer Hand in der Hosentasche und zog ein Streichholzbriefchen hervor. Er warf es Lena zu, und sie erkannte das Logo des Pink Kitty. Am Highway stand ein riesiges Neonschild, das meilenweit in die Nacht leuchtete.

»Kannst du mir sagen«, begann Jeffrey, als er sich auf die Landstraße einfädelte, »warum eine zwanzigjährige Unschuld vom Lande ein Streichholzbriefchen aus einem Striptease-Lokal mitnimmt und es ihrem Lieblingsstofftier in den Hintern schiebt?«

Das also war so interessant an dem Snoopy auf Abbys Bett gewesen. Sie hatte die Streichhölzer darin versteckt. »Gute Frage«, sagte Lena und klappte das Briefchen auf. Keins der Streichhölzer war benutzt.

»Ich hole dich um halb elf ab.«

Sechs

SARA LAG MIT EINEM NASSEN WASCHLAPPEN IM GESICHT auf dem Sofa, als Tessa das Haus betrat.

»Schwesterchen?«, rief sie aus dem Flur. »Jemand zu Hause?«

137

»Im Wohnzimmer«, brummte Sara in den Waschlappen.

»Ach du liebe Zeit«, seufzte Tessa. Sara spürte, wie sie sich über das Sofa beugte. »Was hat Jeffrey diesmal angestellt?«

»Warum denkst du, dass Jeffrey schuld ist?«

Tessa stellte mitten im Lied die Musik ab. »Dolly Parton hörst du nur, wenn du sauer auf ihn bist.«

Sara schob den Waschlappen auf die Stirn, um ihre Schwester anzusehen. Tessa sah sich die CD-Hülle an. »Es ist ein Cover-Album.«

»Ich schätze, Nummer sechs hast du übersprungen«, bemerkte Tessa und ließ die Hülle auf den Haufen fallen, den Sara vorhin nach erträglicher Musik durchwühlt hatte. »Oje, du siehst furchtbar aus.«

»Ich fühle mich auch furchtbar«, gab Sara zu. Die Obduktion von Abigail Bennett, der sie heute Morgen beigewohnt hatte, gehörte zu den schrecklichsten Dingen, die sie je erlebt hatte. Die junge Frau war auf qualvolle Weise gestorben. Ihre Organe hatten nacheinander ausgesetzt, bis schließlich nur noch das Gehirn funktionierte. Abby wusste, was passierte, hatte jede Sekunde ihres Todes mitbekommen, bis zum grausamen Ende.

Sara war so erschüttert gewesen, dass sie tatsächlich zum Handy gegriffen hatte, um Jeffrey anzurufen. Aber sie hatte ihm ihr Herz nicht ausschütten können, stattdessen hatte er sie nach den Details befragt. Jeffrey war so in Eile gewesen, dass er sich nicht einmal von ihr verabschiedet hatte.

»Schon besser«, sagte Tessa, als Steely Dan durch die Lautsprecher flüsterte.

Sara sah aus dem Fenster und stellte überrascht fest, dass die Sonne schon untergegangen war. »Wie spät ist es?«

»Fast sieben«, erklärte Tessa und machte die Musik leiser. »Mama hat euch was zu essen eingepackt.«

Seufzend richtete sich Sara auf und warf den Waschlappen auf den Boden. Sie entdeckte die braune Papiertüte zu Tessas Füßen. »Was gibt es?«

»Rinderbraten und Schokoladenkuchen.«

Sara knurrte der Magen. Sie hatte den ganzen Tag nichts essen können. Wie auf Stichwort trotteten die Hunde herein. Sara hatte

138

den beiden Windhunden vor ein paar Jahren das Leben gerettet, und zum Dank fraßen sie ihr jetzt die Haare vom Kopf.

»Pfui«, warnte Tessa, als Bob, der Größere der beiden, an der Tüte schnüffelte. Als Nächstes drängelte sich Billy vor, doch sie scheuchte ihn weg. »Fütterst du sie überhaupt?«, fragte sie Sara.

»Manchmal.«

Tessa nahm die Tüte und stellte sie auf die Küchentheke neben eine Flasche Wein, die Sara aufgemacht hatte, als sie heimkam. Sie hatte sich nicht einmal umgezogen, sondern sich gleich ein Glas Wein eingeschenkt, einen kräftigen Schluck getrunken und sich mit dem Waschlappen im Gesicht aufs Sofa gelegt.

»Hat Dad dich hergebracht?«, fragte sie. Sie hatte keinen Wagen gehört. Tessa durfte nicht Auto fahren, solange sie ihre Antiepileptika nahm, eine Regel, die sie mit Sicherheit früher oder später brechen würde.

»Ich bin mit dem Rad da.« Tessa warf einen sehnsüchtigen Blick auf die Weinflasche, als Sara sich nachschenkte. »Ich will auch …«

Sara machte den Mund auf, dann klappte sie ihn wieder zu. Tessa durfte wegen der Medikamente auch keinen Alkohol trinken, aber sie war erwachsen, und Sara war nicht ihre Mutter.

»Ich weiß«, sagte Tessa, als sie Saras Blick sah. »Aber ich darf doch davon träumen, oder?« Sie griff in die Papiertüte und nahm einen Stapel Post heraus. »Hab ich dir mitgebracht. Guckst du je in den Briefkasten? Da waren ungefähr eine Milliarde Kataloge drin.«

Auf einem der Kataloge war ein brauner Fleck, und Sara schnüffelte misstrauisch daran. Erleichtert stellte sie fest, dass es Bratensoße war.

»Tut mir leid.« Tessa nahm die in Alufolie gewickelten Pappteller aus der Tüte und schob sie Sara hin. »Der Braten ist wohl etwas ausgelaufen.«

»Oh, ja«, stöhnte Sara hungrig, als sie den Schokoladenkuchen erblickte. Cathy Lintons Schokoladenkuchen war unverschämt gut, das Earnshaw'sche Rezept wurde von Generation zu Generation weitergegeben. »Das ist ja viel zu viel.« Das Stück war groß genug für zwei.

139

»Hier«, Tessa holte zwei Tupperdosen aus der Tüte. »Du sollst es dir mit Jeffrey teilen.«

»Das glaubst du doch selbst nicht.« Sara nahm eine Gabel aus der Schublade, dann setzte sie sich auf einen Barhocker am Küchentresen.

»Isst du den Braten nicht?«, fragte Tessa.

Sara schob sich ein Stück Kuchen in den Mund und spülte ihn mit Wein herunter. »Mama hat immer gesagt, wenn ich mein eigenes Dach über dem Kopf habe, darf ich zu Abend essen, was ich will.«

»Ich wünschte, ich hätte auch ein eigenes Dach über dem Kopf«, grummelte Tessa und tupfte mit dem Finger Schokoladenkrümel von Saras Teller. »Ich habe es satt, nichts zu tun.«

»Du arbeitest doch.«

»Als Dads Packesel.«

Sara schluckte den nächsten Bissen herunter. »Depressionen gehören zu den Nebenwirkungen deiner Medikamente.«

»Ich setze es auf die Liste.«

»Hast du noch mehr Probleme?«

Tessa zuckte die Schultern und wischte die Krümel von der Theke. »Devon fehlt mir«, sagte sie. Sie hatte von ihrem Exfreund ein Kind erwartet, das im Mutterleib gestorben war. »Ich vermisse es, einen Mann um mich zu haben.«

Sara stocherte in ihrem Kuchen herum. Nicht zum ersten Mal bereute sie, dass sie Devon Lockwood nicht erwürgt hatte.

»Also«, sagte Tessa, um das Thema zu wechseln. »Erzähl, was hat Jeffrey diesmal angestellt?«

Sara stöhnte und wandte sich wieder dem Kuchen zu.

»Nun sag schon.«

Nach ein paar Sekunden gab Sara auf. »Er hat vielleicht Hepatitis.«

»Welche Art?«

»Gute Frage.«

Tessa runzelte die Stirn. »Hat er Symptome?«

»Außer extremer Blödheit und akuter Verdrängung?«, fragte Sara. »Nein.«

»Wie könnte er sich angesteckt haben?«

»Was glaubst du?«

»Ach so.« Tessa rückte einen Barhocker neben Sara und setzte sich. »Aber das ist doch ewig her, oder?«

»Spielt das eine Rolle?« Dann berichtigte sie sich. »Ich meine, ja, es spielt eine Rolle. Es geht um damals. Das *eine Mal* damals.«

Tessa schürzte die Lippen. Sie hatte nie geglaubt, dass Jeffrey nur ein einziges Mal mit Jolene geschlafen hatte, und hielt mit ihrer Meinung nicht hinterm Berg. Sara befürchtete schon, Tessa würde wieder darauf herumreiten, doch stattdessen fragte sie: »Und was macht ihr jetzt?«

»Wir streiten uns«, gab Sara zu. »Ich werde den Gedanken einfach nicht los. Was er mit ihr getan hat.« Sie schob sich noch ein Stück Kuchen in den Mund, kaute langsam, schluckte bedächtig. »Er hat nicht nur …« Sara suchte nach einem Wort, das ihren ganzen Ekel zum Ausdruck brachte. »Er hat sie nicht nur *gevögelt*. Er ist ihr hinterhergelaufen. Hat sie angerufen. Hat mit ihr gelacht. Vielleicht hat er ihr sogar Blumen geschickt.« Sie starrte die Schokoladensoße an, die vom Teller auf die Arbeitsplatte tropfte. Hatte er ihr Schokolade von den Schenkeln geleckt? Wie intim waren die Momente, die sie vor jenem Tag geteilt hatten? Wie viele hatte es später gegeben?

All die Dinge, die Jeffrey tat, um Sara das Gefühl zu geben, sie wäre etwas Besonderes und er der Mann, mit dem sie den Rest ihres Lebens verbringen wollte − war das alles nur Methode, eine Technik, die er ebenso gut bei einer anderen Frau anwenden konnte? Verdammt, wahrscheinlich nicht nur bei einer. Jeffreys sexuelles Vorleben ließ Hugh Hefner alt aussehen. Wie war es möglich, dass der Mann, der so reizend sein konnte, gleichzeitig der Mistkerl war, der sie von vorne bis hinten beschiss? War sein neues Ich auch nur ein Trick, um sie zurückzugewinnen? Würde er sich nach dem nächsten Opfer umsehen, sobald er wieder bei ihr eingezogen war?

Sara wusste genau, wie Jo es geschafft hatte, ihn ihr auszuspannen. Jolene war in solchen Dingen viel gerissener als Sara. Für Jeffrey war es wahrscheinlich ein Spiel, eine Herausforderung. Vermutlich hatte sie kokettiert und sich dann rar gemacht, beim Flirten genau das Gleichgewicht gehalten, bis er nach dem Köder schnappte, und dann hatte sie die Leine langsam eingeholt. Mit

Sicherheit hatte sie nicht nach dem ersten Date mit dem Slip an den Knöcheln auf dem Küchenboden gelegen, die Füße gegen die Spüle gestemmt, und in Ekstase seinen Namen geschrien.

Tessa fragte: »Wieso grinst du die Spüle an?«

Sara schüttelte den Kopf und trank einen Schluck Wein. »Ich hasse es. Ich hasse das alles. Und Jimmy Powell ist auch wieder im Krankenhaus.«

»Der Kleine mit der Leukämie?«

Sara nickte. »Es sieht nicht gut aus. Ich muss morgen nach ihm sehen.«

»Wie war es in Macon?«

Unwillkürlich tauchte das Bild der jungen Frau auf dem Untersuchungstisch wieder vor Saras Augen auf; der Arzt, der ihr in den Unterleib griff, um den Fötus herauszuholen. Noch ein verlorenes Kind. Noch eine trauernde Familie. Sara wusste nicht, wie oft sie so etwas noch mit ansehen konnte, bevor sie zusammenbrach.

»Sara?«, fragte Tessa.

»Es war genau so grässlich, wie ich es mir vorgestellt hatte.« Sara kratzte den Rest der Schokoladensoße mit dem Finger zusammen. Irgendwie hatte sie es geschafft, den ganzen Kuchen aufzuessen.

Tessa ging an den Kühlschrank und nahm eine Packung Eis heraus. Dann kam sie aufs Thema zurück. »Du musst damit aufhören, Sara. Jeffrey hat getan, was er getan hat, und es lässt sich nicht mehr ändern. Entweder du lässt ihn wieder in dein Leben oder nicht, aber du kannst nicht ewig Jo-Jo mit ihm spielen.« Sie öffnete die Packung. »Willst du Eis?«

»Lieber nicht«, sagte Sara und hielt ihr den Teller hin.

»Ich bin immer die Betrügende gewesen, nicht die Betrogene«, erklärte Tessa. Sie nahm zwei Löffel aus der Schublade und schloss sie mit einem Hüftschwung. »Devon ist einfach gegangen. Er hat mich nicht betrogen. Zumindest glaube ich das nicht.« Sie lud Sara mehrere Löffel Eis auf den Teller. »Vielleicht hat er mich betrogen.«

Sara hielt die Hand unter den Teller, damit die Pappe unter dem Gewicht nicht nachgab. »Das glaube ich nicht.«

»Ich auch nicht«, stimmte Tessa zu. »Er hatte kaum Zeit für

mich, geschweige denn für eine andere Frau. Hab ich dir erzählt, dass er einmal mittendrin eingeschlafen ist?« Sara nickte. »Gott, wie schaffen es die Leute, nach fünfzig Jahren noch scharf aufeinander zu sein?«

Sara zuckte die Achseln. Sie war jedenfalls nicht die Expertin.

»Verdammt. Es hat echt Spaß gemacht, wenn er wach war.« Tessa seufzte und steckte sich den Löffel in den Mund. »Das darfst du bei Jeffrey nicht vergessen. Unterschätze niemals die Bedeutung der sexuellen Chemie.« Sie füllte noch mehr Eis auf Saras Teller. »Devon hat sich mit mir gelangweilt.«

»Sei nicht albern.«

»Ich meine es ernst«, sagte sie. »Er hat sich gelangweilt. Bestimmte Dinge wollte er einfach nicht mehr machen.«

»Du meinst so was wie ausgehen?«

»Ich meine eher, dass ich ihn nur zum Oralsex zwingen konnte, wenn ich mir den Fernseher auf den Bauch und die Fernbedienung …«

»Tess!«

Sie kicherte und steckte sich einen besonders großen Löffel Eis in den Mund. Sara musste an das letzte Mal denken, als sie zusammen Eis gegessen hatten. An dem Morgen bevor Tessa überfallen wurde, waren sie bei Dairy Queen gewesen und hatten sich Eis geholt. Zwei Stunden später lag Tessa mit schweren Kopfverletzungen im Wald, und das Kind, das sie im Leib trug, war tot.

Plötzlich krümmte sich Tessa mit verzerrtem Gesicht über die Theke. Erschrocken sprang Sara auf, aber Tessa schüttelte den Kopf. »Eiskremkrampf.«

»Ich hol dir Wasser.«

»Geht schon.« Sie beugte sich über den Wasserhahn und trank einen Schluck. Dann wischte sie sich den Mund ab. »Puh, woher kommt das eigentlich?«

»Wenn der Drillingsnerv im …«

Doch Tessa brachte sie mit einem Blick zum Schweigen. »Du musst nicht jede Frage beantworten, Sara.«

Beleidigt blickte Sara auf ihren Teller.

Tessa nahm einen nicht ganz so großen Löffel Eis und kam auf Devon zurück. »Ich vermisse ihn einfach.«

»Ich weiß, Liebes.«

Mehr war dazu nicht zu sagen. Nach Saras Ansicht hatte Devon sein wahres Gesicht gezeigt, als er sich davongemacht hatte, kaum dass es Schwierigkeiten gab. Ihre Schwester war ohne ihn besser dran, aber Sara konnte natürlich verstehen, dass es ihr zurzeit noch schwerfiel, es so zu sehen. Als Sara ihn das letzte Mal in der Stadt gesehen hatte, hatte sie die Straßenseite gewechselt, um ihm nicht in die Arme zu laufen. Jeffrey war dabei gewesen, und sie musste ihm fast den Arm ausreißen, damit er nicht auf Devon losging.

Aus heiterem Himmel sagte Tessa: »Ich werde keinen Sex mehr haben.«

Sara prustete los.

»Das ist mein Ernst.«

»Warum?«

»Hast du Erdnussflips?«

Sara ging zum Schrank und holte eine Tüte heraus. Vorsichtig fragte sie: »Hat das mit deiner neuen Gemeinde zu tun?«

»Nein.« Tessa nahm ihr die Tüte aus der Hand. »Vielleicht.« Sie öffnete die Packung mit den Zähnen. »Jedenfalls ist es in meinem Leben bis jetzt nicht besonders gelaufen. Wäre doch blöd, wenn ich einfach so weitermache.«

»Was ist nicht so gelaufen?«

Tessa schüttelte nur den Kopf. »Alles.« Sie hielt Sara die Tüte hin, doch Sara lehnte ab. Sie musste jetzt schon den Reißverschluss an ihrem Rock aufmachen, damit sie Luft bekam.

Tessa fragte: »Hat dir jemand gesagt, warum Bella da ist?«

»Ich dachte, du würdest mir das sagen können.«

»Mir verrät doch keiner was. Immer wenn ich reinkomme, hören sie auf zu reden. Als würde ich automatisch den Ton abstellen.«

»Geht mir auch so«, stellte Sara fest.

»Tust du mir einen Gefallen?«, fragte Tessa.

»Natürlich.« Sara spürte eine Veränderung in Tessas Ton.

»Komm am Mittwochabend mit in die Kirche.«

Sara fühlte sich wie ein Fisch, der auf dem Trockenen gelandet war. Sie klappte den Mund auf und zu und suchte fieberhaft nach einer Ausrede.

»Es ist gar nicht wie in der Kirche«, sagte Tessa. »Es ist eher wie ein Kaffeekränzchen. Die Leute treffen sich und quatschen. Es gibt sogar Rosinenbrötchen.«

»Tess …«

»Ich weiß, dass du keine Lust hast, aber ich hätte dich so gerne dabei.« Tessa zuckte die Achseln. »Tu's für mich.«

Mit dem gleichen Trick hatte Cathy ihre Töchter in den letzten zwanzig Jahren dazu gebracht, an Ostern und Weihnachten mit zur Messe zu kommen.

»Tessie«, begann Sara. »Du weißt doch, dass ich nicht glaube …«

»Ich bin mir auch nicht ganz sicher«, unterbrach Tessa. »Aber ich fühle mich einfach wohl dort.«

Sara stand auf und stellte den Braten in den Kühlschrank.

»Ich habe Thomas in der Physiotherapie kennengelernt. Vor ein paar Monaten.«

»Wer ist Thomas?«

»Er ist so was wie der Gründer der Gemeinde«, erklärte Tessa. »Er hatte vor kurzem einen Schlaganfall. Ziemlich schlimm. Er ist schwer zu verstehen, aber die Art, wie er mit einem redet – er spricht zu dir, ohne dass er was sagen muss.«

In der Spülmaschine stand seit Tagen sauberes Geschirr, und Sara begann, es auszuräumen, nur um etwas zu tun zu haben.

»Es war seltsam«, erzählte Tessa. »Ich habe meine blöden motorischen Übungen gemacht, wo man Holzklötze in die richtigen Löcher stecken muss, und plötzlich habe ich gespürt, dass mich jemand ansieht. Als ich aufblickte, war da dieser alte Mann im Rollstuhl. Er nannte mich Cathy.«

»Cathy?«, wiederholte Sara.

»Ja. Er kennt Mama.«

»Woher kennt er Mama?« Sara dachte, sie kannte alle Freunde ihrer Mutter.

»Ich weiß es nicht.«

»Hast du sie gefragt?«

»Ich habe es versucht, aber sie hatte keine Zeit.«

Sara schloss die Spülmaschine und lehnte sich dagegen. »Und was ist dann passiert?«

»Thomas hat mich gefragt, ob ich mal mit in die Kirche kommen wollte.« Tessa zögerte einen Moment. »Da oben im Reha-

Zentrum, wo man all die Leute sieht, denen es viel schlechter geht als mir …« Sie zuckte die Schultern. »Irgendwie hat es meine Perspektive verändert, verstehst du? Und ich habe eingesehen, dass ich mein bisheriges Leben vergeudet habe.«

»Du hast dein Leben nicht vergeudet.«

»Ich bin vierunddreißig und wohne immer noch bei meinen Eltern.«

»In einem Apartment über der Garage.«

Tessa seufzte. »Ich finde, dass das, was mir passiert ist, nicht umsonst gewesen sein darf.«

»Es hätte überhaupt nicht passieren dürfen.«

»Als ich im Krankenhaus lag, bin ich in Selbstmitleid versunken. Ich war so wütend auf die Welt. Und dann habe ich es auf einmal kapiert. Ich bin mein Leben lang egoistisch gewesen.«

»Warst du nicht.«

»Doch, das war ich. Du hast es selbst gesagt.«

Nie hatte Sara ihre Worte so bereut. »Nur, weil ich wütend auf dich war.«

»Weißt du was? Das ist genauso wie bei Leuten, die zu viel getrunken haben. Hinterher sagen sie, sie hätten es nicht so gemeint, und bitten dich um Vergebung«, erklärte sie. »Alkohol baut die Hemmungen ab. Im Suff erfindest du auch keine Lügen. Du warst sauer, und da hast du gesagt, was du wirklich denkst.«

»Hab ich nicht«, behauptete Sara, doch ihr Einspruch klang schal.

»Ich wäre beinahe gestorben, und wofür? Was habe ich aus meinem Leben gemacht?« Tessa hatte die Hände zu Fäusten geballt. Dann versuchte sie es mit einem anderen Argument. »Wenn du sterben würdest, welches Versäumnis würdest du am meisten bereuen?«

Sara schoss die Antwort sofort durch den Kopf: Ein Kind. Doch sie sprach es nicht aus.

Tessa konnte es in ihren Augen lesen. »Du könntest doch eins adoptieren.«

Sara zuckte die Achseln. Sie konnte nicht antworten.

»Wir haben noch nie darüber gesprochen. Es ist fast fünfzehn Jahre her, und wir haben nie darüber gesprochen.«

»Dafür gibt es einen Grund.«

»Welchen?«

Doch Sara weigerte sich, darauf einzugehen. »Wozu, Tessie? Nichts wird sich ändern. Es gibt keine wundersame Heilung.«

»Du gehst so toll mit Kindern um, Sara. Du wärst eine wunderbare Mutter.«

Sara sprach die drei Worte aus, die sie am meisten hasste. »Ich kann nicht.« Dann flehte sie: »Bitte, Tessie.«

Tessa nickte, doch Sara spürte, dass es nur ein vorübergehender Rückzug war. »Ich jedenfalls würde am meisten bereuen, dass ich kein Zeichen hinterlassen habe. Dass ich nichts getan habe, um die Welt zu verbessern.«

Sara nahm ein Taschentuch und putzte sich die Nase. »Das tust du doch.«

»Es gibt für alles einen Grund«, beharrte Tessa. »Ich weiß, dass du nicht daran glaubst. Ich weiß, dass du nichts glaubst, wofür es keine wissenschaftliche Erklärung gibt, aber für mich ist das lebensnotwendig. Ich brauche das Vertrauen, dass es einen Grund für die Dinge gibt, die passieren. Ich muss daran glauben, dass etwas Gutes darin liegt, wenn man etwas verliert ...« Sie unterbrach sich. Sie konnte den Namen ihres toten Kindes noch immer nicht aussprechen. Auf dem Friedhof stand ein kleines Kreuz zwischen Cathys Eltern und einem geliebten Onkel, der in Korea gefallen war. Sara spürte jedes Mal einen Stich im Herzen, wenn sie an das kalte Grab und die verlorenen Möglichkeiten dachte.

»Du kennst seinen Sohn.«

Sara runzelte die Stirn. »Wessen Sohn?«

»Thomas' Sohn. Er ist mit dir zur Schule gegangen.« Tessa stopfte sich eine Handvoll Erdnussflips in den Mund, dann faltete sie die Tüte zusammen. Mit vollem Mund redete sie weiter: »Er hat genauso rote Haare wie du.«

»Ich bin mit ihm zur Schule gegangen?«, fragte Sara skeptisch. Rothaarige fielen sich gegenseitig auf. Sie fielen ganz im Allgemeinen auf. Sara wusste, dass sie an ihrer Grundschule das einzige Kind mit roten Haaren gewesen war. Sie erinnerte sich nur zu genau, wie sie darunter gelitten hatte. »Wie heißt er?«

»Lev Ward.«

147

»Es gab keinen Lev Ward auf meiner Schule.«

»In der Sonntagsschule«, erklärte Tessa. »Und er weiß ein paar komische Geschichten über dich.«

»Über mich?« Jetzt wurde Sara doch neugierig.

»Und«, sagte Tessa, als würde sie Sara damit vollends rumkriegen, »er hat den süßesten fünfjährigen Sohn, den man sich nur vorstellen kann.«

Sara durchschaute Tessas Trick. »In der Kinderklinik kriege ich jeden Tag süße Fünfjährige zu sehen.«

»Bitte, denk drüber nach. Du musst dich nicht jetzt entscheiden.« Tessa sah auf die Uhr. »Ich muss heim, bevor es dunkel wird.«

»Soll ich dich fahren?«

»Nein danke.« Tessa küsste sie auf die Wange. »Bis später.«

Sara strich ihrer Schwester die Erdnussflipkrümel aus dem Gesicht. »Fahr vorsichtig.«

Auf dem Weg zur Tür drehte Tessa sich noch einmal um. »Es ist nicht nur der Sex.«

»Was?«

»Bei dir und Jeffrey«, erklärte sie. »Es ist nicht nur die Chemie, die stimmt. Immer wenn ihr Probleme hattet, seid ihr stärker geworden. Jedes Mal.« Sie bückte sich, um Billy zu tätscheln, dann kraulte sie Bob hinter den Ohren. »Immer wenn du ihn gebraucht hast, war er da. Die meisten Männer wären längst davongelaufen.«

Als Tessa sich von den Hunden verabschiedet hatte, zog sie sacht die Tür hinter sich zu.

Sara griff nach den Erdnussflips und überlegte, ob sie die Tüte leer machen sollte, obwohl ihr der Rockbund jetzt schon ins Fleisch schnitt. Sie hätte gerne ihre Mutter angerufen und gefragt, was los war. Sie hätte gerne Jeffrey angerufen und ihn angeschrien, und ihn dann nochmal angerufen, damit er herkam und sich mit ihr einen alten Film im Fernsehen ansah.

Stattdessen schenkte sie sich noch ein Glas Wein ein, setzte sich wieder aufs Sofa und versuchte, nicht nachzudenken. Aber je mehr Mühe sie sich gab, desto hartnäckiger wurden die Gedanken, die sie zu verdrängen versuchte, und bald tauchten wieder die Bilder der Toten im Wald auf, der Anblick des leukämiekranken Jimmy

Powell, eine Vision von Jeffrey im Krankenhaus mit Leberversagen im Endstadium.

Schließlich zwang sie sich, noch einmal durchzugehen, was bei der Obduktion herausgekommen war. Sara hatte hinter einer dicken Glasscheibe gestanden, und trotzdem war ihr die Sache viel zu nahe gegangen. Bis auf das Zyankali im Magen des Mädchens hatte es keine Auffälligkeiten gegeben. Sara schauderte jetzt noch beim Gedanken an die Gaswolke, die aus ihrem Darm aufgestiegen war, als der Coroner den Magen der Toten aufgeschnitten hatte. Auch am Befund des Embryos war nichts Auffälliges gewesen; ein gesundes Kind, das ein ganz normales Leben hätte führen können.

Es klopfte, erst zögerlich, dann, als Sara nicht darauf reagierte, lauter. Schließlich rief sie: »Herein!«

»Sara?«, fragte Jeffrey. Er sah sich um und schien überrascht, sie auf dem Sofa zu finden. »Geht es dir nicht gut?«

»Bauchweh«, schob sie vor, und es war noch nicht einmal gelogen. Vielleicht hatte ihre Mutter recht gehabt, und Schokoladenkuchen war nicht das beste Abendessen.

»Tut mir leid, dass ich vorhin nicht sprechen konnte.«

»Kein Problem«, sagte Sara, was nicht ganz stimmte. »Was war denn los?«

»Nichts«, antwortete er enttäuscht. »Ich habe den ganzen verdammten Nachmittag im College verbracht und bin von einer Abteilung in die nächste geschickt worden, bis mir endlich jemand sagen konnte, was für Gifte sie dort aufbewahren.«

»Kein Zyanid?«

»Alles außer das«, erklärte er.

»Was ist mit der Familie?«

»Nicht viel. Ich habe eine Bankauskunft über die Farm angefordert. Vielleicht weiß ich morgen mehr. Frank hat sämtliche Obdachlosenheime durchtelefoniert und versucht rauszufinden, wie genau diese Missionen ablaufen.« Er zuckte die Schultern. »Den Rest des Tages haben wir mit dem Laptop verbracht. Er ist ziemlich sauber.«

»Habt ihr euch die Instant Messages angesehen?«

»Das hat Brad als Erstes getan. Ihre Tante hatte welche geschickt, es ging hauptsächlich um Bibellesungen, Arbeitspläne, wann sie zur Farm rüberkommen sollte, wer das Hühnchen kochte, wer als Nächstes mit Karottenschälen dran war. Schwer zu sagen, welche an Abby und welche an Rebecca gerichtet waren.«

»Irgendwas während der zehn Tage, in denen die Eltern weg waren?«

»Eine Datei ist an dem Tag geöffnet worden, als die Eltern nach Atlanta fuhren«, sagte Jeffrey. »Morgens um Viertel nach zehn. Da waren die Eltern schon unterwegs. Es war Abigail Ruth Bennetts Lebenslauf.«

»Für eine Bewerbung?«

»Sieht so aus.«

»Glaubst du, sie wollte weg?«

»Die Eltern wollten sie aufs College schicken, aber sie hat abgelehnt.«

»Schön, wenn man die Wahl hat«, murmelte sie. Cathy hatte ihre Töchter praktisch mit der Gerte getrieben. »Für was für eine Stelle wollte sie sich bewerben?«

»Keine Ahnung«, sagte er. »Sie hat hauptsächlich Sekretariats- und Buchhaltungserfahrungen aufgezählt. Davon hat sie auf der Farm eine Menge gemacht. Ich schätze, auf einen potenziellen Arbeitgeber würde der Lebenslauf einen guten Eindruck machen.«

»Und sie bekam Hausunterricht?«, fragte sie. Sara hatte die Erfahrung gemacht, dass Eltern sich aus einem von zwei Gründen für Hausunterricht entschieden: um ihre Kinder von Minderheiten fernzuhalten oder um sicherzugehen, dass ihre Kinder nur den Schöpfungsglauben lernten und nicht von Darwin verdorben wurden.

»Fast die ganze Familie wurde zu Hause unterrichtet.« Jeffrey lockerte seine Krawatte. »Ich muss mich umziehen.« Dann, als müsste er sich rechtfertigen, erklärte er: »Alle meine Jeans sind hier.«

»Wofür ziehst du dich um?«

»Erst muss ich mit Dale Stanley reden, danach gehe ich mit Lena ins Pink Kitty.«

»Die Tittenbar am Highway 16?«

Er knurrte. »Warum dürfen Frauen Tittenbar sagen, aber als Mann kriegt man für so was einen Tritt in die Eier?«

150

»Weil wir keine Eier haben.« In ihrem Magen rumorte es, als sie sich aufsetzte. Sie war froh, dass sie wenigstens auf die Erdnussflips verzichtet hatte. »Was willst du denn da? Ist das deine Art, mich zu bestrafen?«

»Wofür sollte ich dich bestrafen?«

Sie folgte ihm ins Schlafzimmer. Sie wusste selbst nicht, warum sie das gesagt hatte. »Hör einfach nicht hin. Ich hatte einen furchtbaren Tag.«

»Kann ich was für dich tun?«

»Nein.«

Er öffnete eine Umzugskiste. »Im Zimmer von Abigail Bennett haben wir ein Streichholzbriefchen gefunden. Aus dem Pink Kitty. Warum sollte ich dich bestrafen?«

Sara setzte sich aufs Bett und sah ihm zu, wie er die Kisten durchging, auf der Suche nach seinen Jeans. »Sie sieht gar nicht so aus, als würde sie ins Pink Kitty gehen.«

»Die ganze Familie sieht nicht so aus.« Endlich hatte er den richtigen Karton gefunden. Als er die Hose auszog, sah er Sara an. »Bist du noch sauer auf mich?«

»Ich wünschte, ich wüsste es.«

Er warf seine Socken in den Wäschekorb. »Ich auch.«

Sara sah aus dem Schlafzimmerfenster hinaus auf den See. Sie schloss selten die Vorhänge, denn von hier hatte man den schönsten Blick der ganzen Gegend. Oft lag sie nachts im Bett und sah dem Mond bei seiner Wanderung zu, bis sie einschlief. Wie oft hatte sie in der letzten Woche aus dem Fenster gesehen, ohne zu wissen, dass drüben am anderen Ufer Abigail Bennett lag, allein, halb erfroren und in Todesangst. Hatte Sara behaglich und warm im Bett gelegen, während Abigail im Schutz der Dunkelheit vergiftet worden war?

»Sara?« Jeffrey stand in Unterhosen vor ihr. »Was ist los?«

Sie wollte nicht darüber sprechen. »Erzähl mir von Abigails Familie.«

Er zögerte, dann wandte er sich wieder seinen Kleidern zu. »Das sind komische Vögel.«

»Inwiefern?«

Er fischte nach einem Paar Socken und setzte sich damit aufs

Bett. »Vielleicht liegt es an mir. Vielleicht habe ich zu viele Perverse erlebt, die ihre sexuellen Gefühle für junge Mädchen mit irgendwelchen religiösen Vorwänden erklären.«

»Waren sie überrascht, als du ihnen gesagt hast, dass sie tot ist?«

»Sie hatten Gerüchte gehört, dass wir eine Leiche gefunden haben. Ich weiß nicht, woher sie das hatten, die Farm da draußen ist ziemlich isoliert. Einer ihrer Onkel kommt ein bisschen unter die Leute. Und ich weiß nicht, was es ist, aber irgendwas an dem Kerl gefällt mir nicht.«

»Vielleicht hast du was gegen Onkel.«

»Vielleicht.« Er rieb sich die Augen. »Ihre Mutter hat es ziemlich mitgenommen.«

»Ich will mir gar nicht vorstellen, wie es sein muss, eine solche Nachricht überbracht zu bekommen.«

»Sie hat mir ganz schön zugesetzt.«

»Wie meinst du das?«

»Sie hat mich angefleht, den Täter zu finden«, erklärte er. »Vielleicht wird ihr das Ergebnis nicht gefallen.«

»Du glaubst wirklich, jemand aus der Familie steckt dahinter?«

»Ich weiß es nicht.« Er stand auf. Während er sich fertigmachte, erzählte er Sara von seinen Eindrücken. Ein Onkel war ziemlich selbstgefällig und schien mehr Macht über die Familie zu haben, als Jeffrey normal fand. Abigails Vater war alt genug, um der Großvater seiner Frau zu sein. Sara lehnte sich ans Kopfende und hörte mit verschränkten Armen zu. Je mehr er erzählte, desto verdächtiger kam ihr die ganze Familie vor.

»Die Frauen sind sehr … altmodisch«, sagte er. »Sie überlassen das Reden den Männern. Schieben immer ihre Ehemänner und Brüder vor.«

»Typisch für die meisten konservativen Glaubensgruppen«, bemerkte Sara. »Der Mann trägt die Verantwortung für die Familie, zumindest in der Theorie.« Sie erwartete einen ironischen Kommentar seinerseits, doch er schwieg. »Konntet ihr etwas aus der Schwester herausbringen?«

»Rebecca«, sagte er. »Nein, nichts, und ich glaube nicht, dass ich nochmal die Gelegenheit haben werde, mit ihr zu sprechen. Ich werde das Gefühl nicht los, dass ihr Onkel mir jedes Haar einzeln ausreißen würde, wenn er wüsste, dass ich sie in Abbys Zimmer befragt habe.«

»Glaubst du denn, von ihr wäre was zu erfahren?«

»Wer weiß?«, seufzte er. »Es war schwer zu sagen, ob sie was zu verbergen hatte oder einfach nur traurig war.«

»Es muss furchtbar für sie sein«, sagte Sara. »Wahrscheinlich kann sie im Moment gar nicht klar denken.«

»Die Mutter hat Lena erzählt, dass Rebecca mal ausgerissen ist.«

»Weshalb?«

»Das hat Lena nicht rausbekommen.«

»Hm. Das könnte was sein.«

»Könnte aber auch sein, dass sie ein ganz normaler Teenager ist«, entgegnete er. Sara wusste so gut wie er, dass jedes siebente Kind vor seinem achtzehnten Geburtstag mindestens einmal von zu Hause weglief. »Sie ist noch ziemlich kindlich für ihr Alter.«

»Ich nehme an, es ist schwierig, frühreif zu werden, wenn man so aufwächst.« Sie erklärte: »Nicht dass es falsch ist, wenn man versucht, sein Kind vor der Welt zu schützen. Wenn sie mein Kind wäre …« Sie unterbrach sich. »Ich meine, wenn ich an die Kinder in der Klinik denke … Ich kann verstehen, dass die Eltern versuchen, ihre Kinder so gut sie können zu behüten.«

Jeffrey hielt inne und sah sie an, als wollte er etwas sagen.

»Also«, sie räusperte sich. »Die Familie steht voll und ganz hinter dieser Kirche?«

»Ja.« Er sagte es bedächtig, er merkte, dass sie das Thema wechseln wollte. »Bei der Kleinen bin ich mir da nicht so sicher. Ich hatte so eine Ahnung, noch bevor Lena mir erzählte, dass sie manchmal ausreißt. Sie hat etwas Rebellisches an sich. Als ich mit ihr sprach, hat sie sich ihrem Onkel widersetzt.«

»Wie das?«

»Er ist Anwalt. Er wollte nicht, dass sie Fragen beantwortet. Sie hat es trotzdem getan.« Jeffrey nickte. Ihre Courage hatte ihn beeindruckt. »Ich habe das Gefühl, diese Art von Unabhängigkeit passt nicht in die Familiendynamik, erst recht nicht bei einem Mädchen.«

»Jüngere Geschwister sind oft durchsetzungsfähiger«, gab Sara zu bedenken. »Tessa hatte ständig Ärger. Ich weiß nicht, ob Daddy strenger zu ihr war oder ob sie einfach mehr angestellt hat.«

Jeffrey konnte sich ein Grinsen nicht verkneifen. Er hatte Tessas Freigeist immer bewundert. Viele Männer bewunderten sie. »Sie ist eben ein bisschen wild.«

»Und ich nicht?« Sara versuchte, nicht neidisch zu klingen. Tessa war immer die Verwegenere gewesen, während Saras Ungehorsam sich meistens auf die Schule beschränkte: Sie blieb zu lange in der Bibliothek oder hatte eine Taschenlampe unter die Bettdecke geschmuggelt, um nachts lesen zu können.

Sie fragte: »Glaubst du, bei den Vernehmungen am Mittwochmorgen kommt was heraus?«

»Unwahrscheinlich. Vielleicht hat Dale Stanley was zu sagen. Ist es erwiesen, dass wir es mit Zyankali zu tun haben?«

»Ja.«

»Ich habe mich umgehört. Er ist der einzige Galvaniseur in der Gegend. Irgendwie habe ich das Gefühl, dass alle Spuren zur Farm zurückführen. Es muss mehr als ein Zufall sein, dass sie dort einen Haufen Sträflinge beschäftigen, und plötzlich ist ein Mädchen tot. Außerdem«, er sah zu ihr auf, »ist es nur ein Steinwurf von Dale Stanley zur Grenze von Catoogah.«

»Du meinst, Dale Stanley hat sie in die Kiste gesperrt?«

»Ich habe keine Ahnung«, sagte Jeffrey. »Im Moment sind alle verdächtig.«

»Meinst du, es war ein Ritualmord? Eine Beerdigungszeremonie?«

»Um sie am Ende zu vergiften?«, fragte er. »Darüber stolpere ich jedes Mal. Lena ist davon überzeugt, dass es einen religiösen Kontext gibt. Dass die Familie dahintersteckt.«

»Man kann ihr nicht übelnehmen, dass sie Vorurteile gegen alles hegt, was auch nur im Entferntesten mit Religion zu tun hat.«

»Lena ist meine beste Polizistin«, gab Jeffrey zurück. »Ich weiß, sie hat ein paar … Probleme …« Er merkte selbst, dass das stark untertrieben war, fuhr aber dennoch fort: »Ich will nicht, dass sie sich in was verrennt, nur weil es zu ihrer Sicht der Dinge passt.«

»Lena betrachtet die Welt aus einem eingeschränkten Blickwinkel.«

»Das tut jeder«, erwiderte er. Sara gab ihm recht, wohl wissend, dass er sich selbst für die große Ausnahme hielt. »Ich gebe zu, es ist seltsam da draußen auf der Farm. Da war so ein Kerl, den wir nach dem Weg gefragt haben. Er stand hinter einer Scheune, wedelte mit der Bibel durch die Luft und predigte den Zorn Gottes.«

»Mein Onkel macht genau das Gleiche, auf jedem Familienfest«, warf Sara ein. Allerdings lachten ihre Mutter und ihre Tante Hares Vater jedes Mal so sehr aus, dass er mit seinem Sermon nie über den ersten Satz hinauskam.

»Es ist trotzdem merkwürdig.«

Sara sagte: »Wir sind hier im Süden, Jeffrey. Hier unten halten die Menschen an ihrer Religion fest.«

»Du hast einen Jungen aus Alabama vor dir«, erinnerte er sie. »Und es liegt nicht nur am Süden. Geh in den Mittleren Westen oder nach Kalifornien oder sogar nach Upstate New York, und du findest fromme Gemeinden auf dem Land. Hier unten kriegen wir nur mehr Presse, weil wir die besseren Prediger haben.«

Er hatte recht. Je weiter man sich von einer Großstadt entfernte, desto religiöser wurde die Bevölkerung. Ehrlich gesagt war das einer der Gründe, warum Sara kleine Städte mochte. Sie war zwar nicht gläubig, aber sie hielt die Idee der Kirche für eine gute Sache, die Philosophie, den Nächsten zu lieben und ihm die andere Wange hinzuhalten. Leider hatte sie das Gefühl, dass dieser Teil der Lehre in letzter Zeit vernachlässigt wurde.

Jeffrey sagte: »Angenommen, Lenas Intuition ist richtig, und die ganze Familie ist in den Mord verwickelt. Sie treiben eine Art Teufelskult und begraben Abby aus irgendeinem Grund.«

»Sie war schwanger.«

»Na gut, sie begraben sie, weil sie schwanger war. Aber warum wurde sie dann vergiftet? Das passt doch nicht zusammen.«

Sara musste ihm recht geben. »Und warum sollten sie sie überhaupt begraben? Sie treten doch bestimmt für den Schutz ungeborenen Lebens ein, oder?«

»Das passt alles nicht zusammen. Es muss ein anderes Motiv geben.«

»Also gut«, sagte Sara. »Es ist keiner von ihnen, sondern jemand

155

anders. Warum sollte sich jemand erst die Mühe machen, sie lebendig zu begraben, um sie anschließend zu vergiften?«

»Vielleicht wollte er zurückkommen und die Leiche holen. Vielleicht sind wir ihm zuvorgekommen, und er konnte nicht beenden, was er vorhatte.«

Sara hatte diese Möglichkeit noch nicht in Betracht gezogen, und der Gedanke jagte ihr einen kalten Schauer über den Rücken.

»Ich habe ein paar Bretter von der Kiste ins Labor geschickt«, sagte er. »Wenn DNA dran ist, finden wir sie.« Er überlegte. »Hoffentlich«, sagte er dann.

Sara wusste, dass solche Tests Wochen, manchmal Monate dauern konnten. Das Forensische Labor des GBI war so im Rückstand, dass es ein Wunder war, dass in Georgia überhaupt Verbrechen aufgeklärt wurden. »Könnt ihr nicht einfach zur Farm rausfahren und mit den Leuten vor Ort reden?«

»Nicht ohne begründeten Verdacht. Und auch dann nur, solange Sheriff Arschloch mich nicht auf seiner Seite der Grenze erwischt.«

»Was ist mit dem Sozialamt?«, schlug Sara vor. »Es klingt, als sind auch Kinder dort. Es könnten Ausreißer darunter sein, Minderjährige.«

»Gute Idee«, Jeffrey freute sich, dass es einen Weg gab, dieses Hindernis zu umgehen. »Aber ich muss vorsichtig sein. Irgendwie habe ich das Gefühl, dass dieser Lev Ward bestens über seine Rechte Bescheid weiß. Ich wette, die Farm hat mindestens zehn Rechtsanwälte in der Hinterhand.«

Sara richtete sich auf. »Was?«

»Ich sagte, wahrscheinlich haben sie mindestens zehn Anwälte –«

»Nein, sein Name.«

»Lev Ward, einer der Onkel«, sagte Jeffrey. »Es ist eigenartig, aber irgendwie sieht er dir ähnlich. Rote Haare.« Er zog sich ein T-Shirt über den Kopf. »Sehr blaue Augen.«

»Ich habe grüne Augen«, knurrte sie. Diesen Witz machte er immer. »Inwiefern sieht er mir ähnlich?«

»Hab ich doch schon gesagt.« Jeffrey zuckte die Achseln und strich sein Lynyrd-Skynyrd-T-Shirt glatt. »Sehe ich jetzt aus wie ein Hinterwäldler, der in einen Strip-Club gehört?«

»Erzähl mir von diesem Lev.«

»Warum bist du so neugierig?«

»Ich will es einfach wissen«, sagte sie, dann: »Tessa geht neuerdings in diese Kirche.«

Jeffrey lachte ungläubig. »Du machst Witze.«

»Warum, ist das so schwer zu glauben?«

»Tessa geht in die Kirche? Ohne dass deine Mutter die Peitsche rausholt?«

»Was willst du damit sagen?«

»In dieser Freikirche sind sie eben einfach sehr … fromm.« Er fuhr sich mit den Fingern durchs Haar und setzte sich zu ihr auf die Bettkante. »Nicht unbedingt die Leute, mit denen Tessa sonst rumhängt.«

Es war eine Sache, wenn Sara über die lockere Moral ihrer Schwester lästerte, aber sonst durfte das keiner − nicht mal Jeffrey. »Wie sind denn die Leute, mit denen sie rumhängt?«

Er streichelte ihr den Fuß, offensichtlich hatte er das Gefühl, in der Falle zu sitzen. »Sara −«

»Vergiss es.« Sara wusste selbst nicht, warum sie so empfindlich war.

»Ich will es aber nicht vergessen. Sara, was ist los mit dir?«

Sie drehte sich weg. »Ich hatte einfach einen echt miesen Tag.«

Er strich ihr über den Rücken. »Die Obduktion?«

Sie nickte.

»Du hast mich angerufen, weil du mich gebraucht hast«, flüsterte er. »Ich hätte mir Zeit nehmen sollen.«

Sie hatte einen Kloß im Hals. Dass er seinen Fehler selbst erkannte, bedeutete ihr fast so viel, als hätte er ihn gar nicht erst gemacht.

»Es muss schlimm für dich gewesen sein, Baby. Tut mir leid, dass ich nicht für dich da war.«

»Schon gut.«

»Ich will nicht, dass du so was allein durchstehen musst.«

»Carlos war da.«

»Das ist was anderes.« Er strich ihr über den Rücken, machte kleine kreisende Bewegungen mit den Handballen. Seine Stimme war kaum mehr als ein Raunen. »Was ist los?«

»Ich weiß auch nicht«, gab sie zu. »Tessa will, dass ich am Mittwochabend mit ihr in diese Kirche gehe.«

Jeffrey hielt mit dem Streicheln inne. »Bitte, tu das nicht.«

Sie sah ihn über die Schulter an. »Warum?«

»Diese Leute«, begann er. »Ich traue ihnen nicht. Ich kann dir nicht sagen was, aber irgendwas stimmt da nicht.«

»Glaubst du wirklich, sie haben Abigail umgebracht?«

»Ich weiß es nicht«, sagte er. »Ich weiß nur, dass ich nicht will, dass du in diese Sache verstrickt wirst.«

»In was sollte ich verstrickt werden?«

Er antwortete nicht. Stattdessen zupfte er an ihrem Ärmel und sagte: »Dreh dich um.«

Sara legte sich auf den Rücken. Ein Lächeln huschte über seine Lippen, als er die Finger in den halbgeöffneten Reißverschluss ihres Rocks schob. »Was hast du zu Abend gegessen?«

Es war ihr zu peinlich, es zuzugeben, und so schüttelte sie nur den Kopf.

Jeffrey begann, ihren Bauch zu streicheln. »Besser?«

Sie nickte.

»Deine Haut ist so weich«, flüsterte er. Er berührte sie nur mit den Fingerspitzen. »Manchmal denke ich an dich, und mein Herz klopft schneller.« Er lächelte, als würde er an etwas Bestimmtes denken.

Minuten vergingen, dann sagte er: »Ich habe gehört, dass Jimmy Powell wieder im Krankenhaus ist.«

Sara schloss die Augen und konzentrierte sich auf seine Berührung. Fast den ganzen Tag war sie den Tränen nah gewesen, und seine Worte machten es noch schwerer, sie zurückzuhalten. Es war, als hätte sich alles, was sie in den letzten achtundvierzig Stunden durchgemacht hatte, zu einem kleinen harten Knoten in ihrem Inneren zusammengezogen, der unter seiner sanften Berührung aufweichte.

Sie sagte: »Wahrscheinlich zum letzten Mal ...« Ihre Stimme versagte bei dem Gedanken an den todkranken Neunjährigen. Sara hatte Jimmy sein Leben lang gekannt, hatte zugesehen, wie er vom Baby zu einem Jungen heranwuchs. Die Diagnose hatte auch sie schwer erschüttert.

Jeffrey fragte: »Soll ich mit ins Krankenhaus kommen?«

»Bitte.«

Seine Berührung wurde zurückhaltender. »Und nachher?«

»Nachher?«, fragte sie und hätte am liebsten geschnurrt.

»Wo soll ich schlafen?«

Sara ließ sich Zeit mit der Antwort. Sie wünschte, sie könnte mit den Fingern schnipsen, und es wäre morgen und die Entscheidung wäre längst gefallen. Schließlich zeigte sie auf die Kartons, die er schon hergebracht hatte. »All deine Sachen sind hier.«

Sein Lächeln konnte seine Enttäuschung kaum verbergen. »Nun, dann werde ich also aus diesem Grund hierbleiben.«

Sieben

JEFFREY STELLTE DAS RADIO LEISE, als er aus Heartsdale hinausfuhr. Er merkte, dass er mit den Zähnen knirschte, als plötzlich ein stechender Schmerz durch seinen Kiefer schoss. Der Seufzer, der aus seiner Brust kam, klang wie der eines alten Mannes. Er war völlig ausgelaugt. Seine Schulter tat weh, und sein rechtes Knie machte Ärger, ganz zu schweigen von der verletzten Hand, die immer noch pochte. Jahrelanges Football-Training hatte ihn gelehrt, Schmerzen zu ignorieren, aber je älter er wurde, desto schwerer fiel es ihm. Er fühlte sich alt heute – uralt, um die Wahrheit zu sagen. Der Schuss, der ihn vor ein paar Monaten an der Schulter erwischt hatte, war ein Warnsignal gewesen, dass er keineswegs unsterblich war. Früher konnte er raus aufs Football-Feld laufen und sich praktisch jeden Knochen brechen lassen, und trotzdem wachte er am nächsten Morgen topfit auf. Heute schmerzte seine Schulter schon, wenn er sich zu lange die Zähne putzte.

Und jetzt diese Scheiße mit der Hepatitis. Letzte Woche am Telefon hatte er gewusst, dass es Jo war, noch bevor sie ein Wort sagte. Es war diese Art abzuwarten, bevor sie sprach, zu zögern, als wollte sie ihm die Führung überlassen. Das war es, was ihn damals an ihr gereizt hatte, die Tatsache, dass sie Jeffrey machen ließ. Jo war nie auf Streit aus, im Gegenteil, sie hatte Harmonie zur Kunstform erhoben. Er konnte nicht abstreiten, dass es guttat, wenn eine Frau nicht jedes gottverdammte Wort auf die Goldwaage legte.

Wenigstens musste er heute Nacht nicht wieder auf dem Boden schlafen. Er bezweifelte zwar, dass Sara ihn mit offenen Armen erwartete, aber wenigstens schien sie ihren Ärger langsam zu verdauen. Es war so gut gelaufen zwischen ihnen, bis Jo angerufen hatte, und am liebsten hätte er einfach ihr die ganze Schuld für ihre Probleme in die Schuhe geschoben. Aber die Wahrheit war, dass er schon seit einer ganzen Weile das Gefühl hatte, mit Sara jeden Tag einen Schritt vor und zwei zurück zu machen. Die Tatsache, dass er ihr schon vier Anträge gemacht hatte und sich jedes Mal eine Ohrfeige abholte, machte ihm auf Dauer zu schaffen. Irgendwann gingen auch seine Kräfte zur Neige.

Jeffrey bog in die Schottereinfahrt zu Dale Stanleys Grundstück ein. Nach den Hausbesuchen hier draußen sah sein Lincoln Town Car wahrscheinlich bald aus, als wäre er durch Kriegsgebiet gefahren.

Er parkte hinter einem perfekt hergerichteten Dodge Dart. »Donnerwetter«, flüsterte Jeffrey, als er ausstieg. Der alte Dodge war himmelblau lackiert und hatte getönte Scheiben, das Heck war noch aufgebockt. Die Stoßstange war makellos, glänzendes Chrom blitzte im Licht des Scheinwerfers, der vom Dach der Werkstatt auf den Parkplatz schien.

»Hallo, Chief.« Ein schlaksiger Riese im Blaumann kam aus der Werkstatt geschlendert. Dale Stanley wischte sich an einem schmutzigen Handtuch die Hände ab. »Ich erinnere mich an Sie, vom Polizeifest letztes Jahr.«

»Schön, Sie wiederzusehen, Dale.« Es gab nur wenige Männer, zu denen Jeffrey aufblicken musste, doch Dale Stanley war eine richtige Bohnenstange. Er sah seinem kleinen Bruder sehr ähnlich, als hätte man Pat am Kopf und an den Füßen genommen und einen guten halben Meter in die Länge gezogen. Trotz seiner Größe strahlte Dale Lässigkeit aus, als wäre er mit sich und der Welt zufrieden. Jeffrey schätzte ihn auf ungefähr dreißig.

»Tut mir leid, dass ich Sie erst so spät empfangen kann«, sagte Dale. »Ich will nicht, dass meine Kinder sich erschrecken. Wenn sie ein Polizeiauto sehen, kriegen sie Angst.« Er warf einen nervösen Blick zum Haus. »Ich schätze, Sie können sich denken warum.«

»Verstehe«, antwortete Jeffrey, und Dale entspannte sich ein wenig. Dales Bruder Pat war vor ein paar Monaten in eine blutige Geiselnahme geraten und gerade so mit dem Leben davongekommen. Es musste schrecklich für die Familie gewesen sein, die Belagerung im Fernsehen zu verfolgen und jederzeit damit zu rechnen, dass ein Streifenwagen vor dem Haus hielt und schlechte Nachrichten überbrachte.

»Meine Jungs drehen schon durch, wenn sie im Fernsehen Sirenen hören«, erklärte Dale, und Jeffrey nahm an, Dale war der Typ, der Spinnen nach draußen trug, statt sie zu töten. »Haben Sie einen Bruder?«

»Nicht dass ich wüsste«, antwortete Jeffrey, woraufhin Dale den Kopf zurückwarf und wiehernd lachte. Jeffrey wartete, bis er sich beruhigt hatte, dann fragte er: »Wir sind hier genau auf der County-Grenze, nicht wahr?«

»Ja«, bestätigte Dale. »Nach Catoogah geht's da lang, Avondale ist auf dieser Seite. Meine Kinder sollen in Mason Mill eingeschult werden.«

Jeffrey sah sich um und versuchte sich zu orientieren. »Schön haben Sie es hier.«

»Danke.« Er ging zur Werkstatt zurück. »Möchten Sie ein Bier?«
»Klar.«

Als sie die Werkstatt betraten, konnte Jeffrey seine Bewunderung nicht verbergen. Dale führte ein strenges Regiment. Der Boden war hellgrau gestrichen, nirgends war auch nur ein Ölfleck zu sehen. Die Werkzeuge hingen ordentlich aufgereiht an einem Brett, jeder Platz war mit dem schwarzen Umriss des jeweiligen Geräts gekennzeichnet. Schraubgläser mit Schrauben und Bolzen hingen unter Regalbrettern wie Weingläser in einer Bar. Der ganze Raum war taghell ausgeleuchtet.

Jeffrey fragte: »Was genau machen Sie hier?«

»Hauptsächlich restauriere ich Autos«, sagte Dale und zeigte auf

161

den Dodge vor der Tür. »Hinten habe ich einen Schuppen, wo sie gespritzt werden. Die Reparaturen mache ich hier drinnen. Meine Frau kümmert sich um die Polster.«

»Terri?«

Dale sah Jeffrey über die Schulter an, überrascht, dass er sich an ihren Namen erinnerte. »Genau.«

»Klingt, als würde alles gut laufen bei Ihnen.«

»Na ja.« Er öffnete einen kleinen Kühlschrank und nahm ein Budweiser heraus. »Im Prinzip schon, nur mein Ältester macht mir Sorgen. Timmy sieht Ihre Exfrau öfter als mich. Und jetzt ist auch noch meine Schwester krank, musste ihre Stelle in der Fabrik kündigen. Das lastet schwer auf der Familie. Viel Druck, wenn man sich um alle kümmern will.«

»Sara hat erwähnt, dass Tim Asthma hat.«

»Ja, ziemlich schlimm.« Er öffnete das Bier und reichte es Jeffrey. »Wir müssen höllisch aufpassen. An dem Tag, als meine Frau mit ihm vom Arzt kam, habe ich aufgehört zu rauchen. Ich sage Ihnen, das war ein echtes Opfer. Was macht man nicht alles für die Kinder. Sie haben keine, oder?« Lachend sagte er: »Ich meine, jedenfalls nicht dass Sie wüssten.«

Jeffrey zwang sich mitzulachen, auch wenn es in seinem Fall gar nicht komisch war. Nach einer angemessenen Pause fragte er: »Ich dachte, Sie sind Galvaniseur?«

»Bin ich auch.« Dale nahm ein Stück Metall vom Arbeitstisch. Jeffrey sah, dass es ein altes Porsche-Abzeichen war, mit hellgelbem Gold überzogen. Ein Satz feiner Pinsel auf dem Tisch ließ darauf schließen, dass Dale gerade dabei war, die Felder auszumalen. »Das hier ist für den Onkel meiner Frau. Schnittige Kiste.«

»Können Sie mir erklären, wie das funktioniert?«

»Galvanisieren?« Dale sah ihn verblüfft an. »Sie sind den ganzen Weg hier rausgekommen wegen einer Nachhilfestunde in Chemie?«

»Können Sie?«

Dale dachte nicht länger nach. »Na klar.« Er führte Jeffrey zu einer Werkbank an der hinteren Wand. Auf vertrautem Terrain schien er sich sichtlich wohlzufühlen. »Man nennt es einen dreistufigen Prozess, aber es gehört viel mehr dazu. Im Prinzip geht es so: Man lädt das Metall hiermit elektrisch auf.« Er zeigte auf einen Apparat, der aussah wie ein Ladegerät. Daran befestigt waren zwei metallene Elektroden, eine mit einem schwarzen, die andere mit einem roten Griff. Neben der Maschine war eine weitere Elektrode mit einem gelben und einem roten Griff.

»Rot ist der Pluspol, schwarz der Minuspol.« Dale zeigte auf eine flache Pfanne. »Sie legen das Teil, das Sie vergolden wollen, hier in ein elektrolytisches Bad. Bei positiver Ladung wird es mit Metallreiniger gesäubert, dann, bei negativer Ladung, wird das Nickel aktiviert.«

»Ich dachte, es geht um Gold.«

»Unter dem Gold ist Nickel, das Gold haftet daran. Mit einer Säurelösung aktivieren Sie also das Nickel, dann klemmen Sie den Minuspol fest. Sie hängen das Ganze in die Goldlösung, und die Goldionen lagern sich am Nickel an. Die spannenden Details habe ich weggelassen, aber so ungefähr funktioniert das Ganze.«

»Aus was für einer Lösung besteht das Bad?«

»Die Grundstoffe dazu kann man bestellen.« Er tastete auf dem Metallhängeschrank über der Werkbank herum, fand den Schlüssel und schloss die Tür auf.

»Liegt der Schlüssel immer da oben?«

»Ja.« Er öffnete den Schrank und nahm mehrere Fläschchen heraus. »Damit die Kinder nicht drankommen.«

»Ist manchmal jemand hier drin, wenn Sie nicht da sind?«

»Nie«, sagte er und zeigte auf das Werkzeug und die Geräte, die Tausende von Dollar wert sein mussten. »Das hier ist meine Existenz. Wenn jemand reinkommt und mein Zeug klaut, bin ich am Ende.«

»Und Sie schließen immer ab?«, fragte Jeffrey und zeigte auf die Werkstatttür. Fenster oder andere Zugänge gab es nicht. Die Metalltür war der einzige Weg. Sie sah schwer genug aus, dass sie einem Lastwagen widerstanden hätte.

»Die Tür steht nur offen, wenn ich hier bin«, versicherte Dale. »Ich schließe sogar ab, wenn ich pinkeln gehe.«

Jeffrey las die Etiketten auf den Fläschchen. »Die sehen ziemlich giftig aus.«

»Wenn ich das Zeug benutze, ziehe ich immer eine Maske und

163

Handschuhe an«, sagte Dale. »Früher habe ich noch Schlimmeres genommen, aber seit Tim krank ist, habe ich das weggepackt.«

»Was war das?«

»Hauptsächlich Arsen und Zyankali. Wird mit der Säure gemischt. Aber es ist ziemlich flüchtig, und ehrlich gesagt, macht es mir eine Heidenangst. Jetzt gibt es neue Sachen auf dem Markt, die sind zwar auch ganz schön übel, aber wenigstens bringen sie einen nicht um, wenn man mal falsch einatmet.« Er zeigte auf eine der Plastikflaschen. »Das da ist die Lösung.«

Jeffrey las das Etikett. »Zyanidfrei?«

»Ja.« Wieder lachte er. »Ich hatte nur auf eine Ausrede gewartet, mit dem anderen Zeug aufzuhören. Ich bin ein echtes Mädchen, was das Sterben angeht.«

Jeffrey sah sich alle Flaschen an, ohne sie anzufassen, und las die Inhaltsstoffe. Jede davon sah aus, als könnte man damit ein Pferd umbringen.

Dale wippte geduldig auf den Fersen, als erwartete er eine Belohnung für sein Entgegenkommen.

Jeffrey fragte: »Kennen Sie die Farm drüben in Catoogah?«

»Die Soja-Farm?«

»Genau.«

»Klar. Wenn man da runterläuft«, er zeigte auf die Straße, die nach Südosten führte, »kommt man genau darauf zu.«

»Haben Sie was mit denen zu tun?«

Dale begann die Flaschen wegzuräumen. »Früher haben die Typen manchmal die Abkürzung durch den Wald genommen, wenn sie in die Stadt wollten. Aber irgendwie hat's mich nervös gemacht. Ein paar von denen sind nicht gerade grundehrliche Bürger.«

»Wen meinen Sie?«

»Na, die Arbeiter«, sagte er und schloss die Schranktür ab. Den Schlüssel legte er wieder an sein Versteck. »Verdammt, wenn Sie mich fragen, ist die Familie schön blöd, dass sie dieses Pack bei sich aufnimmt.«

Jeffrey hakte nach. »Wie meinen Sie das?«

»Ein paar von den Gestalten, die sie aus Atlanta herholen, sind ziemlich abgerissen. Drogen, Alkohol, was weiß ich. So was bringt einen eben dazu, komische Sachen zu machen. Verzweiflungstaten. Da fällt man echt vom Glauben ab.«

Jeffrey fragte: »Fühlen Sie sich dadurch gestört?«

»Na ja, eigentlich nicht. Ich meine, wahrscheinlich ist die Farm eine gute Sache. Aber ich habe es eben nicht gern, wenn die Leute mein Grundstück betreten.«

»Hatten Sie Angst vor Diebstählen?«

»Die bräuchten einen Flammenwerfer, um hier reinzukommen«, entgegnete er. »Oder sie müssten an mir vorbei.«

»Sie haben eine Waffe hier?«

»Verdammt richtig.«

»Darf ich sie mir mal ansehen?«

Dale durchquerte die Werkstatt und tastete auf dem Schrank gegenüber herum. Er holte eine Smith & Wesson hervor und reichte sie Jeffrey.

»Schöner Revolver«, bemerkte Jeffrey, als er den Zylinder begutachtete. Die Waffe war so peinlich sauber wie die Werkstatt, und sie war geladen. »Sieht aus, als wäre sie schussbereit«, sagte er, als er Dale die Waffe zurückgab.

»Vorsicht«, warnte Dale halb im Spaß. »Die geht schnell los.«

»Wirklich?« Jeffrey dachte, der Mann hielt sich für besonders schlau, weil er sich schon mal sein Alibi zurechtlegte, falls er je *versehentlich* einen Einbrecher erschießen sollte.

»Ich habe nicht wirklich Angst, dass ich ausgeraubt werde«, erklärte Dale, als er die Waffe in das Versteck zurücklegte. »Wie gesagt, ich bin sehr vorsichtig. Aber immer wenn die Typen hier vorbeigekommen sind, haben die Hunde wie wild angeschlagen, und dann war meine Frau ganz aus dem Häuschen, und die Kinder haben angefangen zu heulen, und am Schluss habe ich mich auch noch aufgeregt, und, na ja, wissen Sie, das ist nicht gut.« Er schwieg und sah auf die Auffahrt hinaus. »Ich hasse es, dass ich so sein muss, aber wir leben hier nicht in Mayberry. Da draußen laufen alle möglichen dunklen Gestalten rum, und ich will nicht, dass die meinen Kindern zu nahe kommen.« Er schüttelte den Kopf. »Verdammt, Chief, Ihnen muss ich das doch nicht erklären.«

Jeffrey fragte sich, ob Abigail Bennett je die Abkürzung benutzt hatte. »Sind die Leute auch zum Haus gekommen?«

165

»Nee«, sagte er. »Ich bin den ganzen Tag hier. Das hätte ich mitgekriegt.«

»Haben Sie mit den Leuten geredet?«

»Nur, um Bescheid zu sagen, dass die Penner sich verdammt nochmal von meinem Grundstück fernhalten sollen«, sagte er. »Ums Haus mache ich mir keine Sorgen. Die Hunde würden jeden zerfleischen, der versucht, an die Tür zu klopfen.«

»Und was haben Sie unternommen?«, fragte Jeffrey. »Ich meine, damit niemand mehr hier durchkommt?«

»Ich habe den alten Pfennigfuchser angerufen, Sheriff Pelham, meine ich.«

Jeffrey ließ ihm die Bemerkung durchgehen. »Und, hat der Ihnen weitergeholfen?«

»Nicht die Bohne«, sagte Dale und kickte die Stiefelspitze in den Boden. »Ich wollte Pat nicht auf die Eier gehen, und da habe ich eben selber drüben angerufen. Habe mit Lev gesprochen, dem Sohn vom alten Tom. Für einen Jesus-Fanatiker ist der gar kein schlechter Kerl. Kennen Sie ihn?«

»Ja.«

»Ich habe ihm erklärt, wie es aussieht, nämlich dass ich seine Leute nicht auf meinem Grundstück sehen will. Und er hat eingewilligt.«

»Wann war das?«

»Ach, so vor drei, vier Monaten«, antwortete Dale. »Ist sogar hier rausgekommen, und wir sind zusammen die Grundstücksgrenze abgegangen. Hat gesagt, er würde einen Zaun hochziehen.«

»Hat er das gemacht?«

»Ja.«

»Ist er bei Ihnen in der Werkstatt gewesen?«

»Klar.« Dale grinste großspurig wie ein Kind, das mit seinen Spielsachen angibt. »Ich hatte gerade einen neunundsechziger Mustang hier, an dem ich gearbeitet habe. Mordsschlitten. Hat schon nach Strafzettel gerochen, als er nur hier auf dem Parkplatz stand.«

»Lev steht auf Autos?«, fragte Jeffrey überrascht.

»Es gibt keinen Mann auf der Welt, der von dem Baby nicht beeindruckt gewesen wäre. Ich habe es völlig neu hergerichtet –

neuer Motor, neue Federung, neuer Auspuff – das Einzige, was noch original war, war die Karosserie, aber ich habe die Säulen abgesägt und das Dach zehn Zentimeter abgesenkt.«

Jeffrey war versucht, den Mann weitererzählen zu lassen, doch er musste zum Thema zurückkommen. »Eine Frage noch.«

»Schießen Sie los.«

»Haben Sie noch Zyankali da?«

Dale schüttelte den Kopf. »Nicht, seit ich das Rauchen aufgegeben habe. Die Versuchung, mich umzubringen, war einfach zu groß.« Wieder lachte er wiehernd, aber als er sah, dass Jeffrey nicht einstimmte, brach er ab. »Klar, ich hab noch welches. Dahinten.« Er kehrte an den Hängeschrank über der Werkbank zurück. Wieder nahm er den Schlüssel herunter und schloss die Tür auf. Er griff in den Schrank, und seine Hand verschwand sekundenlang in den Tiefen des obersten Fachs. Dann holte er eine dicke Plastiktüte heraus, in der eine kleine Glasflasche steckte. Der Totenkopf auf dem Etikett jagte Jeffrey einen Schauer über den Rücken, und er dachte an Abigail Bennett.

Dale legte die Tüte auf den Tisch, und die Glasflasche schlug klirrend auf das Metall. »Ich würde den Scheiß am liebsten gar nicht anfassen«, sagte er. »Ich weiß, das Zeug ist stabil, aber es macht mir trotzdem eine Höllenangst.«

»Kommt es vor, dass der Schrank offen bleibt?«

»Nee. Außer ich arbeite gerade mit dem Zeug.«

Jeffrey beugte sich vor und betrachtete die Flasche. »Können Sie erkennen, ob was fehlt?«

Jetzt beugte sich auch Dale vor und blinzelte das Fläschchen an. »Nicht dass ich wüsste.« Er richtete sich wieder auf. »Ich würde aber nicht drauf wetten.«

»Hat Lev sich irgendwann mal dafür interessiert, was Sie hier aufbewahren?«

»Der hat den Schrank wahrscheinlich gar nicht gesehen.« Er verschränkte die Arme vor der Brust. »Gibt es da was, dessentwegen ich mir Sorgen machen sollte?«

»Nein«, sagte Jeffrey, obwohl er sich da nicht so sicher war. »Kann ich mit Terri sprechen?«

»Sie ist bei Sally«, entgegnete Dale, dann erklärte er: »Meine

Schwester. Der geht's nicht so gut …« Er zeigte auf seinen Unterleib. »Terri geht rüber, wenn es ihr schlechtgeht, und hilft ihr mit den Kindern.«

»Ich müsste mit ihr sprechen«, sagte Jeffrey. »Vielleicht hat sie jemanden gesehen, der sich bei der Werkstatt herumgetrieben hat.«

Dale drückte die Schultern durch, als hätte Jeffrey seine Ehrlichkeit in Zweifel gezogen. »Keiner kommt ohne mich hier rein«, sagte er, und Jeffrey glaubte ihm. Der Mann hatte den Revolver nicht zu Dekorationszwecken auf dem Schrank liegen.

Dann sagte Dale: »Terri kommt morgen früh zurück. Ich sage ihr, dass sie sich bei Ihnen melden soll.«

»Danke.« Jeffrey zeigte auf das Gift. »Würde es Ihnen was ausmachen, wenn ich das mitnehme?«, fragte er. »Ich möchte die Flasche auf Fingerabdrücke untersuchen lassen.«

»Ich bin froh, wenn ich es los bin«, sagte Dale. Er zog eine Schublade auf und holte einen Gummihandschuh heraus. »Brauchen Sie so was?«

Jeffrey nahm das Angebot an und zog den Handschuh über, um die Tüte einzupacken.

»Tut mir leid, dass ich Ihnen nicht mehr sagen kann, Dale. Sie haben mir sehr geholfen. Bitte sagen Sie niemandem, dass ich hier war und worüber wir geredet haben.«

»Kein Problem.« Dales Laune war geradezu überschwänglich, da die Vernehmung vorbei war. Als Jeffrey in den Wagen stieg, schlug er vor: »Kommen Sie mal wieder, wenn Sie Zeit haben. Ich habe Fotos von dem neunundsechziger Mustang, habe die ganze Arbeit Schritt für Schritt festgehalten.«

Lena saß auf den Verandastufen, als Jeffrey vor dem Haus hielt.

»Tut mir leid, dass ich so spät dran bin«, sagte er, als sie einstieg.

»Kein Problem.«

»Ich habe mir von Dale Stanley erklären lassen, wie das Vergolden funktioniert.«

Mit dem Gurt in der Hand hielt sie inne. »Hast du was rausgefunden?«

»Nicht viel.« Er berichtete kurz von Dales Arbeit und von Levs Besuch. »Das Zyankali habe ich noch schnell auf dem Revier vorbeigebracht, bevor ich mich auf den Weg zu dir gemacht habe«, sagte er. »Brad bringt es heute noch nach Macon, wo sie die Flasche auf Fingerabdrücke überprüfen werden.«

»Glaubst du, die finden was?«

»So wie der Fall bisher läuft?«, fragte er. »Ich bezweifle es.«

»Hat er Lev jemals in der Werkstatt allein gelassen?«

»Nein.« Genau diese Frage hatte Jeffrey Dale auch gestellt. »Ich wüsste nicht, wie er das Zeug geklaut haben soll, geschweige denn, wie er es transportiert haben könnte, aber es ist trotzdem ein seltsamer Zufall.«

»Das stimmt.« Lena machte es sich auf ihrem Sitz bequem. Sie trommelte mit den Fingern auf der Armlehne, ein nervöser Tick, den er noch gar nicht an ihr kannte.

»Stimmt was nicht?«, fragte er.

Sie schüttelte den Kopf.

»Bist du schon mal da gewesen?«

»Im Pink Kitty?« Wieder schüttelte sie den Kopf. »Ich glaube nicht, dass ich da ohne männliche Begleitung reinkomme.«

»Das will ich hoffen.«

»Wie willst du vorgehen?«

»Montagabends ist wahrscheinlich nicht viel los«, sagte er. »Wir zeigen das Foto herum und fragen, ob jemand sie wiedererkennt.«

»Glaubst du, die sagen uns die Wahrheit?«

»Ich weiß es nicht«, gab er zu. »Aber ich glaube, mit der sanften Tour haben wir bessere Chancen, als wenn wir gleich mit dem Knüppel auf den Tisch hauen.«

»Ich nehme mir die Mädchen vor«, sagte Lena. »Dich lassen sie eh nicht in die Umkleiden.«

»Klingt nach einem guten Plan.«

Sie klappte die Sonnenblende herunter und schob den Spiegel auf, um ihr Make-up zu checken. Von der Seite registrierte Jeffrey ihr dunkles Haar, die schwarzen Augen und ihre makellose Haut. Wahrscheinlich verbrachte Lena selten eine Nacht allein, dachte er, auch wenn es nur mit diesem Dreckskerl, Ethan Green, war. Heute Abend trug sie eine schwarze Jeans und eine enge rote Seidenbluse, deren oberste Knöpfe offen standen. Darunter trug sie keinen BH, soweit er sehen konnte, und anscheinend war ihr kalt.

Jeffrey sah weg und stellte die Klimaanlage ab. Er hoffte, sie hatte seinen Blick nicht bemerkt. Lena war zwar nicht so jung, dass sie seine Tochter hätte sein können, aber sie benahm sich meistens so, und er fühlte sich plötzlich wie ein schmutziger alter Spanner.

Sie klappte die Sonnenblende hoch. »Was ist?« Sie starrte ihn von der Seite an.

Jeffrey überlegte, was er sagen sollte. »Wirst du Schwierigkeiten damit haben?«

»Womit?«

Er suchte nach einer vorsichtigen Formulierung, um sie nicht aufzuregen, gab es dann aber auf. »Ich meine, trinkst du immer noch?«

Sie schoss zurück: »Bescheißt du immer noch deine Frau?«

»Sie ist nicht mehr meine Frau«, entgegnete er. Eine blödere Antwort hätte er sich nicht einfallen lassen können. »Pass auf«, versuchte er es noch einmal, »wir gehen in eine Bar. Wenn das ein Problem für dich ist …«

»Ich habe kein Problem«, knurrte Lena, und damit war das Gespräch beendet.

Den Rest des Wegs schwiegen sie. Jeffrey starrte auf den Highway und überlegte, seit wann er Experte darin war, die kratzbürstigsten Frauen des Landes um sich zu versammeln. Dann dachte er daran, was sie in der Bar erwartete. Er hatte keine Ahnung, warum ein Mädchen wie Abigail Bennett das Streichholzbriefchen in ihrer Snoopy-Puppe verstecken sollte. Sie hatte es sorgfältig eingenäht, und Jeffrey hätte es nie gefunden, hätte er nicht zufällig an einem losen Faden gezupft.

Schon aus drei Kilometern Entfernung leuchtete am Horizont eine pinkfarbene Neonkatze auf. Je näher sie kamen, desto mehr Details wurden sichtbar, bis die zehn Meter hohe Figur in Stilettos und schwarzem Lederbustier genau über ihnen in die Höhe ragte.

Jeffrey parkte an der Straße. Bis auf das Neonschild war das Gebäude vollkommen schmucklos, ein fensterloser Bungalow mit rosa Metalldach, davor ein Parkplatz, der groß genug für hundert Autos war. Wegen des Wochentags war nur etwa ein Dutzend Parkplätze besetzt, hauptsächlich Trucks und Jeeps. Ein Sattelschlepper parkte längs vor dem hinteren Zaun.

Obwohl die Türen nicht offen standen, konnte Jeffrey selbst bei geschlossenen Wagenfenstern das Dröhnen der lauten Musik aus dem Club hören.

Er erinnerte Lena: »Wir gehen die Sache behutsam an.«

Wortlos öffnete Lena den Gurt und stieg aus, anscheinend immer noch sauer wegen seiner Frage nach ihrem Alkoholkonsum. So etwas musste er sich von Sara gefallen lassen, doch Jeffrey würde es nicht hinnehmen, dass ihm auch noch seine Angestellten auf der Nase herumtanzten.

»Halt«, sagte er, und Lena blieb stehen, ohne sich zu ihm umzudrehen. »Du reißt dich jetzt zusammen«, warnte er. »Verstanden?«

Sie nickte, dann setzte sie ihren Weg fort. Jeffrey beeilte sich nicht, sie einzuholen, und schließlich ging sie langsamer, bis sie auf einer Höhe waren.

Vor der Tür blieb Lena stehen und sagte doch noch etwas: »Ich habe alles im Griff.« Dann sah sie ihm in die Augen und wiederholte trotzig: »Ich habe es im Griff.«

An einem anderen Tag hätte er ihr das vielleicht durchgehen lassen. Aber er hatte heute nichts anderes getan, als mit Leuten zu sprechen, die ihm ausgewichen waren oder ihm wichtige Informationen verschwiegen hatten, ohne dass er auch nur das Geringste dagegen tun konnte. Er hatte die Nase gestrichen voll. »Ich will keine Unverschämtheiten mehr hören, Lena«, fuhr er sie an.

»Ja, Sir«, antwortete sie ohne eine Spur von Sarkasmus.

»Na gut.« Er griff an ihr vorbei und öffnete die Tür.

Im Inneren stand der Zigarettenrauch wie eine Wand, und Jeffrey musste sich überwinden einzutreten. Die Musik war so laut, dass er die Vibrationen in den Zähnen spürte. Die Luft war unangenehm feucht und die Atmosphäre klaustrophobisch. Decke und Boden waren in einem matten Schwarz gestrichen, die Stühle und die Nischen um die Bühne sahen aus wie aus einem Diner vor fünfzig Jahren. Der Gestank von Schweiß, Pisse und noch Schlimmerem stach ihm in die Nase. Der Boden war klebrig – vor allem in der Mitte, um die Bühne herum.

Etwa ein Dutzend Kerle unterschiedlichen Alters, Typs und Statur standen um die Bühne herum. Die meisten hatten die Ellbogen auf das Podest gestützt, auf dem eine junge Frau in einem fast un-

sichtbaren Tanga oben ohne tanzte. Zwei Männer, denen die Bier-
bäuche über die Jeans hingen, standen an einem Ende der Bar vor
einer Reihe leerer Schnapsgläser. Jeffrey riskierte einen Blick und
sah im Spiegel hinter der Bar, wie sich das Mädchen auf der Bühne
rhythmisch an einen Pfosten schmiegte. Sie war dünn und knaben-
haft und hatte jenen typischen Ausdruck in den Augen, den Stripperinnen als Erstes zu lernen schienen: »Ich bin nicht hier. Ich mache das hier nicht wirklich.« Irgendwo hatte sie einen Vater.
Vielleicht war er sogar der Grund, warum sie hier war. Es musste
ziemlich mies zu Hause sein, wenn das hier der Ort war, an dem
ein junges Mädchen Zuflucht suchte.

Der Barmann hob das Kinn, und Jeffrey erwiderte den Gruß,
hielt zwei Finger hoch und rief: »Rolling Rock.«

Auf seiner Brust prangte ein Namensschild mit »Chip«. Chip
machte beim Bierzapfen den Eindruck, er würde es sich am liebs-
ten herunterreißen und den Laden im nächsten Moment verlassen.
Als er die beiden Gläser schlechtgelaunt auf die Bar knallte, lief der
Schaum über. Im gleichen Moment wurde die Musik so laut, dass
Jeffrey nicht einmal verstand, was das Bier kostete. Er warf einen
Zehndollarschein auf den Tresen und fragte sich, ob er was rausbe-
kam.

Jeffrey drehte sich um und musterte die wenigen Besucher. In
Birmingham war er mit seinen Kollegen in einer ganzen Reihe von
Tittenbars gewesen. Die Stripclubs waren die einzigen Lokale, die
noch offen hatten, wenn ihre Schicht zu Ende war. Nur dort bekamen sie das Bier, das sie brauchten, um runterzukommen, ein bisschen zu reden, den Geruch der Straße loszuwerden. Die Frauen in
Birmingham hatten allerdings gesünder ausgesehen, nicht so jung
und nicht so unterernährt, dass man aus zehn Meter Entfernung
ihre Rippen zählen konnte.

Diesen Orten haftete immer der Geschmack der Verzweiflung
an, der sowohl von den Typen ausging, die hinauf zur Bühne starrten, als auch von den Mädchen, die oben tanzten. In einer dieser
Nächte in Birmingham war, als Jeffrey gerade nebenan pinkelte,
eine der Tänzerinnen in der Umkleide angegriffen worden. Er war
dazwischengegangen und hatte den Kerl von ihr runtergezerrt. In
den Augen der Frau hatte er unverhohlenen Ekel gesehen – nicht

172

nur für den Mann, der sie beinahe vergewaltigt hätte, sondern auch für ihn. Als sich die anderen Mädchen halbbekleidet hereindrängten, hatten sie ihn mit dem gleichen Blick angestarrt. Ihre Feindseligkeit, dieser beißende Hass hatte ihn tief getroffen. Jeffrey hatte das Lokal nie wieder betreten.

Lena war am Eingang stehengeblieben, um die Zettel am Schwarzen Brett zu lesen. Als sie den Raum durchquerte, starrte ihr jeder einzelne Mann hinterher, wenn nicht direkt, dann in einem der vielen Spiegel. Selbst die Tänzerin auf der Bühne schien neugierig zu werden und kam beinahe aus dem Rhythmus, während sie sich um die Stange drehte. Wahrscheinlich wollte sie wissen, ob sie Konkurrenz bekam. Lena ignorierte die Männer, doch Jeffrey sah es: die Augen, die über ihren Körper wanderten, eine Vergewaltigung mit Blicken. Er ballte die Fäuste, aber als Lena das sah, schüttelte sie den Kopf.

»Ich gehe nach hinten und höre mich bei den Mädchen um.«

Jeffrey nickte, dann drehte er sich zu seinem Bier um. Auf dem Tresen lagen zwei Dollar und ein paar Münzen, von Chip war nichts zu sehen. Jeffrey nahm einen Schluck, hätte das lauwarme Gesöff aber beinahe wieder ausgespuckt. Entweder streckten sie das Bier im Pink Kitty mit Spülwasser, oder sie hatten den Zapfhahn an einen alten Gaul angeschlossen.

»'tschuldigung«, lallte ein Fremder, der Jeffrey angerempelt hatte. Jeffrey fasste instinktiv nach seiner Geldbörse, sie war noch da.

»Bist du von hier?«, fragte der Fremde hinter ihm.

Jeffrey ignorierte ihn; kein guter Ort zum Anbandeln, dachte er.

»Ich bin von hier«, sagte der Mann, der bereits kräftig Schlagseite hatte.

Schließlich drehte sich Jeffrey zu ihm um. Der Kerl war vielleicht eins siebzig groß und hatte dünnes blondes Haar, das er seit Wochen nicht gewaschen hatte. Sturzbesoffen klammerte er sich mit einer Hand an die Bar, die andere streckte er in die Luft, um die Balance zu halten. Seine Fingernägel waren schwarz, seine Haut blassgelb.

Jeffrey fragte: »Kommst du öfter her?«

»Jeden Abend«, sagte er lächelnd, wobei ihm ein einzelner schiefer Zahn aus dem Mund stand.

Jeffrey holte das Foto von Abigail Bennett aus der Tasche. »Erkennst du diese Frau?«

Der Kerl starrte das Foto an und leckte sich die Lippen. Er schwankte bedrohlich. »Sie ist hübsch.«

»Sie ist tot.«

Er zuckte die Achseln. »Trotzdem hübsch.« Er zeigte mit dem Kinn auf die zwei Gläser. »Trinkst du das allein?«

»Bedien dich«, sagte Jeffrey und rutschte ein Stück die Bar hinunter, weg von dem Kerl. Offenbar wollte er nur an seinen nächsten Drink kommen. Jeffrey kannte diesen gierigen Blick nur zu gut. Er hatte ihn in den Augen seines Vaters gesehen, jeden Morgen, an dem Jimmy Tolliver sich aus dem Bett gequält hatte.

Lena kam zurück an die Bar. Ihr Gesichtsausdruck beantwortete seine Frage. »Hinten ist nur eine«, erklärte sie. »Wenn du mich fragst, ist sie von zu Hause ausgerissen. Ich habe ihr meine Karte gegeben, aber ich glaube kaum, dass die sich meldet.« Sie warf einen Blick hinter den Tresen. »Wo ist denn der Barmann hin?«

Jeffrey riet: »Zum Manager, um zu melden, dass die Cops da sind?«

»So viel zum sanften Auftritt«, bemerkte Lena.

Jeffrey hatte hinter der Bar eine Tür entdeckt und nahm an, dass Chip durch sie verschwunden war. Neben der Tür hing ein großer Spiegel, der dunkler war als die anderen. Wahrscheinlich saß der Besitzer oder Manager auf der anderen Seite und beobachtete sie in diesem Moment.

Jeffrey klopfte gar nicht erst an. Die Tür war zwar abgeschlossen, doch ein kräftiger Stoß genügte, und sie gab nach.

»Hey!«, rief Chip und wich mit erhobenen Händen an die Wand zurück.

Der Mann hinter dem Schreibtisch zählte Geld. Mit einer Hand ging er die Scheine durch, mit der anderen tippte er in eine Rechenmaschine. »Was wollen Sie?«, fragte er, ohne aufzublicken. »Mein Lokal ist sauber. Sie können jeden hier fragen.«

»Das weiß ich«, erwiderte Jeffrey und zog Abigails Foto aus der Hosentasche. »Ich will nur wissen, ob Sie dieses Mädchen hier gesehen haben.«

Der Mann sah immer noch nicht auf. »Nie gesehen.«

Lena knurrte: »Wollen Sie hinsehen und dann nochmal antworten?«

Jetzt sah er tatsächlich auf. Ein Grinsen spreizte seine feuchten Lippen, und er nahm die Zigarre aus dem Aschenbecher vor ihm und kaute darauf herum. Als er sich zurücklehnte, ächzte der Sessel wie eine alte Hure. »Welch Glanz in meiner bescheidenen Hütte.«

»Sehen Sie sich das Foto an«, wiederholte Lena und warf einen Blick auf das Namensschild, das auf dem Schreibtisch stand. »Mr. Fitzgerald.«

»Albert«, sagte er und nahm Jeffrey das Foto ab. Er betrachtete das Bild, sein Lächeln wurde blasser, dann gab er das Foto zurück. »Sieht tot aus.«

»Gut geraten«, sagte Lena. »Wo wollen Sie hin?«

Jeffrey hatte im Augenwinkel gesehen, dass Chip sich in Richtung einer Tür weiter hinten vorarbeitete, doch Lena hatte ihn zuerst erwischt.

Chip stotterte: »N-nirgendwohin.«

»Dabei sollten Sie auch bleiben«, warnte Jeffrey. Im Bürolicht entpuppte sich der Barmann als schmächtiger Kerl, der vermutlich ein ernstes Drogenproblem hatte, das ihn vom Essen abhielt. Sein Haar war kurz, und er war glatt rasiert, aber er sah trotzdem irgendwie verwahrlost aus.

Albert sagte: »Willst mal gucken, Chippie?« Er hielt ihm das Bild hin, doch der Barmann nahm es nicht. Irgendwas ging in ihm vor. Chips Augen hasteten von Lena zu Jeffrey auf das Foto, dann wieder zur Tür. Er schob sich immer noch in Richtung Ausgang vor, den Rücken gegen die Wand gedrückt, als könnte er sich vor ihren Augen in Luft auflösen.

»Wie heißen Sie?«, fragte Jeffrey.

Albert antwortete an seiner Stelle. »Donner, wie der Blitz. Mr. Charles Donner.«

Chip schlurfte rückwärts. »Ich hab nichts gemacht.«

»Bleiben Sie stehen«, warnte Lena. Sie trat einen Schritt auf ihn zu, doch im gleichen Moment preschte er los und riss die Tür auf. Mit einem Sprung war sie über ihm, packte ihn am T-Shirt und

175

schleuderte ihn Jeffrey vor die Füße. Jeffrey reagierte langsam, doch er schaffte es gerade noch, den Jungen aufzufangen, bevor er mit dem Gesicht auf den Boden schlug. Er konnte allerdings nicht mehr verhindern, dass er auf den Metalltisch knallte.

»Scheiße«, fluchte Chip und hielt sich den Ellbogen.

»Halb so schlimm«, sagte Jeffrey und zog ihn am Kragen hoch.

Chip krümmte sich vor und hielt sich den Ellbogen. »Das hat wehgetan.«

»Halt den Mund«, knurrte Lena und hob das Polaroid vom Boden auf. »Sieh dir das Bild an, du Weichei.«

»Ich kenn sie nicht.« Er rieb sich immer noch den Ellbogen, und Jeffrey war sich nicht sicher, ob er log oder die Wahrheit sagte.

Lena fragte: »Warum wolltest du dann abhauen?«

»Ich bin vorbestraft.«

»Lass den Scheiß«, sagte Lena. »Warum wolltest du abhauen?« Als er nicht antwortete, schlug sie ihm gegen den Hinterkopf.

»Verdammt, Mann.« Chip rieb sich den Kopf und sah sich hilfesuchend nach Jeffrey um. Er war kaum größer als Lena, und obwohl er mehr wog als sie, war sie eindeutig die Kräftigere von beiden.

»Beantworten Sie die Frage«, sagte Jeffrey.

»Ich will nicht wieder in den Knast.«

Jeffrey fragte: »Werden Sie gesucht?«

»Ich bin auf Bewährung draußen.« Er hielt sich immer noch den Arm.

»Sehen Sie sich das Foto nochmal genau an«, sagte Jeffrey.

Chip knirschte mit den Zähnen, aber offensichtlich war er es gewohnt, zu tun, was man ihm sagte. Er sah sich das Foto an. Sein Gesicht zeigte keine erkennbare Regung, doch Jeffrey bemerkte, dass sein Adamsapfel sich auf und ab bewegte.

»Sie kennen Sie, richtig?«

Chip blickte zu Lena, als hätte er Angst, sie würde ihn wieder schlagen. »Wenn es das ist, was Sie hören wollen, ja. Okay.«

»Ich will die Wahrheit hören«, sagte Jeffrey, aber als Chip ihn ansah, waren seine Pupillen so groß wie Dollarmünzen. Offensichtlich war der Typ vollkommen high. »Wussten Sie, dass sie schwanger war, Chip?«

Er blinzelte. »Ich hab keine Kohle, Mann. Ich kann nicht mal mich selbst durchbringen.«

Lena sagte: »Wir wollen dich hier nicht wegen Unterhalt drankriegen, du blöder Schwachkopf.«

Plötzlich ging die Tür auf, und das Mädchen von der Bühne stand vor ihnen. »Alles okay hier drin?«, fragte sie.

Jeffrey drehte sich nach dem Mädchen um, und Chip nutzte die Gelegenheit, ihm die Faust ins Gesicht zu rammen.

»Chip!«, kreischte das Mädchen, als er sie zur Seite stieß.

Jeffrey stürzte zu Boden und sah buchstäblich Sterne. Das Mädchen schrie wie eine Sirene und ging wie eine Furie auf Lena los, damit sie nicht hinter Chip her konnte. Jeffrey blinzelte, erst sah er doppelt, dann dreifach. Er schloss die Augen wieder und machte sie eine ganze Weile nicht mehr auf.

Jeffrey fühlte sich schon wieder besser, als Lena ihn bei Sara absetzte. Die Stripperin, Patty O'Ryan, hatte Lena die Hand blutig gekratzt, aber mehr Schaden hatte sie nicht anrichten können. Lena hatte ihr den Arm auf den Rücken gedreht und sie zu Boden geworfen. Als Jeffrey die Augen wieder geöffnet hatte, legte Lena der Kleinen gerade Handschellen an.

»Tut mir leid«, war das Erste, was Lena sagte, doch sie wurde von Patty O'Ryans Geschrei übertönt: »Fickt euch, ihr beschissenen Arschlöcher!«

In der Zwischenzeit war Charles Wesley Donner abgehauen, aber sein Boss zeigte sich hilfsbereit und rückte auf Nachfrage bis auf Chips Unterhosengröße alles raus, was er über ihn wusste. Der Vierundzwanzigjährige arbeite seit weniger als einem Jahr im Pink Kitty. Er fuhr einen 1980er Chevy Nova und wohnte in einer Absteige auf der Cromwell Road unten in Avondale. Jeffrey rief bei Chips Bewährungshelferin an, die nicht besonders erfreut war, mitten in der Nacht rausgeklingelt zu werden. Sie bestätigte die Adressangaben, und Jeffrey schickte einen Streifenwagen hin. Eine Fahndungsmeldung war bereits draußen. Allerdings hatte Donner sechs Jahre wegen Drogenhandel abgesessen und wusste wahrscheinlich sehr gut, wie man sich vor der Polizei versteckte.

Jeffrey öffnete so leise wie möglich die Tür, um Sara nicht zu wecken. Chip war zwar nicht besonders kräftig, aber er hatte genau die richtige Stelle getroffen: unter dem linken Auge, direkt neben dem Nasenrücken. Aus Erfahrung wusste Jeffrey, dass es am nächsten Tag erst richtig blau wurde, die geschwollene Nase machte ihm schon jetzt das Atmen schwer. Seine Nase hatte wie immer bei solchen Gelegenheiten geblutet wie ein Wasserhahn, wodurch es viel dramatischer ausgesehen hatte, als es war.

In der Küche knipste er das kleine Licht über der Arbeitsplatte an. Er hielt den Atem an, um zu hören, ob Sara nach ihm rief. Als alles ruhig blieb, nahm er eine Packung gefrorene Erbsen aus dem Tiefkühlfach. So leise wie möglich öffnete er die Tüte und brach die Erbsen auseinander. Dann hielt er sich die Tüte ans Gesicht und fragte sich wieder mal, warum eine Verletzung erst dann richtig wehtat, wenn man sie versorgte.

»Jeff?«

Er erschrak und ließ die Erbsen fallen.

Sara machte das große Licht an, die Neonröhren flackerten sirrend. Jeffrey hatte das Gefühl, sein Kopf explodierte, das dumpfe Pochen im Einklang mit dem zuckenden Licht.

Mit gerunzelter Stirn betrachtete Sara das Veilchen. »Wo hast du das denn her?«

Jeffrey bückte sich nach den Erbsen, dabei schoss ihm das Blut in den Kopf. »Aus dem Fachhandel«, knurrte er.

»Du bist voller Blut.« Es klang wie ein Vorwurf.

Er blickte an sich herunter. Hier im Neonlicht sah das T-Shirt noch schlimmer aus als auf dem Klo im Pink Kitty.

»Ist das dein Blut?«, fragte sie.

Er zuckte die Achseln. Er wusste, worauf sie hinauswollte. Anscheinend machte sie sich mehr Sorgen um einen wildfremden Gauner, der sich Hepatitis geholt haben könnte, als um ihn, dem das miese Schwein fast die Nase gebrochen hatte.

»Wo ist das Aspirin?«, fragte er.

»Ich habe nur Paracetamol, und das solltest du nicht nehmen, bevor die Ergebnisse der Bluttests da sind.«

»Ich habe Kopfschmerzen.«

»Du solltest auch keinen Alkohol trinken.«

Mit dieser Bemerkung machte sie alles nur noch schlimmer.

Jeffrey war nicht wie sein Vater. Ein Schluck schales Bier hieß nicht, dass er trank.

»Jeff.«

»Lass mich in Ruhe, Sara.«

Sie verschränkte die Arme wie eine strenge Lehrerin. »Warum weigerst du dich, die Sache ernst zu nehmen?«

Bevor er sich Gedanken machte, was er damit auslösen könnte, platzte er heraus: »Warum behandelst du mich wie einen verdammten Leprakranken?«

»Du hast vielleicht eine gefährliche ansteckende Krankheit. Weißt du überhaupt, was das bedeutet?«

»Natürlich weiß ich, was das bedeutet«, gab er zurück, und plötzlich fühlte er sich schwach. Ein weiteres Wort aus ihrem Mund verkraftete er nicht. Wie oft waren sie schon an diesem Punkt gewesen? Wie oft hatten sie sich hier in der Küche gestritten, beide am Ende ihrer Nerven? Und immer war es Jeffrey, der am Schluss einlenkte, immer war er es, der sich entschuldigte, ein Friedensangebot machte. So war es sein ganzes Leben gewesen. Schon damals, als er seine Mutter im Vollrausch beschwichtigen musste und sich den Fäusten seines besoffenen Vaters entgegenstellte. Als Polizist mischte er sich jeden Tag in fremder Leute Streitereien ein, pufferte ihren Schmerz und ihre Wut, ihre Sorgen und ihre Angst. Er konnte nicht mehr. Irgendwann im Leben brauchte auch er Frieden.

Doch Sara belehrte ihn weiter. »Du musst vorsichtig sein, bis die Ergebnisse aus dem Labor da sind.«

»Das ist doch nur eine Ausrede, Sara.«

»Ausrede wofür?«

»Um mich wegzustoßen«, sagte er lauter. Er wusste, er sollte einen Gang zurückschalten, Ruhe bewahren, aber diesmal konnte er einfach nicht. »Eine Ausrede, um mich dir vom Leib zu halten.«

»Das glaubst du doch nicht im Ernst?«

»Und was ist, wenn ich krank bin?«, fragte er. Wieder sagte er einfach, was er dachte. »Fasst du mich dann nie wieder an? Ist es das, was du mir sagen willst?«

»Wir wissen nicht …«

»Mein Blut, meine Spucke. Alles verseucht.« Er merkte, dass er sie anschrie, doch es war ihm egal.

179

»Es gibt Möglichkeiten …«

»Denk nicht, dass mir nicht aufgefallen ist, wie du dich zurückziehst.«

»Ich ziehe mich zurück?«

Er lachte bitter. Er hatte es so satt. Er hatte nicht einmal mehr die Kraft zu schreien. »Verdammt, du sagst mir nicht mehr, dass du mich liebst. Was glaubst du, wie ich mich fühle? Wie oft muss ich noch über das Drahtseil tanzen, bis du mich wieder an dich ranlässt?«

Sie schlang sich die Arme um die Taille.

»Ich weiß, Sara. Aber ich werde es nicht mehr oft tun.« Er sah aus dem Fenster über der Spüle, sein Spiegelbild starrte zurück.

Eine ganze Minute verstrich, bevor sie etwas sagte. »Empfindest du das wirklich so?«

»Genau so empfinde ich es«, erklärte er, und er wusste nur zu gut, dass es die Wahrheit war. »Ich halte es nicht mehr aus, mich den ganzen Tag zu fragen, ob du wütend auf mich bist oder nicht. Ich muss wissen …«, er versuchte, den Satz zu beenden, doch er hatte nicht mehr die Energie. Wozu das Ganze überhaupt noch?

Es dauerte eine Weile, doch dann tauchte im Fenster ihr Spiegelbild neben seinem auf. »Was musst du wissen?«

»Ich muss wissen, dass du mich nicht verlässt.«

Sie stellte den Wasserhahn an und nahm ein Küchentuch von der Rolle. »Zieh das T-Shirt aus.«

»Was?«

Sie hielt das Tuch unter Wasser. »Dein Hals ist voller Blut.«

»Soll ich dir Gummihandschuhe holen?«

Sie überging seine Bemerkung, zog ihm das T-Shirt über den Kopf und achtete dabei darauf, dass sie nicht seine Nase streifte.

»Ich brauche deine Hilfe nicht«, sagte er.

»Ich weiß.« Sie säuberte seinen Hals, rubbelte das getrocknete Blut mit dem feuchten Tuch ab. Er starrte von oben auf ihren Kopf, während sie ihn abtupfte. Ein rotes Rinnsal lief ihm bis zum Brustbein herunter, und sie wusch alles säuberlich ab, bevor sie das Papiertuch in den Mülleimer warf.

Dann griff sie nach der Cremeflasche, die neben der Spüle stand. »Deine Haut ist ganz trocken.«

180

Ihre Hände waren kalt, als sie ihn berührte, und er japste wie ein junger Hund.

»Tut mir leid«, flüsterte sie, dann rieb sie die Hände aneinander, um sie vorzuwärmen. Sie berührte vorsichtig seine Brust. »So gut?« Er nickte. Plötzlich fühlte er sich besser, und doch wünschte er, nicht sie wäre der Grund dafür. Es war immer das gleiche Hin und Her, und wieder ließ er sich von ihr bezirzen.

In kleinen Kreisen massierte sie die Lotion in seine Haut. Ihre Berührung war sanft und wurde noch sanfter, als sie die rosa Narbe an seiner Schulter berührte. Die Wunde war noch nicht vollständig verheilt, und das kaputte Gewebe kitzelte.

»Ich dachte, du überlebst es vielleicht nicht«, flüsterte Sara, und Jeffrey wusste, dass sie von dem Tag sprach, als er angeschossen wurde. »Ich hatte die Hände in deiner Wunde, und ich wusste nicht, ob ich die Blutung stillen kann.«

»Du hast mir das Leben gerettet.«

»Ich hätte dich beinahe verloren.«

Sie küsste die Narbe und murmelte etwas, das er nicht verstand. Dann küsste sie ihn wieder, mit geschlossenen Augen. Auch er schloss die Augen, während sie seine Brust mit zärtlichen Küssen bedeckte.

Nach einer Weile rutschte sie tiefer und machte sich an seinem Reißverschluss zu schaffen. Jeffrey lehnte sich an die Spüle, als sie vor ihm kniete. Ihre Zunge war warm und fest, als sie sein Glied in den Mund nahm. Er musste sich festhalten, damit seine Knie nicht nachgaben.

Jeffreys Körper zitterte vor Begierde, doch er zwang sich, sie wieder hoch auf die Füße zu ziehen. »Nein«, sagte er. Lieber würde er sterben, als das Risiko einzugehen, sie mit dieser schrecklichen Krankheit anzustecken. »Nein«, wiederholte er, auch wenn er nichts auf der Welt lieber wollte, als in ihr zu versinken.

Sie streckte die Hand aus, um mit ihr zu tun, was eben noch ihr Mund getan hatte. Jeffrey schnappte nach Luft, als sie ihn mit beiden Händen umfing. Er versuchte sich zurückzuhalten, doch als er ihr Gesicht sah, fiel es ihm noch schwerer. Ihre Augen waren halb geschlossen, die Wangen gerötet. Ihr Mund war nur Zentimeter von seinem entfernt, sinnlich, verlockend, das Versprechen eines

Kusses auf den Lippen. Er spürte ihren Atem, als sie sprach, doch er verstand nicht, was sie sagte. Dann begann sie ihn zu küssen, so sanft und sinnlich, dass ihm die Luft wegblieb. Ihre Hände bewegten sich im Einklang, und als sie seine Unterlippe zwischen die Zähne nahm, konnte er sich kaum noch beherrschen.

»Sara«, stöhnte er.

Sie küsste sein Gesicht, seinen Hals, seinen Mund, und endlich verstand er, was sie sagte. »Ich liebe dich«, flüsterte sie und streichelte ihn, bis er sich nicht mehr zurückhalten konnte. »Ich liebe dich.«

DIENSTAG

Acht

JEFFREYS GESCHREI war durch die geschlossene Tür seines Büros zu hören, als Lena in den Mannschaftsraum kam. Sie stellte sich an die Kaffeemaschine vor seinem Büro, doch sie konnte kein Wort verstehen.

Frank gesellte sich zu ihr und hielt ihr seinen Becher zum Nachfüllen hin, obwohl er noch randvoll war.

Lena fragte ihn: »Was ist denn mit dem los?«

»Marty Lam«, sagte Frank schulterzuckend. »Sollte gestern Nacht die Bude von diesem Kerl im Auge behalten.«

»Chip Donner?«, fragte Lena. Jeffrey hatte einen Streifenwagen angefordert, um Donners Wohnung zu observieren, für den Fall, dass er dort auftauchte. »Ja. Warum?«

»Anscheinend ist der Chief heute Morgen auf dem Weg zur Arbeit dort vorbeigefahren, und es war keiner da.«

Als Jeffrey lauter wurde, schwiegen beide und versuchten, etwas zu verstehen.

»Der Chief ist ziemlich sauer«, stellte Frank fest.

»Meinst du wirklich?«, bemerkte Lena trocken.

»Pass bloß auf«, gab Frank zurück. Er war fast dreißig Jahre älter als Lena und war der Meinung, damit hatte er ein bisschen Respekt verdient.

Lena wechselte das Thema. »Habt ihr schon die Bankauskunft von den Bennetts?«

»Ja«, sagte er. »Soweit ich sehe, schreibt die Farm schwarze Zahlen.«

»Sie machen tatsächlich Geld?«

»Nicht viel«, erklärte er. »Ich versuche, eine Kopie des Steuerbescheids zu kriegen. Wird aber nicht leicht. Die Farm ist Privatbesitz.«

Lena unterdrückte ein Gähnen. Letzte Nacht hatte sie schätzungsweise zehn Sekunden geschlafen. »Und was hört man von den Obdachlosenheimen?«

»Die meinen, wir sollen Gott danken, dass es Menschen wie die Bennetts gibt«, sagte Frank unbeeindruckt.

Jeffreys Tür flog auf, und Marty Lam schlich heraus wie ein begossener Pudel. Er hielt die Mütze in den Händen und blickte zu Boden.

»Frank«, rief Jeffrey und kam zu ihnen. Lena sah ihm an, dass er noch immer wütend war, und war froh, dass sie nicht in Martys Haut steckte. Die Tatsache, dass Jeffrey ein dunkelblaues Veilchen hatte, trug wahrscheinlich nicht zur Verbesserung seiner Laune bei.

»Hast du diesen Juwelierzulieferer erreicht?«

»Ich habe die Liste von den Kunden, die Zyankali bestellt haben, hier«, Frank zog einen Zettel aus der Tasche. »Zwei Läden in Macon, einer am Highway 75. In Augusta gibt es auch noch eine Metallveredelung. Die haben dieses Jahr schon drei Fläschchen bestellt.«

»Ich weiß, dass es eine beschissene Aufgabe ist, aber ich will, dass du dir die Läden persönlich ansiehst. Schau dich um, ob da irgendwelcher Jesus-Kram rumsteht, der eine Verbindung zu dieser Kirche oder zu Abby sein könnte. Ich fahre später nochmal bei der Familie vorbei und versuche rauszufinden, ob Abby je allein die Stadt verlassen hat.« Zu Lena sagte er: »Keine Fingerabdrücke auf Dale Stanleys Zyankalifläschchen.«

»Gar keine?«, fragte sie.

»Dale hat das Zeug nur mit Handschuhen angefasst«, erwiderte Jeffrey. »Das könnte eine Erklärung sein.«

»Oder jemand hat sie abgewischt«, stellte Lena fest.

»Ich will, dass du mit der kleinen O'Ryan redest, Lena. Buddy Conford hat vor ein paar Minuten angerufen. Er vertritt sie.«

Als Lena den Namen des Anwalts hörte, verzog sie das Gesicht. »Wie will sie denn den zahlen?«

»Keine Ahnung.«

»Und er hat nichts dagegen, wenn ich allein mit ihr rede?«

Doch Jeffrey legte offensichtlich keinen großen Wert darauf, dass seine Anweisungen in Frage gestellt wurden. »Hab ich was nicht mitgekriegt, Adams? Bist du jetzt mein Boss?« Er ließ ihr keine Zeit zu antworten: »Du musst sie eben in das verdammte Vernehmungszimmer kriegen, bevor er hier aufkreuzt.«

»Ja, Sir.« Lena wusste, dass sie ihn besser nicht weiter provozierte. Frank sah ihr mit hochgezogenen Brauen nach, doch sie zuckte nur mit den Achseln. In den letzten Tagen wurde man aus Jeffreys Launen einfach nicht schlau.

Lena drückte die Brandschutztür auf, die in den hinteren Teil des Gebäudes führte. Marty Lam stand am Trinkwasserhahn, ohne zu trinken. Sie nickte ihm im Vorbeigehen zu. Er sah aus wie ein geprügelter Hund, sie kannte das Gefühl nur zu gut.

Vor dem Zellentrakt tippte Lena den Code in den Sicherheitsschrank und nahm die Schlüssel heraus. Patty O'Ryan lag zusammengerollt auf der Pritsche, die Knie fast bis ans Kinn gezogen. Obwohl sie immer noch das Stripperinnen-Outfit von letzter Nacht anhatte, sah sie im Schlaf aus wie ein zwölfjähriges Mädchen, das unschuldig in einer grausamen Welt gelandet war.

»O'Ryan!«, bellte Lena und rüttelte an den Stäben der Zellentür. Metall rasselte gegen Metall, und die Kleine erschrak so heftig, dass sie von der Pritsche fiel.

»Einen wunderschönen guten Morgen«, flötete Lena.

»Halt den Mund, du blöde Ziege«, schoss Patty zurück, die nun gar nicht mehr wie zwölf, geschweige denn unschuldig aussah. Sie hielt sich die Ohren zu, als Lena warnend am Gitter rüttelte. Offensichtlich hatte die junge Frau einen Kater, wenn auch nicht ganz klar war, wovon.

»Aufstehen«, rief Lena. »Dreh dich um, die Hände hinter den Rücken.«

Patty kannte das Spiel und zuckte nicht mit der Wimper, als Lena ihr die Handschellen anlegte. Ihre Handgelenke waren so dürr und knochig, dass Lena die Ratsche in der letzten Kerbe einrasten ließ. Aus irgendeinem Grund wurden Mädchen wie Patty O'Ryan selten ermordet. Am Ende fielen sie immer auf die Füße. Es waren Menschen wie Abigail Bennett, die sich vorsehen mussten.

Lena öffnete die Zellentür, packte die Frau am Arm und führte sie den Flur hinunter. Aus der Nähe roch Lena den Schweiß und die Gifte, die sie ausdünstete. Ihr straßenköterbraunes Haar war lange nicht gewaschen worden und hing ihr in verfilzten Strähnen bis zur Hüfte. Als Patty neben ihr herschlurfte, sah Lena die Einstichlöcher in der linken Armbeuge.

187

»Stehst du auf Meth?«, riet Lena. Wie in den meisten Kleinstädten der USA war auch in Grant County der Handel mit Crystal Meth in den letzten fünf Jahren um das Tausendfache angestiegen.

»Ich kenne meine Rechte«, zischte die Kleine. »Ihr habt nichts gegen mich in der Hand.«

»Widerstand gegen die Staatsgewalt, tätlicher Angriff auf einen Polizeibeamten, Widersetzung gegen die Festnahme«, zählte Lena auf. »Willst du in einen Becher pinkeln? Bestimmt finden wir noch ein paar Punkte.«

»Bepiss dich selber«, fauchte die Kleine und spuckte zu Boden.

»Du bist ja eine echte Lady, O'Ryan.«

»Und du bist eine echte Fotze, du schwanzlutschende Drecksau.«

»Hoppla«, sagte Lena und riss ihr den Arm herum, dass sie ins Stolpern kam. Patty quiekte vor Schmerz. »Hier rein«, befahl Lena und stieß sie ins Vernehmungszimmer.

»Drecksau«, knurrte Patty, als Lena sie in den unbequemsten Stuhl auf dem ganzen Polizeirevier drückte.

»Keine Mätzchen«, warnte Lena, schloss die Handschellen auf und befestigte sie an einem Ring, den Jeffrey am Tisch hatte anschweißen lassen. Der Tisch war am Boden festgeschraubt, was sich in mehr als einem Fall bewährt hatte.

»Ihr habt nicht das Recht, mich hierzubehalten«, sagte Patty. »Chip hat nichts getan.«

»Warum ist er dann abgehauen?«

»Weil er weiß, dass ihr Arschlöcher ihn so oder so einbuchtet.«

»Wie alt bist du?«, fragte Lena und nahm den Stuhl gegenüber. Trotzig hob Patty das Kinn. »Einundzwanzig«, sagte sie und überzeugte Lena damit endgültig davon, dass sie minderjährig war.

»Du tust dir keinen Gefallen.«

»Ich will einen Anwalt.«

»Schon unterwegs.«

Jetzt war Patty überrascht. »Wer?«

»Das weißt du nicht?«

»Scheiße«, zischte sie, und ihr Gesicht verwandelte sich wieder in das eines kleinen Mädchens.

»Was ist los?«

»Ich will doch keinen Anwalt.«

Lena seufzte. Der Kleinen fehlte nichts, was sich nicht mit einer Tracht Prügel in Ordnung bringen ließe. »Und warum nicht?«

»Ich will eben keinen«, sagte sie. »Steckt mich in den Knast. Verurteilt mich. Macht, was ihr wollt.« Dann fuhr sie sich kokett mit der Zunge über die Lippen und klimperte mit den Wimpern. »Oder kann ich sonst was für dich tun?«

»Mach dir bloß keine Hoffnungen.«

Als auch dieses letzte Angebot nicht half, wurde Patty wieder zu dem verängstigten kleinen Mädchen. Dicke Krokodilstränen rollten ihr über die Wangen. »Verurteilen Sie mich. Ich habe nichts zu sagen.«

»Wir haben ein paar Fragen.«

»Leckt mich am Arsch mit euren Fragen«, sagte sie. »Ich kenne meine Rechte. Ich muss keinen Furz von mir geben, und ihr könnt mich zu nichts zwingen.« Bis auf die Ausdrucksweise klang sie genau wie Fitzgerald, der Besitzer des Pink Kitty, als Jeffrey ihn letzte Nacht aufgefordert hatte, mit aufs Revier zu kommen. Lena hasste es, wenn Leute ihre Rechte kannten. Es machte ihren Job noch schwerer.

Sie beugte sich über den Tisch und sagte: »Patty, du tust dir wirklich keinen Gefallen.«

»Fick dich mit deinem Scheißgefallen. Den größten Gefallen tu ich mir, wenn ich meinen verdammten Mund halte.«

Spucke flog auf den Tisch, und Lena lehnte sich wieder zurück. Sie fragte sich, wie Patty O'Ryan so geworden war. Irgendwann war sie ein Kind, ein kleines Mädchen gewesen. Jetzt war sie nur noch eine Zecke, die sich um nichts als ihr eigenes Überleben scherte.

»Patty, damit kommst du nicht weit. Ich habe den ganzen Tag Zeit.«

»Fick dich selbst, du schwanzlutschende Drecksau.«

Es klopfte, und Jeffrey kam herein, Buddy Conford im Schlepptau.

In Sekundenschnelle verwandelte sich Patty O'Ryan wieder in das kleine Mädchen und brach in Tränen aus. »Daddy, hol mich hier raus! Ich schwör, ich hab nichts getan.«

Lena saß in Jeffreys Büro, die Füße gegen das untere Fach seines Schreibtischs gestemmt, und lehnte sich im Stuhl zurück. Buddy starrte auf ihre Beine, aber sie war sich nicht sicher, ob Interesse oder Neid dahintersteckte. Als Junge hatte er bei einem Autounfall sein rechtes Bein vom Knie abwärts verloren. Ein paar Jahre später hatte ihm der Krebs das linke Auge weggefressen, und erst vor kurzem hatte ihm ein Mandant, der seine Rechnung nicht bezahlen wollte, aus nächster Nähe eine Kugel in den Bauch gejagt. Dabei hatte Buddy eine Niere verloren, aber trotzdem war es ihm gelungen, aus der Klage wegen versuchten Mordes, für den sich sein Mandant zu verantworten hatte, einen einfachen tätlichen Angriff zu machen. Er war eben Strafverteidiger mit Leib und Seele.

Buddy fragte Lena: »Wie geht's Ihrem Freund? Bleibt er sauber?«

»Reden wir von was anderem«, knurrte Lena und bereute wieder einmal, dass Buddy Conford von Ethans Schwierigkeiten wusste. Aber wenn man auf der anderen Seite des Tisches saß und einen Anwalt brauchte, war es leider so, dass man mit dem gerissensten, korruptesten von allen am besten dran war. Ein altes amerikanisches Sprichwort besagte, wenn du dich zu den Hunden legst, stehst du mit Flöhen auf. Lena juckte es immer noch überall.

»Passen Sie gut auf sich auf?«, hakte Buddy nach.

Lena drehte sich um, um rauszufinden, was Jeffrey so lange aufhielt. Mit einem Blatt Papier in der Hand sprach er mit Frank. Dann klopfte er Frank auf die Schulter und kam zu ihnen herein.

»Tut mir leid«, sagte er. Mit einem kurzen Kopfschütteln ließ er Lena wissen, dass es nichts Neues gab. Dann setzte er sich an den Schreibtisch und legte den Zettel mit der Schrift nach unten auf seine Kladde.

»Hübsches Veilchen«, bemerkte Buddy.

Jeffrey war offenbar nicht in Plauderlaune. »Ich wusste nicht, dass Sie eine Tochter haben, Buddy.«

»Stieftochter«, berichtigte er, als schäme er sich. »Habe ihre Mutter letztes Jahr geheiratet. Sind zehn Jahre zusammen gewesen, mit Unterbrechungen. Sie macht nichts als Ärger.«

»Die Mutter oder die Tochter?«, fragte Jeffrey, und beide lachten über den Altherrenscherz.

Seufzend stemmte sich Buddy mit beiden Händen an den Armlehnen hoch. Obwohl er die Beinprothese trug, hatte er seinen Stock dabei. Lena musste an Greg Mitchell denken. Obwohl sie sich fest vorgenommen hatte, es nicht zu tun, hatte sie heute Morgen auf dem Weg zur Arbeit nach ihrem Exfreund Ausschau gehalten, in der Hoffnung, ihn beim Spaziergehen zu treffen. Dabei hätte sie nicht einmal gewusst, worüber sie mit ihm reden sollte.

»Patty hat ein Drogenproblem«, erklärte Buddy. »Sie hat mehrere Therapien angefangen und abgebrochen.«

»Was macht ihr Vater?«

Buddy breitete achselzuckend die Hände aus. »Was weiß ich.«

Lena fragte: »Meth?«

»Was sonst«, erwiderte er und ließ die Hände wieder sinken. Buddy bestritt praktisch seinen Lebensunterhalt mit Methamphetaminen – wenn auch nicht direkt, sondern indem er die Dealer vor Gericht verteidigte.

Er erklärte: »Sie ist siebzehn. Ihre Mutter meint, sie ist seit einer Weile wieder drauf. Nur dass sie spritzt, ist neu. Ich kann nichts tun, um sie davon abzuhalten.«

»Es ist schwer, von Meth loszukommen«, warf Jeffrey ein.

»Fast unmöglich«, stimmte Buddy zu, der es wissen musste. Mehr als die Hälfte seiner Klienten waren Wiederholungstäter. »Wir mussten sie rauswerfen«, fuhr er fort. »Das ist vielleicht sechs Monate her. Sie hat nichts gemacht, außer abends auszugehen und sich die Birne zuzudröhnen. Morgens früh kam sie dann nach Hause getorkelt und hat bis um drei geschlafen. Wenn sie überhaupt aufgestanden ist, dann hauptsächlich, um ihre Mutter, mich und den Rest der Welt zu beschimpfen. Sie wissen schon – alles Arschlöcher, außer ihr. Sie hat 'ne große Klappe, so 'ne Art vorsätzliches Tourette-Syndrom.« Er trommelte mit den Fingern auf seinem Bein und erzeugte damit ein hohles Klopfen, das den ganzen Raum füllte. »Was für ein Elend. Man will ja helfen, aber irgendwann ist einfach Schluss.«

»Wo ist sie hin, als sie ausgezogen ist?«

»Meistens ist sie bei Freundinnen gelandet, aber ich kann mir denken, dass sie auch den einen oder anderen Kerl rangelassen hat, um sich das Taschengeld aufzubessern. Als sie keiner mehr haben wollte, hat sie im Pink Kitty angefangen.« Er hörte mit dem Trommeln auf. »Ob Sie es glauben oder nicht, ich dachte, dass es sie zur Vernunft bringen würde.«

»Wie das?«, fragte Lena.

»Man fängt erst an, sich selbst zu helfen, wenn man ganz unten ist.« Er sah sie an, Lena hätte ihm am liebsten eine geschmiert. »Ich kann mir nichts Schlimmeres vorstellen, als sich im Pink Kitty vor schmierigen Hinterwäldlern auszuziehen.«

Jeffrey fragte: »Sie hatte nicht zufällig mit den Leuten von der Soja-Genossenschaft drüben in Catoogah zu tun?«

»Die Jesus-Freaks?« Buddy lachte. »Ich glaube nicht, dass die was mit Patty zu tun haben wollen.«

»Wissen Sie das genau?«

»Fragen Sie sie ruhig danach, aber ich bezweifle es sehr. Mit Religion und Nächstenliebe hat sie nicht gerade viel am Hut. Wenn sie irgendwohin geht, dann, weil dabei was für sie rausspringt. Die Leute sind vielleicht ein Haufen verrückter Bibelfanatiker, aber blöd sind sie nicht. Die hätten die Kleine durchschaut, in weniger als 'ner New Yorker Minute. Patty kennt ihr Publikum. Die würde nicht ihre Zeit verschwenden.«

»Kennen Sie diesen Chip Donner?«

»Ja, ich habe ihn ein paarmal vertreten, weil Patty mich darum gebeten hatte.«

»Er taucht nicht in unseren Akten auf«, stellte Jeffrey fest.

»Nein, das war drüben in Catoogah.« Buddy setzte sich anders hin. »Ehrlich gesagt, er ist kein schlechter Kerl. Kommt hier aus der Gegend, ist nie weiter als fünfzig Meilen von daheim weg gewesen. Er ist einfach nur blöd. Die meisten von den Kerlen sind einfach nur blöd. Blödheit gepaart mit Langeweile –«

»Was ist mit Abigail Bennett?«, unterbrach Jeffrey.

»Nie von ihr gehört. Arbeitet die auch im Pink Kitty?«

»Sie ist das Mädchen, das wir im Wald ausgegraben haben.«

Buddy schauderte. »Gott, was für eine grauenhafte Art zu sterben. Mein Daddy hat uns immer Angst gemacht, wenn er uns mit zum Grab seiner Mutter nahm. Auf dem Friedhof lag ein Pfarrer, bei dem kam ein Kabel aus dem Grab, das hoch zur Telefonleitung führte. Daddy hat gesagt, er hätte ein Telefon im Sarg, um anzurufen, falls er wieder aufwacht.« Er grinste. »Einmal hatte meine Mutter eine Fahrradklingel dabei, und als wir um das Grab unserer Oma standen, hat sie damit geklingelt. Ich hätte mir fast in die Hose geschissen.«

Jeffrey gestattete sich ein Lächeln.

Buddy seufzte. »Na ja, ich bin nicht hier, um Geschichten zu erzählen. Was wollt ihr von Patty?«

»Wir wollen wissen, in welcher Beziehung sie zu Chip steht.«

»Das kann ich euch sagen. Sie ist in ihn verliebt gewesen. Er hat sie mit dem Arsch nicht angeguckt, aber sie war ziemlich verknallt in ihn.«

»Chip kennt Abigail Bennett.«

»Wie das?«

»Genau das würden wir auch gerne wissen«, sagte Jeffrey. »Wir hatten gehofft, Patty könnte uns weiterhelfen.«

Buddy leckte sich die Lippen. Lena ahnte, was in ihm vorging. »Es tut mir furchtbar leid, Chief, aber ich habe überhaupt keinen Einfluss auf sie.«

»Wir machen einen Deal«, schlug Jeffrey vor.

»Nein«, entgegnete Buddy und hob die Hand. »Ich sagte das nicht nur so. Sie hasst mich. Sie denkt, dass ich ihr ihre Mama weggenommen habe, dass sie meinetwegen rausgeflogen ist. Ich habe hier den Schwarzen Peter.«

Lena sagte: »Vielleicht hasst sie den Knast noch mehr als Sie.«

»Vielleicht.« Buddy zuckte die Schultern.

»Also«, sagte Jeffrey, offenkundig unzufrieden, »sollen wir sie noch einen Tag in der Zelle schmoren lassen?«

»Ich glaube, das wäre das Beste«, antwortete Buddy. »Ich will nicht hartherzig klingen, aber manchmal braucht es mehr als gute Argumente, um sie zu überzeugen.« Dann schien er sich daran zu erinnern, dass er Anwalt war. »Und natürlich verlangen wir im Austausch gegen ihre Aussage, dass die Anzeige wegen tätlichen Angriffs und Widerstands gegen die Staatsgewalt eingestellt wird.«

Lena entfuhr ein angewidertes Grunzen. »Genau aus diesem Grund sind Anwälte so unbeliebt.«

»Scheint Sie nicht gestört zu haben, als Sie meine Dienste

brauchten«, entgegnete Buddy fröhlich. Dann sagte er zu Jeffrey: »Chief?«

Jeffrey lehnte sich mit verschränkten Händen zurück. »Wenn Sie bis morgen früh den Mund nicht aufmacht, ist der Deal geplatzt.«

»Mir recht«, sagte Daddy und streckte ihm die Hand entgegen. »Geben Sie mir ein paar Minuten allein mit ihr. Ich will versuchen, ihr das Ganze schmackhaft zu machen.«

Jeffrey griff nach dem Telefon. »Brad? Bitte bring Buddy Conford nach hinten zu Patty O'Ryan.« Er legte den Hörer auf. »Er wartet hinten auf Sie.«

»Vielen Dank, Sir«, sagte Buddy und zog sich an seinem Stock hoch. Er zwinkerte Lena zu, dann verließ er das Zimmer.

»Arschloch«, sagte sie.

»Er macht nur seinen Job«, seufzte Jeffrey, dem man ansah, dass er genau der gleichen Meinung war wie sie. Jeffrey hatte fast jede Woche mit Buddy Conford zu tun, und oft genug profitierte er von den Deals, die sie machten. Aber Lena hatte das Gefühl, Patty O'Ryan hätte so oder so den Mund aufgemacht, um ihren Arsch vor zwei Jahren hinter Gittern zu retten. Der Deal war vollkommen überflüssig. Außerdem wäre Lena gern gefragt worden, bevor man die Schlampe laufenließ. Schließlich war sie es gewesen, die angegriffen worden war.

Jeffrey sah hinaus auf den Parkplatz. »Ich habe Dale Stanley gesagt, er soll seine Frau herschicken.«

»Glaubst du, sie kommt?«

»Wer weiß?« Wieder seufzte er und lehnte sich zurück. »Ich will nochmal mit der Familie reden.«

»Die sollen doch morgen früh hier aufkreuzen.«

»Das glaube ich erst, wenn ich es sehe.«

»Glaubst du, Lev Ward lässt sich an den Lügendetektor anschließen?«

»Falls nicht, verrät uns auch das eine Menge«, sagte Jeffrey und warf noch einen Blick aus dem Fenster. »Da ist sie.«

Lena folgte seinem Blick. Aus einem alten Dodge stieg eine zierliche Frau. Sie hatte ein Kind an der Hand, ein zweites trug sie auf dem Arm. Ein großer Mann begleitete sie, als sie auf das Revier zukam.

194

»Sie kommt mir bekannt vor.«

»Vom Polizeifest.« Jeffrey stand auf und zog sein Jackett an. »Könntest du dich so lange um Dale kümmern, bitte?«

Lena war überrascht. Normalerweise führten sie die Vernehmungen gemeinsam durch. »Klar«, sagte sie dann. »Kein Problem.«

»Vielleicht sagt sie mehr, wenn er nicht dabei ist«, erklärte Jeffrey. »Er hört sich gern selbst reden.«

»Kein Problem«, wiederholte Lena.

Vorne am Empfang jauchzte Marla, als sie die Kinder sah. Sie sprang auf, kaum dass sie den Türöffner betätigt hatte, und stürzte sich auf das Baby, das die Mutter auf der Hüfte trug.

»Was haben wir denn da für entzückende Bäckchen!«, flötete sie in einer Tonlage, die Glas zum Klirren bringen konnte. Sie kniff dem Kleinen in die Wange, der nicht etwa zu schreien anfing, sondern begeistert quietschte. Dann riss sie ihn der Mutter aus dem Arm, als hätte sie ihr verlorenes Enkelkind wiedergefunden, und trat einen Schritt zur Seite.

Lena rutschte das Herz in die Hose, als sie Terri Stanley sah.

»Oh«, sagte Terri, der es ebenfalls die Sprache verschlagen hatte.

»Vielen Dank, dass Sie gekommen sind.« Jeffrey schüttelte Dale die Hand. »Das ist Lena Adams …« Er unterbrach sich, und Lena musste sich zwingen, den Mund zuzuklappen. Jeffrey sah von Lena zu Terri, dann sagte er: »Kennt ihr euch vom Sommerfest letztes Jahr?«

Terri sagte etwas, zumindest bewegte sie die Lippen, doch Lena konnte sie nicht hören, so laut rauschte das Blut in ihren Ohren. Jeffrey musste sie nicht vorstellen. Lena wusste genau, wer Terri Stanley war. Die Frau war kleiner als Lena und mindestens zehn Kilo leichter. Ihr Haar war zu einem biederen Knoten zurückgesteckt, obwohl sie höchstens Mitte zwanzig war. Ihre Lippen waren blass, fast bläulich, und in ihren Augen blitzte die gleiche Angst, die auch Lena empfand. Lena hatte diesen Blick schon einmal gesehen, vor kaum einer Woche, als die beiden Frauen in Atlanta im Wartezimmer der Abtreibungsklinik saßen.

Lena stotterte: »I-ich …« Dann brach sie ab und versuchte, sich zusammenzureißen.

Jeffrey beobachtete die beiden genau. Ohne Vorwarnung änderte er seinen Plan. »Terri, haben Sie was dagegen, wenn Lena Ihnen ein paar Fragen stellt?« Bevor Dale protestieren konnte, sagte er: »Dale, könnte ich mir den Dodge nochmal ansehen? Das ist ein echt heißer Schlitten.«

Dale schien der Vorschlag gar nicht zu gefallen, und Lena sah ihm an, dass er nach einer Ausrede suchte, doch dann gab er auf und nahm das größere der beiden Kinder an die Hand. »Na gut.«

»Wir sind gleich zurück«, sagte Jeffrey zu Lena und sah sie eindringlich an. Sie schuldete ihm eine Erklärung, doch Lena fiel keine Geschichte ein, mit der sie sich nicht selbst belastet hätte.

Marla erbot sich: »Ich pass auf den hier auf«, und hielt das quiekende Baby hoch.

»In Jeffreys Büro können wir ungestört reden«, sagte Lena.

Schweigend nickte Terri. Sie trug eine dünne Goldkette mit einem winzigen Kreuz um den Hals. Lena sah, wie sie daran herumfingerte, das Kreuz zwischen den Fingern rieb wie einen Talisman. Sie wirkte genauso erschrocken wie Lena.

»Hier lang«, sagte Lena. Sie ging voraus und lauschte Terris schlurfenden Schritten. Der Mannschaftsraum war fast leer, bis auf ein paar Streifenpolizisten, die Papierkram erledigten oder sich aufwärmten. Als sie endlich in Jeffreys Büro angekommen waren, lief Lena der Schweiß über den Rücken. Der Weg war ihr unglaublich lang vorgekommen.

Terri schwieg, bis Lena die Tür schloss. »Sie sind in der Klinik gewesen«, sagte sie dann.

Lena hatte ihr immer noch den Rücken zugewandt. Durchs Fenster beobachtete sie Jeffrey und Dale, die um den Wagen herumgingen.

»Ich weiß, dass Sie es sind«, sagte Terri mit erstickter Stimme.

»Ja«, gestand Lena und drehte sich um. Terri saß auf dem Stuhl vor dem Schreibtisch und klammerte sich an den Armlehnen fest.

»Terri –«

»Dale bringt mich um, wenn er es rausfindet.« Sie sprach mit solcher Überzeugung, dass Lena nicht im Geringsten daran zweifelte, dass Dale dazu in der Lage war.

»Von mir erfährt er nichts.«

»Von wem dann?« Offensichtlich stand sie Todesängste aus. Lena spürte, wie ihre eigene Panik abebbte, als ihr klarwurde, dass ihr Geheimnis sie aneinanderband. Terri hatte Lena in der Klinik gesehen, genau wie Lena auch Terri gesehen hatte.

»Er bringt mich um«, flüsterte Terri, ihre schmalen Schultern zitterten.

»Von mir erfährt er nichts«, wiederholte Lena.

»Das will ich Ihnen auch geraten haben«, sagte Terri atemlos. Es sollte bedrohlich klingen, aber ihrer Stimme fehlte die Überzeugungskraft. Sie keuchte beinahe, und in ihren Augen standen Tränen.

Lena setzte sich neben sie. »Wovor haben Sie Angst?«

»Sie haben es auch getan«, sagte sie, ihre Stimme überschlug sich fast. »Sie sind genauso schuldig wie ich. Sie haben … Sie haben ihr … Sie haben es getötet.«

Lena öffnete den Mund, ohne dass sie einen Ton herausbrachte.

Terri zischte: »Wenn ich für meine Tat in die Hölle komme, werde ich Sie mitnehmen, denken Sie daran.«

»Ich weiß«, sagte Lena. »Terri, ich werde niemandem davon erzählen.«

»O Gott«, stöhnte Terri und griff sich an die Brust. »Bitte, sagen Sie es ihm nicht.«

»Ich verspreche es Ihnen«, beschwor Lena. Mitleid stieg in ihr auf. »Terri, alles wird gut.«

»Er würde es nicht verstehen.«

»Ich verrate Sie nicht«, wiederholte Lena und griff nach Terris Hand.

»Es ist so schwer.« Sie drückte Lenas Hand. »So schwer.«

Lena schossen die Tränen in die Augen. Sie biss die Zähne zusammen, kämpfte gegen das Bedürfnis, sich gehenzulassen. »Terri«, begann sie. »Terri, beruhigen Sie sich. Sie sind hier in Sicherheit. Ich werde nichts sagen.«

»Ich habe es gespürt …«, sagte Terri und griff sich an den Bauch. »Ich habe gespürt, wie es wuchs. Ich konnte nicht. Ich kann nicht noch ein Kind haben. Ich konnte nicht mehr … Ich bin nicht stark genug. Ich kann nicht mehr …«

»Schsch«, beruhigte sie Lena und strich ihr eine Haarsträhne aus dem Gesicht. Sie wirkte beinahe wie ein Teenager. Zum ersten Mal seit Jahren hatte Lena die Kraft, jemand anderen zu trösten. So lange war immer sie die Leidende gewesen. Sie hatte fast vergessen, wie es sich anfühlte, selbst Hilfe anzubieten. »Sehen Sie mich an«, sagte sie, während sie versuchte, ihre eigenen Gefühle zu unterdrücken. »Sie sind in Sicherheit, Terri. Ich werde nichts sagen. Ich werde es niemandem sagen.«

»Ich bin ein schlechter Mensch«, schluchzte Terri. »Ich bin schlecht.«

»Nein, das sind Sie nicht.«

»Ich fühle mich so schmutzig«, sagte sie. »Egal, wie oft ich mich wasche, ich werde es nicht los.«

»Ich weiß«, sagte Lena und spürte, wie sich ein Gewicht von ihrem Herzen löste, als sie endlich darüber sprechen konnte. »Ich weiß.«

»Ich rieche es an mir«, sagte Terri. »Die Narkose. Die Desinfektionsmittel.«

»Ich weiß.« Lena kämpfte gegen ihre Trauer an. »Seien Sie stark, Terri. Sie müssen stark sein.«

Terri nickte. Sie ließ die Schultern hängen, als würde sie jeden Moment in sich zusammensacken. »Er würde mir das nie verzeihen.«

Lena wusste nicht, ob sie ihren Mann meinte oder eine höhere Instanz, doch sie nickte beschwichtigend.

»Er wird mir nie verzeihen.«

Lena wagte einen Blick nach draußen. Dale lehnte am Wagen, während Jeffrey am Rand des Parkplatzes stand und mit Sara Linton sprach. Er sah sich zum Revier um und gestikulierte, als wäre er wütend. Sara sagte etwas, woraufhin Jeffrey nickte und ihr etwas aus der Hand nahm, das aussah wie eine Beweismitteltüte. Langsam kam er zurück zum Revier.

»Terri«, sagte Lena. Jeffreys Rückkehr setzte sie unter Druck. »Hören Sie zu«, begann sie. »Wischen Sie sich die Tränen ab. Sehen Sie mich an.« Terri sah auf. »Es geht Ihnen gut«, sagte Lena. Es war keine Frage, es war ein Befehl.

Terri nickte.

»Es muss Ihnen gutgehen, Terri.« Die Frau nickte wieder, sie hatte den Ernst der Lage begriffen.

198

Lena sah, dass Jeffrey bereits im Mannschaftsraum war. Bei Marla blieb er stehen. »Er kommt«, warnte Lena, und Terri drückte den Rücken durch und setzte sich auf, wie eine Schauspielerin, deren Stichwort gefallen war.

Jeffrey klopfte an, bevor er eintrat. Irgendwas schien ihn zu beschäftigen, aber er behielt es für sich. Die Tüte, die Sara ihm auf dem Parkplatz gegeben hatte, steckte in seiner Jackentasche, doch Lena konnte nicht erkennen, was darin war. Er sah sie fragend an, und schuldbewusst wurde ihr klar, dass sie ihren Auftrag nicht ausgeführt hatte. Sie hatte Terri nicht befragt.

Ohne eine Sekunde zu zögern, log sie: »Terri sagt, es ist niemand in der Nähe der Werkstatt gewesen, außer Dale.«

»Ja.« Terri nickte und stand auf. Sie sah Jeffrey nicht in die Augen, und Lena war froh, dass er zu sehr mit anderen Dingen beschäftigt war, um zu merken, dass Terri geweint hatte.

Er bedankte sich nicht einmal für die Aussage, sondern schickte Terri mit den Worten hinaus: »Dale wartet draußen auf Sie.«

»Danke.« Terri riskierte noch einen letzten Blick auf Lena, bevor sie verschwand. Sie rannte förmlich durch den Mannschaftsraum, riss Marla das Kind aus dem Arm und stürzte zur Eingangstür hinaus.

Jeffrey reichte Lena die Tüte. »Das hier hat Sara in der Klinik bekommen.«

Es steckte ein linierter Zettel darin, der aus einem Spiralblock herausgerissen war. Fünf Worte in violetten Großbuchstaben nahmen die halbe Seite ein.

»ABBY WAR NICHT DIE ERSTE.«

Lena ging durch den Wald, den Blick fest auf den Boden gerichtet, und versuchte sich zu konzentrieren. In ihrem Kopf schossen die Gedanken hin und her wie eine Flipperkugel. In einem Moment dachte sie daran, dass möglicherweise noch ein weiteres Mädchen hier draußen im Wald begraben war, im nächsten hörte sie wieder die Angst in Terri Stanleys Stimme. Der Gedanke, ihr Ehemann könnte von der Abtreibung erfahren, schien die Frau zu Tode zu ängstigen. Dale wirkte so harmlos, er war wohl kaum der Typ Mann, der zu Ethans Zorn in der Lage war, und doch konnte Lena

Terris Angst verstehen. Sie war noch jung und hatte wahrscheinlich nie einen richtigen Job gehabt. Wenn Dale sie und die beiden Kinder sitzenließe, würde sie vollkommen allein dastehen. Lena verstand, dass sie in der Falle saß, und sie konnte auch Terris Angst vor einer Enthüllung verstehen.

Bisher hatte Lena sich nur vor Ethan gefürchtet, doch auf einmal stand mehr auf dem Spiel als seine Fäuste. Was, wenn Jeffrey von der Abtreibung erfuhr? In den letzten drei Jahren hatte sie ihm weiß Gott eine Menge Ärger bereitet – nicht alles davon ihre Schuld, aber das meiste –, und Lena hatte keine Ahnung, was das Fass zum Überlaufen bringen würde. Irgendwann würde Jeffrey sie endgültig vor die Tür setzen. Seine Frau war Kinderärztin, und soweit sie das einschätzen konnte, liebte auch er Kinder. Nicht dass Lena je mit ihm über Politik diskutierte. Sie hatte keine Ahnung, wie er zum Thema Abtreibung stand. Dafür wusste sie umso genauer, dass er stinksauer wäre, wenn er rausfand, dass sie Terri nicht vernommen hatte. Sie waren so mit ihren Ängsten beschäftigt gewesen, dass Lena sie weder nach der Werkstatt gefragt, geschweige denn herausgefunden hatte, ob es noch andere Besucher gegeben hatte, von denen Dale nichts wusste. Lena musste einen Weg finden, noch einmal mit Terri zu reden und sie nach dem Zyankali zu fragen, aber sie wusste nicht, wie sie das anstellen sollte, ohne Jeffreys Misstrauen zu erregen.

Jeffrey ging einen halben Meter neben ihr und murmelte vor sich hin. Er hatte jeden einzelnen Polizisten der Truppe mobilisiert, um den Wald nach weiteren Grabstätten zu durchsuchen. Die Suche war mühsam, als würden sie einen Strand nach einem ganz bestimmten Sandkorn durchkämmen. Die Temperatur im Wald schwankte von einem Extrem zum anderen, erst trieb einem die brennende Sonne den Schweiß auf die Stirn, im nächsten Moment fror man im Schatten der Bäume. Doch Lena wusste, es war keine gute Idee, zurückzugehen und ihre Jacke zu holen. Jeffrey benahm sich wie ein Besessener. Er machte sich Vorwürfe, und sie konnte ihm nichts sagen, was ihn getröstet hätte.

»Wir hätten das hier gleich am Sonntag tun müssen«, hatte Jeffrey gesagt, als gäbe es eine alte Bauernregel, die besagte, dass ein Sarg selten allein kam. Lena hatte gar nicht erst versucht, ihn darauf hinzuweisen; sie hatte es bereits mehrmals probiert, ohne Erfolg. Stattdessen starrte sie auf den Waldboden, auf dem die Blätter und Kiefernnadeln zu einer undurchsichtigen Masse verschmolzen, während sie in Gedanken ganz woanders war und Tränen ihren Blick verschleierten.

Nach fast acht Stunden Suche, in denen sie gerade einmal die Hälfte der 80-Hektar-Fläche durchkämmt hatten, hätte Lena nicht mal mehr ein Neonschild mit einem blinkenden Pfeil gesehen, geschweige denn ein dünnes Metallrohr, das aus dem Waldboden ragte. Außerdem brach die Dämmerung herein. Die Sonne stand tief und würde jeden Moment hinter dem Horizont verschwinden. Vor zehn Minuten hatten sie die Taschenlampen eingeschaltet, und die kleinen Lichtkegel machten die Suche nicht gerade leichter.

Jeffrey sah hinauf zu den Baumwipfeln und rieb sich den Nacken. Sie hatten mittags eine kurze Pause gemacht, um die Sandwichs herunterzuschlingen, die Frank beim Imbiss geholt hatte.

»Warum sollte jemand den Brief ausgerechnet an Sara schicken?«, fragte Jeffrey. »Sie hat doch gar nichts damit zu tun.«

»Alle wissen, dass ihr ein Paar seid«, entgegnete Lena, die sich nur noch irgendwohin setzen wollte. Zehn ungestörte Minuten hätten gereicht, um darüber nachzudenken, wie sie an Terri herankam. Und wie sollte sie Dale erklären, dass sie nochmal mit seiner Frau sprechen musste?

»Mir gefällt es überhaupt nicht, dass Sara da mit reingezogen wird«, sagte Jeffrey, und Lena war klar, dass er sich unter anderem deswegen so aufregte, weil er nicht wollte, dass Sara in die Schusslinie geriet. »Der Poststempel ist von hier«, erklärte er. »Es muss jemand aus dem County sein, hier aus Grant.«

»Oder jemand von der Farm, der den Brief absichtlich nicht in Catoogah eingeworfen hat«, gab Lena zu bedenken. Schließlich konnte jeder einen Brief in Grant auf die Post bringen.

»Er wurde am Montag abgeschickt«, sagte Jeffrey. »Der Absender wusste also, was los war, und wollte uns warnen.« Seine Taschenlampe begann zu flackern, und er schüttelte sie, ohne dass es besser wurde. »Verdammt, das ist doch lächerlich.«

Er nahm das Walkie-Talkie heraus und schaltete es ein. »Frank?«

Ein paar Sekunden vergingen, dann antwortete Frank: »Ja?«

»Wir brauchen mehr Licht hier draußen«, sagte Jeffrey. »Ruf im Baumarkt an und sieh zu, dass wir irgendwas kriegen.«

»Alles klar.«

Lena wartete, bis Frank sich abgemeldet hatte, bevor sie Jeffrey umzustimmen versuchte. »Wir schaffen es nie, das ganze Waldstück heute Nacht zu durchsuchen.«

»Willst du morgen früh wiederkommen und ein totes Mädchen finden, das noch leben würde, wenn wir heute nicht früher Feierabend gemacht hätten?«

»Es ist spät«, erwiderte sie. »Gut möglich, dass wir drüber weg laufen, ohne es zu merken.«

»Gut möglich, dass wir etwas finden«, sagte er. »Morgen sind wir sowieso wieder hier. Und wenn wir einen Bulldozer holen müssen, der jeden verdammten Quadratmeter umgräbt. Ist das klar?«

Sie sah zu Boden und suchte weiter nach etwas, an dessen Existenz sie zweifelte.

Jeffrey schloss sich ihr an, war aber noch nicht fertig. »Ich hätte all das am Sonntag veranlassen müssen. Die ganze Truppe hätte den Wald durchkämmen müssen, und Freiwillige dazu.« Unvermittelt blieb Jeffrey stehen. »Was war los mit dir und Terri Stanley?«

Der Versuch, die Ahnungslose zu spielen, klang selbst in ihren Ohren heuchlerisch: »Wovon redest du?«

»Verarsch mich nicht, Lena«, warnte Jeffrey. »Ich weiß, dass da was nicht stimmt.«

Lena fuhr sich mit der Zunge über die Lippen. Sie fühlte sich wie ein Tier in der Falle. »Auf dem Sommerfest hat sie zu viel getrunken«, log sie. »Ich habe sie auf dem Klo gefunden, mit dem Kopf in der Schüssel.«

»Sie trinkt?«, fragte Jeffrey, offensichtlich bereit, sofort ein Urteil über die Frau zu fällen.

Lena wusste, dass dies sein wunder Punkt war, und weil ihr nichts Besseres einfiel, blieb sie dabei. »Ja.« Terri Stanley würde damit leben können, dass Jeffrey sie für eine Alkoholikerin hielt, solange ihr Mann nicht rausfand, was sie letzte Woche in Atlanta getan hatte.

202

Jeffrey fragte: »Du meinst, sie trinkt regelmäßig?«

»Keine Ahnung.«

»Ihr war schlecht?«, fragte er. »Hat sie sich übergeben?«

Lena brach kalter Schweiß aus, aber sie musste lügen. Unter den Umständen war es das kleinere Übel. »Ich habe ihr gesagt, sie sollte besser auf sich aufpassen«, erklärte sie. »Ich glaube, inzwischen hat sie es im Griff.«

»Ich werde mit Sara reden«, sagte Jeffrey, und ihre Knie wurden weich. »Sie ruft beim Jugendamt an.«

»Nein«, rief Lena, bemüht, nicht zu verzweifelt zu klingen. Lügen war eine Sache, Terri in echte Schwierigkeiten zu bringen eine ganz andere. »Ich habe doch gesagt, sie hat es im Griff. Sie ist bei den Anonymen Alkoholikern und alles.« Lena versuchte sich zu erinnern, was sie von Hank über die AA-Meetings wusste. Sie fühlte sich wie eine Spinne, die sich in ihrem eigenen Netz verfangen hatte. »Letzten Monat hat sie ihren ersten Chip bekommen.«

Jeffrey kniff die Augen zusammen, wahrscheinlich versuchte er herauszufinden, ob er Lena glauben sollte oder nicht.

»Chief?« Das Funkgerät knisterte. »Am westlichen Zipfel des Campus. Wir haben was gefunden.«

Jeffrey preschte los, und Lena rannte hinter ihm her. Der Lichtkegel hüpfte durchs Unterholz, während sie beim Laufen die Arme einsetzte. Obwohl Jeffrey mindestens zehn Jahre älter war als sie, hängte er sie mühelos ab. Als er die Gruppe der Streifenpolizisten auf der Lichtung erreichte, war sie zwanzig Meter hinter ihm.

Als Lena aufschloss, kniete Jeffrey bereits vor einer Kuhle im Erdreich. Ein rostiges Metallrohr ragte etwa zehn Zentimeter aus dem Boden. Wer immer es gefunden hatte, musste pures Glück gehabt haben. Selbst jetzt fiel es Lena schwer, das Rohr auszumachen.

Brad Stephens kam aus dem Wald gelaufen. Er hatte zwei Schaufeln und ein Brecheisen dabei. Jeffrey riss ihm eine Schaufel aus der Hand, und gemeinsam fingen sie an zu graben. Die Nachtluft war kühl, doch beide Männer waren schweißgebadet, als sie endlich mit der Schaufel auf Holz trafen. Das hohle Pochen hallte in Lenas Ohren nach, als Jeffrey sich hinkniete, um die restliche Erde mit den Händen zur Seite zu schieben. Das Gleiche musste er am Sonntag mit Sara getan haben. Lena konnte nur vermuten, welch schreckliche Ahnung ihn gepackt hatte, als sich abzeichnete, was er finden würde. Selbst jetzt fiel es Lena schwer zu glauben, dass jemand in Grant County zu so etwas Grauenhaftem in der Lage war.

Brad stemmte das Brecheisen unter die Deckelkante, und gemeinsam gelang es ihm und Jeffrey, das Holz aufzubrechen. Kaum hatten sie ein Brett entfernt, schossen die Lichtkegel ins Innere. Ein fauliger Gestank schlug ihnen entgegen – nicht nach Verwesung, sondern nach Schimmel und Verfall. Jeffrey stemmte die Schulter gegen das Brecheisen, um das nächste Brett zu lösen. Das Holz knickte ein wie Papier. Es war morsch und schwarz von der Erde. Offenbar war die Kiste schon sehr lange hier. Auf den Fotos vom Fundort beim See hatte das Grab frisch gewirkt, und das grünliche Pressholz hatte nicht nur dem Mädchen, sondern auch den Elementen widerstanden.

Mit bloßen Händen riss Jeffrey schließlich das sechste Brett heraus. Taschenlampen leuchteten in das Innere der schmutzigen Kiste. Er lehnte sich zurück auf die Fersen und ließ die Schultern hängen, ob erleichtert oder enttäuscht, war schwer zu sagen. In Lena machten sich beide Gefühle breit.

Die Kiste war leer.

Lena war vor Ort geblieben, bis die Techniker der Spurensicherung die letzte Probe genommen hatten. Die Kiste war über die Jahre verrottet, das Holz hatte sich vollgesogen und war morsch. Es war eindeutig, dass die Kiste älter als die erste war. Und genauso klar war, dass sie ursprünglich dem gleichen Zweck gedient hatte. Tiefe Fingernagelspuren zerfurchten die Innenseite der oberen Bretter, die Jeffrey zuerst weggerissen hatte. Dunkle Flecken bedeckten den Boden der Kiste – Blut, Scheiße, Körperflüssigkeiten. Hier hatte ein Mensch gelitten, war am Ende vielleicht gestorben. Wann und warum, waren zwei weitere Fragen auf der immer länger werdenden Liste. Glücklicherweise hatte Jeffrey am Ende eingesehen, dass sie im Stockdunkeln nichts weiter ausrichten konnten. Er hatte die Suche für heute für beendet erklärt und zehn Leute bei Tagesanbruch wieder herbestellt.

Zurück auf dem Revier, wusch sich Lena die Hände. Sie nahm

204

sich keine sauberen Kleider aus dem Spind, weil sie wusste, dass nur eine lange, heiße Dusche die Erschöpfung lindern konnte. Doch als sie an die Abzweigung kam, die zu ihrer Straße führte, schaltete sie plötzlich einen Gang herunter, machte einen illegalen U-Turn und fuhr zur Hauptstraße zurück. Sie öffnete den Gurt und lenkte mit den Knien, um sich die Jacke auszuziehen. Dann ließ sie die Fenster herunter und schaltete das Radio aus. Sie konnte sich nicht einmal mehr daran erinnern, wann sie das letzte Mal einen Moment wie diesen für sich gehabt hatte. Ethan dachte, sie wäre noch bei der Arbeit. Nan ging wahrscheinlich gerade ins Bett. Endlich war Lena vollkommen allein mit ihren Gedanken.

Als sie wieder auf der Hauptstraße war und am alten Diner vorbeikam, fuhr sie langsamer. Sie dachte an Sibyl, daran, wie sie sie zum letzten Mal gesehen hatte. So viele Dinge hatte Lena seitdem in den Sand gesetzt. Zum Beispiel hätte sie früher nie zugelassen, dass ihre Gefühle ihrem Beruf in die Quere kamen. Polizistin zu sein war das Einzige, was Lena konnte, das Einzige, was sie gelernt hatte. Und jetzt hatte sie über dem Geheimnis, das sie mit Terri Stanley teilte, ihre Pflicht vergessen. Ein weiteres Mal brachten ihre Gefühle das Einzige, was ihrem Leben noch Halt gab, in Gefahr. Was würde Sibyl dazu sagen? Würde sie sich dafür schämen, was aus Lena geworden war?

Die Hauptstraße endete vor dem Eingang des Colleges in einer Sackgasse, und Lena wendete auf dem Parkplatz der Kinderklinik, fuhr zurück und ließ die Innenstadt hinter sich. Sie schloss die Fenster, als es kühler wurde, und drehte an den Radioknöpfen herum, auf der Suche nach einem Lied, das ihr Gesellschaft leistete. Als sie wieder aufsah, fuhr sie gerade an der Tankstelle vorbei und entdeckte neben einer der Zapfsäulen den schwarzen Dodge Dart.

Ohne zu zögern, machte Lena einen weiteren U-Turn und stellte sich neben den Dodge. Sie stieg aus und warf einen Blick in den Tankstellenshop. Terri Stanley stand an der Kasse und zahlte. Selbst aus der Entfernung strahlte sie Hoffnungslosigkeit aus. Ihre Schultern hingen herab, ihr Blick war gesenkt. Lena hätte beinahe ein Stoßgebet zum Himmel geschickt, dass sie ihr über den Weg gelaufen war.

Obwohl ihr Tank noch fast voll war, ging Lena an die Zapfsäule. Sie ließ sich viel Zeit damit, den Tankdeckel aufzuschrauben und den Zapfhahn anzusetzen. Beim ersten Ticken der Zapfsäule verließ Terri den Laden. Sie trug einen dünnen blauen Blouson, und als sie den hellerleuchteten Hof überquerte, schob sie sich die Ärmel bis zu den Ellbogen hoch. Sie war tief in Gedanken versunken, und Lena musste sich mehrmals räuspern, bevor sie sie bemerkte.

»Oh«, sagte Terri, wie beim ersten Mal, als sie Lena auf dem Revier erkannt hatte.

»Hallo.« Lena kam sich komisch vor, als sie Terri anlächelte. »Ich müsste Sie noch was fragen –«

»Sind Sie mir gefolgt?« Terri sah sich um, als fürchtete sie, dass jemand sie zusammen sehen könnte.

»Ich tanke nur.« Lena zog den Zapfhahn heraus und hoffte, dass Terri nicht merken würde, dass sie noch nicht mal drei Liter getankt hatte. »Ich muss mit Ihnen sprechen.«

»Dale wartet auf mich«, sagte Terri und zog die Ärmel ihrer Jacke herunter. Lena hatte trotzdem etwas gesehen – etwas, das ihr allzu vertraut war. Die beiden Frauen standen einander gegenüber. Es war die längste Minute in Lenas Leben, und keine von beiden wusste, was sie sagen sollte.

»Terri …«

»Ich muss los.«

Lena klebten die Worte im Mund wie Sirup. Sie hatte ein Klingeln in den Ohren, wie eine Sirene, die sie warnen wollte. Endlich brachte sie die Frage heraus: »Schlägt er Sie?«

Terri starrte auf den ölbefleckten Asphalt, voller Scham. Lena kannte das Gefühl, doch jetzt, als sie Terri sah, stieg eine unbändige Wut in ihr auf.

»Er schlägt Sie.« Lena kam auf sie zu, als würde Terri sie aus der Nähe besser hören. »Lassen Sie mal sehen.« Sie griff nach Terris Arm. Die Frau zuckte vor Schmerz zusammen, als Lena den Ärmel hochriss. Ein dunkelblauer Fleck wand sich um ihren Arm.

Terri zog den Arm nicht weg. »Es ist nicht so, wie es aussieht.«

»Sondern?«

»Sie verstehen das nicht.«

»Verdammt, ich verstehe sehr gut«, knurrte sie, ihr Griff wurde fester. »Haben Sie es deswegen getan?«, fragte sie voller Zorn. »Waren Sie deswegen in Atlanta?«

Terri versuchte sich loszumachen. »Bitte, lassen Sie mich los.«

Lena merkte, dass sie ihren Zorn nicht mehr unter Kontrolle hatte. »Sie haben Angst vor ihm«, sagte sie. »Sie haben es aus Angst getan, Sie Feigling.«

»Bitte ...«

»Bitte was?«, fragte Lena. »Bitte was?« Plötzlich fing Terri zu weinen an und wand sich so heftig unter Lenas Griff, dass sie fast zu Boden fiel. Lena ließ los. Entsetzt sah sie die rote Druckstelle an Terris Handgelenk, die sich unter Dales blauem Fleck ausbreitete. »Terri ...«

»Lassen Sie mich in Ruhe.«

»Sie müssen sich das nicht gefallen lassen.«

Sie lief zu ihrem Wagen. »Ich gehe.«

»Es tut mir leid«, rief Lena und kam ihr hinterher.

»Sie hören sich an wie Dale.«

Es war, als hätte sie ihr ein Messer in den Bauch gerammt. Doch Lena gab noch nicht auf. »Bitte. Lassen Sie mich Ihnen helfen.«

»Ich brauche Ihre Hilfe nicht«, zischte Terri und riss die Wagentür auf.

»Terri ...«

»Lassen Sie mich in Ruhe!« Mit einem lauten Knall schlug sie die Tür zu und verriegelte sie von innen, als fürchtete sie, Lena könnte sie aus dem Wagen zerren.

»Terri ...«, versuchte es Lena wieder, doch Terri fuhr mit quietschenden Reifen davon.

»Hey!«, rief der Tankwart. »Was ist denn hier los?«

»Nichts«, antwortete Lena, wühlte in der Hosentasche und warf dem jungen Mann zwei Dollar zu. »Hier. Gehen Sie wieder rein.« Dann stieg sie in den Wagen, bevor er noch weiter schimpfen konnte.

Als sie losfuhr, bissen die Reifen in den Asphalt, und das Heck brach aus. Sie merkte erst, wie schnell sie fuhr, als sie an einem liegengebliebenen Kombi vorbeiraste, der seit letzter Woche am Straßenrand stand. Sie zwang sich, den Fuß vom Gas zu nehmen. Ihr Herz klopfte immer noch wie wild. Terri hatte Angst vor ihr.

Sie hatte Lena angesehen, als fürchtete sie, von ihr geschlagen zu werden. Und vielleicht hätte sie tatsächlich zugeschlagen. Vielleicht wäre sie gewalttätig geworden, hätte ihren Zorn an der armen Frau ausgelassen, nur weil sie stärker war. Was war bloß mit ihr los, verdammt nochmal? Als sie die Frau an der Tankstelle anschrie, war es, als würde sie sich selbst anschreien. *Sie* war der Feigling. *Sie* war diejenige, die Angst davor hatte, was passieren würde, falls es rauskam.

Jetzt fuhr sie fast im Schritttempo. Sie hatte den Stadtrand von Heartsdale erreicht, gut zwanzig Minuten von zu Hause. Hier ging es zu dem Friedhof, wo Sibyl lag, auf einer leicht abfallenden Wiese hinter der Baptistenkirche. Nach dem Tod ihrer Schwester war Lena mindestens einmal, oft zweimal die Woche hier rausgefahren, um ihr Grab zu besuchen. Doch mit der Zeit war sie seltener hingefahren, bis die Besuche ganz unregelmäßig wurden. Bestürzt stellte Lena fest, dass sie seit über drei Monaten nicht mehr da gewesen war. Sie war zu beschäftigt gewesen – mit ihrem Job, den Problemen mit Ethan. Doch jetzt, auf dem Tiefpunkt ihrer Schande, fiel ihr kein passenderer Zufluchtsort ein.

Sie parkte vor der Kirche, ohne den Wagen abzuschließen, und ging auf das Tor der Anlage zu. Der Parkplatz wurde von Laternen hell erleuchtet. Lena wusste, dass sie aus einem ganz bestimmten Grund hier war. Sie wusste, was sie zu tun hatte.

Jemand hatte am Eingang des Friedhofs eine Handvoll Stiefmütterchen gepflanzt, und sie wiegten sich im Wind, als Lena vorbeikam. Sibyls Grab befand sich auf der anderen Seite des Friedhofs, hinter der Kirche, und Lena ließ sich Zeit, als sie über den Rasen ging. Sie genoss die Einsamkeit. Sie war seit zwölf Stunden auf den Beinen, aber etwas an diesem Ort, an Sibyls Nähe, ließ alle Anspannung von ihr abfallen. Sibyl hätte ihre Grabstelle sehr gemocht, dachte Lena. Sie hatte gern Zeit in der Natur verbracht.

Der Steinbrocken, den Lena aufgestellt hatte, um ihn als Bank zu benutzen, stand immer noch neben Sibyls Grabstein. Lena setzte sich und schlang die Arme um die Knie. Tagsüber spendete ein riesiger Hickorybaum Schatten, und die Sonne streckte ihre Fühler durch das Laub. Die Marmorplatte, die Sibyls letzten Ruheplatz markierte, war sauber poliert, und ein Blick auf die anderen Grabstellen bewies, dass hier ein Besucher am Werk war, nicht einer der Friedhofsangestellten.

Blumen gab es nicht. Nan hatte Heuschnupfen.

Als wären mit einem Mal alle Dämme gebrochen, liefen Lena die Tränen übers Gesicht. Was war sie bloß für ein Mensch? Dale mochte Terri schlecht behandeln, aber Lena war noch viel schlimmer als er. Sie war Polizistin. Es war ihre Pflicht, die Menschen zu beschützen, nicht sie einzuschüchtern und so fest an den Handgelenken zu packen, dass sie blaue Flecken bekamen. Lena war die Letzte, die Terri einen Feigling nennen durfte. Wenn, dann war Lena der Feigling. Sie war es, die in einem Netz aus Lügen nach Atlanta geflüchtet war, einen Fremden dafür bezahlte, ihre Fehler auszukratzen, und sich vor den Konsequenzen zu verstecken wie ein kleines Kind.

Der Streit mit Terri hatte all die Erinnerungen aufgewühlt, die Lena zu verdrängen suchte. Im Geist war sie wieder in Atlanta und ließ die Prozedur über sich ergehen. Sie saß mit Hank im Auto, ertrug sein Schweigen, das ätzend wie Säure war. Sie saß im Wartezimmer der Klinik, mied Terris Blick, betete, dass es bald vorbei wäre. Sie lag im bitterkalten OP, die Schenkel in den eisigen Stützen, die Beine vor dem Arzt gespreizt, der so ruhig, so leise sprach, dass Lena sich wie hypnotisiert fühlte von seinen einlullenden Worten. Alles würde gut werden. Alles wird gut. Entspannen Sie sich. Atmen. Ganz ruhig. Entspannen Sie sich. Schon vorbei. Setzen Sie sich auf. Hier ist Ihre Kleidung. Rufen Sie an, wenn es Komplikationen gibt. Geht es Ihnen gut, Liebes? Haben Sie jemand, der Sie abholt? Setzen Sie sich hier in den Rollstuhl. Wir bringen Sie raus. Mörderin. Baby-Killer. Metzger. Monster.

Die Demonstranten kampierten vor der Klinik, saßen in ihren Klappstühlen und tranken heißen Kaffee aus Thermosflaschen, genau wie Fußballfans, die auf ein Spiel warteten. Als Lena auftauchte, standen alle gleichzeitig auf, schrien sie an, schwenkten ihre Plakate mit allen möglichen plastischen, blutigen Bildern. Einer hielt sogar ein Einmachglas hoch, dessen Inhalt die Zuschauer abstoßen sollte. Auch wenn es nicht echt aussah, wurde Lena den Gedanken nicht los, wie der Mann – natürlich ein Mann – zu Hause am Küchentisch gesessen hatte, an dem Tisch, an dem er

209

normalerweise mit seinen Kindern frühstückte, und sich die Mischung für sein Einmachglas ausdachte, um verängstigte Frauen zu quälen, die sich zu der schwierigsten Entscheidung ihres Lebens durchgerungen hatten, wie Lena mittlerweile wusste.

Hier draußen auf dem Friedhof, am Grab ihrer Schwester, ließ Lena zum ersten Mal den Gedanken zu, was mit dem Gewebe passierte, das man ihr in der Klinik entnommen hatte. War es weggeworfen worden und lag irgendwo herum, bis es verbrannt wurde? War es begraben worden, in einem namenlosen Grab, das sie nie sehen würde? Sie spürte ein Reißen tief in ihrem Körper, im Unterleib, als sie daran dachte, was sie getan – was sie verloren hatte.

Im Geist beichtete sie Sibyl alles, schilderte ihr die Entscheidungen, die sie hierhergeführt hatten. Sie erzählte ihr von Ethan und wie etwas in ihr gestorben war, seit sie sich auf ihn eingelassen hatte; wie alles Gute in ihr versickerte, fortgespült wurde wie Sand von der Flut. Sie erzählte Sibyl von Terri, von der Angst in ihren Augen. Wenn sie nur alles rückgängig machen könnte. Wenn sie Ethan nur nie getroffen hätte, wenn sie Terri in der Klinik nicht begegnet wäre. Alles wurde immer schlimmer. Lena log, um Lügen zu vertuschen, verstrickte sich in ihren eigenen Lügen. Sie fand einfach keinen Ausweg mehr.

Nach nichts sehnte sie sich mehr, als ihre Schwester bei sich zu haben, und sei es nur für einen Moment, damit Sibyl sie tröstete. So war es immer gewesen: Lena vermasselte alles, und Sibyl brachte es wieder in Ordnung, munterte sie auf, zeigte ihr den richtigen Weg. Ohne Sibyls weise Ratschläge schien alles von vorne bis hinten schiefzulaufen. Ohne sie war Lena verloren. Sie hätte Ethans Kind niemals zur Welt bringen können. Sie schaffte es ja nicht mal, für sich selbst zu sorgen.

»Lee?«

Sie drehte sich um und wäre fast von der schmalen Sitzgelegenheit gefallen. »Greg?«

Er tauchte aus der Dunkelheit auf, hinter ihm leuchtete der Mond. Greg hinkte über die Wiese, in einer Hand die Krücke, in der anderen einen Blumenstrauß.

Hastig stand Lena auf und wischte sich die Tränen aus dem Gesicht und versuchte, sich nicht anmerken zu lassen, wie sehr er sie erschreckt hatte. »Was machst du denn hier?«, fragte sie und klopfte sich den Staub von der Hose.

Er ließ den Blumenstrauß sinken. »Soll ich lieber später wiederkommen?«

»Nein«, sagte sie und hoffte, dass man in der Dunkelheit nicht sehen konnte, dass sie geweint hatte. »Ich habe nur ... Bleib nur.« Sie blickte hinunter auf Sibyls Grab, um ihm nicht in die Augen sehen zu müssen. Plötzlich kam ihr Abigail Bennett in den Sinn, lebendig begraben, und eine törichte Panik stieg in ihr auf. Für den Bruchteil einer Sekunde sah sie ihre Schwester vor sich, die noch am Leben war, um Hilfe flehte, versuchte, sich aus dem Sarg zu befreien.

Lena wischte sich über die Augen, bevor sie ihn wieder ansah. Greg musste denken, sie hatte nicht mehr alle Tassen im Schrank. Dabei hätte sie ihm so gerne ihr Herz ausgeschüttet – ihm von Atlanta erzählt, aber auch alles andere, was passiert war, seit jenem Tag, als sie aus Macon zurückkam und Jeffrey ihr mitteilte, dass Sibyl tot war. Sie wollte den Kopf an seine Schulter legen und sich von ihm trösten lassen. Doch mehr als alles wollte sie seine Absolution.

»Lee?«, fragte Greg.

Sie suchte nach Worten. »Ich habe mich nur gefragt, was du hier machst.«

»Meine Mutter musste mich herfahren«, erklärte er. »Sie sitzt draußen im Wagen.«

Lena sah über seine Schulter, als könnte sie von hier aus den Parkplatz auf der anderen Seite der Kirche sehen. »So spät?«

»Sie hat mich reingelegt«, sagte Greg. »Ich musste sie erst zu ihrer Strickgruppe begleiten.«

Ihre Zunge fühlte sich geschwollen an. Sie wollte einfach nur, dass er weitersprach. Sie hatte ganz vergessen, wie beruhigend seine Stimme war, wie sanft ihr Klang. »Hast du ihr die Wolle gehalten?«

Er lachte. »Ja. Dass ich da immer noch drauf reinfalle ...«

Lena ertappte sich bei einem Lächeln. Sie durchschaute ihn. Selbst wenn er es bei vorgehaltener Waffe abstreiten würde, sie wusste, dass er ein Muttersöhnchen war.

»Die hier habe ich für Sibyl mitgebracht«, sagte er und hielt die Blumen hoch. »Als ich gestern hier war, waren keine da, und da dachte ich …« Er lächelte. Im Mondlicht sah sie, dass ihm immer noch die Ecke des Zahns fehlte, die sie ihm versehentlich beim Frisbeespielen ausgeschlagen hatte.

»Sie mochte Margeriten.« Er reichte Lena die Blumen. Als sich ihre Hände berührten, hatte sie das Gefühl, sie hätte einen Stromschlag bekommen.

Greg schien nichts davon zu bemerken. Er machte sich auf den Rückweg, doch Lena rief: »Warte.«

Langsam drehte er sich um.

»Setz dich doch«, sagte sie und zeigte auf den Stein.

»Ich will dir nicht den Platz wegnehmen.«

»Schon gut.« Lena bückte sich, um die Blumen auf Sibyls Grabstein zu legen. Als sie aufsah, stand Greg auf seinen Stock gestützt da und beobachtete sie.

»Geht es dir gut?«, fragte er.

Lena wusste nicht, was sie sagen sollte. Sie schniefte und hoffte, dass ihre Augen nicht ganz so rot waren, wie sie sich anfühlten. »Heuschnupfen«, erklärte sie.

»Ja.«

Lena verschränkte die Hände hinter dem Rücken, um zu verbergen, wie nervös sie war. »Wie ist das mit deinem Bein passiert?«

»Autounfall«, sagte er und lächelte wieder. »Es war ganz allein meine Schuld. Ich habe nach einer CD gesucht und eine Sekunde lang nicht auf die Straße gesehen.«

»So schnell kann es gehen.«

»Ja«, sagte er, und dann: »Mister Jingles ist letztes Jahr gestorben.«

Sein Kater. Sie hatte das Vieh gehasst, aber irgendwie war sie trotzdem traurig zu hören, dass er tot war. »Tut mir leid.«

Der Wind frischte auf, und im Baum über ihnen rauschte es.

Greg blinzelte den Mond an, dann sah er zurück zu Lena. »Als Mom mir von Sibyl erzählt hat …« Seine Stimme verlor sich. Er stocherte mit der Krücke im Gras herum. Sie meinte, Tränen in seinen Augen zu sehen, und blickte weg, damit er sie nicht wieder ansteckte.

212

»Ich konnte es einfach nicht fassen.«

»Hat sie dir auch von mir erzählt?«

Er nickte, und dann tat er etwas, das die wenigsten Menschen fertigbrachten, wenn von der Vergewaltigung die Rede war: Er sah ihr in die Augen. »Sie war erschüttert.«

Lena verbarg ihren Sarkasmus nicht. »Darauf möchte ich wetten.«

»Nein, im Ernst«, widersprach Greg, ohne ihrem Blick auszuweichen, und seine klaren blauen Augen wirkten aufrichtig. »Meine Tante Shelby – erinnerst du dich an sie?« Lena nickte. »Sie wurde vergewaltigt, als sie noch zur Schule ging. Es war furchtbar.«

»Das wusste ich nicht.« Lena hatte Shelby ein paarmal gesehen. Ähnlich wie bei Gregs Mutter war es nicht gerade Liebe auf den ersten Blick gewesen. Lena hätte nie gedacht, dass die ältere Frau so etwas erlebt haben könnte. Wie die meisten Frauen der Familie Mitchell war sie eine echte Nervensäge. Wieder einmal wunderte Lena sich, wie wenig exklusiv der Club war, in dem sie durch die Vergewaltigung gelandet war.

»Wenn ich das gewusst hätte …«, begann Greg, doch er sprach den Satz nicht zu Ende.

»Was?«, fragte sie.

»Ich weiß nicht.« Er bückte sich und hob eine Nuss auf, die vom Baum gefallen war. »Es hat mich sehr mitgenommen, als ich davon hörte.«

»Mich hat es auch mitgenommen«, seufzte Lena. Als sie sein Gesicht sah, fragte sie: »Was ist?«

»Ich weiß nicht«, sagte er wieder und warf die Nuss ins Gebüsch. »Früher hättest du so was nicht gesagt.«

»Was meinst du?«

»Du hast nie über deine Gefühle gesprochen.«

Sie lachte gekünstelt. Ihr ganzes Leben war ein einziger Kampf gegen ihre Gefühle. »Was hätte ich denn gesagt?«

Er überlegte. »›So ist das Leben‹?« Er versuchte ihr einarmiges Achselzucken zu imitieren. »›Pech‹?«

Sie wusste, dass es stimmte, aber sie hatte keine Ahnung, was sie dazu sagen sollte. »Menschen ändern sich.«

»Nan sagt, du hättest einen Freund.«

»Ja, na ja.« Mehr brachte sie nicht heraus. Die Vorstellung, dass Greg sich danach erkundigt hatte, ließ ihr Herz schneller schlagen. Sie würde Nan umbringen, weil sie es ihr nicht erzählt hatte.

»Nan sieht gut aus«, sagte Greg.

»Sie hat viel durchgemacht.«

»Ich konnte kaum glauben, dass ihr beide zusammenwohnt.«

»Nan ist ein guter Mensch. Das war mir vorher wohl nicht klar.« Verdammt, so viel war ihr vorher nicht klar gewesen. Lena schaffte es, alles in ihrem Leben, was einigermaßen positiv war, zum Teufel zu jagen. Greg war der lebende Beweis dafür.

Weil ihr sonst nichts einfiel, sah sie hinauf in den Baum. Die Blätter begannen schon zu fallen. Als Greg sich wieder zum Gehen anschickte, fragte sie: »Welche CD war es?«

»Bitte?«

»Dein Unfall«, sie deutete auf sein Bein. »Nach welcher CD hast du gesucht?«

»Heart.« Er grinste unbeholfen.

»*Bebe Le Strange?*«, fragte sie und grinste unwillkürlich zurück. Samstag war ihr Putztag, als sie zusammengelebt hatten, und sie hatten das Heart-Album so oft gehört, dass Lena bis heute kein Klo schrubben konnte, ohne »Even It Up« im Kopf zu hören.

»Die Neue.«

»Die Neue?«

»Sie haben letztes Jahr ein neues Album rausgebracht.«

»Die *Lovemonger*-Scheibe?«

»Nein«, erwiderte er, und sie hörte die Begeisterung in seiner Stimme. Das Einzige, das Greg mehr liebte, als Musik zu hören, war, darüber zu sprechen. »Obercooles Zeug. Hearts Rückkehr zu den Siebziger-Jahre-Sachen. Ich fasse es nicht, dass du das Album nicht kennst. Ich habe mich gleich am ersten Tag in die Schlange gestellt, als es draußen war.«

Erst jetzt fiel Lena auf, wie lange es her war, dass sie Musik gehört hatte, die ihr wirklich gefiel. Ethan stand auf Punkrock, auf diesen gefühlskalten Mist, zu dem verwöhnte weiße Gören abtanzten. Lena wusste nicht mal, wo ihre alten CDs waren.

»Lee?«

214

Sie hatte nicht gehört, was er gesagt hatte. »Entschuldige. Wie bitte?«

»Ich muss los«, sagte er. »Meine Mutter wartet.«

Plötzlich war ihr wieder zum Heulen zumute. Sie zwang sich, die Füße still zu halten, damit sie keine Dummheiten machte und sich in seine Arme stürzte. O Gott, sie war kurz davor, sich lächerlich zu machen. Sie benahm sich wie eine von diesen Idiotinnen aus einem Groschenroman.

Greg sagte: »Pass auf dich auf.«

»Ja«, antwortete sie. Ihr fiel beim besten Willen nichts mehr ein, um ihn zum Bleiben zu bewegen. »Du auch.«

Dann merkte sie, dass sie noch immer die Margeriten in der Hand hielt, und bückte sich, um sie Sibyl aufs Grab zu legen. Als sie wieder aufsah, hinkte Greg auf das Tor zu. Sie starrte ihm hinterher, wünschte, er würde sich noch einmal umdrehen. Er tat es nicht.

215

MITTWOCH

Neun

JEFFREY LEHNTE SICH GEGEN DIE FLIESEN und ließ das heiße Wasser auf seine Haut prasseln. Er hatte gestern Nacht noch gebadet, doch er wurde das Gefühl nicht los, schmutzig zu sein. Voller Erde, Erde aus dem Grab. Die zweite Kiste zu öffnen, den schimmeligen Moder einzuatmen war fast so schlimm gewesen, wie Abby zu finden. Durch die zweite Kiste hatte sich alles verändert. Es gab noch ein Mädchen da draußen, noch eine Familie, noch einen Tod. Wenigstens hoffte er, dass es nur dieses eine weitere Opfer gab. Die Ergebnisse des DNA-Tests würden sie erst Ende der Woche erhalten. Die ganzen Labortests und die Analyse des Briefs, den Sara bekommen hatte, verschlangen die Hälfte seines Budgets für den Rest des Jahres, doch das war Jeffrey egal. Wenn es sein musste, würde er sich einen Zweitjob suchen und an der Tankstelle Benzin zapfen. Während irgendein Abgeordneter von Georgia sich in Washington ein Zweihundert-Dollar-Frühstück schmecken ließ.

Jeffrey zwang sich, aus der Dusche zu steigen, auch wenn er gerne noch eine Stunde unter dem heißen Wasser gestanden hätte. Anscheinend war Sara im Bad gewesen und hatte ihm einen Becher Kaffee auf das Waschbecken gestellt. Er hatte sie nicht gehört. Gestern Nacht hatte er sie aus dem Wald angerufen und ihr grob geschildert, was passiert war. Danach war er mit den wenigen Spuren, die sie in der Kiste gefunden hatten, selbst nach Macon gefahren und später auf dem Revier noch einmal jede Notiz durchgegangen, die er sich bisher zu dem Fall gemacht hatte. Er hatte sich zehn Seiten lange Listen gemacht, von Leuten, mit denen er sprechen sollte, Spuren, denen er nachgehen musste. Mitternacht war längst vorbei, und er wusste nicht, ob er bei Sara oder bei sich übernachten sollte. Er hatte schon vor seinem Haus gestanden, als ihm einfiel, dass die Studentinnen längst eingezogen waren. Um ein Uhr früh brannten alle Lichter, und er hörte

219

die Musik einer rauschenden Party bis auf die Straße. Er war zu müde, um reinzugehen und dem ein Ende zu setzen.

Jeffrey zog sich ein Paar Jeans an und nahm den Kaffeebecher mit in die Küche. Sara stand vor der Couch und faltete die Decke zusammen, mit der er sich letzte Nacht zugedeckt hatte.

»Ich wollte dich nicht wecken«, sagte er, und sie nickte. Wahrscheinlich glaubte sie ihm nicht, aber es war die Wahrheit. In den letzten Jahren hatte er die meisten Nächte allein verbracht, wohl oder übel, und sich daran gewöhnt, alleine klarzukommen. Er konnte sich mit dem, was er im Wald erlebt hatte, nicht einfach neben sie legen. Selbst nach der leidenschaftlichen Begegnung in der Küche vor zwei Tagen hätte er sich wie ein Eindringling gefühlt, wenn er zu ihr zwischen die frischen Laken gestiegen wäre.

Er sah ihren leeren Becher auf der Theke und fragte: »Möchtest du noch Kaffee?«

Sie schüttelte den Kopf, strich die Decke glatt und legte sie über die Armlehne.

Jeffrey schenkte ihr trotzdem nach. Als er sich umdrehte, saß Sara am Tisch und ging die Post durch.

»Es tut mir leid«, sagte er.

»Was?«

»Ich habe das Gefühl …« Er beendete den Satz nicht. Er wusste nicht, wie er es beschreiben sollte.

Sie blätterte eine Zeitschrift durch, ohne den Kaffee anzurühren. Als er nicht weitersprach, blickte sie auf. »Du musst mir nichts erklären«, sagte sie, und ihm fiel ein Stein vom Herzen.

Trotzdem versuchte er es: »Es war eine harte Nacht.«

»Du weißt doch, dass ich das verstehe.« Sara lächelte ihn an, doch in ihren Augen las er etwas anderes. Er spürte, dass immer noch ein Rest Spannung zwischen ihnen war, war sich aber nicht sicher, ob er sich das vielleicht nur einbildete. Als er die Hand nach ihr ausstreckte, bemerkte sie: »Du brauchst einen neuen Verband.«

Nach dem Graben im Wald hatte er die Binde abgenommen. Jeffrey betrachtete die leuchtend rote Wunde. Jetzt spürte er auch das Pochen. »Ich glaube, es hat sich entzündet.«

»Hast du die Antibiotika genommen, die ich dir gegeben habe?«

»Ja.«

Sie blickte von der Zeitschrift auf und sah ihn zweifelnd an.

»Ein paar«, gestand er und fragte sich, wo er die blöden Dinger hingetan hatte. »Wirklich. Mindestens zwei.«

»Na wunderbar«, seufzte Sara und wandte sich wieder der Zeitschrift zu. »Dann bist du ja bald dagegen resistent.« Sie blätterte weiter.

Er versuchte es mit Galgenhumor. »Die Hepatitis bringt mich eh um.«

Als Sara aufsah, sah er die Tränen in ihren Augen. »Das ist nicht witzig.«

»Nein«, gab er zu. »Ich … ich musste allein sein. Gestern Nacht.«

Sie wischte sich eine Träne weg. »Ich weiß.«

Trotzdem fragte er: »Du bist nicht sauer?«

»Natürlich nicht«, sagte sie und griff nach seiner gesunden Hand. Dann ließ sie los und wandte sich wieder ihrer Zeitschrift zu. Er sah, dass es *Lancet* war, ein medizinisches Fachblatt aus Europa.

»Ich wäre keine gute Gesellschaft gewesen«, erklärte er und dachte an die schlaflose Nacht, die er verbracht hatte. »Ich musste dauernd daran denken. Es war fast noch schlimmer, die Kiste leer zu finden … nicht zu wissen, was passiert ist.«

Endlich klappte sie die Zeitschrift zu und sah ihn an. »Du hast mal gesagt, dass der Täter sie vielleicht abholt, wenn sie tot sind.«

»Ich weiß.« Das war einer der Gedanken, die ihm den Schlaf geraubt hatten. Er hatte in seiner Laufbahn furchtbare Dinge gesehen, aber jemand, der so krank war, ein Mädchen um der Leiche willen zu töten, war eine Art von Gewaltverbrecher, die sein Vorstellungsvermögen überstieg. »Was für ein Mensch würde so was tun?«

»Ein psychisch kranker Mensch.« Sara war Wissenschaftlerin. Sie glaubte, dass es für jede Verhaltensweise eine nachvollziehbare Erklärung gab. An das Böse glaubte sie nicht, allerdings hatte sie auch nie wissentlich jemandem gegenübergesessen, der kaltblütig gemordet oder ein Kind gequält hatte. Wie den meisten Menschen war ihr der Luxus gestattet, von einer theoretischen Warte aus darüber zu philosophieren. Doch in der Welt da draußen sah es anders aus. Jeffrey musste davon ausgehen, dass mit der Seele eines

Menschen, der zu einem solchen Verbrechen fähig war, ganz grundlegend etwas nicht stimmte.

Sara rutschte von ihrem Hocker. »Die Blutgruppen müssten sie noch bestimmen können«, sagte sie und öffnete den Schrank neben der Spüle. Sie nahm verschiedene Musterpackungen Antibiotika heraus und öffnete eine nach der anderen. »Ich habe Ron Beard vom staatlichen Labor angerufen, während du unter der Dusche warst. Er will sich heute Morgen gleich als Erstes darum kümmern. Wenigstens haben wir dann eine Ahnung, wie viele Opfer es gegeben haben könnte.«

Jeffrey nahm die Tabletten und spülte sie mit Kaffee herunter.

Sie gab ihm zwei Musterpackungen mit. »Nimmst du die bitte nach dem Mittagessen?«

Er nickte, obwohl er das Mittagessen vermutlich ausfallen lassen würde. »Was hältst du von Terri Stanley?«

Sara zuckte die Schultern. »Sie scheint nett zu sein. Sie ist ein bisschen überfordert, aber wer wäre das nicht an ihrer Stelle?«

»Glaubst du, sie trinkt?«

»Alkohol?«, fragte Sara überrascht. »Ich habe nie etwas gerochen. Warum?«

»Lena hat gesehen, wie sie sich letztes Jahr beim Sommerfest übergeben hat.«

»Beim Polizeifest?«, fragte sie. »Soweit ich weiß, war Lena gar nicht da. Das war noch während ihrer Auszeit.«

Jeffrey fühlte sich wie vor den Kopf gestoßen. »Lena hat aber gesagt, sie hätte sie beim Picknick gesehen.«

»Du kannst in deinem Kalender nachsehen«, erwiderte Sara. »Vielleicht irre ich mich. Aber ich glaube nicht, dass sie da war.«

Bei Daten irrte Sara sich nie. Eine unangenehme Frage begann an Jeffrey zu nagen. Warum hatte Lena gelogen? Was hatte sie diesmal zu verbergen?

»Vielleicht meinte sie das Picknick im Jahr davor?«, riet Sara. »Ich erinnere mich, dass da einige zu viel getrunken hatten.« Sie grinste. »Weißt du noch, wie Frank Ethel Merman imitiert und die Nationalhymne gesungen hat?«

»Ja«, sagte er. Er war sich sicher, dass Lena gelogen hatte, hatte aber keine Ahnung, warum. Soweit er wusste, war sie nicht mit

Terri Stanley befreundet. Verdammt, soweit er wusste, hatte sie überhaupt keine Freunde. Sie hatte nicht mal einen Hund.

Sara fragte: »Was hast du heute vor?«

Er versuchte sich zu konzentrieren. »Wenn wir uns auf das verlassen können, was Lev gesagt hat, werden sich heute ein paar Leute von der Farm auf dem Revier melden. Mal sehen, ob er sich wirklich auf den Lügendetektor einlässt. Die anderen befragen wir. Vielleicht weiß jemand was von Abby.« Dann erklärte er: »Keine Sorge, ich rechne nicht mit einem vollen Geständnis.«

»Was ist mit Chip Donner?«

»Wir haben eine Fahndungsmeldung nach ihm rausgeschickt. Ich weiß nicht, Sara, aber ich glaube nicht, dass er es war. Er ist ein armseliger Idiot. Ich kann mir nicht vorstellen, dass er die Disziplin hätte, so was durchzuziehen. Außerdem war die zweite Kiste alt. Vier, fünf Jahre. Damals saß Chip im Knast. Das ist so ziemlich das Einzige, was wir sicher wissen.«

»Wer könnte es dann gewesen sein?«

»Zum einen ist da dieser Vorarbeiter, Cole«, begann Jeffrey. »Die Brüder. Die Schwestern. Abbys Eltern. Dale Stanley.« Er seufzte. »Praktisch jeder, mit dem ich gesprochen habe, seit diese verdammte Geschichte angefangen hat.«

»Aber keiner sticht besonders heraus?«

»Cole«, sagte er.

»Nur, weil er den Arbeitern mit dem Zorn Gottes gedroht hat?«

»Ja«, gab Jeffrey zu. Aus Saras Mund klang es nach einem schwachen Argument. Vielleicht hatte Lena ihn mit ihren Vorurteilen angesteckt. »Ich will nochmal mit der Familie reden, diesmal vielleicht mit jedem einzeln.«

»Rede mit den Frauen allein«, schlug Sara vor. »Vielleicht sind sie ohne ihre Brüder gesprächiger.«

»Gute Idee.« Dann kam er auf ein anderes Thema zurück: »Ich will wirklich nicht, dass du etwas mit diesen Leuten zu tun hast, Sara. Auch bei Tessa gefällt mir das nicht.«

»Warum?«

»Weil ich so ein Gefühl habe«, sagte er. »Und dieses Gefühl sagt mir, dass irgendwas mit ihnen nicht stimmt. Ich weiß nur noch nicht was.«

»Frömmigkeit ist wohl kaum ein Verbrechen«, entgegnete Sara. »Sonst müsstest du meine Mutter gleich mit verhaften.« Dann fügte sie hinzu: »Eigentlich sogar fast meine ganze Familie.«

»Es geht nicht um ihre Religion«, widersprach Jeffrey. »Es geht um die Art, wie sie sich benehmen.«

»Wie benehmen sie sich denn?«

»Als hätten sie was zu verbergen.«

Sara lehnte sich an die Küchentheke. Er sah ihr an, dass er sie nicht umstimmen würde. »Tessa hat mich darum gebeten.«

»Und ich bitte dich, es nicht zu tun.«

Sie zog die Brauen hoch. »Du willst, dass ich mich zwischen dir und meiner Familie entscheide?«

Genau das wollte Jeffrey, aber den Fehler, es zu sagen, würde er nicht machen. Den Wettkampf hatte er schon einmal verloren, und diesmal kannte er sich besser mit den Regeln aus. »Ich möchte nur, dass du vorsichtig bist.«

Sara öffnete den Mund, doch bevor sie antworten konnte, klingelte das Telefon. Sie musste erst suchen, bis sie den schnurlosen Apparat auf dem Couchtisch fand. »Hallo?«

Sara lauschte einen Moment, dann gab sie Jeffrey das Telefon.

»Tolliver«, meldete er sich. Er war überrascht, als er eine Frauenstimme hörte.

»Hier ist Esther Bennett«, sagte sie mit einem heiseren Flüstern. »Ihre Karte. Sie haben mir Ihre Karte gegeben. Mit Ihrer Privatnummer. Es tut mir leid, ich ...« Ihre Worte wurden von heftigem Schluchzen unterbrochen.

Sara sah ihn fragend an, und Jeffrey schüttelte den Kopf. »Esther«, sagte er in den Hörer. »Was ist passiert?«

»Es geht um Becca«, antwortete sie mit zitternder Stimme. »Sie ist verschwunden.«

Als Jeffrey den Wagen vor Dipsy's Diner parkte, fiel ihm auf, dass er nicht mehr hier gewesen war, seit Joe Smith, der frühere Sheriff von Catoogah, noch im Amt war. Damals, als Jeffrey in Grant County anfing, hatten sich die beiden Männer alle paar Monate über dünnem Kaffee und zähen Pfannkuchen zusammengesetzt. Im Laufe der Zeit, als Crystal Meth auch in Kleinstädten zum

Problem wurde, waren ihre Treffen ernster und regelmäßiger geworden. Doch seit Ed Pelham den Sheriffstern trug, hatte Jeffrey ihm nicht einmal einen Höflichkeitsbesuch abgestattet, geschweige denn mit dem Kerl zu Mittag gegessen. Was Jeffrey anging, war der Pfennigfuchser dem alten Joe Smith nicht einmal ansatzweise gewachsen.

Jeffrey sah sich auf dem leeren Parkplatz um und fragte sich, was Esther Bennett an einem Ort wie diesem zu suchen hatte. Er konnte sich nicht vorstellen, dass sie überhaupt etwas aß, das nicht aus ihrem eigenen Garten, ihrer eigenen Küche stammte. Wenn Dipsy's das einzige Restaurant war, das sie kannte, war sie besser dran, zu Hause Pappkarton zu essen.

Als er reinkam, stand May-Lynn Bledsoe hinter dem Tresen und warf ihm einen koketten Blick zu. »Ich hab schon gedacht, du liebst mich nicht mehr.«

»Wie kommst du bloß auf so was«, gab er zurück, überrascht von ihrem Flirtversuch. Er war bestimmt fünfzigmal hier gewesen, und sie hatte ihn nie eines Blickes gewürdigt. Er blickte sich in dem leeren Diner um.

»Du hast es gerade noch vor der Rushhour geschafft«, säuselte sie. Jeffrey bezweifelte, dass in nächster Zeit mit einem Ansturm von Gästen zu rechnen war. May-Lynns spröder Charme und ihr lauwarmer Kaffee waren nicht unbedingt die beste Empfehlung. Joe Smith war ein großer Fan der Käse-Zwiebel-Pommes gewesen und hatte zum Kaffee immer eine dreifache Portion davon bestellt. Jeffrey konnte sich gut vorstellen, dass Joes plötzlicher Herzinfarkt mit sechsundfünfzig einige Gäste abgeschreckt hatte.

Er sah, wie ein relativ neuer Toyota auf den Parkplatz fuhr. Der frühe Morgenwind peitschte den Staub über den Kiesparkplatz. Als Esther Bennett aus dem Wagen stieg, musste sie sich gegen die Tür stemmen. Jeffrey wollte ihr schon zu Hilfe eilen, doch May-Lynn bewachte die Tür wie ein Terrier, als hätte sie Angst, er könnte seine Meinung ändern und gehen. Sie pulte mit dem kleinen Finger in ihren Backenzähnen herum und fragte: »Das Übliche?«

»Nur Kaffee, bitte«, sagte er und sah zu, wie Esther hastig die Stufen zum Eingang heraufkam, den Mantel hielt sie mit beiden

225

Händen am Kragen zu. Die Glocke über der Tür klingelte, als sie eintrat, und Jeffrey stand auf, um sie zu begrüßen.

»Chief Tolliver«, begann sie atemlos. »Entschuldigen Sie die Verspätung.«

»Aber nein«, sagte er und bedeutete ihr, sich zu setzen. Er wollte ihr aus dem Mantel helfen, doch sie ließ ihn nicht.

»Entschuldigen Sie«, wiederholte sie und rutschte auf die Bank. Ihre Not war so spürbar wie der Geruch von ausgebackenen Zwiebeln in der Luft.

Er setzte sich ihr gegenüber. »Erzählen Sie mir der Reihe nach, was passiert ist.«

Ein Schatten fiel auf den Tisch, und als er aufsah, stand May-Lynn mit dem Bestellblock über ihnen. Esther sah sie verwirrt an, dann bat sie: »Könnte ich bitte ein Glas Wasser bekommen?«

Die Kellnerin verzog mürrisch den Mund, wahrscheinlich kalkulierte sie gerade ihr Trinkgeld. »Wasser.«

Jeffrey wartete, bis sie außer Hörweite war, dann fragte er Esther: »Seit wann ist Rebecca verschwunden?«

»Erst seit gestern Abend«, sagte Esther. Ihre Unterlippe zitterte. »Lev und Paul sagten, ich soll einen Tag warten und sehen, ob sie zurückkommt, aber ich kann nicht …«

»Gut so.« Jeffrey fragte sich, wie es jemand übers Herz brachte, dieser aufgelösten Frau zu sagen, sie solle warten. »Wann haben Sie ihre Abwesenheit bemerkt?«

»Ich habe nach ihr gesehen. Jetzt, da Abby −« Sie brach ab, ihr Kehlkopf zuckte. »Ich wollte nach Becca sehen, um sicherzugehen, dass sie schläft.« Sie hielt sich die Hand vor den Mund. »Ich bin in ihr Zimmer gegangen und −«

»Wasser«, knurrte May-Lynn und knallte ein schwappendes Glas vor Esther auf den Tisch.

Jeffreys Geduld war am Ende. »Lass uns allein, okay?«

May-Lynn zuckte schnippisch die Achseln und trottete zum Tresen zurück.

Jeffrey entschuldigte sich für die Kellnerin und wischte mit mehreren Papierservietten das verschüttete Wasser auf. »Sie dürfen es ihr nicht übelnehmen«, sagte er. »Das Geschäft scheint nicht so gut zu laufen.«

226

Esther beobachtete seine Bewegungen, als hätte sie noch nie jemand den Tisch abwischen gesehen. Jeffrey vermutete eher, dass sie noch nie einen Mann dabei gesehen hatte. »Sie haben also gestern Abend bemerkt, dass sie nicht da war?«

»Zuerst habe ich bei Rachel angerufen. In der Nacht, als wir Abbys Verschwinden bemerkten, hatte Becca bei meiner Schwester übernachtet. Ich wollte sie nicht bei uns haben, draußen in der Dunkelheit, als wir nach Abby suchten, aber ich musste sie in sicheren Händen wissen.« Esther machte eine Pause und trank einen Schluck Wasser. Jeffrey sah, dass ihre Hände zitterten. »Ich dachte, vielleicht ist sie wieder drüben bei Rachel.«

»Aber dort war sie nicht?«

Esther schüttelte den Kopf. »Dann habe ich Paul angerufen«, sagte sie. »Er meinte, ich soll mir keine Sorgen machen.« Sie seufzte entrüstet. »Lev hat das Gleiche gesagt. Sie ist bisher jedes Mal wiedergekommen, aber jetzt, wo Abby …« Sie schluckte, als bekäme sie keine Luft. »Wo Abby nicht mehr bei uns ist …«

»Hat sie irgendwas gesagt, bevor sie verschwunden ist?«, fragte Jeffrey. »Hat sie sich merkwürdig verhalten?«

Esther kramte in der Manteltasche und zog einen Zettel heraus. »Das hier habe ich gefunden.«

Als Jeffrey ihr das gefaltete Papier aus der Hand nahm, kam er sich verschaukelt vor. Das Papier war rosa, die Tinte schwarz. In mädchenhafter Handschrift stand dort: »Mama, mach Dir keine Sorgen. Ich komme wieder.«

Jeffrey war sprachlos. Wenn Rebecca eine Nachricht hinterlassen hatte, änderte das vieles. »Ist das ihre Schrift?«

»Ja.«

»Am Montag haben Sie Detective Adams gesagt, dass Rebecca schon früher ausgerissen ist.«

»Aber nicht so«, widersprach sie. »Sie hat noch nie eine Nachricht hinterlassen.«

Jeffrey nahm an, dass das Mädchen angesichts der Ereignisse wahrscheinlich nur rücksichtsvoll sein wollte. »Wie oft ist das schon vorgekommen?«

»Im Mai und im Juni letztes Jahr. Und dann noch einmal diesen Februar.«

»Könnte sie einen Grund haben wegzulaufen?«

»Ich verstehe Sie nicht.«

Jeffrey wählte seine Worte mit Bedacht. »Meistens reißen Mädchen nicht einfach so aus. Oft laufen sie vor etwas Bestimmtem weg.«

Eine Ohrfeige hätte die Frau besser verkraftet. Brüsk faltete sie den Brief zusammen und steckte ihn in ihre Manteltasche. »Es tut mir leid, dass ich Ihre Zeit vergeudet habe.«

»Mrs. Bennett −«

Doch sie war schon zur Tür hinaus und stürmte die Stufen hinunter.

»Mrs. Bennett«, rief er und folgte ihr auf den Parkplatz. »Sie können so nicht gehen.«

»Sie haben mich gewarnt, dass Sie so was denken würden.«

»Wer hat Sie gewarnt?«

»Mein Mann. Meine Brüder.« Ihre Schultern bebten. Sie zog ein Taschentuch hervor und putzte sich die Nase. »Sie haben gesagt, Sie würden uns beschuldigen. Dass es völlig sinnlos sei, den Versuch zu unternehmen, mit Ihnen zu reden.«

»Ich erinnere mich nicht, dass ich irgendjemand beschuldigt hätte.«

Sie schüttelte den Kopf und drehte sich um. »Ich weiß, was Sie denken, Chief Tolliver.«

»Ich glaube nicht −«

»Paul hat mich gewarnt, dass es genau so sein würde. Außenstehende können es einfach nicht verstehen. Wir haben das akzeptiert. Ich weiß nicht, warum ich es überhaupt versucht habe.« Sie presste die Lippen zusammen. Der Zorn stärkte ihre Entschlossenheit. »Vielleicht teilen Sie meinen Glauben nicht, aber ich bin Mutter. Eine meiner Töchter ist tot, und die andere ist verschwunden. Ich weiß, dass da was nicht stimmt. Ich weiß, dass Rebecca niemals so egoistisch wäre, mich in Zeiten wie diesen zu verlassen, es sei denn, sie hat keine andere Möglichkeit gesehen.«

Jeffrey merkte, dass sie seine frühere Frage beantwortete, ohne es zugeben zu wollen. Diesmal versuchte er, noch vorsichtiger zu sein. »Was könnte der Grund sein, dass sie keine andere Möglichkeit gesehen hat?«

Esther schien nach Antworten zu suchen, doch sie teilte Jeffrey nicht mit, was ihr im Kopf herumging.

Er versuchte es noch einmal. »Aus welchem Grund musste sie weglaufen?«

»Ich weiß, was Sie denken.«

»Warum ist sie weggelaufen?«

Esther schwieg.

»Mrs. Bennett?«

Schließlich warf sie die Hände in die Luft und schluchzte: »Ich weiß es nicht!«

Jeffrey gab ihr Zeit. Sie stand vor ihm, der kalte Wind riss an ihrem Kragen. Ihre Nase war rot, Tränen liefen ihr über die Wangen. »Sie hätte das nie getan«, weinte sie. »Sie hätte es nie getan, es sei denn, sie war dazu gezwungen.«

Jeffrey wartete ein paar Sekunden, dann öffnete er die Autotür. Er half Esther in den Wagen und kniete sich vor sie, damit sie weiterreden konnten. Er wusste, dass May-Lynn hinter ihm am Fenster stand und die Szene beobachtete, und er wollte alles tun, um Esther Bennett zu schützen.

In der Hoffnung, dass Esther sein Mitgefühl spürte, sagte er: »Erzählen Sie mir, wovor sie weggelaufen ist.«

Sie tupfte sich die Augen ab, dann betrachtete sie das Taschentuch in ihrer Hand, faltete es zusammen und wieder auseinander, als würde sie dort eine Antwort finden. »Sie ist so anders als Abby«, sagte sie endlich. »Sie ist so rebellisch. Ganz anders, als ich in ihrem Alter war. Anders als wir alle.« Dann sagte sie: »Sie ist so kostbar. Ihre Seele ist so stark. Mein ungestümer kleiner Engel.«

Jeffrey fragte: »Wogegen hat sie rebelliert?«

»Regeln«, sagte Esther. »Sie lehnt sich gegen alles auf.«

»Als sie früher davongelaufen ist«, begann Jeffrey. »Wo war sie?«

»Sie sagte, sie hätte im Wald gezeltet.«

Jeffrey erschrak. »In welchem Wald?«

»In Catoogah. Als sie klein waren, haben sie oft dort draußen gezeltet.«

»Nicht im Naturschutzgebiet in Grant?«

Sie schüttelte den Kopf. »Wie sollte sie dort hinkommen?«, fragte sie. »Dahin ist es viel zu weit von uns.«

Nach dem, was mit ihrer Schwester passiert war, gefiel Jeffrey die Vorstellung, dass Rebecca im Wald war – und zwar egal in welchem Wald –, ganz und gar nicht. »Hat sie sich mit Jungen getroffen?«

»Ich weiß es nicht«, gestand sie. »Ich weiß nichts von ihr. Ich dachte, ich hätte Abby gekannt, aber jetzt ...« Sie hielt sich die Hand vor den Mund. »Ich weiß gar nichts.«

Jeffreys Knie fingen an, wehzutun, und er verlagerte sein Gewicht auf die Fersen. »Rebecca wollte nicht in die Kirche?«, riet er.

»Wir überlassen die Entscheidung den Kindern. Wir zwingen sie nicht, so zu leben. Marys Kinder haben sich entschieden ...« Sie holte tief Luft und atmete langsam aus. »Wir überlassen ihnen die Entscheidung, sobald sie alt genug sind, sie selbst zu treffen. Lev war auf dem College. Paul ist eine Zeitlang andere Wege gegangen. Er ist zurückgekommen. Ich habe nie aufgehört, ihn zu lieben. Er war immer mein Bruder.« Sie hob die Hände. »Ich verstehe es einfach nicht. Warum ist sie weggelaufen? Warum jetzt?«

Im Laufe der Jahre hatte Jeffrey viele Fälle von vermissten Kindern gehabt. Glücklicherweise klärten sich die meisten mehr oder weniger schnell auf. Wenn Kälte oder Hunger zu nagen begannen, wurde den meisten Kindern schnell klar, dass es Schlimmeres gab, als sein Zimmer aufzuräumen oder den Spinat aufzuessen. Aus irgendeinem Grund ahnte er, dass Rebecca Bennett nicht vor Haushaltspflichten davongelaufen war, doch er wollte Esther nicht noch mehr beunruhigen.

Er bemühte sich, so vorsichtig wie möglich zu sein. »Becca war schon öfter fort.«

»Ja.«

»Nach einem oder zwei Tagen kommt sie zurück.«

»Sie kommt immer zu uns zurück – zu ihrer Familie.« Fast schien sie resigniert, als würde Jeffrey sie sowieso nicht verstehen. »Wir sind nicht, was Sie denken.«

Jeffrey wusste selbst nicht, was er dachte. Er wollte es nicht sagen, doch ihm leuchtete ein, wieso ihre Brüder sich weniger Sorgen machten als Esther. Wenn Rebecca öfter ausriss, ihre Familie ein paar Tage lang in Höllenangst versetzte und dann zurückkam – vielleicht war dies nur ein weiterer Versuch, Aufmerksamkeit auf sich zu lenken. Die Frage war nur, weshalb sie Aufmerksamkeit brauchte. War es das typische Verhalten eines Teenagers? Oder steckte mehr dahinter?

»Stellen Sie Ihre Fragen«, sagte Esther tapfer. »Fangen Sie an.«

»Mrs. Bennett«, begann er.

Sie hatte ihre Fassung mehr oder weniger wiedergefunden. »Wenn Sie mich fragen wollen, ob meine Brüder sich an meinen Töchtern vergreifen, sollten Sie wenigstens Esther zu mir sagen.«

»Ist es das, wovor Sie Angst haben?«

»Nein«, antwortete sie, ohne eine Sekunde zu zögern. »Am Montag hatte ich Angst, von Ihnen zu hören, dass meine Tochter tot ist. Jetzt habe ich Angst zu hören, dass es auch für Rebecca keine Hoffnung gibt. Die Wahrheit macht mir Angst, Chief Tolliver. Vor falschen Vermutungen fürchte ich mich nicht.«

»Sie müssen die Frage beantworten, Esther.«

Sie ließ sich Zeit, als bereitete ihr schon der Gedanke Übelkeit. »Meine Brüder haben sich meinen Kindern gegenüber nie unziemlich verhalten. Mein Mann hat sich meinen Kindern gegenüber nie unziemlich verhalten.«

»Was ist mit Cole Connolly?«

Sie schüttelte einmal den Kopf. »Glauben Sie mir, wenn ich Ihnen dies sage«, versicherte sie. »Wenn irgendjemand einem meiner Kinder ein Leid zugefügt haben sollte – nicht nur meinen Kindern, irgendeinem der Kinder –, dann würde ich ihn mit bloßen Händen umbringen. Möge Gott mich richten.«

Er sah sie einen Moment an. Ihre hellgrünen Augen glühten vor Entschlossenheit. Er glaubte ihr, oder zumindest glaubte er, dass sie selbst davon überzeugt war.

Sie fragte: »Was werden Sie tun?«

»Ich schicke eine Vermisstenmeldung raus und rufe ein paar Leute an. Ich werde mit dem Sheriff von Catoogah sprechen, aber ehrlich gesagt, sie ist schon öfter ausgerissen, und sie hat eine Nachricht dagelassen.« Er gab ihr Zeit, den Gedanken zu verarbeiten, und dachte selbst noch einmal darüber nach. Hätte Jeffrey Rebecca Bennett entführen wollen, hätte er es wahrscheinlich genau so getan: Er hätte sie einen Brief schreiben lassen und die Tatsache ausgenutzt, dass sie eine Vorgeschichte hatte.

231

»Glauben Sie, Sie finden sie?«

Jeffrey kämpfte gegen das Bild des jungen Mädchens in einem selbstausgehobenen Grab. »Falls ich sie finde«, sagte er, »will ich mit ihr sprechen.«

»Sie haben schon mit ihr gesprochen.«

»Ich will alleine mit ihr sprechen«, sagte Jeffrey. Er hatte nicht das Recht, Esther darum zu bitten. Außerdem könnte Esther das Versprechen jederzeit brechen. Trotzdem sagte er: »Sie ist noch minderjährig. Vor dem Gesetz darf ich nicht ohne die Erlaubnis von mindestens einem Elternteil mit ihr sprechen.«

Esther ließ sich Zeit, offenbar wog sie die Konsequenzen ab. Endlich nickte sie. »Meine Erlaubnis haben Sie.«

»Sie wissen, dass sie wahrscheinlich irgendwo zeltet.« Jeffrey hatte ein schlechtes Gewissen, ihre Verzweiflung auszunutzen, und hoffte inständig, dass er richtiglag. »Wahrscheinlich kommt sie in ein oder zwei Tagen von allein zurück.«

Esther nahm den Brief aus der Manteltasche. »Finden Sie sie«, sagte sie und drückte ihm den Zettel in die Hand. »Bitte finden Sie sie.«

Als Jeffrey zum Revier zurückkam, stand auf dem Parkplatz ein Bus, auf dem in großen Lettern »Holy Grown Farm« zu lesen war. Eine Gruppe von Farmarbeitern stand draußen, die restlichen drängten sich im Empfangsraum. Beim Aussteigen unterdrückte Jeffrey einen Fluch und fragte sich, ob Lev Ward das komisch fand.

Drinnen bahnte er sich den Weg durch einen Haufen der übelriechendsten Menschen, die er seit seinem letzten Besuch in der Innenstadt von Atlanta gesehen hatte. Er musste die Luft anhalten, bis Marla ihn per Knopfdruck in den abgesperrten Bereich ließ. Eine Minute länger in dem überhitzten Raum, und er hätte sich übergeben müssen.

»Hallo, Chief«, sagte Marla und nahm ihm den Mantel ab. »Ich schätze, Sie wissen, was das hier soll.«

Frank kam mit säuerlicher Miene auf ihn zu. »Sie sind schon seit zwei Stunden hier. Allein um die Namen aufzunehmen, brauchen wir einen ganzen Tag.«

Jeffrey fragte: »Wo ist Lev Ward?«

»Connolly hat gesagt, er ist zu Hause bei seiner Schwester geblieben.«

»Bei welcher?«

»Keinen blassen Dunst«, sagte er, offensichtlich unter dem Einfluss der Typen da draußen. »Sagt, sie ist zuckerkrank oder so was.«

»Mist«, fluchte Jeffrey. Dieser Lev Ward ging eindeutig zu weit. Dass er nicht hier war, kostete nicht nur Zeit, es hieß auch, dass Mark McCallum, der Polygraphenexperte vom GBI, dem Grant County Police Department, eine weitere Nacht auf der Tasche lag.

Jeffrey nahm sein Notizbuch heraus und notierte Rebecca Bennetts Namen und ihre Personenbeschreibung. Dann holte er ein Foto heraus und gab es Frank. »Abbys Schwester«, sagte er. »Schick die Beschreibung raus. Sie wird seit gestern, zweiundzwanzig Uhr, vermisst.«

»Scheiße.«

»Sie ist schon öfter ausgerissen«, erklärte Jeffrey, »aber es passt mir nicht, dass es diesmal so kurz nach dem Tod ihrer Schwester passiert.«

»Glaubst du, sie weiß was?«

»Ich glaube, sie hatte einen Grund zum Weglaufen.«

»Hast du den Pfennigfuchser angerufen?«

Jeffrey verzog das Gesicht. Er hatte auf dem Rückweg zum Revier bei Ed Pelham angerufen. Wie erwartet, hatte ihm der Sheriff des Nachbarcountys praktisch ins Gesicht gelacht. Jeffrey konnte es ihm nicht verübeln – das Mädchen war eben eine Ausreißerin –, aber er hatte trotzdem gehofft, in Anbetracht des Todes von Abigail Bennett würde Ed die Sache ernster nehmen.

Er fragte Frank: »Durchkämmt Brad immer noch die Gegend um den See?« Frank nickte. »Sag ihm, er soll nach Hause gehen und seinen Rucksack oder seine Campingsachen oder so was packen. Schick ihn und Hemming raus in den Wald nach Catoogah. Sie sollen sich schon mal umsehen. Wenn sie jemand aufhalten will, sollen sie sagen, sie gehen zelten, verdammt nochmal.«

»Alles klar.« Frank wollte sich schon umdrehen, doch Jeffrey war noch nicht fertig.

»Lass die Fahndung nach Chip Donner ändern und schick die Info raus, dass er vielleicht ein Mädchen dabeihat.« Achselzuckend

233

beantwortete Jeffrey Franks fragenden Blick. »Wir klopfen so lange auf den Busch, bis wir den Richtigen haben.«

»In Ordnung«, sagte Frank. »Ich habe Connolly in Zimmer eins gesetzt. Willst du gleich zu ihm rein?«

»Ich lasse ihn noch ein bisschen schmoren«, antwortete Jeffrey. »Wie lange, glaubst du, brauchen wir, bis wir die ganzen Leute vernommen haben?«

»Fünf, sechs Stunden vielleicht.«

»Irgendwas Interessantes bisher?«

»Nichts, außer dass Lena einem von ihnen mit Gewalt gedroht hat, wenn er noch einmal den Namen des Herrn Jesus in den Mund nimmt.« Dann knurrte er: »Zum Teufel, ich glaube, das hier ist reine Zeitverschwendung.«

»Ich fürchte, du hast recht«, sagte Jeffrey. »Deshalb will ich, dass du dir jetzt die Leute auf der Liste vornimmst, die in Atlanta Zyankali bestellt haben.«

»Ich fahre los, sobald ich mit Brad gesprochen und die Fahndungsmeldung geändert habe.«

In seinem Büro griff Jeffrey zum Telefon, noch bevor er sich überhaupt hingesetzt hatte. Er wählte die Nummer der Holy Grown Farm und navigierte sich durch das Netz der Durchwahlen, um Lev Ward zu erreichen. Während er in einer Warteschleife festsaß, kam Marla herein und legte ihm einen Stapel Nachrichten auf den Tisch. Er nickte, und im gleichen Moment schaltete sich Lev Wards Anrufbeantworter an.

»Hier spricht Chief Tolliver«, sagte er. »Bitte rufen Sie mich so schnell wie möglich zurück.« Jeffrey hinterließ seine Mobilnummer. Er wollte nicht, dass Lev Ward es sich leichtmachte, indem er nur eine Nachricht hinterließ. Dann ging er die Notizen von gestern Abend durch. Aus den langen Listen, die er erstellt hatte, wurde er heute nicht mehr schlau. Er hatte sich Fragen für jedes Familienmitglied notiert, doch bei Tageslicht fiel ihm auf, dass jede einzelne davon Paul Ward auf den Plan rufen würde, bevor er sie auch nur ausgesprochen hatte.

Rechtlich war keiner von ihnen verpflichtet, mit der Polizei zu reden. Jeffrey hatte keinen begründeten Verdacht, der eine Vorladung rechtfertigte, und inzwischen hatte er ernsthafte Zweifel, dass Lev Ward sein Versprechen halten und den Lügendetektortest machen würde. Den Computer mit den Namen zu füttern hatte nicht viel ergeben. Jeffrey hatte es auch mit Cole Connollys Namen versucht, doch ohne einen Zweitnamen oder etwas Handfestes wie den Geburtstag oder eine frühere Adresse hatte die Suche in den Südstaaten der USA etwa sechshundert Cole Connollys erbracht. Als er es mit Coleman Connolly versuchte, waren noch dreihundert Treffer dazugekommen.

Jeffrey betrachtete seine Hand. Der Verband löste sich an den Seiten. Als Esther ihn heute Morgen angefleht hatte, ihre Tochter zu finden, hatte sie nach seiner Hand gegriffen. Jeffrey war inzwischen überzeugt, dass sie ihm das Herz ausgeschüttet hätte, wenn sie irgendwas gewusst hätte. Sie würde alles tun, um ihr einziges noch lebendes Kind zurückzubekommen. Sie hatte sich gegen ihre Brüder und ihren Mann aufgelehnt, indem sie überhaupt mit Jeffrey sprach. Als er sie fragte, ob sie ihnen von dem Treffen erzählen würde, hatte sie nur kryptisch geantwortet: »Wenn sie mich fragen, lüge ich nicht.« Jeffrey nahm an, die Männer zogen die Möglichkeit gar nicht in Betracht, dass Esther etwas auf eigene Faust tun könnte, ohne ihre Erlaubnis. Das Risiko, das sie eingegangen war, bewies, wie verzweifelt sie nach der Wahrheit suchte. Das Problem war nur, dass Jeffrey nicht wusste, wo er anfangen sollte. Im Moment konnte er sich nur im Kreis drehen, bis irgendwann jemand einen Fehler machte.

Er überflog die Nachrichten, versuchte, sich auf die Schrift zu konzentrieren. Jeffrey war erschöpft, und seine Hand pochte. Zwei Anrufe des Bürgermeisters und eine Nachricht vom Dew Drop Inn, wo man eine Frage zur Hotelrechnung von Mark McCallum hatte, machten die Lage nicht besser. Offensichtlich nahm der junge Experte aus Macon gerne den Zimmerservice in Anspruch.

Jeffrey rieb sich die Augen und entzifferte Buddy Confords Namen. Der Anwalt war am Vormittag vor Gericht, doch er würde aufs Revier kommen, sobald er konnte, um mit seiner Stieftochter zu reden. Patty O'Ryan hatte er ganz vergessen. Er legte den Zettel zur Seite, bevor er den Stapel weiter durchging.

Als er den vorletzten Zettel in der Hand hielt, bekam er Herzklopfen. Saras Cousin, Dr. Hareton Earnshaw, hatte angerufen.

Unter seinen Namen hatte Marla gekritzelt: »Er sagt, es sei alles in Ordnung«, darunter hatte sie geschrieben: »Geht es Ihnen gut?«

Jeffrey griff zum Telefon und rief Saras Anschluss in der Klinik an. Nach ein paar Sekunden in der Warteschleife mit Classic Rock von den Chipmonks war sie am Apparat.

»Hare hat angerufen«, verkündete er. »Es ist alles in Ordnung.«

Sie seufzte leise. »Das sind gute Neuigkeiten.«

»Ja.« Er dachte an neulich Abend, an das Risiko, das Sara eingegangen war. Kalter Schweiß brach ihm aus, doch dann machte sich Erleichterung in ihm breit. Er hatte sich bemüht, sich auf schlechte Nachrichten vorzubereiten, doch der Gedanke, dass er Sara mit ins Elend gestürzt haben könnte, war zu viel für ihn gewesen. Er hatte ihr in diesem Leben schon genug Schmerzen zugefügt.

Sie fragte: »Was hat Esther Bennett gesagt?«

Er erzählte ihr von dem vermissten Kind und Esthers Ängsten. Sara war skeptisch. »Rebecca ist immer zurückgekommen?«

»Ja«, sagte er. »Wenn die Sache mit Abby nicht wäre, hätte ich vielleicht nicht mal eine Vermisstenmeldung aufgenommen. Ich weiß nicht, was ich denken soll: Ist sie abgehauen, weil sie Aufmerksamkeit braucht, oder musste sie sich verstecken?«

»Zum Beispiel, weil sie weiß, was mit Abby passiert ist?«, fragte Sara.

»Vielleicht.« Jetzt sprach er den Gedanken aus, den er seit Esthers Anruf heute Morgen zu verdrängen versuchte. »Sie könnte auch irgendwo da draußen sein, Sara. So wie Abigail.«

Sara schwieg.

»Ich habe ein Team in den Wald geschickt. Außerdem habe ich Frank losgeschickt, damit er sich die Juweliere ansieht. Wir haben das Revier voller Exjunkies und Alkoholiker von der Farm, und die meisten riechen ziemlich unangenehm.« Er unterbrach sich, weil er Stunden brauchen würde, wenn er ihr alle Sackgassen aufzählen wollte.

Aus heiterem Himmel sagte Sara: »Ich habe Tess zugesagt, heute Abend mit ihr die Gemeinde zu besuchen.«

Jeffrey hatte ein flaues Gefühl im Magen. »Ich wünschte, du würdest nicht gehen.«

»Du kannst mir kein gutes Gegenargument nennen.«

»Nein«, sagte er. »Nur mein Bauchgefühl, aber ich habe einen ziemlich cleveren Bauch.«

»Ich muss das für Tessa tun«, sagte sie, »und für mich.«

»Wirst du jetzt auf einmal religiös?«

»Es gibt da was, das ich mir selbst ansehen muss«, erklärte sie. »Ich kann jetzt nicht darüber reden, aber irgendwann sage ich es dir.«

Er fragte sich, ob sie immer noch sauer war, weil er auf der Couch geschlafen hatte. »Was ist los?«

»Nichts ist los, ehrlich. Ich muss nur erst selbst darüber nachdenken, bevor ich es dir sagen kann«, sagte sie. »Hör zu, ich habe hier einen Patienten.«

»Also gut.«

»Ich liebe dich.«

Jeffrey merkte, dass er seit langer Zeit wieder lächelte. »Bis nachher.«

Er legte den Hörer auf und starrte auf die blinkenden Anzeigen. Plötzlich hatte er wieder Auftrieb, und er beschloss, dass dies ein guter Zeitpunkt war, sich Cole Connolly vorzuknöpfen.

Im Flur vor dem Waschraum lehnte Lena an der Wand und trank eine Cola. Sie hatte ihn nicht kommen sehen und zuckte zusammen. Cola spritzte auf ihr Hemd.

»Scheiße«, murmelte sie und wischte sich die Limonade von der Bluse.

»Tut mir leid«, sagte er. »Was machst du hier?«

»Ich musste mal Luft schnappen«, erklärte sie, und Jeffrey nickte. Die Arbeiter der Holy Grown Farm hatten während der frühen Morgenstunden im Schweiße ihres Angesichts auf dem Feld gearbeitet, und das war nicht zu überriechen.

»Fortschritte?«

»Sie sagen alle mehr oder wenig das Gleiche. Abigail war ein nettes Mädchen, gelobt sei der Herr. Sie hat ihr Bestes gegeben, Jesus liebt dich.«

Jeffrey überging ihren Sarkasmus, auch wenn er rückhaltlos ihrer Meinung war. Langsam dämmerte ihm, dass der Ausdruck »Sekte« gar nicht so fehl am Platz war. Auf jeden Fall benahmen sich die Leute wie nach einer Gehirnwäsche.

Lena seufzte. »Weißt du, wenn man den ganzen Quatsch ignoriert, scheint sie ein echt nettes Mädchen gewesen zu sein.« Sie presste die Lippen zusammen, und Jeffrey war überrascht, sie so zu sehen. Aber so überraschend ihre Sanftmut aufgetaucht war, so schnell verschwand sie wieder. »Na ja. Irgendwas hatte bestimmt auch sie zu verbergen. Das hat doch jeder.«

Jeffrey meinte, Schuldgefühle in ihren Augen aufblitzen zu sehen, doch statt sie auf Terri Stanley und das Polizeifest anzusprechen, sagte er: »Rebecca Bennett wird vermisst.«

Lena sah ihn entgeistert an. »Seit wann?«

»Seit gestern Abend.« Jeffrey zeigte ihr den Zettel, den Esther ihm vor dem Diner in die Hand gedrückt hatte. »Sie hat das hier hinterlassen.«

Als Lena die Nachricht gelesen hatte, murmelte sie: »Da stimmt was nicht«, und Jeffrey war froh, dass irgendjemand die Sache ernst nahm. Sie fragte: »Warum sollte sie weglaufen, so kurz nach dem Tod ihrer Schwester? So egoistisch war nicht mal ich mit vierzehn. Ihre Mutter muss vollkommen durchdrehen.«

»Ihre Mutter war es, die zu mir gekommen ist«, erklärte Jeffrey. »Sie hat mich heute Morgen zu Hause angerufen. Ihre Brüder wollten die Sache nicht melden.«

»Warum nicht?«, fragte Lena und gab ihm den Zettel zurück.

»Sie wollen die Polizei nicht mit reinziehen.«

»Na wunderbar«, sagte Lena. »Mal sehen, ob sie ihre Meinung ändern, wenn die Kleine nicht wiederkommt.« Dann fragte sie: »Glaubst du, sie ist entführt worden?«

»Abby hatte keine Nachricht hinterlassen.«

»Stimmt«, sagte sie. »Die Sache gefällt mir nicht. Ich habe kein gutes Gefühl.«

»Ich auch nicht«, stimmte Jeffrey zu und steckte den Zettel wieder ein. »Ich will, dass du bei Connolly die Fragen stellst. Ich schätze, es wird ihm nicht gefallen, wenn eine Frau das Sagen hat.«

Ein Lächeln huschte über ihre Lippen, und sie erinnerte ihn an eine Katze, die eine Maus gesehen hat. »Willst du, dass ich ihn ein bisschen provoziere?«

»Nicht absichtlich.«

»Was wollen wir aus ihm rauskriegen?«

»Ich will sehen, was er für einer ist«, erklärte Jeffrey. »Rausfinden, was er mit Abby zu tun hatte. Wir lassen Rebeccas Namen fallen. Vielleicht beißt er an.«

»Alles klar.«

»Ich will auch nochmal mit Patty O'Ryan sprechen. Wir müssen rauskriegen, ob Chip eine feste Freundin hatte.«

»Rebecca Bennett?«

Lenas scharfer Verstand jagte Jeffrey manchmal Angst ein. Er zuckte die Achseln. »Buddy sagt, er kommt in ein, zwei Stunden her.«

Sie warf die Coladose in den Mülleimer und machte sich auf den Weg zum Vernehmungszimmer. »Ich kann's kaum erwarten.«

Jeffrey hielt ihr die Tür auf und beobachtete, wie sich Lena in die Polizistin verwandelte, als die er sie kannte. Ihr Schritt wurde schwer, wie bei einem Kerl mit dicken Eiern zwischen den Beinen. Sie zog einen Stuhl vom Tisch und setzte sich Cole Connolly wortlos gegenüber, breitbeinig, einen halben Meter von der Tischkante entfernt. Lässig legte sie den Arm über die Lehne des leeren Stuhls, der neben ihr stand.

»Hallo«, sagte sie.

Cole funkelte Jeffrey an, dann sah er wieder zu Lena. »Hallo.«

Sie griff in ihre Hosentasche, nahm einen Notizblock heraus und knallte ihn auf den Tisch. »Ich bin Detective Lena Adams. Das ist Chief Tolliver. Nennen Sie uns Ihren vollen Namen?«

»Cletus Lester Connolly, Ma'am.« Vor ihm lagen ein Stift, ein paar Blatt Papier und eine abgegriffene Bibel. Connolly schob die Zettel zusammen, während Jeffrey sich an die Wand lehnte, die Arme vor der Brust gekreuzt. Connolly war mindestens fünfundsechzig, hatte sich aber gut gehalten und schien penibel auf sein Äußeres zu achten – das T-Shirt war gestärkt und blütenweiß, die Jeans hatte scharfe Bügelfalten. Die Arbeit auf dem Feld hatte seinen Körper trainiert, seine Brust war muskulös, sein Bizeps wölbte sich unter dem T-Shirt. Drahtiges weißes Haar wucherte ihm aus dem Kragen, wuchs aus seinen Ohren, bedeckte seine Arme. Auf seinem ganzen Körper spross weißer Pelz, mit Ausnahme seines kahlen Schädels.

Lena fragte: »Warum werden Sie Cole genannt?«

»So hat mein Vater geheißen«, erklärte Connolly und ließ den Blick wieder zu Jeffrey wandern. »Hatte es satt, verdroschen zu werden, weil ich Cletus hieß. Lester ist auch nicht besser, und da hab ich mit fünfzehn den Namen meines Vaters übernommen.«

Dies erklärte zumindest, warum der Mann im Computer nicht zu finden war. Jeffrey hatte keine Zweifel mehr daran, dass der Kerl aktenkundig war. Die Wachsamkeit, die er an den Tag legte, lernte man nur im Knast. Er war ständig auf der Hut, als suchte er unablässig nach einem Fluchtweg.

»Was ist mit Ihrer Hand passiert?«, fragte Lena, und Jeffrey musterte den dünnen, drei Zentimeter langen Kratzer am rechten Zeigefinger. Die Wunde sah nicht besonders verdächtig aus – mit Sicherheit rührte sie nicht von einem Fingernagel oder einer anderen typischen Abwehrhandlung. Eher sah sie nach einer jener kleinen Wunden aus, die man sich bei der Arbeit mit den Händen schnell holt, wenn man einmal kurz nicht aufpasst.

»Feldarbeit«, brummte Connolly und sah sich den Kratzer an. »Hätte wohl ein Pflaster draufmachen sollen.«

Lena fragte: »Wie lange sind Sie beim Militär gewesen?«

Als er sie überrascht ansah, zeigte sie auf die Tätowierung auf seinem Arm. Jeffrey erkannte das militärische Zeichen, wusste aber nicht, für welche Einheit es stand. Die grobe Tätowierung darunter war unschwer als Handarbeit zu erkennen, vermutlich aus Knastzeiten. Connolly hatte sich mit einer Nadel die Haut aufgeritzt und mit Kugelschreibertinte unauslöschlich die Worte »Jesus Saves« hineingemalt.

»Hab zwölf Jahre gedient, dann haben sie mich rausgeworfen«, antwortete Connolly. Dann griff er der nächsten Frage vor: »Haben mich vor die Wahl gestellt: Entweder ich mache eine Entziehungskur, oder ich fliege raus.« Mit der Hand ahmte er ein startendes Flugzeug nach. »Unehrenhafte Entlassung.«

»Muss hart gewesen sein.«

»Das war es«, bestätigte er und legte die Hand auf die Bibel. Jeffrey bezweifelte, dass der Mann hier war, um einen Eid zu schwören und die Wahrheit zu sagen, aber es gab ein hübsches Bild ab. Cole hatte offensichtlich gelernt, wie man Fragen beantwortete,

240

ohne zu viel preiszugeben. Jedem Versuch, ihn festzunageln, wich er aus, dabei hielt er den Blickkontakt, drückte die Schulter zurück und legte falsche Fährten. »Aber nicht so hart wie das Leben draußen.«

Lena ließ ihm ein bisschen Spiel. »Wie meinen Sie das?«

Er ließ die Hand auf der Bibel liegen. »Mit siebzehn haben sie mich wegen Wagendiebstahl eingebuchtet. Der Richter hat mich zwischen der Armee und dem Kittchen wählen lassen. Also kam ich direkt von der Mutterbrust zu Onkel Sam.« Er zwinkerte ihr zu. In Lenas Gegenwart dauerte es gewöhnlich wenige Minuten, bis die Männer aus der Deckung kamen, dann behandelten sie sie wie eine von ihnen. Vor ihren Augen hatte Cole Connolly sich in einen hilfsbereiten älteren Herrn verwandelt, der eifrig all ihre Fragen beantwortete – zumindest die, die er für unbedenklich hielt.

Er fuhr fort: »Ich hab nie gelernt, wie man sich im richtigen Leben über Wasser hält. Als ich rauskam, hab ich mich mit ein paar Kumpels getroffen, und die hatten die tolle Idee, dem Laden an der Ecke einen Besuch abzustatten.«

Wenn Jeffrey einen Dollar für jeden Insassen der Todeszelle gespart hätte, der seine Karriere mit einem Überfall auf den Laden an der Ecke begonnen hatte, wäre er ein reicher Mann.

»Aber es hat uns einer verpfiffen, noch bevor wir dort waren – hat einen Deal mit den Bullen gemacht, weil sie ihn wegen Drogenhandel dranhatten. Ich hatte Handschellen an, bevor ich den Laden überhaupt betreten hatte.« Connolly lachte, seine Augen funkelten. So tief es ihn getroffen haben mochte, verpfiffen worden zu sein, schien nicht viel Bitterkeit übrig zu sein. »Im Kittchen ging es mir verdammt gut, genau wie in der Armee. Drei Mahlzeiten am Tag und immer jemand da, der mir sagt, wann ich zu essen, zu schlafen, zu scheißen hatte. Als ich dann auf Bewährung raussollte, wollte ich nicht mehr weg.«

»Sie haben die volle Strafe abgesessen?«

»Stimmt genau.« Er plusterte sich auf. »Hab den Richter mit meiner Einstellung auf die Palme gebracht. Hatte da drinnen manchmal ganz schöne Wutanfälle, und das hat den Wachmännern auch nicht gefallen.«

»Kann ich mir vorstellen.«

241

»Hab mir auch eine Menge solcher Dinger abgeholt«, er zeigte auf Jeffreys blaues Auge, wahrscheinlich vor allem, um Jeffrey wissen zu lassen, dass er seine Anwesenheit nicht vergessen hatte.

»Haben Sie sich da drin oft geprügelt?«

»War zu erwarten«, gab er zu. Er beobachtete Lena aufmerksam, taxierend. Jeffrey wusste, dass sie sich dessen bewusst war. Cole Connolly war ein ziemlich harter Brocken.

»Also«, sagte Lena. »Im Knast sind Sie dann auf Jesus gestoßen? Schon komisch, wie häufig der sich in Gefängnissen rumtreibt.«

Connolly musste sich offensichtlich zusammenreißen. Er ballte die Fäuste, und sein Oberkörper wurde hart wie eine Backsteinmauer. Sie hatte genau den richtigen Ton getroffen. Cole verwandelte sich wieder in den Kerl von der Farm, der keine Schwäche tolerierte.

Etwas sanfter hakte Lena nach: »Im Gefängnis hat man eine Menge Zeit, um über sich selbst nachzudenken.«

Connolly nickte knapp. Er erinnerte Jeffrey an eine Schlange, die sich zum Angriff aufgerollt hatte. Lena dagegen hatte sich lässig zurückgelehnt und ließ den Arm hinten über die Stuhllehne baumeln. Doch unter dem Tisch sah Jeffrey, dass sie die andere Hand an der Waffe hatte. Sie witterte Gefahr, genau wie er.

Als sie weiterredete, behielt sie den saloppen Ton bei und versuchte, Coles Muster nachzuahmen. »Der Knast kann eine schwere Prüfung sein. Entweder er macht dich stark, oder du machst schlapp.«

»Da ist was Wahres dran.«

»Manche gehen vor die Hunde. Es sind eine Menge Drogen im Umlauf.«

»Ja, Ma'am. Drinnen kommt man noch leichter ran als draußen.«

»Und man hat eine Menge Zeit zum Highwerden.«

Er presste die Kiefer zusammen. Jeffrey fragte sich, ob Lena es zu weit trieb, doch er wusste, dass er sich nicht einmischen durfte.

»Ich hab einen Haufen Drogen genommen.« Connolly sprach abgehackt. »Hab es nie abgestritten. Teufelszeug. Es macht einen kaputt, bringt einen dazu, Dinge zu tun, die man nicht tun sollte. Man muss stark sein, um dagegen anzukämpfen.« Als er zu Lena aufblickte, war sein Zorn seinem leidenschaftlichen Glauben gewichen. »Ich war ein schwacher Mann, aber dann habe ich das Licht gesehen. Ich habe unseren Herrn um Erlösung gebeten, und Er hat mir die Hand entgegengestreckt.« Er hob die Hände, als wollte er den Vorgang illustrieren. »Ich habe Seine Hand genommen und gesagt: ›Ja, Herr. Hilf mir, mich zu erheben. Hilf mir, dass ich neu geboren werde.‹«

»Beeindruckende Verwandlung«, sagte Lena. »Wie kam es zu Ihrem Entschluss, einen anderen Weg zu gehen?«

»In meinem letzten Jahr begann Thomas, seine Runden zu machen. Thomas ist das Sprachrohr des Herrn. Durch ihn hat mir der Herr den rechten Weg gewiesen.«

Lena hakte nach: »Lev Wards Vater?«

»Er gehörte zum Resozialisierungsprogramm«, erklärte Connolly. »Die alten Knastis führen ein beschauliches Leben. Wir gehen in die Kirche, wir besuchen Bibeltreffen. Das bringt dich auch nicht in die Situation, von einem jugendlichen Heißsporn rausgefordert zu werden, der sich einen Namen machen will.« Er lachte, und dann war er wieder der freundliche alte Mann, der er vor seinem Ausbruch gewesen war. »Hätte nie gedacht, dass ich mal einer von diesen alten Bibelschleppern werde. Die einen sind für Jesus, die anderen sind gegen ihn, und ich war immer gegen ihn gewesen. Der Lohn meiner Sünden wäre sicher ein qualvoller, einsamer Tod gewesen.«

»Aber dann sind Sie Thomas Ward begegnet?«

»Heute ist er ein kranker Mann, hat einen Schlaganfall gehabt, aber damals war er stark wie ein Löwe. Gott segne ihn. Thomas hat meine Seele gerettet. Und er hat mir einen Ort geschenkt, wo ich nach der Zeit im Knast hingehen konnte.«

»Drei Mahlzeiten am Tag?« Lena spielte auf seine Bemerkung an.

»Ha!«, rief der alte Mann amüsiert und schlug mit der Hand auf den Tisch. Als seine Zettel verrutschten, schob er sie wieder ordentlich zusammen. »Ich schätze, so kann man's auch sehen. Im Herzen bin ich immer noch ein alter Soldat, aber heute diene ich im Heer Gottes.«

Lena fragte: »Ist Ihnen in letzter Zeit was Ungewöhnliches auf der Farm aufgefallen?«

»Nicht dass ich wüsste.«

»Hat sich jemand seltsam verhalten?«

»Verstehen Sie mich nicht falsch«, begann er vorsichtig, »aber denken Sie dran, was für Leute bei uns ein und aus gehen. Bei uns sind alle ein bisschen seltsam. Wenn sie das nicht wären, wären sie nicht bei uns.«

»Na gut«, räumte sie ein. »Ich meine, hat sich jemand verdächtig verhalten? Als hätte er Dreck am Stecken?«

»Alle haben Dreck am Stecken, und manche schleppen ihn mit auf die Farm.«

»Wie meinen Sie das?«

»In Atlanta hocken die Typen im Heim und versinken in Selbstmitleid. Die denken, mit einem Tapetenwechsel wäre es getan.«

»Aber das ist es nicht?«

»Bei manchen schon«, sagte Connolly. »Aber die meisten stellen hier draußen fest, dass die Schwäche, die ihnen die Drogen und den Alkohol und ihr mieses Leben eingebrockt hat, auch dafür sorgt, dass sie nicht davon loskommen.« Bevor Lena etwas sagen konnte, verkündete er: »Schwäche, junge Frau. Die Seele ist schwach, und der Geist ist schwach. Wir tun, was wir können, um zu helfen, aber erst müssen die Seelen stark genug sein, sich selbst zu helfen.«

Lena sagte: »Wir haben gehört, dass Geld aus der Portokasse gestohlen wurde.«

»Das war vor ein paar Monaten«, bestätigte er. »Wir haben den Dieb nie erwischt.«

»Verdächtigen Sie jemand?«

»Zweihundert.« Er lachte, und Jeffrey nahm an, dass ein Haufen Alkoholiker und Exjunkies den Arbeitsplatz nicht gerade zu einem Hort des Vertrauens machte.

Lena fragte: »Und keiner hat Abby nachgestellt?«

»Sie war ein hübsches Mädchen«, sagte Cole. »Viele Jungs haben ihr hinterhergesehen, aber ich hab denen klargemacht, dass sie tabu war.«

»Brauchte jemand eine Extraerklärung?«

»Nicht dass ich mich dran erinnern könnte.« Gefängnissitten waren schwer abzulegen, und Connolly hatte immer noch die alte Angewohnheit, keine Frage mit Ja oder Nein zu beantworten.

244

Lena fragte: »Ist Ihnen aufgefallen, dass sie jemandem näherstand? Mit dem sie besser nicht so viel Zeit verbringen sollte?«

Er schüttelte den Kopf. »Glauben Sie mir, ich habe mir das Hirn zermartert, seit die Sache passiert ist, wer unserer Kleinen etwas angetan haben könnte. Mir fällt niemand ein, auch keiner aus den letzten Jahren.«

»Sie ist viel rumgefahren«, erinnerte sich Lena.

»Als sie fünfzehn war, habe ich ihr in Marys altem Buick das Autofahren beigebracht.«

»Standen Sie sich nahe?«

»Abigail war wie eine Enkeltochter für mich.« Er blinzelte, um die Tränen zurückzuhalten. »Wenn Sie mal so alt sind wie ich, denken Sie, dass Sie nichts mehr umhaut. Freunde werden krank. Hat mich ziemlich mitgenommen, als Thomas letztes Jahr den Schlaganfall hatte. Hab ihn gefunden. Kann Ihnen gar nicht sagen, wie schwer es ist, einen Mann wie ihn so hilflos zu sehen.« Er wischte sich mit dem Handrücken über die Augen. Lena nickte, als würde sie ihn gut verstehen.

Connolly fuhr fort: »Aber Thomas war ein alter Mann. Auch wenn du nicht damit rechnest, überrascht es es dich nicht wirklich. Abby war noch ein kleines Mädchen. Ein liebes kleines Mädchen, Miss. Hatte ihr ganzes Leben vor sich. Niemand hat einen solchen Tod verdient, aber sie als Allerletzte.«

»Sie scheint was ganz Besonderes gewesen zu sein.«

»Das stimmt«, sagte er. »Sie war ein Engel. So rein und unschuldig wie ein neugeborenes Lamm. Hätte mein Leben für sie gegeben.«

»Kennen Sie einen jungen Mann namens Chip Donner?«

Wieder schien Connolly nachzudenken. »Ich erinnere mich nicht an den Namen. Bei uns herrscht ein großes Kommen und Gehen. Manche bleiben eine Woche, manche einen Tag. Die Glücklichen bleiben für immer.« Er kratzte sich am Kinn. »Der Nachname kommt mir bekannt vor, aber ich weiß nicht woher.«

»Und was ist mit Patty O'Ryan?«

»Nein.«

»Ich nehme an, Rebecca Bennett kennen Sie.«

»Becca?«, fragte er. »Natürlich.«

»Sie wird seit gestern Abend vermisst.«

Connolly nickte; offensichtlich hatte er davon gehört. »Hat einen starken Willen, das Kind. Rennt davon, jagt seiner Mama einen Schrecken ein, kommt zurück, und alles ist wieder Friede, Freude, Eierkuchen.«

»Wir wissen, dass sie schon öfter weggelaufen ist.«

»Wenigstens ist sie diesmal so nett gewesen, eine Nachricht zu hinterlassen.«

»Wissen Sie, wo sie sein könnte?«

Er zuckte die Schultern. »Meistens geht sie in den Wald. Als ich jünger war, hab ich die Kinder oft mit rausgenommen. Hab ihnen beigebracht, wie man mit Gottes Geschenken umgeht. Hab sie Respekt gelehrt für Seine Güte.«

»Gibt es einen speziellen Ort, an den Sie mit ihnen gegangen sind?«

Er nickte, noch während sie die Frage stellte, als hätte er damit gerechnet. »Bin gleich heute Morgen da raus. Aber da hat seit Jahren keiner gezeltet. Keine Ahnung, wo die Kleine hin ist.« Er setzte nach: »Ich wünschte, ich wüsste es – würde ihr den Hintern versohlen dafür, was sie ihrer Mutter in diesen Zeiten antut.«

Marla klopfte und öffnete im gleichen Moment die Tür. »Entschuldigen Sie die Störung, Chief«, sagte sie und reichte ihm einen zusammengefalteten Zettel.

Jeffrey nahm ihn entgegen, während Lena Connolly die nächste Frage stellte. »Seit wann gehören Sie Thomas Wards Kirche an?«

»Fast einundzwanzig Jahre«, antwortete er. »War schon dabei, als Thomas das Land von seinem Vater geerbt hat. Damals war da nichts als Wildnis. Auch Moses hat genauso angefangen.«

Jeffrey beobachtete den Mann, versuchte herauszufinden, ob er die Wahrheit sagte. Die meisten Leute hatten schlechte Angewohnheiten, die zutage traten, wenn sie logen. Manche kratzten sich an der Nase, andere fingen an herumzuzappeln. Connolly saß vollkommen regungslos da, erhobenen Blicks. Entweder er war ein geborener Lügner oder eine ehrliche Haut. Jeffrey hätte auf keins von beidem eine Wette abgeschlossen.

Connolly erzählte weiter von den Anfängen der Holy Grown Farm. »Wir waren damals vielleicht zwanzig Leute. Thomas' Kinder waren natürlich noch klein, keine große Hilfe, am wenigsten Paul. War der Faulste von allen. Hat sich gern zurückgelehnt, während die anderen schufteten, um am Ende selbst die Ernte einzufahren. Wie Anwälte eben so sind.« Lena nickte. »Wir haben mit vierzig Hektar Soja angefangen. Haben keine Chemie oder Pestizide benutzt. Die Leute haben uns damals für verrückt gehalten, aber heute wollen alle nur noch Bio. Unsere Zeit ist gekommen. Ich wünschte nur, Thomas könnte es erleben. Er war unser Moses, buchstäblich. Hat uns aus der Sklaverei geführt – aus der Sklaverei von Drogen, Alkohol, Rücksichtslosigkeit. Er war unser Erlöser.«

Lena unterbrach seinen Sermon. »Er hat sich nicht wieder erholt?«

Connelly wurde noch ernster. »Der Herr wird sich seiner annehmen.«

Jeffrey faltete Marlas Nachricht auseinander, warf einen flüchtigen Blick darauf, dann las er sie noch einmal. Er unterdrückte einen Fluch und fragte Connolly: »Haben Sie sonst noch was zu sagen?«

Jeffreys plötzliche Schroffheit überraschte ihn. »Ich denke nicht.«

Lena brauchte keine Aufforderung. Sie stand auf, und Connolly folgte ihr. Jeffrey sagte: »Ich würde gern morgen weitermachen. Passt es Ihnen in der Frühe?«

Eine Sekunde lang wirkte Connolly überrumpelt, doch er fasste sich schnell wieder. »Kein Problem«, sagte er, das Lächeln so gezwungen, dass Jeffrey fürchtete, er würde sich die Zunge abbeißen. »Morgen ist Abbys Gedenkgottesdienst. Vielleicht danach?«

»Morgen früh müssen wir unbedingt gleich als Erstes mit Lev sprechen«, erklärte Jeffrey mit Nachdruck und hoffte, Cole würde die Information an Lev Ward weitergeben. »Kommen Sie einfach mit ihm mit.«

»Mal sehn«, sagte Connolly unverbindlich.

Jeffrey öffnete die Tür. »Danke, dass Sie gekommen sind und Ihre Leute mitgebracht haben.«

Connelly schien noch immer etwas aus dem Konzept gebracht zu sein, und die Nachricht, die Jeffrey in der Hand hielt, interessierte ihn offenbar brennend. Jeffrey fragte sich, ob es ein Reflex aus seiner kriminellen Vergangenheit war oder ganz natürliche Neugier.

Er sagte: »Wenn Sie gehen, können Sie die Leute mitnehmen. Sie haben sicher viel zu tun, und wir wollen nicht länger Ihre Zeit vergeuden.«

»Kein Problem«, erwiderte Connolly und streckte ihm die Hand entgegen. »Sagen Sie Bescheid, wenn Sie sonst noch was brauchen.«

»Danke.« Jeffrey spürte seine Knochen knirschen, als Connolly ihm die Hand schüttelte. »Wir sehen Sie dann morgen früh mit Lev.«

Connolly hörte die Warnung zwischen den Zeilen. Die Rolle des hilfsbereiten Alten hatte er fallenlassen. »Gut.«

Als Lena ihm auf den Flur folgen wollte, hielt Jeffrey sie zurück. Er zeigte ihr den Zettel, auf dem in Marlas ordentlicher Grundschullehrerinnenschrift stand: »Cromwell Road 25. Vermieterin meldet ›verdächtigen Geruch‹.«

Sie hatten Chip Donner gefunden.

In den dreißiger Jahren war die Nummer 25 der Cromwell Road das hübsche Heim einer wohlhabenden Familie gewesen. Später hatte man aus den großen Gesellschaftszimmern kleinere Räume gemacht und die obere Etage für Mieter unterteilt, denen es nichts ausmachte, das Badezimmer mit Fremden zu teilen. Es gab nur wenige Orte, an denen man unterkommen konnte, wenn man aus dem Gefängnis kam. Die Bewährungsauflagen verlangten, dass man innerhalb einer bestimmten Frist ein Dach über dem Kopf und einen Job fand, sonst landete man direkt wieder hinter Gittern. Die fünfzig Dollar, die einem der Staat bei der Entlassung mitgab, reichten nicht lange. Genau auf diese Kundschaft waren Häuser wie das in der Cromwell Road ausgerichtet.

Sollte dieser Fall irgendeinen Mehrwert haben, dachte Jeffrey, dann, dass er seinen Geruchssinn um allerlei Erfahrungen bereicherte. Das Haus roch nach Schweiß und Brathähnchen, mit einer verstörenden Note von verwesendem Fleisch, die aus dem Zimmer am oberen Ende der Treppe nach unten drang.

An der Tür wurde er von der Vermieterin begrüßt, die sich ein

Taschentuch über Mund und Nase drückte. Sie war eine korpulente Frau mit wabbeligen Oberarmen. Jeffrey musste sich zwingen, während des Gesprächs nicht auf die baumelnden Hautlappen zu starren.

»Wir hatten nie Probleme mit ihm«, versicherte sie Jeffrey, als sie ihn hereinführte. Der ehemals dichte Flor des dicken grünen Teppichs war ausgetreten und wirkte wie mit Motoröl getränkt. Als die Wände ihren letzten Anstrich erhalten hatten, saß Nixon vermutlich noch im Weißen Haus, und sämtliche Ecken und Scheuerleisten waren mit schwarzen Schrammen übersät, auch die Holzpaneele hatten ihre beste Zeit hinter sich gelassen, und Schichten Farbe hatten das schöne Schnitzwerk der Friese zugekleistert. Allein der prächtige Kronleuchter im Eingang, der wahrscheinlich noch zur Originaleinrichtung gehörte, wirkte irgendwie fehl am Platz.

»Haben Sie gestern Abend irgendwas gehört?«, fragte Jeffrey. Er versuchte, durch den Mund zu atmen, ohne zu hecheln.

»Keinen Ton«, sagte sie, dann schränkte sie ein: »Bis auf den Fernseher von Mr. Harris, der im Zimmer neben Chip wohnt.« Sie zeigte die Treppe hinauf. »Mit den Jahren ist er taub geworden, aber er ist mein ältester Mieter. Ich sag den neuen Jungs immer, wenn sie den Lärm nicht aushalten, müssen sie sich was anderes suchen.«

Jeffrey sah hinaus auf die Straße und fragte sich, wo Lena blieb. Er hatte sie losgeschickt, um Brad Stephens zu holen, damit er bei der Spurensicherung am Tatort half. Brad war immer noch im Wald, zusammen mit der halben Truppe, auf der Suche nach allem, was irgendwie verdächtig war.

Er fragte: »Gibt es eine Hintertür?«

»In der Küche.« Sie zeigte ins Hausinnere. »Chip hat immer hinten auf dem Stellplatz geparkt«, erklärte sie. »Von der Sanders gibt es eine Abkürzung durch die Hinterhöfe, direkt hierher.«

»Die Sanders ist die Parallelstraße zur Cromwell?« Jeffrey ahnte, dass Marty Lam Chip selbst dann nicht hätte kommen sehen, wenn er anweisungsgemäß vor der Eingangstür gesessen hätte. Vielleicht würde das Marty trösten, während er seine einwöchige Suspendierung absaß.

Die Wirtin erklärte: »Die Broderick wird nach der Kreuzung zur Sanders.«

»Hatte er öfter Besuch?«

»Oh, nein, er war ein Einzelgänger.«

»Telefonanrufe?«

»Im Flur gibt es einen Münzfernsprecher. Meine Hausleitung dürfen sie nicht benutzen. Aber das Münztelefon klingelt nicht viel.«

»Hatte er Freundinnen?«

Sie kicherte, als hätte Jeffrey einen unanständigen Witz gemacht. »Damenbesuche sind hier nicht erlaubt. Ich bin die einzige Dame in diesem Haus.«

»Na gut«, sagte Jeffrey. Es ließ sich nicht länger aufschieben. Er fragte: »Welches Zimmer ist es?«

»Erste Tür links.« Sie zeigte mit wabbelndem Arm die Treppe hinauf. »Ich hoffe, es macht Ihnen nichts, wenn ich hier unten warte.«

»Haben Sie im Zimmer nachgesehen?«

»Liebe Güte, nein«, sagte sie kopfschüttelnd. »Wir hatten schon ein paar solche Vorfälle. Ich erinnere mich gut genug, das muss ich wirklich nicht nochmal sehen.«

»Ein paar?«

»Na ja, die sind nicht direkt hier gestorben«, erklärte sie. »Oder, warten Sie mal, einer schon. Ich glaube, der hieß Rutherford. Ziemlich –«, sie wedelte mit der Hand vor dem Gesicht. »Na ja, und einen hat der Notarzt geholt, das war der Letzte. Vor acht, vielleicht zehn Jahren. Er hatte noch die Nadel im Arm stecken. Ich bin hoch, weil es so gestunken hat.« Sie senkte die Stimme: »Er hatte sich vollgeschissen.«

»Aha.«

»Ich dachte, er wäre tot, aber die Sanitäter haben ihn ins Krankenhaus gebracht und meinten, er hätte noch eine Chance.«

»Was war mit dem anderen?«

»Ach, Mr. Schwartz«, erinnerte sie sich. »Ein netter alter Mann. Ich glaube, er war Jude, Gott hab ihn selig. Ist im Schlaf gestorben.«

»Wann ist das gewesen?«

»Mutter war noch am Leben, es muss also neunzehnhundert...«, sie dachte nach, »...sechsundachtzig gewesen sein, schätze ich.«

»In welche Kirche gehen Sie?«

»Zu den Baptisten«, sagte sie. »Habe ich Sie da nicht schon mal gesehen?«

»Vielleicht«, antwortete Jeffrey. In den letzten zehn Jahren war er ein einziges Mal in der Kirche gewesen, und das auch nur, um Sara zu sehen. Mit ihren Kochkünsten überzeugte Cathy ihre Töchter, wenigstens an Weihnachten und Ostern die Messe zu besuchen, weil sie auf das Festmahl im Anschluss nicht verzichten wollten.

Jeffrey blickte die steile Treppe hinauf, wenig begeistert von der Aufgabe, die vor ihm lag. Er sagte: »Meine Kollegin sollte bald hier sein. Schicken Sie sie rauf, wenn sie kommt.«

»Natürlich.« Die Wirtin griff sich in den Ausschnitt ihres Kleids und kramte sekundenlang herum, bis sie einen Schlüssel ans Tageslicht beförderte.

Widerwillig nahm Jeffrey den warmen, feuchten Schlüssel entgegen, dann stieg er die Treppe hinauf. Das Geländer war an mehreren Stellen aus der Wand gerissen und wackelte, ein speckiger Film überzog das unlackierte Holz.

Je höher er kam, desto schlimmer wurde der Gestank. Er hätte gar nicht fragen müssen, wo es war, er musste nur seiner Nase folgen.

Die Tür war von außen mit einem Vorhängeschloss abgesperrt. Jeffrey zog sich Latexhandschuhe über. Jetzt bereute er, dass er es nicht schon getan hatte, bevor er den Schlüssel von der Frau entgegennahm. Das Schloss war verrostet, und er versuchte, es am Rand festzuhalten, damit er keine Fingerabdrücke verwischte. Er musste den Schlüssel mit Gewalt hineinstecken und konnte nur beten, dass er nicht im Schloss abbrach. Mehrere Sekunden des Schwitzens und Hoffens in der feuchten Hitze des Hauses wurden mit einem satten Klicken belohnt. Vorsichtig klappte Jeffrey die Spange auf und drehte den Türknauf.

Nachdem er den Eingang gesehen hatte, überraschte ihn die Ausstattung des Zimmers nicht weiter. Der gleiche schmuddelige grüne Teppich. Vor dem Fenster hing ein billiges Rollo, das rechts und links mit blauem Klebeband festgemacht war, damit die Sonne nicht durch die Schlitze fiel. Ein Bett gab es nicht, stattdessen ein halb ausgeklapptes Schlafsofa, als wäre der Bewohner beim Zubettgehen überrascht worden. Sämtliche Schubladen der Kommode waren herausgezogen, ihr Inhalt ergoss sich auf den Teppich. In einer Ecke lagen eine Bürste, ein Kamm und eine zerbrochene Glasschüssel, Tausende von Pennys waren auf dem Teppich verteilt. Zwei Tischlampen ohne Schirm lagen am Boden, unversehrt. Statt eines Kleiderschranks war eine Wäscheleine an die Wand genagelt worden, um Hemden daran aufzuhängen. Jetzt waren die Hemden mitsamt den Kleiderbügeln auf dem Boden verstreut, und nur ein Ende der Leine hing noch am Nagel. Das andere Ende hielt Chip Donner in der leblosen Hand.

Hinter Jeffrey stellte Lena mit einem dumpfen Knall den Spurensicherungskoffer ab. »Anscheinend hatte das Dienstmädchen frei.«

Jeffrey hatte Lena kommen hören, konnte aber seinen Blick nicht von der Leiche wenden. Chips Gesicht sah aus wie Hackfleisch. Die Unterlippe war halb abgerissen und klebte an seiner linken Wange, als hätte sie jemand weggewischt. Mehrere abgebrochene Zähne steckten in seinem Kinn, oder was davon übrig war. Ein Teil des Unterkiefers stand in einem seltsamen Winkel ab. Ein Auge war vollkommen eingedrückt, die andere Höhle war leer. Der Augapfel hing an blutigen Fäden auf der Wange. Chip Donner trug kein Hemd, und im Licht, das aus dem Flur hereinfiel, sah seine weiße Haut fast aus, als ob sie leuchtete. Sein Oberkörper war von Dutzenden dünnen roten Striemen übersät. Es sah aus, als hätte ihm jemand mit rotem Marker und einem Lineal gerade Linien auf den Rumpf gezeichnet.

»Schlagring«, vermutete Lena und zeigte auf Brust und Bauch des Toten. »So was Ähnliches habe ich mal bei einem Trainer an der Polizeischule gesehen. Irgendein Mistkerl hatte ihm hinter einer Mülltonne aufgelauert und ihn am Hals erwischt, bevor er die Waffe ziehen konnte.«

»Bei dem hier sieht man nicht mal, ob er noch einen Hals hat.«

Lena fragte: »Was zum Teufel steckt da in seiner Seite?«

Jeffrey ging in die Hocke, um besser sehen zu können. Er stand immer noch in der Tür. Blinzelnd versuchte er zu erkennen, was er vor sich hatte. »Ich glaube, das sind die Rippen.«

»Um Himmels willen«, sagte Lena. »Mit wem hat der sich bloß angelegt?«

Zehn

SARA VERLAGERTE DAS GEWICHT von einem Fuß auf den anderen. Sie war todmüde. Vor über drei Stunden hatte sie mit der Obduktion von Charles Donner begonnen und immer noch keinen entscheidenden Hinweis gefunden.

Sie schaltete das Diktiergerät wieder ein und sagte: »Extraperitoneale Verletzung der Blase durch stumpfes Trauma aufgrund von äußerer Gewalteinwirkung. Keine sichtbare Beckenfraktur.« An Jeffrey gewandt erklärte sie: »Die Blase war leer, sonst wäre sie mit Sicherheit gerissen. Vielleicht war er kurz vorher auf dem Klo.«

Jeffrey machte sich eine Notiz. Wie Sara und Carlos trug er einen Atemschutz und eine Sicherheitsbrille. Als Sara das Haus in der Cromwell Road betreten hatte, hatte sie sich wegen des Gestanks beinahe übergeben. Donner war zwar offensichtlich erst seit kurzem tot, aber für den Geruch gab es eine wissenschaftliche Erklärung. Magen und Darm waren geplatzt, die Galle und die Exkremente sammelten sich in der Bauchhöhle und traten durch die offenen Wunden an der Brustkorbseite aus. Die Hitze in dem engen Schlafzimmer hatte ein Übriges getan, und in seinem Torso gärte es wie in einer eiternden Wunde. Der Unterleib war so voll von Bakterien, dass er sich aufgebläht hatte, und als Sara die Leiche in der Leichenhalle öffnete, quoll der Eiter über und lief zu beiden Seiten des Untersuchungstischs auf den Boden.

»Horizontale Sternumfraktur, beidseitige Rippenfrakturen, Parenchymverletzungen der Lunge, beschädigte Kapillaren und Kontusion an Nieren und Milz.« Sie unterbrach sich. Sie hatte das Gefühl, sie würde eine Einkaufsliste durchgehen. »Der linke Leberlappen wurde abgetrennt und zwischen Bauchwand und Wirbelsäule zerquetscht.«

Jeffrey fragte: »Glaubst du, da waren mehrere Täter am Werk?«

»Ich weiß es nicht«, gab sie zurück. »Er hat keine Abwehrverletzungen an Armen oder Beinen, aber das könnte auch heißen, dass er überrumpelt wurde.«

»Wie kann ein Einzelner so was anrichten?«

Sie wusste, dass die Frage nicht rhetorisch gemeint war. »Die vordere Bauchwand ist schlaff und komprimierbar. Sie gibt den Druck weiter, der auf sie ausgeübt wird, wie wenn man mit der Hand in eine Pfütze schlägt. Je nach Krafteinwirkung können hohle Organe wie der Magen und die Eingeweide platzen, die Milz kann reißen, die Leber beschädigt werden.«

»Ist Houdini nicht an so was gestorben?«, fragte Jeffrey, und trotz der Umstände musste Sara über sein Faible für die absurden Details der Weltgeschichte lächeln. »Er hat mit der ganzen Welt gewettet, dass er jeden Schlag in den Bauch aushält. Aber irgendein Kerl hat ihn kalt erwischt, und er ist daran gestorben.«

»Stimmt«, bestätigte Sara. »Wenn man die Bauchmuskeln anspannt, wird der Aufprall aufgefangen. Wenn nicht, kann ein Schlag in den Bauch lebensgefährlich sein. Ich schätze, Donner hatte keine Zeit mehr, daran zu denken.«

»Kannst du schon einen Tipp abgeben, was ihn letztendlich umgebracht hat?«

Sara sah sich den Toten an, das, was von seinem Kopf und Hals übrig war. »Wenn du gesagt hättest, der Junge hatte einen Autounfall, hätte ich dir sofort geglaubt. So schwere Verletzungen durch stumpfe Gewalt habe ich noch nie in meinem Leben gesehen.« Sie zeigte auf die Hautlappen, die sich unter dem Aufprall abgelöst hatten. »All diese Geweberisse, die Organ- und Unterbauchverletzungen ...« Sie schüttelte den Kopf. »Die Schläge auf den Brustkorb waren so heftig, dass es zu einer Herzprellung kam. Das Herz wurde gegen die Wirbelsäule gedrückt.«

»Bist du sicher, dass es gestern Abend passiert ist?«

»Auf jeden Fall in den letzten zwölf Stunden.«

»Ist er in seinem Zimmer gestorben?«

»So viel steht fest.« Durch die offenen Wunden waren die Körperflüssigkeiten ausgetreten. Die Magensäure hatte schwarze Löcher in den Teppich gefressen. Als Sara und Carlos versuchten, Chip Donners Leiche anzuheben, hatten sie festgestellt, dass er am grünen Teppichboden festklebte. Sie musste ihm die Jeans ausziehen und ein Stück Teppich ausschneiden, um ihn vom Tatort wegzuschaffen.

Jeffrey fragte: »Woran ist er gestorben?«

»Such dir was aus«, erklärte sie. »Durch die Dislokation des Atlanto-Okzipital-Gelenks wurde das Rückenmark durchtrennt. Das Schädelhirntrauma hat zu einem Subduralhämatom geführt.« Sie zählte die Möglichkeiten an den Fingern ab. »Herzrhythmusstörungen, Durchtrennung der Aorta, traumatische Asphyxie, Lungenblutung.« Die Finger einer Hand reichten nicht. »Vielleicht ist er auch ganz einfach am Schock gestorben. Die Schmerzen, das Trauma, das macht der Körper irgendwann einfach nicht mehr mit.«

»Meinst du, Lena hat recht mit dem Schlagring?«

»Könnte gut sein«, räumte sie ein. »Ich habe das noch nie gesehen, aber die Striemen könnten von der Breite passen, und es würde erklären, dass jemand überhaupt zu solchen Schlägen fähig ist. Die äußerlichen Verletzungen waren minimal, aber die inneren Verletzungen« – sie zeigte auf die zerfetzten Eingeweide, die sie im Bauch gefunden hatte –, »ungefähr so würde ich mir das Ergebnis vorstellen.«

»Was für eine hässliche Art zu sterben.«

Sie fragte: »Habt ihr in seinem Zimmer irgendwas gefunden?«

»Keine Fingerabdrücke außer denen von Donner und seiner Vermieterin«, sagte Jeffrey und blätterte seine Notizen durch. »Ein paar Tütchen – wahrscheinlich Heroin – und Kanülen, die er im Polster unter der Couch versteckt hatte. Rund hundert Dollar in bar, die im Fuß einer Lampe steckten. Ein paar Pornohefte im Schrank.«

»Klingt schlüssig«, sagte sie und fragte sich, wann sie aufgehört hatte, sich darüber zu wundern, wie viele Männer Pornos konsumierten. Inzwischen schöpfte sie eher Verdacht, wenn bei einem Mann nicht irgendeine Art von Pornographie gefunden wurde.

Jeffrey sagte: »Er hatte eine Waffe. Eine Neunmillimeter.«

»Aber er war auf Bewährung?«, fragte Sara. Der Besitz einer Waffe war ein Verstoß gegen die Auflagen, der Donner umgehend zurück in den Knast befördert hätte.

Jeffrey schien davon nicht sehr überrascht. »Wenn ich in der Gegend wohnen würde, würde ich mir auch eine Waffe zulegen.«

»Kein Hinweis auf Rebecca Bennett?«

»Nein, und auch kein Hinweis auf irgendeine andere Frau. Wie gesagt, es gab nur zwei Sorten Fingerabdrücke.«

»Was auch wieder verdächtig sein könnte.«

»Stimmt genau.«

»Habt ihr seine Brieftasche gefunden?« Als sie die Jeans aufgeschnitten hatten, hatte Sara festgestellt, dass seine Hosentaschen leer waren.

»Wir haben loses Kleingeld und einen Kassenbon aus dem Supermarkt gefunden, in dem er die Cornflakes in seinem Schrank gekauft hat«, erklärte Jeffrey. »Keine Brieftasche.«

»Wahrscheinlich hat er die Taschen ausgeleert, als er heimkam, ist aufs Klo gegangen, zurück in sein Zimmer, und dort wurde er dann überrumpelt.«

»Aber von wem?«, fragte Jeffrey. »Ein Dealer, den er beschissen hatte? Ein Freund, der wusste, dass er Stoff hatte, aber nicht wo? Ein Dieb aus der Nachbarschaft, der auf Bargeld aus war?«

»Als Barkeeper hatte er wahrscheinlich meistens Bargeld zu Hause.«

»Jedenfalls hat man ihn nicht verprügelt, um an Informationen zu kommen«, sagte Jeffrey.

Sara nickte. Der Angreifer hatte sich nicht die Zeit gelassen, Chip Donner Fragen zu stellen.

Jeffrey war frustriert. »Vielleicht hatte es was mit Abigail Bennett zu tun. Vielleicht gibt es jemanden, den wir noch gar nicht kennen. Wir wissen nicht mal, ob es eine Verbindung zwischen beiden gab.«

»Es hat nicht so ausgesehen, als hätte es einen Kampf gegeben«, sagte Sara. »Aber das Zimmer sieht aus, als wäre es durchsucht worden.«

»Nicht unbedingt«, entgegnete Jeffrey. »Wenn da jemand was gesucht hat, hat er sich jedenfalls nicht viel Mühe gegeben.«

256

»Ein Junkie kann sich schlecht auf eine Sache konzentrieren.«
Dann widersprach sie sich selbst: »Andererseits muss der Täter
konzentriert vorgegangen sein, um einen Mann so zuzurichten.«

»Und wenn er auf PCP war?«

»Daran habe ich noch nicht gedacht.« PCP oder Angel Dust war
eine ziemlich unberechenbare Droge, zu deren Nebenwirkungen
Aggressionen und lebhafte Halluzinationen gehörten. Als Sara im
Grady Hospital in Atlanta gearbeitet hatte, hatte einmal ein Pati-
ent auf der Notaufnahme im PCP-Rausch die Bettstange, an die er
mit Handschellen gefesselt war, mit bloßen Händen herausgerissen
und damit das Personal bedroht. »Das wäre möglich.«

»Vielleicht hat der Mörder das Zimmer nachträglich verwüstet,
um es nach einem Einbruch aussehen zu lassen.«

»Dann hätte er den Vorsatz gehabt, Donner zu töten.«

»Ich verstehe nur nicht, warum Chip sich nicht verteidigt hat«,
sagte Jeffrey. »Hat er sich einfach hingelegt und totschlagen lassen?«

»Er hat eine hoch verlaufende transversale Mittelgesichtsfraktur,
eine LeFort III. So was habe ich bis jetzt nur in Büchern gesehen.«

»Du musst schon Klartext mit mir reden.«

»Ihm wurde fast das Gesicht vom Schädel gerissen«, erklärte Sara. »Wenn ich raten müsste, würde ich sagen, jemand hat ihn überrumpelt, ihm ins Gesicht geschlagen, und er war sofort bewusst-
los.«

»Nach einem Schlag?«

»Er ist sehr schmächtig«, erinnerte sie ihn. »Vielleicht wurde das
Rückenmark schon beim ersten Schlag durchtrennt. Wenn sein
Kopf mit Wucht nach hinten geflogen ist, war's das.«

»Er hat sich an der Wäscheleine festgehalten«, sagte Jeffrey. »Er
hatte sie sich um die Hand gewickelt.«

»Vielleicht hat er im Fallen instinktiv danach gegriffen«, entgegnete sie. »Zurzeit lässt sich jedenfalls nicht mit Gewissheit sagen,
welche Verletzungen ante und welche post mortem sind. Derjenige,
der das hier getan hat, wusste genau, wie man einen Menschen zu
Tode prügelt. Er ist schnell und methodisch vorgegangen, dann ist
er abgehauen.«

»Vielleicht kannte Donner seinen Mörder.«

»Möglich.« Dann fragte sie: »Was ist mit dem Zimmernachbarn?«

»Der ist an die neunzig und stocktaub«, sagte Jeffrey. »So wie es bei dem gestunken hat, glaube ich nicht mal, dass er das Zimmer verlässt, um aufs Klo zu gehen.«

Sara dachte, dass das wohl für alle Bewohner des Hauses galt. Bereits nach nicht einmal einer halben Stunde in Donners Zimmer hatte sie sich von oben bis unten verdreckt gefühlt. »War sonst noch jemand im Haus?«

»Die Vermieterin war unten, aber sie lässt den Fernseher immer auf voller Lautstärke laufen. Die zwei anderen, die außerdem noch da wohnen, haben beide ein Alibi.«

»Ein gutes?«

»Sie sind eine Stunde vorher verhaftet worden, wegen Trunkenheit und Erregung öffentlichen Ärgernisses. Haben auf Kosten unserer Steuergelder die Nacht im County Jail verbracht.«

»Schön, dass wir auch mal was für die Gemeinde tun können.« Sara zog sich die Latexhandschuhe aus.

Wie gewöhnlich hatte Carlos ihr schweigend zur Seite gestanden, und jetzt bat sie ihn: »Kannst du schon mal anfangen, ihn zuzunähen?«

»Ja, Ma'am«, sagte er und ging zum Schrank, um das Besteck zu holen.

Sara nahm Schutzbrille und Haube ab und atmete tief durch. Dann schlüpfte sie aus dem Kittel, warf ihn in den Wäschekorb und ging zurück in ihr Büro.

Jeffrey folgte ihr. Beiläufig sagte er: »Wahrscheinlich ist es jetzt zu spät geworden, um Tessa noch in die Kirche zu begleiten.«

Sie warf einen Blick auf die Uhr und setzte sich. »Nein. Ich habe noch genug Zeit, heimzufahren und zu duschen.«

»Ich möchte nicht, dass du hingehst.« Er lehnte sich an ihren Schreibtisch. »Diese Leute gefallen mir einfach nicht.«

»Gibt es eine Verbindung zwischen Donner und der Gemeinde?«

»Zählt eine hypothetische Verbindung?«

»Verdächtigst du jemanden von ihnen?«

»Cole Connolly hat im Gefängnis gesessen. Er weiß, wie man jemanden zusammenschlägt.«

»Hast du nicht gesagt, er ist ein alter Mann?«

»Er ist besser in Form als ich«, entgegnete Jeffrey. »Wenigstens hat er seine Haftstrafe nicht abgestritten. Seine Polizeiakte ist ziemlich alt, aber er hat ganze zweiundzwanzig Jahre in Atlanta abgesessen. Dass er mit siebzehn ein Auto geknackt hat, muss noch in den Fünfzigern gewesen sein. Im Computer taucht das nicht mal mehr auf, aber er hat es trotzdem erwähnt.«

»Was für einen Grund sollte er haben, Chip umzubringen? Oder Abby? Und wie soll er an das Zyankali gekommen sein?«

»Wenn ich darauf eine Antwort hätte, wären wir wahrscheinlich nicht hier«, sagte er. »Was musst du heute Abend für dich selbst rausfinden?«

Sie erinnerte sich daran, was sie am Telefon gesagt hatte, und bereute, es überhaupt erwähnt zu haben. »Ach, es ist albern.«

»Albern?«

Sie stand auf und schloss die Tür, auch wenn Carlos wahrscheinlich der diskreteste Mensch der Welt war. »Es ist nur eine alberne Idee von mir.«

»Du hast nie alberne Ideen.«

Sie überlegte, ob sie ihn berichtigen sollte, schließlich war das jüngste Beispiel ihr riskantes Verhalten neulich nachts, doch stattdessen sagte sie: »Ich möchte jetzt nicht darüber reden.«

Er starrte die Wand an und schnalzte mit der Zunge; sie sah ihm an, dass er enttäuscht war.

»Jeff.« Sie nahm seine Hand in beide Hände und drückte sie sich an die Brust. »Ich verspreche dir, dass ich es dir sage, okay? Nach heute Abend erzähle ich dir, warum ich dorthin muss, und dann lachen wir beide darüber.«

»Bist du immer noch sauer, weil ich auf dem Sofa geschlafen habe?«

Sie schüttelte den Kopf und wünschte, er würde das Thema einfach abhaken. Es hatte sie verletzt, ihn auf dem Sofa zu finden, nicht verstimmt. Offensichtlich war sie eine schlechtere Schauspielerin, als sie gedacht hatte. »Warum sollte ich deswegen sauer sein?«

»Ich verstehe nicht, warum du so scharf darauf bist, dich mit diesen Leuten abzugeben. Besonders in Anbetracht der Tatsache, wie Abigail Bennett gestorben ist und dass noch ein zweites Mädchen vermisst wird. Ich hätte gedacht, du würdest alles tun, um Tessa da rauszuhalten, verdammt nochmal.«

»Ich kann es dir jetzt nicht erklären«, sagte sie. »Es hat überhaupt nichts mit dir zu tun oder damit« – sie zeigte in die Leichenhalle –, »nichts mit diesem Fall und nichts mit einer religiösen Erleuchtung. Das verspreche ich dir. Ich schwöre es.«

»Ich hasse es, wenn du dich mir so verschließt.«

»Ich weiß«, sagte sie. »Und ich weiß, dass es unfair ist. Aber du musst mir einfach vertrauen, okay? Gib mir ein wenig Raum.« Am liebsten hätte sie gesagt, sie brauchte den Raum, den sie ihm letzte Nacht gewährt hatte, doch sie wollte das Thema nicht wieder aufwärmen. »Vertrau mir einfach.«

Er starrte auf ihre Hände, die seine hielten. »Das alles beunruhigt mich sehr, Sara. Diese Leute könnten gefährlich sein.«

»Willst du mir verbieten hinzugehen?« Sie versuchte es mit Humor. »Ich sehe keinen Ring an meinem Finger, Mr. Tolliver.«

»Tatsächlich.« Er öffnete ihre Schreibtischschublade. Vor jeder Obduktion nahm sie den Schmuck ab und ließ ihn im Büro zurück. Neben einem Paar Diamantohrringen, die er ihr letztes Jahr zu Weihnachten geschenkt hatte, lag sein College-Ring.

Jeffrey nahm den Ring, und sie streckte die Hand aus, damit er ihn ihr anstecken konnte. Sie dachte, er würde sie noch einmal bitten, nicht zu gehen, doch stattdessen sagte er nur: »Sei vorsichtig.«

Als Sara vor dem Haus ihrer Eltern parkte, entdeckte sie zu ihrer Überraschung ihren Cousin Hare, der in todschicker Aufmachung an seinem offenen Jaguar lehnte.

Er rief: »Hey, Pippi!«, noch bevor sie die Wagentür geschlossen hatte.

Sara sah auf die Uhr. Sie war fünf Minuten zu spät, um Tessa abzuholen. »Was machst du denn hier?«

»Ich habe ein Rendezvous mit Bella.« Hare nahm die Sonnenbrille ab und kam ihr entgegen. »Seit wann ist bei euch die Haustür abgeschlossen?«

Sara zuckte die Schultern. »Wo sind meine Eltern?«

Gespielt ratlos klopfte er sich die Taschen ab. Sara liebte ihren

Cousin heiß und innig, aber seine Unfähigkeit, irgendetwas ernst zu nehmen, machte sie wahnsinnig.

Sie warf einen Blick zum Apartment über der Garage. »Ist Tessa zu Hause?«

»Wenn ja, dann hat sie ihren Zaubermantel an.« Er setzte die Sonnenbrille wieder auf und lehnte sich an ihren Wagen. Er trug weiße Hosen, und einen Moment wünschte Sara, ihr Dad hätte ihren Wagen nicht gewaschen.

Sie sagte: »Tessa und ich wollten zusammen los.« Wohin, verschwieg sie, um sich nicht noch mehr Spott einzuhandeln. Sie sah auf die Uhr. Wenn Tessa in zehn Minuten nicht da war, würde sie nach Hause gehen. Ihre Vorfreude auf die Versammlung der Freikirche hielt sich in Grenzen, und je mehr sie über Jeffreys Worte nachdachte, desto mehr zweifelte sie selbst an ihrem Vorhaben.

Hare schob sich die Brille auf die Nasenspitze und klimperte mit den Wimpern. »Willst du mir nicht sagen, wie gut ich aussehe?«

Sara rollte mit den Augen. Was an Hare am meisten nervte, war, dass ihm seine eigenen Faxen nicht reichten. Es gelang ihm immer, auch die anderen zu Kindereien anzustiften.

Er schlug vor: »Wenn du es mir sagst, sage ich es dir auch. Du fängst an.«

Sara ließ sich nicht ködern, auch wenn sie sich für das Kirchentreffen umgezogen hatte. »Ich habe mit Jeffrey geredet«, sagte sie und verschränkte die Arme vor der Brust.

»Seid ihr schon verheiratet?«

»Nein, und das weißt du genau.«

»Vergiss nicht, dass ich Brautjungfer sein will.«

»Hare …«

»Ich habe dir die Geschichte erzählt, oder? Von der Kuh, die die Milch umsonst kriegt?«

»Kühe trinken keine Milch«, gab sie zurück. »Warum hast du mir nicht gesagt, dass er sich vielleicht angesteckt hat?«

»Ach, weißt du, nach dem Medizinstudium musste ich mal so einen Eid ablegen«, sagte er. »Irgendwas, das sich auf automatisch reimt …«

»Hare …«

»Supermatisch …«

»Hare.« Sara seufzte.

»Hippokratisch!«, rief er und schnippte mit den Fingern. »Keine Ahnung, warum wir alle rumstehen und Kanapees essen mussten, aber du kennst mich ja, ich verpasse nie eine Gelegenheit, ein Kleid anzuziehen.«

»Seit wann hast du Skrupel?«

»Habe sie mit dreizehn alle abgeworfen.« Er blinzelte ihr zu. »Weißt du noch, wie du danach gesucht hast, als wir in der Badewanne saßen?«

»Da waren wir zwei Jahre alt«, erinnerte sie ihn und bedachte ihn mit einem verächtlichen Blick. »Und irgendwie muss ich dabei an die ›Nadel im Heuhaufen‹ denken.«

»Oh!« Er legte sich die Hand vor den Mund.

»Hallo«, rief Tessa, die mit Bella die Straße herunterspaziert kam. »Tut mir leid, dass ich zu spät bin.«

»Schon gut«, sagte Sara, erleichtert und enttäuscht zugleich.

Tessa küsste Hare auf die Wange. »Du siehst klasse aus!«

»Danke«, sagten Hare und Sara wie aus einem Mund.

Bella bat: »Gehen wir rein. Hare, holst du mir eine Cola, Schätzchen?« Sie kramte in ihrer Tasche und fischte einen Schlüssel heraus. »Und bring mir die Stola mit, die auf meinem Sessel liegt.«

»Ja, Ma'am«, flötete er und hüpfte zum Haus hinauf.

Sara erklärte: »Wir sind spät dran. Vielleicht sollten wir ...«

»Ich brauche nur eine Minute, um mich umzuziehen«, entgegnete Tessa und rannte die Treppe zu ihrem Apartment hoch, bevor Sara sich aus der Affäre ziehen konnte.

Bella legte den Arm um Saras Schultern. »Du siehst aus, als würdest du jeden Moment zusammenbrechen.«

»Ich wünschte, Tessa hätte das bemerkt.«

»Hat sie wahrscheinlich auch, aber sie freut sich so, dass du sie begleitest, dass sie sich das auf keinen Fall entgehen lassen will.« Bella hielt sich am Geländer fest und ließ sich auf den Stufen nieder.

Sara setzte sich neben ihre Tante. »Ich verstehe nicht, warum sie will, dass ich mitkomme.«

»Es ist eben ihr neues Steckenpferd«, sagte Bella. »Und sie will, dass du mitspielst.«

262

Sara stützte sich auf die Ellbogen. Sie wünschte, Tessa hätte ein interessanteres Hobby gefunden, das sie mit ihr teilen wollte. Im Kino lief zum Beispiel gerade eine Hitchcock-Retrospektive. Sie könnten auch einen Häkelkurs machen.

»Bella«, fragte Sara. »Warum bist du hier?«

Bella lehnte sich neben ihrer Nichte zurück. »Ich habe mich aus Liebe zur Närrin gemacht.«

Über jeden anderen hätte Sara laut gelacht, doch sie wusste, dass ihre Tante Bella sehr empfindlich war, was Liebesdinge anging.

»Er war zweiundfünfzig«, sagte sie. »Ich hätte seine Mutter sein können!«

Sara zog beeindruckt die Brauen hoch.

»Hat mich wegen eines einundvierzigjährigen Flittchens sitzenlassen«, sagte Bella traurig. »Eine Rothaarige.« Bevor Sara sich solidarisch zeigen konnte, fügte Bella hinzu: »Ganz anders als du.« Dann fuhr sie fort: »Vielleicht waren wir sowieso nicht füreinander geschaffen.« Wehmütig starrte sie auf die Straße. »Trotzdem, das war vielleicht ein Mann! Sehr charmant. Sehr gepflegt.«

»Tut mir leid, dass es nicht geklappt hat.«

»Am schlimmsten ist, wie ich mich ihm zu Füßen geworfen habe«, seufzte sie. »Sitzengelassen zu werden ist eine Sache. Eine ganz andere ist es, um eine zweite Chance zu betteln und einen Schlag ins Gesicht zu bekommen.«

»Er hat doch nicht …«

»O Gott, nein«, lachte sie. »Gnade der armen Seele, die es wagt, die Hand gegen deine Tante Bella zu erheben.«

Sara lächelte.

»Aber auch für dich sollte es eine Lehre sein«, warnte die ältere Frau. »Ein Mensch lässt sich nur eine gewisse Anzahl an Malen zurückweisen.«

Sara biss sich auf die Unterlippe. So langsam hatte sie wirklich keine Lust mehr, von allen zu hören, sie solle Jeffrey heiraten.

»Wenn du mal so alt bist wie ich«, fuhr Bella fort, »werden dir ganz andere Dinge wichtig sein als in deiner unbekümmerten Jugend.«

»Zum Beispiel?«

»Gesellschaft. Jemanden zu haben, mit dem du über Literatur

und Theater und Politik reden kannst. Jemanden, der dich versteht, der das Gleiche durchgemacht hat wie du und am Ende klüger daraus hervorgegangen ist.«

Sara, die die Traurigkeit ihrer Tante spüren konnte, wusste nicht, wie sie sie trösten sollte. »Es tut mir leid, Bella.«

»Ach«, sie tätschelte Sara das Bein. »Mach dir keine Sorgen um deine Tante Bella. Ich habe schon Schlimmeres überlebt, das kann ich dir sagen. Rumgeschubst, wie eine alte Schachtel Wachsmalstifte«, sie zwinkerte ihr zu, »aber die leuchtenden Farben habe ich mir immer bewahrt.« Bella schürzte die Lippen und betrachtete Sara nachdenklich. »Und was beschäftigt dich, Mäuschen?«

Sara wusste, dass sie gar nicht erst versuchen sollte zu lügen. »Wo ist Mama?«

»Bei ihrem Frauenclub. Keine Ahnung, wo dein Dad sich rumtreibt. Wahrscheinlich hockt er im Waffle House und macht mit den anderen alten Herren Politik.«

Sara holte tief Luft. »Darf ich dich was fragen?«

»Schieß los.«

Sara drehte sich zu ihr und sprach leiser, für den Fall, dass Tessas Fenster offen war oder Hare sich von hinten anschlich. »Du hast neulich gesagt, dass Daddy Mama einen Seitensprung verziehen hat.«

Bella sah sie aufmerksam an. »Das geht nur die beiden etwas an.«

»Ich weiß«, sagte Sara. »Aber …« Sie beschloss, offen zu sein. »Es war Thomas Ward, nicht wahr? Sie war an Thomas Ward interessiert.«

Bella ließ sich Zeit, dann nickte sie kurz. Zu Saras Erstaunen sagte sie: »Er war der beste Freund deines Vaters, schon seit Schulzeiten.«

Sara erinnerte sich nicht, dass ihr Vater seinen Namen je erwähnt hatte, was unter den Umständen ins Bild passte.

»Er hat einen Freund verloren. Ich glaube, das hat ihn genauso sehr mitgenommen wie die Angst, deine Mutter zu verlieren.«

»Thomas Ward ist der Prediger der Freikirche, die Tessa so am Herzen liegt.«

Wieder nickte Bella. »Ja, ich weiß.«

»Die Sache ist die …« Sara wusste nicht, wie sie es formulieren sollte. »Er hat einen Sohn.«

»Ich glaube, er hat mehrere Söhne. Und auch Töchter.«

»Tessa sagt, er sieht mir ähnlich.«

Bellas Brauen rutschten nach oben. »Was willst du damit sagen?«

»Ich will gar nichts sagen.«

Über ihnen flog Tessas Tür auf und wurde zugeschlagen. Mit schnellen Schritten galoppierte Tessa die Treppe herunter. Sara konnte ihre Vorfreude beinahe fühlen.

»Schätzchen«, sagte Bella und legte die Hand auf Saras Knie. »Nur weil jemand im Hühnerhaus sitzt, ist er noch lange keine Henne.«

»Bella …«

»Fertig?«, fragte Tessa.

»Viel Spaß, ihr beiden.« Bella stützte sich auf Saras Schulter und stand auf. »Ich lasse das Licht an.«

Die Kirche war anders, als Sara erwartet hatte. Das Gebäude am Rand des Farmgeländes erinnerte sie an die alten Südstaatenkirchen, wie Sara sie aus den Bilderbüchern ihrer Kinderzeit kannte. Es gab hier keine imposante Stuckfassade mit bunten Glasfenstern, wie sie die Kirchen an der Hauptstraße von Heartsdale schmückten. Stattdessen war die Kirche des Höchsten Ziels ein schlichtes Holzhaus. Die Schindeln waren weiß gestrichen, und das Portal war kaum größer als Saras Haustür. Es hätte sie nicht gewundert, wenn es kein elektrisches Licht gegeben hätte.

Drinnen sah es anders aus. Im Mittelgang lag ein roter Teppich, und zu beiden Seiten waren hölzerne Kirchenbänke aufgestellt, die an das Handwerk der Shaker erinnerten. Das Holz war nicht gebeizt, und Sara sah an den grob geschnitzten Schnecken der Lehnen, dass alles von Hand gemacht war. Von der Decke hingen mehrere große Leuchter. Die Kanzel war aus Mahagoni, ein eindrucksvolles Möbel, und das Kreuz hinter dem Taufbecken sah aus, als käme es direkt vom Berg Sinai. Sara hatte schon üppiger geschmückte Kirchen gesehen, die mehr Reichtümer zur Schau stellten. Doch in dem schlichten Schmuck des Raums lag etwas Tröstliches, als hätte der Architekt gewollt, dass sich die

Besucher durch das Gebäude nicht von seiner Bedeutung ablenken ließen.

Als sie die Kirche betraten, nahm Tessa Saras Hand. »Schön, oder?«

Sara nickte.

»Ich bin so froh, dass du mitgekommen bist.«

»Ich hoffe, ich enttäusche dich nicht.«

Tessa drückte ihre Hand. »Du kannst mich gar nicht enttäuschen.« Sie führte Sara zu einer Tür hinter der Kanzel. »Wir treffen uns zuerst im Gemeindesaal. Später wird die Messe im Kirchenraum abgehalten.«

Tessa öffnete die Tür, hinter der sich ein großer, hellerleuchteter Saal auftat. In der Mitte stand ein langer Tisch mit Stühlen für mindestens fünfzig Leute. Kerzenleuchter verbreiteten warmes Licht. Eine Handvoll Menschen saß am Tisch, doch die meisten standen vor dem knisternden Kamin an der hinteren Wand. Auf einem kleinen Tisch unter einer Fensterfront gab es Kaffee und die Rosinenbrötchen, von denen Tessa so geschwärmt hatte.

Zur Feier des Tages trug Sara ausnahmsweise Strumpfhosen, weil ihr beim Umziehen eingefallen war, wie ihre Mutter sie früher immer gemahnt hatte, dass man mit nackten Beinen im Gottesdienst direkt in die Hölle lief. Jetzt sah sie, dass sie sich die Mühe hätte sparen können. Die meisten waren in Jeans gekommen, nur ein paar Frauen trugen Röcke, die allerdings genauso hausbacken waren wie das Kleid, das Abigail Bennett getragen hatte.

»Komm, du musst Thomas kennenlernen«, flüsterte Tessa und zerrte Sara zum Tisch. Zwischen zwei Frauen saß ein alter Mann im Rollstuhl.

»Thomas.« Tessa beugte sich zu ihm und legte die Hand auf seine. »Das ist meine Schwester Sara.«

Auf einer Seite hing sein Gesicht schlaff herunter, die Lippen waren leicht geöffnet, doch als er Sara ansah, blitzten seine Augen freudig auf. Er bewegte mühsam den Mund, aber Sara konnte nicht verstehen, was er sagte.

Eine der Frauen übersetzte: »Er sagt, Sie haben die Augen Ihrer Mutter.«

Sara fand nicht, dass sie irgendwas von ihrer Mutter hatte, aber sie lächelte höflich. »Sie kennen meine Mutter?«

Thomas lächelte zurück, und die Frau erklärte: »Cathy hat uns erst gestern ein Stück von ihrem wundervollen Schokoladenkuchen vorbeigebracht.« Sie tätschelte seine Hand wie bei einem Kind. »Weißt du noch, Papa?«

»Oh«, war alles, was Sara herausbrachte. Falls Tessa überrascht war, ließ sie es sich nicht anmerken. Zu Sara sagte sie: »Da ist Lev. Ich bin gleich wieder da.«

Sara stand da und wusste nicht, wohin mit ihren Händen. Sie fragte sich, was zum Teufel sie eigentlich hier wollte.

»Ich bin Mary«, sagte die Frau, die mit ihr gesprochen hatte. »Und das ist meine Schwester Esther.«

An Esther gewandt, sagte Sara: »Mrs. Bennett, es tut mir so leid wegen Ihres Verlusts.«

»Sie haben Abby gefunden«, stellte die Frau fest. Sie sah Sara nicht direkt in die Augen, sondern hatte den Blick auf eine Stelle hinter ihr gerichtet. Erst nach ein paar Sekunden schaffte sie es, sie anzusehen. »Danke, dass Sie sich um mein Kind gekümmert haben.«

»Es tut mir so leid, dass ich nicht mehr tun konnte.«

Esthers Unterlippe zitterte. Auch wenn sie Cathy nicht ähnlich sah, erinnerte sie Sara an ihre Mutter. Sie strahlte dieselbe innere Ruhe aus, dieselbe entschlossene Gelassenheit, die von bedingungslosem Glauben herrührte.

Esther sagte: »Sie und Ihr Mann sind sehr liebenswürdig gewesen.«

»Jeffrey tut alles, was in seiner Macht steht«, sagte Sara. Sie wusste, dass es besser war, Rebecca und das Treffen im Diner unerwähnt zu lassen.

»Danke«, unterbrach ein großer, gutgekleideter Mann. Er hatte sich neben sie gestellt, ohne dass Sara es gemerkt hatte. »Ich bin Paul Ward«, stellte er sich vor, und auch wenn Jeffrey ihr nichts erzählt hätte, hätte Sara sofort gewusst, dass er Anwalt war. »Ich bin Abbys Onkel. Einer davon.«

»Freut mich, Sie kennenzulernen.« Paul schien einer anderen Welt zu entstammen. Sara kannte sich mit Designermode nicht gut

267

aus, aber zweifelsohne hatte Paul sich seinen Anzug etwas kosten lassen. Er saß wie angegossen.

»Cole Connolly«, stellte sich der Mann an seiner Seite vor. Er war kleiner als Paul und vermutlich dreißig Jahre älter, aber er sprühte vor Energie, und Sara musste daran denken, dass ihre Mutter von manchen Menschen sagte, sie seien beseelt vom Geist Gottes. Doch sie erinnerte sich auch daran, was Jeffrey über ihn gesagt hatte. Connolly mochte harmlos wirken, aber Jeffrey irrte sich in solchen Dingen selten.

Paul fragte Esther: »Meinst du, du könntest nach Rachel sehen?«

Esther schien zu zögern, dann nickte sie und sagte: »Noch einmal vielen Dank, Frau Doktor.« Dann stand sie auf und ging.

Unvermittelt bemerkte Paul: »Meine Frau Lesley konnte heute Abend nicht kommen. Sie muss sich um einen unserer Söhne kümmern.«

»Ich hoffe, es ist nichts Ernstes.«

»Das Übliche«, sagte er. »Sie kennen das ja.«

»Ja«, antwortete sie und fragte sich, woher ihr Argwohn gegen diesen Mann rührte. Im Grunde unterschied er sich nicht von einem Kirchendiakon – was er wahrscheinlich auch war –, aber Sara gefiel die Vertraulichkeit nicht, mit der er zu ihr sprach. Als würde er sie kennen, nur weil er wusste, was sie beruflich tat.

Paul fragte: »Sie sind auch die Gerichtsmedizinerin von Grant County, nicht wahr?«

»Ja.«

»Morgen ist der Gedenkgottesdienst für Abby.« Er senkte die Stimme. »Wir brauchen noch den Totenschein.«

Sara war etwas schockiert von seiner Direktheit, doch sie versprach: »Ich kann die Unterlagen morgen an das Beerdigungsinstitut schicken.«

»An Brock's«, erklärte er. Brock war das Bestattungsinstitut von Grant. »Das wäre sehr freundlich von Ihnen.«

Connolly räusperte sich unbehaglich. Mary flüsterte: »Paul«, und zeigte auf ihren Vater. Offensichtlich hatte das Thema den alten Mann verstört. Er hatte sich im Rollstuhl gedreht und den Kopf zur Seite geneigt. Sara war sich nicht sicher, ob sie Tränen in seinen Augen sah.

268

»So ist das wenigstens geklärt«, rechtfertigte sich Paul und wechselte schnell das Thema. »Wissen Sie, Dr. Linton, ich habe mehrmals für Sie gestimmt.« In das Amt des Gerichtsmediziners musste man gewählt werden, aber in Anbetracht der Tatsache, dass es in den letzten zwölf Jahren keinen Gegenkandidaten gegeben hatte, fühlte Sara sich nicht besonders geschmeichelt.

Sie fragte Paul: »Sie wohnen in Grant County?«

»Papa ist dort aufgewachsen«, sagte Paul und legte dem alten Mann die Hand auf die Schulter. »Unten am See.«

Sara schluckte. In der Nähe ihrer Eltern.

Paul fuhr fort: »Meine Familie ist erst vor ein paar Jahren hier raus gezogen. Ich habe mich immer noch nicht umgemeldet.«

Mary sagte: »Ich glaube, das hat Ken auch noch nicht getan.« Sie wandte sich an Sara: »Ken ist Rachels Mann. Er muss auch irgendwo hier sein.« Sie zeigte auf einen kugelrunden Mann mit einem Rauschebart, der sich mit einer Gruppe Teenager unterhielt. »Da ist er ja.«

»Oh«, sagte Sara höflich. Die Teenager waren fast nur Mädchen, alle angezogen wie Abby und alle ungefähr in Abbys Alter. Als Sara sich umsah, fiel ihr auf, dass eine Menge junger Frauen hier war. Geflissentlich mied sie Cole Connollys Blick, dessen Gegenwart sie sich unangenehm bewusst war. Einerseits wirkte er ganz normal. Andererseits – wie sah ein Mann aus, der ein junges Mädchen, vielleicht mehrere, lebendig begraben und vergiftet hatte? Sara rechnete nicht damit, dass er sich durch Hörner und Fangzähne zu erkennen geben würde.

Thomas sagte etwas, und Sara versuchte, sich wieder auf das Gespräch zu konzentrieren.

Auch diesmal übersetzte Mary. »Er sagt, er hat auch für Sie gestimmt. Meine Güte, Dad. Es kann doch nicht wahr sein, dass sich keiner von euch umgemeldet hat. Das ist sicher strafbar. Cole, du musst sie unbedingt daran erinnern.«

Connolly sah sie entschuldigend an. »Ich habe mich in Catoogah gemeldet.«

Mary fragte: »Und du, Lev, bist du noch in Grant gemeldet?«

Als Sara sich umdrehte, prallte sie beinahe gegen einen großen Mann, der ein kleines Kind im Arm trug.

»Hoppla«, sagte Lev und hielt sie am Ellbogen fest. Er war zwar größer als sie, aber sie hatten beide die gleichen grünen Augen und das gleiche rote Haar.

»Sie sind Lev«, platzte sie heraus.

»Schuldig«, erklärte er und strahlte sie mit vollkommenen weißen Zähnen an.

Sara war gewöhnlich nicht böswillig, doch in diesem Moment wollte sie nichts anderes als das Lächeln aus seinem Gesicht treiben. Ohne nachzudenken, tat sie es auf die wahrscheinlich niederträchtigste Art und Weise. »Mein herzliches Beileid wegen ihrer Nichte.«

Das Lächeln verpuffte. »Danke.« Mit feuchten Augen blickte er zu seinem Sohn, dann fasste er sich ebenso schnell und lächelte wieder. »Heute Abend sind wir hier, um das Leben zu feiern«, sagte er. »Wir sind hier, um mit unseren Liedern den Herrn zu preisen und ihm mit unserer Freude zu danken.«

»Amen«, sagte Mary und klopfte zur Unterstreichung auf die Armlehne des Rollstuhls.

»Das ist mein Sohn Zeke«, stellte Lev vor.

Sara lächelte dem Kind zu und musste Tessa recht geben: Zeke war wirklich der niedlichste Junge, den sie je gesehen hatte. Für einen Fünfjährigen war er klein, doch sie sah an seinen großen Händen und Füßen, dass er einen Wachstumssprung vor sich hatte. »Freut mich, dich kennenzulernen, Zeke.«

Unter den wachsamen Augen seines Vaters streckte der Junge Sara höflich die Hand entgegen. Als sie die kleine Hand in ihre nahm, spürte sie augenblicklich eine Verbindung.

Lev streichelte ihm über den Rücken. »Er ist mein ganzer Stolz.« Seine Augen strahlten vor Glück.

Sara konnte nur nicken. Zeke gähnte und sperrte dabei den Mund so weit auf, dass sie seine Mandeln sah.

»Bist du müde?«, fragte sie.

»Ja, Ma'am.«

»Er ist völlig fertig«, entschuldigte ihn Lev. Er setzte Zeke ab und sagte: »Such deine Tante Esther und sag ihr, dass du bettfertig bist.« Er küsste ihn auf den Kopf, dann gab er ihm einen Klaps auf den Po.

»Es ist eine schwere Zeit für uns alle«, erklärte er. Seine Trauer wirkte echt, aber sie war sich nicht ganz sicher, ob er nicht ein wenig übertrieb, weil er wusste, dass sie Jeffrey von heute Abend berichten würde.

Mary seufzte: »Unser einziger Trost ist, dass sie jetzt an einem besseren Ort ist.«

Lev runzelte die Stirn, als hätte er nicht verstanden, doch dann fasste er sich schnell wieder und sagte. »Ja, ja. Das ist wahr.« Offensichtlich hatten ihn die Worte seiner Schwester verunsichert. Sara überlegte, ob er an Rebecca gedacht hatte statt an Abby, doch sie konnte ihn kaum danach fragen, ohne Esther zu verraten.

Tessa stand auf der anderen Seite des Saals. Sie wickelte gerade ein Rosinenbrötchen aus dem Papier, während sie mit einem schlicht gekleideten jungen Mann sprach, der das lange Haar in einem Pferdeschwanz trug. Als sie Saras Blick bemerkte, entschuldigte sie sich bei ihm und kam herüber. Im Vorbeigehen streichelte sie Zekes Kopf. Selten war Sara so froh gewesen, ihre Schwester zu sehen – bis Tessa den Mund aufmachte.

Tessa zeigte auf Sara und Lev. »Ihr beide seht euch ähnlicher als wir zwei.«

Alle lachten, und Sara bemühte sich einzustimmen. Lev und Paul waren größer als Sara, Mary und Esther etwa eins achtzig, wie sie selbst. Ausnahmsweise war Tessa hier diejenige, deren Größe ungewöhnlich war. Sara wusste nicht, wann sie sich je so unbehaglich gefühlt hatte.

Lev fragte Sara: »Sie erinnern sich nicht an mich, oder?«

Sara sah sich um. Aus irgendeinem Grund war es ihr peinlich, dass sie sich nicht an einen Jungen erinnerte, den sie vor über dreißig Jahren kennengelernt hatte. »Nein, tut mir leid.«

»In der Sonntagsschule«, erklärte er. »War das bei Mrs. Dugdale, Papa?« Thomas nickte. Die rechte Seite seines Gesichts verzog sich zu einem Lächeln. »Sie haben ständig Fragen gestellt«, sagte Lev. »Ich hätte Ihnen am liebsten den Mund zugehalten, weil wir nach unseren Bibellektionen immer Limonade bekamen. Aber nein, immer haben Sie die Hand hochgestreckt und alles in Frage gestellt.«

»Das klingt nach dir«, sagte Tessa. Sie biss in ihr Rosinenbrötchen und tat so, als wäre alles in bester Ordnung, als hätte ihre

Mutter nie eine Affäre mit dem Mann gehabt, der da neben ihr im Rollstuhl saß – mit dem Mann, dessen Sohn aussah wie Saras Zwillingsbruder.

Lev erzählte seinem Vater: »In unserem Buch gab es eine Zeichnung von Adam und Eva, und Sara löcherte Mrs. Dugdale mit Fragen wie: ›Wenn Gott Adam und Eva erschaffen hat, warum haben sie dann einen Bauchnabel?‹«

Thomas schnaubte einen unverkennbaren Lacher, und sein Sohn fiel mit ein. Anscheinend gewöhnte Sara sich an Thomas' Sprechweise, denn diesmal verstand sie ihn klar und deutlich, als er sagte: »Das ist eine gute Frage.«

»Die Arme, dabei hätte sie nur sagen müssen, das Bild sei eine künstlerische Darstellung, kein Beweisfoto«, fuhr Lev fort.

Sara erinnerte sich kaum an Mrs. Dugdale, doch sie wusste heute noch, was sie damals auf die Frage geantwortet hatte. »Ich glaube, sie hat mir stattdessen erklärt, dass es mir an Glauben fehlt.«

»Aha«, sagte Lev nachdenklich, »ich wittere die Verachtung der Wissenschaft für die Religion.«

»Tut mir leid.« Eigentlich war sie nicht hergekommen, um sich mit irgendjemandem anzulegen.

»Religion ohne Wissenschaft ist blind«, zitierte Lev.

»Sie vergessen die erste Hälfte«, erinnerte sie ihn. »Einstein sagte auch, dass Wissenschaft ohne Religion lahm ist.«

Lev sah sie mit hochgezogenen Brauen an.

Aber sie konnte sich nicht bremsen und setzte nach: »Und er hat gesagt, dass wir nach dem suchen sollen, was ist, nicht nach dem, was sein sollte.«

»Alle Theorien sind sinngemäß unbestätigte Ideen.«

Wieder lachte Thomas. Offensichtlich amüsierte er sich bestens. Doch Sara war verlegen, als hätte man sie als Angeberin bloßgestellt.

Lev aber wollte sie offenbar zu weiteren Äußerungen animieren. »Eine interessante Dichotomie, nicht wahr?«

»Ich weiß nicht«, murmelte Sara. Sie würde sich von diesem Mann nicht vor seiner versammelten Familie in einen Philosophiestreit verwickeln lassen, im Gemeinderaum einer Kirche, die sein

Vater wahrscheinlich mit eigenen Händen erbaut hatte. Außerdem wollte Sara ihrer Schwester nicht den Einstand verderben.

Doch Lev schien von alldem nichts mitzubekommen. »Die Henne oder das Ei?«, fragte er. »Hat Gott den Menschen erschaffen, oder hat der Mensch Gott erschaffen?«

Sara schaltete einen Gang zurück und sagte das, was er vermutlich hören wollte. »Religion ist wichtig für die Gesellschaft.«

»O ja«, stimmte Lev zu, und sie wusste nicht, ob er sie necken oder provozieren wollte. So oder so war sie genervt.

»Religion stellt eine Verbindung zwischen den Menschen her«, erklärte sie. »Sie schafft Gruppen, Familien, die ihre Gesellschaften auf gemeinsamen Werten und Zielen aufbauen. Religiöse Gesellschaften gedeihen besser als Gruppen ohne religiöse Einflüsse. Die Menschen geben ihre Verhaltensregeln an die Kinder weiter, diese wiederum an ihre Kinder und so weiter.«

»Das Gottesgen«, warf Lev ein.

»Vermutlich.« Sie wünschte, sie hätte sich nicht auf dieses Gespräch eingelassen.

Plötzlich meldete sich Cole Connolly mit lauter Stimme zu Wort, zorniger, als Sara es je für möglich gehalten hätte. »Junge Frau, entweder Sie stehen zur Rechten Gottes oder nicht«, fuhr er sie an.

Sara wurde dunkelrot. »Ich habe nur …«

»Entweder Sie sind gläubig oder ungläubig«, rief er. Auf dem Tisch lag eine Bibel, nach der er jetzt griff. »Ich bedaure die Ungläubigen, denn sie werden auf ewig in der Hölle schmoren«, ereiferte er sich.

»Amen«, murmelte Mary. Sara starrte Connolly an. In Sekundenschnelle hatte er sich in den Mann verwandelt, vor dem Jeffrey sie gewarnt hatte. Sie versuchte so gut es ging, ihn wieder zu besänftigen. »Es tut mir leid, wenn ich Sie …«

»Cole«, unterbrach Lev belustigt, als wäre Connolly ein zahnloser Tiger. »Wir machen doch nur Spaß.«

»Religion ist kein Spaß«, knurrte Connolly. Die Adern an seinem Hals traten hervor. »Und Sie, junge Frau, spielen Sie nicht mit Menschenleben! Wir sprechen hier von der Erlösung. Leben und Tod!«

Tessa versuchte, die Situation zu retten. »Ach, Cole, komm schon.« Normalerweise konnte Sara gut auf sich selbst aufpassen, aber diesmal war sie froh über die Unterstützung ihrer Schwester, vor allem, weil sie keine Ahnung hatte, wozu Connolly fähig war.

»Wir haben einen Gast, Cole.« Levs Ton war höflich, aber jetzt lag ein Anflug von Schärfe darin. Er stellte klar, wer hier das Sagen hatte. »Einen Gast, der das gleiche Recht auf seine Meinung hat wie du.«

Schließlich ergriff auch Thomas Ward das Wort, doch Sara verstand nicht alles. Sie begriff nur so viel, dass Gott den Menschen mit freiem Willen gesegnet hatte.

Connolly fiel es sichtlich schwer, seinen Zorn herunterzuschlucken. Er murmelte: »Ich gehe nachsehen, ob Rachel Hilfe braucht.« Mit geballten Fäusten stürmte er davon. Saras Blick fiel auf seine breiten Schultern und den muskulösen Rücken. Sie hatte keinen Zweifel, dass Cole Connolly es trotz seines Alters mit der Hälfte der Männer hier aufnehmen konnte, ohne auch nur ins Schwitzen zu geraten.

Lev sah ihm hinterher. Sie kannte den Prediger zu wenig, um zu erraten, ob er amüsiert oder verärgert war, doch er klang ehrlich, als er sagte: »Ich möchte mich für Cole entschuldigen.«

Tessa fragte: »Was ist denn in ihn gefahren? Ich habe ihn noch nie so wütend gesehen.«

»Abbys Tod ist für uns alle ein schwerer Verlust«, antwortete Lev. »Jeder von uns hat seine eigene Art, mit der Trauer umzugehen.«

Sara brauchte eine Minute, bis sie die Sprache wiederfand. »Es tut mir schrecklich leid, dass ich ihn so aufgeregt habe.«

»Sie müssen sich nicht entschuldigen«, sagte Lev, und aus dem Rollstuhl brummte Thomas zustimmend.

Lev fuhr fort: »Cole stammt aus einer anderen Generation. Objektivität ist nicht seine Stärke.« Er lächelte freimütig. »Im Alter rase, zürne …«

»Zürne, zürne gegen das Verlöschen des Lichts«, beendete Tessa das Zitat.

Sara wusste nicht, was ihr mehr Angst machte, Connollys Zorn

274

oder dass Tessa Dylan Thomas zitierte. Doch als sie das Funkeln in den Augen ihrer Schwester sah, begriff sie endlich, wie es zu Tessas plötzlicher religiöser Erleuchtung gekommen war. Sie hatte sich in den Prediger verliebt.

»Es tut mir leid, dass er Sie erschreckt hat«, sagte Lev.

»Er hat mich nicht erschreckt.« Sara versuchte, überzeugend zu klingen, doch Lev machte ein betrübtes Gesicht.

»Das Problem mit der Religion ist«, begann Lev, »dass man immer an den Punkt kommt, wo es keine Antworten mehr auf die Fragen gibt.«

»Den Glauben«, warf Sara ein.

»Ja.« Er lächelte, ohne sie wissen zu lassen, ob er ihr zustimmte oder nicht. »Den Glauben.« Mit hochgezogenen Brauen sah er seinen Vater an. »Der Glaube ist eine knifflige Angelegenheit.«

Anscheinend gelang es Sara schlecht, ihren wachsenden Unmut zu verbergen, denn jetzt schaltete sich Paul ein. »Bruder, kein Wunder, dass du nicht wieder geheiratet hast, bei deinem Charme.«

Thomas lachte wieder, und ein Speichelfaden flog ihm aufs Kinn, den Mary hastig wegwischte. Mit sichtlicher Mühe brachte er einen längeren Satz hervor, von dem Sara kein Wort verstand.

Statt zu übersetzen, sagte Mary entrüstet: »Papa!«

Lev erklärte: »Er hat gesagt, wenn Sie einen Kopf kleiner wären und noch ein bisschen aufsässiger, wären Sie das Ebenbild Ihrer Mutter.«

Tessa lachte mit. »Schön, dass das mal jemand anders zu hören bekommt.« Thomas erklärte sie: »Sonst sagen die Leute immer, ich sehe aus wie Mama und Sara wie der Milchmann.«

Sara war sich nicht sicher, aber sie hatte das Gefühl, Thomas' Lächeln war etwas reservierter geworden.

Jetzt schaltete sich Lev wieder ein: »Leider habe ich von Papa nur seinen Starrsinn geerbt.«

Endlich lachte die ganze Familie.

Lev warf einen Blick auf die Uhr. »In ein paar Minuten fangen wir an. Sara, wollen Sie mich nicht nach draußen begleiten?«

»Natürlich«, sagte Sara, wobei sie hoffte, dass er die Diskussion nicht zu Ende führen wollte.

Lev hielt ihr die Tür zum Kirchenraum auf und schloss sie hinter ihnen. Er ließ die Hand auf dem Knauf, als wollte er sichergehen, dass ihnen niemand folgte.

»Hören Sie«, sagte er. »Es tut mir leid, wenn ich Sie provoziert habe.«

»Das haben Sie nicht«, entgegnete sie.

»Die theologischen Debatten mit meinem Vater fehlen mir«, erklärte er. »Er kann schlecht reden, wie Sie sehen, und ich … nun ja, vielleicht ist es ein wenig mit mir durchgegangen. Ich möchte mich entschuldigen.«

»Ich nehme es Ihnen nicht übel«, sagte sie.

»Cole kann etwas bissig werden«, fuhr er fort. »Er sieht die Welt in Schwarz und Weiß.«

»Das habe ich gemerkt.«

»Es gibt eben solche und solche.« Lev zeigte die Zähne, als er lächelte. »Vor vielen Jahren habe ich einen Ausflug in die akademische Welt gemacht und ein paar Semester Psychologie studiert.« Fast schien er verlegen. »Gebildete Menschen neigen dazu, jeden, der an Gott glaubt, entweder für dumm oder für verblendet zu halten.«

»Es war wirklich nicht meine Absicht, diesen Eindruck zu vermitteln.«

Lev verstand die Spitze und konterte. »Ich kann gut verstehen, dass Cathy so sehr an ihrem Glauben festhält.«

»Ja«, sagte Sara. Es gefiel ihr nicht, dass der Mann ihre Mutter kannte, und erst recht nicht, dass er ihr erzählte, wie gut. »Und sie ist einer der intelligentesten Menschen, die ich kenne.«

»Meine Mutter ist kurz nach meiner Geburt gestorben. Ich hatte nicht das Glück, sie kennenlernen zu dürfen.«

»Das tut mir sehr leid.«

Lev starrte sie an, dann nickte er, als wäre er zu einem Entschluss gekommen. Wären sie nicht in einer Kirche gewesen und hätte da nicht das goldene Kreuz an seinem Revers gesteckt, hätte Sara geschworen, dass er versuchte, mit ihr zu flirten. »Ihr Mann kann sich sehr glücklich schätzen.«

Statt ihn zu korrigieren, sagte sie nur: »Vielen Dank.«

Als Sara nach Hause kam, lag Jeffrey im Bett und las *Andersonville*. Sie war so froh, ihn dort zu sehen, dass es ihr vor lauter Rührung die Sprache verschlug.

Er klappte das Buch zu und ließ seinen Finger als Lesezeichen zwischen den Seiten. »Wie war es?«

Sie zuckte die Achseln und knöpfte sich die Bluse auf. »Tessa war glücklich.«

»Das ist schön«, sagte er. »Ein bisschen Glück kann sie gut gebrauchen.«

Sie öffnete ihren Rockbund. Die Strumpfhose lag in ihrem Wagen, wo sie sie gleich auf dem Heimweg ausgezogen hatte.

»Hast du den Mond gesehen?«, fragte Jeffrey. Sara brauchte eine Minute, bis sie wusste, wovon er sprach.

»Oh.« Sie sah aus dem Schlafzimmerfenster, wo sich der Vollmond fast makellos im See spiegelte. »Wunderschön.«

»Wir haben immer noch nichts von Rebecca Bennett gehört.«

»Ich habe heute Abend mit ihrer Mutter gesprochen«, sagte Sara. »Sie macht sich Sorgen.«

»Ich auch.«

»Glaubst du, sie ist in Gefahr?«

»Jedenfalls mache ich kein Auge zu, bis wir wissen, wo sie ist.«

»Die Suche im Wald hat nichts gebracht?«

»Nein. Frank hat auch bei den Juwelieren nichts rausgefunden. Die Resultate der Blutanalyse von der zweiten Kiste sind immer noch nicht da.«

»Ron muss was dazwischengekommen sein.« Sie wunderte sich, dass der Pathologe sein Versprechen nicht gehalten hatte. »Vielleicht haben sie einen Notfall hereinbekommen.«

Jeffrey sah sie aufmerksam an. »War irgendwas los heute Abend?«

»Du meinst, was Besonderes?« Sie dachte sofort an die Konfrontation mit Cole Connolly, doch auch das Gespräch mit Lev hatte sie noch nicht verdaut. Sara wusste nicht, wie sie Jeffrey ihre Gefühle erklären sollte, und je länger sie darüber nachdachte, desto mehr schien Lev mit seiner Interpretation von Connollys Verhalten recht zu haben. Außerdem schämte sie sich ein wenig, dass sie sich hatte provozieren lassen. Vielleicht war es doch ihre Schuld, dass sich der alte Mann so aufgeregt hatte.

Zu Jeffrey sagte sie: »Paul hat mich um Abbys Totenschein gebeten.«

»Eigenartig«, bemerkte Jeffrey. »Heute Abend?«

»Vielleicht gibt es ein Testament oder eine Treuhandschaft?« Auf dem Weg ins Bad enthakte Sara ihren BH.

»Er ist Anwalt«, sagte Jeffrey. »Bestimmt steckt irgendein juristisches Gerangel dahinter.« Er legte das Buch auf den Nachttisch und setzte sich auf. »Gab es sonst noch was?«

»Lev hat mir seinen Sohn vorgestellt.« Sara wusste nicht, warum sie es erwähnte. Der Kleine hatte die hübschesten Wimpern, die sie je gesehen hatte, und sein Gähnen – diese Weltvergessenheit, zu der nur ein Kind fähig war – hatte sie an die Lücke in ihrem Herzen erinnert, die sie seit langer Zeit zu verdrängen versuchte.

»Zeke?«, fragte Jeffrey. »Putziges Kerlchen.«

»Ja.« Im Wäschekorb suchte sie nach einem T-Shirt, das sauber genug war, um darin zu schlafen.

»Was ist noch passiert?«

»Ich habe mich von Lev in eine Debatte verwickeln lassen.« Sara fand eins von Jeffreys T-Shirts und zog es an. Als sie sich aufrichtete, entdeckte sie seine Zahnbürste im Zahnputzbecher. Sein Rasierschaum und sein Rasierapparat standen einträchtig auf dem Regal, sein Deo neben ihrem.

»Wer hat gewonnen?«

»Keiner.« Sie drückte Zahnpasta auf ihre Zahnbürste. Mit geschlossenen Augen putzte sie sich die Zähne. Sie war todmüde.

»Du hast dich nicht dazu überreden lassen, dich taufen zu lassen, hoffe ich?«

Sogar zum Lachen war sie zu müde. »Nein. Aber sie sind alle sehr nett. Ich kann verstehen, warum Tessa gerne dort ist.«

»Sie haben keine Schlangen beschworen oder in Zungen geredet?«

»Es wurde ›Lobet den Herren‹ gesungen und von guten Taten geredet.« Sie spülte sich den Mund aus und stellte die Zahnbürste zurück in den Becher. »Aber sie haben mehr Spaß dabei als in Mamas Gemeinde, das kann ich dir sagen.«

»Im Ernst?«

»Mhm.« Als sie endlich ins Bett schlüpfte, atmete sie die Frische der sauberen Laken tief ein. Die Tatsache, dass Jeffrey sich um die Wäsche kümmerte, war Grund genug, ihm die meisten seiner Fehler zu vergeben.

Er rutschte zu ihr und stützte sich auf den Ellbogen. »Was für Spaß?«

»Eben ohne übermäßig viel Weihrauch, wie Bella es ausdrücken würde.« Dann fiel ihr etwas ein, und sie fragte: »Hast du ihnen erzählt, ich wäre deine Frau?«

Wenigstens hatte Jeffrey den Anstand, ein verlegenes Gesicht zu machen. »Ist mir vielleicht rausgerutscht.«

Sie gab ihm einen Klaps auf die Brust, und er fiel schwer getroffen auf den Rücken.

»Sie stehen einander ziemlich nahe.«

»Die Familie?«

»Sonst ist mir eigentlich nichts Seltsames an ihnen aufgefallen. Jedenfalls nichts, das seltsamer wäre als bei meiner Familie. Und bevor du jetzt was sagst, Mr. Tolliver, denk dran, dass ich deine Mutter kenne.«

Mit einem knappen Kopfnicken gestand Jeffrey seine Niederlage ein. »War seine Schwester Mary auch da?«

»Ja.«

»Levs Entschuldigung, nicht aufs Revier zu kommen, war, dass Mary krank wäre.«

»Sie sah nicht krank aus«, sagte Sara. »Aber ich habe sie auch nicht untersucht.«

»Was ist mit den anderen?«

Sie dachte nach. »Rachel war nur kurz da. Und dieser Paul leidet unter Kontrollwahn.«

»Lev auch.«

»Lev hat mir übrigens gesagt, mein Mann könne sich sehr glücklich schätzen.« Sie grinste frech.

Jeffrey schob den Unterkiefer vor. »Ach ja?«

Lachend legte sie ihm den Kopf auf die Brust. Sie tat ihr Bestes, einen breiten Südstaatenakzent zu imitieren: »Aber ich hab ihm gesagt, ich bin die Glückliche, einen so aufrechten Ehemann mein Eigen nennen zu dürfen.«

Sie strich ihm über das Brusthaar, das sie an der Nase kitzelte.

Jeffrey berührte seinen College-Ring an ihrem Finger. Sie schloss die Augen, wartete auf die Frage, mit der er sie seit sechs Monaten belagerte, doch er stellte sie nicht.

Stattdessen sagte er: »Also, was wolltest du heute Abend rausfinden?«

Sie konnte es nicht länger aufschieben, und so rückte sie endlich damit heraus. »Mama hatte eine Affäre.«

Jeffrey erstarrte. »*Deine* Mutter? Cathy?« Anscheinend konnte er es ebenso wenig glauben, wie sie es hatte glauben können.

»Sie hat es mir vor ein paar Jahren gebeichtet«, fuhr Sara fort. »Sie sagte, es sei nichts Sexuelles gelaufen. Aber sie ist ausgezogen und hat Daddy verlassen.«

»Das klingt gar nicht nach ihr.«

»Ich darf es niemandem sagen.«

»Ich erzähle es nicht weiter«, versprach er. »Donnerwetter. Wer hätte das gedacht?«

Sara schloss wieder die Augen. Sie wünschte, ihre Mutter hätte ihr nie davon erzählt. Damals wollte Cathy ihr zeigen, dass Sara ihre Probleme mit Jeffrey würde lösen können, wenn sie nur wollte, aber jetzt war ihr das Wissen darum mindestens genauso unangenehm wie eine theologische Debatte mit Cole Connolly.

Sie sagte: »Es war dieser Kerl, der die Freikirche gegründet hat. Thomas Ward.«

Jeffrey schwieg einen Moment. »Und?«

»Und ich weiß nicht, was vorgefallen ist, aber Mama und Daddy sind ja offensichtlich wieder zusammengekommen.« Sie sah zu Jeffrey auf. »Sie hat mir gesagt, sie hätten es nochmal versucht, weil sie mit mir schwanger war.«

Wieder brauchte er einen Moment. »Das kann nicht der einzige Grund gewesen sein, warum sie zu ihm zurückgekehrt ist.«

»Kinder können viel verändern«, bemerkte Sara. Über die Tatsache, dass sie keine Kinder bekommen konnte, sprachen sie so gut wie nie. »Ein Kind stellt eine Verbindung zwischen zwei Menschen her. Ein Leben lang.«

»Liebe auch«, gab er zurück und berührte ihre Wange. »Liebe verbindet. Gemeinsame Erfahrungen. Das Leben zu teilen. Einander beim Älterwerden beizustehen.«

280

Sara legte den Kopf wieder auf seine Brust.

»Ich weiß nur«, fuhr Jeffrey fort, als hätten sie nicht über sich selbst gesprochen, »dass deine Mutter deinen Vater liebt.«

Sara nahm ihren Mut zusammen. »Du hast gesagt, dass Lev die gleichen Augen und die gleichen Haare hat wie ich.«

Jeffrey hielt die Luft an. »Mein Gott«, flüsterte er dann ungläubig. »Du glaubst doch nicht ...« Er unterbrach sich. »Ich habe dich doch nur aufgezogen, aber ...« Auch er konnte es nicht laut aussprechen.

Ohne den Kopf zu heben, sah Sara zu ihm hinauf. Er hatte sich rasiert, wahrscheinlich in Erwartung eines kleinen Festakts zum glücklichen Ausgang seines Bluttests.

Sie fragte: »Bist du müde?«

»Und du?«

Sie spielte mit seinem Haar. »Ich würde mich überreden lassen.«

»Wozu?«

Sara rollte sich auf den Rücken und zog ihn mit sich. »Such dir was aus.«

Er ging auf ihr Angebot ein und küsste sie langsam, zärtlich.

Sie sagte: »Ich bin so froh.«

»Und ich bin froh, dass du froh bist.«

»Nein«, sie nahm sein Gesicht in beide Hände. »Ich bin froh, dass es dir gutgeht.«

Er küsste sie wieder, bedächtig, nahm ihre Lippen zwischen die Zähne. Sara begann sich unter dem Gewicht seines Körpers zu entspannen. Sie liebte seine Wärme, liebte, dass er genau wusste, wie er sie berühren musste. Wenn die körperliche Liebe eine Kunst war, war Jeffrey ein Meister darin. Während er ihren Hals mit Küssen bedeckte, legte sie den Kopf in den Nacken und genoss mit halbgeschlossenen Augen seine Zärtlichkeiten, als sie plötzlich im Augenwinkel einen ungewöhnlichen Lichtblitz draußen vom See bemerkte.

Sie öffnete die Augen, dachte zunächst, dass ihr die Spiegelung des Mondlichts vielleicht einen Streich gespielt hatte.

»Was ist?«, fragte Jeffrey, der spürte, dass sie mit ihren Gedanken woanders war.

»Schsch«, machte sie und sah hinaus auf den See. Wieder war

281

da ein Lichtblitz. Sie drückte sich an Jeffrey und flüsterte: »Steh auf.«

Er gehorchte, doch er fragte: »Was ist denn los?«

»Wird der Wald immer noch durchsucht?«

»Nicht im Dunkeln«, sagte er. »Was ...«

Sara knipste die Nachttischlampe aus und stand auf. Sie brauchte einen Moment, um sich in der Dunkelheit zurechtzufinden, dann tastete sie sich zum Fenster vor. »Ich habe was gesehen«, sagte sie. »Komm her.«

Jeffrey stellte sich neben sie, den Blick hinaus auf den See gerichtet.

»Ich sehe nichts ...« Dann stockte er.

Wieder hatte etwas aufgeleuchtet. Dort draußen war ein Licht. Auf der anderen Seite des Sees lief jemand mit einer Taschenlampe herum. Genau an der Stelle, wo sie Abby gefunden hatten.

»Rebecca.«

Jeffrey reagierte so schnell, als wäre ein Schuss gefallen. Er hatte die Jeans an, bevor Sara überhaupt ihre Kleider gefunden hatte. Sie hörte ihn bereits durch den Garten laufen, während sie noch in die Turnschuhe schlüpfte, um ihm zu folgen. Er trug kein Hemd, und sie wusste, dass er auch keine Schuhe anhatte, denn sie hatte seine angezogen. Die rechte Ferse war heruntergetreten, und sie brauchte ein paar Sekunden, um den Schuh richtig anzuziehen. Dann rannte sie los, um die verlorene Zeit wettzumachen. Das Herz klopfte ihr bis zum Hals. Fast jeden Morgen joggte sie genau diese Strecke, aber jetzt kam sie ihr viel länger vor, es dauerte eine Ewigkeit, bis sie endlich die andere Seite des Sees erreichten.

Jeffrey war ein Sprinter, aber Sara war die bessere Langstreckenläuferin. Auf Höhe des Hauses ihrer Eltern hatte sie einen zweiten Energieschub, und nach wenigen Minuten holte sie ihn ein. Beide liefen langsamer, als sie am Wald ankamen, und blieben schließlich stehen, als vor ihnen der Lichtkegel einer Taschenlampe über den Weg zuckte.

Plötzlich riss Jeffrey Sara zu Boden. Er zog sie in Deckung. Sie keuchten, und Sara fürchtete, entdeckt zu werden. Sie beobachtete, wie die Taschenlampe tiefer in den Wald eindrang, in Richtung der

Stelle, wo Jeffrey und Sara vor ein paar Tagen Abigails Leiche gefunden hatten. Sara spürte Panik in sich aufsteigen. Vielleicht holte der Mörder tatsächlich seine toten Opfer. Vielleicht hatten sie eine dritte Kiste übersehen, und der Entführer war zurückgekommen, um den nächsten Schritt eines makabren Rituals durchzuführen.

Jeffreys Mund war dicht an ihrem Ohr. Er flüsterte: »Bleib hier«, und bevor sie ihn aufhalten konnte, schlich er sich in gebückter Haltung davon. Ihr fiel ein, dass er barfuß war, und sie fragte sich, ob er wusste, was er da tat. Seine Pistole lag bei ihr zu Hause. Niemand wusste, dass sie beide hier draußen waren.

Sara folgte Jeffrey in sicherem Abstand, verzweifelt bemüht, kein Geräusch zu machen. Vor sich sah sie, dass die Taschenlampe sich nicht mehr bewegte. Der Lichtkegel war auf den Boden gerichtet, wahrscheinlich leuchtete er in die leere Grube, in der Abby gelegen hatte.

Ein hoher Schrei durchschnitt die Nacht, und Sara fuhr zusammen.

Dann folgte ein Lachen – ein Meckern fast –, das sie noch mehr erschreckte als der Schrei.

Jeffreys Stimme war fest, autoritär, als er die Person mit der Taschenlampe anwies: »Stehenbleiben. Rühren Sie sich nicht von der Stelle.« Wieder schrie ein Mädchen. Der Lichtkegel flog hoch, und Jeffrey sagte: »Nehmen Sie die Taschenlampe runter.« Wer auch immer es war, er gehorchte, und Sara machte einen Schritt vorwärts.

»Was zum Teufel macht ihr beiden hier draußen? Was habt ihr euch dabei gedacht?«

Endlich konnte Sara erkennen, was los war. Vor Jeffrey standen zwei Teenager, ein Junge und ein Mädchen. Selbst halbnackt und barfuß sah Jeffrey sehr bedrohlich aus.

Das Mädchen schrie erneut, als Sara auf einen Zweig trat.

»Herrgott nochmal«, keuchte Jeffrey, immer noch atemlos von seinem Spurt. Dann fragte er: »Wisst ihr, was hier draußen passiert ist?«

Der Junge war vielleicht fünfzehn und inzwischen genauso verängstigt wie das Mädchen. »I-ich wollte ihr nur die Stelle zeigen …« Seine Stimme überschlug sich, obwohl er längst über den Stimmbruch hinaus sein musste. »Es war doch nur Spaß.«

»Du denkst, das hier ist ein Spaß?«, brüllte Jeffrey ihn an. »Hier draußen ist eine Frau gestorben. Man hat sie lebendig begraben.«

Das Mädchen fing zu weinen an. Jetzt erkannte Sara sie. Auch in der Klinik weinte sie bei jeder Gelegenheit, egal ob Sara ihr eine Spritze gab oder nicht. »Liddy?«

Wieder schrak das Mädchen zusammen, obwohl sie Sara längst gesehen haben musste. »Dr. Linton?«

»Alles in Ordnung.«

Jeffrey fluchte: »Nichts ist in Ordnung, verdammt nochmal.«

»Du hast sie zu Tode erschreckt«, sagte Sara zu Jeffrey, dann wandte sie sich an die Jugendlichen. »Was macht ihr so spät hier draußen?«

»Roger wollte mir zeigen, wo … wo … die Stelle …« Liddy schniefte. »Es tut mir leid!«

Roger schloss sich ihr an. »Tut uns leid. Wir wollten nur mal schauen. Tut mir echt leid.« Er redete hastig, wahrscheinlich, weil er dachte, dass Sara ihre einzige Chance war, heil hier wegzukommen. »Tut mir leid, Frau Dr. Linton. Wir hatten nichts Schlimmes vor. Wir wollten nur …«

»Es ist spät«, unterbrach Sara. Sie hätte die beiden am liebsten erwürgt. Sie hatte Seitenstechen, und es war kalt. »Ihr geht jetzt nach Hause.«

»Ja, Ma'am«, sagte Roger. Er packte Liddy am Arm und zerrte sie in Richtung Straße.

»Vollidioten«, knurrte Jeffrey.

»Alles in Ordnung bei dir?«

Fluchend setzte er sich auf einen Stein. Er war immer noch aus der Puste. »Ich bin in was reingetreten.«

Sara setzte sich zu ihm. Auch sie musste erst mal Atem schöpfen. »Hast du dir vorgenommen, diese Woche keinen Tag vergehen zu lassen, ohne dir wehzutun?«

»Scheint so«, seufzte er. »Gottverdammt. Die Kinder haben mich zu Tode erschreckt.«

»Wenigstens ist nichts Schlimmeres passiert.« Beide dachten an die Alternative.

»Ich muss rausfinden, wer ihr das angetan hat«, sagte Jeffrey. »Das schulde ich ihrer Mutter. Sie muss erfahren, was passiert ist.«

Sara blickte hinaus auf den See und versuchte, am gegenüberliegenden Ufer ihr Haus auszumachen – ihr gemeinsames Haus. Als sie losliefen, waren die Außenlichter angegangen, und jetzt sah Sara, wie sie verlöschten.

»Wie geht es deinem Fuß?«, fragte sie.

»Er pocht.« Ein tiefer Seufzer kam aus seiner Brust. »Mein Gott, ich falle auseinander.«

Sie rieb ihm den Rücken. »Das wird schon wieder.«

»Mein Knie, meine Schulter.« Er hob das Bein. »Mein Fuß.«

»Du hast das Auge vergessen«, erinnerte sie ihn und legte tröstend den Arm um ihn.

»Ich bin ein alter Mann.«

»Es gibt Schlimmeres«, entgegnete sie, doch an seinem Schweigen merkte sie, dass er nicht zum Spaßen aufgelegt war.

»Dieser Fall macht mir schwer zu schaffen.«

Alle seine Fälle nahmen ihn mit; das war eins der vielen Dinge, die sie an ihm liebte. »Ich weiß«, sagte sie. »Alles wäre besser, wenn wir nur endlich wüssten, wo Rebecca ist.«

»Irgendwas habe ich übersehen«, seufzte er. Er nahm ihre Hand. »Ich muss was übersehen haben.«

Sara sah auf den See hinaus, das Mondlicht glitzerte auf den Wellen am Ufer. War dies das Letzte, was Abby gesehen hatte, bevor sie lebendig begraben wurde? War dies das Letzte, was Rebecca gesehen hatte?

Sie sagte: »Ich muss dir noch was erzählen.«

»Noch mehr über deine Eltern?«

»Nein«, entgegnete sie, und sie hätte sich ohrfeigen können, dass sie ihm nicht gleich die ganze Geschichte erzählt hatte. »Es hat mit Cole Connolly zu tun. Ich weiß nicht, ob es was zu bedeuten hat, aber ...«

»Erzähl«, unterbrach er sie, »und lass mich entscheiden, ob es was zu bedeuten hat oder nicht.«

DONNERSTAG

Elf

LENA SASS AM KÜCHENTISCH und starrte auf ihr Handy. Sie musste Terri Stanley anrufen. Es gab keinen anderen Weg. Sie musste sich entschuldigen und ihr sagen, dass sie alles tun würde, was in ihrer Macht stand, um ihr zu helfen. Was danach kam, wusste sie nicht. Wie konnte sie ihr helfen? Was konnte sie tun, um Terri zu retten, wenn sie sich noch nicht einmal selbst helfen konnte?

Im Flur machte Nan die Badezimmertür zu. Lena wartete, bis die Dusche rauschte und Nans schräge Interpretation eines Popsongs ertönte, der zurzeit auf allen Radiosendern gespielt wurde. Dann erst klappte sie das Telefon auf und wählte die Nummer der Stanleys.

Seit der Auseinandersetzung an der Tankstelle hatte sie sich die Nummer wie ein Mantra vorgebetet, und als ihre Finger jetzt die Tasten drückten, kam es ihr vor wie ein Déjà-vu.

Sie hielt sich das Telefon ans Ohr und zählte sechs Signale, bis jemand abhob. Ihr stockte das Herz, und sie betete, dass nicht Dale am Apparat war.

Offensichtlich war Lenas Nummer auf dem Display der Stanleys erschienen. »Was wollen Sie?«, zischte Terri mit gesenkter Stimme.

»Ich möchte mich entschuldigen«, sagte Lena. »Ich will Ihnen helfen.«

»Sie helfen mir, wenn Sie mich in Ruhe lassen«, erwiderte sie, immer noch flüsternd.

»Wo ist Dale?«

»Draußen.« Terris Stimme klang immer ängstlicher. »Er kann jeden Moment reinkommen. Er wird Ihre Nummer sehen.«

»Sagen Sie ihm, ich hätte angerufen, um mich für Ihre Auskunft zu bedanken.«

»Das glaubt er nicht.«

»Terri, hören Sie mir zu …«

»Als hätte ich irgendeine Wahl.«

»Ich wollte Ihnen nicht wehtun.«

»Das habe ich schon mal gehört.«

Lena schauderte bei dem Vergleich. »Sie müssen da raus.«

Terri schwieg einen Moment. »Warum glauben Sie, dass ich das will?«

»Weil ich weiß, wie es ist«, sagte Lena. Sie hatte Tränen in den Augen. »Mein Gott, Terri. Ich weiß es, verstehen Sie? Vertrauen Sie mir.«

Terri schwieg so lange, dass Lena schon fürchtete, sie hätte aufgelegt.

»Terri?«

»Woher wollen Sie wissen, wie es ist?«

Lenas Herz klopfte wie wild. Die Sache mit Ethan hatte sie noch nie jemandem eingestanden, und auch jetzt merkte sie, dass sie es nicht aussprechen konnte. Sie konnte nur sagen: »Ich weiß es so gut wie Sie.«

Wieder schwieg die junge Frau. Dann fragte sie: »Haben Sie je versucht zu gehen?«

Lena dachte an all die Male, die sie es versucht hatte: wenn sie nicht ans Telefon gegangen war, einen Bogen ums Fitnessstudio gemacht, sich in die Arbeit vergraben hatte. Er hatte sie immer wieder aufgespürt. Er hatte immer einen Weg zurück gefunden.

»Und Sie meinen, Sie können mir helfen?«, fragte Terri. In ihrer Frage lag eine Spur von Hysterie.

»Ich bin Polizistin.«

»Schwester, Sie sind eine Null«, entgegnete Terri voller Härte. »Wir ertrinken beide im gleichen Ozean.«

Die Worte fühlten sich an wie Dolchstöße. Lena versuchte etwas zu sagen, doch sie hörte ein Klicken in der Leitung, dann nichts mehr. Hoffend wartete sie ab, doch dann meldete sich die automatische Stimme der Vermittlung und wies sie an, aufzulegen und neu zu wählen.

Nan kam in die Küche. Sie trug ihren flotten rosa Bademantel und hatte sich ein Handtuch um den Kopf gewickelt. »Bist du heute Abend zum Essen zu Hause?«

»Ja«, sagte Lena. Dann: »Nein. Ich weiß noch nicht. Warum?«

»Ich dachte, es wäre schön, mal wieder zu reden«, sagte sie und setzte den Wasserkessel auf. »Ich will hören, wie es dir so geht. Seit du bei Hank warst, haben wir uns nicht mehr unterhalten.«

»Mir geht's gut«, versicherte Lena.

Nan sah sie durchdringend an. »Du siehst fertig aus.«

»Die Woche war hart.«

»Ich habe eben gesehen, dass Ethan mit dem Rad vor dem Haus steht.«

Lena sprang so schnell auf, dass ihr schwindelig wurde. »Ich muss zur Arbeit.«

»Warum bittest du ihn nicht rein? Ich mache uns Tee.«

»Nein«, stammelte Lena. »Ich komme zu spät.« Es machte sie nervös, wenn Ethan in Nans Nähe war. Er war so unberechenbar, und Lena wollte nicht, dass Nan sah, auf was für einen Mann sie sich da eingelassen hatte. Sie schämte sich.

»Bis später«, rief sie und steckte das Handy in die Tasche. Auf der Veranda blieb sie abrupt stehen. Ethan stand an ihrem Wagen und war damit beschäftigt, etwas abzureißen, das auf der Fahrerseite am Fenster klebte.

Lena ging die Stufen hinunter, das Herz schlug ihr bis zum Hals.

»Was ist das?«, fragte Ethan und hielt einen wattierten Umschlag hoch. Gregs Handschrift erkannte sie aus drei Meter Entfernung. »Wer nennt dich sonst noch Lee?«

Bevor er etwas tun konnte, riss sie ihm den Umschlag aus der Hand. »Alle nennen mich Lee«, sagte sie. »Was willst du hier?«

»Ich wollte dich sehen, bevor du aus dem Haus gehst.«

Sie sah auf die Uhr. »Du kommst noch zu spät.«

»Das macht nichts.«

»Deine Bewährungshelferin hat dich gewarnt. Wenn du nochmal zu spät kommst, meldet sie es.«

»Die Lesbe kann mich mal kreuzweise.«

»Sie kann dich zurück in den Knast bringen, Ethan.«

»Reg dich ab, okay?« Er griff nach dem Umschlag, doch sie war schneller. Er funkelte sie böse an. »Was ist das?«

Lena war klar, dass er nicht gehen würde, bevor sie den Umschlag nicht geöffnet hatte. Langsam drehte sie ihn um und zupfte vorsichtig am Klebeband, wie eine alte Frau, die das Geschenkpapier aufheben will.

»Was ist das?«, wiederholte Ethan.

Lena öffnete den Umschlag und betete zu Gott, dass nichts darin war, das ihr Probleme machen würde. Sie zog eine CD in einer unbeschrifteten weißen Hülle heraus. »Es ist eine CD.«

»Was für eine CD?«

»Ethan«, begann Lena und warf einen Blick zum Haus. Sie sah, dass Nan sie durchs Fenster beobachtete. »Steig in den Wagen.«

»Warum?«

Sie klappte den Kofferraum auf, damit er sein Fahrrad einladen konnte. »Weil du zu spät zur Arbeit kommst.«

»Was für eine CD ist das?«

»Ich weiß es nicht.« Sie begann, sich an seinem Rad zu schaffen zu machen, doch er schob sie beiseite. Unter dem langärmeligen T-Shirt wölbten sich seine Muskeln. In seiner Skinhead-Phase hatte er sich den ganzen Körper mit Nazisymbolen tätowieren lassen, und heute trug er keine kurzärmeligen Sachen mehr, die ihn verraten konnten – vor allem in der Cafeteria am College, wo er jobbte.

Lena stieg ein und wartete, dass er das Fahrrad fest verstaute und sich neben sie setzte. Die CD versteckte sie hinter der Sonnenblende, in der vergeblichen Hoffnung, dass Ethan ihre Existenz vergessen würde. Kaum war Ethan eingestiegen, zog er die CD wieder heraus.

»Wer hat dir die geschickt?«

»Jemand, den ich kenne«, sagte sie. »Schnall dich an.«

»Warum hat sie an deinem Wagen geklebt?«

»Vielleicht wollte er nicht reinkommen.«

Zu spät merkte Lena, dass sie »er« gesagt hatte. Doch sie tat so, als wäre nichts, legte den Rückwärtsgang ein und fuhr aus der Einfahrt. Als sie sich umdrehte, fiel ihr Blick auf Ethan. Er hatte die Zähne so fest zusammengebissen, dass seine Backenmuskeln deutlich hervortraten.

Ohne ein Wort zu sagen, stellte er das Radio an und drückte auf »Eject«. Seine Radiohead-CD glitt heraus. Er hielt sie am Rand fest, während er Gregs CD hineinschob, als würde er jemanden zwingen, eine Pille zu schlucken.

Lena erstarrte, als sie die Gitarre hörte, gefolgt von einer schrillen Rückkoppelung. Das Intro dauerte einige Sekunden, schwere Gitarrenklänge mit Schlagzeug, bis Ann Wilsons unverkennbare Stimme einsetzte.

Ethan verzog das Gesicht, als hätte er einen schlechten Geruch in der Nase. »Was ist denn das für eine Scheiße?«

»Heart«, sagte sie und versuchte, keine Miene zu verziehen. Sie hatte das Gefühl, ihr Herz klopfte so laut, dass er es trotz der Musik hören würde.

Ethan herrschte sie an: »Ich habe diesen Song noch nie gehört.«

»Es ist ein neues Album.«

»Ein neues Album?«, wiederholte er fragend, und obwohl sie hinaus auf die Straße starrte, spürte sie seinen bohrenden Blick. »Sind das nicht die Zicken, die sich gegenseitig vögeln?«

»Es sind Schwestern«, widersprach Lena. Sie ärgerte sich, dass dieses Gerede immer noch die Runde machte. Heart hatte in der Rock-Szene eingeschlagen wie ein Blitz, und weil die Jungs um ihre Vormachtstellung fürchteten, hatten sie üble Gerüchte über die beiden verbreitet. Als Zwilling kannte Lena all die schmutzigen Männerphantasien zum Thema Schwestern. Allein bei dem Gedanken daran wurde ihr schlecht.

An einem Stoppschild drehte Ethan die Lautstärke auf. »Nicht schlecht, die Stimme«, sagte er, wahrscheinlich wollte er sie auf die Probe stellen. »Ist das die Fette?«

»Sie ist nicht fett.«

Ethans Lachen klang wie ein Bellen.

»Sie kann abnehmen, Ethan. Du wirst immer ein blöder Wichser bleiben.« Als er wieder nur lachte, setzte sie nach. »Als ob Kurt Cobain scharf gewesen wäre.«

»Ich konnte die Tunte nie leiden.«

»Wie kommt's eigentlich«, fragte Lena, »dass jede Frau, die nicht mit dir ins Bett will, eine Lesbe ist, und jeder Typ, den du uncool findest, eine Tunte?«

»Ich habe nie gesagt –«

»Zufälligerweise war meine Schwester lesbisch«, erinnerte ihn Lena.

»Das weiß ich.«

293

»Meine beste Freundin ist lesbisch«, erklärte Lena dann, auch wenn sie Nan bis jetzt nicht als ihre beste Freundin betrachtet hatte.

»Was zum Teufel ist los mit dir?«

»Was mit mir los ist?«, knurrte sie und trat so fest auf die Bremse, dass er sich fast den Kopf am Armaturenbrett anschlug. »Ich habe dir gesagt, du sollst dich anschnallen.«

»Schon klar.« Mit einem Blick gab er ihr zu verstehen, dass sie sich zickig und unvernünftig benahm.

»Vergiss es«, sagte sie dann und öffnete ihren Gurt.

»Was machst du da?«, fragte er, als sie über ihn hinweggriff und seine Tür öffnete. »Verdammte Scheiße, was –«

»Hau ab«, befahl sie.

»Was zum Henker?«

Sie gab ihm einen Stoß und schrie: »Raus aus meinem Wagen, verdammt nochmal!«

»Schon gut!«, schrie er zurück und stieg aus. »Du bist ja total irre, weißt du das?«

Sie drückte das Gaspedal durch, und der Schwung beim Anfahren schlug die Beifahrertür zu. Nach dreißig Metern bremste sie mit quietschenden Reifen. Als sie ausstieg, kam Ethan die Straße herauf. Er schäumte vor Wut. Sie sah, wie er die Fäuste ballte. Spucke flog ihm aus dem Mund, als er schrie: »Lass mich nie wieder irgendwo stehen, du blöde Schlampe!«

Lena war erstaunlich ruhig, als sie sein Rad aus dem Kofferraum riss und es auf die Straße fallen ließ. Jetzt begann Ethan zu rennen, um sie einzuholen. Er rannte immer noch, als sie in den Rückspiegel blickte und um die Ecke fuhr.

»Wieso so gut gelaunt?«, fragte Jeffrey, als Lena durch den Mannschaftsraum kam. Er stand an der Kaffeemaschine, als ob er auf sie gewartet hätte.

»Nur so«, sagte sie.

Er schenkte ihr einen Becher Kaffee ein und reichte ihn ihr.

Zögernd nahm sie ihn. »Danke.«

»Erzählst du mir, was mit Terri Stanley passiert ist?«

Lena rutschte das Herz in die Hose.

Er schenkte sich Kaffee nach und sagte: »In meinem Büro.«

Lena ging voraus. Schweiß lief ihr über den Rücken, und sie fragte sich, ob dies endgültig ihre letzte Chance gewesen war. Polizistin zu sein, war das Einzige, was sie gelernt hatte. Sie konnte nichts anderes. Ihre Auszeit im letzten Jahr hatte das bestens bewiesen.

Jeffrey lehnte sich an den Schreibtisch und wartete, bis sie sich hingesetzt hatte.

Er sagte: »Du warst letztes Jahr nicht auf dem Sommerfest.«

»Nein«, gab sie zu und klammerte sich an die Armlehne, genau wie Terri Stanley es vor zwei Tagen getan hatte.

»Was ist los, Lena?«

»Ich dachte …« Sie konnte den Satz nicht beenden. Was hatte sie gedacht? Was konnte sie sagen, ohne zu viel von sich selbst preiszugeben?

»Ist es der Alkohol?«, fragte er, und einen Moment lang wusste sie nicht, wovon er sprach.

»Nein«, sagte sie dann. »Das habe ich erfunden.«

Er schien nicht überrascht. »Wirklich?«

»Ja«, gestand sie. Dann ließ sie einen Teil der Wahrheit heraus, wie einen dünnen Luftstrom, der aus einem Ballon entweicht. »Dale schlägt sie.«

Jeffrey hatte gerade die Tasse angesetzt, jetzt hielt er inne.

»Ich habe die blauen Flecken an ihren Armen gesehen.« Sie nickte, um ihre Worte zu unterstreichen. »Ich habe gesehen, was los ist. Ich weiß, wie so was aussieht.«

Jeffrey stellte den Becher ab.

»Ich habe ihr gesagt, ich würde ihr helfen, von ihm wegzukommen.«

»Aber sie wollte nicht weg«, riet Jeffrey.

Lena schüttelte den Kopf.

Er kreuzte die Arme vor der Brust. »Meinst du, du bist die Richtige, um ihr zu helfen?«

Lena spürte seinen eindringlichen Blick. Nie waren sie dem Thema Ethan so nahe gekommen.

»Ich weiß, dass er dich schlägt«, stellte Jeffrey fest. »Ich weiß auch, wie so was aussieht. Ich habe gesehen, wie du versuchst, ein blaues Auge mit Make-up zu kaschieren. Ich habe gesehen, wie du zusammenzuckst, wenn du zu tief einatmest, weil er dich in den Bauch geschlagen hat.« Dann sagte er: »Du arbeitest auf einem Polizeirevier, Lena. Hast du gedacht, keiner der Polizisten würde es bemerken?«

»Wen meinst du?«, fragte sie panisch.

»Diesen hier«, sagte er.

Lena starrte auf ihre Füße. Sie schämte sich in Grund und Boden.

»Mein Vater hat meine Mutter geschlagen«, begann Jeffrey, und obwohl sie schon so was geahnt hatte, war Lena überrascht, dass er mit ihr darüber sprach. Er redete nie über sein Privatleben, wenn es nicht direkt mit einem Fall zu tun hatte. »Als Kind bin ich dazwischengegangen«, erzählte er. »Ich dachte, wenn er mich erwischt, hat er weniger Wut für sie übrig.«

Lena fuhr sich mit der Zunge über die Innenseite der Lippen, tastete die tiefen Narben ab, wo unter Ethans Fäusten immer wieder die Haut aufgeplatzt war. Vor sechs Monaten hatte er ihr einen Zahn ausgeschlagen. Acht Wochen später hatte er sie so heftig geohrfeigt, dass sie auf dem rechten Ohr immer noch schlecht hörte.

»Aber es hat nie funktioniert«, sagte Jeffrey. »Er wurde sauer, hat mich verprügelt, und dann hat er einfach bei ihr weitergemacht. Manchmal dachte ich, er wollte sie umbringen.« Er schwieg, doch Lena sah nicht auf. »Bis ich es eines Tages begriffen habe.« Wieder machte er eine Pause. »Sie wollte es so«, sagte er dann, keine Spur von Gefühl in seiner Stimme. Er klang so nüchtern, als hätte er vor langer Zeit akzeptiert, dass er völlig machtlos war.

Er fuhr fort: »Sie wollte, dass er die Sache beendete. Sie hat keinen anderen Ausweg gesehen.«

Unwillkürlich nickte Lena. Auch sie sah keinen Ausweg. Die Episode heute Morgen war nur eine Selbsttäuschung, mit der sie sich weismachen wollte, dass sie noch nicht vollkommen verloren war. Doch Ethan würde zurückkommen. Das tat er immer. Sie wäre ihn erst los, wenn er mit ihr fertig war.

Jeffrey sagte: »Selbst jetzt, wo er tot ist, habe ich das Gefühl, dass sie immer noch darauf wartet. Darauf wartet, dass irgendwer ihr endlich das Leben aus dem Leib prügelt.« Er murmelte: »Nicht dass da viel Leben übrig ist.«

Lena räusperte sich. »Ja«, sagte sie. »Ich schätze, so geht es Terri auch.«

Jeffrey sah sie enttäuscht an. »Terri, ja?«

Sie nickte und zwang sich aufzublicken. Sie kämpfte mit den Tränen. Sie fühlte sich so verletzlich, dass sie sich kaum rühren konnte. Vor jedem anderen wäre sie zusammengebrochen, hätte alles erzählt. Nicht aber vor Jeffrey. Sie durfte einfach nicht zulassen, dass er sie so sah. Egal, was passierte, er durfte nicht sehen, wie schwach sie war.

Sie sagte: »Ich glaube nicht, dass Pat Bescheid weiß.«

»Nein«, stimmte Jeffrey zu. »Pat hätte Dale längst eingelocht. Auch wenn er sein Bruder ist.«

»Was sollen wir tun?«

»Du weißt, wie das läuft.« Er zuckte die Schultern. »Du bist lange genug dabei. Wir können uns den Fall vornehmen, aber solange Terri keine Aussage macht, haben wir nichts in der Hand. Sie muss vor Gericht gegen ihn aussagen.«

»Das wird sie nicht tun.« Lena dachte daran, wie sie Terri einen Feigling genannt hatte und dass sie sich selbst damit gemeint hatte. Würde sie vor Gericht erscheinen und mit dem Finger auf Ethan zeigen? Hätte sie die Kraft, ihn zu belasten, ihn einsperren zu lassen? Allein bei dem Gedanken an eine solche Konfrontation bekam sie Gänsehaut.

»Wenn ich was von meiner Mutter gelernt habe«, erklärte Jeffrey, »dann, dass man niemandem helfen kann, der sich nicht helfen lassen will.«

»Nein«, sagte sie.

»Statistisch gesehen ist bei einer misshandelten Frau die Gefahr, ermordet zu werden, dann am größten, wenn sie ihren Peiniger verlässt.«

»Richtig.« Sie musste wieder an Ethan denken, wie er heute Morgen hinter ihrem Wagen hergerannt war. Hatte sie etwa geglaubt, sie könnte ihn so leicht loswerden? Hatte sie wirklich geglaubt, er würde sie einfach so gehen lassen? Wahrscheinlich sann er bereits auf Rache und dachte sich gerade alle möglichen schmerzhaften Strafen für sie aus, dafür, dass sie auch nur daran gedacht hatte, ihn zu verlassen.

Jeffrey wiederholte: »Man kann niemandem helfen, der sich nicht helfen lassen will.«

Lena nickte. »Du hast recht.«

Er sah sie aufmerksam an. »Ich werde mit Pat reden, wenn er zurückkommt. Ich sage ihm Bescheid.«

»Glaubst du, er wird etwas unternehmen?«

»Zumindest wird er es versuchen«, antwortete Jeffrey. »Er liebt seinen Bruder. Auch wenn die anderen das nicht verstehen können.«

»Welche anderen?«

»Außenstehende«, sagte er und überlegte einen Moment. »Es ist schwer, jemanden zu hassen, den man liebt.«

Sie nickte und nagte dabei an ihren Lippen, unfähig zu sprechen.

Jeffrey stand auf. »Buddy ist da.« Dann fragte er: »Alles in Ordnung mit dir?«

»Äh«, stammelte Lena. »Ja.«

»Gut«, sagte er, wieder ganz Cop, und öffnete die Tür. Lena folgte ihm, als er das Büro verließ. Sie wusste nicht, was sie sagen sollte. Jeffrey verhielt sich, als wäre nichts gewesen, flirtete mit Marla, machte ihr ein Kompliment zu ihrem neuen Kleid, dann drückte er auf den Summer, um Buddy in den Mannschaftsraum zu lassen.

Der Anwalt humpelte an einer Krücke, von der Prothese war nichts zu sehen.

Als Jeffrey Buddy begrüßte, klang sein jovialer Ton aufgesetzt: »Na, hat deine Frau dir wieder das Bein weggenommen?«

Buddy war ausnahmsweise nicht zu Späßen aufgelegt. »Bringen wir es einfach hinter uns.«

Jeffrey ließ Buddy den Vortritt. Als die beiden an Lena vorbeigingen, sah Lena, dass Jeffrey hinkte, genau wie Buddy. Auch Buddy bemerkte es und funkelte ihn böse an.

Verlegen erklärte Jeffrey: »Ich bin gestern Abend in eine Scherbe getreten.«

Buddy zog die Brauen hoch. »Passen Sie bloß auf, dass es sich nicht entzündet.« Warnend klopfte er auf seinen Stumpf. Jeffrey wurde kreidebleich.

Er sagte: »Brad hat Patty ins hintere Zimmer gesetzt.«

Auf dem Weg zum Vernehmungszimmer im hinteren Teil des Gebäudes versuchte Lena zu verdrängen, was Jeffrey zu ihr gesagt hatte. Sie zwang sich, stattdessen Buddys und Jeffreys Gespräch über die Highschool-Footballmannschaft zu folgen. Den Rebels stand eine harte Saison bevor, und die beiden Männer zitierten die Statistiken wie Prediger Bibelverse.

Patty O'Ryan war schon durch die geschlossene Tür zu hören. Das Mädchen schrie wie eine Heulboje.

»Lasst mich hier raus, verflucht nochmal! Nehmt mir die Scheiß-ketten ab, ihr beschissenen Arschgeigen!«

Lena wartete an der Tür, bis die anderen bei ihr waren. Irgend-wie musste sie das Gespräch mit Jeffrey in einer Schublade ihres Gehirns verstauen. Sie durfte nicht zulassen, dass ihre Gefühle ihr bei der Arbeit im Weg standen. Sie hatte bereits bei Terri Stanleys Vernehmung versagt, und einen weiteren Fehler konnte sie sich nicht leisten. Sie hätte nicht mehr in den Spiegel sehen können.

Als könnte er ihre Gedanken lesen, sah Jeffrey sie an und fragte Lena stumm, ob sie bereit war. Lena nickte, und er warf einen Blick durch das Fenster in der Tür. »Buddy, wollen Sie reingehen und allein mit ihr sprechen, bevor wir anfangen?«

»Teufel, nein«, wehrte Buddy entsetzt ab. »Lassen Sie mich bloß nicht allein mit ihr.«

Jeffrey öffnete die Tür und ließ Buddy und Lena vorangehen.

»Daddy«, krächzte O'Ryan, heiser von ihrem eigenen Gezeter. »Ich muss hier raus. Ich hab 'ne Verabredung. Ich hab 'n Vorstel-lungsgespräch. Ich muss weg hier, sonst komm ich zu spät.«

»Vielleicht solltest du dich vorher umziehen«, bemerkte Lena, als sie sah, dass Pattys knappe Stripperinnenkleidung inzwischen auch noch zerrissen war.

»Du«, knurrte Patty und lenkte ihren gesammelten Zorn auf Lena. »Du hältst deine Scheißschnauze, du dreckige Latino-schlampe.«

»Beruhige dich«, sagte Jeffrey und setzte sich ihr gegenüber an den Tisch. Normalerweise saß Buddy bei solchen Gelegenheiten an

299

der Seite seiner Mandanten, doch diesmal nahm er auf dem Stuhl neben Jeffrey Platz. Auch Lena wollte der Göre nicht zu nahe kommen und lehnte sich mit verschränkten Armen an den Spiegel, um das Geschehen im Stehen zu verfolgen.

Jeffrey sagte: »Erzähl uns von Chip.«

»Was ist mit Chip?«

»Ist er dein Freund?«

Hilfesuchend sah sie Buddy an, doch er verzog keine Miene.

Schließlich sagte sie: »Wir hatten was laufen.« Sie warf den Kopf zurück, um die Haare aus den Augen zu bekommen. Unter dem Tisch zappelte sie mit den Füßen wie ein läufiger Hase. Jeder Muskel ihres Körpers stand unter Spannung, und es war sonnenklar, dass sie auf Turkey war. Lena hatte genug Junkies auf Entzug gesehen und wusste, dass es verdammt hart war. Wäre Patty O'Ryan nicht ein solches Miststück gewesen, hätte sie ihr glatt leidgetan.

»Was hattet ihr laufen?«, fragte Jeffrey. »Hast du mit ihm geschlafen? Oder habt ihr zusammen Drogen genommen?«

Sie warf Buddy einen verächtlichen Blick zu, als wollte sie ihn bestrafen. »So was in der Art.«

»Kennst du Rebecca Bennett?«

»Wen?«

»Was ist mit Abigail Bennett?«

Patty schnaubte angewidert, ihre Nasenflügel bebten. »Die kleine Kirchenmaus drüben von der Farm.«

»Hatte Chip eine Beziehung mit ihr?«

Die Handschellen rasselten in der Befestigung am Tisch, als sie die Achseln zuckte.

Jeffrey wiederholte: »Hatten Chip und Abigail Bennett eine Beziehung?«

Patty antwortete nicht. Stattdessen fing sie an, mit den Handschellen gegen die Tischkante zu klopfen.

Seufzend lehnte Jeffrey sich zurück, als widerstrebte ihm zu tun, wozu er sich jetzt gezwungen sah. Buddy schien das Spiel zu durchschauen, und obwohl er sich in seinem Stuhl wand, tat er nichts, um einzuschreiten.

»Erkennst du Chip wieder?« Jeffrey warf ein Polaroidfoto auf den Tisch.

Lena reckte den Hals, um zu sehen, mit welchem der Tatortfotos er anfing. Sie waren alle schlimm, aber das hier – die Nahaufnahme des Gesichts mit dem zerfetzten Mund – war grauenhaft.

Patty O'Ryan grinste Jeffrey an. »Das ist nicht Chip.«

Er hielt ihr ein weiteres Foto hin. »Und das?«

Sie warf einen kurzen Blick auf das Bild, dann sah sie weg. Buddy schielte zur einzigen Tür im Raum. Wahrscheinlich wünschte er, er könnte sich aus dem Staub machen.

»Und das hier?« Jeffrey legte das nächste Foto auf den Tisch.

Langsam begann Patty zu begreifen. Lena sah, wie ihre Unterlippe zitterte. Das Mädchen heulte, seit sie verhaftet worden war, aber jetzt hatte Lena zum ersten Mal das Gefühl, dass ihre Tränen echt waren.

Sie war ruhiger geworden. Schließlich flüsterte sie: »Was ist passiert?«

»Anscheinend«, begann Jeffrey und ließ den Rest der Fotos auf den Tisch fallen, »war da jemand verdammt sauer auf ihn.«

Patty zog die Beine auf den Stuhl und drückte die Knie an die Brust. »Chip«, flüsterte sie und wiegte sich hin und her. Dieses Verhalten sah Lena in der Zelle häufig. So versuchten die Leute, sich selbst zu trösten, als hätten sie im Lauf der Jahre gelernt, dass es sonst keiner tun würde.

Jeffrey fragte: »War jemand hinter ihm her?«

Sie schüttelte den Kopf. »Alle mochten Chip.«

»Sieht nicht danach aus.« Jeffrey ließ ihr Zeit. »Wer würde ihm so was antun, Patty?«

»Er wollte ein besserer Mensch werden«, flüsterte sie. »Er wollte sauber werden.«

»Er wollte clean werden?«

Sie starrte auf die Fotos, ohne sie zu berühren. Jeffrey sammelte sie wieder ein und steckte sie in die Tasche. »Sprich mit mir, Patty.«

Ein Schaudern lief durch ihren Körper. »Sie haben sich auf der Farm kennengelernt.«

»Die Soja-Farm in Catoogah?«, stellte Jeffrey klar. »Chip war dort?«

»Ja«, sagte sie. »Jeder weiß, dass man dort für ein paar Wochen untertauchen kann, wenn es sein muss. Man geht am Sonntag in die Kirche, pflückt ein paar Sojabohnen, und du bekommst von ihnen Essen und einen Platz zum Schlafen. Du tust so, als ob du betest, und dafür geben sie dir ein sicheres Versteck.«

»Brauchte Chip ein Versteck?«

Sie schüttelte den Kopf.

Jeffrey klang jetzt beinahe versöhnlich. »Erzähl mir von Abby.«

»Er hat sie auf der Farm kennengelernt. Da war sie noch ein Kind, und er fand sie lustig. Aber dann ist er wegen Drogen eingebuchtet worden. Musste ein paar Jahre in den Knast. Als er rauskommt, ist Abby plötzlich erwachsen.« Sie wischte sich eine Träne weg. »Sie war bloß so 'ne scheiß Tugendbeule, aber er ist voll drauf reingefallen. Er ist auf alles reingefallen.«

»Sag mir, was passiert ist.«

»Sie ist ins Kitty gekommen. Ist das nicht unglaublich?« Sie lachte über die absurde Vorstellung. »Sie ist da aufgekreuzt, in ihrem bescheuerten Blümchenkleid und in ihren Ökotretern, und dann hat sie gesagt: ›Komm, Chip, komm mit mir in die Kirche. Komm und bete mit mir.‹ Und er ist einfach mitgegangen, ohne mir tschüs zu sagen.«

»Hatten sie eine sexuelle Beziehung?«

Sie lachte schnaubend. »Bei der kriegt man die Beine nicht mal mit 'ner Brechstange auseinander.«

»Sie war schwanger.«

Patty riss den Kopf hoch.

»Glaubst du, Chip war der Vater?«

Sie hörte die Frage nicht einmal. Lena konnte zusehen, wie der Zorn in ihr hochkochte wie ein Kessel kurz vor dem Pfeifen. Patty war genauso cholerisch wie Cole Connolly, und aus irgendeinem Grund machte Lena dieses Mädchen mehr Angst als der alte Mann.

»Diese verdammte Schlampe«, zischte sie durch die Zähne. Wieder riss sie an den Handschellen, die rasselten wie eine Schnarrtrommel. »Wahrscheinlich ist er in den scheiß Wald mit ihr. Da haben wir es früher immer gemacht.«

»Der Wald drüben in Heartsdale? Das Naturschutzgebiet?«

»Die dumme Fotze«, geiferte Patty, ohne zu begreifen, worauf er hinauswollte. »Wir sind immer da raus und haben was geraucht, als wir noch in der Schule waren.«

»Du bist mit Chip zur Schule gegangen?«

Sie zeigte auf Buddy. »Bis das Arschloch mich auf die Straße gesetzt hat«, keifte sie. »Seitdem muss ich mich selber über Wasser halten.« Buddy rührte sich nicht. »Ich hab ihm gesagt, er soll die Finger von der Fotze lassen. Die ganze beschissene Familie ist doch komplett irre.«

»Welche Familie?«

»Die Wards«, sagte sie. »Glauben Sie nicht, dass die Schlampe die Einzige von denen gewesen ist, die ins Kitty kam.«

»Wer war sonst noch da?«

»Alle. Die ganzen Brüder.«

»Welche?«

»Alle!«, kreischte sie und donnerte mit der Faust auf den Tisch, dass Buddys Krücke polternd zu Boden krachte.

Lena machte sich bereit einzuschreiten, falls Patty O'Ryan Dummheiten anstellen sollte.

»Die tun so heilig, dabei sind sie genauso versaut wie alle anderen.« Wieder schnaubte sie grunzend. »Der eine hat 'nen winzigen Schwanz. Kommt jedes Mal nach drei Sekunden, und dann heult er wie 'n Schlosshund.« Sie ahmte eine weinerliche Stimme nach: »›O Gott, ich bin des Teufels, o Gott, ich werde in der Hölle schmoren.‹ Einfach zum Kotzen. Die Hölle war dem Arschloch scheißegal, als er meinen Kopf festgehalten und mich gezwungen hat, seinen Saft zu schlucken.«

Buddy wurde bleich, die Kinnlade klappte ihm herunter.

Jeffrey fragte: »Welcher Bruder war das, Patty?«

»Der Kurze«, sagte sie und kratzte sich so heftig am Arm, dass rote Striemen zurückblieben. »Der mit den Stoppelhaaren.«

Lena überlegte, wen sie meinte. Paul und Lev waren mindestens so groß wie Jeffrey, und beide hatten dichtes Haar.

Patty kratzte sich fast bis aufs Blut. »Er hat Chip alles besorgt, was er wollte. Smack, Koks, Gras.«

»Er hat gedealt?«

»Er hat das Zeug verschenkt.«

»Er hat Drogen verschenkt?«

»Mir nicht«, knurrte sie patzig. Sie sah ihren Arm an und fuhr die roten Striemen mit dem Finger nach. Unter dem Tisch fingen ihre Beine wieder zu zappeln an, und Lena schätzte, dass die Kleine völlig durchdrehen würde, wenn sie nicht bald eine Nadel im Arm hatte.

»Nur Chip«, fuhr Patty fort. »Mir hat er nie was geschenkt. Ich wollte ihm sogar Kohle geben, aber er hat mich zum Teufel gejagt. Als würde seine Scheiße nicht stinken.«

»Erinnerst du dich an seinen Namen?«

»Nein«, sagte sie. »Aber der war ständig da. Manchmal hat er nur am Ende vom Tresen gehockt und Chip angeglotzt. Wahrscheinlich wollte er ihn auch vögeln.«

»Hatte er rote Haare?«

»Nee«, gab sie zurück, als wäre die Frage vollkommen abwegig.

»Hatte er dunkle Haare?«

»Ich weiß nicht mehr, was für 'ne Haarfarbe er hatte, okay?« Ihre Augen funkelten wie bei einem Tier, das dringend gefüttert werden musste. »Ich hab genug geredet.« Zu Buddy sagte sie: »Jetzt hol mich hier raus.«

Jeffrey sagte: »Immer langsam.«

»Ich hab 'n Vorstellungsgespräch.«

»Ganz bestimmt.«

»Lasst mich hier raus!«, schrie sie, dann lehnte sie sich über den Tisch zu Buddy. »Jetzt gleich, verdammte Scheiße!«

Buddy schnalzte mit der Zunge, als er den Mund aufmachte. »Ich glaube nicht, dass du schon alle Fragen beantwortet hast.«

Sie äffte ihn nach wie eine Dreijährige. »Ich glaube nicht, dass du schon alle Fragen beantwortet hast.«

»Beruhige dich«, warnte Buddy.

»Beruhig dich selbst, du einbeiniger Wichser«, schrie sie ihn an. Wieder begann sie am ganzen Körper zu zittern, so dringend brauchte sie die Droge. »Hol mich verdammt nochmal hier raus. Sofort!«

Buddy nahm die Krücke vom Boden auf. Er war so klug, erst zur Tür zu gehen, bevor er sagte: »Chief, machen Sie mit ihr, was Sie wollen. Ich wasche meine Hände in Unschuld.«

»Du gottverdammter beschissener Feigling!«, kreischte Patty und versuchte, sich auf Buddy zu stürzen. Sie hatte vergessen, dass sie an den Tisch gekettet war, und wurde heftig zurückgerissen wie ein Hund an einer kurzen Leine. »Arschloch!«, schrie sie, dann drehte sie endgültig durch. Ihr Stuhl war umgefallen, und sie kickte ihn quer durchs Zimmer, dann jaulte sie vor Schmerz und hielt sich den Fuß. »Ich verklage euch alle, ihr beschissenen Arschlöcher!«, schrie sie. »Ihr Hurenböcke!«

»Patty?«, versuchte es Jeffrey. »Patty?«

Lena kämpfte gegen den Drang, sich die Ohren zuzuhalten, als das Mädchen zu heulen anfing wie eine Sirene. Grimmig stand Jeffrey auf. Auf dem Weg hinaus hielt er sich dicht an der Wand. Lena folgte ihm so schnell es ging. Als die massive Tür hinter ihnen war, atmete sie auf.

Jeffrey schüttelte den Kopf, als könne er nicht glauben, zu was für einem Benehmen Menschen fähig waren. »Das ist das erste Mal, dass mir der Mistkerl richtig leidtut«, sagte er und sah Buddy hinterher. »Meinst du, die Wards haben noch einen Bruder?«

»Muss wohl so sein.«

»Das schwarze Schaf?«

Lena dachte an die Unterhaltung mit der Familie vor zwei Tagen. »Ich dachte, das wäre Pauls Job.«

»Was?«

»Ich dachte, Paul wäre das schwarze Schaf in der Familie.«

Jeffrey öffnete die Tür zum Mannschaftsraum. Durchs Fenster sahen sie, dass Mark McCallum, der Lügendetektorexperte vom GBI, in Jeffreys Büro wartete. Ihm gegenüber saß Lev Ward.

Beeindruckt fragte Lena: »Wie zum Teufel hast du denn den hierhergekriegt?«

»Keine Ahnung.« Jeffrey sah sich um, wahrscheinlich auf der Suche nach Cole Connolly. Er fragte Marla, die an ihrem Schreibtisch saß: »Ist Lev Ward allein hier?«

Sie warf einen Blick in den Eingang. »Ich glaube schon.«

»Seit wann ist er da?«

»Seit ungefähr zehn Minuten.« Marla lächelte hilfsbereit. »Ich dachte, ich rufe Mark schon mal, damit er vor dem Mittagessen anfangen kann.«

»Danke«, sagte Jeffrey und ging zurück zu seinem Büro.

»Soll ich Brad holen und nach Cole suchen?«, bot Lena an.

»Warten wir erst mal ab.« Jeffrey klopfte an seine eigene Bürotür. Mark winkte ihn herein. »Ich bereite gerade alles vor.«

»Danke, dass Sie noch in der Stadt geblieben sind, Mark.« Jeffrey schüttelte ihm die Hand. »Wie man hört, kommen Sie mit dem Zimmerservice ganz gut zurecht.«

Mark räusperte sich verlegen und wandte sich wieder den Knöpfen seiner Maschine zu.

»Chief«, sagte Lev und sah dabei so zuversichtlich aus, wie ein Mann, der mit einem Lügendetektor verdrahtet ist, nur sein konnte. »Ich habe Ihre Nachricht heute Morgen bekommen. Tut mir leid, dass ich gestern nicht kommen konnte.«

»Danke, dass Sie da sind«, erwiderte Jeffrey. Er holte seinen Notizblock heraus und schrieb etwas hinein, während er weitersprach. »Ich bin froh, dass Sie sich die Zeit nehmen.«

»In ein paar Stunden wird sich die Familie in der Kirche versammeln, um Abschied von Abby zu nehmen.« Sein Blick fiel auf Lena. »Guten Morgen, Detective«, sagte er leise, dann wandte er sich wieder an Jeffrey. »Ich hätte gern noch ein bisschen Zeit, meine Predigt vorzubereiten. Es ist für uns alle eine schwere Zeit.«

Jeffrey machte sich ungerührt weiter Notizen. »Ich hatte Sie in Begleitung von Cole Connolly erwartet.«

»Entschuldigen Sie«, sagte Lev, »davon hat Cole gar nichts gesagt. Er nimmt später auch am Gedenkgottesdienst teil. Ich schicke ihn gleich danach zu Ihnen.«

Jeffrey schrieb weiter. »Gibt es kein Begräbnis?«

»Leider musste sie kremiert werden. Wir feiern nur eine kleine Zusammenkunft im Kreis der Familie, um uns an ihr Leben zu erinnern und unserer Liebe zu ihr zu gedenken. Wir haben es gerne schlicht.«

Jeffrey beendete seine Notizen. »Außenstehende sind nicht willkommen?«

»Na ja, es ist keine offizielle Trauerfeier, nur eine Familienzusammenkunft. Hören Sie …«

Jeffrey riss die Seite aus dem Block und reichte sie Mark. »Wir beeilen uns, so gut es geht.«

Lev beäugte den Zettel, ohne seine Neugier zu verbergen. »Das wäre nett.« Er lehnte sich zurück. »Paul war dagegen, dass ich her-

306

komme, aber ich finde, es ist das Beste, wenn wir zusammenarbeiten.«

»Mark?« Jeffrey ließ sich hinter seinem Schreibtisch nieder. »Es ist doch kein Problem, wenn wir alle dabei sind, oder?«

»Äh …« Mark zögerte einen Augenblick. Normalerweise war er mit dem Befragten allein, aber andererseits hatte der Lügendetektor vor Gericht keinerlei Bestand, und Ward war nicht einmal verhaftet worden. Lena hatte den Verdacht, dass Polygraphen ohnehin nur dazu dienten, die Leute einzuschüchtern. Es hätte sie nicht gewundert, wenn sie den Deckel aufgeklappt und im Innern des Apparats eine weiße Maus im Laufrad gefunden hätte.

»Nein«, antwortete Mark. »Es geht schon.« Er betätigte verschiedene Regler, dann zog er die Kappe von seinem Kuli. »Reverend Ward, sind Sie bereit?«

»Bitte, nennen Sie mich Lev.«

»Gut.« Mark hatte einen Spiralblock vor sich liegen, der durch den Apparat vor Levs Blicken geschützt war. Er schlug ihn auf und legte Jeffreys Blatt hinein. »Ich möchte Sie daran erinnern, dass Sie auf jede Frage möglichst nur mit Ja oder Nein antworten sollten. Ausführliche Antworten sind nicht nötig. Wenn Sie das Gefühl haben, Sie müssten etwas erklären, können Sie das später mit Chief Tolliver besprechen. Das Gerät registriert nur Ja und Nein.«

Lev betrachtete die Blutdruckmanschette um seinen Arm. »Ich verstehe.«

Mark legte einen Schalter um, und das Gerät begann langsam, Papier auszuspucken. »Bitte entspannen Sie sich und versuchen Sie geradeaus zu sehen.«

Bunte Nadeln zuckten über das Papier, als Lev sagte: »In Ordnung.«

Ohne die Stimme zu heben, las Mark die Fragen von seinem Block ab. »Sie heißen Thomas Leviticus Ward?«

»Ja.«

Mark machte einen Haken. »Sie wohnen in der Plymouth Road 63?«

»Ja.«

Wieder ein Haken. »Sie sind achtundvierzig Jahre alt?«

»Ja.«

Noch ein Haken. »Sie haben einen Sohn, Ezekiel?«

»Ja.«

»Sie sind Witwer?«

»Ja.«

Er fragte Levs Personalien ab, um einen Maßstab für die späteren Antworten zu erhalten. Lena hatte keine Ahnung, was die hüpfenden Nadeln zu bedeuten hatten, und auch Marks Notizen sahen aus wie Hieroglyphen. Ihre Gedanken begannen abzuschweifen, bis die Fragen interessanter wurden.

Marks Stimme blieb tonlos und desinteressiert, als wäre er immer noch bei Levs Lebenslauf.

»Kennen Sie jemand, der Ihrer Nichte Abigail schaden wollte?«

»Nein.«

»Gibt es jemand, der Ihrer Kenntnis nach sexuelles Interesse an Abigail bekundet hat?«

»Nein.«

»Haben Sie Ihre Nichte Abigail getötet?«

»Nein.«

»Hat sich Ihre Nichte jemals für eine Person interessiert, die Sie für unangemessen hielten?«

»Nein.«

»Haben Sie sich je über Ihre Nichte geärgert?«

»Ja.«

»Haben Sie sie je geschlagen?«

»Einmal habe ich sie übers Knie gelegt ... Ich meine, ja.« Er lächelte nervös. »Entschuldigung.«

Mark ignorierte die Unterbrechung. »Haben Sie Abigail getötet?«

»Nein.«

»Hatten Sie sexuellen Kontakt zu ihr?«

»Nie. Ich meine, nein.«

»Haben Sie sie je unsittlich berührt?«

»Nein.«

»Kennen Sie einen Mann namens Dale Stanley?«

Lev schien überrascht. »Ja.«

»Waren Sie schon mal in seiner Werkstatt?«

»Ja.«

308

»Haben Sie einen Bruder namens Paul Ward?«

»Ja.«

»Haben Sie noch weitere Brüder?«

»Nein.«

»Wissen Sie, wo sich Ihre Nichte Rebecca Bennett aufhält?«

Lev sah Jeffrey überrascht an.

Mark wiederholte: »Wissen Sie, wo sich Ihre Nichte Rebecca Bennett aufhält?«

Lev richtete den Blick wieder geradeaus und antwortete: »Nein.«

»Haben Sie irgendwas aus Dale Stanleys Werkstatt mitgenommen?«

»Nein.«

»Haben Sie Abigail im Wald begraben?«

»Nein.«

»Kennen Sie jemand, der etwas gegen Ihre Nichte hatte?«

»Nein.«

»Waren Sie schon mal im Pink Kitty?«

Verwirrt schürzte er die Lippen. »Nein.«

»Hatten Sie je erotische Gefühle gegenüber Ihrer Nichte?«

Er zögerte, dann: »Ja, aber …«

Mark unterbrach ihn. »Nur ja oder nein, bitte.«

Zum ersten Mal schien Lev um Fassung zu ringen. Er schüttelte den Kopf, als müsste er sich zu einer Antwort zwingen. »Ich muss das erklären.« Er sah Jeffrey an. »Können wir bitte unterbrechen?« Er wartete nicht auf eine Antwort, sondern riss sich die Elektroden von der Brust.

Mark schaltete sich ein: »Lassen Sie mich das machen.« Offensichtlich machte er sich Sorgen um seine Ausrüstung.

Lev sagte: »Es tut mir leid. Ich … Das war einfach zu viel.«

Jeffrey gab Mark ein Zeichen, Lev von der Maschine zu befreien.

»Ich habe versucht, ehrlich zu sein«, sagte Lev. »Lieber Himmel, was für ein Schlamassel.«

Mark klappte den Spiralblock zu. Jeffrey informierte Lev: »Wir sind gleich zurück.«

Lena trat zur Seite, um die beiden Männer vorbeizulassen, und setzte sich in Jeffreys Stuhl, sobald sie draußen waren.

»Ich hätte Abby nie wehtun können«, beteuerte Lev.

»Machen Sie sich keine Sorgen«, sagte Lena und lehnte sich zurück. Sie versuchte, sich ihre Genugtuung nicht anmerken zu lassen. Irgendwie hatte sie geahnt, dass Lev mit drinsteckte. Es war nur eine Frage der Zeit, bis Jeffrey es aus ihm herausbekam.

Lev faltete die Hände zwischen den Knien und beugte sich vor. In dieser Position verharrte er, bis Jeffrey zurückkam. Noch bevor Jeffrey sich gesetzt hatte, platzte er heraus: »Ich wollte nur ehrlich sein. Ich wollte nicht, dass eine alberne Lüge alles ... O lieber Gott. Es tut mir leid. Was habe ich nur für einen Schlamassel angerichtet.«

Jeffrey zuckte die Schultern, als handelte es sich nur um ein kleines Missverständnis. »Erklären Sie es mir.«

»Sie war ...« Er bedeckte das Gesicht mit den Händen. »Sie war ein attraktives Mädchen.«

»Sie sah Ihrer Schwester sehr ähnlich«, erinnerte sich Lena.

»O nein«, sagte Lev mit zitternder Stimme. »Ich habe mich weder meiner Schwester noch meiner Nichte gegenüber je unsittlich verhalten. Gegenüber keiner meiner Nichten.« Sein Ton war fast flehentlich. »Ein Mal – ein einziges Mal –, als Abby an meinem Büro vorbeiging. Ich habe sie nicht mal erkannt. Ich habe sie nur von hinten gesehen, und meine Reaktion war ...« Er wandte sich an Jeffrey. »Sie wissen, wie es ist.«

»Ich habe keine hübschen Nichten«, erwiderte er.

»O Herr«, seufzte Lev. »Paul hat mir gesagt, ich würde es bereuen.« Er setzte sich auf, sichtlich bedrängt. »Hören Sie, ich habe genug Krimis gelesen. Ich weiß, wie so was läuft. Sie sehen sich immer zuerst die Familienmitglieder an. Ich wollte, dass Sie mich ausschließen können. Ich wollte so ehrlich sein, wie ich konnte.« Er rollte die Augen zur Decke, als hoffte er auf Hilfe von oben. »Es war ein einziges Mal. Sie ist durch den Flur zum Fotokopierer gegangen, und ich habe sie von hinten nicht erkannt, und als sie sich umdrehte, bin ich fast in Ohnmacht gefallen. Es ist nicht, was Sie ...« Er brach ab, dann fuhr er vorsichtig fort. »Es ist nicht so, dass ich den Gedanken zu Ende gedacht hätte. Ich habe vor mich hin gestarrt und gedacht: ›Das ist mal eine schöne Frau‹, und als ich gesehen habe, dass es Abby war, ich schwöre Ihnen, hat es mich monatelang bedrückt. Ich habe mich noch nie im Leben so geschämt.«

Lev streckte die Hände aus. »Als der Beamte mir die Frage gestellt hat, habe ich gesagt, was mir als Erstes in den Sinn kam – an jenem Tag. Ich wusste doch, dass er gemerkt hätte, wenn ich lüge.«

Jeffrey ließ sich absichtlich Zeit. »Der Test war ergebnislos«, sagte er dann.

Lev sackte in sich zusammen. »Ich habe alles verdorben, indem ich versucht habe, es richtig zu machen.«

»Warum haben Sie nicht gemeldet, dass Ihre andere Nichte auch vermisst wird?«

»Ich dachte …« Ratlos brach er ab. »Ich wollte Ihre Zeit nicht verschwenden. Becca ist schon öfter ausgerissen. Sie neigt zum Melodramatischen.«

Jeffrey fragte: »Haben Sie Abigail je angefasst?«

»Nie.«

»Waren Sie je mit ihr allein?«

»Natürlich. Ich bin ihr Onkel. Ich bin ihr Seelsorger.«

Lena fragte: »Hat sie Ihnen je was gebeichtet?«

»So funktioniert das bei uns nicht«, erwiderte er. »Wir unterhalten uns nur. Abby las gerne in der Bibel. Wir sind zusammen Bibelverse durchgegangen. Wir haben Scrabble gespielt. Dinge, die ich mit all meinen Neffen und Nichten tue.«

Jeffrey erklärte: »Sie verstehen, warum uns das komisch vorkommt?«

»Es tut mir leid«, sagte Lev. »Ich konnte Ihnen kein bisschen helfen.«

»Nein«, gab Jeffrey zu. »Was haben Sie bei Dale Stanley gemacht?«

Er brauchte einen Moment, um seine Gedanken zu ordnen. »Dale hat angerufen, weil ein paar von unseren Arbeitern die Abkürzung über sein Grundstück genommen haben. Ich habe mit ihm geredet, bin die Grundstücksgrenze abgegangen, und wir haben uns geeinigt, dass ich einen Zaun aufstelle.«

»Merkwürdig, dass Sie sich persönlich darum gekümmert haben«, warf Jeffrey ein. »Sie sind doch schließlich das Oberhaupt der Farm?«

»Nicht ganz«, gab er zurück. »Jeder hat seinen eigenen Bereich.«

»Den Eindruck hatte ich nicht«, sagte Jeffrey. »Auf mich haben Sie wie das Oberhaupt gewirkt.«

Lev schien sich zu sträuben, es zuzugeben. »Ich bin für das Tagesgeschäft zuständig.«

»Es ist eine ziemlich große Farm.«

»Ja, das stimmt.«

»Die Grundstücksgrenze mit Dale abzugehen, die Sache mit dem Zaun auszuhandeln – hätten Sie das nicht delegieren können?«

»Das Gleiche wirft mir mein Vater vor. Leider bin ich schlecht darin, die Zügel aus der Hand zu geben. Daran muss ich wohl noch arbeiten.«

»Dale ist nicht ungefährlich«, sagte Jeffrey. »Hatten Sie keine Bedenken, ganz allein zu ihm rauszufahren?«

»Cole war bei mir. Er ist der Vorarbeiter der Farm. Ich weiß nicht, ob Sie gestern darüber gesprochen haben. Er ist einer der echten Erfolge der Holy Grown Farm. Mein Vater hat ihn im Gefängnis zu Jesus bekehrt. Und nun ist Cole schon mehr als zwei Jahrzehnte bei uns.«

Jeffrey sagte: »Er saß wegen bewaffnetem Raubüberfall im Gefängnis.«

Lev nickte. »Das stimmt. Er wollte ein Lebensmittelgeschäft überfallen. Jemand hat ihn an die Polizei verraten, und der Richter ließ keine Gnade walten. Cole hat die Verantwortung für seine Tat selbst zu tragen, aber das hat er über zwanzig Jahre lang auch getan. Heute ist er ein ganz anderer Mensch als der, der damals den Überfall plante.«

Jeffrey lenkte ihn weiter. »Sie waren also in Dales Werkstatt?«

»Wie bitte?«

»Dale Stanley. Waren Sie in seiner Werkstatt, als Sie wegen des Zauns dort waren?«

»Ja. Eigentlich interessieren mich Autos nicht – sie sind nicht meine Sache –, aber ich wollte nicht unhöflich sein.«

Lena fragte: »Wo war Cole in der Zeit?«

»Er hat im Auto gewartet«, sagte Lev. »Ich hatte ihn nicht mitgenommen, um Dale einzuschüchtern. Ich wollte nur, dass Dale wusste, dass ich nicht allein da bin.«

312

»Cole ist die ganze Zeit im Wagen geblieben?«, fragte Jeffrey.

»Ja.«

»Auch als Sie die Grundstücksgrenze zwischen Ihrem und Dales Besitz abgegangen sind?«

»Das Land gehört der Gemeinde, aber, ja.«

Jeffrey fragte: »Haben Sie Cole je benutzt, um jemanden einzuschüchtern?«

Lev sah unbehaglich aus. Er ließ sich Zeit mit der Antwort. »Ja.«

»Wie das?«

»Manchmal haben wir Leute bei uns, die sich an der Gemeinde bereichern wollen. Cole spricht mit ihnen. Er fühlt sich persönlich angegriffen, wenn jemand versucht, die Gemeinde zu übervorteilen. Oder die Familie. Er ist meinem Vater gegenüber extrem loyal.«

»Wendet er je Gewalt an bei diesen Leuten, die sich bereichern wollen?«

»Nein«, beharrte Lev. »Niemals.«

»Warum sind Sie da so sicher?«

»Weil er sich seiner Schwäche bewusst ist.«

»Was meinen Sie damit?«

»Er neigt – neigte – zu Jähzorn.« Lev schien sich an etwas zu erinnern. »Bestimmt hat Ihre Frau Ihnen von dem kleinen Ausbruch gestern Abend erzählt. Glauben Sie mir, er reagiert nur dann aufbrausend, wenn es seine Überzeugungen betrifft. Ich bin der Erste, der zugibt, dass er damit manchmal übertreibt, aber ich hätte ihn schon in seine Schranken verwiesen, wenn es notwendig gewesen wäre.«

Lena hatte keine Ahnung, wovon er sprach, doch sie hütete sich, sich einzumischen.

Jeffrey überging es einfach. »Wie sah es früher mit Coles Jähzorn aus? Sie haben in der Vergangenheit davon gesprochen. Wie schlimm war es?«

»Früher wurde er schnell gewalttätig. Nicht, als Papa ihn kennenlernte, sondern davor.« Lev erklärte: »Er hat viel Kraft. Er ist ein sehr starker Mann.«

Jeffrey versuchte, mehr aus ihm herauszubekommen. »Ohne Ihnen widersprechen zu wollen, Lev, aber ich habe ihn gestern hier

313

gesehen. Auf mich hat er einen ziemlich harmlosen Eindruck gemacht.«

»Er *ist* harmlos«, sagte Lev. »Heute.«

»Aber?«

»Vor langer Zeit, beim Militär, war er bei einer Spezialeinheit. Er hat schlimme Dinge getan. Man spritzt sich nicht Heroin für tausend Dollar in der Woche, wenn man glücklich mit seinem Leben ist.« Er schien Jeffreys Ungeduld zu spüren. »Wahrscheinlich wäre er mit einer leichten Strafe davongekommen – er hatte den Laden ja nicht einmal betreten –, aber er hat sich der Festnahme widersetzt. Er hat einen Beamten zusammengeschlagen, der Mann hat fast ein Auge verloren.« Die Erinnerung schien Lev zu schaffen zu machen. »Mit bloßen Händen.«

Jeffrey horchte auf. »Das steht nicht in den Akten.«

»Das verstehe ich nicht«, sagte Lev. »Ich habe seine Akten natürlich nie eingesehen, aber er schämt sich nicht, seine Missetaten zuzugeben. Er hat vor der Gemeinde darüber gesprochen, das war Teil seines Bekenntnisses.«

Jeffrey war zur Stuhlkante vorgerutscht. »Sie sagten, er hat den Beamten mit bloßen Händen geschlagen?«

»Mit den Fäusten«, erklärte Lev. »Er hat als Bare-Knuckle-Boxer sein Geld verdient, bevor er ins Gefängnis kam. Er hat mehrere Menschen schwer verletzt. Aber das gehört in eine Epoche seines Lebens, auf die er nicht stolz ist.«

Jeffrey musste diese Information erst mal verdauen. »Cole Connollys Schädel ist rasiert.«

Überrascht setzte sich Lev um. »Ja«, sagte er. »Er hat sich letzte Woche die Haare abrasiert. Eigentlich hat er einen Bürstenhaarschnitt.«

»Eine Stoppelfrisur?«

»Ja, könnte man sagen. Manchmal sah er aus wie ein Igel, wenn der Schweiß und der Staub von der Feldarbeit in seinen Haaren getrocknet sind.« Er lächelte traurig. »Abby hat ihn immer damit aufgezogen.«

Jeffrey verschränkte die Arme vor der Brust. »Wie würden Sie Coles Beziehung zu Abby beschreiben?«

»Fürsorglich. Anständig. Er ist zu allen Kindern auf der Farm sehr freundlich. Ich würde nicht sagen, dass er zu Abby ein spezielles Verhältnis hatte.« Dann sagte er: »Er passt auch auf Zeke auf. Ich vertraue ihm vollkommen.«

»Kennen Sie Chip Donner?«

Lev schien überrascht, den Namen zu hören. »Ein paar Jahre lang war er hin und wieder auf der Farm. Cole hat mir erzählt, er hätte Geld aus der Portokasse gestohlen. Da haben wir ihn gebeten zu gehen.«

»Sie haben nicht die Polizei gerufen?«

»Wir regeln die Dinge lieber selbst. Ich weiß, wie das klingt, aber …«

»Hören Sie auf, sich Sorgen zu machen, wie die Dinge klingen, Reverend Ward. Erzählen Sie uns einfach, was passiert ist.«

»Cole bat den jungen Donner zu gehen. Am nächsten Tag war er fort.«

»Wissen Sie, wo Cole im Augenblick ist?«

»Wegen Abbys Gedenkfeier haben wir allen den Vormittag freigegeben. Ich nehme an, er ist in seiner Wohnung über der Scheune und bereitet sich darauf vor.« Dann fing er noch einmal an: »Chief Tolliver, glauben Sie mir, er hat das alles lange hinter sich. Cole ist sanft wie ein Lamm. Er ist wie ein Bruder für mich. Für uns alle.«

»Wie Sie sagten, Reverend Ward. Zuerst müssen wir ausschließen, dass es jemand aus der Familie war.«

Zwölf

ALS SIE VOR DER SCHEUNE HIELTEN, über der Cole Connolly wohnte, stand Lena genauso unter Strom wie Jeffrey. Wenn die Ermittlungen in diesem Fall einer Achterbahnfahrt glichen, dann hatten sie gerade den Gipfel passiert und rasten mit 150 Sachen auf die nächste Schleife zu. Zufälligerweise hatte Lev Ward in der Brieftasche ein Familienfoto. Patty O'Ryan drückte sich so anschaulich wie üblich aus, als sie bestätigte, ja, Cole Connolly sei der schwanzlutschende Drecksack, der Chip im Pink Kitty besucht hatte.

315

»Der Schnitt an seinem Finger«, sagte Lena.

»Was meinst du?«, fragte Jeffrey, doch dann fiel es ihm wieder ein. Connolly hatte behauptet, den Kratzer am rechten Zeigefinger habe er von der Feldarbeit.

»So wie Chip Donner zugerichtet war, könnte man vermuten, dass der Täter mehr als nur eine Schramme an der Hand hätte.« Dann schränkte sie ein: »Andererseits hatte O. J. Simpson auch nur einen Kratzer am Finger.«

»Und Jeffrey McDonald.«

»Wer ist das denn?«

»Hat seine ganze Familie heimtückisch erstochen – zwei Kinder und seine schwangere Ehefrau.« Dann erklärte er: »Das Einzige, was er abbekam, war eine Schramme an der Hand.«

»Sympathischer Typ«, bemerkte Lena. »Glaubst du, Cole hat Rebecca entführt?«

»Ich schätze, das finden wir gleich heraus.« Jeffrey hoffte inständig, dass das Mädchen einfach nur ausgerissen war, dass sie sich irgendwo in Sicherheit befand und nicht unter der Erde vergraben war, wo sie um Atem ringend Gott um Gnade anflehte.

Sie hatten den gleichen Weg genommen wie letzten Montag. Lev Ward fuhr ihnen in seinem uralten Ford Festiva voraus, und er hielt sich die ganze Zeit peinlich genau an das Tempolimit. Jeffrey hatte den Verdacht, dass Lev immer in diesem Schneckentempo unterwegs war, selbst wenn weit und breit kein Polizist zu sehen war. Als Lev auf dem Grundstück vor der Scheune parkte, benutzte er sogar den Blinker.

Jeffrey stellte den Motor ab. »Also los«, sagte er zu Lena, als sie aus dem Wagen stiegen.

Lev zeigte auf eine Treppe, die in der Scheune nach oben führte. »Da oben wohnt er«, sagte er.

Jeffrey sah hinauf. Er war froh, dass die Wohnung keine Fenster nach vorne hatte, die Connolly vor ihrer Ankunft gewarnt hätten. Zu Lena sagte er: »Bleib hier«, dann betrat er die Scheune. Lev wollte ihm folgen, doch Jeffrey erklärte: »Ich gehe allein.«

Lev schien protestieren zu wollen, doch dann sagte er nur: »Ich glaube, Sie liegen vollkommen falsch, Chief Tolliver. Cole hat Abby geliebt. Er ist nicht der Mann, der so etwas tun könnte. Ich kann mir nicht vorstellen, was für eine Bestie dazu fähig wäre, aber Cole ist bestimmt nicht …«

Jeffrey wandte sich an Lena: »Pass auf, dass uns keiner stört.« Dann sagte er zu Lev: »Ich wäre Ihnen dankbar, wenn Sie hier unten warten, bis ich zurückkomme.«

»Ich muss meine Predigt vorbereiten«, entgegnete der Reverend. »Wir feiern heute Gedenkgottesdienst zu Abbys Ehren. Die Familie wartet auf mich.«

Jeffrey war bewusst, dass zur Familie unter anderem ein ziemlich gewiefter Anwalt gehörte, und er konnte weiß Gott darauf verzichten, dass Paul Ward sich in das Gespräch mit Connolly mischte. Der alte Knastbruder war ein scharfer Hund, und es würde schwer genug werden, ihn zu knacken, ohne dass Paul Ward dazwischenplatzte.

Außerdem war Jeffrey hier außerhalb seines Zuständigkeitsbereichs, er hatte nicht einmal einen Haftbefehl, und das einzige Verdachtsmoment, das er gegen Connolly hatte, basierte auf der Aussage einer Stripperin, die ihre eigene Großmutter verkauft hätte, um an den nächsten Druck zu kommen. In dieser Lage blieb ihm nichts anderes übrig, als zu sagen: »Tun Sie, was Sie tun müssen.«

Als der Prediger weggefahren war, steckte Lena die Hände in die Hosentaschen. »Jetzt läuft er direkt zu seinem Bruder.«

»Und wenn du sie fesseln und knebeln musst«, erwiderte Jeffrey, »halt mir die Leute von der Scheune fern.«

»Ja, Sir.«

Leise stieg Jeffrey die Stufen zu Connollys Apartment hinauf. Als er den obersten Treppenabsatz erreichte, warf er einen Blick durch das kleine Fenster in der Wohnungstür. Connolly stand an der Spüle. Er hatte Jeffrey den Rücken zugewandt, doch in diesem Moment drehte er sich um, einen Wasserkessel in der Hand. Anscheinend überraschte es ihn nicht, jemanden vor seiner Tür stehen zu sehen.

»Kommen Sie rein«, rief er und stellte den Kessel auf den Herd. Es klickte mehrmals, dann ging das Gas an.

»Mr. Connolly«, begann Jeffrey. Er war nicht sicher, wie er anfangen sollte.

»Cole«, berichtigte der alte Mann. »Ich wollte gerade Kaffee kochen.« Als er Jeffrey anlächelte, war da wieder dieses Glitzern in seinen Augen. »Möchten Sie auch eine Tasse?«

Jeffrey sah die Dose Pulverkaffee auf dem Tisch und schluckte angewidert. Sein Vater hatte auf dieselbe Marke geschworen. Jimmy Tolliver behauptete, Folgers sei die beste Katermedizin. Lieber hätte Jeffrey aus der Toilette getrunken, doch stattdessen sagte er: »Gerne, vielen Dank.«

Connolly nahm einen zweiten Becher aus dem Regal. Jeffrey bemerkte, dass es nur zwei gab.

»Setzen Sie sich«, sagte Connolly, während er zwei gehäufte Teelöffel des körnigen schwarzen Pulvers in die Becher füllte.

Jeffrey nahm sich einen Stuhl und ließ den Blick durch Connollys Apartment schweifen. Auf einer Seite befand sich eine Küchenzeile, auf der anderen Seite stand das Bett. Es war mit weißen Laken und einer schlichten Decke bezogen, die mit militärischer Exaktheit eingeschlagen war. Bis auf das Kreuz, das über dem Bett hing, und ein religiöses Poster an der weißgetünchten Wand gab es nichts, das irgendetwas von dem Mann preisgab, der hier wohnte.

Jeffrey fragte: »Wohnen Sie schon lange hier?«

»Ach«, Connolly schien nachdenken zu müssen. »Schätze, inzwischen sind es fünfzehn Jahre. Ist eine Weile her, dass wir alle auf den Hof gezogen sind. Früher habe ich mit im Haus gewohnt, aber dann sind die Enkel größer geworden und wollten eigene Zimmer haben. Sie wissen ja, wie Kinder sind.«

»Ja«, sagte Jeffrey. »Nett haben Sie es hier.«

»Habe ich alles selbst gebaut«, verkündete Connolly stolz. »Rachel hat vorgeschlagen, dass ich bei ihr einziehen könnte, aber als ich den Dachstuhl hier gesehen habe, wusste ich, dass ich was draus machen kann.«

»Sie sind ein guter Handwerker.« Jeffrey sah sich genauer um. Die beiden Kisten im Wald waren exakt auf Gehrung gearbeitet. Der Mann, der sie gezimmert hatte, arbeitete sehr sorgfältig, er ließ sich Zeit, um die Dinge richtig zu machen.

»Lieber zweimal messen als einmal verschneiden.« Connolly setzte sich an den Tisch. Er stellte Jeffrey einen Becher hin, den anderen behielt er für sich. Zwischen ihnen lag eine Bibel, die einen Stapel Servietten beschwerte. »Was führt Sie her?«

»Ich habe noch ein paar Fragen«, sagte Jeffrey. »Ich hoffe, Sie haben nichts dagegen.«

Connolly schüttelte den Kopf, als hätte er nichts zu verbergen. »Natürlich nicht. Ich helfe, wo ich kann. Schießen Sie los.«

Jeffrey stieg der Geruch des Kaffeepulvers in die Nase, und er musste den Becher zur Seite schieben, bevor er sprechen konnte. Er beschloss, mit Chip Donner anzufangen. Patty O'Ryan hatte ihnen die direkte Verbindung geliefert. Der Bezug zu Abby war weniger konkret, und Connolly war nicht der Typ, der in die Falle tappte.

»Haben Sie je von einer Bar namens Pink Kitty gehört?«

Ungerührt blickte Connolly Jeffrey an. »Das ist doch der Striptease-Club am Highway 16.«

»Richtig.«

Connolly schob seinen Becher einen Zentimeter nach links, um ihn mit der Bibel auf eine Linie zu bringen.

»Waren Sie je dort, Cole?«

»Merkwürdige Frage, die Sie einem Christen stellen.«

»Eine der Stripperinnen sagt, Sie seien dort gewesen.«

Er strich sich über den kahlen Schädel, wischte sich den Schweiß ab. »Ganz schön warm hier.« Er stand auf und ging ans Fenster. Sie waren im Obergeschoss, und das Fenster war klein, trotzdem hielt Jeffrey sich bereit, falls Connolly zu fliehen versuchte.

Connolly drehte sich wieder zu ihm. »Dem Wort einer Hure würde ich keinen Glauben schenken.«

»Nein«, stimmte Jeffrey zu. »Die erzählen einem, was man hören will.«

»Genau«, sagte er und stellte die Kaffeedose weg. Dann ging er an die Spüle, wusch den Löffel und trocknete ihn mit einem alten Handtuch ab, bevor er ihn in die Schublade zurücklegte. Der Kessel begann zu pfeifen, und er nahm das Handtuch, um ihn vom Herd zu nehmen.

»Die Becher«, sagte er, und Jeffrey schob die beiden Becher zu ihm hin.

»Als ich in der Armee war«, begann Connolly, während er kochendes Wasser über das Pulver goss, »gab es keine Tittenbar im Umkreis, die vor uns sicher war. Lasterhöhlen, eine wie die andere.« Er stellte den Kessel auf den Herd zurück und nahm den Löffel, den er eben gespült hatte, wieder aus der Schublade, um den Kaffee umzurühren. »Damals war ich ein schwacher Mann. Ein sehr schwacher Mann.«

»Was hatte Abby im Pink Kitty zu suchen, Cole?«

Connolly rührte weiter, das Wasser färbte sich unnatürlich schwarz. »Abby bot den Menschen gerne Hilfe an«, sagte er und ging zur Spüle zurück. »Sie wusste nicht, dass sie in die Höhle des Löwen ging. Sie war so eine unschuldige Seele.«

Jeffrey beobachtete, wie Cole den Löffel erneut abspülte. Er legte ihn wieder in die Schublade, dann setzte er sich Jeffrey gegenüber.

Jeffrey fragte: »Hat sie versucht, Chip Donner zu helfen?«

»Er war es nicht wert«, gab Cole zurück. Er setzte den Becher an die Lippen. Dampf stieg auf, und er pustete, dann stellte er den Becher wieder ab. »Zu heiß.«

Jeffrey lehnte sich zurück. Von dem Geruch wurde ihm schlecht. »Warum war er es nicht wert?«

»Lev und die anderen sehen es nicht, aber manche wollen sich an der Gemeinde bereichern.« Er zeigte mit dem Finger auf Jeffrey. »Sie und ich, wir wissen doch, wie es da draußen zugeht. Mein Job ist es, den Abschaum von der Farm fernzuhalten. Nehmen anderen den Platz weg, denen er zusteht – den Seelen, die bessere Menschen werden wollen. Den Seelen, deren Glaube stark ist.«

Jeffrey hakte ein. »Diese Leute tun alles, wenn es nur zu ihrem Vorteil ist. Sie nehmen, was sie kriegen können, und dann hauen sie ab.«

»Genau so ist es«, stimmte Cole zu. »Und mein Job ist es, sie loszuwerden.«

»Bevor sie alle ins Verderben reißen.«

»Genau.«

»Was hat Chip mit Abby getan?«

»Hat sie mit in den Wald genommen. Sie war so unschuldig. Vollkommen unschuldig.«

»Sie haben gesehen, wie er sie in den Wald mitnahm?« Jeffrey fand es mehr als seltsam, dass ein Mann von zweiundsiebzig Jahren einem jungen Mädchen hinterherspionierte.

»Ich musste auf sie aufpassen«, erklärte Connolly. »Ich sag's Ihnen ganz offen: Ich habe mir Sorgen um ihr Seelenheil gemacht.«

»Sie fühlen sich für die Familie verantwortlich?«

»Seit Thomas krank ist, muss ich mich um das Mädchen kümmern.«

»Man sieht es ja immer wieder«, bestärkte ihn Jeffrey. »Ein fauler Apfel reicht schon.«

»Sie sagen es, Sir.« Connolly blies wieder in seinen Kaffee, dann probierte er einen Schluck. Doch er verbrannte sich die Zunge und verzog das Gesicht. »Habe versucht, mit ihr zu reden. Wollte mit dem Jungen durchbrennen. Hatte ihre Sachen schon gepackt, war direkt auf dem Weg der Verdammnis. Konnte es nicht zulassen. Thomas zuliebe, der Familie zuliebe. Konnte nicht zulassen, dass eine weitere Seele verlorengeht.«

Jeffrey nickte. Langsam fügten sich die Puzzleteile zusammen. Er sah, wie Abigail Bennett die Taschen packte, in der Hoffnung, ein neues Leben anzufangen, doch dann kam Cole Connolly, und alles nahm einen ganz anderen Verlauf. Was war ihr durch den Kopf gegangen, als er sie in den Wald brachte? Sie musste Todesängste ausgestanden haben.

Jeffrey sagte: »Aber Sie wollten nicht, dass sie stirbt.«

Connolly riss den Kopf hoch. Er starrte Jeffrey an.

»Sie haben die Kiste gezimmert, Cole.« Er zeigte auf die Möbel. »Sie gehen die Dinge sorgfältig an. Ihr handwerkliches Geschick hat Sie verraten.« Jeffrey versuchte, Connolly eine Vorlage zu geben. »Ich glaube nicht, dass Sie ihren Tod gewollt haben.«

Connolly antwortete nicht.

»Ich mache mir Sorgen um Abbys Mutter«, sagte Jeffrey. »Esther ist eine gute Frau.«

»Das ist sie.«

»Sie muss erfahren, was mit ihrer Tochter geschehen ist, Cole. Als ich dort war, mir Abbys Sachen angesehen habe, um herauszufinden, was geschehen ist, kam Esther zu mir und hat mich angefleht. Sie hat mich festgehalten, Cole. Sie hatte Tränen in den Augen.« Er wartete. »Esther muss wissen, was mit ihrem Kind geschehen ist, Cole. Sonst wird sie niemals Frieden finden.«

Connolly nickte nur.

»Mittlerweile bin ich kurz davor, Cole«, fuhr Jeffrey fort, »alle aufs Revier vorzuladen. Ich klopfe so lange auf den Busch, bis ich den Richtigen habe.«

Connolly biss sich auf die Lippen und lehnte sich zurück.

»Zuerst nehme ich mir Mary vor, dann Rachel.«

»Ich glaube nicht, dass Paul das zulässt.«

»Ich kann sie vierundzwanzig Stunden dabehalten, auch ohne Anklage.« Jeffrey guckte weiter nach Connollys wundem Punkt. »Für mich sind Mary und Rachel Belastungszeugen.«

»Tun Sie, was Sie für richtig halten.« Connolly zuckte die Achseln.

»Bei Thomas Ward wird es schwerer«, fuhr Jeffrey fort, ohne Connolly aus den Augen zu lassen. Er wollte wissen, wie weit er gehen musste. Als er den Namen seines Wohltäters hörte, ging ein Ruck durch Connolly. Jeffrey hakte nach: »Wir werden natürlich versuchen, es ihm erträglich zu machen. Die Zellentüren sind schmal, aber wir tragen ihn, wenn der Rollstuhl nicht durchpasst.«

Der Wasserhahn war undicht. Während des Schweigens, das folgte, war nur sein hohles Tropfen zu hören. Jeffrey ließ Connolly nicht aus den Augen, und jetzt registrierte er, wie Coles Ausdruck sich veränderte, während er die Drohung verarbeitete.

Endlich wusste er, wo er den Hebel ansetzen musste. »Ich behalte ihn da, Cole. Ich sperre Thomas in eine Zelle, bis ich weiß, was wirklich passiert ist. Denken Sie nicht, dass ich das nicht kann.«

Connollys Griff um den Becher war fest, doch plötzlich ließ er locker. Anscheinend war er zu einem Entschluss gekommen. »Sie lassen Thomas in Ruhe?«

»Sie haben mein Wort.«

Connolly nickte. Doch er ließ sich Zeit. Jeffrey wollte ihm schon auf die Sprünge helfen, als der alte Mann begann: »Es ist noch nie eine da unten gestorben.«

Jeffrey spürte einen Adrenalinstoß, doch er hielt sich zurück, um den Fluss des Gesprächs nicht zu unterbrechen. Keiner gestand freiheraus, dass er eine grauenhafte Tat begangen hatte. Immer gab es Umschweife, Ausreden, mit denen sich der Täter weiszumachen versuchte, dass er eigentlich zu den Guten gehörte.

Connolly wiederholte: »Es ist noch nie eine gestorben.«

Jeffrey versuchte, nicht vorwurfsvoll zu klingen. »Mit wem haben Sie das noch getan?«

Langsam schüttelte Connolly den Kopf.

»Wo ist Rebecca?«

»Die taucht schon wieder auf.«

»So wie Abby?«

»So wie Falschgeld«, knurrte er. »Das Gör lässt sich nicht belehren. Hat nie auf mich gehört.« Connolly starrte in seinen Kaffee, doch es war kein Funken von Reue in ihm. »Abby war in anderen Umständen.«

»Das hat sie Ihnen gesagt?« Vielleicht hatte die junge Frau damit versucht, den verrückten alten Mann von dem Vorhaben abzubringen, sie in die Kiste zu sperren.

»Hat mir das Herz gebrochen«, sagte er. »Aber da wusste ich, dass ich tun musste, was getan werden musste.«

»Also haben Sie sie draußen am See begraben. An der gleichen Stelle, wo sie sich von Chip hatte verführen lassen.«

»Wollte mit ihm durchbrennen«, wiederholte Cole. »Ich hab mit ihr beten wollen, da hatte sie schon gepackt, wollte mit dem Dreckskerl durchbrennen, das Kind in Sünde großziehen.«

»Das konnten Sie nicht zulassen«, sagte Jeffrey.

»Sie war so unschuldig. Sie brauchte Zeit da unten, damit sie sich besinnen und über ihre Sünden nachdenken konnte. Sie war befleckt. Sie musste wiederauferstehen und neu geboren werden.«

»Darum geht es also?«, fragte Jeffrey. »Sie begraben sie, damit sie wiederauferstehen?« Connolly antwortete nicht. »Haben Sie Rebecca auch begraben, Cole? Wo ist sie?«

Er legte die Hand auf die Bibel und zitierte: »Die Sünder sollen ein Ende nehmen auf Erden … und die Gottlosen nicht mehr sein.‹«

»Cole, wo ist Rebecca?«

»Ich habe es Ihnen gesagt, mein Sohn, ich weiß es nicht.«

Jeffrey ließ nicht locker. »War Abby eine Sünderin?«

»Ich habe sie in Gottes Hände gelegt«, erwiderte er. »Er hat mir befohlen, den Sündigen Zeit zum Beten zu geben, Zeit zur Besinnung. Das ist meine Mission: den Mädchen die Chance zu geben, sich aus der Sünde zu erheben.« Wieder zitierte er: »Der Herr behütet alle, die ihn lieben, und wird vertilgen alle Gottlosen.‹«

Jeffrey fragte: »Hat Abby den Herrn nicht geliebt?«

Jetzt sah der Alte ehrlich traurig aus, als hätte er nichts mit ihrem fürchterlichen Tod zu tun. »Der Herr hat sie zu sich genommen.« Er wischte sich über die Augen. »Ich bin nur seinen Befehlen gefolgt.«

»Hat der Herr Ihnen auch befohlen, Chip totzuschlagen?«, fragte Jeffrey.

»Der Junge hat in dieser Welt nichts Gutes vollbracht.«

Jeffrey nahm die Worte als Schuldgeständnis. »Warum haben Sie Abby getötet, Cole?«

»Der Herr hat sie zu sich genommen.« Sein Kummer war echt. »Sie hat wohl einfach keine Luft mehr bekommen«, sagte er. »Mein armes kleines Mädchen.«

»Sie haben sie in die Kiste gesteckt.«

Er nickte kurz, und Jeffrey spürte, wie Coles Zorn aufflackerte. »Das habe ich.«

Jeffrey hakte nach. »Sie haben Sie getötet.«

»Ich habe keinen Gefallen am Tode der Gottlosen‹«, zitierte er. »Ich bin nur ein alter Soldat. Wie ich gesagt habe. Ich bin das Werkzeug des Herrn.«

»Ist das so?«

»Ja, das ist so«, erwiderte Connolly scharf, als er Jeffreys Sarkasmus hörte, und schlug mit der Faust auf den Tisch. Zorn flackerte in seinen Augen auf. Er hatte sich gleich wieder im Griff, doch Jeffrey musste an Chip Donner denken, dessen Eingeweide von diesen Fäusten zerfetzt worden waren. Instinktiv presste Jeffrey den Rücken gegen die Stuhllehne, der Druck seines Revolvers beruhigte ihn.

Connolly trank einen Schluck Kaffee. »Seit Thomas krank ist …« Er griff sich an den Bauch und stieß auf. »Entschuldigen Sie. Schwacher Magen. Sollte das Zeug nicht trinken. Mary und Rachel schimpfen immer, aber Koffein ist die einzige Sucht, die ich nie besiegen werde.«

»Seit Thomas krank ist‹?«, wiederholte Jeffrey.

Connolly stellte den Becher ab. »Einer muss Stärke zeigen. Einer muss sich um die Familie kümmern, sonst geht alles, wofür wir arbeiten, den Bach runter.« Er erklärte: »Wir sind alle nur Soldaten. Wir brauchen einen General.«

Jeffrey fiel ein, dass Patty O'Ryan erzählt hatte, der Mann im Kitty habe Chip Donner Drogen gegeben. Er fragte: »Warum haben Sie Chip Drogen gegeben?«

Connolly rutschte auf seinem Stuhl hin und her, als wolle er es sich bequemer machen. »Die Schlange hat Eva in Versuchung geführt, und sie hat sich verführen lassen. Chip war genauso schwach wie die anderen. Keiner hat lange widerstanden.«

»Darauf wette ich.«

»Gott hat Adam und Eva gewarnt, nicht vom Baum der Erkenntnis zu essen.« Cole zog eine Serviette unter der Bibel hervor und wischte sich damit die Stirn ab. »Entweder du bist stark, oder du bist schwach. Der Junge war schwach.« Traurig fügte er hinzu: »Ich schätze, am Ende ist auch Abigail schwach gewesen. Die Wege des Herrn sind unergründlich. Es ist nicht an uns, Ihn zu bezweifeln.«

»Abby wurde vergiftet, Cole. Es war nicht die Entscheidung des Herrn, sie zu sich zu nehmen. Jemand hat sie ermordet.«

Über dem erhobenen Becher sah Connolly Jeffrey scharf an. Er ließ sich Zeit mit einer Antwort, trank noch einen Schluck, dann stellte er den Becher wieder neben die Bibel. »Sie vergessen, mit wem Sie reden, junger Mann«, warnte er ruhig, aber drohend. »Ich bin kein dämlicher alter Knacker. Ich hab im Bau gesessen. Mit Ihren Lügen kriegen Sie mich nicht.«

»Ich belüge Sie nicht.«

»Entschuldigen Sie, wenn ich Ihnen kein Wort glaube.«

»Abby wurde mit Blausäure vergiftet.«

Ungläubig schüttelte er den Kopf. »Wenn Sie mich verhaften wollen, bitte. Ich habe nichts mehr zu sagen.«

»Wem haben Sie das noch angetan, Cole? Wo ist Rebecca?«

Er schüttelte den Kopf, lachte. »Sie halten mich wohl für eine Ratte, was? Meinen, ich klappe sofort zusammen, nur um meinen Arsch zu retten?« Er zeigte mit dem Finger auf Jeffrey. »Ich sag Ihnen was, Sohn. Ich …« Er hielt sich die Hand vor den Mund und hustete. »Ich hab nie …« Er hustete wieder und fing an zu würgen.

Jeffrey sprang auf, als er sich in einem schwarzen Schwall erbrach. »Cole?«

Connolly atmete schwer, dann fing er an zu hecheln. Er griff sich an den Hals, grub die Fingernägel ins eigene Fleisch. »Nein!«, röchelte er, die Augen voller Entsetzen auf Jeffrey gerichtet. »Nein!« Sein Körper wurde von Krämpfen geschüttelt, so heftig, dass er zu Boden stürzte.

»Cole?« Jeffrey stand wie angewurzelt da, während sich das Gesicht des alten Mannes in eine fürchterliche Maske aus Angst und Qual verzerrte. Er zuckte mit den Beinen, trat gegen einen Stuhl, der an die Wand flog und in Stücke brach. Sein Darm entleerte sich, und seine Exkremente verschmierten den Boden, während der sterbende Mann versuchte, in Richtung Tür zu kriechen. Plötzlich erstarrte er, sein Körper krampfte, die Augen rollten in den Höhlen zurück. Seine Beine zuckten so heftig, dass ein Schuh von seinem Fuß flog.

In weniger als einer Minute war er tot.

Lena lief vor dem Wagen auf und ab, als Jeffrey langsam die Treppe hinunterging. Er zog sein Taschentuch heraus, um sich den Schweiß von der Stirn zu wischen, und musste daran denken, dass Connolly wenige Augenblicke vor seinem Tod genau das Gleiche getan hatte.

Er griff durch das offene Wagenfenster und holte das Telefon heraus. Beim Herunterbeugen wurde ihm übel, und als er sich aufrichtete, holte er tief Luft.

»Alles in Ordnung?«

Jeffrey zog sein Jackett aus und warf es ins Auto. Er wählte Saras Nummer in der Klinik. Zu Lena sagte er: »Er ist tot.«

»Was?«

»Wir haben nicht viel Zeit«, sagte er, dann sprach er mit Saras Arzthelferin: »Ist sie da? Wir haben einen Notfall.«

Lena fragte: »Was ist passiert?« Dann senkte sie die Stimme: »Hat er dich angegriffen?«

Jeffrey schockte es kaum noch, dass Lena ihm zutraute, er könnte einen Verdächtigen bei der Vernehmung töten. Sie hatten viel gemeinsam erlebt, und vielleicht war er nicht immer das beste Beispiel gewesen.

Sara meldete sich. »Jeff?«

»Sara, du musst raus zur Soja-Farm kommen.«

»Was ist passiert?«

»Cole Connolly ist tot. Er hat Kaffee getrunken. Ich glaube, es war Zyankali drin. Er ist einfach …« Jeffrey wollte nicht daran denken, was er gerade gesehen hatte. »Er ist direkt vor meinen Augen gestorben.«

»Jeffrey, geht es dir gut?«

Er wusste, dass Lena zuhörte, und so beließ er es bei »Es war ziemlich schlimm«.

»Baby«, sagte Sara. Jeffrey wandte sich ab und tat so, als wollte er nachsehen, ob jemand kam, damit Lena sein Gesicht nicht sah. Cole Connolly war ein abstoßender Mensch, ein kranker Irrer, der die Bibel verdrehte, um seine grausamen Taten zu rechtfertigen, dennoch war auch er ein Mensch. Jeffrey fielen wenige Leute ein, denen er einen so qualvollen Tod wünschte, und selbst wenn Cole Connolly auf dieser Liste stand, war es eine ganz andere Sache, jemandem dabei zusehen zu müssen.

Zu Sara sagte er: »Ich brauche dich hier so schnell wie möglich. Ich will, dass du ihn dir ansiehst, bevor wir den Sheriff rufen müssen.« Er erklärte: »Wir sind hier nicht in meinem Bezirk.«

»Bin schon unterwegs.«

Er klappte das Telefon zu und steckte es in die Hosentasche, dann lehnte er sich an den Wagen. Sein Magen hatte sich noch nicht beruhigt, und er überlegte, ob er nicht doch einen Schluck Kaffee genommen hatte, obwohl er genau wusste, dass es nicht so war. Er war sich mehr als sicher, dass er seinen Becher nicht angerührt hatte – zum ersten Mal in seinem Leben hatten ihm die schlechten Angewohnheiten seines Vaters Glück gebracht. Er schickte ein stilles Dankgebet an Jimmy Tolliver, obwohl dieser, falls es einen Himmel gab, es bestimmt nicht hineingeschafft hatte.

»Chief?«, sagte Lena. Anscheinend hatte sie ihm eine Frage gestellt. »Rebecca Bennett. Hat er was über sie gesagt?«

»Er hat gesagt, er weiß nicht, wo sie ist.«

»Na sicher.« Lena blickte zur Farm hinüber. »Was machen wir jetzt?«

Jeffrey wünschte, nicht er müsste immer die Entscheidungen treffen. Er wollte sich nur gegen das Auto lehnen, Luft holen und auf Sara warten. Aber er hatte keine Wahl.

»Sobald Sara hier ist«, wies er an, »fährst du los und holst den Pfennigfuchser. Sag ihm, unser Telefon hatte hier draußen keinen Empfang oder so was. Und lass dir Zeit, okay?«

Sie nickte.

Als er in die dunkle Scheune sah, die schmale Stiege, die nach oben führte, fiel ihm Dantes »Inferno« ein.

Lena fragte: »Er hat gestanden, dass er noch andere Mädchen vergraben hat?«

»Ja«, sagte Jeffrey, »aber er behauptet, keine davon sei je gestorben.«

»Glaubst du ihm?«

»Ja«, antwortete er. »Jemand hat Sara die Nachricht geschrieben. Offenbar gibt es also eine Überlebende.«

»Rebecca«, riet Lena.

»Es war nicht ihre Schrift«, entgegnete er. Er dachte an Rebeccas Nachricht, die Esther ihm gegeben hatte.

»Du meinst, eine der Tanten hat Sara geschrieben? Oder die Mutter?«

»Esther hat nichts davon gewusst. Sonst hätte sie es mir erzählt. Sie hat ihre Tochter geliebt.«

»Andererseits würde Esther nichts gegen ihre Familie unternehmen. Sie tut, was ihre Brüder sagen.«

»Nicht immer«, widersprach er.

»Lev«, sagte sie. »Der kommt mir komisch vor. Aus dem werde ich einfach nicht schlau.«

Er nickte, doch auch er wagte kein Urteil.

Lena verschränkte die Arme und schwieg. Jeffrey blickte wieder hinaus zur Straße, dann schloss er die Augen und versuchte, sich auf seinen übersäuerten Magen zu konzentrieren. Ihm war schwindelig, beinahe so, als würde er jeden Moment in Ohnmacht fallen. Hatte er wirklich nichts von dem Kaffee getrunken, keinen einzigen Schluck? Sogar von der bitteren Limonade neulich hatte er probiert. War es möglich, dass er doch Zyankali zu sich genommen hatte?

Lena begann auf und ab zu gehen, dann ging sie in die Scheune, und Jeffrey hielt sie nicht zurück. Nach ein paar Minuten kam sie wieder heraus und sah auf die Uhr. »Hoffentlich taucht Lev nicht wieder auf.«

»Seit wann sind wir hier?«

»Eine knappe Stunde«, antwortete sie. »Wenn Paul kommt, bevor Sara da ist …«

»Gehen wir«, sagte Jeffrey und stieß sich vom Wagen ab.

Lena folgte ihm in die Scheune und hielt ausnahmsweise den Mund. Sie stellte keine Fragen, bis sie oben waren und sie die beiden Kaffeebecher auf dem Tisch sah. »Glaubst du, er hat es absichtlich genommen?«

»Nein«, sagte Jeffrey. Noch nie war er sich einer Sache so sicher gewesen. Cole Connolly war erschrocken, als er merkte, was passierte. Wahrscheinlich hatte er sogar gewusst, wer dahintersteckte. Die Panik in seinem Blick hatte keinen Zweifel daran gelassen. Cole war klar geworden, dass jemand ihn hereingelegt hatte.

Vorsichtig stieg Lena über den Leichnam. Jeffrey überlegte, ob es gefährlich war, sich hier aufzuhalten, und wie sie sich schützen sollten, doch er konnte sich nicht konzentrieren. Immer wieder wanderten seine Gedanken zu dem Kaffeebecher zurück. Egal, unter welchen Umständen, Jeffrey nahm immer an, wenn ihm jemand, von dem er sich Informationen erhoffte, etwas zu trinken anbot. Polizeiregel 101 lautete, sein Gegenüber in Sicherheit zu wiegen, ihn glauben zu lassen, dass er etwas für dich tat. Den Eindruck zu erwecken, sein Freund zu sein.

»Schau dir das an.« Lena stand vor dem Wandschrank und zeigte auf die Kleider, die akkurat auf der Stange hingen. »Wie bei Abby. Weißt du noch? In ihrem Schrank sah es genauso aus. Wie abgemessen. Zwischen jedem Bügel der gleiche Abstand.« Sie zeigte auf die Schuhe. »Und hier das Gleiche.«

»Vielleicht hat Cole ihre Sachen in den Schrank zurückgehängt«, vermutete Jeffrey und lockerte seine Krawatte, um besser Luft zu bekommen. »Er hat sie dabei überrascht, wie sie ihre Taschen packte, um durchzubrennen.«

»Alte Gewohnheiten wird man schwer los.« Lena griff tief in den Wandschrank und holte einen rosa Koffer heraus. »Sieht nicht aus, als ob der ihm gehört.« Sie stellte den Plastikkoffer aufs Bett und öffnete ihn.

Jeffrey zwang sich, zu ihr zu gehen, aber seine Beine wollten ihm nicht gehorchen. Stattdessen machte er einen Schritt rückwärts, in Richtung Tür.

Lena bekam davon nichts mit. Sie tastete das Innenfutter des Koffers ab. Dann öffnete sie den Reißverschluss der Außentasche. »Bingo!«

»Was ist?«

Sie drehte den Koffer um und schüttelte ihn. Eine braune Brieftasche fiel aufs Bett. Sie berührte sie nur mit den Fingerspitzen, als sie sie öffnete, und las: »Charles Wesley Donner.«

Wieder zerrte Jeffrey an seiner Krawatte. Selbst bei offenem Fenster war es in diesem Raum so heiß wie in einer Sauna. »Sonst noch was?«

Mit den Fingerspitzen zog Lena etwas aus dem Futter. »Eine Busfahrkarte nach Savannah«, sagte sie. »Vier Tage vor ihrem Verschwinden.«

»Steht ein Name darauf?«

»Abigail Bennett.«

»Nimm das an dich.«

Lena steckte die Fahrkarte in die Hosentasche, dann ging sie an die Kommode. Sie zog die oberste Schublade auf. »Wie bei Abby«, sagte sie. »Genau so war ihre Wäsche gefaltet.« Sie öffnete auch die nächste und die übernächste Schublade. »Socken, Hemden, alles. Genau gleich.« Jeffrey lehnte sich mit dem Rücken an die Wand, in seinen Eingeweiden rumorte es, und das Atmen fiel ihm schwer. »Cole sagte, sie wollte mit Chip durchbrennen.«

Als Lena den Küchenschrank öffnete, warnte Jeffrey: »Nichts anfassen!« Er klang beinahe hysterisch.

Sie warf ihm einen Blick zu, dann ging sie auf die andere Seite des Zimmers. Mit den Händen in den Hüften blieb sie vor dem Poster an der Wand stehen. Zu sehen war ein überdimensionales Paar Hände, das ein Kreuz hielt. Um das Kreuz war ein Strahlenkranz, der aussah wie ein Bündel Blitze. Lena strich über das Plakat, als wollte sie eine Fluse entfernen.

»Was ist?«, fragte Jeffrey aus sicherer Distanz.

330

»Warte.« Lena zupfte an der Ecke des Plakats. Sie versuchte, das Klebeband nicht zu beschädigen. Langsam zog sie das Papier zurück. Hinter dem Poster kam eine Nische mit mehreren Regalbrettern zum Vorschein.

Jeffrey zwang sich, vorzutreten. In den Fächern lagen mehrere Tütchen. Er konnte erraten, was darin war, doch Lena brachte sie trotzdem zu ihm.

»Sieh mal«, sie hielt ihm eine der durchsichtigen Plastiktüten hin. Er erkannte den Inhalt, doch noch interessanter war die Tatsache, dass auf dem Etikett ein Name stand.

Er fragte: »Wer ist Gerald?«

»Wer ist Bailey?« Sie reichte ihm die zweite Tüte, dann noch eine. »Wer ist Kat? Wer ist Barbara?«

Jeffrey schätzte, dass er Drogen im Wert von mehreren tausend Dollar in der Hand hielt.

Lena sagte: »Einige der Namen kommen mir bekannt vor.«

»Woher?«

»Die Leute von der Farm, die wir vernommen haben.« Lena ging an die Nische zurück. »Meth, Koks, Gras. Er hat von allem was da.«

Unwillkürlich blickte Jeffrey auf den Toten, und er konnte den Blick nicht mehr von ihm lösen.

Lena vermutete: »Wenn er Chip Drogen gegeben hat, hat er wahrscheinlich auch anderen Leuten Drogen gegeben.«

»Die Schlange, die Eva in Versuchung führt«, erinnerte sich Jeffrey.

Von draußen hörten sie Schritte, und als er sich umdrehte, kam Sara die Treppe herauf.

»Tut mir leid, dass es so lange gedauert hat«, sagte sie, obwohl sie in Rekordzeit hergekommen war. »Was ist passiert?«

Jeffrey trat hinaus auf den Treppenabsatz. Zu Lena sagte er: »Kleb das Poster wieder fest.« Die Tüten steckte er ein, um sie schon mal untersuchen zu lassen, bevor er darauf warten musste, dass Ed Pelham seinen Arsch hochbekam. »Danke, dass du gekommen bist.«

»Schon gut«, sagte Sara.

Jetzt kam auch Lena auf den Treppenabsatz heraus. »Hol den

Pfennigfuchser«, trug er ihr auf. Er wusste, mehr würden sie hier nicht finden. Er hatte es lange genug hinausgezögert, den Sheriff von Catoogah zu rufen.

Als Lena weg war, nahm Sara seine Hand.

Jeffrey sagte: »Er hat einfach dagesessen und Kaffee getrunken.«

Sie warf einen Blick in die Wohnung, dann sah sie wieder ihn an. »Hast du auch welchen getrunken?«

Er schluckte. Seine Kehle war wie zugeschnürt. Wahrscheinlich hatte es bei Cole genauso angefangen, ein wundes Gefühl im Hals. Erst hatte er angefangen zu husten, dann zu würgen, und am Ende hatten ihn die Schmerzen fast zerrissen.

»Jeffrey?«

Er konnte nur den Kopf schütteln.

Sara ließ seine Hand nicht los. »Du bist ganz kalt«, sagte sie.

»Ich bin nur ein bisschen durcheinander.«

»Du hast alles mit angesehen?«

Er nickte. »Ich habe einfach danebengestanden. Danebengestanden und ihm beim Sterben zugesehen.«

»Du hättest nichts tun können«, beruhigte sie ihn.

»Vielleicht, wenn ich …«

»Es geht zu schnell«, sagte sie. Als er nicht reagierte, nahm sie ihn in den Arm und hielt ihn fest. Sie flüsterte in seinen Nacken: »Alles wird gut.«

Jeffrey schloss die Augen und legte den Kopf auf ihre Schulter. Sie roch so frisch, nach Seife und Lavendel und Shampoo. Er atmete tief ein, wollte, dass ihr Duft den Geruch des Todes verdrängte, der ihn in den letzten dreißig Minuten durchdrungen hatte.

»Ich muss mit Terri Stanley sprechen«, sagte er. »Das Zyankali ist der Schlüssel zu allem. Lena hat nicht …«

»Gehen wir«, unterbrach ihn Sara.

»Willst du ihn dir nicht …«

»Ich habe genug gesehen.« Sie griff nach seiner Hand. »Im Moment kann ich nichts tun. Die Leiche ist kontaminiert. Alles da drin ist kontaminiert.« Dann sagte sie: »Ihr hättet nicht reingehen dürfen. Hat Lena irgendwas angefasst?«

»Das Plakat«, erklärte er. »Dahinter hatte er Drogen versteckt.«

»Er hat Drogen genommen?«

»Ich glaube nicht«, sagte Jeffrey. »Er hat sie den Leuten auf der Farm angeboten, um zu sehen, ob sie zugreifen.«

Draußen knirschte der Kies, als der Sedan des Sheriffs von Catoogah County zum Stehen kam. Jeffrey war überrascht, dass er so schnell vor Ort war. In der kurzen Zeit konnte Lena es niemals zum Büro des Sheriffs geschafft haben.

»Was zum Teufel ist hier los?«, brüllte Sheriff Pelham. Er sprang aus dem Wagen, ohne die Tür zu schließen.

»Wir haben einen Mordfall.«

»Und Sie waren zufällig dabei?«

»Haben Sie mit Detective Adams gesprochen?«

»Ich habe sie auf der Straße getroffen, und sie hat mich hergelotst. Ihr könnt verdammt froh sein, dass ich schon unterwegs war.«

Jeffrey fehlte die Kraft, ihm zu sagen, wo er sich seine Warnung hinstecken konnte. Er ging zu Saras Wagen, wollte so weit wie möglich weg von Cole Connolly.

Pelham fragte: »Können Sie mir verraten, was zum Teufel Sie in meinem Bezirk machen, ohne mir vorher Bescheid zu sagen?«

»Ich wollte gerade gehen«, gab Jeffrey zurück.

»So lassen Sie mich nicht stehen«, bellte Pelham. »Kommen Sie sofort wieder her.«

»Wollen Sie mich verhaften?« Jeffrey öffnete die Wagentür.

Sara war hinter ihm. Sie sagte zu Pelham: »Ed, vielleicht rufen Sie in diesem Fall besser das GBI.«

Er plusterte sich förmlich auf. »Wir können gut für uns selber sorgen, vielen Dank.«

»Ich weiß, dass Sie das können«, versicherte sie ihm; den klebrig höflichen Ton hatte sie für Leute reserviert, die sie im nächsten Moment fertigmachen würde. »Aber nach meiner Einschätzung wurde der Mann da oben mit Zyankali vergiftet. Es braucht nur eine Konzentration von dreihundert Teilen pro Million, um einen Menschen zu töten, also schlage ich vor, Sie rufen jemanden, der für einen kontaminierten Tatort ausgerüstet ist.«

Pelham zupfte an seinem Pistolengürtel. »Sie meinen, es ist gefährlich?«

Sara erklärte: »Ich glaube nicht, dass Jim sich darum kümmern will.« Jim Ellers war der Coroner von Catoogah. Er war weit über

333

sechzig und hatte eins der erfolgreichsten Bestattungsunternehmen im County geführt, bevor er in Rente gegangen war. Das Amt des Coroners hatte er behalten, um sich ein Taschengeld dazuzuverdienen. Er war zwar kein ausgebildeter Arzt, aber er hatte nichts dagegen, hier und da eine Obduktion durchzuführen, um sein Greenfee zu begleichen.

»Scheiße!« Pelham spuckte auf den Boden. »Wissen Sie, was das kostet?« Er wartete nicht auf eine Antwort, sondern stapfte zu seinem Wagen zurück und holte das Funkgerät heraus.

Jeffrey stieg ein, und Sara folgte ihm.

»Was für ein Idiot«, sagte sie, als sie den Wagen anließ.

Er fragte: »Fährst du mich rüber zur Kirche?«

»Klar.« Sie legte den Rückwärtsgang ein. »Wo ist dein Auto?«

»Lena hat es noch.« Er sah auf die Uhr. »Sie müsste gleich wieder da sein.«

»Geht es dir gut?«

»Ich brauche einen Drink«, erklärte er.

»Der wartet auf dich, wenn du heimkommst.«

Er lächelte. »Tut mir leid, dass ich deine Zeit verschwendet habe.«

»Es war keine Zeitverschwendung.« Vor einem schlichten weißen Gebäude hielt sie an.

»Das ist die Kirche?«

»Ja.«

Er stieg aus und betrachtete das unscheinbare Haus. »Ich komme später heim.«

Sie beugte sich zu ihm herüber und drückte seine Hand. »Sei vorsichtig.«

Jeffrey sah ihr nach, als sie davonfuhr, und wartete, bis sie verschwunden war, bevor er die Stufen zur Kirche hinaufstieg. Er überlegte, ob er anklopfen sollte, doch dann öffnete er einfach die Tür und betrat die Kapelle.

Der Kirchenraum war leer, und Jeffrey hörte Stimmen aus dem hinteren Teil des Gebäudes. Hinter der Kanzel entdeckte er eine Tür, und diesmal klopfte er.

Paul Ward öffnete und sah ihn überrascht an. »Kann ich Ihnen helfen?«

334

Er blockierte den Eingang, doch Jeffrey sah, dass hinter ihm die Familie um einen langen Tisch versammelt war. Mary, Rachel und Esther saßen auf einer Seite, Paul, Ephraim und Lev auf der anderen. Am Kopfende des Tisches saß ein älterer Mann im Rollstuhl. Vor ihm stand eine Urne, die wahrscheinlich Abbys Asche enthielt.

Lev stand auf. »Bitte kommen Sie herein.«

Paul hatte keine Eile, ihn vorbeizulassen. Offenbar war er nicht besonders erfreut über Jeffreys plötzliches Auftauchen.

»Es tut mir leid, dass ich Sie störe«, begann Jeffrey.

Esther fragte: »Haben Sie etwas gefunden?«

»Es hat eine neue Entwicklung gegeben.« Er trat auf den Mann im Rollstuhl zu. »Ich glaube, wir haben uns noch nicht kennengelernt, Mr. Ward.«

Der Mann verzog den Mund und sagte etwas, von dem Jeffrey annahm, dass es »Thomas« war.

»Thomas«, wiederholte er. »Es tut mir leid, dass wir uns unter diesen Umständen kennenlernen.«

Paul fragte: »Was für Umstände?« Jeffrey sah Lev an.

»Ich habe ihnen nichts gesagt«, verteidigte sich Pauls Bruder. »Darauf hatte ich Ihnen mein Wort gegeben.«

»Worauf?«, wollte Paul wissen. »Lev, was zum Teufel hast du angestellt?« Thomas machte eine schlichtende Handbewegung, doch Paul erwiderte: »Papa, das ist eine ernste Angelegenheit. Wenn ich die Familie rechtlich vertreten soll, sollten alle auf mich hören.«

Überraschend meldete sich Rachel zu Wort: »Du bist nicht das Familienoberhaupt, Paul.«

»Paul«, mischte sich Lev ein. »Bitte setz dich. Ich glaube nicht, dass ich mich in Schwierigkeiten gebracht habe.«

Jeffrey war sich da zwar nicht so sicher, aber er verkündete trotzdem: »Cole Connolly ist tot.«

Alle Anwesenden schnappten nach Luft, und plötzlich kam sich Jeffrey wie in einem Krimi von Agatha Christie vor.

»Mein Gott«, rief Esther und griff sich an die Brust. »Was ist passiert?«

»Er wurde vergiftet.«

Esther sah erst ihren Mann an, dann ihren ältesten Bruder. »Ich verstehe das nicht.«

»Vergiftet?«, fragte Lev und sank in den Stuhl zurück. »Lieber Himmel.«

»Ich bin mir ziemlich sicher, dass er mit Zyankali vergiftet wurde«, erklärte Jeffrey. »Genau wie Abby.«

»Aber ...«, begann Esther kopfschüttelnd. »Sie haben gesagt, sie sei erstickt.«

»Zyankali führt zu Atemlähmung«, erklärte er, als hätte er ihr nie absichtlich die Wahrheit verschwiegen. »Wahrscheinlich hat der Täter das Gift in Wasser aufgelöst und in das Belüftungsrohr gekippt ...«

»Belüftungsrohr?«, fragte Mary. Es war das erste Mal, dass sie etwas sagte, und Jeffrey sah, dass sie kreidebleich wurde. »Was für ein Belüftungsrohr?«

»Das Rohr in der Kiste«, sagte er. »Das Zyankali reagiert ...«

»Kiste?«, wiederholte Mary, als hörte sie davon zum ersten Mal. Vielleicht war es so, dachte Jeffrey. Neulich war sie aus dem Zimmer gelaufen, bevor er berichtet hatte, was mit Abby geschehen war. Vielleicht hatten die Männer ihr nichts davon erzählt, um ihr empfindsames Gemüt zu schonen.

»Cole hat gesagt, es wäre nicht das erste Mal gewesen«, sagte Jeffrey und blickte von einer Schwester zur anderen. »Hat er die anderen Kinder auch so bestraft?« Dann sah er Esther an. »Hat er Rebecca je so bestraft?«

Esther rang nach Luft. »Warum um Himmels willen sollte er ...«

Paul schnitt ihr das Wort ab. »Chief Tolliver, ich glaube, wir wären jetzt lieber unter uns.«

»Ich habe noch einige Fragen«, entgegnete Jeffrey.

»Das glaube ich Ihnen, aber wir ...«

»Und eine davon geht an Sie«, unterbrach ihn Jeffrey.

Paul blinzelte. »An mich?«

»Hat Abby Sie aufgesucht, kurz bevor sie verschwand?«

»Also ...« Er dachte nach. »Kann sein.«

Rachel sagte: »Sie hat dir diese Papiere gebracht, Paul. Die Papiere für den Traktor.«

»Ach ja, richtig«, erinnerte sich Paul. »Ich habe sie noch hier im Aktenkoffer. Es ging um den Kaufvertrag, der unterschrieben und losgeschickt werden musste.«

»Hätte sie das nicht faxen können?«

»Ich brauchte die Originale«, sagte er. »Die Fahrt dauert nicht lang, hin und her. Abby ist häufig gekommen.«

»Nicht häufig«, widersprach Esther. »Vielleicht ein-, zweimal im Monat.«

»Auslegungssache«, wandte Lev ein. »Sie hat Paul manchmal Papiere gebracht, damit er nicht vier Stunden im Auto sitzen musste.«

»Sie hat den Bus genommen«, sagte Jeffrey. »Warum ist sie nicht mit dem Wagen gefahren?«

»Abby fuhr nicht gerne lange Strecken«, erklärte Lev. »Ist das das Problem? Hat sie im Bus jemand kennengelernt?«

Jeffrey fragte Paul: »Waren Sie in der Woche, als sie verschwand, in Savannah?«

»Ja«, sagte der Anwalt. »Das habe ich Ihnen doch schon gesagt. Ich bin jede zweite Woche dort. Ich kümmere mich um alle rechtlichen Dinge, die mit der Farm zu tun haben. Das kostet Zeit.« Er nahm einen kleinen Notizblock aus der Tasche und schrieb etwas hinein. »Das ist die Nummer meiner Kanzlei in Savannah.« Er riss das Blatt heraus. »Sie können meine Sekretärin anrufen – Barbara. Sie wird Ihnen alles bestätigen.«

»Und am Abend?«

»Sie fragen mich nach meinem Alibi?«, fragte er ungläubig.

Lev sagte: »Paul …«

»Jetzt hören Sie mal«, Paul streckte Jeffrey den Finger mitten ins Gesicht. »Sie stören hier die Gedenkfeier meiner verstorbenen Nichte. Ich verstehe, dass Sie Ihre Arbeit tun wollen, aber das hier ist wirklich nicht der richtige Zeitpunkt.«

Jeffrey zuckte nicht mit der Wimper. »Nehmen Sie Ihre Hand da weg.«

»Mir reicht es langsam …«

»Nehmen Sie Ihre Hand weg«, wiederholte Jeffrey, und nach einem Moment fasste Paul sich wieder und ließ die Hand sinken. Jeffrey sah von den Schwestern zu Thomas, der am Kopfende des

Tisches saß. »Jemand hat Abby ermordet«, sagte er und spürte, wie unbändiger Zorn in ihm aufstieg. »Cole Connolly hat sie in die Kiste gesperrt. Sie lag mehrere Tage und Nächte unter der Erde, bis jemand – jemand, der wusste, dass sie dort draußen vergraben war – vorbeigekommen ist und Zyankali in das Belüftungsrohr gekippt hat.«

Esther hielt sich die Hand vor den Mund, Tränen liefen ihr über das Gesicht.

»Ich habe eben mit ansehen müssen, wie ein Mann den gleichen Tod starb«, sagte er. »Ich habe gesehen, wie er sich auf dem Boden gewunden hat, wie er nach Luft schnappte und dabei genau wusste, dass er starb. Wahrscheinlich hat er Gott angefleht, ihn von seinen Qualen zu erlösen.«

Esther senkte den Kopf, ihre Schultern zuckten. Der Rest der Familie stand unter Schock, und als Jeffrey sich umsah, war Lev der Einzige, der ihm in die Augen sehen konnte. Der Prediger wollte etwas sagen, doch Paul hielt ihn zurück, indem er ihm die Hand auf die Schulter legte.

»Rebecca ist immer noch verschwunden«, erinnerte Jeffrey.

»Glauben Sie …«, begann Esther. Sie sprach nicht weiter, als sie sich die Folgen ausmalte.

Jeffrey musterte Lev, versuchte, in seinem leeren Blick zu lesen. Paul biss die Zähne zusammen, ob aus Wut oder aus Angst, ließ sich nicht sagen.

Am Ende war es Rachel, die die Frage aussprach. Ihre Stimme zitterte, als sie an die Gefahr dachte, in der ihre Nichte schwebte. »Glauben Sie, Rebecca ist auch entführt worden?«

»Ich glaube, jemand in diesem Raum weiß genau, was hier vor sich geht – und wahrscheinlich hat derjenige damit zu tun.« Jeffrey warf eine Handvoll Visitenkarten auf den Tisch. »Hier finden Sie alle Nummern, unter denen ich zu erreichen bin«, erklärte er. »Rufen Sie mich an, wenn Sie bereit für die Wahrheit sind.«

FREITAG

Dreizehn

SARA LAG IM BETT und sah aus dem Fenster. Sie hörte, wie Jeffrey in der Küche mit Töpfen hantierte. Um fünf Uhr morgens hatte er sie zu Tode erschreckt, als er im Dunkeln herumstolperte, um seine Jogginghose zu suchen. Im Mondlicht hatte er wie ein Axtmörder ausgesehen. Das nächste Mal hatte er sie eine Stunde später aufgeweckt, als er im Bad auf Bob trat und einen Schwall von Flüchen ausstieß. Von Jeffrey aus dem Bett vertrieben, richtete sich der Windhund neuerdings in der Badewanne ein, und er war genauso entrüstet wie Jeffrey, als sie einander in der Wanne gegenüberstanden.

Trotzdem war Jeffreys Anwesenheit im Haus beruhigend. Sara mochte die Wärme seines Körpers, wenn sie sich nachts umdrehte. Sie mochte den Klang seiner Stimme und den Geruch der Haferflockenhandcreme, die er benutzte, wenn keiner hinsah. Und vor allem mochte sie, dass er Frühstück für sie machte.

»Beweg deinen hübschen Hintern aus dem Bett und hilf mir beim Rührei«, rief Jeffrey aus der Küche.

Fluchend kämpfte sich Sara unter der Decke hervor. Im Haus war es eiskalt, obwohl die Sonne schon auf den See schien. Die Wellen schickten kupferfarbene Lichtflecken durchs Fenster. Sara griff nach Jeffreys Bademantel und wickelte sich darin ein, bevor sie den Flur hinuntertrottete.

Jeffrey stand am Herd und brutzelte Speck in einer Pfanne. Er trug eine Jogginghose und ein blaues T-Shirt, das in der Morgensonne hübsch mit seinem Veilchen harmonierte.

»Hab ich's mir doch gedacht, dass du wach bist«, sagte er.

»Zum dritten Mal«, grunzte sie und tätschelte Billy, der sich an ihr Bein drückte. Bob lag auf der Couch und streckte die Beine in die Luft. Im Garten sah sie Bubba, ihren alten Kater, der bereits auf der Lauer lag.

Jeffrey hatte die Eier aus dem Kühlschrank genommen und eine Schüssel bereitgestellt. Jetzt schlug Sara die Eier am Schüsselrand auf und versuchte, keine allzu große Sauerei anzurichten. Als Jeffrey sah, wie sie kleckerte, nahm er das Ganze seufzend selbst in die Hand. »Setz dich hin.«

Sara setzte sich an die Küchentheke und sah zu, wie er hinter ihr sauber machte.

»Konntest du nicht schlafen?«

»Nein«, sagte er und warf den Lappen in die Spüle.

Natürlich war es einerseits der Fall, der ihn nicht losließ, doch sie wusste, dass er sich auch um Lena Gedanken machte. Seit sie denken konnte, war Lena Adams sein Sorgenkind. Am Anfang war sie zu hitzköpfig, wenn sie auf Streife ging, zu aggressiv bei den Festnahmen. Dann war es ihr Konkurrenzdenken, das Jeffrey bremsen musste, ihr Ehrgeiz, immer die Beste der Truppe zu sein, egal, wen sie dafür vor den Kopf stieß. Bei ihrer Ausbildung zum Detective hatte er sich viel Mühe gegeben, er hatte ihr Frank als Partner zugeteilt, damit der ältere Polizist sie unter seine Fittiche nahm, als hätte er mit Lena Größeres im Sinn – was sie Saras Meinung nach nie erreichen würde. Lena war zu halsstarrig für eine Führungsposition, und für eine Nebenrolle war sie zu egoistisch. Sara hätte Jeffrey schon vor zwölf Jahren sagen können, dass er sich heute immer noch um Lena sorgen würde. Nur dass Lena sich mit diesem gewalttätigen Nazi-Skinhead Ethan Green einlassen würde, hätte selbst Sara ihr nicht zugetraut.

»Willst du versuchen, mit Lena zu reden?«

Jeffrey wich der Frage aus. »Sie ist viel zu clever für so was.«

»Ich glaube nicht, dass Missbrauch irgendwas mit Intelligenz oder Mangel daran zu tun hat«, stellte Sara fest.

»Darum glaube ich auch nicht, dass Cole hinter Rebecca her war«, erklärte Jeffrey. »Sie hat einen starken Willen. Er würde sich keine aussuchen, die sich zu wehren weiß.«

»Sucht Brad immer noch in Catoogah?«

»Ja«, sagte er, doch er klang wenig zuversichtlich, was den Erfolg der Suche anging. Wieder kam er auf Cole Connolly zurück, als führte er im Geist ein ganz anderes Gespräch. »Außerdem hätte Rebecca es ihrer Mutter erzählt, und Esther … Esther hätte Cole den Kopf abgerissen.« Mit der gesunden Hand schlug er ein Ei nach dem anderen in die Schüssel. »Das konnte Cole nicht riskieren.«

»Raubtiere haben die angeborene Fähigkeit, schwache Beute aufzuspüren«, stimmte Sara zu und musste wieder an Lena denken. Irgendwie hatten die Umstände ihres kaputten Lebens Oberhand gewonnen, und damit war Lena zu einer leichten Beute für Menschen wie Ethan geworden. Sara wurde langsam klar, wie es dazu kommen konnte. Eigentlich passte alles zusammen, und doch fiel es ihr immer noch schwer, die ganze Sache mit der Lena, die sie einst kennengelernt hatte, in Verbindung zu bringen.

»Heute Nacht habe ich ihn immer wieder vor mir gesehen, die Panik in seinen Augen, als ihm klar wurde, was da vor sich ging. O Gott, was für eine grauenvolle Art zu sterben.«

»Genauso ist es für Abby gewesen«, erinnerte sie. »Nur dass sie allein im Dunkeln lag und nicht wusste, wie ihr geschah.«

»Ich glaube, er hat alles gewusst«, sagte Jeffrey. »Zumindest hat er es sich am Ende zusammengereimt.« Vor der Kaffeemaschine standen zwei Becher. Er schenkte ein und reichte Sara einen davon. Sie sah sein Zögern, bevor er den ersten Schluck nahm, und fragte sich, ob er je wieder Kaffee trinken würde, ohne an Cole Connolly zu denken. So gesehen war ihr Beruf viel leichter als Jeffreys. Jeffrey kämpfte draußen an der Front. Er war der Erste, der die Leiche zu sehen bekam, der mit den Eltern und den Angehörigen sprach, der das ganze Ausmaß ihrer Verzweiflung spürte und herausfinden musste, wer ihnen das Kind, die Mutter, den Geliebten genommen hatte. Es wunderte sie nicht, dass unter allen Berufen die Polizisten die höchste Selbstmordrate hatten.

Sie fragte: »Was sagt dir dein Bauchgefühl?«

»Ich weiß es nicht«, antwortete er und verrührte die Eier mit der Gabel. »Lev hat zugegeben, dass er Abby attraktiv fand.«

»Das ist doch ganz normal«, entgegnete sie, dann schränkte sie ein: »Jedenfalls wenn es so war, wie er es geschildert hat.«

»Paul sagt, er sei in Savannah gewesen. Ich werde das nachprüfen, aber das heißt nicht, dass er auch abends dort gewesen ist.«

»Dass er kein Alibi hat, könnte genauso gut für seine Unschuld sprechen«, erinnerte ihn Sara. Von Jeffrey hatte sie gelernt, dass man besonders die Leute mit dem scheinbar wasserdichten Alibi unter die Lupe nehmen musste. Auch Sara hatte keine Zeugen, die beschwören konnten, wo sie in der Nacht war, als Abigail Bennett ermordet wurde.

»Über den Brief, den du bekommen hast, wissen wir auch noch nichts«, seufzte er. »Ich glaube nicht, dass sie im Labor was finden.« Er runzelte die Stirn. »Und das alles kostet uns verdammt viel Geld.«

»Warum hast du ihn überhaupt eingeschickt?«

»Weil mir die Vorstellung nicht gefällt, dass du in den Fall hineingezogen wirst«, erklärte er, und sie hörte die Verbitterung in seiner Stimme. »Du bist nicht bei der Polizei. Du hast damit nichts zu tun.«

»Vielleicht hat der Absender gewusst, dass ich den Brief an dich weitergebe.«

»Warum hat er ihn dann nicht aufs Revier geschickt?«

»Die Adresse der Klinik steht im Telefonbuch«, sagte sie. »Vielleicht hatte jemand Angst, dass der Brief auf dem Revier verloren geht.« Sie fragte: »Meinst du, es war eine der Schwestern?«

»Die kennen dich doch gar nicht.«

»Aber du hast ihnen gesagt, dass ich deine Frau bin.«

»Es gefällt mir einfach nicht«, sagte er trotzig und verteilte das Rührei auf zwei Teller, dann legte er jeweils ein paar Scheiben Toast dazu. Wieder kam er auf das Anfangsthema zurück. »Das Zyankali kriege ich nicht unter.« Er hielt ihr die Pfanne mit dem Speck hin, und sie nahm sich zwei Streifen herunter. »Je länger wir suchen, desto mehr spricht dafür, dass Dale die einzig mögliche Quelle ist.« Dann setzte er nach: »Aber Dale beschwört, dass er die Werkstatt immer abschließt.«

»Glaubst du ihm?«

»Auch wenn er seine Frau schlägt«, begann Jeffrey, »glaube ich, dass er mir die Wahrheit gesagt hat. Seine Ausrüstung ist sein täglich Brot. Er würde die Tür nie offen lassen, vor allem nicht, wenn er fürchtet, dass Leute von der Farm vorbeikommen könnten.« Er holte die Marmelade aus dem Schrank und reichte sie ihr.

»Vielleicht steckt er mit drin?«

»Ich wüsste nicht wie«, sagte Jeffrey. »Es gibt keine Verbindung zu Abby, und er hätte keinerlei Grund, sie oder Cole zu vergiften.«

Er schlug vor: »Ich sollte die ganze Familie in Untersuchungshaft nehmen, einzeln, und sehen, wer zuerst einknickt.«

»Ich bezweifle, dass Paul das zulassen würde.«

»Vielleicht nehme ich mir mal den Alten vor.«

»Ach, Jeffrey.« Aus irgendeinem Grund hatte sie das Gefühl, sie müsste Thomas Ward schützen. »Tu das nicht. Er ist doch nur ein hilfloser alter Mann.«

»Niemand in der Familie ist hilflos.« Er schwieg einen Moment. »Nicht mal Rebecca.«

Sara dachte über seine Worte nach. »Glaubst du, sie hat was damit zu tun?«

»Ich glaube, sie versteckt sich. Ich glaube, sie weiß etwas.« Er setzte sich zu ihr an den Küchenblock und zupfte sich an der Augenbraue. Offensichtlich grübelte er über die quälenden Details nach, die ihn die ganze Nacht wach gehalten hatten.

Sara streichelte ihm über den Rücken. »Irgendwas wird schon auftauchen. Du musst eben alles nochmal von vorne durchgehen.«

»Du hast recht.« Er sah sie an. »Ich stolpere immer wieder über das Zyankali. Das ist der Schlüssel. Ich will mit Terri Stanley reden. Ich muss sie von Dale loseisen und hören, was sie zu sagen hat.«

»Sie hat heute einen Termin bei mir«, sagte Sara. »Ich musste sie mittags reinnehmen.«

»Weswegen?«

»Ihrem Kleinsten geht es immer noch nicht besser.«

»Wirst du sie auf die blauen Flecken ansprechen?«

»Ich sitze im selben Boot wie du«, entgegnete Sara. »Ich kann sie nicht einfach an die Wand stellen und zum Reden zwingen. Wenn es so einfach wäre, wärst du arbeitslos.«

Letzte Nacht hatte sie auch mit ihren eigenen Schuldgefühlen zu kämpfen gehabt. Sie fragte sich, wie es möglich war, dass Terri Stanley all die Jahre in der Praxis ein und aus ging, ohne dass Sara gemerkt hatte, was bei ihr zu Hause los war.

Sie fuhr fort: »Ich kann Lenas Vertrauen nicht missbrauchen, außerdem habe ich Angst, dass ich Terri nur verschrecken würde. Ihre Kinder sind krank. Sie braucht mich. Die Klinik ist ein sicherer Ort für sie.« Sara versprach: »Wenn ich sehe, dass einem der Kinder je ein Haar gekrümmt wird, glaube mir, dann gehe ich auf die Barrikaden. Ich würde sie sofort dabehalten.«

Jeffrey fragte: »Begleitet Dale sie manchmal in die Klinik?«

»Nicht dass ich wüsste.«

»Hast du was dagegen, wenn ich vorbeikomme, um mit ihr zu reden?«

»Ich weiß nicht, ob ich das gut finde«, sagte sie. Die Vorstellung, dass Jeffrey ihre Praxis als Außenposten seines Reviers benutzte, gefiel ihr überhaupt nicht.

Er erklärte: »Dale hat eine geladene Waffe in seiner Werkstatt, und ich habe das Gefühl, er hat was dagegen, dass seine Frau mit der Polizei redet.«

»Oh.« Mehr brachte sie nicht heraus. Das veränderte die Lage.

»Könnte ich nicht auf dem Parkplatz warten, bis sie rauskommt?«, schlug er vor. »Dann nehme ich sie mit aufs Revier.«

Auch wenn es sicherer war, der Gedanke, dass er sie benutzte, um Terri Stanley eine Falle zu stellen, widerstrebte ihr. »Sie kommt mit ihrem Sohn.«

»Marla liebt Kinder.«

»Ich fühle mich nicht wohl bei der Sache.«

»Abby Bennett hat sich in ihrer Kiste auch nicht wohlgefühlt.«

Irgendwie hatte er recht, aber glücklich war sie damit nicht. Gegen ihr Gefühl lenkte Sara schließlich ein. »Der Termin ist um zwölf Uhr fünfzehn.«

Das Bestattungsinstitut Brock befand sich in einer viktorianischen Villa aus dem frühen 20. Jahrhundert, die der Betreiber des Eisenbahndepots drüben in Avondale erbaut hatte. Allerdings hatte der Mann in die Eisenbahnkasse gegriffen, um den Bau zu finanzieren, und als man ihn erwischte, wurde das Gebäude zwangsversteigert. John Brock hatte die Villa zu einem lächerlichen Preis gekauft und eines der schönsten Bestattungsinstitute diesseits von Atlanta daraus gemacht.

Als der alte John schließlich starb, ging das Geschäft an seinen einzigen Sohn über. Sara war mit Dan Brock zur Schule gegangen, und die Villa hatte an der Schulbusstrecke gelegen. Die Familie wohnte im oberen Stock, und immer wenn der Bus vor dem Brock'schen Anwesen hielt, versteckte sich Sara unter der Sitzbank – nicht weil sie sich gruselte, sondern weil Brocks Mutter darauf bestand, draußen mit ihrem Sohn zu warten, bei Wind und bei Wetter, um ihm einen Abschiedskuss zu geben. Wenn Dan nach dem peinlichen Lebewohl den Bus bestieg, machten alle Jungen Knutschgeräusche in seine Richtung.

Oft genug setzte er sich im Bus neben Sara. Sie gehörte weder zu den besonders beliebten Kindern noch zu den Kiffern oder den Strebern. Meistens hatte sie die Nase in einem Buch und merkte gar nicht, wer neben ihr saß. Brock war die Ausnahme. Schon damals redete er wie ein Wasserfall und war mehr als nur ein bisschen schräg. Doch irgendwie hatte er Sara leidgetan, und daran hatte sich in über dreißig Jahren nichts geändert. Dan Brock war eingefleischter Junggeselle, sang im Kirchenchor und wohnte noch immer bei seiner Mutter.

»Hallo?«, rief Sara, als sie die Tür zur großen Halle öffnete. Audra Brock hatte kaum etwas verändert, seit ihr Mann die Villa gekauft hatte. Die schweren Teppiche und Vorhänge – alles stammte noch aus viktorianischer Zeit. In der Halle gab es mehrere Sitzgruppen, zwischen den Blumenarrangements lagen unauffällig Taschentücher für die Trauernden aus.

»Brock?«, rief Sara wieder und stellte die Aktentasche auf einem Sessel ab, um Abigail Bennetts Totenschein herauszusuchen. Zwar hatte sie Paul Ward versprochen, Brock die Papiere gestern zu schicken, doch sie war nicht dazu gekommen. Heute hatte sich Carlos ausnahmsweise einen Tag freigenommen, und sie wollte die Familie nicht noch einen Tag warten lassen.

»Brock?« Sie sah auf die Uhr. Sie würde noch zu spät in die Klinik kommen.

»Hallo?« Draußen parkten keine Wagen, woraus Sara folgerte, dass gerade keine Beerdigung im Gange war. Durch den Flur ging sie nach hinten und spähte in jeden der Aufbahrungsräume. Im letzten fand sie Brock. Er hatte es irgendwie geschafft, seinen dünnen Oberkörper vollständig in einem Sarg zu versenken. Der Deckel ruhte auf seinem Rücken. Neben Brock ragte ein Frauenbein aus dem Sarg. Der Fuß im Stöckelschuh baumelte herunter. Sara hätte etwas Obszönes vermutet, wenn sie Dan Brock nicht so gut gekannt hätte.

»Brock?«

Er zuckte zusammen und schlug mit dem Kopf an den Sargdeckel. »Heiliger Strohsack«, rief er lachend und griff sich ans Herz, während der Deckel herunterfiel. »Du hast mich fast zu Tode erschreckt.«

»Tut mir leid.«

»Wenigstens wäre ich gleich am richtigen Ort gewesen«, witzelte er und klopfte sich auf den Schenkel.

Sara zwang sich mitzulachen. Brocks Sinn für Humor war ähnlich hoch entwickelt wie seine soziale Kompetenz.

Er fuhr mit der Hand über die glänzende Oberfläche des knallgelben Sargs. »Sonderanfertigung. Ist er nicht umwerfend?«

»Äh … ja«, stotterte sie. Sie wusste nicht, was sie dazu sagen sollte.

»Sie war im Fanclub der Football-Mannschaft von der Georgia Tech.« Er zeigte auf die schwarzen Sportstreifen auf dem Deckel. »Sag mal«, er strahlte sie an. »Ist mir ein bisschen unangenehm, aber könntest du mir vielleicht mal kurz zur Hand gehen?«

»Wobei?«

Er klappte den Deckel wieder auf und zeigte ihr die Leiche einer engelsgleichen, etwa achtzigjährigen Frau. Das graue Haar war zu einem Knoten frisiert, das Rouge auf den Wangen verlieh ihr ein gesundes Strahlen. Sie sah aus, als gehörte sie eher in Madame Tussauds Wachsfigurenkabinett anstatt in diesen zitronengelben Sarg. Sara mochte die Maskerade am Einbalsamieren nicht: die Schminke und die Wimperntusche, die Chemikalien, damit der Leichnam nicht verweste. Sie schauderte bei der Vorstellung, dass jemand – schlimmer noch, Dan Brock – ihr Watte in alle Öffnungen ihres toten Körpers steckte, damit die Einbalsamierungsflüssigkeit nicht auslief.

»Ich wollte ihr die Jacke zurechtrücken«, Brock zeigte auf ein Stoffknäuel an den Schultern. »Aber die alte Dame ist ein bisschen steif. Könntest du ihr die Beine festhalten, während ich …«

»Na klar«, sagte Sara, auch wenn es das Letzte war, wozu sie an diesem Morgen Lust hatte. Widerwillig packte sie die Tote an den

Knöcheln, und Brock machte sich an der Kostümjacke zu schaffen. »Ich hatte keine Lust, sie nochmal runter zum Flaschenzug zu bringen, und Mama ist bei solchen Sachen keine große Hilfe mehr.«

Sara ließ die Beine sinken. »Geht es ihr nicht gut?«

»Ischias«, flüsterte er, als würde er sich schämen. »Schlimm, wenn das Alter langsam zuschlägt. So.« Er strich das seidene Innenfutter im Sarg glatt. Als er fertig war, rieb er sich die Hände, als wollte er sie in Unschuld waschen. »Danke für deine Hilfe. Was kann ich für dich tun?«

»Ach ja.« Sara hatte fast vergessen, warum sie hergekommen war. Sie gingen in die Halle zurück, wo Abbys Papiere lagen. »Ich hatte Paul Ward versprochen, dass ich dir bis Donnerstag den Totenschein bringe, aber ich habe es nicht geschafft.«

»Das ist bestimmt kein Problem«, sagte Brock und lächelte sie an. »Chip habe ich auch noch nicht vom Krematorium zurück.«

»Chip?«

»Charles«, sagte er. »Tut mir leid. Paul hat Chip zu ihm gesagt, aber das ist ja nicht sein richtiger Name.«

»Was will Paul mit Charles Donners Totenschein?«

Brock zuckte die Achseln, als wäre es die natürlichste Sache der Welt. »Er bekommt immer den Totenschein, wenn jemand von der Farm stirbt.«

Sara griff nach der Sessellehne, sie hatte das Gefühl, sie musste sich festhalten. »Wie oft kommt es denn vor, dass jemand von der Farm stirbt?«

»Nein, nein«, lachte Brock, obwohl sie nichts Lustiges daran finden konnte. »Tut mir leid, das hast du falsch verstanden. Nicht oft. Anfang des Jahres zwei – mit Chip sind es drei. Letztes Jahr waren es auch nur zwei oder drei.«

»Ich finde, das sind ziemlich viele«, sagte sie. Er hatte Abigail nicht mitgezählt, was allein in diesem Jahr vier machte.

»Na ja«, sagte Brock langsam, als wäre ihm diese eigenartige Häufung noch gar nicht aufgefallen. »Aber du musst auch bedenken, was für Leute die bei sich aufnehmen. Die meisten sind richtige Wracks. Ich finde es sehr christlich, dass die Familie für die Beerdigungskosten aufkommt.«

349

»Woran sind sie gestorben?«

»Mal sehen«, begann Brock und tippte sich ans Kinn. »Auf jeden Fall natürliche Todesursachen, das weiß ich genau. Falls man Alkohol und Drogen dazuzählt. Einer von ihnen war so voll, dass er in weniger als drei Stunden kremiert war. Hatte seinen eigenen Brandbeschleuniger intus. Dabei war es ein dürrer Kerl. Nicht viel dran.«

Sara wusste, dass Fettgewebe besser brannte als Muskel, doch so kurz nach dem Frühstück wollte sie nicht daran erinnert werden.

»Ich habe die Abschriften der Totenscheine im Büro.«

»Hat Jim Ellers sie ausgestellt?«

»Ja.« Brock gab ihr ein Zeichen, ihm zu folgen.

Mit Unbehagen ging sie ihm hinterher. Jim Ellers, der alte Coroner von Catoogah County, war ein netter Mann, doch wie Brock war er Bestatter, kein Arzt. Die komplizierteren Fälle schickte er an Sara oder an das Institut des GBI weiter. In den letzten acht Jahren hatte Sara, soweit sie sich erinnern konnte, eine Schusswunde und eine Messerverletzung aus Catoogah herüberbekommen. Anscheinend hielt Jim die Todesfälle auf der Farm für ganz gewöhnlich. Vielleicht waren sie das ja auch. Brock hatte recht, wenn er sagte, dass viele Arbeiter bereits in miserablem Zustand auf der Farm eintrafen. Alkohol- und Drogensucht waren schwere Krankheiten, die in den meisten Fällen zu einem katastrophalen Gesundheitszustand und am Ende zum Tod führten.

Brock öffnete die große Kassettentür zur ehemaligen Küche, in der er sein Büro eingerichtet hatte. In der Mitte stand ein schwerer Schreibtisch, ein Berg von Papieren türmte sich im Posteingang.

Er entschuldigte sich: »Meine Mutter hat sich in letzter Zeit beim Aufräumen nicht viel Mühe gegeben.«

»Schon gut.«

Brock stellte sich vor die Aktenschränke an der hinteren Wand. Wieder tippte er sich ans Kinn, ohne eine Schublade zu öffnen.

»Stimmt was nicht?«

»Ich muss erst überlegen, ob mir die Namen wieder einfallen.« Er grinste entschuldigend. »Meine Mutter hat ein viel besseres Namengedächtnis als ich.«

»Brock, das hier ist wichtig«, sagte Sara. »Hol deine Mutter.«

Vierzehn

»JA, MA'AM«, SAGTE JEFFREY INS TELEFON und verdrehte die Augen. Barbara, Paul Wards Sekretärin, erzählte ihm offenbar alles bis auf ihre Schuhgröße. Die blecherne Frauenstimme war so laut, dass Lena sie selbst aus drei Metern Entfernung verstehen konnte. »Schön«, murmelte er. »Ja, Ma'am.« Er stützte den Kopf in die Hand. »Oh, entschuldigen Sie – tut mir leid«, sagte er plötzlich, »ich habe einen Anruf auf der anderen Leitung. Vielen Dank nochmal.« Noch während er das Gespräch beendete, war Barbaras Krächzen aus der Muschel zu hören, bis der Hörer auf der Gabel lag.

»Himmelherrgott«, stöhnte er und rieb sich das Ohr. »Im wahrsten Sinn des Wortes.«

»Hat sie versucht, deine Seele zu retten?«

»Sagen wir, sie ist selig, Mitglied der Gemeinde sein zu dürfen.«

»Und deswegen würde sie alles tun, um Paul zu schützen.«

»Wahrscheinlich.« Er lehnte sich zurück und betrachtete seine Notizen, die aus drei Worten bestanden. »Sie bestätigt Pauls Aussage. An dem Abend, als Abby starb, haben sie beide bis spät in die Nacht gearbeitet.«

Lena dachte daran, dass die Bestimmung des Todeszeitpunkts keine exakte Wissenschaft war. »Die ganze Nacht?«

»Gute Frage«, gab er zu. »Sie hat auch gesagt, dass Abby ein paar Tage vor ihrem Verschwinden Papiere vorbeigebracht hat.«

»Was für einen Eindruck hatte sie von Abby?«

»Sie war ein Sonnenschein, wie immer. Paul hat ein paar Dokumente unterschrieben, dann sind sie Mittag essen gegangen, und er hat sie zurück zum Bus gebracht.«

»Vielleicht haben sie sich beim Mittagessen in die Haare gekriegt.«

»Vielleicht«, sagte er. »Aber weshalb sollte er seine Nichte umbringen?«

»Vielleicht war das Kind von ihm«, überlegte Lena. »Wäre nicht das erste Mal.«

Jeffrey rieb sich das Kinn. »Ja«, sagte er nachdenklich. Der Gedanke hinterließ einen ätzenden Geschmack in seinem Mund. »Aber Cole Connolly schien überzeugt, dass das Kind von Chip war.«

»Bist du dir sicher, dass Cole sie nicht vergiftet hat?«

»Ziemlich sicher«, erklärte er. »Vielleicht müssen wir die beiden Fälle gesondert betrachten und Abbys Mörder erst mal beiseitelassen. Wer hat Cole umgebracht? Wer hat seinen Tod gewollt?«

Lena war nicht so überzeugt von Connollys Aufrichtigkeit, was Abbys Tod anging. Ihm beim Sterben zuzusehen hatte Jeffrey tief erschüttert. Sie fragte sich, ob es an dem makabren Erlebnis lag, dass er so fest an Coles Unschuld glaubte.

»Vielleicht hat jemand gewusst, dass Cole Abby vergiftet hat, und wollte sich rächen, wollte, dass Cole genauso leidet wie Abby.«

»Ich habe der Familie erst von dem Gift erzählt, als Cole bereits tot war«, erinnerte er sie. »Aber Coles Mörder hat gewusst, dass er viel Kaffee trank. Cole hat mir selbst erzählt, dass die Schwestern ihm immer in den Ohren lagen, er solle damit aufhören.«

Lena ging noch einen Schritt weiter. »Auch Rebecca hätte davon wissen können.«

Jeffrey nickte. »Sie versteckt sich aus einem ganz bestimmten Grund.« Dann sagte er: »Jedenfalls hoffe ich, dass sie sich versteckt.«

Lenas Überlegungen waren in die gleiche Richtung gegangen. »Bist du sicher, dass Cole sie nicht verscharrt hat? Um sie zu bestrafen?«

»Ich weiß, du findest, dass ich ihm kein Wort glauben sollte«, begann Jeffrey, »aber ich denke nicht, dass er sie entführt hat. Leute wie Cole wissen, an wem sie sich vergreifen können.« Mit verschränkten Händen beugte er sich vor, dann erklärte er mit Nachdruck: »Sie suchen sich die aus, die nicht aufmucken. Aus dem gleichen Grund hat Dale sich Terri ausgesucht. Diese Typen wissen, mit wem sie es machen können – wer den Mund hält und sich rumschubsen lässt und wer nicht.«

Lena spürte, dass ihre Wangen glühten. »Rebecca scheint sich wehren zu können. Wir haben sie zwar nur einmal gesehen, aber ich hatte den Eindruck, dass sie nicht alles mit sich machen lässt.«

Sie zuckte die Schultern. »Andererseits, man kann in die Leute nicht hineinsehen.«

»Nein.« Jeffrey sah sie eindringlich an. »Jedenfalls sieht es so aus, als würden wir bei Rebecca die Lösung finden.«

Frank stand mit einem Stoß Papiere in der Tür. Er erwähnte etwas, woran beide bisher nicht gedacht hatten. »Giftmord ist ein Frauenverbrechen.«

»Rebecca hatte Angst, als sie mit uns gesprochen hat«, sagte Lena. »Sie wollte nicht, dass ihre Familie es mitkriegt. Aber vielleicht wollte sie das nur deswegen nicht, weil sie uns an der Nase rumgeführt hat.«

Jeffrey fragte: »Ist sie denn der Typ dafür?«

»Nein«, gab sie zu. »Lev und Paul vielleicht. Auch Rachel wirkt taff genug.«

Frank warf ein: »Was macht der Bruder überhaupt in Savannah?«

»Savannah ist eine Hafenstadt«, erinnerte ihn Jeffrey, »ein wichtiger Handelsplatz.« Er zeigte auf die Papiere, die Frank in der Hand hatte. »Was ist das?«

»Die restlichen Bankauskünfte.« Frank legte die Papiere auf den Tisch.

»Irgendwas Auffälliges?«

Frank schüttelte den Kopf, als Marlas Stimme aus der Sprechanlage knisterte. »Chief, Sara ist auf Leitung drei.«

Jeffrey nahm den Hörer ab. »Hallo.«

Lena wollte ihn allein lassen, doch Jeffrey winkte sie zurück. Er griff nach einem Stift und sagte in den Hörer: »Buchstabier mir das«, dann schrieb er mit. »Okay. Den nächsten.«

Lena las auf dem Kopf mit, als er eine Reihe von Namen notierte, alles Männer.

»Das ist gut«, sagte Jeffrey zu Sara. »Ich melde mich später.« Als er auflegte, verkündete er, ohne Luft zu holen: »Sara ist bei Brock. Sie sagt, in den letzten zwei Jahren sind auf der Farm neun Menschen ums Leben gekommen.«

»Neun?« Lena dachte, sie musste sich verhört haben.

»Vier davon hat Brock bestattet, Richard Cable die anderen.«

Lena wusste, dass Cable eins der Bestattungsinstitute in Catoogah betrieb. Sie fragte: »Woran sind sie gestorben?«

353

Jeffrey riss das Blatt vom Block. »Alkoholvergiftung, Überdosen. Einer hatte einen Herzanfall. Jim Ellers drüben in Catoogah hat die Totenscheine ausgestellt. Für ihn waren es alles natürliche Tode.«

Lena war skeptisch, nicht was Jeffreys Worte, sondern was Ellers' Kompetenz anging. »Er meint, innerhalb von zwei Jahren sind auf ein und derselben Farm neun Leute eines natürlichen Todes gestorben?«

»Cole Connolly hatte eine Menge Stoff in seiner Wohnung.«

»Du meinst, er hat nachgeholfen?«, fragte Frank.

»Zumindest bei Chip«, stellte Jeffrey fest. »Cole hat es zugegeben. Hat irgendwas von Versuchung und einem Apfel gefaselt.«

»Also«, fasste Lena zusammen. »Cole hat sich die ›Schwachen‹ herausgepickt und ihnen Drogen oder sonst was unter die Nase gehalten, um zu sehen, ob sie zugreifen und sein Urteil bestätigen.«

»Und die, die zugegriffen haben, sind kurze Zeit später vor ihren Schöpfer getreten«, schloss Jeffrey, doch seinem Krokodilsgrinsen war anzusehen, dass er noch mehr auf Lager hatte.

»Was?«

»Die Kirche des Höchsten Ziels ist für die Kremierungen aufgekommen.«

»Und weil sie verbrannt wurden«, sagte Frank, »können wir die Leichen nicht exhumieren.«

Lena hatte das Gefühl, dass noch ein Puzzlestein fehlte. »Was weiß ich noch nicht?«

Jeffrey erklärte: »Paul Ward hat die Totenscheine an sich genommen.«

Verwirrt stammelte Lena: »Wozu bräuchte er …«, doch dann beantwortete sie sich die Frage selbst. »Die Lebensversicherungen.«

»Bingo«, sagte Jeffrey und reichte Frank die Liste mit den Namen. »Schnapp dir Hemming und geh mit ihm das Telefonbuch durch. Haben wir auch eins von Savannah?« Frank nickte. »Wir fangen mit den großen Lebensversicherungen an. Aber versucht es gleich bei der überregionalen Hotline für Versicherungsbetrug. Vielleicht haben die Agenturen vor Ort die Hand aufgehalten.«

»Geben die am Telefon überhaupt Auskunft?«, fragte Lena.

»Wenn sie befürchten, dass sie um einen Haufen Geld betrogen wurden, schon«, erklärte Frank. »Ich lege gleich los.«

Als Frank draußen war, zeigte Jeffrey mit dem Finger auf Lena. »Ich habe gewusst, dass es um Geld geht. Es musste etwas Handfestes dahinterstecken.«

Lena musste zugeben, dass er recht behalten hatte.

»Wir haben unseren General gefunden«, sagte er. »Cole hat sich als alten Soldaten bezeichnet und gesagt, dass es einen General geben muss, der die Befehle erteilt.«

»Abby war ein paar Tage vor ihrem Tod in Savannah. Vielleicht hat sie von den Versicherungspolicen erfahren?«

»Aber wie?«

»Ihre Mutter sagte, sie hat eine Zeitlang in der Buchhaltung gearbeitet. Sie soll gut mit Zahlen gewesen sein.«

»Lev hat sie mal im Büro am Kopierer gesehen. Vielleicht hat sie was entdeckt, das nicht für ihre Augen bestimmt war.« Er hielt inne und dachte nach. »Rachel hat gesagt, Abby wäre wenige Tage vor ihrem Tod nach Savannah gefahren, weil Paul Dokumente in seinem Aktenkoffer vergessen hatte. Vielleicht hat Abby die Policen dort gefunden.«

»Und du meinst, Abby hat ihn in Savannah darauf angesprochen?«

Jeffrey nickte. »Und dann hat Paul Cole angerufen, damit er sie bestraft.«

»Oder Lev.«

»Oder Lev«, wiederholte er.

»Andererseits wusste Cole bereits von Chip. Er war ihm und Abby in den Wald gefolgt.« Sie musste zugeben: »Aber ich weiß nicht. Es ist so seltsam. Paul kommt mir nicht so vor, als wäre er besonders religiös.«

»Warum muss er religiös sein?«

»Wenn er Cole in den Wald schickt, um seine Nichte zu vergraben?«, fragte sie. »Da scheint mir eher Lev der General zu sein.« Dann fiel ihr ein: »Außerdem ist Paul nie in Dales Werkstatt gewesen. Wenn das Zyankali von dort stammt, weisen die Spuren auf Lev, denn er ist der Einzige, den wir mit der Werkstatt in Verbindung bringen können.« Sie dachte kurz nach. »Oder Cole.«

355

»Ich glaube nicht, dass es Cole war«, beharrte Jeffrey. »Hast du Terri Stanley je danach gefragt?«

Wieder glühten ihre Wangen, diesmal vor Scham. »Nein.«

Jeffrey biss sich auf die Lippen, doch er verkniff sich einen Kommentar. Hätte Lena gleich mit Terri gesprochen, dann säßen sie vielleicht jetzt nicht hier. Vielleicht wäre Rebecca sicher zu Hause, Cole Connolly noch am Leben, und sie wären hinten im Vernehmungsraum und knöpften sich Abigail Bennetts Mörder vor.

»Ich habe es vermasselt«, sagte sie.

»Ja, das hast du.« Jeffrey schwieg einen Moment. Dann sagte er: »Du tust nicht, was ich dir sage, Lena. Ich muss mich auf dich verlassen können.« Er wartete, als rechnete er mit ihrem Widerspruch, doch sie schwieg, und so fuhr er fort: »Du bist ein guter Cop. Ein kluger Cop. Deshalb habe ich dich zum Detective gemacht.« Sie starrte zu Boden, unfähig, sich über das Kompliment zu freuen, weil sie wusste, was kommen würde. »Ich trage für alles, was hier in der Stadt passiert, die Verantwortung. Wenn jemand verletzt wird oder stirbt, weil du nicht auf meine Befehle hörst, bin ich dafür verantwortlich.«

»Ich weiß. Tut mir leid.«

»Tut mir leid reicht dieses Mal nicht. Tut mir leid heißt, du begreifst, was ich sage, und es wird nie wieder vorkommen.« Er ließ die Worte wirken. »Ich habe einmal zu oft gehört, dass es dir leidtut. Ich will Taten sehen statt leere Worte hören.«

Dass er so leise sprach, war schlimmer, als wenn er geschrien hätte. Lena starrte auf den Boden und fragte sich, wie oft er sie noch Mist bauen ließ, bis er sie endgültig an die Luft setzen würde.

Jeffrey stand plötzlich auf, womit sie nicht gerechnet hatte. Sie wich zurück, erschrocken, als hätte sie Angst, dass er sie schlug.

Jeffrey war entsetzt und starrte sie an, als würde er sie zum ersten Mal sehen.

»Ich …« Ihr fehlten die Worte. »Du hast mich erschreckt.«

Jeffrey öffnete die Tür und rief Marla zu: »Schicken Sie die Frau, die gleich reinkommt, nach hinten.« Zu Lena sagte er: »Mary Ward ist da. Ich habe gesehen, wie sie draußen aus dem Wagen gestiegen ist.«

Lena versuchte, Haltung anzunehmen. »Ich dachte, sie fährt nicht mehr Auto.«

»Anscheinend hat sie eine Ausnahme gemacht.« Jeffrey sah Lena immer noch wie ein Buch mit sieben Siegeln an. »Schaffst du das?«

»Natürlich.« Sie stemmte sich aus dem Stuhl. Nervös steckte sie sich das Hemd in die Hose. Sie kam sich fehl am Platz vor.

Als er nach ihrer Hand griff, fuhr sie wieder zusammen. Er hatte sie noch nie berührt. Das war nicht seine Art.

Jeffrey sagte: »Ich will, dass du ganz bei der Sache bist.«

»Das bin ich«, beteuerte sie und zog verlegen die Hand weg.

»Gehen wir.«

Lena wartete nicht auf ihn. Sie drückte den Rücken durch und durchquerte mit großen Schritten den Mannschaftsraum. Marla hatte den Finger auf dem Summer, als Lena die Tür öffnete.

Im Empfang stand Mary Ward, die Handtasche an die Brust gepresst.

»Chief Tolliver«, sagte sie, als wäre Lena gar nicht da. Sie trug eine verschossene schwarzrote Stola um die Schultern und wirkte mehr denn je wie eine verhutzelte alte Frau, dabei war sie höchstens zehn Jahre älter als Lena. Entweder sie spielte ihnen etwas vor, oder sie war eine wirklich bemitleidenswerte Kreatur.

»Gehen wir rein«, schlug Jeffrey vor und führte sie am Ellbogen in den Mannschaftsraum, bevor sie ihre Meinung ändern konnte. »Erinnern Sie sich an Detective Adams?«

»Lena«, sagte Lena hilfsbereit. »Darf ich Ihnen einen Kaffee bringen?«

»Ich vertrage kein Koffein«, antwortete die Frau mit rauer Stimme, als hätte sie geschrien oder sich heiser geredet. Lena sah das zusammengeknüllte Taschentuch in ihrem Ärmelaufschlag und vermutete, dass sie geweint hatte.

Jeffrey setzte Mary an einen der Tische vor seinem Büro, wahrscheinlich um sie nicht einzuschüchtern. Er wartete, bis sie sich gesetzt hatte, dann nahm er auf dem Stuhl neben ihr Platz. Lena hielt sich im Hintergrund. Sie hatte den Verdacht, dass Mary lieber nur mit Jeffrey redete.

Er fragte: »Wie kann ich Ihnen helfen, Mary?«

Sie ließ sich Zeit. Nur ihr Atem war zu hören. Nach einer Weile

357

begann sie: »Sie sagten, meine Nichte lag in einer Kiste, Chief Tolliver.«

»Ja.«

»Dass Cole sie in einer Kiste begraben hat.«

»Das ist richtig«, bestätigte er. »Cole hat es gestanden, bevor er starb.«

»Und Sie haben sie gefunden? Sie haben Abby selbst gefunden?«

»Meine Frau und ich waren im Wald spazieren. Wir haben das Belüftungsrohr entdeckt, das aus dem Boden ragte. Wir haben sie selbst ausgegraben.«

Mary nahm das Taschentuch aus dem Ärmel und putzte sich die Nase. »Vor einigen Jahren …«, begann sie, dann brach sie ab. »Ich glaube, ich muss weiter ausholen.«

»Lassen Sie sich Zeit.«

Genau das tat sie, und Lena presste ungeduldig die Lippen zusammen, während sie gegen den Wunsch ankämpfte, die Frau an den Schultern zu packen und durchzuschütteln.

»Ich habe zwei Söhne«, sagte Mary. »William und Peter. Sie leben im Westen.«

»Ich erinnere mich, dass Sie das erwähnt haben«, bemerkte Jeffrey.

»Sie haben sich gegen die Kirche entschieden.« Sie schnäuzte sich. »Der Verlust meiner Kinder war sehr schwer für mich. Nicht dass wir uns gegen sie gewandt hätten. Jeder muss seine eigenen Entscheidungen treffen. Wir kehren niemandem den Rücken, nur weil er …« Sie beendete den Satz nicht. »Meine Söhne haben sich von uns abgewandt, von mir.«

Jeffrey wartete, der einzige Hinweis auf seine Ungeduld war sein eiserner Griff um die Armlehne.

»Cole war sehr streng mit ihnen«, sagte sie. »Er hat sie gezüchtigt.«

»Hat er sie misshandelt?«

»Er hat sie bestraft, wenn sie unartig waren«, sagte sie vage. »Mein Mann war ein Jahr zuvor verstorben. Damals war ich Cole für seine Unterstützung dankbar. Ich dachte, sie bräuchten einen starken Mann in ihrem Leben.« Sie schniefte, putzte sich wieder die Nase. »Es waren andere Zeiten.«

358

»Ich verstehe«, sagte Jeffrey.

»Cole hat – hatte – sehr klare Vorstellungen von Gut und Böse. Ich habe ihm vertraut. Mein Vater hat ihm vertraut. Er war zuallererst ein Mann Gottes.«

»Ist irgendwas vorgefallen, wonach Sie Ihre Meinung geändert haben?«

Trauer schien sie zu überwältigen. »Nein. Ich habe immer geglaubt, was er gesagt hat. Ich habe an ihn geglaubt, auf Kosten meiner eigenen Kinder. Ich habe mich gegen meine Tochter gestellt.«

Lena zog die Brauen hoch.

»Sie haben eine Tochter?«

Sie nickte. »Genie.«

Jeffrey lehnte sich zurück, doch seine Nerven waren zum Zerreißen gespannt.

»Sie hat es mir erzählt«, fuhr Mary fort. »Genie hat mir erzählt, was er ihr angetan hat.« Sie hielt inne. »Von der Kiste im Wald.«

»Er hat sie vergraben?«

»Sie waren im Wald zelten«, erklärte Mary. »Er hat die Kinder häufig mitgenommen.«

Jeffrey dachte an Rebecca, daran, dass sie schon früher in den Wald gelaufen war. »Was hat Ihnen Ihre Tochter erzählt?«

»Sie hat gesagt, dass Cole sie überredet hat, mit in den Wald zu kommen.« Sie brach ab, doch dann zwang sie sich fortzufahren. »Er hat sie fünf Tage dort gelassen.«

»Was haben Sie getan, als Sie davon hörten?«

»Ich habe Cole darauf angesprochen.« Sie schüttelte den Kopf über ihre eigene Dummheit. »Er hat gesagt, wenn ich Genie eher glaube als ihm, könne er nicht auf der Farm bleiben. So sehr hat es ihn getroffen.«

»Aber er hat es nicht eindeutig abgestritten?«

»Nein«, gab sie zu. »Aber das war mir nie klar, bis gestern Abend. Er hat es nie abgestritten. Er hat gesagt, ich solle beten und Gott fragen, wem ich glauben sollte, Genie oder ihm. Ich habe Cole vertraut. Er hatte eine so klare Vorstellung, was richtig war und was falsch. Ich habe ihn für einen gottesfürchtigen Mann gehalten.«

»Hat sonst noch jemand in Ihrer Familie davon gewusst?«

Wieder schüttelte sie den Kopf. »Ich habe mich geschämt. Sie hat gelogen.« Mary berichtigte sich. »Sie schwindelte manchmal. Jetzt verstehe ich es, aber damals konnte ich das nicht. Genie war ein rebellischer Teenager. Sie hat Drogen genommen. Hat sich mit Jungs eingelassen. Sie hat der Kirche den Rücken gekehrt. Sie hat der Familie den Rücken gekehrt.«

»Wie haben Sie Genies Verschwinden der Familie erklärt?«

»Ich habe meinen Bruder um Rat gefragt. Er riet mir, dass ich sagen soll, sie wäre mit einem Jungen durchgebrannt. Es war eine glaubhafte Geschichte. Ich dachte, es würde uns alle vor der peinlichen Wahrheit bewahren, und keiner von uns wollte Cole aufregen.« Sie tupfte sich mit dem Taschentuch die Augenwinkel ab. »Er war so wichtig für uns. Meine Brüder studierten auswärts. Keins von uns Mädchen hätte die Farm leiten können. Cole hat alles in die Hand genommen, zusammen mit meinem Vater. Coles Anwesenheit war für das ganze Unternehmen entscheidend.«

Die Tür flog auf, und Frank stürzte herein, doch als er Jeffrey und Mary Ward sah, hielt er inne. Dann kam er an den Tisch, legte Jeffrey die Hand auf die Schulter und reichte ihm eine Mappe. Jeffrey schlug die Mappe auf, er wusste, dass Frank ihn nie ohne wichtigen Grund stören würde. Lena sah, dass er mehrere Faxe las. Das Revier hatte ein knappes Budget, und das zehn Jahre alte Faxgerät spuckte noch Thermopapier aus. Jeffrey glättete die Seiten, während er sie überflog. Als er aufsah, wusste Lena nicht, ob er gute oder schlechte Neuigkeiten hatte.

»Mary«, sagte Jeffrey. »Ich habe Sie die ganze Zeit Mrs. Ward genannt. Sie sind eine verheiratete Morgan?«

Die Überraschung war ihr anzusehen. »Ja«, sagte sie. »Warum?«

»Und der Name Ihrer Tochter ist Teresa Eugenia Morgan?«

»Ja.«

Jeffrey ließ ihr eine Minute Zeit, um sich zu sammeln. »Mary«, sagte er dann, »kannte Abby Ihre Tochter?«

»Natürlich«, antwortete sie. »Genie war zehn, als Abby zur Welt kam. Sie hat sich um sie gekümmert, als wäre es ihr eigenes Baby. Abby war am Boden zerstört, als Genie wegging. Beide waren darüber furchtbar traurig.«

360

»Kann es sein, dass Abby Ihre Tochter in Savannah besucht hat?«

»In Savannah?«

Er nahm eins der gefaxten Blätter heraus. »Wir haben hier Genies Adresse: 241, Sandon Square, Savannah.«

»Das kann nicht sein«, sagte Mary irritiert. »Meine Tochter wohnt hier in der Stadt, Chief Tolliver. Sie ist eine verheiratete Stanley.«

Lena fuhr so schnell es ging über die Seitenstraße, während Jeffrey mit Frank telefonierte. Er balancierte den Spiralblock auf den Knien und schrieb auf, was Frank diktierte. Ab und zu grunzte er ungeduldig.

Lena blickte in den Rückspiegel, um sicherzugehen, dass Brad Stephens noch hinter ihnen war. Er fuhr den Streifenwagen, und ausnahmsweise war Lena froh, den jungen Polizisten dabeizuhaben. Brad war ein ungelenker Typ, aber neuerdings ging er ins Fitnessstudio und hatte angefangen, Muskeln aufzubauen. Jeffrey hatte von dem geladenen Revolver erzählt, den Dale Stanley auf einem Hängeschrank in seiner Werkstatt aufbewahrte. Lena war nicht besonders scharf auf die Begegnung mit Terris Mann, doch sie hoffte beinahe, dass er sich widersetzte, damit Jeffrey und Brad ihm zeigen konnten, wie es sich anfühlte, von jemand Stärkerem verprügelt zu werden.

Jeffrey sagte ins Telefon: »Nein, steck sie nicht in eine Zelle. Gib ihr Milch und Kekse, wenn ihr welche habt. Und halt sie auf jeden Fall vom Telefon fern, damit sie ihre Brüder nicht anruft.« Mary Morgan war bestürzt gewesen, als Jeffrey ihr gesagt hatte, dass sie das Revier nicht verlassen durfte, aber wie die meisten obrigkeitshörigen Bürger hatte sie solchen Respekt vor dem Gefängnis, dass sie ergeben nickte und sitzen blieb.

»Gute Arbeit, Frank«, sagte Jeffrey, »lass mich wissen, was noch alles zum Vorschein kommt«, und legte auf. Wortlos kritzelte er weiter in seinen Block.

Lena war zu ungeduldig, um darauf zu warten, bis er damit fertig war. »Was hat er gesagt?«

»Bis jetzt haben sie sechs Policen gefunden«, sagte er, ohne den

361

Stift abzusetzen. »Lev und Terri sind die Begünstigten von Abby und Chip. Zwei Policen laufen auf Mary Morgan und zwei auf Esther Bennett.«

»Was hat Mary dazu gesagt?«

»Sie hat gesagt, sie hätte keine Ahnung, wovon Frank und ich da redeten. Paul führt die Geschäfte der Familie.«

»Glaubt Frank ihr?«

»Er ist sich nicht sicher«, sagte Jeffrey. »Verdammt, ich weiß es auch nicht, und ich habe eine halbe Stunde lang mit ihr geredet.«

»Ich hatte nicht den Eindruck, dass sie im Luxus schwelgen.«

»Sara sagt, sie nähen ihre Kleider selbst.«

»Nicht Paul«, wandte Lena ein. »Um wie viel Geld geht es in den Policen?«

»Jeweils etwa fünfzigtausend. Sie waren gierig, aber dumm waren sie nicht.«

Lena wusste, dass jede außergewöhnlich hohe Summe bei den Versicherungen Verdacht erweckte. Auf diese Weise hatte die Familie in den letzten zwei Jahren unbemerkt fast eine halbe Million Dollar kassiert, und zwar steuerfrei.

»Was ist mit dem Haus?«, fragte Lena. Für die Begünstigten der Policen war jeweils ein und dieselbe Adresse in Savannah eingetragen. Ein kurzer Anruf beim Einwohnermeldeamt erbrachte, dass das Haus am Sandon Square vor fünf Jahren von einer gewissen Stephanie Linder gekauft worden war. Entweder handelte es sich um eine weitere Schwester der Wards, die Jeffrey noch nicht kannte, oder jemand hatte der Familie einen bösen Streich gespielt.

Lena fragte: »Glaubst du, dass Dale auch mit drinhängt?«

»Frank hat seine Kreditwürdigkeit geprüft. Dale und Terri stecken beide bis zum Hals in Schulden – Kreditkarten, die Raten für das Haus, Raten für zwei Autos. Arztrechnungen. Der Gerichtsvollzieher ist schon dreimal da gewesen. Sara sagt, das Kind musste mehrmals ins Krankenhaus. Ihnen fehlt das Geld an allen Ecken und Enden.«

»Meinst du, Terri hat sie umgebracht?« Frank hatte recht, als er sagte, dass Gift vor allem von Frauen benutzt wurde.

»Warum?«

»Sie wusste von Coles Bestrafungen. Vielleicht ist sie ihm gefolgt.«

»Aber warum hätte sie Abby umbringen sollen?«

»Stimmt«, gab Lena zu. »Vielleicht hat Cole Abby umgebracht, und Terri hat beschlossen, ihm seine eigene Medizin zu verabreichen.«

Jeffrey schüttelte den Kopf. »Ich glaube nicht, dass Cole Abby umgebracht hat. Seine Trauer über ihren Tod war echt.«

Lena schwieg, aber bei sich dachte sie, dass Jeffrey einen der miesesten Dreckskerle in Schutz nahm, denen sie je begegnet war.

Jeffrey klappte sein Telefon auf und wählte eine Nummer. »Hallo, Molly. Können Sie Sara was ausrichten?« Er wartete einen Moment. »Sagen Sie ihr, wir sind auf dem Weg zu den Stanleys. Vielen Dank.« Als er auflegte, erklärte er Lena: »Terri hat heute Mittag einen Termin bei Sara.«

Es war halb elf. Lena dachte an den Revolver in Dales Werkstatt. »Warum fangen wir sie nicht einfach dort ab?«

»Saras Praxis ist tabu.«

Lena hütete sich, zu widersprechen. Jeffrey war der beste Cop, den sie kannte, aber wenn Sara Linton ins Spiel kam, benahm er sich wie ein winselnder Welpe. Die Macht, die diese Frau über ihn hatte, wäre jedem anderen Mann peinlich gewesen, doch Jeffrey schien sich auch noch etwas darauf einzubilden.

Jeffrey schien ihre Gedanken zu lesen – zumindest einen Teil davon. »Wir wissen nicht, wozu Terri fähig ist. Verdammt nochmal, ich will nicht, dass sie in einer Praxis voller Kinder Amok läuft.«

Er deutete auf einen schwarzen Briefkasten am Straßenrand. »Es ist hier rechts.«

Lena fuhr langsamer und bog in die Einfahrt ein. Brad folgte ihr. Als sie Dale in der Werkstatt stehen sah, atmete sie tief durch. Sie hatte ihn mal vor Jahren auf einem Sommerfest getroffen, als sein Bruder Pat neu bei der Truppe war. Lena hatte ganz vergessen, wie groß er war. Und wie stark.

Während Jeffrey ausstieg, zögerte Lena unwillkürlich. Sie musste sich zwingen, die Hand auf den Griff zu legen, die Tür zu öffnen und auszusteigen. Hinter sich hörte sie Brads Tür zuschlagen, aber sie drehte sich nicht um. Sie wollte Dale keine Sekunde aus den Augen lassen. Er stand in der Werkstatttür und wog einen schweren Schraubenschlüssel in den Händen, ein paar Meter von der Werkbank entfernt. Wie Jeffrey hatte er ein blaues Auge.

»Hallo, Dale«, rief Jeffrey. »Wo haben Sie das Veilchen her?«

»Bin gegen eine Tür gelaufen«, sagte er. Lena fragte sich, was wirklich passiert war. Terri hätte auf einen Stuhl steigen müssen, um an sein Gesicht zu kommen. Dale war mindestens zwei Köpfe größer und doppelt so schwer. Lena musterte seine Hände, sie waren so groß, dass er mit einer davon ihren Hals umfassen konnte. Er hätte sie ohne mit der Wimper zu zucken einhändig erwürgen können. Sie hasste das Gefühl, hasste das Flattern in den Lungen, wenn ihr die Augen hervortraten und alles verschwamm, während sie gegen die Ohnmacht kämpfte.

Jeffrey ging los, Brad und Lena rechts und links von ihm. Er sagte zu Dale: »Bitte kommen Sie aus der Werkstatt.«

Dales Griff um den Schraubenschlüssel wurde fester. »Was ist denn los?« Er grinste kurz. »Hat Terri Sie gerufen?«

»Warum sollte sie uns rufen?«

»Nur so.« Er zuckte die Achseln, doch der Schraubenschlüssel in seiner Hand erzählte eine andere Geschichte. Lena warf einen Blick zum Haus, auf der Suche nach Terri. Wenn Dale ein blaues Auge hatte, ging es ihr wahrscheinlich zehnmal schlimmer.

Offensichtlich dachte Jeffrey das Gleiche. Zu Dale sagte er: »Es liegt nichts gegen Sie vor.«

Doch Dale war cleverer, als er aussah. »Macht aber einen ganz anderen Eindruck.«

»Kommen Sie aus der Werkstatt, Dale.«

»Ich bin hier der Herr im Haus«, gab Dale zurück. »Das ist Hausfriedensbruch. Ich will, dass Sie mein Grundstück verlassen.«

»Wir möchten mit Terri sprechen.«

»Niemand spricht mit Terri, wenn ich was dagegen habe, und ich habe was dagegen, also …«

Ein paar Schritte vor Dale blieb Jeffrey stehen. Lena stellte sich links neben ihm auf in der Hoffnung, von hier aus Dales Waffe als

364

Erste zu erreichen. Doch dann sah sie, dass der Schrank viel zu hoch war, und fluchte innerlich. Brad hätte hier stehen sollen. Er war einen Kopf größer als sie. Bis Lena einen Stuhl unter den Schrank geschoben hätte, wäre Dale längst auf dem Weg nach Mexiko.

Jeffrey sagte: »Legen Sie den Schraubenschlüssel weg.«

Dales Blick huschte zu Lena, dann zu Brad. »Vielleicht sollten Sie lieber ein, zwei Schritte zurückgehen.«

»Dale, Sie haben hier nichts zu befehlen«, warnte Jeffrey. Lena wollte die Waffe ziehen, doch sie wusste, dass sie auf Jeffreys Zeichen warten musste. Er ließ die Arme hängen. Wahrscheinlich dachte er immer noch, er könnte Dale mit Worten beikommen. Lena bezweifelte es.

»Sie rücken mir auf die Pelle«, sagte Dale. »Das gefällt mir nicht.« Er hob den Schraubenschlüssel und schlug sich damit in die offene Hand. Lena wusste, dass der Mann kein Dummkopf war. Ein Schraubenschlüssel konnte gefährlich sein, aber nicht gegen drei Leute auf einmal, erst recht nicht, wenn alle drei bewaffnet waren. Sie beobachtete ihn scharf, überzeugt, dass er versuchen würde, an seine Waffe zu kommen.

»Sie tun sich damit keinen Gefallen, Dale«, erklärte Jeffrey. »Wir möchten nur mit Terri reden.«

Dale bewegte sich schnell für einen Mann seiner Größe, doch Jeffrey war schneller. Er riss Brad den Schlagstock vom Gürtel und schmetterte ihn Dale in die Kniekehlen, als der große Mann losspurtete, um seine Waffe zu holen. Dale ging zu Boden.

Geschockt sah Lena zu, wie der sonst so sanftmütige Brad das Knie in Dales Rücken stemmte und ihm Handschellen anlegte. Ein Schlag in die Kniekehlen, und er war zu Boden gegangen. Er wehrte sich nicht mal, als Brad seine Hände nach hinten riss und sie ihm mit zwei Paar Handschellen hinter dem Rücken aneinanderfesselte.

Jeffrey sagte: »Ich habe Sie gewarnt.«

Dale japste wie ein Hund, als Brad ihn auf die Knie zerrte. »Passen Sie doch auf, verdammt«, schimpfte er und rollte die Schultern, als fürchtete er, Brad hätte ihm die Gelenke ausgerenkt. »Ich will mit meinem Anwalt sprechen.«

365

»Später.« Jeffrey gab Brad den Schlagstock zurück und sagte: »Setz ihn in den Wagen.«

»Ja, Sir«, sagte Brad und riss Dale auf die Füße, woraufhin er ein weiteres Japsen von sich gab.

Als der große Mann schlurfend zum Wagen trottete, wirbelte er eine riesige Staubwolke hinter sich auf.

Jeffrey flüsterte Lena zu: »So hart ist der Kerl gar nicht, was? Fühlt sich wahrscheinlich nur dann gut, wenn er seine kleine Frau verprügelt.«

Lena lief der Schweiß in den Nacken.

Jeffrey klopfte sich den Staub von der Hose, dann ging er auf das Haus zu. »Es sind Kinder im Haus«, erinnerte er Lena.

Lena suchte nach Worten. »Meinst du, sie wehrt sich?«

»Ich habe keine Ahnung, wie sie reagieren wird.«

Noch bevor sie die Veranda erreichten, ging die Haustür auf. Terri Stanley stand auf der Schwelle, ein schlafendes Baby auf der Hüfte. Neben ihr stand ein Junge, der vielleicht zwei Jahre alt war. Der Kleine rieb sich mit den Fäusten die Augen, als wäre er eben erst aufgewacht. Terris Wangen waren eingefallen, und sie hatte dunkle Ringe unter den Augen. Ihre Lippe war aufgeplatzt, und eine gelblich blaue Beule zeichnete sich an ihrem Kiefer ab. Am Hals hatte sie rote Striemen. Jetzt wusste Lena, warum Dale etwas dagegen hatte, dass sie sich mit seiner Frau unterhielten. Er hatte sie windelweich geschlagen. Lena fragte sich, wie sich die Frau überhaupt noch auf den Beinen hielt.

Terri beobachtete, wie ihr Mann zum Streifenwagen gebracht wurde. Sie wich Jeffreys und Lenas Blick aus, als sie mit tonloser Stimme sagte: »Ich sage nicht gegen ihn aus. Sie können ihm die Handschellen gleich wieder abnehmen.«

Jeffrey blickte zurück zum Wagen. »Wir lassen ihn nur ein bisschen schmoren.«

»Sie machen alles noch viel schlimmer.« Sie sprach vorsichtig, damit ihre Lippe nicht wieder aufplatzte. Lena kannte das Gefühl, und auch das Brennen in der Kehle, die Anstrengung, die es kostete, deutlich zu sprechen. »So schlimm war es noch nie. Er hat mich nie ins Gesicht geschlagen.« Ihre Stimme zitterte. Sie war fassungslos. »Meine Kinder haben zusehen müssen.«

»Terri …«, begann Jeffrey, doch ihm fehlten die Worte.

»Er bringt mich um, wenn ich ihn verlasse.« Die geschwollene Lippe verstärkte ihren Südstaatenakzent noch.

»Terri …«

»Ich sage nicht gegen ihn aus.«

»Deswegen sind wir nicht hier.«

Überrascht sah sie auf.

Jeffrey sagte: »Wir müssen mit Ihnen reden.«

»Worüber?«

Er wandte den alten Polizistentrick an. »Sie wissen, worüber.«

Terri blickte zu ihrem Mann, der auf der Rückbank von Brads Streifenwagen saß.

»Er kann Ihnen nicht wehtun.«

Doch Terri bedachte ihn nur mit einem erschöpften Blick, als hätte er einen schlechten Witz gemacht.

Jeffrey erklärte: »Wir gehen erst, wenn Sie mit uns gesprochen haben.«

»Kommen Sie rein«, sagte sie schließlich und trat einen Schritt zurück. »Tim, Mama muss mit den Leuten hier reden.« Sie nahm den Jungen an der Hand und führte ihn nach hinten in ein dunkles Zimmer, in dem ein Fernseher stand. Lena und Jeffrey warteten an der Treppe im Flur, während sie eine DVD einlegte.

Lena warf einen Blick nach oben in den ersten Stock. An der Decke, wo ein Leuchter hätte hängen sollen, ragten die blanken Kabel aus dem Putz. An der Wand über den Stufen waren schwarze Schleifspuren, und weiter oben hatte jemand eine Delle in den Putz getreten. Die Stäbe des Treppengeländers waren krumm, nach oben waren sie teilweise angeknackst oder gebrochen. Das musste Terri gewesen sein. Lena stellte sich vor, wie Dale seine wild um sich tretende Frau nach oben gezerrt hatte. Die Treppe hatte zwölf Stufen und doppelt so viele Geländerstäbe, an denen sie versucht hatte sich festzuhalten, um dem Unvermeidlichen zu entgehen.

Die hohe Stimme von SpongeBob hallte durch den gefliesten Flur, und Terri kam mit dem Kleinsten auf der Hüfte aus dem Zimmer.

Jeffrey fragte: »Wo können wir reden?«

»Lassen Sie mich den hier ins Bett legen«, sagte sie. »Die Küche ist hinten.« Sie stieg die Treppe hinauf, und Jeffrey bedeutete Lena, ihr zu folgen.

Das Haus war größer, als man von außen vermutete, und der obere Treppenabsatz führte auf einen langen Flur, von dem offenbar drei Zimmer und das Bad abgingen. Terri nahm die erste Tür, doch Lena folgte ihr nicht ins Zimmer. Stattdessen blieb sie an der Schwelle stehen und beobachtete widerstrebend, wie Terri das schlafende Baby in die Wiege legte. Das Zimmer war fröhlich dekoriert, Wolken waren an die Decke gemalt und glückliche Schafe und Kühe an eine der Wände. Über der Wiege hing ein Mobile mit weiteren Schafen. Lena sah das Baby nicht, als die Mutter ihm über den Kopf streichelte, doch es streckte die kleinen Beinchen aus, als Terri ihm die gehäkelten Schuhe auszog. Lena war nie aufgefallen, wie klein Babyfüße waren, die Zehen wie winzige Erbsen, die kleinen Fußgewölbe, die sich wie Apfelschalen kringelten, als das Kind die Knie anzog.

Terri warf Lena einen Blick über die Schulter zu. »Haben Sie Kinder?« Sie keuchte heiser, was wohl ein Lachen sein sollte. »Ich meine außer dem, das Sie in Atlanta gelassen haben.«

Lena wusste, dass Terri ihr zu drohen versuchte, indem sie sie an das Geheimnis erinnerte, das sie teilten, doch Terri Stanley war keine Frau, bei der das überzeugend rüberkam. Lena empfand nichts als Mitleid für sie. Das Zimmer war lichtdurchflutet, und in der Sonne leuchtete die Beule an Terris Kiefer fast unwirklich blau. Ihre Lippe war trotz aller Vorsicht wieder aufgeplatzt, und eine dünne Blutspur lief ihr über das Kinn. Lena war klar, dass sie sechs Monate zuvor genauso ausgesehen hatte.

»Für die Kinder tut man alles«, sagte Terri traurig. »Für sie hält man alles aus.«

»Alles?«

Terri schluckte und zuckte vor Schmerz zusammen. An ihrem Hals war zwar noch nichts zu sehen, doch bald würden blaue Flecke auftauchen wie ein dunkles Halsband auf ihrer weißen Haut. Mit Make-up könnte sie es kaschieren, doch die Schmerzen würden noch mindestens eine Woche anhalten. So lange würde Terri den Kopf nicht drehen können und sich beim Schlucken zusammenreißen müssen, um das Gesicht nicht zu verziehen, während sie wartete, bis die Muskeln sich entspannten und der Schmerz nachließ.

Sie sagte: »Ich kann es nicht erklären ...«

Lena war nicht in der Position, sie zu belehren. »Sie wissen, dass Sie das nicht müssen.«

»Ja«, stimmte Terri ihr zu. Sie drehte sich weg und deckte das Baby mit einer hellblauen Decke zu. Als Lena ihren Rücken ansah, fragte sie sich, ob Terri zu einem Mord fähig war. Sie war der Typ, der Gift benutzen würde. Sie würde ihrem Opfer garantiert nicht in die Augen sehen können. Andererseits hatte sie sich gegen Dale gewehrt. Das blaue Auge hatte er sich mit Sicherheit nicht beim Rasieren geholt.

»Sie haben ihm ziemlich eins reingewürgt«, sagte Lena.

Terri sah sie verwirrt an. »Was?«

»Dale.« Lena zeigte auf ihr Auge.

Diesmal war Terris Lächeln echt, und über ihr ganzes Gesicht ging ein Leuchten. Für einen kurzen Moment erhaschte Lena einen Blick auf die Frau, die sie war, bevor das alles passiert war, bevor Dale anfing, sie zu schlagen, bevor ihr Leben zur Hölle wurde. Sie war schön.

»Ich habe dafür bezahlt«, sagte sie. »Aber es hat so gutgetan.«

Jetzt lächelte auch Lena, denn sie wusste, wie gut es tat zurückzuschlagen. Am Ende zahlte man drauf, aber in dem Moment war es ein verdammt großes Glücksgefühl. Es war fast wie ein Rausch.

Terri holte tief Luft. »Bringen wir es hinter uns.«

Lena folgte ihr die Treppe hinunter, ihre Schritte polterten laut auf den Holzstufen. Im Erdgeschoss gab es keine Teppiche, und es hörte sich an, als trabte ein Pferd durchs Haus. Wahrscheinlich hatte Dale es absichtlich so belassen, damit er immer wusste, wo seine Frau war.

Als sie in die Küche kamen, betrachtete Jeffrey die Fotos und Kinderbilder am Kühlschrank. Terri hatte die Zeichnungen beschriftet. Löwe, Tiger, Bär. Die i-Pünktchen waren Kringel, wie sie Mädchen in der Highschool malten.

»Setzen Sie sich«, sagte Terri und nahm auf einem der Stühle am Tisch Platz. Jeffrey blieb stehen, während Lena sich Terri gegenübersetzte. Für die frühe Stunde war die Küche erstaunlich aufgeräumt. Teller und Besteck vom Frühstück trockneten auf dem Ständer, und sämtliche Oberflächen waren blank gewienert. Lena fragte sich, ob Terri von Natur aus so reinlich war oder ob Dale es ihr eingeprügelt hatte.

Terri blickte auf ihre Hände, die sie vor sich auf dem Tisch verschränkte. Sie war eine kleine Frau, und durch ihre schlechte Haltung wirkte sie noch schmächtiger. Eine kummervolle Aura umgab sie. Lena fragte sich, wie Dale sie schlagen konnte, ohne dass sie vollends auseinanderbrach.

»Möchten Sie was trinken?«, fragte Terri.

Lena und Jeffrey lehnten gleichzeitig ab. Nach der Sache mit Cole Connolly war Lena nicht sicher, ob sie je wieder ein Getränk annehmen würde.

Terri lehnte sich zurück, und Lena musterte sie. Sie waren ungefähr gleich groß und von ähnlicher Statur. Terri mochte ein paar Kilo leichter sein und vielleicht ein paar Zentimeter kleiner, aber allzu sehr unterschieden die beiden Frauen sich nicht.

Terri fragte: »Sind Sie gekommen, um über Dale zu sprechen?«

»Nein.«

Sie zupfte an der Nagelhaut ihres Daumens. Der Schorf zeigte, dass es eine schlechte Angewohnheit war. »War wohl damit zu rechnen, dass Sie irgendwann kommen.«

»Warum?«, fragte Jeffrey.

»Der Brief, den ich Frau Dr. Linton geschickt habe«, erklärte sie. »Ich schätze, das war nicht sehr schlau.«

Jeffrey verzog keine Miene. »Wie meinen Sie das?«

»Na ja, ich weiß, dass Sie alle möglichen Spuren finden können.«

Lena nickte, dachte aber, dass die Frau zu viele Krimis im Fernsehen gesehen hatte. Labortechnikerinnen in Armani-Kostümen und Stöckelschuhen, die anhand einer staubkorngroßen Hautschuppe an einem Rosendorn ermittelten, dass der Täter ein rechtshändiger Albino sein musste, der Briefmarken sammelte und noch bei seiner Mutter lebte. Abgesehen davon, dass kein forensisches Labor der Welt sich die zig Millionen schwere Ausrüstung leisten könnte, zersetzte sich DNA im Lauf der Zeit. Äußere Einflüsse konnten den Strang schädigen, und oft reichte die Menge nicht für

370

einen vollständigen Abdruck aus. Selbst Fingerabdrücke waren Interpretationssache, und nur in den seltensten Fällen hatte der Abgleich vor Gericht Bestand.

»Warum haben Sie den Brief an Sara Linton geschickt?«

»Ich wusste, dass sie sich darum kümmern würde«, sagte Terri, dann setzte sie hastig nach: »Nicht dass Sie das nicht getan hätten, aber Frau Dr. Linton, sie kümmert sich um die Menschen. Sie sorgt sich um sie. Ich wusste, sie würde das Richtige tun.« Sie zuckte die Achseln. »Ich wusste, dass sie Ihnen Bescheid sagt.«

»Warum haben Sie es ihr nicht persönlich gesagt?«, fragte Jeffrey. »Ich habe Sie am Montagmorgen im Wartezimmer gesehen. Warum haben Sie mir nichts gesagt?«

Terri lachte tonlos. »Dale hätte mich umgebracht, wenn ich mich in die Sache hätte reinziehen lassen. Er hasst die Kirche. Er verabscheut alles, was damit zu tun hat. Es ist nur …« Sie schwieg einen Moment. »Als ich hörte, was mit Abby passiert ist, fand ich, Sie mussten erfahren, dass er das nicht zum ersten Mal getan hat.«

»Wer?«

Ihr Hals zuckte, als sie den Namen aussprach. »Cole.«

»Er hat auch Sie draußen im Wald vergraben?«, fragte Jeffrey.

Sie nickte, eine Haarsträhne fiel ihr in die Augen. »Er hat gesagt, wir gehen zelten. Er nahm mich mit auf eine Wanderung.« Sie schluckte. »Dann kamen wir auf eine Lichtung. Da war ein Loch im Boden. Ein Rechteck. Mit einer Kiste drin.«

Lena fragte: »Was haben Sie getan?«

»Ich erinnere mich nicht«, antwortete sie. »Ich glaube, ich hatte nicht mal Zeit zum Schreien. Er schlug mich und warf mich hinunter. Ich habe mir die Knie aufgeschlagen und die Hand verstaucht. Ich habe geschrien, aber er hat sich auf mich gestürzt und ausgeholt, als wollte er zuschlagen.« Sie rang um Fassung. »Und so habe ich einfach still dagelegen. Ich habe mich nicht gerührt, als er die Bretter auf die Kiste gelegt hat, eins nach dem anderen festgenagelt hat …«

Lena sah ihre eigenen Hände an, dachte an die Nägel, die man hineingetrieben hatte, an den metallischen Klang des Hammers, der auf die Metallstifte schlug, an die abgrundtiefe Angst, als sie dalag, hilflos, und nichts tun konnte, um sich zu retten.

»Er hat die ganze Zeit gebetet«, fuhr Terri fort. »Hat gebetet, der Herr möge ihm die Kraft geben und er sei nur das Werkzeug Gottes.« Sie schloss die Augen, Tränen liefen ihr über die Wangen. »Das Nächste, woran ich mich erinnere, ist, wie ich die schwarzen Planken anstarrte. Sonnenlicht sickerte durch die Fugen, aber es waren nur etwas hellere Schatten in der Dunkelheit.« Sie schauderte bei der Erinnerung. »Ich hörte, wie die Erde herabfiel, nicht schnell, sondern langsam, als hätte er alle Zeit der Welt. Und er betete immer noch, betete laut, damit ich ihn hörte.«

Sie schwieg, und Lena fragte: »Was haben Sie dann getan?«

Wieder zuckte Terris Hals, als sie schluckte. »Ich habe geschrien, aber es hallte nur in der Kiste, bis es mir in den Ohren wehtat. Ich konnte nichts sehen. Ich konnte mich nicht rühren. Manchmal höre ich es immer noch«, sagte sie. »Nachts, wenn ich versuche einzuschlafen, höre ich das dumpfe Rieseln der Erde. Den Sand, der durch die Fugen dringt und mir den Mund verklebt.« Bei der Erinnerung begann sie zu weinen. »Er war ein böser Mensch.«

Jeffrey sagte: »Deswegen sind Sie von zu Hause weggegangen.«

Terri schien von der Frage überrascht.

Er erklärte: »Ihre Mutter hat uns erzählt, was passiert ist, Terri.«

Sie lachte hohl, ohne jede Spur von Lebensfreude. »Meine Mutter?«

»Sie ist heute Morgen zu uns aufs Revier gekommen.«

Tränen strömten ihr über die Wangen, und ihre Unterlippe begann zu zittern. »Sie hat es Ihnen erzählt?«, fragte sie. »Sie hat Ihnen erzählt, was Cole getan hat?«

»Ja.«

»Sie hat mir nicht geglaubt.« Ihre Stimme war kaum noch zu hören. »Ich habe ihr erzählt, was er getan hat, und sie hat gesagt, ich würde lügen. Sie hat gesagt, ich würde dafür in die Hölle kommen.« Sie ließ den Blick durch die Küche schweifen, als würde ihr Leben an ihr vorbeiziehen. »Und sie hatte recht.«

Lena fragte: »Wohin sind Sie gegangen?«

»Nach Atlanta«, sagte sie. »Ich war mit einem Jungen zusammen – Adam. Ich wollte nur, dass er mich da rausholte. Ich konnte nicht bleiben, nicht, wenn mir keiner glaubte.« Sie schniefte und wischte sich mit der Hand über die Nase. »Ich hatte solche Angst,

372

dass Cole mich wieder in die Finger bekommt. Ich konnte nicht schlafen. Konnte nicht essen. Ich habe die ganze Zeit darauf gewartet, dass er wiederkommt.«

»Warum sind Sie hierher zurückgekehrt?«

»Ich …« Sie brach ab. »Hier bin ich aufgewachsen. Und dann kam Dale …« Wieder brach sie mitten im Satz ab. »Er war ein guter Mensch, als ich ihn kennenlernte. Er war so lieb. Er ist nicht immer so gewesen wie jetzt. Dass unser Kind krank ist, macht ihm schwer zu schaffen.«

Jeffrey lenkte sie in eine andere Richtung. »Wie lange sind Sie verheiratet?«

»Acht Jahre«, antwortete sie. Acht Jahre lang hatte sie sich verprügeln lassen. Acht Jahre hatte sie es vertuscht, hatte Ausreden erfunden, sich eingeredet, dass es nur eine Phase war. Acht Jahre lang hatte sie tief im Herzen gewusst, dass sie sich etwas vormachte, während sie nichts dagegen tun konnte.

Wenn sie das ertragen müsste, wäre Lena längst tot.

Terri sagte: »Als wir uns kennenlernten, war ich clean, aber ich war noch immer ziemlich am Ende. Hatte überhaupt kein Selbstbewusstsein.« Lena hörte Bedauern in ihrer Stimme, doch Terri badete nicht in Selbstmitleid. Sie blickte einfach zurück und stellte fest, dass das Loch, in das sie Cole Connolly gesteckt hatte, sich nicht sehr von der Grube unterschied, die sie sich selbst gegraben hatte.

Terri erklärte: »Früher habe ich Speed genommen, habe es mir sogar gespritzt. Ich habe eine Menge Mist gebaut. Ich glaube, Tim muss jetzt dafür bezahlen.« Sie fügte hinzu: »Er hat schlimmes Asthma. Wer weiß schon, wie lange man die Drogen in sich trägt? Wer weiß schon, wie es im Körper aussieht?«

Jeffrey fragte: »Wann haben Sie mit den Drogen aufgehört?«

»Als ich einundzwanzig war«, antwortete sie. »Ich habe einfach keine mehr genommen. Sonst hätte ich meinen fünfundzwanzigsten Geburtstag nicht erlebt, das wusste ich.«

»Hatten Sie seitdem Kontakt zu Ihrer Familie?«

Wieder zupfte sie an ihrer Nagelhaut. »Vor einer Weile habe ich meinen Onkel um Geld gebeten«, gestand sie. »Ich brauchte es …« Sie schluckte wieder. Lena wusste, wofür sie das Geld gebraucht hatte. Terri hatte keinen Job. Dale rückte wahrscheinlich keinen Penny raus. Irgendwie musste sie die Abtreibung bezahlen, und das Geld ihres Onkels war die einzige Möglichkeit.

Terri sagte zu Jeffrey: »Frau Dr. Linton ist sehr nett zu uns gewesen, aber irgendetwas müssen wir ja auch bezahlen. Tims Medikamente werden nicht von der Versicherung gedeckt.« Plötzlich sah sie mit angsterfülltem Blick auf. »Sagen Sie es Dale nicht«, flehte sie Lena an. »Bitte, sagen Sie ihm nicht, dass ich mir Geld geliehen habe. Er ist so stolz. Er will nicht, dass ich betteln gehe.«

Lena wusste, dass er außerdem würde wissen wollen, wo das Geld gelandet war. Sie fragte: »Haben Sie sich mit Abby getroffen?«

Terris Lippen zitterten, und sie versuchte, die Tränen zurückzuhalten. »Ja«, antwortete sie. »Manchmal ist sie vorbeigekommen, um nach mir und den Kindern zu sehen. Sie hat uns Essen gebracht, Süßigkeiten für die Kinder.«

»Wussten Sie, dass sie schwanger war?«

Terri nickte, und Lena fragte sich, ob auch Jeffrey die Trauer spürte, die von ihr ausging. Vielleicht dachte sie an das Kind, das sie verloren hatte, in Atlanta. Lena hatte den gleichen Gedanken. Dann musste sie an das Baby oben denken, die kleinen gekrümmten Füßchen, und wie Terri es zugedeckt hatte. Lena senkte den Blick, damit Jeffrey nicht sah, dass sie Tränen in den Augen hatte.

Sie spürte, dass Terri sie anstarrte. Wie die meisten misshandelten Frauen hatte die junge Mutter einen Instinkt für die Gefühle anderer, ein Radar für wechselnde Stimmungen, der sich in Jahren der Angst, das Falsche zu sagen oder zu tun, entwickelt hatte.

Jeffrey merkt nichts von alldem, als er fragte: »Was haben Sie gesagt, als Abby Ihnen von dem Baby erzählte?«

»Ich hätte wissen müssen, was passieren würde«, stammelte sie. »Ich hätte sie warnen müssen.«

»Warnen wovor?«

»Vor Cole, vor dem, was er mir angetan hat.«

»Warum haben Sie nichts gesagt?«

»Meine eigene Mutter hat mir nicht geglaubt«, flüsterte sie. »Ich weiß nicht … Über die Jahre … vielleicht habe ich selber geglaubt, ich hätte es mir eingebildet. Damals habe ich Drogen genommen, schlimme Dinge getrieben. Ich konnte nicht klar denken. Es war einfacher, zu glauben, ich hätte es mir eingebildet.«

Lena konnte sich vorstellen, was sie meinte. Man belog sich selbst, um den Tag zu überstehen.

Jeffrey fragte: »Hat Abby Ihnen erzählt, dass sie einen Freund hatte?«

Terri nickte. »Chip«, sagte sie voller Bedauern. »Ich habe ihr gesagt, dass sie sich nicht mit ihm einlassen soll. Aber, verstehen Sie, wenn man als Mädchen auf der Holy Grown aufwächst, weiß man so gut wie nichts von der Welt. Sie schirmen uns ab unter dem Vorwand, uns zu schützen, doch in Wirklichkeit machen sie es den Männern dadurch nur leichter.« Wieder lachte sie bitter. »Ich wusste nicht mal, was Sex war, bis ich welchen hatte.«

»Wann hat Abby Ihnen erzählt, dass sie fortgehen wollte?«

»Auf dem Weg nach Savannah ist sie vorbeigekommen, ungefähr eine Woche vor ihrem Tod. Sie hat gesagt, dass sie mit Chip weggehen würde, sobald Tante Esther und Onkel Ephraim nach Atlanta fuhren.«

»War sie aufgeregt?«

Sie überlegte. »Sie wirkte besorgt. Und das sah Abby gar nicht ähnlich. Andererseits hatte sie auch wirklich genug Grund dafür. Sie war ... sie war irgendwie zerstreut.«

»Zerstreut?«

Terri senkte den Blick, offensichtlich wollte sie etwas verbergen. »Durcheinander.«

Jeffrey hakte nach: »Terri, wir müssen wissen, was passiert ist.«

»Wir waren hier in der Küche«, begann sie zögernd. Sie zeigte auf Lenas Stuhl. »Sie saß gleich hier. Sie hatte Pauls Aktenkoffer auf dem Schoß und hielt ihn fest, als wollte sie ihn nie wieder loslassen. Ich weiß noch, dass ich gedacht habe, allein das Geld, das der Koffer gekostet hat, hätte meine Kinder einen Monat lang über die Runden gebracht.«

»Es war ein schöner Aktenkoffer?«, fragte Jeffrey, und Lena ahnte, dass er das Gleiche dachte wie sie. Abby hatte einen Blick in den Aktenkoffer geworfen und etwas gesehen, das nicht für ihre Augen bestimmt war.

»Der hat sicher über tausend Dollar gekostet. Paul gibt das Geld mit vollen Händen aus. Ich verstehe das einfach nicht.«

Jeffrey fragte: »Was hat Abby gesagt?«

»Dass sie zu Paul musste und dass sie nach ihrer Rückkehr mit Chip fortgehen würde.« Sie schniefte. »Sie wollte, dass ich ihrer Mama und ihrem Daddy ausrichtete, dass sie sie von ganzem Herzen lieb hat.« Wieder begann sie zu weinen. »Ich muss es ihnen sagen. Das schulde ich Esther.«

»Glauben Sie, sie hat Paul von ihrer Schwangerschaft erzählt?«

Terri schüttelte den Kopf. »Ich weiß es nicht. Vielleicht wollte sie sich in Savannah helfen lassen.«

Lena fragte: »Das Baby wegmachen lassen?«

»Gott, nein«, gab sie entsetzt zurück. »Abby würde nie ihr Baby umbringen.«

Lena wollte etwas sagen, doch sie brachte kein Wort heraus.

Jeffrey fragte: »Was, glauben Sie, wollte sie von Paul?«

»Vielleicht hat sie ihn um Geld gebeten«, riet Terri. »Ich habe ihr gesagt, dass sie Geld braucht, wenn sie mit Chip durchbrennt. Sie weiß nicht, wie es in der Welt zugeht. Wenn sie Hunger hat, steht Essen auf dem Tisch. Wenn ihr kalt ist, dreht sie die Heizung auf. Sie hat sich nie selbst über Wasser halten müssen. Ich habe ihr gesagt, dass sie eigenes Geld braucht und dass sie es vor Chip verstecken soll, einen Notgroschen für sich behalten, falls er sie irgendwo sitzenlässt. Ich wollte nicht, dass sie den gleichen Fehler macht wie ich.« Sie putzte sich die Nase. »Sie war so ein liebes Mädchen.«

Ein liebes Mädchen, das versuchte, ihren Onkel zu erpressen, damit er sie mit Geld auszahlte, das aus Morden stammte, dachte Lena. Sie fragte: »Glauben Sie, Paul hat ihr Geld gegeben?«

»Ich weiß es nicht«, gestand sie. »Es war das letzte Mal, dass ich sie gesehen habe. Danach wollte sie mit Chip weg. Ich dachte, die beiden hätten es geschafft, bis ich hörte … bis Sie sie am Sonntag gefunden haben.«

»Wo waren Sie Samstagabend?«

Terri wischte sich mit dem Handrücken über die Nase. »Hier«, sagte sie. »Mit Dale und den Kindern.«

»Kann das jemand bezeugen?«

Nachdenklich biss sie sich auf die Unterlippe. »Na ja, Paul ist vorbeigekommen«, sagte sie dann. »Nur ganz kurz.«

»Samstagabend?«, wiederholte Jeffrey und warf Lena einen Blick zu. Paul hatte mehrfach versichert, dass er in der Nacht, als seine Nichte starb, in Savannah gewesen sei. Seine redselige Sekretärin hatte das bestätigt. Er behauptete, er sei erst Sonntagabend auf die Farm gekommen, um bei der Suche nach Abby zu helfen.

Jeffrey fragte: »Was wollte Paul hier?«

»Er hat Dale dieses Ding für eins seiner Autos gebracht.«

Jeffrey fragte: »Was für ein Ding?«

»Dieses Porsche-Zeug«, antwortete sie. »Paul hat eine Schwäche für schicke Autos – Gott, er hat eine Schwäche für alles, was schick ist. Er versucht es vor seinem Vater und den anderen geheim zu halten, aber er muss immer sein teures Spielzeug haben.«

»Was für Spielzeug?«

»Er bringt Dale Oldtimer zum Restaurieren, die er auf Auktionen ersteigert. Dale gibt ihm Rabatt. Zumindest sagt Dale das. Ich weiß nicht, was er nimmt, aber wahrscheinlich ist er immer noch billiger als die Werkstätten in Savannah.«

»Wie oft bringt Paul Autos her?«

»Ich kann mich an zwei, drei Mal erinnern.« Terri zuckte die Achseln. »Das müssen Sie Dale fragen. Ich bin ja meistens hinten im Schuppen und arbeite die Polster auf.«

»Dale hat gar nicht erwähnt, dass Paul hier war, als ich neulich mit ihm gesprochen habe.«

»Das sieht ihm ähnlich«, sagte Terri. »Paul zahlt in bar. Dale macht es schwarz.« Sie versuchte, ihn in Schutz zu nehmen. »Der Gerichtsvollzieher war da. Das Krankenhaus hat Dales Lohn pfänden lassen, als Tim letztes Jahr stationär behandelt werden musste. Die Bank gibt alles weiter, was rein- und rausgeht. Wir würden das Haus verlieren, wenn er nicht extra was dazuverdient.«

»Ich bin nicht vom Finanzamt«, beruhigte Jeffrey sie. »Mich interessiert nur der Samstagabend. Sind Sie sicher, dass Paul am Samstag da war?«

Sie nickte. »Fragen Sie Dale. Sie sind vielleicht zehn Minuten in der Werkstatt gewesen, dann war er wieder weg. Ich habe ihn durchs Fenster gesehen. Paul redet nicht mit mir.«

»Warum das?«

»Ich bin eine gefallene Frau«, sagte sie ohne jede Spur von Sarkasmus.

»Terri«, begann Jeffrey, »ist Paul je allein in der Werkstatt gewesen?«

Sie zuckte die Schultern. »Sicher.«

»Wie oft?«

»Ich weiß es nicht. Oft.«

Jeffrey schlug einen schärferen Ton an. »In den letzen drei Monaten? War er hier?«

»Ich glaube schon«, wiederholte sie nervös. »Warum ist es so wichtig, ob Paul in der Werkstatt war?«

»Ich will wissen, ob er die Möglichkeit hatte, etwas von dort mitzunehmen.«

Sie schnaubte verächtlich. »Dale hätte ihm den Hals umgedreht.«

»Was ist mit der Versicherungspolice?«, fragte er.

»Welche Police?«

Jeffrey holte das Fax aus der Tasche und legte es vor ihr auf den Tisch.

Stirnrunzelnd überflog sie die Urkunde. »Ich verstehe das nicht.«

»Das ist eine Lebensversicherung über fünfzigtausend Dollar, und die Begünstigte sind Sie.«

»Wo haben Sie das her?«

»Wir stellen hier die Fragen.« Jeffrey hatte den versöhnlichen Ton abgelegt. »Sagen Sie uns, was hier los ist, Terri.«

»Ich dachte …«, fing sie an, doch dann schüttelte sie den Kopf.

Lena fragte: »Was dachten Sie?«

Terri schüttelte den Kopf und zupfte an der Nagelhaut.

»Terri?«, wiederholte Lena sanft. Sie wollte nicht, dass Jeffrey zu hart mit ihr umsprang. Offensichtlich hatte die Frau etwas auf dem Herzen, und es war ein ungünstiger Zeitpunkt, um ungeduldig zu werden.

Jeffrey bremste sich. »Terri, wir brauchen Ihre Hilfe. Wir wissen, dass Cole Abby in die Kiste gesperrt hat, genau wie er es mit Ihnen gemacht hat, aber Abby hat es im Gegensatz zu Ihnen nicht überlebt. Sie müssen uns helfen rauszufinden, wer Abby umgebracht hat.«

»Ich kann nicht …« Terris Stimme verlor sich.

Jeffrey sagte: »Terri, Rebecca ist immer noch verschwunden.«

Sie murmelte etwas, es klang, als wolle sie sich Mut machen. Ohne Vorwarnung stand sie auf. »Ich bin gleich zurück.«

»Warten Sie.« Jeffrey griff nach ihrem Arm, als sie die Küche verlassen wollte, doch Terri zuckte zurück, und er ließ die Hand sinken.

»Entschuldigen Sie«, stotterte sie und rieb sich die Stelle, wo Dale sie geschlagen hatte. Lena sah die Tränen in ihren Augen. Trotzdem wiederholte Terri: »Ich bin gleich zurück.«

Jeffrey sagte: »Wir kommen mit.« Sein Ton duldete keine Widerrede.

Terri zögerte, dann nickte sie. Sie spähte in den Flur, als wollte sie sich versichern, dass keiner da war. Obwohl Dale in Handschellen im Streifenwagen saß, hatte sie Angst vor ihm.

Sie öffnete die Hintertür, blickte sich wieder verstohlen um, doch diesmal achtete sie darauf, dass Lena und Jeffrey ihr folgten. Zu Jeffrey sagte sie: »Lassen Sie einen Spalt offen, falls Tim nach mir ruft.« Jeffrey fing die Fliegentür auf, bevor sie ins Schloss rasselte.

Zu dritt durchquerten sie den Garten. Die Hunde waren Mischlinge, wahrscheinlich aus dem Tierheim. Leise winselnd und nach Aufmerksamkeit heischend sprangen sie an Terri hoch. Sie tätschelte ihnen abwesend den Kopf. An der Ecke der Werkstatt blieb sie stehen, und Lena entdeckte den Schuppen dahinter. Falls Dale in ihre Richtung blickte, würde er sehen, dass sie zum Schuppen gingen.

Jeffrey hatte den gleichen Gedanken. »Soll ich …«, begann er, doch in diesem Moment holte Terri tief Luft und trat hinaus auf den offenen Hof.

Lena folgte ihr, ohne zum Wagen zu sehen. Sie konnte Dales stechenden Blick im Rücken spüren.

»Er sieht woandershin«, sagte Jeffrey, doch weder Lena noch Terri wagten, sich umzudrehen.

Terri nahm einen Schlüssel aus der Tasche und schloss den Schuppen auf. Sie knipste das Licht an und ging voraus in den vollgestellten Raum. In der Mitte stand eine Nähmaschine, Ballen von schwarzem Leder stapelten sich an den Wänden. Die Neonröhren warfen ein kaltes Licht auf alles. Hier nähte Terri die Polster für die Autos, die Dale restaurierte. Der Raum war feucht und roch modrig. Es herrschte eine mehr als ungemütliche Atmosphäre, die nach harter Arbeit und viel Schweiß roch. Im Winter musste es die Hölle sein.

Terri drehte sich um, endlich wagte sie, durchs Fenster zum Wagen zu sehen. Lena folgte ihrem Blick und machte Dale Stanleys dunkle Silhouette auf der Rückbank aus. Terri murmelte: »Er bringt mich um, wenn er das rausfindet.« Dann sagte sie zu Lena: »Aber das tut er ja sowieso.«

»Wir beschützen Sie, Terri«, entgegnete Lena. »Wir können ihn direkt ins Gefängnis schicken, und dann sieht er nie wieder Tageslicht.«

»Er würde schon wieder rauskommen«, seufzte Terri.

»Nein«, widersprach Lena. Es gab Mittel und Wege, dafür zu sorgen, dass ein Häftling nie mehr auf freien Fuß kam. Wenn man ihn mit dem richtigen Mann in die richtige Zelle steckte, konnte man ihm das Leben für immer versauen. »Wir sorgen dafür«, und in dem Blick, mit dem Terri sie ansah, las Lena, dass sie verstanden hatte.

Jeffrey hatte der Unterhaltung nur mit halbem Ohr zugehört und war dabei das Zimmer abgegangen. Plötzlich schob er ein paar Stoffballen von der Wand. Dahinter war ein Geräusch zu hören, beinahe wie eine Maus, die weghuschte. Jeffrey zog den nächsten Ballen zur Seite und streckte die Hand aus. An der Wand kauerte ein Mädchen.

Er hatte Rebecca Bennett gefunden.

Fünfzehn

ALS JEFFREY BEOBACHTETE, wie Lena mit Rebecca Bennett umging, wurde ihm bewusst, dass er nach all den Jahren immer noch nicht sagen konnte, wie diese Frau tickte. Noch vor zehn Minuten, als sie in derselben Küche mit Terri Stanley gesprochen hatten, hatte Lena kein Wort herausgebracht und dagesessen wie ein verschrecktes Kind. Jetzt, bei der kleinen Bennett, war sie wieder hundertprozentig im Einsatz. Das verstörte Missbrauchsopfer hatte sich wieder in die souveräne Polizistin verwandelt.

»Erzähl mir, was passiert ist, Rebecca«, sagte Lena mit fester Stimme und griff nach der Hand des Mädchens und fand genau das richtige Gleichgewicht zwischen Autorität und Mitgefühl. Obwohl er Lena schon hundertmal dabei beobachtet hatte, erstaunte Jeffrey die Verwandlung immer wieder.

Rebecca zögerte. Sie war völlig verängstigt. Die lange Zeit im Verborgenen hatte an ihren Kräften gezehrt. Sie ließ die Schultern hängen und hatte den Kopf gesenkt, als würde sie sich am liebsten in Luft auflösen.

»Als Sie weggefahren sind«, brachte Rebecca stockend heraus, »bin ich in mein Zimmer gegangen.«

»Am Montag?«

Rebecca nickte. »Mama hat gesagt, ich soll mich hinlegen.«

»Was ist dann passiert?«

»Mir war kalt, und als ich mich zudecken wollte, habe ich unter der Decke die Papiere gefunden.«

»Was für Papiere?«, fragte Lena.

Rebecca sah Terri an, und ihre Cousine nickte ermutigend. Rebecca wandte den Blick nicht von ihr ab. Dann griff sie in die vordere Tasche ihres Kleids und zog ein paar ordentlich gefaltete Blätter heraus. Lena überflog die Seiten, dann reichte sie sie an Jeffrey weiter. Es waren die Originale der Versicherungspolicen, die Frank aufgetrieben hatte.

Lena lehnte sich zurück und sah das Mädchen aufmerksam an. »Warum hast du sie nicht schon am Sonntag gefunden?«

Wieder suchte Rebecca Terris Blick. »Am Sonntag habe ich bei Tante Rachel übernachtet. Mama wollte nicht, dass ich alleine bin, als sie auf der Suche nach Abby waren.«

Jeffrey erinnerte sich, dass Esther im Diner das Gleiche gesagt hatte. Als er von den Papieren aufsah, bemerkte er, dass die Cousinen einen Blick tauschten.

Anscheinend hatte es auch Lena bemerkt. Sie legte die Hände flach auf den Tisch. »Was noch, Becca? Was hast du noch gefunden?«

Terri nagte an ihrer Lippe. Rebecca starrte Lenas Hände an.

»Abby hat sich darauf verlassen, dass du das Richtige tust, Rebecca. Deswegen hat sie dir die Sachen hingelegt«, sagte Lena ruhig. »Du darfst ihr Vertrauen nicht enttäuschen.«

Rebecca starrte immer noch Lenas Hände an, und Jeffrey fürchtete schon, sie wäre in Trance gefallen. Endlich sah sie auf und nickte Terri zu. Wortlos ging Terri zum Kühlschrank und nahm die Magneten mit den Kinderzeichnungen ab. Bis zur Tür waren es mehrere Schichten.

»Hier schaut Dale nie nach«, sagte sie und zog hinter einer Kinderzeichnung der Kreuzigung ein gefaltetes Blatt Kanzleipapier hervor. Statt Jeffrey oder Lena das Blatt auszuhändigen, gab sie es Rebecca. Das Mädchen faltete es bedächtig auseinander, legte es auf den Tisch und schob es Lena hin.

»Das lag auch unter deiner Decke?«, fragte Lena und begann zu lesen. Jeffrey beugte sich über ihre Schulter. Es war eine Namenliste, einige davon erkannte er wieder. In den Spalten waren Dollar-Beträge und Daten aufgelistet, manche lagen in der Vergangenheit, manche in der Zukunft. Er versuchte sich an die Daten der Policen zu erinnern. Schlagartig wurde ihm klar, dass sie hier eine Art Einkommensberechnung vor sich hatten, basierend auf einer Aufstellung, wann welche Police fällig wurde.

»Das hat mir Abby hingelegt«, sagte Rebecca. »Und sie hatte einen Grund dafür.«

»Warum hast du es niemandem gezeigt?«, fragte Lena. »Warum bist du weggelaufen?«

Terri antwortete für ihre Cousine. Sie sprach leise, als fürchtete sie, ihre Aussage könnte sie in Schwierigkeiten bringen.«Paul«, sagte sie. »Das ist Pauls Handschrift.«

Rebecca hatte Tränen in den Augen. Schweigend nickte sie. Jeffrey hatte das Gefühl, dass die Spannung ins Unermessliche wuchs – genau das Gegenteil dessen, was er erwartet hatte, wenn endlich die Wahrheit ans Licht kommen würde. Offensichtlich hatten die Mädchen panische Angst vor dem, was sie da in den Händen hatten, und es schien sie nicht einmal zu erleichtern, es der Polizei zu übergeben.

Lena fragte: »Fürchtest du dich vor Paul?«

Rebecca nickte, Terri auch.

Lena ging die Liste noch einmal durch. »Das hast du am Montag gefunden, und du hast gewusst, dass es Pauls Handschrift ist.«

Rebecca antwortete nicht, doch Terri erklärte: »Sie ist am Abend zu mir gekommen, zu Tode verängstigt. Dale war auf der Couch eingeschlafen. Ich habe sie im Schuppen versteckt, weil wir erst mal überlegen wollten, was wir tun sollten.« Sie schüttelte den Kopf. »Nicht dass wir überhaupt irgendwas machen könnten.«

»Sie haben Sara die Warnung geschickt«, erinnerte sie Jeffrey.

Terri zuckte halbherzig die Achseln, als sähe sie ein, dass der Brief eine feige Art gewesen war, ein Stückchen der Wahrheit preiszugeben.

Lenas Ton war sanft, als sie Terri fragte: »Warum haben Sie nicht mit Ihrer Familie gesprochen? Warum haben Sie ihnen die Dokumente nicht gezeigt?«

»Sie lassen nichts auf Paul kommen. Sie sehen sein wahres Gesicht einfach nicht.«

»Und was ist sein wahres Gesicht?«

»Er ist ein Monster«, antwortete Terri. Ihre Augen füllten sich mit Tränen. »Erst tut er so, als ob er zu einem hält, dein bester Freund ist, und dann rammt er dir das Messer in den Rücken.«

»Er ist böse«, murmelte Rebecca zustimmend.

Als sie fortfuhr, wurde Terris Stimme fester, doch es standen noch immer Tränen in ihren Augen. »Er tut so, als wäre alles in Ordnung. Als ob er auf deiner Seite wäre. Wollen Sie wissen, wie

383

ich mit Drogen angefangen habe?« Sie sah Rebecca an und biss sich auf die Lippen. Wahrscheinlich überlegte sie, ob sie das vor dem Mädchen erzählen sollte. »Er hat sie mir gegeben«, erklärte sie dann. »Paul hat mir die erste Linie Kokain gegeben. Wir waren in seinem Büro, und er hat gesagt, es wäre gut. Ich wusste ja gar nicht, was das war – es hätte genauso gut Aspirin gewesen sein können.« Langsam wurde sie wütend. »Er hat mich abhängig gemacht.«

»Gibt es einen Grund für ihn, so was zu tun?«

»Weil er es kann«, sagte Terri. »Daran geilt er sich auf. An der Macht, uns zu verderben. Er hält die Fäden in der Hand und sieht zu, wie die anderen ins Verderben laufen.«

»Wie meinen Sie das, er hat Sie verdorben?«, fragte Lena, und Jeffrey ahnte, worauf sie hinauswollte.

»Nicht so«, entgegnete Terri, »obwohl es wahrscheinlich leichter gewesen wäre, wenn er uns einfach gevögelt hätte.« Rebecca erschrak, und Terri riss sich zusammen. »Er will uns zu Fall bringen«, sagte sie. »Er hasst Frauen – er verachtet uns, hält uns alle für dumm.« Tränen liefen ihr über das Gesicht, und Jeffrey begriff, dass sie sich in erster Linie verraten fühlte. »Meine Mutter und die anderen halten ihn für unfehlbar. Als ich ihr von Cole erzählte, ist sie zu Paul gelaufen. Paul hat gesagt, ich hätte alles erfunden, und sie hat ihm geglaubt.« Sie schnaubte verächtlich. »Dabei ist Cole so ein mieses Schwein. Erst tut er freundlich, gewinnt dein Vertrauen, und wenn er es hat, fängt er an, dich für alles zu bestrafen.«

»Nicht er«, widersprach Rebecca flüsternd. Jeffrey dachte, dass sie gegen die Vorstellung kämpfte, wozu ihr Onkel fähig war, doch dann fuhr sie fort: »Paul lässt Cole die Drecksarbeit machen. Und dann tut er so, als ob er nichts damit zu tun hat.«

Terri wischte sich die Tränen ab. Ihre Hände begannen zu zittern.

Lena wartete kurz, dann fragte sie: »Rebecca, hat er dich je vergraben?«

Sie schüttelte langsam den Kopf. »Abby hat mir erzählt, dass er es bei ihr getan hat.«

»Wie oft?«

»Zweimal.« Dann sagte sie: »Und das letzte Mal …«

»O Gott«, stöhnte Terri. »Ich hätte ihn aufhalten müssen. Ich hätte was sagen müssen …«

»Sie hätten nichts tun können«, beschwichtigte Lena sie, auch wenn Jeffrey sich nicht ganz so sicher war.

»In dieser Kiste …«, begann Terri und schloss die Augen. »Cole ist jeden Tag gekommen und hat gebetet. Du kannst ihn durch das Rohr hören. Manchmal schreit er so laut, dass du dich zusammenrollst, aber trotzdem bist du froh, dass jemand da draußen ist, dass du nicht vollkommen allein bist.« Mit der Faust rieb sie sich die Augen, Trauer und Wut sprachen aus ihren Worten. »Nach dem ersten Mal bin ich zu Paul gegangen, und Paul hat mir versprochen, mit Cole zu reden. Ich war so dumm. Ich habe so lange gebraucht, bis ich begriffen habe, dass Cole in Pauls Auftrag handelt. Cole hätte all das gar nicht wissen können – was ich getrieben habe und mit wem. Es war Paul.«

Rebecca begann zu schluchzen. »Wir konnten nie was richtig machen. Er hat ständig mit Abby geschimpft und an ihr rumgemeckert. Er hat gesagt, es sei nur eine Frage der Zeit, bis ein Junge vorbeikommt und mit ihr macht, was sie verdient.«

»Chip.« Terri spuckte den Namen aus. »Das Gleiche hat Paul bei mir gemacht. Mir hat er Adam hingestellt.«

Jeffrey fragte: »Paul hat Abby mit Chip verkuppelt?«

»Er musste ja nur dafür sorgen, dass sie Zeit miteinander verbringen. Männer sind dämlich.« Sie wurde rot, als ihr einfiel, dass auch Jeffrey ein Mann war. »Ich meine …«

»Schon gut«, sagte Jeffrey und sparte sich die Bemerkung, dass Frauen genauso dämlich sein konnten. Andernfalls wäre er arbeitslos.

Terri sagte: »Er wollte zusehen, wie wir ins Verderben laufen. Er will Macht ausüben, die Leute manipulieren und sie dann aufs Kreuz legen.« Wieder nagte sie an ihrer Unterlippe, die Haut war aufgeplatzt und blutete. All die Jahre hatten ihren Zorn offenbar nicht besänftigt. »Keiner stellt ihn in Frage. Alle gehen einfach davon aus, dass er die Wahrheit sagt. Sie vergöttern ihn.«

Rebecca war still gewesen, doch Terris Worte ermutigten sie. Sie sah auf und sagte: »Onkel Paul hat Abby und Chip zusammen in die Buchhaltung gesetzt. Chip hatte keine Ahnung von Papierkram, aber Onkel Paul hat dafür gesorgt, dass er dort bleibt, bis was passiert.«

»Ist was passiert?«, fragte Lena.

»Was glauben Sie wohl? Sie war schwanger«, warf Terri ein.

Rebecca schnappte nach Luft und sah ihre Cousine entsetzt an. Schnell sagte Terri: »Tut mir leid, Becca. Ich hätte das nicht erzählen sollen.«

»Ein Baby«, flüsterte Rebecca und griff sich an die Brust. »Ihr Baby ist auch tot.« Tränen strömten ihr über das Gesicht. »O mein Gott. Er hat ihr Baby getötet.«

Lena verstummte. Jeffrey sah sie nachdenklich an und fragte sich, wieso Rebeccas Worte sie so berührten. Auch Terris Blick war leer geworden. Sie starrte die Bilder an, die ihr Sohn gemalt hatte. *Löwe. Tiger. Bär.* Raubtiere, jedes einzelne. Wie Paul.

Jeffrey wusste zwar nicht, was hier los war, doch er wusste, dass Lena eine wichtige Frage vergessen hatte. »Wer hat das Baby getötet?«

Rebecca sah Terri an, dann blickten beide zu Jeffrey.

»Cole«, sagte Terri, als wäre es offensichtlich. »Cole hat sie umgebracht.«

Doch Jeffrey hakte nach: »Er hat Abby vergiftet?«

»Vergiftet?«, wiederholte Terri verwirrt. »Sie ist doch erstickt.«

»Nein, das stimmt nicht, Terri. Abby ist vergiftet worden.« Er erklärte: »Jemand hat ihr Zyankali verabreicht.«

Als Terri auf ihrem Stuhl zusammensank, war ihr anzusehen, dass ihr dämmerte, was passiert war. »Dale hat Zyankali in der Werkstatt.«

»Das wissen wir.«

»Paul war da drin«, erklärte sie. »Er war andauernd in der Werkstatt.«

Jeffrey sah Terri aufmerksam an. Er hoffte, Lena war sich klar, was sie für einen verdammten Fehler gemacht hatte, als sie es versäumt hatte, Terri vor zwei Tagen diese simple Frage zu stellen. Er fragte: »Wusste Paul von dem Zyankali?«

Sie nickte. »Einmal bin ich reingekommen, als Dale so ein Ding für Pauls Autos vergoldet hat.«

»Wann war das?«

»Vor vier, fünf Monaten vielleicht«, sagte sie. »Dales Mutter war am Telefon, und da bin ich raus, ihn holen. Dale ist wütend geworden, weil er mich nicht in der Werkstatt haben will. Auch Paul war genervt, dass ich da war. Er hat mich nicht einmal angesehen.« Ihre Miene verfinsterte sich. Offensichtlich war es ihr unangenehm, über all das vor ihrer Cousine zu sprechen. »Dale hat einen Witz über das Zyankali gemacht. Er wollte vor Paul angeben. Ihm zeigen, wie dumm ich bin.«

»Was hat Paul gesagt, Terri?«

Sie nagte an der Lippe. Ein Tropfen Blut rann über ihr Kinn. »Dale hat gesagt, eines Tages würde er mir Zyankali in den Kaffee mischen, und ich würde es erst mitkriegen, wenn ich ihn getrunken hätte.« Ihre Lippen zitterten voller Abscheu. »Er hat gesagt, er will mich langsam umbringen, damit ich spüre, wie ich verrecke. Er würde danebenstehen und zusehen, wie ich mit den Beinen strampele und mir in die Hosen scheiße. Er hat gesagt, er würde mir bis zur letzten Minute in die Augen sehen, damit ich weiß, dass er es war.«

Jeffrey fragte: »Wie hat Paul reagiert, als Dale das sagte?«

Terri sah Rebecca an und strich ihr übers Haar. Es schien ihr schwerzufallen, schlecht von Dale zu reden, und Jeffrey fragte sich, wovor sie das kleine Mädchen schützen wollte.

Jeffrey wiederholte seine Frage. »Wie hat Paul reagiert, Terri?«

Terri legte die Hand auf Rebeccas Schulter. »Überhaupt nicht«, sagte sie. »Ich dachte, er würde lachen, aber er hat gar nicht reagiert.«

Zum dritten Mal sah Jeffrey auf die Uhr, dann starrte er wieder die Sekretärin an, die über Pauls Büro auf der Farm wachte. Sie war weniger redselig als die in Savannah, schien aber den gleichen Beschützerinstinkt zu hegen, was ihren Boss anging. Die Tür hinter ihr stand offen, und Jeffreys Blick fiel auf zwei üppige Ledersessel und eine Glasplatte auf schweren Marmorsäulen, die als Schreibtisch diente. Die Regalwand war mit ledernen Gesetzesbänden und Golftrophäen gefüllt. Terri Stanley hatte recht, als sie sagte, ihr Onkel lege Wert auf teures Spielzeug.

Pauls Sekretärin sah von ihrem Computer auf und sagte: »Paul wird gleich zurück sein.«

»Ich kann in seinem Büro auf ihn warten«, schlug Jeffrey, nicht ohne Hintergedanken, vor.

Die Sekretärin lachte nur. »Nicht mal ich darf in sein Büro, wenn er nicht da ist«, sagte sie und tippte weiter. »Sie warten am besten draußen. Er ist nur auf einen Sprung weg.«

Jeffrey verschränkte die Arme und lehnte sich zurück. Er wartete zwar erst seit fünf Minuten, doch er wurde das Gefühl nicht los, dass er sich besser selbst auf die Suche nach dem Anwalt machte. Auch wenn die Sekretärin nicht zum Telefon gegriffen hatte, um ihren Boss vor dem Besuch des Polizeichefs zu warnen, Jeffreys weißer Lincoln mit den Regierungskennzeichen war nicht zu übersehen. Er hatte genau vor dem Haupteingang geparkt.

Als er wieder auf die Uhr sah, war eine weitere Minute verstrichen. Jeffrey hatte Lena bei den Stanleys gelassen, damit sie ein Auge auf die beiden Mädchen hatte. Er wollte vermeiden, dass Terri Gewissensbisse bekam und Dummheiten anstellte, zum Beispiel ihre Tante Esther anrief oder, noch schlimmer, ihren Onkel Lev. Den Mädchen gegenüber hatte Jeffrey gesagt, Lena bleibe zu ihrem Schutz da, und sie hatten das nicht hinterfragt. In der Zwischenzeit brachte Brad Dale aufs Revier, wegen Widerstands gegen die Staatsgewalt, doch länger als einen Tag würden sie ihn nicht festhalten können. Jeffrey bezweifelte ernsthaft, dass Terri vor Gericht gegen ihn aussagen würde. Sie war kaum dreißig, hatte zwei kleine Kinder und keinerlei Berufsausbildung. Das Einzige, was Jeffrey tun konnte, war, Pat Stanley anzurufen und ihm zu sagen, er solle sich um seinen Bruder kümmern. Würde es nach Jeffrey gehen, hätte er Dale längst auf den Grund eines Steinbruchs befördert.

»Reverend Ward?«, rief die Sekretärin, und Lev streckte den Kopf zur Tür herein. »Wissen Sie, wo Paul ist? Er hat Besuch.«

»Chief Tolliver«, begrüßte ihn Lev und kam herein. Er trocknete sich die Hände mit einem Papierhandtuch ab, wahrscheinlich kam er gerade von der Toilette. »Ist was nicht in Ordnung?«

Jeffrey musterte den Mann. Er konnte immer noch nicht ganz glauben, dass Lev nichts von allem gewusst haben sollte. Rebecca und Terri hatten darauf beharrt, dass er vollkommen ahnungslos war, andererseits war Lev unverkennbar das Oberhaupt der Familie. Dass Paul seine Machenschaften direkt vor der Nase des älteren Bruders trieb, ohne dass der etwas bemerkte, war schwer vorstellbar.

Jeffrey sagte: »Ich suche Ihren Bruder.«

Lev sah auf die Uhr. »Wir sind in zwanzig Minuten verabredet. Weit kann er nicht sein.«

»Ich muss ihn sofort sprechen.«

Lev bot an: »Kann ich Ihnen vielleicht helfen?«

Jeffrey war froh, dass er so umgänglich war. Er schlug vor: »Gehen wir in Ihr Büro.«

»Hat es mit Abby zu tun?«, fragte Lev, als sie durch den Flur in den hinteren Teil des Gebäudes gingen. Er trug ausgewaschene Jeans, ein Flanellhemd und abgewetzte Cowboystiefel, deren Sohlen mindestens ein Dutzend Mal erneuert worden waren. Am Gürtel hatte er eine Lederscheide mit einem ausziehbaren Teppichmesser.

»Sie verlegen Teppich?«, fragte Jeffrey argwöhnisch. Teppichmesser hatten eine extrem scharfe Klinge und konnten so gut wie alles durchschneiden.

Lev schien verwirrt. »Was?« Er blickte an sich hinunter und schien überrascht, als er das Messer sah. »Habe Kisten aufgemacht«, erklärte er dann. »Freitags kommen die Lieferungen.« Er blieb vor einem Büro stehen. »Da wären wir.«

Jeffrey las das Schild an der Tür. »Lobet den Herrn und tretet ein!«

»Meine bescheidene Stube«, sagte Lev.

Im Gegensatz zu seinem Bruder hatte er keine Sekretärin, die die Tür bewachte. In der Tat war sein Büro klein, fast so klein wie Jeffreys eigenes. In der Mitte stand ein Stahlschreibtisch mit einem Bürostuhl auf Rollen ohne Armlehnen. Zwei Klappstühle waren davor aufgestellt, und auf dem Boden türmten sich ordentliche Bücherstapel. Kinderzeichnungen, wahrscheinlich von Zeke, waren mit Reißzwecken an die Wand gepinnt.

»Entschuldigen Sie das Chaos«, erklärte Lev. »Mein Vater sagt, Unordnung im Büro sei der Spiegel der Unordnung im Kopf.« Er lachte. »Wahrscheinlich hat er recht.«

389

»Das Büro Ihres Bruders ist etwas ... üppiger.«

Wieder lachte Lev. »Früher hat Papa Paul immer dafür gescholten, aber mittlerweile ist er erwachsen und ein bisschen zu groß, um übers Knie gelegt zu werden.« Er wurde ernst. »Eitelkeit ist eine Sünde, aber schließlich hat jeder seine Schwäche.«

Jeffrey sah hinaus auf den Flur. In der Nische gegenüber stand ein Fotokopierer. »Was ist Ihre Schwäche?«

Lev schien ernsthaft darüber nachzudenken. »Mein Sohn«, sagte er dann.

»Wer ist Stephanie Linder?«

Lev sah ihn verwirrt an. »Warum fragen Sie das?«

»Beantworten Sie meine Frage.«

»Sie war meine Frau. Sie ist vor fünf Jahren gestorben.«

»Sind Sie da sicher?«

Lev wurde ungehalten. »Ich glaube, ich sollte wissen, ob meine Frau tot ist oder nicht.«

»Reine Neugier«, erwiderte Jeffrey. »Wissen Sie, Ihre Schwester Mary kam heute aufs Revier und hat mir erzählt, dass sie eine Tochter hat. Ich erinnere mich nicht, dass das irgendwer erwähnt hätte.«

Lev war wenigstens so höflich, ein zerknirschtes Gesicht zu machen. »Ja, es stimmt. Sie hat eine Tochter.«

»Eine Tochter, die weggelaufen ist.«

»Genie – Terri, wie sie sich jetzt nennt – war ein schwieriger Teenager. Sie hatte einige Probleme.«

»Ich würde sagen, die hat sie immer noch. Meinen Sie nicht?«

»Sie hat zum rechten Weg zurückgefunden«, sagte er. »Sie ist ein stolzes Kind. Ich hoffe immer noch, dass sie sich wieder mit der Familie versöhnt.«

»Ihr Mann schlägt sie.«

Lev klappte der Mund auf. »Dale?«

»Cole hat auch sie in eine Kiste gesteckt, wie Abby. Damals war sie so alt wie Rebecca. Hat Mary Ihnen je davon erzählt?«

Lev griff nach der Tischkante, als müsste er sich festhalten. »Aber warum ...« Seine Stimme verlor sich. Offensichtlich begann er zu begreifen, was Cole Connolly all die Jahre getan hatte. »Mein Gott«, flüsterte er.

»Drei Mal, Lev. Cole hat Abby drei Mal in die Kiste gesperrt. Beim letzten Mal kam sie nicht mehr raus.«

Lev blickte zur Decke, und Jeffrey war froh, als er sah, dass Lev die Tränen zurückzuhalten versuchte und kein spontanes Gebet anstimmte. Er ließ dem Mann ein wenig Zeit, seine Gefühle zu ordnen.

Schließlich fragte Lev: »Wer noch? Mit wem hat er das noch getan?« Jeffrey antwortete nicht, doch er nahm Levs Entrüstung erleichtert zur Kenntnis. »Mary hat uns erzählt, Genie wäre wegen einer Abtreibung nach Atlanta gegangen.« Als wollte er Jeffreys Kommentar vorgreifen, erklärte er: »Mein Vater hat sehr feste Überzeugungen, was den Schutz ungeborenen Lebens angeht, Chief Tolliver, und ich auch. Aber ...« Er stockte, versuchte sich zu sammeln. »Wir hätten uns niemals gegen sie gestellt. Nie. Wir alle tun mitunter Dinge, die Gott nicht gutheißt. Aber das macht uns nicht zu schlechten Menschen. Unsere Genie – Terri – war kein schlechter Mensch. Sie war ein Teenager und hatte etwas Schlimmes getan – etwas sehr Schlimmes. Wir haben sie gesucht. Ich habe sie gesucht. Aber sie wollte nicht gefunden werden.« Er schüttelte den Kopf. »Wenn ich das gewusst hätte ...«

»Jemand hat es gewusst«, sagte Jeffrey.

»Nein«, widersprach Lev. »Wenn jemand gewusst hätte, was Cole getan hat, hätte es harte Maßnahmen gegen ihn gegeben. Ich hätte selber die Polizei gerufen.«

»Ich dachte, Sie haben die Polizei nicht gern hier.«

»Weil ich die Arbeiter schützen will.«

»Anscheinend haben Sie Ihre Familie gefährdet, um Fremde zu schützen.«

Lev biss die Zähne zusammen. »Ich kann verstehen, dass Sie es so sehen wollen.«

»Warum haben Sie Rebecca nicht als vermisst gemeldet?«

»Sie kommt jedes Mal zurück«, sagte er. »Sie ist sehr dickköpfig, wissen Sie. Wir können nichts machen ...« Er beendete den Satz nicht. »Sie glauben doch nicht ...« Er stockte. »Cole ...?«

»Ob Cole Becca vergraben hat wie die anderen Mädchen?«, beendete Jeffrey den Satz. Er beobachtete Lev, versuchte zu ergründen, was in ihm vorging. »Was meinen Sie, Reverend Ward?«

391

Lev atmete langsam aus, als hätte er Mühe, das alles zu begreifen. »Wir müssen sie finden. Sie ist immer in den Wald gelaufen – mein Gott, der Wald ...« Er wollte schon aus der Tür stürmen, doch Jeffrey hielt ihn zurück.

»Sie ist in Sicherheit«, sagte er.

»Wo ist sie?«, fragte Lev. »Bringen Sie mich zu ihr. Esther ist außer sich.«

»Sie ist in Sicherheit«, entgegnete Jeffrey nur. »Unser Gespräch ist noch nicht beendet.«

Lev schien einzusehen, dass er erst an Jeffrey vorbeimusste, wenn er hinauswollte. Wahrscheinlich hätte Jeffrey ihn im Zweikampf besiegt, trotzdem war er froh, dass Lev es nicht darauf ankommen ließ.

Lev bat: »Können Sie wenigstens ihrer Mutter Bescheid geben?«

»Das habe ich schon getan«, log Jeffrey. »Esther ist froh und erleichtert.«

Lev beruhigte sich ein wenig, doch trotz der guten Nachricht runzelte er die Stirn. »Das alles muss ich erst mal verdauen.« Er hatte die Angewohnheit, an der Unterlippe zu nagen, genau wie seine Nichte. »Warum haben Sie nach meiner Frau gefragt?«

»Hatte Sie ein Haus in Savannah?«

»Natürlich nicht«, gab er zurück. »Stephanie hat ihr ganzes Leben hier verbracht. Sie ist nie in Savannah gewesen.«

»Seit wann arbeitet Paul dort?«

»Seit sechs Jahren vielleicht, mehr oder weniger.«

»Warum Savannah?«

»Viele unserer Groß- und Einzelhändler sitzen dort. Paul trifft sich regelmäßig mit den Leuten.« Er schien ein schlechtes Gewissen zu haben, als er erklärte: »Paul langweilt sich bei uns auf der Farm. Er muss ab und zu Stadtluft schnuppern.«

»Seine Frau begleitet ihn nicht?«

»Er hat sechs Kinder«, entgegnete Lev. »Er verbringt durchaus Zeit zu Hause.«

Jeffrey bemerkte, dass Lev die Frage falsch verstanden hatte. In dieser Familie war es anscheinend normal, wenn Männer ihre Frauen jede zweite Woche mit den Kindern allein zu Hause ließen. Jeffrey konnte sich gut vorstellen, dass Männern ein solches Arrangement gefiel, doch er kannte keine Frau, die das freiwillig mitmachen würde.

Er fragte: »Waren Sie je bei ihm in Savannah?«

»Häufig«, antwortete Lev. »Er wohnt in einer Wohnung über dem Büro.«

»Nicht am Sandon Square?«

Lev lachte laut. »Wohl kaum«, sagte er. »Das ist die teuerste Straße der ganzen Stadt.«

»Und Ihre Frau ist nie dort gewesen?«

Wieder schüttelte Lev den Kopf. Er klang etwas gereizt, als er sagte: »Ich habe all Ihre Fragen nach bestem Wissen beantwortet. Können Sie mir nicht endlich sagen, worum es hier überhaupt geht?«

Jeffrey beschloss, Lev entgegenzukommen. Er zog die Originale der Versicherungspolicen aus der Tasche und reichte sie Lev. »Die hat Abby Rebecca hinterlassen.«

Lev faltete die Papiere auseinander und breitete sie auf dem Schreibtisch aus. »Was meinen Sie mit ›hinterlassen‹?«

Jeffrey schwieg, doch Lev achtete schon nicht mehr auf ihn. Er beugte sich über den Tisch und fuhr beim Lesen mit dem Finger die Zeilen nach. Jeffrey sah, wie er die Kiefer zusammenpresste, die Wut, die aus seiner Haltung sprach.

Dann richtete Lev sich auf. »Diese Leute haben bei uns auf der Farm gelebt.«

»Das stimmt.«

»Der hier.« Er hielt ein Blatt hoch. »Larry ist fortgegangen. Cole hat gesagt, er sei fortgegangen.«

»Er ist tot.«

Lev starrte Jeffrey verständnislos an.

Jeffrey nahm seinen Notizblock heraus und las vor: »Larry Fowler starb am 28. Juli letzten Jahres an einer Alkoholvergiftung. Der Gerichtsmediziner von Catoogah County kam um 21:50 Uhr, um ihn abzuholen.«

Ungläubig starrte Lev vor sich hin. »Und der hier?« Er hielt eine Seite hoch. »Mike Morrow. Letztes Jahr hat er den Traktor gefahren. Er hatte eine Tochter in Wisconsin. Cole hat gesagt, er wäre zu ihr gezogen.«

»Überdosis. 13. August, 00:40 Uhr.«

»Aber warum hat Cole behauptet, sie wären weggegangen, wenn sie gestorben sind?«

»Sonst hätte er irgendwie erklären müssen, warum in den letzten zwei Jahren so viele Leute auf der Farm gestorben sind.«

Lev überflog die Seiten der Policen. »Sie meinen ... Sie meinen, sie sind ...«

»Ihr Bruder ist für die Einäscherung von neun Leichen aufgekommen.«

Lev war bereits blass geworden, doch als ihm klar wurde, was Jeffrey da sagte, wurde er kreidebleich. »Diese Unterschriften«, stammelte er und betrachtete die Dokumente. »Das ist nicht meine«, sagte er und zeigte auf eine der Seiten. »Und das«, sagte er, »das ist nicht Marys Unterschrift. Sie ist Linkshänderin. Und das ist niemals die von Rachel. Warum sollte sie die Begünstigte der Lebensversicherung eines Mannes sein, den sie gar nicht kannte?«

»Sagen Sie es mir.«

»Das ist nicht richtig«, sagte er und schob die Papiere zusammen. »Wer würde so etwas tun?«

Jeffrey wiederholte: »Sagen Sie es mir.«

Die Adern an Levs Schläfen schwollen an. Mit zusammengebissenen Zähnen blätterte er die Policen noch einmal durch. »Gab es auch eine, die auf meine Frau lief?«

Jeffrey antwortete ehrlich: »Ich weiß es nicht.«

»Woher haben Sie Stephanies Namen?«

»Alle Policen sind auf ein Haus am Sandon Square eingetragen. Im Grundbuch steht, dass Stephanie Linder die Besitzerin ist.«

»Er ... er hat ...« Lev war so wütend, dass ihm die Worte fehlten. »Er hat den Namen meiner Frau ... *dafür* missbraucht?«

Jeffrey hatte schon viele Männer weinen sehen. Die meisten weinten, weil sie jemanden verloren hatten oder – noch häufiger – aus Selbstmitleid, wenn sie begriffen, dass ihnen keiner mehr helfen würde. Lev Ward weinte Tränen der Wut.

»Warten Sie«, sagte Jeffrey, als Lev ihn zur Seite stieß. »Wo wollen Sie hin?«

Lev rannte den Flur hinunter zu Pauls Büro. »Wo ist er?«, knurrte er.

394

Jeffrey hörte, wie die Sekretärin sagte: »Ich weiß nicht …«

Lev war schon auf dem Weg nach draußen, und Jeffrey heftete sich an seine Fersen. Der Prediger wirkte nicht besonders sportlich, aber er hatte lange Beine. Als Jeffrey den Parkplatz erreichte, war er bereits an seinem Wagen. Doch statt einzusteigen, blieb er wie angewurzelt stehen.

Jeffrey ging auf ihn zu. »Lev?«

»Wo ist er?«, knurrte Lev. »Lassen Sie mich zehn Minuten mit ihm allein. Nur zehn Minuten.«

Dass der sanftmütige Prediger so toben konnte, hätte Jeffrey ihm nicht zugetraut. »Lev, gehen Sie wieder rein.«

»Wie konnte er uns das antun?«, fragte er. »Wie konnte er …« Langsam schienen ihm die Konsequenzen aufzugehen. Er sah Jeffrey an. »Er hat meine Nichte umgebracht? Er hat Abby umgebracht? Und Cole auch?«

»Ich glaube, ja«, sagte Jeffrey. »Er hatte die Möglichkeit, sich Zyankali zu verschaffen. Und er hat gewusst, wie man es verwendet.«

»Mein Gott«, rief Lev, und es war keine leere Phrase, sondern ein inständiger Hilferuf. »Warum?«, stammelte er. »Warum sollte er das tun? Abby hat doch niemandem was getan?«

Jeffrey versuchte gar nicht erst, seine Fragen zu beantworten. »Wir müssen Ihren Bruder finden, Lev. Wo ist er?«

Lev war zu aufgewühlt, um zu sprechen. Langsam schüttelte er den Kopf von einer Seite zur anderen.

»Wir müssen ihn finden«, wiederholte Jeffrey, als das Telefon in seiner Tasche klingelte. Ein Blick auf das Display zeigte, dass es Lena war. Er trat einen Schritt zurück, klappte das Telefon auf und fragte: »Was ist los?«

Lena flüsterte, doch er verstand sie klar und deutlich. »Er ist hier«, sagte sie. »Pauls Wagen ist gerade vorgefahren.«

Sechzehn

LENAS HERZ KLOPFTE SO HEFTIG, dass sie kaum sprechen konnte. »Du tust nichts, bis ich da bin«, befahl Jeffrey. »Ihr müsst Rebecca verstecken. Er darf sie nicht sehen.«

»Aber wenn ...«

»Kein Aber, Detective. Du tust verdammt nochmal, was ich sage.« Lena sah Rebecca an, sah die Angst in ihren Augen. Sie könnte die Sache sofort beenden – Paul stellen, den Mistkerl festnehmen. Und dann? Sie würden nie ein Geständnis aus dem Anwalt herausbekommen. Er würde ihnen ins Gesicht lachen, den ganzen Weg zur Grand Jury, wo der Fall wegen Mangel an Beweisen abgewiesen würde.

Jeffrey fragte: »Habe ich mich klar ausgedrückt?«

»Ja, Sir.«

»Sorg dafür, dass Rebecca in Sicherheit ist«, befahl er. »Sie ist unsere einzige Zeugin. Genau das ist jetzt dein Job, Lena. Mach keinen Mist.« Das Telefon klickte, als er auflegte.

Terri stand am Fenster und erstattete Bericht über jede seiner Bewegungen. »Er ist in der Werkstatt«, flüsterte sie. »Er ist in der Werkstatt.«

Lena packte Rebecca am Arm und zog sie in den Flur. »Geh nach oben«, befahl sie, doch das verängstigte Mädchen rührte sich nicht.

Terri sagte: »Er geht nach hinten. O Gott, beeilt euch!« Sie lief den Flur hinunter, um ihn im Auge zu behalten.

»Rebecca«, drängte Lena. »Wir müssen nach oben.«

»Was ist, wenn er ...«, begann Rebecca. »Ich kann nicht ...«

»Er ist am Schuppen«, rief Terri. »Becca, bitte! Geh!«

»Er ist bestimmt böse«, wimmerte Rebecca. »O Gott, bitte ...«

Terris Stimme überschlug sich. »Er kommt her!«

»Rebecca«, drängte Lena.

Terri kam zurück und schob Rebecca von hinten an, während Lena sie die Treppe hinaufzerrte.

»Mommy!« Tim schlang seiner Mutter die Arme um das Bein und klammerte sich fest.

Mit strenger Stimme befahl Terri ihrem Sohn: »Geh nach oben, sofort.« Als er nicht schnell genug folgte, gab sie ihm einen Klaps auf den Po.

Sie hörten die Hintertür und erstarrten, als Paul rief: »Terri?« Tim war schon oben, doch Rebecca war vor Angst wie versteinert und wimmerte wie ein verwundetes Tier.

»Terri?«, rief Paul. »Wo zum Teufel bist du?« Langsam kamen seine Schritte durch die Küche. »Gott, hier sieht es aus.«

Mit aller Kraft packte Lena Rebecca, hob sie hoch und zerrte sie die Stufen hinauf. Als sie oben ankamen, war Lena so außer Atem, dass sie das Gefühl hatte, ihre Lungen würden jeden Moment platzen.

»Hier bin ich!«, rief Terri ihrem Onkel zu, und ihre Schritte klackten laut auf den Fliesen, als sie nach hinten zur Küche ging. Lena hörte gedämpfte Stimmen. Sie stieß Rebecca und Tim durch die nächste Tür. Zu spät bemerkte sie, dass sie im Kinderzimmer waren.

In der Wiege gluckste das Baby. Bestimmt würde es jeden Moment aufwachen und anfangen zu schreien. Nach einer halben Ewigkeit drehte das Baby schließlich den Kopf zur Seite und schlief weiter.

»O Gott«, flüsterte Rebecca und begann zu beten.

Lena hielt dem Mädchen den Mund zu und zog sie und Tim vorsichtig zum Wandschrank. Endlich schien auch Rebecca zu begreifen. Vorsichtig öffnete sie die Tür, die Augen zusammengekniffen, voller Angst, dass das kleinste Geräusch sie verraten könnte. Als nichts passierte, kroch sie in den Schrank und versteckte sich mit Tim hinter einem Stapel Wolldecken.

Leise schloss Lena die Schranktür. Sie hielt die Luft an, rechnete damit, dass Paul jeden Moment ins Zimmer stürzte. Ihr Herz klopfte so laut, dass sie kaum hörte, was unten geredet wurde. Dann hallten Pauls schwere Schritte durch den Flur.

»Hier sieht es aus wie in einem Schweinestall«, schrie er, und Lena hörte, wie er auf dem Weg durchs Haus Gegenstände umwarf. Das Haus war blitzsauber. Paul führte sich wie ein Arschloch auf. »Herrgott, Terri, kokst du wieder? Sieh dir bloß diese Sauerei an. Und hier willst du deine Kinder großziehen?«

Terri murmelte eine Antwort, doch Paul brüllte sie an: »Widersprich mir nicht!« Jetzt stand er im gefliesten Eingang, und seine Stimme donnerte die Treppe herauf. Auf Zehenspitzen schlich Lena aus dem Kinderzimmer. Sie drückte sich an die Wand und lauschte, als Paul Terri anschrie. Sie wartete kurz, dann arbeitete sie sich zum Treppenabsatz vor, um sich ein Bild von der Lage unten zu machen. Jeffrey hatte ihr befohlen zu warten, sich mit Rebecca zu verstecken, bis er kam. Sie hätte im Zimmer bleiben müssen, die Kinder ruhighalten, dafür sorgen, dass sie in Sicherheit waren.

Stattdessen rutschte sie mit angehaltenem Atem Zentimeter für Zentimeter an die Treppe heran und riskierte einen Blick nach unten.

Paul hatte ihr den Rücken zugekehrt. Terri stand direkt vor ihm.

Lena wich zurück, ihr Herz raste, und sie spürte, wie die Adern an ihrem Hals anschwollen.

»Wann kommt er wieder?«, bellte Paul.

»Ich weiß es nicht.«

»Wo ist mein Medaillon?«

»Ich weiß es nicht.«

Sie gab auf jede Frage die gleiche Antwort, und schließlich knurrte Paul: »Weißt du überhaupt irgendwas, Terri?«

Terri schwieg, und Lena wagte einen weiteren Blick, um zu sehen, ob sie überhaupt noch da war.

»Er kommt gleich wieder«, sagte Terri dann, und ihr Blick wanderte nach oben zu Lena. »Du kannst in der Werkstatt auf ihn warten.«

»Du willst mich loswerden?«, fragte er. Lena zog sich hastig zurück, als Paul sich umdrehte. »Warum bloß?«

Lena legte sich die Hand auf die Brust und versuchte, ihr rasendes Herz zu beruhigen. Männer wie Paul hatten animalische Instinkte. Sie konnten durch Wände hören, sahen alles, was vor sich ging. Lena warf einen Blick auf die Uhr, versuchte auszurechnen, wie viel Zeit vergangen war, seit sie Jeffrey angerufen hatte. Er würde mindestens 15 Minuten brauchen, selbst wenn er mit Blaulicht und Sirene kam.

Paul knurrte: »Was ist hier los, Terri? Wo ist Dale?«

»Nicht da.«

»Werd nicht frech.« Als Lena das laute Klatschen hörte, stockte ihr das Herz.

Terri flehte: »Bitte. Warte in der Werkstatt auf ihn.«

Paul fragte im Plauderton: »Warum hast du was dagegen, dass ich im Haus warte, Terri?«

Wieder klatschte es. Lena musste nicht hinsehen, um zu wissen, was unten vor sich ging. Sie kannte das widerliche Geräusch, wusste, dass er ihr mit der flachen Hand ins Gesicht schlug, und sie wusste auch, wie es sich anfühlte.

Ein Geräusch kam aus dem Kinderzimmer. Tim oder Rebecca hatten sich im Wandschrank bewegt, eine Diele knarrte. Lena schloss die Augen, starr vor Angst. Jeffrey hatte ihr befohlen zu warten, Rebecca zu beschützen. Aber was sie tun sollte, wenn Paul sie entdecken würde, hatte er nicht gesagt.

Lena öffnete die Augen wieder. Sie wusste, was sie zu tun hatte. Vorsichtig zog sie die Waffe aus dem Holster und zielte auf den oberen Treppenabsatz. Paul war ein großer Mann. Sie hatte nur das Überraschungsmoment auf ihrer Seite, aber das würde sie sich nicht nehmen lassen. Beinahe schmeckte sie schon den Triumph, den sie spüren würde, wenn Paul um die Ecke kam und statt in die Augen eines verängstigten Kindes in die Mündung einer Glock starrte.

»Es ist Tim«, beharrte Terri unten.

Paul sagte nichts, doch Lena hörte Schritte auf den Holzstufen. Langsame, vorsichtige Schritte.

»Es ist Tim«, wiederholte Terri. Die Schritte hielten inne. »Er ist krank.«

»Deine ganze Familie ist krank«, höhnte Paul und nahm die nächste Stufe. Seine Gucci-Schuhe waren wahrscheinlich teurer als die nächste Rate für das Haus. »Und du bist schuld, Terri. Die ganzen Drogen, das ganze Rumgehure. Die Blowjobs und die Arschfickerei. Ich wette, die ganze Wichse hat dich von innen verfaulen lassen.«

»Hör auf.«

Lena hielt die Pistole fest in beiden Händen und zielte auf den Treppenabsatz. Hoffentlich würde er bald auftauchen, damit sie ihm das verdammte Maul stopfen konnte.

»Eines schönen Tages«, sagte er und nahm die nächste Stufe, »eines schönen Tages muss ich Dale die Wahrheit über dich sagen.«

»Paul …«

»Glaubst du, er freut sich, wenn er erfährt, wo er seinen Schwanz reinhält?«, fragte Paul. »In die ganze Wichse, die in dir brodelt?«

»Ich war sechzehn!«, schluchzte sie. »Was hätte ich tun sollen? Ich hatte keine Wahl.«

»Und jetzt sind deine Kinder krank.« Offensichtlich weidete er sich an ihrem Leid. »Krank von deinen Sünden. Krank von dem ganzen Dreck, den du in dir hast.« Als Lena ihn hörte, zog sich ihr Magen vor Hass zusammen. Am liebsten hätte sie ein Geräusch gemacht, damit er schneller nach oben kam. Die Waffe in ihrer Hand war heiß. Sobald er in ihr Blickfeld kam, war Schluss.

Paul ging weiter nach oben. »Du bist eine billige Hure, sonst nichts.«

Terri antwortete nicht.

»Bist du immer noch so verlogen?«, fragte er. Nur noch wenige Stufen, und er war da. Seine Worte klangen so verächtlich, so vertraut. Es könnte Ethan sein, der mit Lena redete. Ethan, der die Treppe heraufkam, um sie windelweich zu prügeln.

»Denkst du, ich wüsste nicht, wofür du das Geld gebraucht hast?«, spottete Paul. Zwei Stufen unter dem Absatz blieb er stehen. Er war so nah, dass Lena sein Rasierwasser riechen konnte. »Dreihundertfünfzig Dollar«, sagte er und klopfte auf das Geländer, als erzählte er einen Witz. »Eine Menge Geld, Terri. Wofür hast du es wohl gebraucht?«

»Ich habe dir gesagt, dass du es zurückbekommst.«

»Lass dir Zeit«, sagte er, als wäre er ein alter Freund und nicht ihr Peiniger. »Sag mir nur, wofür du es gebraucht hast, Genie. Ich helfe, wo ich kann.«

Lena knirschte mit den Zähnen und starrte den Schatten auf dem Absatz an. Terri hatte Paul um Geld gebeten, um die Abtreibung zu bezahlen. Wahrscheinlich hatte er sie im Staub kriechen lassen und noch einmal nachgetreten, bevor sie ging.

»Wofür war das Geld?«, fragte Paul. Jetzt, da er einen wunden Punkt witterte, stieg er wieder ein paar Stufen hinab. Lena hätte am liebsten gebrüllt, dass er wieder heraufkommen solle, doch dann hörte sie ihn auf den Fliesen landen. Anscheinend war er die letzten Stufen gesprungen. »Wofür war das Geld, du Nutte?« Als Terri nicht antwortete, schlug er wieder zu. Das Klatschen hallte in Lenas Ohren. »Raus damit, du Nutte.«

Terris Stimme war schwach. »Ich musste die Krankenhausrechnungen bezahlen.«

»Du hast dir das Baby auskratzen lassen.«

Terri keuchte. Lena ließ die Waffe sinken und schloss die Augen. Sie wusste, wie sehr die andere in diesem Moment litt.

»Abby hat es mir erzählt«, sagte er. »Sie hat mir alles erzählt.«

»Nein.«

»Sie hat sich ernsthaft Sorgen um ihre Cousine gemacht, Terri«, fuhr er fort. »Wollte nicht, dass du für deine Sünden zur Hölle fährst. Ich habe ihr versprochen, mit dir zu reden.« Terri sagte etwas, doch Paul lachte nur. Lena schob sich mit erhobener Waffe um die Ecke und zielte auf seinen Rücken, als er Terri wieder ins Gesicht schlug, diesmal so heftig, dass sie zu Boden fiel. Er zerrte sie auf die Füße und schleuderte sie gegen die Treppe. Lena schaffte es gerade noch rechtzeitig, sich zurückzuziehen.

Wieder schloss Lena die Augen. In ihrem Kopf spielte sich die Szene noch einmal ab, die sie eben gesehen hatte. Paul beugte sich zu Terri, riss sie hoch und warf sie gegen die Treppe. Unter seinem Jackett war eine Ausbeulung. War er bewaffnet? Trug er eine Waffe unter dem Jackett?

Paul klang angewidert. »Steh auf, du Nutte.«

»Du hast sie umgebracht«, rief Terri. »Ich weiß es. Du hast Abby umgebracht.«

»Pass auf, was du sagst«, warnte er.

»Warum?«, wimmerte Terri. »Warum hast du Abby wehgetan?«

»Selber schuld«, knurrte er. »Ihr wisst genau, dass ihr Cole nicht wütend machen sollt.« Lena wartete darauf, dass Terri fortfuhr, ihm vorwarf, er sei schlimmer als Cole, Paul sei der Kopf, Paul habe Cole den Auftrag gegeben, die Mädchen zu bestrafen.

Doch Terri schwieg, und alles, was Lena hörte, war das Summen des Kühlschranks in der Küche. In dem Moment, als Lena um die Ecke spähte, fand Terri die Stimme wieder.

»Ich weiß, was du getan hast«, sagte sie, und diesmal verfluchte Lena den Mut der Frau. Ausgerechnet jetzt musste Terri Rückgrat entwickeln. Noch fünf Minuten, und Jeffrey wäre da.

Terri sagte: »Ich weiß, dass du sie mit Zyankali vergiftet hast. Dale hat dir erklärt, wie man es macht.«

»Ach ja?«

»Warum?«, fragte Terri. »Warum hast du Abby getötet? Sie hat dir nie was getan. Sie hatte dich lieb.«

»Sie war ein böses Mädchen«, knurrte er, als wäre das Grund genug. »Cole wusste das.«

»Du hast Cole geschickt«, sagte Terri. »Glaub nicht, ich wüsste nicht, wie das lief.«

»Wie was lief?«

»Du hast Cole gesagt, wir wären böse«, sagte sie. »Du hast ihm die ganzen scheußlichen Ideen eingepflanzt, und dann ist er los und hat uns bestraft.« Sie lachte bitter. »Komisch, dass Gott ihm nie den Auftrag gegeben hat, die Jungs zu bestrafen. Oder warst du mal in der Kiste, Paul? Hat er dich dafür bestraft, dass du in Savannah zu den Huren gehst und Kokain schnupfst?«

Jetzt knurrte Paul wie ein Tier: »›Sehet doch nach der Verfluchten und begrabet sie ...‹«

»Komm mir nicht mit der Bibel!«

»›Denn sie war ihrem Gott ungehorsam‹«, zitierte er. »›Sie sollen durchs Schwert fallen.‹«

Terri kannte den Vers. Ihr Zorn ließ die Luft gerinnen. »Halt den Mund, Paul.«

»›Und ihre kleinen Kinder zerschmettert ... und ihre Schwangeren aufgeschlitzt werden.‹«

»Um sein Ziel zu erreichen, zitiert selbst der Teufel aus der Bibel.«

Er lachte, als hätte sie ihm einen Punkt abgenommen.

Sie sagte: »Du hast deinen Glauben schon vor einer Ewigkeit verloren.«

»Das sagst ausgerechnet du.«

»Ich laufe nicht herum und heuchele«, gab sie zurück, ihre Stimme fester, ihr Ton schärfer. Das war die Frau, die Dale zurückgeschlagen hatte. Das war die Frau, die es wagte, sich zu wehren.

»Warum hast du sie umgebracht, Paul?« Sie wartete, dann sagte sie: »Wegen der Versicherungspolicen?«

Paul schwieg. Mit dem Zyankali hatte sie ihn nicht erschrecken können, aber die Versicherungspolicen brachten einen neuen Faktor in die Gleichung.

Er fragte: »Was weißt du davon?«

»Abby hat es mir erzählt, Paul. Die Polizei weiß Bescheid.«

»Was wissen die?« Paul packte Terris Arm und drehte ihn um. Lenas Muskeln spannten sich. Sie hob die Glock, wartete nur noch auf den richtigen Moment. »Was hast du den Bullen erzählt, du dummes Huhn?«

»Lass mich los.«

»Ich mache dich fertig, du dämliche Nutte. Sag mir, was du der Polizei erzählt hast.«

Lena fuhr zusammen, als Tim plötzlich aus dem Nichts auftauchte, an ihr vorbeilief und fast die Treppe herunterpurzelte, um zu seiner Mama zu kommen. Bevor sie ihn festhalten konnte, war er schon an ihr vorbei. Sie schaffte es gerade noch, sich selbst zu verstecken.

»Mama!«, rief der Kleine.

Terri schrie erschrocken auf, dann hörte Lena, wie sie ihn beschwor: »Tim, geh wieder hoch. Mama unterhält sich mit Onkel Paul.«

»Komm her, Tim«, lockte Paul, und Lena drehte sich der Magen um, als sie hörte, wie die kleinen Füße die Treppe hinuntertappten.

»Nein …«, protestierte Terri, »Tim, geh nicht zu Paul.«

»Komm zu mir, mein Großer«, sagte Paul, und Lena riskierte einen schnellen Blick. Paul hatte Tim auf den Arm genommen, und der Junge schlang ihm die Beine um die Hüfte. Lena zog sich zurück, bevor Paul sich umdrehte. Wortlos fluchte sie, dass sie nicht geschossen hatte, als sie die Möglichkeit dazu hatte. Durch die Kinderzimmertür sah sie, wie Rebecca die Tür des Wandschranks von innen zuzog. Warum zum Teufel hatte sie es nicht fertiggebracht, den Jungen festzuhalten?

Lena sah die Treppe hinunter und versuchte, die Situation einzuschätzen. Paul hatte ihr immer noch den Rücken zugedreht, Tim

403

hing an ihm, klammerte sich mit den kleinen Ärmchen an Pauls Schulter fest, während er seine Mutter ansah. Von hier war nicht abzusehen, welchen Schaden eine Neunmillimeterkugel anrichten würde. Vielleicht zerriss sie Pauls Oberkörper und Tim gleich mit. Tim wäre sofort tot.

»Bitte«, flehte Terri, als würde Paul ihr eigenes Leben in den Händen halten. »Lass ihn gehen.«

»Sag mir, was du der Polizei erzählt hast«, sagte Paul.

»Nichts. Ich habe ihnen gar nichts erzählt.«

Paul glaubte ihr kein Wort. »Hat Abby die Policen bei dir gelassen, Terri? Ist es so?«

»Ja«, antwortete Terri mit zitternder Stimme. »Ich gebe sie dir. Aber du musst Tim gehen lassen.«

»Hol die Policen, dann reden wir weiter.«

»Bitte, Paul. Lass ihn gehen.«

»Hol die Policen.«

Terri war keine gute Lügnerin. »Sie sind in der Werkstatt«, sagte sie, doch Paul durchschaute sie.

Trotzdem erwiderte er: »Dann geh sie holen. Ich passe so lange auf Tim auf.«

Terri schien zu zögern, denn plötzlich brüllte Paul: »Sofort!«, so laut, dass Terri aufschrie. Dann sprach er mit leiser Stimme weiter, was aus irgendeinem Grund noch bedrohlicher war. »Du hast dreißig Sekunden, Terri.«

»Ich kann nicht …«

»Neunundzwanzig … achtundzwanzig …«

Die Haustür knallte, und Terri war fort. Lena rührte sich nicht, doch ihr Herz raste.

Unten redete Paul mit Tim, doch er sprach absichtlich so laut, dass er oben klar zu verstehen war. »Glaubst du, dass deine Tante Rebecca oben ist, Tim?«, fragte er spielerisch. »Sollen wir mal hochgehen und nachsehen, ob deine Tante Rebecca dort ist? Vielleicht versteckt sie sich ja, die kleine Ratte …«

Tim brabbelte etwas, doch Lena konnte nicht verstehen, was.

»Au ja, Tim«, gurrte Paul. »Wir gehen hoch und reden mit ihr, und dann hauen wir sie ein bisschen. Findest du das lustig, Tim? Wir hauen sie, bis ihr die Knochen knacken. Wir machen, dass ihr hübsches kleines Gesicht so komisch aussieht, dass sie niemand mehr ansehen will.«

Lena lauschte, wartete nur, dass er die Treppe hochkam, damit sie ihm den Kopf wegpusten konnte. Doch er kam nicht. Offensichtlich gehörte es für ihn zum Spiel, seine Opfer auf die Folter zu spannen. Obwohl Lena ihn durchschaute, wurde sie das Grauen nicht los, das seine Stimme auslöste. Der Wunsch, ihm wehzutun, ihm für immer das Maul zu stopfen, wurde immer stärker. Niemand sollte diese Stimme je wieder hören müssen.

Die Tür ging auf und schlug wieder zu. Terri war außer Atem, ihre Stimme überschlug sich. »Ich habe sie nicht gefunden«, keuchte sie. »Ich habe sie gesucht, aber ...«

Scheiße, dachte Lena. Dales Revolver.

Paul sagte: »Warum bloß überrascht mich das nicht?«

»Was hast du vor?« Terris Stimme zitterte, doch außer der Angst war da noch etwas, ein geheimes Wissen, dass ihr Kraft verlieh. Sie musste den Revolver haben. Wahrscheinlich glaubte sie, sie könnte Paul aufhalten.

Tim brabbelte etwas, und Paul lachte. »Wirklich«, sagte er, dann erklärte er Terri: »Tim denkt, dass seine Tante Rebecca oben ist.«

Lena hörte ein Geräusch, ein Klicken. Sie wusste sofort, was das war – der Hahn eines Revolvers, der gespannt wurde.

Paul klang überrascht, aber seine Stimme verriet keine Angst. »Wo hast du die her?«

»Sie gehört Dale«, antwortete Terri, und Lenas Bauch krampfte sich zusammen. »Ich weiß, wie man damit umgeht.«

Paul lachte, als zielte sie mit einer Spielzeugpistole auf ihn. Lena spähte nach unten und sah, wie er auf Terri zuging. Lena hatte ihre Chance verpasst. Jetzt hatte er das Kind. Vorhin auf der Treppe hätte sie ihn stellen können. Sie hätte ihn aufhalten können. Warum zum Teufel hatte sie bloß auf Jeffrey gehört? Sie hätte sich einfach oben an die Treppe stellen und dem Dreckskerl das ganze Magazin in die Brust jagen sollen.

Paul sagte: »Zu wissen, wie es geht, und tatsächlich mit einer Waffe umzugehen sind zwei Paar Schuhe.« Lena spürte die Schärfe seiner Worte, und sie hasste sich für ihre Unentschlossenheit.

Verdammter Jeffrey mit seinen Befehlen. Sie hatte gewusst, was sie zu tun hatte. Sie hätte auf ihr Bauchgefühl hören sollen.

Terri zischte: »Raus hier, Paul.«

»Willst du das Ding wirklich benutzen?«, fragte er. »Und wenn du Tim triffst?« Er zog sie auf, als wäre das alles ein Spiel für ihn. »Komm schon. Zeig mir, wie gut du schießen kannst.« Lena beobachtete, wie er auf Terri zuging, Tim auf seinem Arm. Er benutzte das Kind als Schutzschild, während er Terri verhöhnte. »Komm schon, Genie, zeig, was du draufhast. Erschieß dein eigenes Kind. Eins hast du ja schon umgebracht, oder nicht? Auf eins mehr oder weniger kommt es nicht an.«

Terris Hände zitterten. Sie stand breitbeinig da, in einer Hand hielt sie den Revolver, mit der anderen stützte sie den Kolben. Doch mit jedem Schritt, den Paul machte, schien ihre Entschlossenheit nachzulassen.

»Du dummes Flittchen«, spottete er. »Komm schon, erschieß mich.« Er war nur noch einen halben Meter von ihr entfernt. »Drück den Abzug, kleines Mädchen. Zeig mir, was du draufhast. Wehr dich ein Mal in deinem jämmerlichen kleinen Leben.« Plötzlich streckte er die Hand vor und riss ihr die Pistole weg. »Du blöde Gans.«

»Lass ihn gehen«, flehte sie. »Lass ihn los und geh.«

»Wo sind die Papiere?«

»Ich habe sie verbrannt.«

»Du verlogene Schlampe!« Er holte aus und schmetterte ihr den Revolver ins Gesicht. Terri fiel zu Boden, Blut quoll aus ihrem Mund.

Allein beim Zusehen tat Lena der Kiefer weh. Sie musste etwas tun. Sie musste ihn aufhalten. Ohne nachzudenken, ging sie in die Knie, dann legte sie sich bäuchlings auf den Boden. Laut Vorschrift musste sie sich identifizieren, musste Paul Gelegenheit geben, die Waffe fallen zu lassen. Doch sie wusste, dass er sich nicht ergeben würde. Männer wie Paul gaben nicht auf, solange sie glaubten, dass sie eine Chance hatten davonzukommen. Und in diesem Moment hatte er zwei Chancen: Eine trug er auf der Hüfte, und die andere lag vor ihm am Boden.

Lena robbte sich vor, bis sie das obere Ende der Treppe erreichte.

Die Waffe hielt sie mit beiden Händen, den Kolben auf die oberste Stufe gestützt.

»Na also«, sagte Paul. Er hatte Lena den Rücken zugekehrt und beugte sich zu Terri herunter. Der Junge hing immer noch an seiner Hüfte. Lena konnte ihn nicht sehen, und sie konnte nicht auf ihn zielen, weil sie nicht mit Sicherheit ausschließen konnte, dass sie den Kleinen treffen würde.

»Du machst deinem Sohn Angst.« Tim war inzwischen mucksmäuschenstill. Wahrscheinlich hatte er so oft zusehen müssen, wie seine Mutter verprügelt wurde, dass gar nichts mehr zu ihm durchdrang.

Paul fragte: »Was hast du den Bullen erzählt?«

Terri hielt sich schützend die Hände vor den Körper, als Paul zum nächsten Tritt ausholte. »Nein«, schrie sie, als der italienische Schuh sie mitten ins Gesicht traf. Wieder schlug sie auf dem Boden auf, ächzend wich die Luft aus ihren Lungen, und Lena spürte einen Stich im Herzen.

Lena richtete die Waffe aus, versuchte mit ruhigen Händen zu zielen. Würde Paul nur aufhören, sich zu bewegen. Würde Tim nur ein bisschen zur Seite rutschen, damit sie das Ganze jetzt gleich beenden konnte. Paul hatte keine Ahnung, dass Lena hinter ihm war. Paul wäre erledigt, bevor er wusste, wie ihm geschah.

»Komm schon, Terri«, sagte Paul. Obwohl Terri sich nicht rührte, holte er wieder aus und trat ihr in den Rücken. Terri stöhnte.

»Was hast du den Bullen erzählt?«, wiederholte Paul wie ein Mantra. Als Lena sah, dass er dem kleinen Jungen den Revolver an den Kopf hielt, ließ sie ihre Waffe sinken. Das Risiko war zu groß.

»Du weißt, dass ich schieße. Du weißt, dass ich sein kleines Gehirn im ganzen Haus verspritze.«

Terri kämpfte sich auf die Knie. Sie rang die Hände, flehte demütig: »Bitte, bitte. Lass ihn gehen. Bitte.«

»Was hast du den Bullen erzählt?«

»Nichts«, wimmerte sie. »Nichts!«

Tim begann zu weinen, und Paul sagte: »Ruhig, Tim. Sei ein starker Junge, sei es für Onkel Paul.«

»Bitte«, flehte Terri.

Im Augenwinkel sah Lena eine Bewegung. Rebecca stand wie

versteinert in der Tür zum Kinderzimmer. Lena schüttelte energisch den Kopf, und als das Mädchen nicht reagierte, wurde ihr Blick strenger, und sie versuchte, die Kleine mit deutlichen Gesten fortzuscheuchen.

Als Lenas Blick sich wieder nach unten richtete, sah sie, dass Tim das Gesicht in Pauls Nacken presste. Plötzlich hob der Junge den Kopf und erstarrte, als er oben Lena mit der Pistole in der Hand entdeckte. Ihre Blicke trafen sich.

Ohne Warnung wirbelte Paul herum, hob die Waffe und feuerte.

Terri schrie, Lena rollte zur Seite und betete, dass sie aus der Schusslinie war, bevor der nächste Schuss fiel. Holz krachte splitternd, dann flog die Haustür auf, und Jeffreys Stimme schrie: »Keine Bewegung!«, doch Lena hörte alles wie aus weiter Ferne, der Knall der Kugel summte noch in ihren Ohren. Sie wusste nicht, ob es Blut oder Schweiß war, was ihr über die Wange rann. Jeffrey stand im Flur und zielte auf den Anwalt. Paul drückte Tim noch immer an sich, die Mündung des Revolvers auf Tims Schläfe gerichtet.

»Lassen Sie den Jungen los«, befahl Jeffrey. Sein Blick wanderte hinauf zu Lena.

Lena betastete ihren Kopf, die Kopfhaut fühlte sich klebrig an. Ihr Ohr war blutüberströmt, doch sie spürte keinen Schmerz.

Terri weinte, flehte, die Fäuste an den Bauch gedrückt. Sie bettelte Paul an, ihr Kind gehen zu lassen. Es klang beinahe, als würde sie beten.

Jeffrey rief: »Lassen Sie die Waffe fallen.«

»Niemals«, gab Paul zurück.

»Sie haben keine Chance«, sagte Jeffrey und sah wieder hinauf zu Lena. »Wir haben Sie umstellt.«

Paul folgte Jeffreys Blick. Lena versuchte aufzustehen, doch ihr war schwindelig. Sie sank zurück in die Knie, die Waffe lag neben ihr am Boden. Vor ihren Augen verschwamm alles.

Seelenruhig erwiderte Paul: »Sieht aus, als bräuchte sie Hilfe.«

»Bitte«, flehte Terri, als würde sie von alldem keine Notiz nehmen. »Bitte, lass ihn gehen. Bitte.«

»Sie kommen hier nicht raus«, sagte Jeffrey. »Lassen Sie die Waffe fallen.«

Lena hatte einen metallischen Geschmack im Mund. Wieder betastete sie ihren Kopf. Sie konnte nichts Erschreckendes finden, doch ihr Ohr begann zu pochen. Vorsichtig fasste sie sich ans Ohr, dann wurde ihr klar, wo das Blut herkam. Ein Stück ihres Ohrläppchens fehlte, so groß wie ein Penny. Die Kugel hatte sie gestreift.

Blinzelnd setzte sie sich auf die Knie, versuchte, wieder klar zu sehen. Terri starrte sie an, durchbohrte sie fast mit Blicken. Mit den Augen flehte sie Lena an, etwas zu tun.

»Helfen Sie ihm«, wimmerte sie. »Helfen Sie meinem Jungen.«

Lena wischte sich das Blut aus dem Auge und konnte endlich sehen, was Pauls Jackett ausbeulte. Ein Handy. Der Mistkerl trug ein Telefon am Gürtel.

»Bitte«, flehte Terri. »Lena, bitte.«

Lena richtete die Waffe auf Pauls Kopf. Brennender Hass loderte in ihr, als sie befahl: »Lassen Sie die Waffe fallen.«

Mit Tim im Arm drehte Paul sich um. Er starrte Lena an, versuchte die Lage einzuschätzen. Sie sah ihm an, wie schwer es ihm fiel, eine Frau als ernste Bedrohung anzuerkennen, und das schürte ihren Hass erst recht.

Ihre Worte klangen wie eine tödliche Drohung. »Lassen Sie die Waffe fallen, Arschloch.«

Zum ersten Mal schien er nervös zu werden.

»Lassen Sie die Waffe fallen«, wiederholte Lena und hielt die Hand ruhig, als sie auf die Füße kam. Wäre sie sicher gewesen, dass sie niemanden sonst verletzen würde, hätte sie sofort geschossen und ihm das ganze Magazin in den Kopf gejagt, bis davon nur noch der Stumpf übrig war.

Jeffrey sagte: »Tun Sie, was sie Ihnen sagt, Paul. Lassen Sie die Waffe fallen.«

Langsam ließ Paul die Waffe sinken, doch statt sie fallen zu lassen, richtete er sie auf Terris Kopf. Paul wusste, dass sie nicht schießen würden, solange Tim sein Schutzschild war. Auf Terri zu zielen diente nur dazu, sich selbst von seiner Macht zu überzeugen.

Paul sagte: »Ich denke, Sie sollten lieber die Waffen fallen lassen.«

Terri setzte sich auf und streckte die Arme nach ihrem Sohn aus. »Tu ihm nicht weh, Paul«, flehte sie. Tim wollte zu seiner Mutter, aber Paul hielt ihn fest an sich gedrückt. »Bitte, tu ihm nicht weh.«

Paul ging rückwärts zur Tür. »Nehmen Sie die Waffen runter. Sofort.«

Jeffrey beobachtete ihn. Sekundenlang rührte er sich nicht. Dann legte er die Waffe auf den Boden und nahm die Hände hoch, um zu zeigen, dass sie leer waren. »Verstärkung ist unterwegs.«

»Nicht schnell genug«, gab Paul zurück.

Jeffrey sagte: »Tun Sie das nicht, Paul. Lassen Sie ihn hier.«

»Damit Sie mir folgen können?«, entgegnete Paul und drückte Tim an sich. Langsam begann der Kleine zu merken, was vorging. Er atmete stoßweise und bekam kaum Luft. Paul ging zur Tür, die Not des Kindes ignorierte er. »Niemals.« Er sah Lena an. »Und jetzt Sie, *Detective*.«

Lena wartete auf Jeffreys Nicken, dann bückte sie sich und legte die Glock auf den Boden. Doch sie richtete sich nicht auf, sondern blieb in der Nähe ihrer Waffe.

Tim bekam immer weniger Luft. Pfeifend rang er nach Atem.

»Alles ist gut«, flüsterte Terri und kroch auf Knien auf ihn zu. »Atme, mein Liebling. Versuch zu atmen.«

Paul ging rückwärts zur Tür, ohne Jeffrey, den er für die einzige echte Bedrohung hielt, aus den Augen zu lassen. Lena stieg ein paar Stufen herunter, auch wenn sie nicht wusste, was sie tun sollte, wenn sie unten war. Am liebsten hätte sie Paul mit bloßen Händen in Stücke gerissen.

»Es ist alles in Ordnung, mein Baby«, versuchte Terri Tim zu beruhigen und rutschte auf Knien auf Paul zu. Sie streckte die Hand aus und berührte den Fuß ihres Kindes mit den Fingerspitzen. Der Junge japste nach Luft, krampfhaft hob und senkte sich seine kleine Brust. »Atme.«

Paul stand in der Tür. Zu Jeffrey sagte er: »Versuchen Sie nicht, mir zu folgen.«

Jeffrey warnte: »Lassen Sie das Kind hier.«

»Ach nein?«

Doch als Paul gehen wollte, hielt Terri Tims Fuß fest. Paul

drückte ihr die Mündung des Revolvers an die Schläfe. »Zurück«, warnte er. Lena war auf der Treppe stehengeblieben; sie wusste nicht, wen er meinte. »Hau ab.«

»Tims Asthma …«

»Ist mir scheißegal«, brüllte Paul. »Hau ab!«

Doch Terri reagierte nicht auf seine Warnung. »Mami hat dich lieb«, flüsterte sie immer wieder. Sie ließ Tims Fuß nicht los. »Mami hat dich lieb …«

»Halt den Mund«, knurrte Paul. Er versuchte, sich loszureißen, doch Terri ließ nicht locker, sondern griff nach Tims Bein, um ihn besser festhalten zu können. Wütend holte Paul mit dem Revolver aus und schmetterte ihr den Kolben auf den Kopf.

Jeffrey hatte in einer fließenden Bewegung nach seiner Waffe gegriffen und zielte auf Pauls Brust. »Keinen Schritt weiter.«

»Baby«, flüsterte Terri. Sie war rückwärts getaumelt, doch sie ließ Tim nicht los. »Mami ist bei dir, Baby. Mami ist ja da.«

Tim war blau im Gesicht, und er klapperte mit den Zähnen, als würde er frieren. Wieder versuchte Paul, ihn von seiner Mutter loszureißen, doch sie ließ nicht locker, sondern murmelte vor sich hin: »Lass dir an meiner Gnade genügen, denn meine Kraft …«

»Lass ihn los.« Paul zerrte an dem Kind, doch seine Mutter war unbeirrbar. »Terri …« Allmählich stieg Panik in Paul auf, als hätte sich ein tollwütiges Tier in ihn verbissen. »Terri, es ist mein Ernst.«

»… denn meine Kraft ist in den Schwachen mächtig …«

»Lass los, gottverdammt nochmal!« Wieder holte Paul mit dem Revolver aus und schlug zu, diesmal noch härter. Terri fiel nach hinten, aber mit der freien Hand griff sie nach Pauls Hemd und klammerte sich daran fest, um das Gleichgewicht nicht zu verlieren.

Jeffrey hatte die Waffe auf Paul gerichtet, doch selbst aus allernächster Nähe konnte er keinen Schuss riskieren. Der Junge war ihm im Weg. Er hatte das gleiche Problem wie Lena. Ein Zentimeter daneben, und er würde das Kind töten.

»Terri«, rief Lena, als könnte sie irgendwie helfen. Sie war nun auf der untersten Stufe, aber sie konnte nichts weiter tun, als zuzusehen, wie Terri sich an Tim klammerte, die blutende Stirn an sein Bein gepresst. Die Lider des Jungen flatterten. Seine Lippen waren blau, das Gesicht kreideweiß, während er nach Atem rang und seine kleine Lungen kämpften.

Jeffrey warnte: »Geben Sie auf, Paul.«

»Denn wenn ich schwach bin, so bin ich stark.‹«

Paul versuchte, sich zu befreien, aber Terri hielt ihn am Gürtel fest. Als Paul erneut die Waffe hob, um zuzuschlagen, wich Terri im letzten Moment aus. Der Revolver traf sie am Schlüsselbein und rutschte Paul beinahe aus der Hand. Als er danach griff, löste sich ein Schuss. Die Kugel traf Terri direkt ins Gesicht. Sie schwankte, doch irgendwie hielt sie sich auf den Knien, ohne Paul und den Jungen loszulassen. In ihrem Kiefer klaffte ein gähnendes Loch, das den Blick auf den zerschmetterten Knochen freigab. Blut strömte aus der offenen Wunde und spritzte auf die Fliesen. Reflexartig wurde ihr Griff noch fester, blutige Handabdrücke verschmierten Pauls Hemd.

»Nein«, stammelte Paul und stolperte rückwärts auf die Veranda. Voller Grauen sah er, was sich vor ihm abspielte, eine Mischung aus Angst und Ekel in seinem Blick. Entsetzt ließ er die Waffe fallen und beinahe auch Tim, als er rückwärts gegen das Geländer sank.

Doch Terri hielt ihn mit aller ihr verbliebenen Kraft fest umklammert. Schließlich schaffte sie es, Paul zu Boden zu zerren. Sie krallte sich in sein Hemd und zog sich daran zu ihrem Sohn. Tim war totenbleich, seine Augen waren geschlossen. Als Terri bei ihm war, legte sie ihm zärtlich den Kopf auf den Rücken, die zerfetzte Seite ihres Gesichts hatte sie von ihm weggedreht.

Jeffrey kickte den Revolver weg von Pauls Hand, dann zog er das Kind unter seiner Mutter hervor. Er legte den Jungen auf den Rücken und begann, ihn wiederzubeleben. »Lena«, sagte er, dann schrie er: »Lena!«

Lena erwachte aus ihrer Trance, schaltete auf Autopilot. Sie klappte das Telefon auf und rief den Notarzt. Dann kniete sie sich neben Terri, legte ihr den Finger auf den Hals. Ein schwacher Puls war noch zu spüren, und Lena strich ihr das Haar aus dem zertrümmerten Gesicht. »Alles wird gut.«

Paul versuchte, unter Terri wegzukommen, doch Lena knurrte: »Wenn Sie sich auch nur einen Millimeter bewegen, sind Sie tot.«

Mit zitternden Lippen nickte Paul und starrte entsetzt auf Terris

Kopf in seinem Schoß. Noch nie war er einem seiner Opfer so nahe gewesen – vor der schmutzigen Wirklichkeit seiner Taten hatte er sich immer versteckt. Die Kugel hatte eine Seite von Terris Gesicht zerrissen und war im Nacken ausgetreten. Das Pulver hatte schwarze Punkte in ihre Haut gesengt. Ihre linke Wange war zerfetzt und gab den Blick auf die Zunge frei. Knochensplitter vermischten sich mit Blut und grauer Masse. Die Trümmer der Backenzähne klebten in ihrem Haar.

Lena beugte sich über Terris Ohr. »Terri? Terri, halte durch.« Terris Lider flatterten. Sie atmete flach, stoßweise, das Sprechen fiel ihr schwer.

»Terri?«

Lena sah, wie sie die Zunge bewegte und der blanke Knochen zitterte.

»Alles wird gut«, sagte Lena. »Der Notarzt ist unterwegs. Halte durch.«

Terris Kiefer bewegte sich langsam, verzweifelt versuchte sie zu sprechen, doch ihr Mund gehorchte ihr nicht mehr. Es schien sie alle Kraft zu kosten, zu sagen: »Ich … habe es geschafft.«

»Ja, das hast du«, versicherte Lena und nahm ihre Hand, vorsichtig, um ihre Position nicht zu verändern. Wirbelsäulenverletzungen waren heikel: je weiter oben, desto größer der Schaden. Lena wusste nicht einmal, ob Terri sie spürte, aber sie musste sich an etwas festhalten.

Lena sagte: »Ich halte deine Hand, Terri. Ich lass nicht los.«

Jeffrey murmelte: »Komm schon, Tim«, und Lena hörte, wie er zählte, als er auf die Brust des Jungen drückte, um sein Herz wieder zum Schlagen zu bringen.

Terris Atem wurde langsamer. Wieder flatterten ihre Lider.

»Ich … habe es … geschafft.«

»Terri?«, fragte Lena. »Terri?«

»Atme, Tim«, flüsterte Jeffrey. Er holte Luft und blies sie in den schlaffen Mund des Jungen.

Auf Terris feuchten Lippen platzten Blutblasen. Ein gurgelndes Geräusch kam aus ihrer Brust, und ihre Züge schienen zu verschwimmen.

»Terri?«, flehte Lena und drückte ihre Hand, als könnte sie Le-

ben in sie hineinpressen. In der Ferne hörte sie Sirenen, ein ver-
meintliches Licht am Horizont. Lena wusste, dass es nur die Verstärkung war. Der Notarzt konnte noch gar nicht hier sein. Doch
sie log.

»Hörst du das?« Sie hielt Terris Hand, so fest sie konnte. »Der
Notarzt ist gleich da, Terri.«

»Komm schon, Tim«, flüsterte Jeffrey. »Komm schon.«

Terri blinzelte, und Lena spürte, dass sie die Sirene hörte. Sie
atmete scharf aus. »Ich ... habe es ...«

»Einundzwanzig, zweiundzwanzig«, zählte Jeffrey.

»Ich ... ha...«

»Terri, sprich mit mir«, beschwor Lena. »Komm schon, Liebes.
Was hast du? Was willst du mir sagen?«

Terri kämpfte, sie hustete matt, feine Blutströpfchen sprühten
Lena ins Gesicht wie Gischt. Doch sie harrte bei Terri aus, ganz
nah, versuchte Augenkontakt zu halten, um sie nicht zu verlieren.

»Sag es mir«, flüsterte sie und suchte in Terris Augen nach einem Hinweis, dass alles gut würde. Sie musste nur weiter mit ihr
reden, sie dazu bringen durchzuhalten. »Sag mir, was du geschafft
hast.«

»Ich ...«

»Was hast du?«

»Ich ...«

»Komm schon, Terri. Nicht aufgeben. Gib jetzt nicht auf.« Lena
hörte, wie die Streifenwagen auf dem Kies zum Stehen kamen.

»Ich ...«, begann Terri. »Ich ... bin ...«

»Was bist du?« Lena spürte heiße Tränen auf ihren Wangen, als
Terris Griff schlaffer wurde. »Nicht aufgeben, Terri. Sag mir, was
bist du?«

Terris Lippen verkrampften sich, als wollte sie lächeln, wusste
aber nicht mehr, wie es ging.

»Was bist du, Terri? Was?«

»Ich ... bin ...« Wieder hustete sie Blutströpfchen. »... frei.«

»Gut so«, sagte Jeffrey, als Tim nach Luft schnappte, den ersten
Atemzug holte. »Gut so, Tim. Schön atmen.«

Aus Terris Mund quoll Blut und lief ihr in einer dünnen roten

414

Linie über die Wange, wie ein Strich, den ein Kind mit einem Wachsmalstift über ein leeres Blatt zieht. Was von ihrem Kiefer übrig war, erschlaffte. Ihre Augen wurden glasig.

Sie hatte es geschafft.

Als Lena das Revier gegen neun Uhr abends verließ, hatte sie das Gefühl, dass sie seit Wochen nicht mehr zu Hause gewesen war. Sie war erschöpft, und jede Faser ihres Körpers schmerzte, als wäre sie einen Marathon gelaufen. Ihr Ohr war immer noch betäubt, nachdem die Wunde im Krankenhaus genäht worden war. Mit den Haaren konnte sie das fehlende Stück Ohrläppchen kaschieren, doch Lena wusste, dass sie jedes Mal, wenn sie in den Spiegel sah oder die Narbe betastete, an Terri Stanley denken würde. Sie hatte beinahe gelächelt, als sie starb.

Auch wenn kein sichtbares Zeichen mehr davon zu sehen war, spürte Lena immer noch Terris Blut auf ihrer Haut, in ihrem Haar, unter den Fingernägeln. Was sie auch tat, sie hatte es in der Nase, schmeckte es, fühlte es. Es klebte an ihr wie Schuld und schmeckte nach bitterer Niederlage. Sie hatte Terri nicht geholfen. Sie hatte nichts getan, um sie zu beschützen. Terri hatte recht behalten – sie beide ertranken im gleichen Ozean.

Lenas Handy klingelte, als sie die Abzweigung in ihr Viertel nahm, und sie hoffte, dass Jeffrey sie nicht doch noch länger auf dem Revier brauchte. Blinzelnd starrte sie das Display an und überlegte, woher sie die Nummer kannte. Sie ließ es ein paarmal klingeln, bevor sie sich erinnerte. Es war Lu Mitchells Anschluss. Nach all den Jahren hatte sie die Nummer beinahe vergessen.

Fast fiel ihr das Telefon herunter, als sie es aufklappte, dann fluchte sie, weil sie es gegen ihr verletztes Ohr gedrückt hatte. Lena wechselte die Seite und sagte: »Hallo?«

Niemand meldete sich, und enttäuscht dachte sie, dass der Anruf schon auf ihre Mailbox weitergeleitet worden war.

Sie wollte schon auflegen, als sie Gregs Stimme hörte. »Lee?«

»Ja«, antwortete sie und versuchte, dabei nicht atemlos zu klingen. »Hallo. Wie geht's?«

»Ich habe in den Nachrichten von der Frau gehört«, sagte er. »Warst du dabei?«

»Ja«, antwortete sie wieder. Sie fragte sich, wie lange es her war, dass sich jemand nach ihrer Arbeit erkundigt hatte. Ethan war viel zu egozentrisch, Nan zu zartfühlend dafür.

»Geht es dir gut?«

»Ich war dabei, als sie starb«, sagte Lena. »Ich habe ihre Hand gehalten und mit angesehen, wie sie gestorben ist.«

Sie hörte ihn atmen und dachte an Terri, an ihre letzten Atemzüge.

»Gut, dass sie dich hatte.«

»Ich weiß nicht.«

»Doch«, entgegnete er. »Gut, dass jemand bei ihr war.«

Ohne nachzudenken, platzte sie heraus: »Ich bin kein guter Mensch, Greg.«

Wieder hörte sie nur seinen Atem.

»Ich habe furchtbare Fehler gemacht.«

»Jeder macht Fehler.«

»Aber nicht solche«, entgegnete sie. »Nicht so schlimme Fehler, wie ich sie gemacht habe.«

»Möchtest du darüber reden?«

Nichts hätte sie lieber getan, als mit ihm zu reden, ihm alles zu beichten, was passiert war, ihm die fürchterlichen Details aufzuzählen. Doch sie konnte nicht. Sie brauchte ihn viel zu sehr, brauchte das Gefühl, dass er eine Straße weiter war, seiner Mutter die Wolle hielt, wenn Lu Mitchell ihm einen weiteren hässlichen Schal strickte.

»Also«, sagte Greg, und Lena versuchte, das Schweigen zu überbrücken.

»Danke für die CD.«

Seine Stimme hellte sich auf. »Du hast sie bekommen?«

»Ja«, sagte sie und zwang sich, fröhlich zu klingen. »Das zweite Lied gefällt mir am besten.«

»Es heißt ›The Oldest Story in the World‹.«

»Du hättest mir ruhig die Titel aufschreiben können.«

»Deshalb kauft man sich die CD selber, du Schlaumeier.« Sie hatte ganz vergessen, wie es sich anfühlte, geneckt zu werden, und plötzlich spürte Lena, wie das Gewicht, das ihr auf der Brust lag, leichter wurde.

Greg fuhr fort: »Die Kommentare im Booklet sind super. Eine Menge Fotos von den Chicks. Ann sieht rattenscharf aus.« Er lachte selbstironisch. »Nancy würde ich auch nicht von der Bettkante stoßen, aber du weißt ja, dass ich auf Dunkelhaarige stehe.«

»Stimmt.« Sie merkte, dass sie lächelte, und wünschte, dass sie für immer so weiterreden könnten – dass sie nie wieder daran denken müsste, wie Terri vor ihren Augen gestorben war oder dass Terris Kinder ihre Mutter verloren hatten, den einzigen Menschen, der sie beschützte. Jetzt war da nur noch Dale – Dale und ihre Angst zu sterben – so wie ihre Mutter.

Lena verscheuchte die Gedanken aus ihrem Kopf. »Nummer zwölf ist auch gut.«

»Down the Nile«, sagte er. »Seit wann stehst du auf Balladen?«

»Seit …« Sie konnte es selbst nicht sagen. »Ich weiß nicht. Es gefällt mir einfach.« Sie parkte in der Einfahrt hinter Nans Toyota.

»Move On‹ ist cool«, warf Greg ein, doch Lena hörte nicht mehr hin. Das Licht auf der Veranda brannte. Ethans Fahrrad lehnte am Geländer.

»Lee?«

Ihr Lächeln verschwand. »Ja?«

»Alles in Ordnung?«

»Ja«, flüsterte sie angespannt. Was machte Ethan im Haus? Was stellte er mit Nan an?

»Lee?«

Sie schluckte, dann zwang sie sich zu reden. »Ich muss auflegen, Greg. Okay?«

»Ist was nicht in Ordnung?«

»Nein«, log sie. Ihr war schwindelig. »Alles bestens. Ich kann nur gerade nicht reden.« Dann legte sie auf, bevor er noch etwas sagen konnte, warf das Telefon neben sich auf den Sitz und öffnete mit zitternder Hand die Tür.

Lena wusste nicht genau, wie sie die Stufen hochgekommen war, aber jetzt stand sie vor der Tür und legte die schwitzende, klebrige Hand auf den Knauf. Sie holte Luft und trat ein.

»Hallo!« Nan sprang aus dem Sessel, in dem sie gesessen hatte, und verschanzte sich hinter der Lehne. Ihre Augen waren geweitet, ihre Stimme unnatürlich hoch. »Wir haben auf dich gewartet.

Ach du lieber Gott! Dein Ohr!« Sie legte sich die Hand vor den Mund.

»Es sieht schlimmer aus, als es ist.«

Ethan saß auf der Couch, einen Arm auf der Lehne, breitbeinig, aggressiv. Seine Pose schien den ganzen Raum auszufüllen. Er sagte nichts, aber das war auch nicht nötig. Die Drohung sickerte ihm aus jeder Pore.

»Geht es dir gut?«, fragte Nan. »Lena? Was ist passiert?«

Lena erklärte: »Es hat eine brenzlige Situation gegeben.« Sie ließ Ethan nicht aus den Augen.

»In den Nachrichten haben sie nicht viel gesagt«, sagte Nan. Sie zog sich in die Küche zurück, ganz zappelig vor Nervosität. Ethan rührte sich nicht. Er presste die Zähne zusammen, jede Faser seines Körpers angespannt. Lena sah die Büchertasche zu seinen Füßen und fragte sich, was er dabeihatte. Etwas Schweres wahrscheinlich. Etwas, womit er sie schlagen würde.

Nan rief: »Möchtet ihr eine Tasse Tee?«

»Nein danke«, antwortete Lena, dann sagte sie zu Ethan: »Gehen wir in mein Zimmer.«

»Wir könnten doch was spielen«, schlug Nan mit unsicherer Stimme vor. Obwohl sie offensichtlich Angst hatte, versuchte sie tapfer, ihren Mann zu stehen. »Warum spielen wir drei nicht eine Runde Karten?«

»Nein danke.« Lena durfte Nan nicht in Gefahr bringen. Sie hatte sich das alles selbst eingebrockt, und Nan sollte auf keinen Fall Schaden daran nehmen. So viel schuldete sie Sibyl. So viel schuldete sie sich selbst.

Doch Nan gab noch nicht auf: »Lee?«

»Schon gut, Nan.« Zu Ethan sagte sie: »Gehen wir in mein Zimmer.«

Er blieb noch einen Moment sitzen, um ihr klarzumachen, wer hier das Sagen hatte. Beim Aufstehen ließ er sich Zeit, streckte sich und täuschte ein Gähnen vor.

Lena ignorierte sein Theater und wandte ihm den Rücken zu. Sie ging in ihr Zimmer, setzte sich aufs Bett und wartete. Im Stillen betete sie, dass er Nan in Ruhe ließ.

Als Ethan ins Zimmer schlenderte, sah er sie argwöhnisch an.

»Wo warst du?«, fragte er und schloss die Tür mit einem leisen Klicken. Er hatte die Tasche in einer Hand, ließ die Arme hängen.

Sie zuckte die Achseln. »Bei der Arbeit.«

Mit einem dumpfen Schlag fiel die Tasche zu Boden. »Ich habe auf dich gewartet.«

»Du hättest nicht herkommen sollen.«

»Ach ja?«

»Ich hätte dich angerufen.« Sie log: »Ich wollte später sowieso zu dir.«

»Du hast die Felge von meinem Vorderrad verbogen«, sagte er. »Das neue hat mich achtzig Dollar gekostet.«

Sie stand auf und ging zum Schreibtisch. »Ich zahle es dir zurück«, sagte sie und öffnete die oberste Schublade. Ihr Geld bewahrte sie in einer alten Zigarrenkiste auf. Daneben lag die schwarze Plastikbox mit der kleinen Glock 27. Nans Vater war Polizist, und nachdem Sibyl ermordet worden war, hatte er darauf bestanden, dass Nan die Waffe nahm. Nan hatte sie Lena gegeben, und Lena bewahrte sie für alle Fälle in der Schublade auf. Nachts lag ihre Dienstwaffe auf dem Nachttisch, und der Gedanke, dass außerdem die zweite Glock in der unverschlossenen Box in der Schublade lag, ließ sie ruhig schlafen.

Jetzt könnte sie die Waffe herausholen. Sie könnte sie herausholen und sie benutzen und Ethan ein für alle Mal loswerden.

»Was machst du da?«, fragte er.

Lena griff nach der Zigarrenkiste und schloss die Schublade wieder. Sie stellte die Kiste auf die Kommode und öffnete sie. Ethans große Hand griff von hinten an ihr vorbei und klappte die Kiste zu.

Er stand hinter ihr, berührte sie aber nicht. Sie spürte seinen Atem im Nacken, als er flüsterte: »Ich will dein Geld nicht.«

Sie räusperte sich. »Was willst du dann?«

Er kam einen Schritt näher. »Du weißt genau, was ich will.«

Sie fühlte, dass sein Schwanz hart wurde, als er sich gegen ihren Hintern drückte. Er legte die Hände rechts und links neben sie auf die Kommode. Sie saß in der Falle.

»Nan wollte mir nicht sagen, wer der Typ mit der CD ist.«

Lena biss sich auf die Lippe, spürte das Brennen, dann das Blut.

419

Sie dachte an Terri Stanley, wie steif sie den Kopf gehalten hatte – heute Morgen an der Tür –, damit ihre Lippe beim Sprechen nicht wieder aufplatzte. Terri würde nie wieder in dieser Situation sein. Sie würde nachts nicht mehr wach liegen und sich davor fürchten, was Dale als Nächstes tun würde. Sie musste keine Angst mehr haben.

Ethan begann sich an ihr zu reiben. Lena wurde schlecht. »Nan und ich haben uns gut unterhalten.«

»Lass Nan in Ruhe.«

»Ich soll sie in Ruhe lassen?« Ethan griff ihr an die Brust, so fest, dass sie sich auf die Lippe biss, um nicht laut aufzuschreien. »Das hier gehört mir«, erinnerte er sie. »Kapierst du das?«

»Ja.«

»Niemand außer mir fasst dich an.«

Lena schloss die Augen und zwang sich, nicht zu schreien, als seine Lippen in ihrem Nacken brannten.

»Wenn dich einer anfasst, bringe ich ihn um.« Sein Griff wurde noch fester, als wollte er ihr die Brust abreißen. »Ein Toter mehr oder weniger ist mir scheißegal«, zischte er. »Kapiert?«

»Ja.« Sie spürte, wie ihr Herz noch einmal schlug, dann fühlte sie nichts mehr.

Langsam drehte sich Lena um. Sie sah ihren eigenen Händen zu, die sich nicht wehrten, sondern zärtlich sein Gesicht berührten. Sie fühlte sich leicht, schwindelig, als hätte sie ihren Körper verlassen und sähe sich selbst von außen zu. Als ihre Lippen einander berührten, spürte sie nichts. Seine Zunge hatte keinen Geschmack. Sie spürte auch seine schwieligen Finger nicht, als er die Hand in ihre Hose schob.

Im Bett war er brutaler als je zuvor, er drückte sie auf die Matratze, und ihre fehlende Gegenwehr schien ihn noch wütender zu machen. Die ganze Zeit hatte Lena das Gefühl, außerhalb ihrer Körpers zu sein, selbst als er in sie eindrang, sein Schwanz wie ein Schwert in ihr Inneres stieß. Sie nahm den Schmerz wahr, so unbewusst, wie sie ihre Atmung wahrnahm; eine physiologische Reaktion, ein reflexartiger Vorgang, durch den ihr Körper überlebte.

Ethan war schnell fertig, Lena lag da und fühlte sich, als hätte sie ein Hund markiert. Er rollte sich auf den Rücken und keuchte befriedigt. Erst als sie sein gleichmäßiges Schnarchen hörte, kehrten Lenas Sinne langsam zurück. Der Geruch seines Schweißes. Der Geschmack seiner Zunge. Der klebrige Schleim zwischen ihren Beinen.

Er hatte kein Kondom benutzt.

Lena rollte sich vorsichtig zur Seite und spürte, wie die warme Flüssigkeit aus ihr herauslief. Sie starrte die Uhr an, sah zu, wie die Zeit verstrich, Minuten, Stunden. Eine Stunde, zwei. Drei Stunden waren vergangen, als sie aufstand. Sie hielt die Luft an, lauschte auf eine Veränderung in seiner Atmung, als sie vorsichtig aus dem Bett kletterte.

Sie bewegte sich langsam, wie unter Wasser, zog die Schublade auf, nahm die Plastikbox heraus. Mit dem Rücken zu Ethan setzte sie sich auf den Boden und ließ den Deckel aufschnappen. Das Geräusch krachte in ihren Ohren wie ein Pistolenschuss. Sie atmete nicht, als Ethan sich rührte. Sie schloss die Augen, kämpfte gegen die Panik an, während sie darauf wartete, dass er sie packte, die Hände um ihren Hals legte. Dann drehte sie den Kopf und spähte über die Schulter.

Er lag auf der Seite, den Kopf in die andere Richtung gedreht.

Die Glock war geladen, eine Kugel in jeder Kammer. Sie wog die Waffe in den Händen, spürte, wie das Gewicht immer schwerer wurde, bis ihr die Hände in den Schoß sanken. Die 27 war die kleinere Version ihrer Dienstwaffe, doch aus der Nähe konnte sie genauso viel Schaden anrichten. Lena schloss die Augen, spürte wieder die Gischt von Terris Blut in ihrem Gesicht, hörte Terris letzte Worte, als sie fast triumphierend sagte: *Ich bin frei.*

Lena starrte die Waffe an, das schwarze Metall war kalt. Sie drehte sich um, um sicherzugehen, dass Ethan schlief.

Seine Büchertasche lag noch an der Stelle, wo er sie hatte fallen lassen. Lena biss die Zähne zusammen, als sie den Reißverschluss öffnete, das Geräusch klang viel zu laut in ihren Ohren. Es war eine schöne Tasche, Schweizer Armee, mit vielen Fächern und jeder Menge Stauraum. Ethan trug darin alles mit sich herum – seine Brieftasche, die Bücher für die Uni, sogar seine Sportsachen. Ein paar hundert Gramm mehr würden ihm nicht auffallen.

Lena schlug die Klappe zurück und öffnete eine breite Innentasche. Darin waren Bleistifte und ein paar Kulis, ansonsten war das Fach leer. Sie ließ die kleine Glock hineingleiten, schloss den Reißverschluss wieder und ließ die Tasche auf dem Boden liegen.

Dann kroch sie auf allen vieren zum Bett, stützte sich mit den Händen auf der Kante ab und legte sich in Zeitlupe an Ethans Seite.

Schnarchend atmete er aus, drehte sich um und warf den Arm über ihre Brust. Lena wandte den Kopf, um auf die Uhr zu sehen. Sie zählte die Minuten, bis der Wecker klingelte und Ethan für immer aus ihrem Leben verschwinden würde.

SAMSTAG

Siebzehn

SARA HIELT DIE LEINE FEST, als Bob den Kopf herumriss und schnüffelnd die Schnauze zum Feld neben der Straße reckte. Als Windhund war Bob seinem Jagdtrieb ausgeliefert und verfolgte alles, was sich bewegte. Sara wusste, wenn sie die Leine losließ, würde sie den Kerl wahrscheinlich nie wiedersehen.

Jeffrey, der Billys Leine genauso fest hielt, sah ebenfalls aufs Feld hinaus. »Hase?«

»Streifenhörnchen«, entgegnete sie und zog Bob auf die andere Seite der Straße. Bob gab willig nach; der zweitstärkste Instinkt des Windhunds war die Faulheit. Als er federnd die Straße hinunterlief, wackelte sein schmales Hinterteil mit jedem Schritt.

Jeffrey legte den Arm um Sara. »Ist dir kalt?«

»Mhm«, brummte sie und schloss die Augen in der grellen Sonne. Als heute Morgen um fünf vor sieben das Telefon geklingelt hatte, hatten sie beide geflucht, aber Cathys Angebot, zum Frühstück Pfannkuchen zu backen, hatte sie aus dem Bett gelockt. Beide hatten am Wochenende einen Haufen Bürokram zu erledigen, und Sara meinte, dass es sich mit vollem Magen besser arbeiten ließ.

»Ich habe nachgedacht«, sagte Jeffrey. »Vielleicht sollten wir uns noch einen Hund zulegen.«

Sie sah ihn von der Seite an. Bob war heute Morgen fast an einem Herzinfarkt gestorben, als Jeffrey die Dusche angedreht hatte, ohne vorher nachzusehen, ob der Hund an seinem Lieblingsplatz lag.

»Oder noch eine Katze?«

Sie lachte laut. »Du kannst ja nicht mal die leiden, die wir haben.«

»Na und?« Er zuckte die Schultern. »Die Neue suchen wir gemeinsam aus.«

Sara lehnte den Kopf an seine Schulter. Entgegen seiner Vermutung konnte sie nicht immer seine Gedanken lesen, doch jetzt wusste sie genau, wonach er sich wirklich sehnte. Als er gestern Abend von Terri und ihrem Sohn erzählt hatte, war Sara etwas klargeworden, worüber sie nie nachgedacht hatte. Jahrelang hatte sie ihre Unfruchtbarkeit immer als ihr persönliches Problem betrachtet, aber jetzt erkannte sie, dass es auch für Jeffrey ein großer Verlust war. Sie konnte zwar nicht erklären, warum, doch das Wissen, dass er das gleiche tiefe Bedürfnis spürte wie sie, linderte ihr Gefühl, versagt zu haben, und spornte sie an, vielleicht doch eine Lösung zu finden.

»Ich werde die Kleinen im Auge behalten«, sagte Jeffrey, und sie wusste, dass er von Terris Söhnen sprach. »Pat macht Dale die Hölle heiß.«

Sara bezweifelte, ob Dales kleiner Bruder großen Einfluss hätte. »Behält Dale das Sorgerecht?«

»Ich weiß es nicht«, antwortete er. »Als ich dem Kleinen meine Hände auf die Brust gepresst habe …« Er sprach den Satz nicht zu Ende, doch sie wusste, wie schlecht er sich fühlte, weil er dem Jungen bei der Herzmassage zwei Rippen gebrochen hatte. »Er ist so klein. Seine Knochen sind wie Streichhölzer.«

»Immerhin hast du ihn nicht sterben lassen«, sagte sie. Dann merkte sie, wie hart ihre Worte klingen mussten, und erklärte tröstend: »Gebrochene Rippen heilen, Jeffrey. Du hast ihm das Leben gerettet. Du hast genau das Richtige getan.«

»Ich war froh, als der Notarzt endlich da war.«

»In ein paar Tagen kommt er aus dem Krankenhaus«, sagte sie und rieb ihm aufmunternd über den Rücken. »Du hast alles richtig gemacht.«

»Ich musste an Jared denken«, sagte er, und ihre Hand hielt in der Bewegung inne. Jared – der Junge, den er jahrelang als eine Art Neffen betrachtet hatte, bis er eines Tages herausgefunden hatte, dass er in Wirklichkeit sein Sohn war.

»Ich weiß noch, wie ich ihn in die Luft geworfen und aufgefangen habe, als er klein war. Gott, das hat ihm solchen Spaß gemacht. Er hat gelacht, bis er Schluckauf bekam.«

»Nell hätte dich wahrscheinlich am liebsten erwürgt«, bemerkte Sara und stellte sich vor, wie Jareds Mutter die ganze Zeit die Luft anhielt.

»Beim Auffangen habe ich seine Rippen unter meinen Händen gespürt. Er war so fröhlich. Er ist so gern durch die Luft geflogen.« Er lächelte schief und dachte laut: »Vielleicht wird er mal Pilot.«

Sie gingen schweigend weiter, außer ihren Schritten und dem Rasseln der Hundehalsbänder war nichts zu hören. Sara legte wieder den Kopf an Jeffreys Schulter, wollte nichts lieber als diesen Moment genießen. Er hielt sie fester. Ihr Blick glitt über die Hunde, und sie fragte sich, wie es wäre, einen Kinderwagen zu schieben, statt die Leine zu halten.

Mit sechs Jahren hatte Sara ihrer Mutter im Brustton der Überzeugung mitgeteilt, dass sie zwei Kinder haben würde, einen blonden Jungen und ein braunhaariges Mädchen. Cathy hatte Sara mit ihrer kindlichen Zielstrebigkeit aufgezogen, bis sie Mitte zwanzig war. In der Zeit am College, der Universität und schließlich am Krankenhaus war es der Running-Gag in der Familie, vor allem angesichts der Tatsache, dass Saras Liebesleben auf Sparflamme lief. Jahrelang hatte man sie gnadenlos veräppelt wegen ihrer frühreifen Prognose, doch dann hatte der Spott mit einem Schlag aufgehört. Mit sechsundzwanzig war Sara unfruchtbar geworden. Mit sechsundzwanzig hatte sie die kindliche Zuversicht verloren, dass alles möglich war, wenn man es nur wollte.

Als sie die Straße entlangspazierten, ihr Kopf an Jeffreys Schulter, wagte Sara das gefährliche Gedankenspiel und fragte sich, wie ihre Kinder ausgesehen hätten. Jared hatte Jeffreys dunkle Haare und die dunkelblauen Augen seiner Mutter geerbt. Wäre ihr Kind rothaarig, mit kupferfarbenen Ringellocken? Oder hätte es Jeffreys schwarzblau glänzende Mähne, sein dickes welliges Haar, das man ständig anfassen wollte? Wäre ihr Sohn sanftmütig wie sein Vater und würde zu einem Mann heranwachsen, der eines Tages eine Frau glücklicher machen würde, als Sara es je für möglich gehalten hätte?

Jeffreys Brust hob und senkte sich, er seufzte tief.

Sara wischte sich über die Augen. Sie hoffte, er merkte nicht, wie albern sie sich benahm. »Wie geht es Lena?«, fragte sie.

»Ich habe ihr einen Tag freigegeben.« Auch Jeffrey rieb sich die Augen, doch sie wagte es nicht, ihn anzusehen. »Sie hat einen Orden verdient dafür, dass sie endlich mal meine Anordnungen befolgt hat.«

»Das erste Mal ist immer was Besonderes.«

Er lachte trocken. Dann sagte er: »Sie ist ein hoffnungsloser Fall.«

Sara drückte ihn fester an sich und dachte, dass sie beide auch nicht viel besser waren. »Du weißt, dass du ihr nicht helfen kannst, oder?«

Wieder seufzte er. »Ja, das weiß ich.«

Als sie zu ihm aufblickte, sah sie, dass auch er Tränen in den Augen hatte.

Nach ein paar Sekunden rief er Billy mit einem Schnalzen auf die Straße zurück. »Also.«

»Also«, wiederholte sie.

Er räusperte sich ein paarmal, dann sagte er: »Pauls Anwalt wird gegen Mittag hier sein.«

»Wo kommt er her?«

»Aus Atlanta.« Jeffrey war sein Abscheu für die Stadt anzuhören. Sara schniefte. Sie musste sich zusammenreißen. »Glaubst du, dass er ein Geständnis ablegt?«

»Nein.« Er zog an der Leine, als Billy an ein paar Sträuchern herumschnüffelte. »Er hat kein Wort mehr gesagt, seit wir ihn unter Terri hervorgeholt haben.«

Sara schwieg. Sie dachte an das Opfer, das die Frau gebracht hatte. »Glaubst du, er wird verurteilt?«

»Versuchte Entführung und Schusswaffengebrauch können wir ihm leicht nachweisen«, antwortete er. »Gegen zwei Polizisten als Zeugen kann er kaum was machen.« Er schüttelte den Kopf. »Aber wer weiß, wie es ausgeht? Ich plädiere auf Vorsatz, darauf kannst du wetten. Ich war schließlich dabei. Aber bei der Jury weiß man nie …« Er schwieg. »Dein Schuh ist offen«, sagte er plötzlich. Jeffrey drückte ihr Billys Leine in die Hand und bückte sich, um ihr den Schnürsenkel zuzubinden. »Mord während eines laufenden Ermittlungsverfahrens, versuchter Mord an einer Polizistin. Wird schon was dabei sein, das ihn für lange Zeit hinter Gitter bringt.«

»Und Abby?«, fragte Sara, als sie seine Hände beobachtete. Sie dachte an das erste Mal, als er ihre Schnürsenkel zugebunden hatte. Sie waren im Wald, und bis zu dem Moment, als er sich vor sie gekniet hatte, war sie sich ihrer Gefühle für ihn nicht sicher gewesen. Sie fragte sich, wie sie je daran hatte zweifeln können, wie sehr sie ihn brauchte.

»Weg da«, schimpfte Jeffrey mit den Hunden, als sie versuchten, nach den Schnürsenkeln zu schnappen. Jeffrey machte einen Doppelknoten, dann stand er auf und nahm ihr Billys Leine wieder ab. »Ich weiß nicht, was aus Abbys Fall wird. Von Terri wissen wir zwar, dass Paul die Möglichkeit hatte, an das Zyankali ranzukommen, aber sie kann ihre Aussage nicht mehr bestätigen. Dale ist bestimmt nicht bereit zu wiederholen, wie er Paul über die Wirkung des Gifts aufgeklärt hat.« Er legte Sara den Arm um die Hüfte und zog sie enger an sich, als sie ihren Weg fortsetzten. »Rebecca ist noch ganz durcheinander. Aber Esther hat zugesagt, dass ich morgen mit ihr sprechen kann.«

»Meinst du, sie kann euch helfen?«

»Nein«, gestand er. »Das Einzige, was sie sagen kann, ist, dass sie ein paar Papiere gefunden hat, die Abby ihr hingelegt hat. Verdammt, sie kann nicht mal beschwören, ob es Abby war oder nicht. Sie hat nicht mitbekommen, was mit Terri geschehen ist, weil sie die ganze Zeit im Schrank gesessen hat, und von den Zwangsbeerdigungen weiß sie auch nur vom Hörensagen. Selbst wenn ein Richter die Anschuldigungen gelten lassen würde, war es Cole, der die Mädchen in die Kisten gesteckt hat. Paul hat sich nicht die Finger schmutzig gemacht.« Er gab zu: »Und er hat seine Spuren ziemlich gut verwischt.«

»Ich kann mir nicht vorstellen, dass ein noch so gewiefter Anwalt aus Atlanta in der Lage ist, es positiv darzustellen, dass Pauls ganze Familie bereit ist, gegen ihn auszusagen.« Ironischerweise war das am Ende Paul Wards größtes Problem. Er hatte nicht nur ihre Unterschriften auf den Versicherungspolicen gefälscht, sondern auch die Schecks eingelöst, die auf sie ausgestellt waren, und das Geld in die eigene Tasche gesteckt. Allein der Betrug würde ihn bis ins hohe Alter ins Gefängnis bringen.

»Auch die Sekretärin hat widerrufen«, erzählte Jeffrey. »Sie sagt,

Paul habe an jenem Abend doch nicht bis spät in die Nacht gearbeitet.«

»Was ist mit den Todesfällen auf der Farm? Die Leute, um deren Lebensversicherungen es ging?«

»Möglich, dass sie einfach so gestorben sind und Paul Glück hatte«, sagte er, aber sie wusste, dass er nicht daran glaubte. Doch selbst wenn er die Fälle vor Gericht bringen wollte, Jeffrey hatte keinerlei Beweise, dass es sich um Verbrechen handelte. Die neun Leichen waren verbrannt, und ihre Familien – falls sie welche hatten – hatten sie längst aufgegeben.

Er sagte: »Mit dem Mord an Cole haben wir das gleiche Problem. An der Kaffeedose waren nur seine eigenen Fingerabdrücke. Wir haben Pauls Abdrücke zwar in der Wohnung gefunden, aber auch die von allen anderen.«

»Cole hat wohl seinen eigenen Richter gefunden«, bemerkte Sara, auch wenn sie damit eine harte Aussage machte. Bevor sie Jeffrey kennengelernt hatte, konnte sie sich den Luxus leisten, die Dinge in Schwarzweiß zu sehen. Sie hatte sich darauf verlassen, dass die Gerichte die richtigen Entscheidungen trafen und die Geschworenen ihren Eid ernst nahmen. Doch seit sie mit einem Polizisten zusammenlebte, wusste sie, dass es keineswegs so einfach war. »Du hast alles richtig gemacht«, sagte sie zu Jeffrey.

»Das glaube ich erst, wenn Paul Ward in der Todeszelle sitzt.«

Sara wäre es lieber, der Mann würde den Rest seines Lebens hinter Gittern verbringen, doch sie wollte mit Jeffrey nicht über die Todesstrafe streiten. In diesem Punkt würde er ihre Meinung nie ändern.

Sie hatten das Haus ihrer Eltern erreicht, und Sara entdeckte ihren Vater, der vor dem weißen Buick ihrer Mutter kniete. Mit der Zahnbürste bearbeitete er die Felgen.

»Hallo, Daddy«, sagte sie und küsste ihn auf den Scheitel.

»Deine Mutter war draußen auf dieser Farm«, grummelte Eddie und tauchte die Zahnbürste in Seifenlauge. Offensichtlich passte es ihm nicht, dass Cathy ihrem Exfreund einen Besuch abgestattet hatte, doch er ließ den Groll lieber an ihrem Wagen aus. »Ich habe ihr gesagt, sie soll meinen Pritschenwagen nehmen, aber sie hört ja nicht auf mich.«

430

Sara war sehr wohl bewusst, dass ihr Vater Jeffreys Anwesenheit wie gewöhnlich ignorierte. »Daddy?«

»Was?«, knurrte er.

»Ich wollte dir sagen …« Sie wartete, bis er zu ihr aufsah. »Jeffrey und ich sind zusammengezogen.«

»Was du nicht sagst«, murmelte Eddie und konzentrierte sich wieder auf die Felge.

»Wir überlegen, ob wir uns noch einen Hund anschaffen.«

»Na, herzlichen Glückwunsch«, antwortete Eddie, alles andere als begeistert.

»Und wir wollen heiraten.«

Er hielt mit der Zahnbürste inne, und neben Sara schnappte Jeffrey nach Luft.

Eddie begann mit der Bürste an einem Teerfleck herumzurubbeln. Schließlich hob er den Kopf, blickte erst Sara an, dann Jeffrey. »Hier«, sagte er und hielt Jeffrey die Zahnbürste hin. »Wenn du wieder Mitglied der Familie sein willst, kannst du auch gleich ein paar Pflichten übernehmen.«

Sara nahm Billys Leine, damit Jeffrey seine Jacke ausziehen konnte. Er reichte sie ihr und sagte: »Danke.«

Sie schenkte ihm ihr süßestes Lächeln. »Gern geschehen.«

Jeffrey nahm die Zahnbürste, kniete sich neben Saras Vater und machte sich emsig über die Flecken her.

»Mehr Knochenschmalz«, meckerte Eddie, »meine Mädchen machen das besser als du.«

Sara hielt sich die Hand vor den Mund, um ihr Grinsen zu verbergen.

Dann ließ sie die beiden allein, damit sie sich umbringen oder versöhnen konnten, und band die Hundeleinen am Verandageländer fest. Aus der Küche drang Gelächter, und als Sara durch den Flur nach hinten ging, hatte sie das Gefühl, es wären Jahre vergangen, seit sie das letzte Mal hier war, nicht sechs Tage.

Sara fand Cathy und Bella fast in der gleichen Position wie beim letzten Mal. Bella saß mit der Zeitung am Küchentisch, und Cathy stand am Herd.

»Was ist denn hier los?«, fragte Sara und nahm sich einen Streifen Speck, während sie ihrer Mutter einen Kuss auf die Wange gab.

431

»Ich reise ab«, erklärte Bella. »Das ist mein Abschiedsfrühstück.«
»Wie schade«, sagte Sara. »Ich habe das Gefühl, wir haben überhaupt nichts voneinander gehabt.«

»Das haben wir auch nicht«, gab Bella zurück. Sie winkte ab, als Sara sich entschuldigen wollte. »Du hattest viel zu tun.«

»Wo gehst du hin?«

»Nach Atlanta.« Sie zwinkerte Sara zu. »Schlaf dich richtig aus, bevor du mich besuchen kommst.«

Sara verdrehte die Augen.

»Ich meine es ernst, meine Süße«, wiederholte Bella, »besuch mich mal.«

»In nächster Zeit habe ich vielleicht etwas viel um die Ohren«, begann Sara, ohne genau zu wissen, wie sie die Neuigkeit am besten vorbringen sollte. Sie hatte ein albernes Grinsen auf den Lippen, als sie wartete, bis die Schwestern ihr ihre ungeteilte Aufmerksamkeit schenkten.

»Ich habe beschlossen, Jeffrey zu heiraten.«

Cathy drehte sich wieder zum Herd. »Na, das hat ja auch lange genug gedauert. Ich staune nur, dass er dich noch will.«

»Vielen Dank auch«, antwortete Sara und fragte sich, warum sie sich überhaupt die Mühe gemacht hatte.

»Hör nicht auf deine Mama, Darling«, zwitscherte Bella und stand auf. Sie nahm Sara fest in die Arme und sagte: »Herzlichen Glückwunsch.«

»Danke dir«, erklärte Sara mit Nachdruck, hauptsächlich ihrer Mutter wegen, doch Cathy schien es zu überhören.

Bella faltete die Zeitung zusammen und klemmte sie sich unter den Arm. »Ich lass euch dann mal«, erklärte sie. »Und redet nicht schlecht über mich, wenn ich nicht mitreden kann.«

Sara starrte auf den Rücken ihrer Mutter und fragte sich, was hier eigentlich los war. Schließlich hielt sie das Schweigen nicht mehr aus. »Ich dachte, du würdest dich für mich freuen.«

»Ich freue mich für Jeffrey«, gab Cathy zurück. »Du hast dir verdammt viel Zeit gelassen.«

Sara hängte Jeffreys Jacke über die Stuhllehne und setzte sich. Sie rechnete mit einem Vortrag über ihre gesammelten Verfehlungen. Cathys nächster Satz überraschte sie vollkommen.

432

»Bella hat mir erzählt, dass du mit deiner Schwester in der Kirche warst.«

Sara überlegte, was ihre Tante ihrer Mutter wohl noch gesagt hatte. »Ja, Ma'am.«

»Hast du Thomas Ward kennengelernt?«

»Ja«, wiederholte Sara, das *Ma'am* verkniff sie sich. »Scheint ein netter Mann zu sein.«

Cathy klopfte die Gabel an der Pfanne ab, dann drehte sie sich um. Sie verschränkte die Arme vor der Brust. »Willst du mich direkt was fragen, oder nimmst du lieber wieder den feigen Umweg über deine Tante?«

Sara wurde rot. Das hatte sie nicht bewusst getan, aber wahrscheinlich hatte ihre Mutter recht. Sara hatte Bella von ihren Ängsten erzählt, weil sie insgeheim hoffte, dass ihre Tante es an ihre Mutter weitergab.

Sie holte Luft und nahm all ihren Mut zusammen. »Ist er der Mann gewesen?«

»Ja.«

»Und Lev …« Sara suchte nach Worten. Jetzt wünschte sie, sie könnte doch den Umweg über ihre Tante nehmen. Ihre Mutter sah sie durchdringend an. »Lev hat rotes Haar«, sagte sie schließlich.

»Du bist Ärztin?«, fragte Cathy scharf.

»Also, ich …«

»Hast du Medizin studiert?«

»Ja.«

»Dann solltest du wissen, was Gene sind.« So wütend hatte Sara ihre Mutter schon lange nicht mehr erlebt. »Hast du mal daran gedacht, wie sich dein Vater fühlen würde, wenn er wüsste, dass du denkst – und wenn auch nur für eine Minute …« Sie unterbrach sich, versuchte, ihren Zorn im Zaum zu halten. »Ich habe es dir damals gesagt, Sara. Ich habe dir gesagt, dass es nur um Gefühle ging. Es war ganz und gar platonisch.«

»Ich weiß.«

»Habe ich dich je angelogen?«

»Nein, Mama.«

»Es würde deinem Vater das Herz brechen …« Sie hatte mit dem

Finger auf Sara gezeigt, doch jetzt ließ sie die Hand sinken. »Manchmal frage ich mich, ob du überhaupt ein Hirn in deinem Schädel hast.« Dann drehte sie sich zurück zum Herd und griff wieder nach der Gabel.

Sara versuchte, den Vorwurf so gut wie möglich zu verdauen, doch ihr war unangenehm bewusst, dass Cathy ihre Frage nicht beantwortet hatte. Sie konnte die Sache nicht einfach auf sich beruhen lassen. »Lev hat rote Haare.«

Cathy warf die Gabel hin und drehte sich um. »Genau wie seine Mutter, du dummes Huhn.«

In diesem Moment kam Tessa in die Küche, ein dickes Buch unter dem Arm. »Wessen Mutter?«

Cathy beherrschte sich. »Das geht dich gar nichts an.«

»Machst du Pfannkuchen?« Tessa legte das Buch auf den Tisch. *Die gesammelten Werke von Dylan Thomas* las Sara auf dem Umschlag.

»Nein«, knurrte Cathy. »Ich verwandele Wasser in Wein.«

Tessa suchte Saras Blick, doch ihre Schwester zuckte nur die Achseln, als hätte sie mit der Laune ihrer Mutter nicht das Geringste zu tun.

»In ein paar Minuten gibt es Frühstück«, sagte Cathy. »Ihr zwei deckt den Tisch.«

Tessa rührte sich nicht vom Fleck. »Ich hatte eigentlich was vor.«

»Was hattest du vor?«, fragte Cathy.

»Ich habe Lev versprochen vorbeizukommen«, erklärte sie, und Sara musste sich auf die Zunge beißen.

Doch Tessa hatte ihr Gesicht gesehen und verteidigte sich: »Es ist eine schwere Zeit für sie.«

Sara nickte, während Cathy kerzengerade am Herd stand, ihre Missbilligung so deutlich wie ein Neonsignal.

Tessa versuchte sich zu verteidigen. »Nur wegen Paul sind sie nicht alle schlechte Menschen.«

»Das habe ich nie behauptet«, entgegnete Cathy. »Thomas Ward ist einer der aufrechtesten Menschen, die ich kenne.« Sie funkelte Sara warnend an, ja die Klappe zu halten.

Tessa rechtfertigte sich: »Es tut mir leid, dass ich nicht mehr in deine Kirche gehe, aber …«

Cathy zischte: »Ich weiß genau, warum du da hingehst, mein Fräulein.«

Erstaunt blickte Tessa zu Sara, aber sie zuckte wieder nur die Achseln, erleichtert, dass ihre Mutter von ihr abgelassen hatte.

»Die Kirche ist eine Andachtsstätte.« Diesmal zeigte Cathy mit dem Finger auf Tessa. »Kein Anmachschuppen.«

Tessa prustete los, dann hielt sie inne, als sie sah, wie ernst es ihrer Mutter war. »Darum geht es doch gar nicht«, verteidigte sie sich. »Ich bin gerne da.«

»Dir gefällt Leviticus Ward.«

»Na ja«, gab Tessa grinsend zu. »Schon, aber ich bin auch gerne in der Kirche.«

Cathy stemmte die Hände in die Hüften und sah zwischen ihren Töchtern hin und her, als überlegte sie, was sie mit den beiden bloß anstellen sollte.

»Im Ernst, Mama. Ich gehe gerne dorthin. Nicht wegen Lev. Meinetwegen«, beharrte Tessa.

Trotz ihrer Vorbehalte stellte sich Sara diesmal hinter ihre Schwester. »Das stimmt wirklich.«

Cathy presste die Lippen zusammen, und einen Moment lang fürchtete Sara, sie würde in Tränen ausbrechen. Ihrer Mutter war Religion sehr wichtig, doch sie hatte die Mädchen nie dazu verdonnert. Cathy hoffte immer noch, dass ihre Kinder den Weg zum Glauben finden würden, und auf einmal begriff Sara, wie glücklich Cathy war, dass Tessa diesen Schritt getan hatte. Für einen winzigen Moment war sie eifersüchtig.

»Ist das Frühstück fertig?«, rief Eddie aus dem Flur und schlug die Haustür hinter sich zu.

Cathys Lächeln verschwand, als sie sich wieder dem Ofen zuwandte. »Euer Vater denkt, ich wäre ein Schnellimbiss.«

Eddie kam hereingewatschelt, aus seinen Socken guckten die Zehen heraus. Hinter ihm tauchte Jeffrey auf, die Hunde im Schlepptau, die sich ergeben unter dem Tisch verkrochen und auf milde Gaben hofften.

Als Eddie den steifen Rücken seiner Frau bemerkte, blickte er seine Töchter an. Er spürte die Spannung im Raum.

»Das Auto ist sauber«, sagte er erwartungsvoll, und Sara dachte, wenn er dafür einen Orden wollte, dann hatte er sich den falschen Morgen ausgesucht.

Cathy räusperte sich und wendete den Pfannkuchen. »Danke, Eddie.«

Sara fiel ein, dass sie ihrer Schwester die Neuigkeit noch gar nicht verkündet hatte. Jetzt sah sie Tessa feierlich an. »Jeffrey und ich heiraten.«

Tessa steckte sich den Finger in den Mund und ließ ihn ploppen. Ihr gemurmeltes *Yippie* klang nicht gerade ekstatisch.

Nachdenklich streckte Sara die Füße aus und legte sie auf Bobs Bauch. In den letzten drei Jahren hatte sie sich von ihrer Familie viel Mist anhören müssen, und jetzt fand sie, sie hatte wenigstens einen Händedruck verdient.

Aus heiterem Himmel wandte Cathy sich an Jeffrey: »Hat dir der Schokoladenkuchen geschmeckt, den ich euch neulich geschickt habe?«

Verlegen steckte Sara den Kopf unter den Tisch und starrte Bobs Fell an, als hätte sie auf seinem Bauch eine Schatzkarte entdeckt.

Über sich hörte sie Jeffreys gedehntes »Ja-a« und spürte seinen stechenden Blick, ohne dass sie ihn ansehen musste. »Der Kuchen war phantastisch.«

»Im Kühlschrank ist noch welcher, wenn du willst.«

»Toll«, erklärte Jeffrey zuckersüß. »Vielen Dank.«

In diesem Moment hörte Sara ein Zwitschern, und es dauerte einen Moment, bis sie es als Jeffreys Klingelton identifizierte. Sie griff hinter sich in seine Jacke, fischte das Telefon heraus und hielt es ihm hin.

»Tolliver«, meldete er sich. Er machte ein verwirrtes Gesicht, dann verfinsterte sich seine Miene. Er ging in den Flur, um ungestört zu reden. Sara konnte hören, was er sagte, doch es war nicht sehr aufschlussreich. »Wann ist er gegangen?« Dann: »Bist du dir sicher, dass du das tun willst?« Eine kurze Pause entstand, dann sagte er: »Du tust das Richtige.«

Als Jeffrey in die Küche zurückkam, entschuldigte er sich. »Ich muss gehen«, sagte er. »Eddie, darf ich mir deinen Pritschenwagen borgen?«

Sehr zu Saras Überraschung sagte ihr Vater: »Der Schlüssel

hängt neben der Tür«, als hätte er Jeffrey in den letzten fünf Jahren nicht die Pest an den Hals gewünscht.

Sara nahm seine Jacke und begleitete ihn hinaus. »Was ist los?«

»Es war Lena«, erklärte er aufgeregt. »Sie sagt, Ethan hat gestern Abend Nan Thomas' Pistole gestohlen.«

»Nan hat eine Pistole?« Etwas Gefährlicheres als eine Zickzackschere hätte Sara der Bibliothekarin nie zugetraut.

»Lena sagt, Ethan hat die Waffe in seiner Büchertasche.« Jeffrey nahm Eddies Schlüssel vom Haken. »Vor fünf Minuten ist er zur Arbeit gegangen.«

Sara gab ihm seine Jacke. »Warum hat sie dich angerufen?«

»Er ist immer noch auf Bewährung«, Jeffrey konnte sein Hochgefühl kaum verbergen, »jetzt muss er die volle Strafe absitzen – noch zehn Jahre Knast.«

Irgendwie hatte Sara ein komisches Gefühl. »Ich verstehe nicht, warum sie ausgerechnet dich angerufen hat.«

»Das spielt keine Rolle«, sagte er und öffnete die Haustür. »Wichtig ist nur, dass der Typ hinter Gitter kommt.«

Als Jeffrey die Stufen hinunterging, bekam Sara plötzlich Angst. »Jeffrey.« Sie wartete, dass er sich zu ihr umdrehte, doch sie brachte nur heraus: »Sei vorsichtig.«

Jeffrey zwinkerte ihr zu, als wäre das Ganze keine große Sache. »Ich bin in einer Stunde zurück.«

»Er ist bewaffnet.«

»Ich auch«, erinnerte er sie und ging auf den Pritschenwagen ihres Vaters zu. Er winkte, als wollte er sie ins Haus zurückscheuchen. »Geh schon. Bevor du mich vermisst, bin ich wieder da.«

Die Tür des Pritschenwagens quietschte. Dann fiel Jeffrey noch etwas ein. »Ach, Mrs. Tolliver?«

Saras Herz machte einen kindischen Hüpfer, als sie diesen Namen hörte.

Er grinste sie schief an. »Lass mir was vom Kuchen übrig.«

Danksagungen

AN DIESEM PUNKT MEINER KARRIERE ANGEKOMMEN, würde ich dreitausend Seiten füllen müssen, um jedem zu danken, der mich unterstützt hat. Ganz oben auf der Liste stehen Victoria Sanders und Kate Elton, die hoffentlich immer noch nicht die Nase voll von mir haben. Außerdem danke ich all meinen Freunden bei Random House, hier und auf der ganzen Welt. Die Arbeit mit Kate Miciak, Nita Taublib und Irwyn Applebaum ist großartig – sie in meinem Team zu haben macht mich zur glücklichsten Autorin der Welt, und ich bin froh, bei Bantam ein neues Zuhause gefunden zu haben. Das höchste Lob, das ich ihnen aussprechen kann, ist, dass sie leidenschaftliche Leser sind.

In England sind es weiterhin Ron Beard, Richard Cable, Susan Sandon, Mark McCallum, Rob Waddington, Faye Brewster, Georgina Hawtrey-Woore und Gail Rebuck (und alle, die dazugehören), die auf der Liste meiner Asse stehen. Rina Gill ist die beste *Bossy Sheila*, die sich ein Mädchen wünschen kann. Wendy Grisham hat mitten in der Nacht die Bibel rausgeholt, damit in diesem Buch nicht alle »Dingens« heißen.

Kürzlich habe ich eine wunderbare Zeit am anderen Ende der Welt verbracht, und ich danke den Leuten von Random House Australien und Random House New Zealand, dass sie die Reise zu einem unvergesslichen Erlebnis gemacht haben. Ihr habt mir Lichtjahre von zu Hause ein warmes Willkommen bereitet. Vor allem danke ich Jane Alexander, die mir die Kängurus gezeigt und mir erst zu spät verraten hat, dass Koalabären manchmal etwas fallen lassen, wenn man sie auf dem Arm hat (das Foto dazu kann man unter www.karinslaughter.com/australia ansehen). Margie Seale und Michael Moynahan danke ich demütig für ihre energische Unterstützung.

Außerdem Dank an Megahan Dowling, Brian Grogan, Juliette Shapland und Virginia Stanley für ihren Beistand über all die Jahre. Rebecca Keiper, Kim Gombar und Colleen Winters sind die Wucht in Tüten, und ich bin so froh, dass wir befreundet sind. Wieder einmal hat mich Dr. med. David Harper mit all den medizinischen Fachbegriffen versorgt, die Sara klingen lassen, als wüsste sie, was sie tut. Alle Fehler sind meine Schuld, wenn ich nicht richtig zugehört habe oder fand, dass es zu langweilig ist, wenn Ärzte immer alles richtig machen. Ganz persönlich danke ich BT, EC, EM, MG und CL, dass sie für mich da sind. Im Notfall konnte ich mich immer auch an FM und JH wenden. ML und BB-W haben mir ihre Namen geborgt (tut mir leid, Leute!). Patty O'Ryan ist die unglückliche Gewinnerin der Tombola »Wer landet in einem Grant-County-Roman?«. Das soll euch eine Lehre sein! Benee Knauer ist mein Fels in der Brandung. Für seine zauberhafte Herzlichkeit verdient Renny Gonzalez besondere Erwähnung. Ann und Nancy Wilson haben mir die Angst vor dem Älterwerden genommen – wir rocken weiter. Mein Vater hat mir Suppe gekocht, als ich zum Schreiben in den Bergen war. Und als ich heimkam, war DA da – wie immer: Du bist mein Herz.